Gr.-Bössau
Rothfließ
Dadey-
See
Bischofsburg
Mensguth
Waldpusch-
See
Ortelsburg
Nieder
See
Rosoga
Sawitz
Omulef
Willenberg

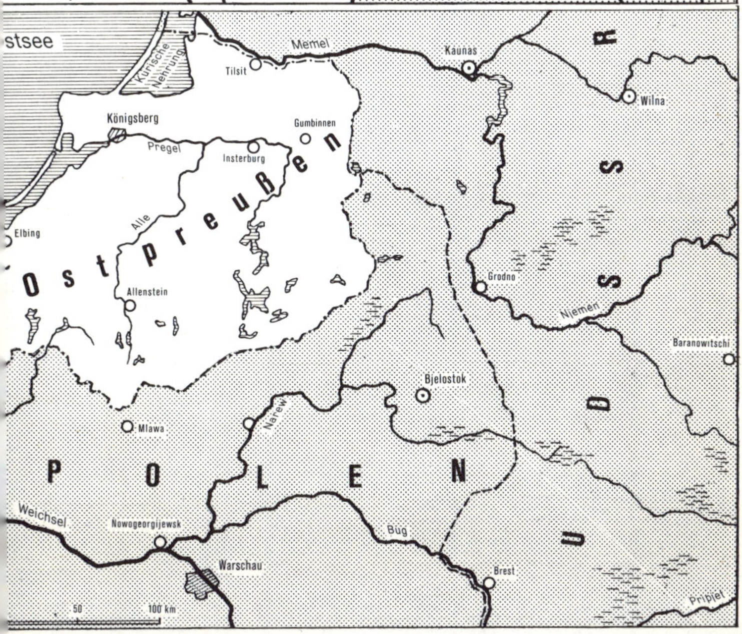
stsee
Kurische Nehrung
Memel
Tilsit
Kaunas
Wilna
Königsberg
Gumbinnen
Pregel
Insterburg
Ostpreußen
Alle
Elbing
Allenstein
Grodno
Njemen
Baranowitschi
Bjelostok
Mlawa
Narew
P O L E N
UdSSR
Weichsel
Nowogeorgijewsk
Warschau
Bug
Brest
Pripjet
50
100 km

Alexander Solschenizyn August Vierzehn

Alexander Solschenizyn
August Vierzehn

Roman

Luchterhand

Aus dem Russischen von Swetlana Geier.
Titel der bei YMCA-Press, Paris, erschienenen Originalausgabe:
АВГУСТ ЧЕТЫРНАДЦАТОГО.
(10—21 августа ст. ст.)*

1. Auflage 1.–55. Tausend Juli 1972
2. Auflage 56.–78. Tausend August 1972
3. Auflage 79.–103. Tausend Oktober 1972
4. Auflage 104.–125. Tausend Mai 1973

Lektorat: Antje Friedrichs.
Gesamtherstellung: Druck- und Verlags-Gesellschaft mbH,
Darmstadt.
ISBN 3-472-86300-5

Vorwort
zu der Einzelausgabe des 1. Knotens*

Dieses Buch ist der erste Teil (Knoten) eines mehrteiligen Werkes. Deshalb erhebt es keinen Anspruch auf eine abgeschlossene, ja nicht einmal ausreichende Entwicklung der Gestalten: außer der Operation der Armee Samsonows liegt hier lediglich die Exposition vor.

Die ganze Arbeit kann jedoch bis zu zwanzig Jahre in Anspruch nehmen, und mein Leben wird wahrscheinlich zu ihrer Vollendung nicht ausreichen.

Wegen der Schwierigkeit einer historischen Darstellung bin ich bei meiner Arbeit auf den Kontakt mit Lesern angewiesen, die sich an jene Epoche noch erinnern. Ich habe mich daher entschlossen, die Knoten einzeln zu veröffentlichen.

Alexander Solschenizyn

Das Russische Heer im August / September 1914

Allerhöchster Oberbefehl:
Zar Nikolaj II. *von Rußland*

Oberste Heeresleitung
Höchstkommandierender aller russischen Land- und Seestreitkräfte:
General der Kavallerie
Großfürst Nikolaj Nikolajewitsch von Rußland
Chef des Generalstabs:
Generalleutnant Januschkewitsch

Heeresgruppe der Nordwestfront
(am 26. August 1914, 1. Tag der Schlacht bei Tannenberg)
22 Inf.Div., 11,5 Kav.Div. = 354 Batl., 331 Schwadr.,
198 Battr. (= 1428 Gesch.)
Oberbefehlshaber: *General der Kavallerie Shilinskij*
Chef des Stabes: *Generalleutnant Oranowskij*

Erste Armee
9,5 Inf.Div., 5,5 Kav.Div. = 156 Batl., 140 Schwadr.,
90 Battr. (= 648 Gesch.)
Oberbefehlshaber: *General der Kavallerie v. Rennenkampf*
Chef des Stabes: *Generalleutnant Mileant*

Zweite Armee
10,5 Inf.Div., 3 Kav.Div., = 166 Batl., 111 Schwadr.,
88 Battr. (= 636 Gesch.)
Oberbefehlshaber: *General der Kavallerie*
Aleksandr Wasiljewitsch Samsonow
(am 30. August Selbstmord;
Nachfolger *General der Kavallerie Scheidemann*,
bisher II. Korps der Ersten Armee)

Chef des Stabes: *Generalmajor Postowskij*

I. Korps: *General der Infanterie Artamonow*
(ab 28. August *Generalleutnant Duschkewitsch)*
22. u. 24. Inf.Div. (bis Ende August ein Regiment
von jeder Division bei Warschau)

VI. Korps: *General der Infanterie Blagowjestschenskij*
(ab 12. September *Generalleutnant Balujew)*
4. u. 16. Inf.Div.

XIII. Korps (bei Tannenberg vernichtet):
Generalleutnant Klujew
1. u. 36. Inf.Div.

XV. Korps (bei Tannenberg vernichtet):
General der Infanterie Martos
6. u. 8. Inf.Div.

XXIII. Korps (bei Tannenberg zur Hälfte vernichtet):
General der Infanterie Kondratowitsch
3. Garde-Inf.Div.
1. Brig.: Leib-G.R. Litauen und Kexholm
2. Brig.: Leib-G.R. St. Petersburg und Wolhynien
2. Inf.Div.

1. Schützenbrigade
4. Kav.Div.: *Generalleutnant Tolpygo*
6. Kav.Div.: *Generalleutnant Roop*
15. Kav.Div.: *Generalleutnant Ljubomirow*
Armeetruppen: 2. schw. Art.Brig. (3 Abtlgn. zu je 2 Battr.), Flieger-Abt.
Grenzwache: 23 Komp. u. 23 Schwadr. auf die Korps verteilt.

Nach ›Der Weltkrieg 1914 bis 1918‹. Bearbeitet im Reichsarchiv.
Die militärischen Operationen zu Lande. II. Band.
Berlin 1925, S. 370.

Die wichtigsten Personen der Handlung

Olda Oréstowna Andosérskaja,
Professorin für Geschichte
Iljá Isákowitsch Archangoródskij,
Ingenieur
Sója Lwówna Archangoródskaja,
seine Frau
Sónja (Sófja) Archangoródskaja
Agafón (»Tennenheiliger«),
Soldat aus dem Regiment Wyborg
Tánja (Tanjúscha) Bjelobrágina,
Krankenschwester
Arsénij (Sénjka) Blagodarjów,
Soldat, Worotynzews Begleiter
Aglaída Fedoséjewna Charitónowa,
Schulleiterin
Jarosláw (Járik) Charitónow,
Leutnant
Júrik (Júrka, Júka, Juk) Charitónow
Júrij Danílow,
Generalquartiermeister im Großen Hauptquartier
Iwán Dovatour,
Oberst, Stadtkommandant von Neidenburg
Walerján Akímytsch Fedónin,
Arzt
Filimónow,
Generalmajor, Quartiermeister im Stab der
Zweiten Armee
Shénja (Shénitschka) Filomantínskaja, geb. Charitónowa
Dmítrij Iwánowitsch Filomantínskij,
ihr Mann
Naúm Galpérin,
Student

Grocholéz,
Stabshauptmann
Jélja (Jelikonída; Likónja, Jélenjka, Jólotschka),
Studentin
Wladímir Wasíljewitsch Kabanów,
Oberst des Regiments Dorogobush
Awerján Kátschkin,
Soldat aus dem Regiment Dorogobush
Kosatschéwskij,
Oberstleutnant
Koséko,
Leutnant aus dem benachbarten Zug von Charitonow
Kótja (Konstantín; Kóstja),
Freund Isaakij Lashenizyns, Student
Iwán Feofánowitsch Kramtschátkin,
Soldat aus dem Zug Charitonows
Aleksándr Michájlowitsch Krýmow,
Oberst
Isáakij (Sánja) Lashenízyn,
Student
Agnéssa Martýnowna Lenartówitsch
Adalíja Martýnowna Lenartówitsch
Sáscha (Aleksándr) Lenartówitsch,
Fähnrich
Werónika (Werónja) Lenartówitsch,
Studentin
Kornéj Lunzów,
Soldat aus dem Regiment Dorogobush
Mefódij (»Wachtelfänger«),
Soldat aus dem Regiment Wyborg
Nabjórkin,
Soldat aus dem Zug von Charitonow
Aleksándr Dmítrijewitsch Netschwolódow,
Generalmajor
Swjatosláw Jakínfowitsch Obodówskij,
Ingenieur

Ofrosímow,
Leutnant aus dem Regiment Dorogobush
Michaíl Grigórjewitsch Perwúschin,
Oberst
Rájzew-Járzew
Hauptmann
Míscha (Michaíl) Roschkó,
Leutnant, Adjutant von Netschwolodow
Swétschin,
Oberst, Freund Worotynzews
Alekséj Konstantínowitsch Smyslówskij,
Oberst
Sachár Ferapóntowitsch Tomtschák,
Gutsbesitzer
Jewdokíja Iljínitschna Tomtschák,
seine Frau
Román Sachárowitsch (Romáscha, Romáschetschka) Tomtschák
Irína Stepánowna (Ira, Irotschka, Irúscha, Orja, Orína, Orenjka) Tomtschák,
seine Frau
Ksénija Sachárowna (Oksána) Tomtschák
Teréntij Tschernéga,
Feldwebel
Wárja,
Schulfreundin von Isaakij Laschenizyn, Studentin
Páwel Iwánowitsch Warsonófjew,
der »Astrolog«
Wedérnikow,
Rittmeister
Wjuschków,
Soldat aus dem Zug von Charitonow
Geórgij Michájlowitsch (Jegórij) Worotýnzew,
Oberst im Generalstab

I

Sie fuhren in der Staniza* bei durchsichtiger Morgenröte los, als im ersten Sonnenlicht der ganze Grat, leuchtend weiß mit blauen Vertiefungen, erreichbar nahe stand, jede Kerbe sichtbar, so nahe, daß ein Unerfahrener hätte meinen können, in zwei Stunden dort zu sein.

So gewaltig ragte er mitten in der Welt der kleinen menschlichen Dinge, so nicht von Menschenhand mitten in der Welt der gemachten. Und möchten alle Menschen, die in Jahrtausenden gelebt hatten, auf ganz weit offenen Armen alles von ihnen Geschaffene und sogar das Geplante zusammentragen und in schwellenden Haufen auftürmen – solch einen unausdenklichen Grat könnten sie dennoch nicht errichten.

Von der Staniza bis zum Bahnhof führte ihr Weg sie so, daß der Grat direkt vor ihnen blieb, ihm fuhren sie entgegen, ihn sahen sie: Schneeflächen, kahle Felsvorsprünge und Schatten geahnter Schluchten. Doch von einer halben Stunde zur anderen begann er aufzutauen, löste sich von der Erde, und schon stand er nicht mehr, sondern schwebte und schäumte über ein Drittel des Himmels, seine Schrunden und Rippen, Merkmale des Steins, verschwanden, und er erschien als riesige geschlossene weiße Wolkenbank. Und dann als zerrissene Wolken, durch nichts von echten Wolken unterschieden. Und dann wurden auch sie weggeschwemmt, der Grat löste sich vollständig auf, als wäre er eine himmlische Erscheinung gewesen, und vor ihnen, wie auch ringsumher, blieb der grauweiße, bleiche Himmel, der immer heißer wurde. So, ohne die Richtung zu ändern, fuhren sie über fünfzig Werst, bis zum Mittag und über den Mittag hinaus – aber die Riesenberge vor ihnen waren nicht mehr zu sehen, nur die nahen rundlichen Hügel rückten heran: »Kamel«, »Ochse«, das kahle »Schlänglein«, der krause »Eisenberg«.

Sie fuhren anfangs über eine noch nicht staubige Straße, durch die tauige kühle Steppe. Sie fuhren in den Stunden, als die Steppe schallte, flatterte, zwitscherte, als sie später verhalten pfiff, knisterte, raschelte – aber in Mineralnyje Wody fuhren sie – einen trägen Staubwirbel nachschleppend – in der vollkommen toten Nachmittagsstunde ein, das gleichmäßige Klappern ihres zweirädrigen Wagens, Holz gegen Holz, war der einzige deutliche Laut, die Pferdehufe setzten fast unhörbar im Staub auf. Und die feinen Düfte aller Kräuter stiegen während dieser Stunden auf und verflogen, jetzt hielt sich nur der glühendheiße Sonnengeruch mit einem Schuß Staub, und genauso roch ihr Karren und das aufgeschüttete Heu und auch sie selbst, aber für sie, Steppenbewohner von Kindesbeinen an, war dieser Geruch angenehm und die Hitze nicht ermüdend.

Der Vater wollte ihnen die gefederte Kutsche nicht geben, er wollte sie schonen, deshalb wurden sie beim Trab geschüttelt und gerüttelt und fuhren den größten Teil des Weges im Schritt. Sie fuhren zwischen Getreidefeldern und zwischen Herden, vorbei an kahlen Salzbodenstellen, rollten über sanfte Hügel, überquerten flache Schluchten, mit sickerndem Wasser und ausgetrocknete, aber keinen einzigen richtigen Fluß, keine einzige große Staniza. Kaum jemandem begegneten sie, wurden kaum überholt in der sonntäglichen Leere – aber für Isaakij, auch sonst geduldig, waren gerade heute, entsprechend seiner Stimmung und seinem Vorhaben, diese acht Stunden überhaupt keine Last, er hätte auch sechzehn so fahren können: unter dem zerlöcherten Strohhut den Blick zwischen den Pferdeohren durch, die überflüssigen Zügel in der Hand.

Jewstráschka, der jüngste Bruder, ein Sohn der Stiefmutter – diesen ganzen Weg wird er heute nacht zurückfahren müssen – hatte zuerst hinter dem Rücken Isáakijs im Heu geschlafen, dann zappelte er herum, stellte sich auf, um irgend etwas im Gras besser erkennen zu können, sprang ab, lief ein Stück weit, holte wieder ein, hatte alle Hände voll zu tun, auch noch manches zu erzählen oder zu fragen: »Wenn man die Augen zumacht, glaubt man, es geht rückwärts – wie kommt das?«

Jetzt ging Jewstrát in die zweite Klasse des Gymnasiums von Pjatigorsk, aber ursprünglich wollte der Vater ihn, wie auch Isaakij, nur das in der Nähe liegende Progymnasium besuchen lassen: die anderen, die älteren Geschwister hatten nichts anderes zu sehen und zu hören bekommen als Äcker, Rinder und Schafe, und lebten auch. Er schickte Isaakij mit einem Jahr Verspätung in die Schule, und auch nach dem Gymnasium ließ der Vater ihn ein Jahr zu Hause sitzen, weil es ihm nicht einleuchten wollte, daß man jetzt auf irgendeine Universität gehen müsse. Aber wie die Ochsen eine schwere Last nicht mit einem scharfen Ruck, sondern durch stetiges Anziehen von der Stelle bewegen, so schaffte es Isaakij beim Vater: mit geduldiger Beharrlichkeit, nie auf einmal.

Isaakij liebte seine heimatliche Sablja, den eigenen Hof, zehn Werst davon entfernt, und die Feldarbeit; er hatte sich, in den Ferien, nicht ein einziges Mal vor dem Mähen und Dreschen gedrückt. In seinen Zukunftsplänen rechnete er damit, sein angestammtes Leben mit dem im Studium Erworbenen zu vereinen. Aber mit den Jahren kam es anders: das Studium trennte ihn unwiederbringlich von seiner Vergangenheit, von den Dorfgenossen und von der Familie.

In der ganzen Staniza waren sie zu zweit, die Studenten. Ihre Reden, ihr Aussehen erregten Staunen und Gelächter unter den Dorfbewohnern – und gleich nach ihrer Ankunft zu Hause beeilten sie sich, die alten Sachen wieder anzuziehen. Übrigens, eines war Isaakij angenehm: aus irgendeinem Grund unterschied ihn die Dorfmeinung von dem anderen Studenten und nannte ihn – gleichfalls spottend –

NARODNIK*. Wer ihm auch als erster den Namen angehängt haben und wie es dazu auch gekommen sein mochte – jedenfalls nannten ihn alle und jeder »Narodnik«. Es gab in Rußland schon längst keine Narodniki mehr, aber Isaakij, obwohl er nie gewagt hätte, es laut zu gestehen, verstand sich wohl selbst eben als Narodnik – der sein Studium für das Volk betreibt und zu dem Volk zurückgeht mit dem Buch, mit dem Wort und mit Liebe.

Aber selbst in der eigenen Familie war diese Rückkehr fast unmöglich. Die Anschauungen, die Isaakij sich zu eigen gemacht hatte, nach der Lehre des Grafen Tolstoj, gründeten in Wahrheit und Gewissen – und im Umgang mit der Familie führten sie in die Lüge. Denn es war unmöglich, dem Vater klar zu machen, daß der Gottesdienst eine Farce sei, eine Herabwürdigung des Glaubens – bei manchem Popen sogar widerliche Verhöhnung – und daß er, Isaakij, zwar in die Kirche gehe, um dem Vater in der Staniza keine Schande zu machen, am liebsten aber nicht hinginge. Ebensowenig konnte Isaakij, nachdem er Vegetarier geworden war, dem Vater und den Verwandten klar machen, daß dies ein Gewissensentschluß sei: Lebendes soll man nicht töten, deshalb soll man es auch nicht essen – Hohn und Spott hätte es in der Familie und in der Staniza gegeben. Darum log Isaakij: fleischlose Kost sei die neuste medizinische Erfindung eines Deutschen, garantiere langes Leben, und er wolle das ausprobieren. Die Lüge drückte, quälte ihn – aber ohne sie wär's noch schlimmer gewesen.

Ja, der Vater! – Mit der flinken habgierigen Stiefmutter wurde im Laufe der Jahre der Vater ihm fremd, und das Zuhause auch, die älteren Geschwister wurden abgefunden, das Haus war das Haus der Stiefmutter und ihrer neuen Kinder geworden. Und das erleichterte Isaakij seinen gegenwärtigen Entschluß. Aber auch ihn konnte er nicht bekennen; so tief war er in Lügen verfangen, daß er auch jetzt hatte lügen müssen, es sei erforderlich, zu einem Praktikum vorzeitig an die Universität zurückzukehren, und auch dieses PRAKTIKUM mußte er erfinden und dem treuherzigen Vater begreiflich machen.

Bis jetzt machten sich drei Wochen Krieg nur durch zwei Manifeste des Zaren in ihrer Staniza bemerkbar – gegen Deutschland und Österreich –, die in der Kirche verlesen und auf dem Kirchplatz ausgehängt wurden, zweimal Ausrücken von Reservisten und Abliefern von Pferden in der Kreisstadt, denn ihre Staniza gehörte nicht zu den Terekkosaken, sondern zu den Kazapen*. Außerdem schien es überhaupt keinen Krieg zu geben: Zeitungen gab es in ihrer Staniza keine, für Briefe aus dem Feld war es noch zu früh – überhaupt hielt man nichts von »Briefen«; bis jetzt galt »Briefe bekommen« als Unsitte, Absonderlichkeit, Isaakij bemühte sich, keine zu bekommen. Aus der Familie Lashenízyn wurde niemand eingezogen: der älteste Bruder hatte die Altersgrenze überschritten, dessen Sohn war ohnehin aktiver Soldat, dem mittleren Bruder fehlten einige Finger, Isaakij war Student, und die Kinder der Stiefmutter waren noch klein.

Und auch während der heutigen Halbtagesfahrt über die weite Steppe ist ihnen kein Zeichen des Krieges erschienen.

Und auch als sie auf der Brücke über der Kuma waren, auf dem schotterigen Übergang den glühenden zweigleisigen Bahnkörper kreuzten und bereits über die grasbewachsene Straße der Staniza Kumskaja fuhren – jetzt Mineralnyje Wody –, konnten sie keine Anzeichen des Krieges entdecken. Das Leben hatte so gar keine Lust, sich umzukrempeln! Wo es nur möglich war, floß es und hielt sich im Verborgenen, wie sonst.

Sie hielten im Schatten der großen Ulme am Brunnen: Jewstraschka sollte hier warten, bis die Pferde abgekühlt waren, sie tränken und dann zum Bahnhof nachkommen. Isaakij wusch sich bis zum Gürtel, verplanschte zwei volle Eimer – Jewstraschka goß ihm das eiskalte Wasser aus einem dunklen Blechbecher über den Rücken –, rieb sich dann trocken, zog einen frischen weißen Kittel mit einem schmalen Gürtel an und ging ohne Gepäck – er ließ es im Wagen –, vorsichtig im Staub auftretend, zum Bahnhof.

Der Bahnhofsplatz von Mineralnyje Wody ländlich, dörflich: Hühner scharrten an seinen Rändern, und vor dem langgestreckten Holzbau des Bahnhofs fuhren Leiterwagen, Bauernwagen vor, die luftige Staubschicht aufwirbelnd.

Dafür verhieß der Bahnsteig von Mineralnyje Wody, in seiner ganzen Länge überdacht, mit dünnen gestrichenen Säulchen, durchweht, kühl, einen Kurort – auch heute, wie immer. Um die Säulchen der Überdachung rankte wilder Wein, alles war vertraut, Sommerfrische, fröhlich, auch hier schien niemand etwas von einem Krieg zu wissen. Damen in hellen Kleidern, Herren in Rohseide gingen hinter den Gepäckträgern zu den Zügen nach Kislowodsk. Man verkaufte Eis, Narsan*, bunte Luftballons und – Zeitungen. Und Sanja hatte bereits einige gekauft, schlug sie auf im Gehen, dann auf einer Bank auf dem Sommerfrische-Bahnsteig. Und sein Gesicht, immer weich und nachdenklich, wohlwollend, bekam einen gespannten, eindringlich wachen Zug. Entgegen seinem gewohnten gesetzten Wesen las er die Nachrichten nicht bis zu Ende, übersprang ganze Spalten, schlug die zweite, dritte Zeitung auf. Gut, gut! Unser bedeutender Sieg bei Gumbinnen! Der Feind wird gezwungen, ganz Preußen zu räumen ... Auch in Österreich stehn die Dinge gut! Auch bei den Serben Sieg! ...

So saß er auf der Bank, hellte sich wieder auf, dachte nicht einmal daran, daß er zum Fahrkartenschalter gehen sollte – als er lebhaft beim Namen gerufen, an der Schulter gepackt wurde – Wárja! eine alte Bekannte aus den Jahren in Pjatigorsk, früher ein glattgescheiteltes Waisenkindköpfchen, jetzt sind die Haare seitlich aufgebauscht, und sie ist erregt:

»Sánja! Sie? So ein Zufall! Und ich habe während der

ganzen Reise von Petersburg hierher mir irgendwie gedacht, ich müßte Sie treffen! Und ich wußte, das wird nicht gehen. Und wollte Ihnen ein Telegramm nach Sablja schikken, aber ich wußte, daß Sie das nicht mögen ...«

Den Kopf – immer geradeaus, um nicht im Profil die Habichtskurve der überreichlichen Nase zu zeigen, und ein Kinn von männlicher Härte. Es ist nicht anständig, auf so etwas zu achten, wenn ein Mensch dir so entgegenstrahlt.

Sanja freute sich, war jedoch zerstreut. Sie setzten sich nebeneinander.

»Erinnern Sie sich, Sanja, wie wir uns in Pjatigorsk trafen, ohne Verabredung? ... Verreisen Sie? Oder holen Sie jemanden ab?«

Er wirkte eigentlich nicht jugendlich, kein Junge mehr, aber man sah ihm die Steppe an, besonders in seinem frischen weißen Kittel, er war braungebrannt, das etwas zerdrückte wellige weizenfarbige Haar wie von der Sonne versengt. Mit einem freundschaftlichen Lächeln in dem Dreieck zwischen dem gestutzten blonden Schnurrbart und dem Dickicht eines blonden Noch-nicht-Bartes:

»Nein, ich verreise ...« In seinen Augen war niemals einfache närrische pure Freude, immer auch innere Arbeit. »... Nach Moskau.« Er blickte zur Seite und nach unten. Wie schuldbewußt. Oder aus Angst, sie zu betrüben. »Zuerst nach Rostow, ich habe dort einen Freund, Sie wissen doch – Kótja, Konstantín.«

»Aber es sind doch noch drei Wochen! ... Oder glauben Sie, man könnte Sie ...?« Warja war beunruhigt, »... aus dem vierten Semester? Auf gar keinen Fall! Weshalb fahren Sie denn? Weshalb?«

Er lächelte verlegen.

»Wissen Sie ... ich habe keine Ruhe ... auf dem Hof ...«

Tatsächlich, sie trafen sich damals, ohne sich zu verabreden. Mit dem geheimen Wunsch ging die Schülerin der

Stadtschule gegen Abend auf den Hauptboulevard von Pjatigorsk, und schon kam ihr der bekannte, drei Jahre ältere Gymnasiast entgegen.

Sooft sie sich trafen, diskutierten sie. Ihre Begegnungen waren ernste kluge Gespräche, die für Warja sehr wichtig waren: Warja konnte sich an keine älteren Verwandten erinnern. Sogar in der Dämmerung – die Lehrerinnen und Lehrer hätten sie nicht erkennen können, und für Sanja wäre es durchaus schicklich gewesen, sich bei ihr einzuhaken – hakte er sich nicht ein. Und sie achtete ihn hoch für diese Ernsthaftigkeit. (Obwohl sie ihn liebend gern weniger geachtet hätte, wenn er es bloß täte.)

Später besuchten sie zuweilen Schulbälle und andere Gesellschaften, aber auch dort diskutierten sie meistens, getanzt hatten sie nie. Sanja behauptete, daß die Umarmung beim Walzer Begierden weckt, die noch nicht durch die echte Entwicklung des Gefühls geläutert sind, und daß der Graf Tolstoj dies für ein Übel hält. Warja fügte sich seinen sanften eingehenden Ausführungen und war schließlich auch überzeugt, daß sie zum Tanzen keine Lust hatte.

Und später korrespondierten sie während einiger Jahre, sehr verständige Briefe schrieb er. Und obwohl während des Studiums Warjas Gesichtskreis sich erweitert und sie viele kluge Leute kennengelernt hatte, erinnerte sie sich oft an Sanja und sehnte sich danach, ihn wiederzusehen. Aber überlastet mit Stundengeben, konnte sie im Sommer nie aus Petersburg fort. Und Sanja ist nie dorthin gekommen.

Doch als Warja vor drei Wochen das Manifest des Zaren an einer Litfaßsäule in ihrer Gegend auf dem Wasiljew-Ostrow gelesen hatte und dann mit der Straßenbahn über die Newa gefahren war – dort, auf dem Isaakij-Platz, demolierten Patrioten die deutsche Botschaft, während die herumstehenden Menschen freudig erregt waren, als wäre nicht Krieg gekommen, sondern das langersehnte Glück –, in jenem Augenblick der Verwirrung, vor den schwarzbraunen Säulen der Isaakij-Kathedrale, wurde sie von dem Wunsch überwältigt, Sanja unbedingt und sofort zu sehen. Sie hatte auch sonst immer an ihn gedacht, wenn sie an der Isaakij-Kathedrale vorbeigefahren war: er liebte seinen Namen nicht und machte sich zuweilen darüber lustig: sein Namensvetter sei Peter der Große, der auch an Isaakij geboren worden wäre, daher die Kathedrale, aber für den Imperator hätte man den Namen verschönert, bei einem Steppenjungen war es egal.

Überraschend für Warja wurde sie nach Pjatigorsk bestellt: ihr Vormund – kein richtiger Vormund, ein Wohltäter, auf dessen Kosten sie und viele andere Waisen einst zur Schule gingen – war schwer erkrankt, und nun wurde veranlaßt, daß sie ihn besuchen sollte, obwohl er sich bestimmt nicht mehr an jeden erinnerte, für den er zahlte, und der Besuch einer unbekannten Studentin mit ihren abgekühlten Dankbarkeitsempfindungen ihn nicht aufmuntern konnte. Und nun, über die ganze Breite des Reiches, während der vier mühsamen Tage auf der Bahn, kam es Warja in den Sinn, und sie rief: »Sanja, komm! Sanja, komm!« – wie damals in Pjatigorsk, als sie mit ihrem straff frisierten eckigen Kopf den ganzen Boulevard ablief.

Ihr wurde unheimlich, und sie fühlte sich einsam. Schon früher gab es in ihrem Leben keine Fülle, aber sie spürte die Fülle eines gemeinsamen Sees. Und jetzt schien auf dem Grund ein Loch sich aufgetan zu haben, und strudelnd, mit Getöse, floß das Wasser für immer ab – und man sollte sich beeilen, solange noch nicht alles verdorrt war, man sollte sich beeilen!

Und außerdem: man müßte sich klarmachen, warum das alles plötzlich zusammenfällt und auseinanderrutscht? Noch vor einem Monat, noch vor drei Wochen gab es doch für einen denkenden russischen Bürger nicht den geringsten Zweifel – Rußlands Oberhaupt ist verachtenswert, überhaupt nicht ernst zu nehmen, seine Aussprüche kann man unmöglich wiedergeben, ohne zu lachen.

Und plötzlich, von einem Tag auf den anderen, war

alles verändert. Gebildete und dem Aussehen nach nicht dumme Menschen versammelten sich unaufgefordert in tiefem Ernst um die Litfaßsäulen – und an diesen stumpfsinnigen dickwanstigen Zylindern nahm sich die lange Titulatur des Monarchen für sie keineswegs lächerlich aus, und irgend jemand las, ebenfalls unaufgefordert, mit einer lauten klaren Stimme:

»Zum Streit gefordert erhebt sich Rußland dem Feind entgegen, erhebt sich zur Waffentat mit dem Schwert in der Hand und dem Kreuz auf dem Herzen ... Der Herr ist unser Zeuge, daß nicht kriegerischer Absichten, nicht eitlen weltlichen Ruhms wegen wir zu den Waffen greifen, sondern um die Ehre und Sicherheit unseres gottgeliebten Reiches zu wahren und für die gerechte Sache zu kämpfen ...«

Während der ganzen langen Reise beobachtete Warja die Begleiterscheinungen des Krieges: Militärtransporte, Abschiede. Besonders flott sah der russische Abschied auf den Zwischenstationen aus: Reservisten tanzten eifrig zur Balalajka auf der festgetrampelten staubigen Erde und brüllten ungeniert herum, offensichtlich betrunken, und die Angehörigen bekreuzigten, beweinten sie. Und wenn an einem Güterzug mit Reservisten ein gleicher Zug vorbeisauste – erhob sich über zwei Zügen ein brüderliches »Hurra-a-a-a!« und dehnte sich unbändig, verzweifelt, sinnlos über die Länge beider Transporte hinweg.

Und niemand demonstrierte gegen den Zaren.

Und auch Sanja gab ihr jetzt keine Antwort – wohin rutscht das alles auseinander? ... Wurde auch er von demselben Strudel erfaßt und in dasselbe Loch hinabgezogen ... Ihr ständiger Lenker von früher – verwirrt? Die damals von ihm geborgte Klarheit und Festigkeit wollte sie ihm jetzt zurückgeben, ihn aus dem Strudel reißen, solang die mageren schwachen Arme noch rechtzeitig kämen, so gut sie es vermöchten. Sie überlegte nicht, es floß von selbst über ihre Lippen ... Jahrzehnte öffentlichkeitsbezogener

Literatur, die Ideale der Intelligenzija, die Liebe der Studenten zum Volk – das alles will man in einem Augenblick preisgeben? Wie kann man ... einen Lawrów* vergessen, einen Michajlówskij*? ... Hatte er damals nicht selbst gesagt ...?

Von der Seite gesehen konnte es scheinen, daß sie kriegerisch gestimmt, er dagegen bemüht sei, sie vom Krieg behutsam abzubringen. Warja ereiferte sich, deutlich trat jener angeborene grausame Zug hervor, ein hartes Lächeln, der aus ihrem Gesicht niemals völlig verschwand und sie häßlich machte. Ihr Hut hob sich und verrutschte vor Verzweiflung, der billigste und einfallsloseste Hut, der nicht als Schmuck, sondern einzig als Sonnenschutz dienen sollte.

Sanja ließ die Zeitungen sinken. Da er nichts zu erwidern wußte, rechtfertigte er sich verlegen:

»Dieses Mal ist es nicht der Japanische ... Man hat uns doch angegriffen. Was haben wir ihnen getan?«

Das ist ja wun-der-bar! Wie kann man sich in solchem Maße dumpfem Patriotismus ausliefern! Sämtlichen Grundsätzen untreu werden! Stimmt, er war nie ein Revolutionär gewesen, aber doch immer ein Pazifist. Die Zeitungen blieben auf Sanjas Knien liegen. Er verschränkte ruhig die Arme. Er blickte sanft, ohne sich zu verteidigen, nickte sogar. Traurig.

Sein Schweigen erschreckte sie, sie erriet:

»Dann fahren Sie etwa – um sich freiwillig zu melden?!«

Sanja nickte. Lächelte verlegen:

»Rußland ... tut mir leid ...«

Gurgelnd, mit Getöse floß im See das Wasser ab!

»Was heißt denn Rußland?« stach Warja. »Wer ist das – Rußland? Der blöde Imperator? Die Kornhändler der Schwarzen Hundertschaft*? Die langschößigen Popen?«

Sanja antwortete nicht, er hatte nichts zu antworten. Aber er hörte zu. Und die Peitschenhiebe der Vorwürfe weckten in ihm keine Verbitterung; an jedem Gesprächspartner prüfte er sich selbst, das war schon immer so gewesen.

»Und was wollen Sie mit Ihrem Charakter im Krieg?« Warja setzte alles ein, was ihr zur Verfügung stand, alles, was in ihrer Reichweite lag.

Zum erstenmal fühlte sie sich klüger als er, reifer, kritischer – aber dadurch zog sich die Kälte des Verlustes nur enger um sie zusammen.

»Und Tolstoj!« fiel ihr schließlich ein, das Höchste. »Was hätte Lew Tolstoj dazu gesagt – haben Sie sich das überlegt? Wo sind denn Ihre Grundsätze geblieben? Wo ist denn da die Konsequenz?«

In Sanjas braungebranntem Gesicht unter den weizenfarbigen Brauen über dem weizenfarbigen Schnurrbart blaue, klare, traurige, ihrer-selbst-nicht-sichere Augen.

Er wußte nichts zu sagen. Hob nur die Schultern, senkte sie leicht:

»Rußland tut mir leid . . .«

2

Für Sanja war es nicht mehr neu, daß er sich in Widersprüche verstrickte, daß seine Ansichten und seine Gefühle nicht übereinstimmten. Sie sollte man zuerst in Einklang bringen – doch das war ja auch das Allerschwerste.

Er war aufrichtig davon überzeugt, daß Theater und Tanz prickelnde, üble Zerstreuungen sind, dabei zog es ihn ins Theater und besonders stark zum Tanz, wenigstens als Zuschauer; er bemühte sich ehrlich, kein Fleisch zu essen, obwohl der Körper aufbegehrend nach Fleisch verlangte, besonders nachdem man unzählige Garben aufgesetzt hatte, – genauso ehrlich lehnte er jeden Krieg ab. Doch das Fleisch häufte sich auf allen Tellern, Fleisch war tagtägliche Realität – ihm gegenüber konnte man sich behaupten, jeden Tag und von Monat zu Monat in der Selbstbeherrschung sich üben, seine Ansichten prüfen. Der Krieg aber wurde niemals und von niemandem angepriesen, angeboten, in Aussicht gestellt, niemand drohte damit, und überhaupt schien er in einem zivilisierten entwickelten Zeitalter undenkbar – und so gab es keine Gelegenheit, sich darauf einzustellen, sondern nur die überkommene Vorstellung: Krieg ist Sünde. Ohne eine einzige Erfahrung konnte man leicht so denken. Jetzt war der erste da – und mitten in der weiten sorgenfreien Steppe, unter dem wolkenfreien Himmel – hatte es ihn gepackt. Und Sanja fühlte hilflos, daß es für ihn unmöglich war, *diesen* Krieg abzulehnen, nicht nur unvermeidlich, daran teilzunehmen, sondern niederträchtig, sich davor zu drücken – ja, er mußte sich sogar beeilen und sich freiwillig melden. In der Staniza wurde der Krieg nicht in Frage gestellt; und es wurde auch nicht geklügelt wie über ein Ereignis, das in unserer Macht liegt, herbeigeführt oder vermieden werden könnte. Den Krieg und die Gestellungsbefehle des Kreistruppenchefs nahm man wie einen göttlichen Ratschluß hin, wie Schneegestöber, wie Sandsturm. Aber auch in einer freiwilligen Meldung hätte man dort keinen Sinn gesehen. Und heute, während der langen Fahrt, vom Wagen durchgerüttelt, von der Sonne durchglüht, sah Sanja den Entschluß erst undeutlich, nicht endgültig vor sich. Als er Warja zuhörte und den Wirbel aller möglichen Intelligenzija-Argumente auf sich niederprasseln ließ, vermißte Sanja das Entscheidende: über den dunklen Abgrund, der sich vor Rußland aufgetan hatte, schlugen sie keine Brücke. Und nach dem Abschied von Warja war sein Entschluß, sich freiwillig zu melden, entschiedener als vorher.

Er wollte in Rostow noch seinen Freund, Konstantin, sprechen.

Das alles ließ er sich die halbe Nacht durch den Kopf gehen, schon im Bakuer Postzug, ganz oben auf einer Seitenbank, die für ihn gerade noch, vom Scheitel bis zu den Fußsohlen, lang genug war. Sie fuhren spät abends in Mineralnyje ab, schon bei Kerzenlicht. Wegen des Krieges war alles überfüllt: in der dritten Klasse waren fast alle Bänke besetzt, kaum eine frei. Die Luft im Waggon war stickig, aber Sanja lag in Fahrtrichtung und hatte das Recht, sein Fenster herunterzulassen, hatte sein eigenes Luftloch, und um nicht herauszufallen, zog er die Jalousie herunter. Der Zug hielt oft, dann ging man im Wagen umher, blieb an Sanjas Studentenjacke, die er sich untergelegt hatte, hängen, redete laut auf dem Bahnsteig unter dem Fenster – Sanja wachte auf, und sofort stieg in ihm die Empfindung eines Unheils auf, nicht des eigenen, aber deshalb nicht weniger schlimm. Indem Sanja die brennende Kerze in der gläsernen Nische beobachtete, die zwei Abteile gleichzeitig erleuchtete, rechnete er sich aus, wieviel Zeit vergangen war. Die Kerzenflamme zitterte beim Fahren, und die dichten Schatten unter den Liegebänken schwankten.

Manchmal hörte er eine Stimme ausrufen, oder er spähte durch einen Spalt in der Jalousie: er kannte hier jeden Bahnhof vom Sehen und konnte sie alle nebst Zwischenstationen von Prochladnaja bis Rostow und zurück auswendig aufzählen.

Er liebte diese Bahnhöfe, und diese ganze Gegend war ihm vertraut, in Nagutskaja war die eine Schwester verheiratet, in Kursawka die andere. Aber in den letzten Jahren teilte sich seine Liebe, seit jener Zeit, als Sanja das ureigene, waldbestandene, wirkliche Rußland kennengelernt hatte – jenes, das erst bei Woronesh beginnt.

Irgendwo aus der Gegend von Woronesh stammen auch die Lashenizyns. Und in dem Jahr Leerlauf zwischen Gymnasium und Universität erbat Sanja bei seinem Vater die Erlaubnis, die Heimat ihrer Vorfahren zu besuchen (in Wirklichkeit hatte er sich vorgenommen, Lew Tolstoj aufzusuchen).

Großvater Jefím, als er noch lebte, hat erzählt, wie sein Urahne, der Urgroßvater Filípp, sich den Zorn von Zar Peter zuzog – erdreistete er sich doch, ohne Erlaubnis irgendwo zu siedeln –, von ihm vertrieben und sein Dorf niedergebrannt wurde, so aufgebracht war der Zar. Und Großvaters Vater wurde aus dem Gouvernement Woronesh nach einem Aufstand hierher in die Verbannung geschickt; sie waren zu mehreren, Bauern, wurden aber nicht in Ketten gelegt, mußten auch nicht in die Militärsiedlung oder in eine Festung, man ließ sie in der wilden Steppe hinter der Kuma laufen, und so lebten sie hier, keiner dem anderen im Weg, brauchten sich nicht auf knappem Boden zu drängen, die Steppe nicht in Streifen aufzuteilen, die einen pflügten und säten, andere jagten auf der Tatschanka* umher und schoren Schafe. Sie haben feste Wurzeln geschlagen.

Durch die Spalten in der Jalousie sah man außerhalb des Waggons noch immer das Schwarz. Dann hellte sich der Himmel auf, wurde immer heller, schon war die Kerzenflamme überwältigt, und der Schaffner kam, sie zu löschen. Über den weißen Himmel ergoß sich ein Rosa, Sanja gab den Versuch auf, noch einmal einzuschlafen, befestigte die Jalousie an der Decke, zog, sich verrenkend, seine Jacke an und erwartete den Sonnenaufgang, von der einströmenden kalten Luft umweht. Das Rosa breitete sich zu einem weiten Zelt aus, füllte den ganzen Himmel mit Farbe, die kleinen Wölkchen ausklammernd, glühte an seinem Ausgangspunkt immer stärker – blutrot, purpurn – und zerschmolz in der unaufhaltsam hervordrängenden roten Sonne. Und so, vor aller Welt Augen, ergoß sie ihre ganze rote unversiegbare Kraft, schüttete Purpur über die weite Steppe, ohne zu geizen, ohne auch nur eine Stelle auszulassen, bis zu der fernsten westlichen Ferne.

In *jenem* Rußland gibt es viel gemäßigte Schönheit, unterteilt, von Wäldern und Hügeln eingerahmt, aber solche auflodernden, überflutenden Sonnenaufgänge für das ganze Weltall – die gibt es dort nicht.

Es war auch ein früher heiterer Morgen gewesen, gleich nach Sonnenaufgang, noch vor sechs, und auch an einem der ersten Augusttage, als Sanja vor vier Jahren von der Station Koslowa Saseka aufbrach – zu Tolstoj. Alles war saftiger und frischer, als es im Sommer in der Kubanj sein kann. Nachdem Sanja auf dem Bahnhof sich den Weg hatte erklären lassen, stieg er eine Schlucht hinab, stieg einen Hügel hinauf und kam in einen solchen Wald – luftig, markig, breitstämmig, festlich, parkähnlich, wie er ihn – im Süden lebend – sich nicht einmal hatte vorstellen können und auch nie auf einem Bild gesehen hatte. Unter milchigem, später regenbogenfarbigem Tau verlockte der Wald nicht zum Durchqueren, sondern zum Umherstreifen, Sitzen, Liegen, zum Verweilen, Bleiben – und außerdem wirkte er deshalb so besonders, weil hier der Geist des Propheten wehte: Tolstoj mußte ja auch zur Eisenbahnstation gehen oder fahren, er muß also hier gewesen sein, dieser Wald gehörte bereits zu seinem Gut!

Nein, der Wald stieg an bis zu der Landstraße nach Orjol – und hörte dann plötzlich auf. Sanja begriff seinen Irrtum: er mußte erst die Landstraße überqueren, um den Park von Jasnaja Poljana zu erreichen. Er ging an ihm entlang. Zwischen dem Park und der Straße lagen ein kleiner Graben und eine dichte Hecke. Ein Stück weiter, hinter der Kurve, konnte man die weißen Steinpfosten der Einfahrt erkennen.

Und da überkam Sanja Schüchternheit. Er fand nicht den Mut, durch die Haupteinfahrt einzutreten, die Hauptallee hinaufzugehen, auf Fragen Entgegenkommender zu antworten. Man würde ihn ja gar nicht bei dem Großen vorlassen, das war das Wahrscheinlichste. Es war viel einfacher, über den Graben zu springen, sich einen Weg durch das Dickicht zu bahnen – und eine Weile ziellos in jenem Park umherzugehen, wo – jetzt gab es keinen Irrtum mehr – Tolstoj umhergeht, und sich da hinzusetzen, wo er sich hinsetzt.

Hier gab es sich schlängelnde Wege, einen kleinen Teich, noch einen, kleine Brücken über dem unbeweglichen, von Entengrütze überzogenen Wasser, und einen Pavillon. Aber das Haus oder Menschen sah man nicht. Und in dem flimmernden Glanz des frühen Morgenlichts, in dem kleingemusterten bunten Sonnengewebe umhergehend, umherhend, sitzend und schauend, glaubte Sanja seine Wünsche erfüllt. Jetzt könnte er nach dem Süden zurückkehren, mit der Überzeugung, bei Tolstoj gewesen zu sein.

Aber er ging doch noch durch eine Birkenallee, die lang, gerade und schmal war wie ein Korridor. Nach den Birken kamen Ahorne, dann Linden. Dort öffnete sich – keine richtige Lichtung, aber eine freie Stelle innerhalb eines Rechtecks aus Linden, das in seiner Länge, Breite und diagonal von Wegen durchzogen war. Und – durch diese Allee ging jemand, ging ziemlich rasch. Sanja versteckte sich hinter einer dicken Linde, spähte. Und er erblickte – den Grauhaarigen, Graubärtigen! in dem langen Kittel mit dem schmalen Gürtel. Er war kleiner, als Sanja erwartet hatte, aber seinen Porträts so ähnlich, daß man nur den Kopf schütteln konnte.

Tolstoj trug einen Stock, er sah zur Erde. Einmal setzte er den Stock auf, blieb stehen und sah fast eine Minute lang unverwandt einen und denselben Punkt auf der Erde an. Er ging weiter. Sein Kopf war jetzt in dem dichten Morgenschatten, jetzt im Sonnenlicht, dann leuchtete es um seinen Kopf, um den Rand seiner leinenen Schirmmütze, wie ein Heiligenschein. So war er alle vier Seiten des Rechtecks abgegangen, einmal und noch einmal, an der einen Ecke ganz dicht an Sanja vorbei.

Sanja war selig. Er hätte auch eine Stunde so stehen können, die Brust an die Linde gepreßt, ihre furchige Rinde unter den Fingern spürend, den Kopf hinter dem Stamm vorgestreckt. Es kam ihm nicht in den Sinn, die morgendlichen Betrachtungen des Propheten zu stören. Plötzlich erschrak er: wenn aber Tolstoj nicht wieder um diese Ecke biegen, sondern zu dem Haus zurückkehren würde, oder wenn jemand kommen und ihn ansprechen würde.

Und mit herzklopfendem Mut trat er auf den Weg – noch weit entfernt, um Tolstoj durch die Plötzlichkeit nicht zu erschrecken, zog seine Gymnasiastenmütze (er trug sie während des ganzen Jahres, als der Vater ihn nicht studieren lassen wollte) – und blieb aufrecht stehen, stumm.

Tolstoj hatte ihn gesehen. Während er näherkam, warf er einen Blick auf die Mütze in seiner Hand, auf das einfache Hemd. Er blieb stehen, Sorge und wieder Sorge lag auf seinem Gesicht, die Stirn glättete sich nicht. Und er mußte als erster seinen stummen Verehrer begrüßen.

»Guten Tag, Gymnasiast.«

Wer war eigentlich zu wem gekommen? Und wer hatte wen gesucht? Sanja antwortete leise, mit zugeschnürter Kehle, als hätte er den Herrn Zebaoth vernommen:

»Guten Tag, Lew Nikoláitsch!«

Und wußte nicht weiter. Tolstoj mußte von dem Seinen

absehen und sich auf das Andere konzentrieren. Natürlich, er hatte genug davon gesehen, solche Besucher, und wußte im voraus, was sie zu fragen haben und was man ihnen antworten muß, das alles könnten sie in seinen Büchern nachlesen, aber aus irgendeinem Grund wollten sie es nicht lesen, sondern unbedingt aus seinem Munde hören.

»Woher kommen Sie, Gymnasiast?« fragte höflich der große alte Mann, ohne weiterzugehen.

»Aus dem Gouvernement Stawropolj, Kreis Aleksandrowsk«, sagte Sanja mit einer jetzt schon vernehmlichen, aber noch heiseren Stimme. Dann kam er zu sich, räusperte sich, begann eilig:

»Lew Nikolajewitsch! Ich weiß: ich unterbreche Ihre Gedanken, ich störe Ihren Spaziergang, verzeihen Sie! Aber ich bin so weit gefahren, um von Ihnen etwas zu hören. Sagen Sie – ob ich es wohl richtig verstehe? – welches Lebensziel hat der Mensch auf Erden?«

Aber er hatte nicht gesagt, wie er es eigentlich versteht, sondern gewartet. Die Lippen Tolstojs, vom Bart überwuchert, bewegten sich mühelos im tausendmal Wiederholten:

»Dem Guten dienen. Und dadurch das Reich Gottes auf Erden errichten.«

»Ja, das verstehe ich!« Sanja war erregt. »Aber sagen Sie – wie soll man dienen? Durch Liebe? Unbedingt – durch Liebe?«

»Selbstverständlich. Allein durch die Liebe.«

»Allein durch die Liebe?« Deswegen war Sanja hergekommen. Jetzt fühlte er sich freier, und er sprach ruhiger, nach seiner gewohnten unhitzigen Art. Er stellte eine Frage, aber diese Frage enthielt bereits einen Teil seiner eigenen Antwort, um so – wie alle Jugend – sogar dem großen Gesprächspartner gegenüber die eigene, nicht ganz wertlose Meinung zu vertreten: »Lew Nikolajewitsch, sind Sie denn sicher, daß Sie die Kraft der Liebe, die in dem Menschen wohnt, nicht überschätzen? Oder, wenigstens das, was dem modernen Menschen davon geblieben ist? Und wenn die Liebe nicht so stark, nicht so bestimmend wäre für alle und nicht den Sieg davontragen würde – was dann? Dann würde sich Ihre Lehre doch ... als unfruchtbar erweisen? Oder als Ihrer Zeit weit, weit voraus? Und hätte man nicht irgendeine Zwischenstufe vorsehen können, mit etwas weniger hohen Anforderungen – und die Menschen *daran* für das allgemeine Wohlwollen wachwerden lassen? Und dann überhaupt – allein durch die Liebe? ...« Und solange Tolstoj noch schwieg, im letzten Augenblick: »Denn, wie ich sehe, bei uns im Süden, zum Beispiel – herrscht *keine* allgemeine Menschenliebe, Lew Nikolajewitsch, *keine*!«

Noch hatten sich die eigenen Sorgen von der zerfurchten alten Stirn nicht verzogen, da kam auch noch dieser Gymnasiast mit einer Frage, von der keine Entlastung zu erwarten war. Aber mit dem festen Blick unter den buschigen Augenbrauen antwortete der Greis unerschütterlich, mit dem durchs ganze Leben Bestätigten, Ausgetragenen:

»Allein durch die Liebe! Allein. Keinem wird etwas Besseres einfallen.«

Er wollte wohl nicht mehr sprechen. Er verfinsterte sich, wie es schien, oder er war um seiner Wahrheit willen gekränkt. Er wollte in dem Rechteck weitergehen und das Eigene denken.

Bekümmert, den vergötterten Mann gekränkt zu haben, bereit, sogar seine Lieblingsfrage aufzugeben, besänftigend, aber mit einem winzigen Gewinn für sich selbst, überstürzte sich Sanja von neuem:

»Ich persönlich – ich will es genau so – durch die Liebe! Und ich werde es auch so machen. Ich werde mich bemühen, auch so zu leben – für das Gute. Aber noch etwas, Lew Nikolajewitsch! Es drängt mich sehr, Gedichte zu schreiben, ich – ich schreibe Gedichte. Sagen Sie: das ist doch – zulässig? Oder ist da ein Widerspruch?«

Der Blick des alten Mannes wurde weicher, aber nicht heiterer:

»Was gefällt Ihnen so gut daran, wenn Worte wie Soldaten aufgereiht stehen und nach Lauten aufgerufen werden? Das sind doch alles Kinkerlitzchen. Das ist unnatürlich. Die Worte sind dazu da, *Gedanken* auszudrücken! – und haben Sie viele Gedanken in Gedichten gefunden? Lesen Sie zwanzig Gedichte und versuchen Sie sich später an ihren Inhalt zu erinnern – wovon ist da die Rede? Sie werden alles durcheinanderbringen. Wie bei einem Witz: man hört ihn heute und hat ihn morgen vergessen.« Die Stirn Tolstojs wurde noch finsterer. Er sah an dem Gymnasiasten vorbei. »Heute schreibt man sehr viele Gedichte. Aber Gutes ist darin nicht.«

Und dann scharrte er verstimmt weiter mit seinem Stock.

Mit den Gedichten hatte es Sanja auch nicht anders erwartet, wie sollte man das nicht verstehen. Aber im Geheimen drängte es ihn dennoch, Zeilen und Reime aneinanderzufügen. Und zuweilen schrieb er etwas auf, aus Spaß, in Poesiealben. Aber auch nachdem er sich das Gedichteschreiben untersagt hatte, konnte er nicht feststellen, daß er dadurch wesentlich mehr Zeit gewonnen und den kürzesten Weg entdeckt hätte: wie kann man eigentlich dem Reich Gottes auf Erden dienen?

Mit den Gedichten verklemmte er sich im Widerspruch, wie auch in Bezug auf die Frauen. Denn auch bei den Frauen fühlte er sich nicht von den guten angezogen, den klugen, den sittsamen. Warja, zum Beispiel – der konnte er das Licht bringen, sie mühelos auf dem rechten Weg halten, aber er schrieb ihr selten, und auch jetzt, in Mineralnyje Wody, dehnte er das Zusammensein nicht aus, und alles aus dem einzigen niederträchtigen Grund – er hatte keine Lust, sie in den Arm zu nehmen und zu küssen. Dagegen an die Lena aus Charkow, die schwarzhaarige, mit Gitarre und Zigeunerliedern, großzügig, was gewisse Umgangsregeln betraf, dachte er mit einem süßen Erschauern und wußte nicht, ob er die Kraft finden würde, ihr jetzt, auf dem Wege nach Moskau, auszuweichen.

So waren seine besten Gedanken und sein bester Glaube nicht auf Granit gebaut.

Und auch sonst hatte Sanja keine Sicherheit in sich selbst, jedes Jahr schwankte irgendwann einmal der Boden unter seinen Füßen. Mehr als einmal gab er verzagt den Widerstand gegen den väterlichen Willen auf, schickte sich in das Los eines dummen Bauern. Jenes Jahr nach dem Besuch bei Tolstoj hatte er mit Feldarbeit verbracht, nur wenig gelesen, wahllos, am meisten Tolstoj selbst. Endlich hatte man ihn nach Charkow ziehen lassen, aber auch dort konnte er nicht gleich ankommen: auf den Namen Isaakij hin wurde er als Jude abgewiesen, der Prozentsatz* war bereits erfüllt. So sehr hatte Isaakij sich nach der Schwelle der Universität gesehnt, so lang gehofft und wieder aufgegeben – daß er jetzt den Taufschein vorlegte. Aber als er bereits aufgenommen war, als niemand etwas beanstandete, schmeckte er in seiner jungenhaften Freude den Essig: sein ganzer Erfolg war darauf gegründet, daß er bewiesen hatte: er gehört nicht zu jener Nation, aus welcher Christus zu uns gekommen ist.

Und als er das Studium in der historisch-philologischen Fakultät begonnen hatte, spürte Isaakij selbst das Hinterwäldlerische, seine bäuerliche Unwissenheit gegenüber den Studenten aus der Stadt. Damals wurde ihm auch klar, daß sein Gymnasium nicht zu den besten gehörte. Nach einem Jahr Studium in Charkow – daß die Charkower Universität ebenfalls nicht zu den besten gehörte. Und er hatte den Mut, gleich nach dem ersten Kurs den Schritt nach Moskau zu wagen und die Universität zu wechseln (und Kotja kam auch mit).

Lange noch fühlte er sich zurückgeblieben, unentwickelt, unfähig, bis zum Kern einer Frage vorzudringen. Er verstrickte sich in der Fülle der Wahrheiten, quälte sich mit der Stichhaltigkeit jeder einzelnen. Solange nur wenige Bücher durch seine Hände gegangen waren, hatte Isaakij ein gutes und sicheres Gefühl, seit der siebten Klasse hielt er sich für einen Tolstojaner. Und dann gab man ihm Lawrow und Michajlowskij – alles scheint zu stimmen, alles sehr richtig! Darauf gab man ihm Plechánow* – wieder alles richtig, und dazu noch so glatt, so rund! Kropótkin* – auch er trifft das Wesentliche, auch richtig. Und als er die »Wechi«* aufschlug – da zuckte er zusammen: alles widerspricht dem Vorhergelesenen, aber – es stimmt! Es stimmt todsicher!

Langsam beschlich ihn Angst vor den Büchern – statt der früheren freudigen Ergebenheit –, er wollte und wollte nicht lernen, dem Autor Widerstand zu leisten, ließ sich mitreißen und unterwerfen von jedem gerade gelesenen Buch. Kaum war er dabei, sich ein Herz zu fassen und sich den Büchern zu widersetzen – da kam der Krieg, und nun wird er es nicht mehr lernen, nicht mehr aufholen können.

Der Zug näherte sich Armawir. Die Hälfte der Mitreisenden schlief noch, Sanja sprang, nun endgültig wach, von seiner Bank und hatte noch Zeit, sich zu waschen, bevor abgeschlossen wurde. Der Zug hielt zwanzig Minuten, er wurde an eine neue Lokomotive angehängt. Auf dem morgendlich sauberen Bahnsteig war es friedlich, leer, auch hier keine Anzeichen des Krieges. Im Bahnhofsbüfett frühstückte Sanja mit den zu Hause eingepackten Vorräten aus seiner Tasche und trank heißen, starken, süßen Tee dazu, er bestellte sich nichts anderes.

Der Zug setzte sich in Bewegung. Sanja blieb auf dem Vorplatz stehen. Die sonnenbeschienene Seite des Zuges entlang flog jetzt Ruß von der Lokomotive, und Sanja öffnete die andere Tür und hängte sich weit vorgebeugt hinaus. Er konnte an den sich drehenden riesigen farbigen Flächen trächtiger Erde sich nicht sattsehen. Über das Feld hüpfte neben jedem Wagen sein langgezogener schwarzer Schatten, in den Senken untertauchend, während die übrige

Steppe bereits in vollem Licht lag, von einer frühmorgendlichen, schon nicht mehr rosigen, aber noch nicht gelben Zartheit.

Und wenn auch jugendliche Kräfte den Körper mit freudiger Spannung füllten und Leben, Leben verhießen – vielleicht würde er diese Kubanj-Steppe und die Morgensonne über dem Getreidemeer niemals wiedersehen.

Dann passierte man Kubanskaja. Auch nach dieser Station ging Sanja nicht in den Wagen, sondern blieb an der offenen Tür stehen, vom Fahrtwind umweht, und schaute, schaute – und probte den Abschied.

Da zeigte sich ein frei liegendes Gut oder eine »Ekonomija«, wie man im nördlichen Kaukasus sagt. Mitten in der Steppe dichte, gerade Pflanzungen, schon hoch und breit gewachsen. Hochbeladene Pferdewagen fuhren vorüber. Ochsen zogen ein Lokomobil und eine Dreschmaschine. Wohnhäuser, Wirtschaftsgebäude drehten sich vorbei. Und jetzt erschien in einer Lücke der Pappelreihe, die den Zug entlanglief, die obere Etage eines Backsteinhauses mit Jalousien an den Fenstern, und auf dem geschnitzten Eckbalkon – deutlich eine Frauengestalt in Weiß, in einem sorglosen, festtäglichen Weiß.

Wahrscheinlich jung. Wahrscheinlich reizend.

Und wieder verschwand alles hinter den Pappeln. Und nie wird man sie wiedersehen.

3

Gleich in den ersten Riß im Schlaf – noch ehe man sich erinnert, wie jung man ist, wie herrlich der Sommertag, wie glücklich man leben kann – dringt stumpf und kalt: Streit! Wieder Streit mit dem Mann, seit gestern.

Sie öffnete die Augen. Nicht im Schlafzimmer. Allein.

Sie schlug die Fensterläden zum Park auf – welch ein Morgen! Die Luft von schattiger Kühle! Die Himalaja-Silbertannen strecken ihre Zweige bis zu den Fensterbrettern im zweiten Stock.

Noch mehr Glück? . . . Dieser Park wuchs nach ihrem Willen mitten in der nackten Steppe empor. Und jedes beliebige Ding, jedes beliebige Kleid aus Petersburg, aus Paris kann sofort bestellt, sofort gebracht werden.

Der letzte große Streit zwischen ihnen hatte drei Tage gedauert – drei Tage Schweigen, Ignorieren, und jeder immer für sich. Dann kam Christi Verklärung, und Irína fuhr mit der Schwiegermutter zur Kirche, nach Armawir. Der verschwebende Gesang bei der Liturgie, die warmherzige Predigt des Priesters, und später, im Ring um den Kirchhof, die freudige Weihe von vielfarbigen, zu Hügeln aufgeschichteten Äpfeln und Honig in Eimerchen und Tonkrügen, das Funkeln der Gewänder in der strahlenden Sonne, Kirchenfahnen, blankgeputzte Weihrauchfässer, vorbeiziehende Weihrauchschwaden – alles zusammen versetzte Irina in eine so himmlische Stimmung, und die Beleidigungen ihres Mannes erschienen ihr so klein und nichtig vor Gottes Welt, Gottes Ratschluß, und jetzt auch noch vor dem Krieg, daß Irina den Entschluß faßte, um Verzeihung zu bitten (obwohl sie nicht die geringste Schuld trug), nicht nur dieses Mal, sondern auch künftig es nie mehr zum

Streit kommen zu lassen und beim leisesten Zerwürfnis sich sofort als erste schuldig zu bekennen, denn das allein ist Christentum.

Und sobald sie nach dem Hochamt nach Hause kam, bat Irina ihren Mann um Verzeihung; Romáscha war sehr erfreut, er hatte nur darauf gewartet, verzieh seiner Frau sofort und bat sogar großmütig selbst um Verzeihung.

Aber der Frieden dauerte nur von Mittwoch bis Sonntag. Und wieder stritten sie so verletzend, daß nicht mehr miteinander zu sprechen war.

Im Flur fragte das Mädchen bei Irina Stepánowna flüsternd nach Befehlen. Vorläufig keine. Sie ging ins Bad aus rotweißem Marmor.

Dann betete sie vor der Muttergottes. Aber die Läuterung blieb aus.

Und auch beim Ankleiden, vor dem dreiteiligen Spiegel, brachte der Anblick der natürlich-rosa Haut, der runden Schultern, des hüftlangen Haares (vier Eimer Regenwasser zum Waschen) keine Erleichterung.

Sie ging in die Sonne, trat auf den Balkon, blinzelte nach dem Zug, wahrscheinlich der Bakuer Postzug. Der Blick auf die Züge, die zweihundert Sashenj* entfernt am Hause der Tomtscháks vorbeifuhren, war sehr unterhaltsam. Es wird einem nie langweilig, sie auftauchen und verschwinden zu sehen, sein Glück zu befragen, indem man die Waggons zählt: grad oder ungrad.

Viele Reisende hatten heute einen gemeinsamen Anlaß: der Krieg, in den Krieg, für den Krieg. Gerade deswegen war gestern der Streit entbrannt: Irina sprach zu nachdrücklich aus, daß Rußland es jetzt sehr schwer habe und daß die Söhne ihre Pflicht ... Sie hatte nicht ihren Mann gemeint, sie hatte nicht geahnt, daß es so kommen würde!

Sie sprach von der Teutonengefahr im allgemeinen ... Aber Romascha fühlte sich getroffen, verletzt, schalt sie eine stumpfsinnige Patriotin, eine hinterwäldlerische Monarchistin, die ihres Vaters – ein grober Klotz und Querkopf – würdig sei, außerstande zu begreifen, wie selten solch helle, einfallsreiche Köpfe wie ihr Mann in diesem wilden Land anzutreffen seien. Und die übelste Schlampe hätte es nicht über sich gebracht, den eigenen Mann in den Krieg zu schicken, aber sie ...

So stritten sie sich immer, eigentlich wie die Männer untereinander: einmal wegen des Zaren, über den sich Romascha immer lustig machte, ein anderes Mal wegen des Glaubens, von dem bei ihm nichts mehr geblieben war, er zeigte es nur nicht, anstandshalber.

Es wäre alles nicht so schlimm gewesen, wenn Román nicht seinen verstorbenen Schwiegervater erwähnt hätte. Ein grober Klotz?! Nun ja, er hatte als Knecht angefangen, Sohn eines Soldaten unter Nikoláj. – Ein Querkopf?! – und bei wem machte Roman einen Antrittsbesuch, wem wollte er Eindruck machen? Doch nicht etwa der Tochter! Er wurde auch den anderen Bewerbern vorgezogen: »Dem wird das Geld nicht unter den Fingern zerrinnen.«

Der Vater war lange kinderlos geblieben. Schon als alter Mann hatte er noch dem Erzbischof von Stawropol Vierzigtausend gezahlt, um eine andere Frau heiraten zu können. Aus dieser Liebe wurde Orína geboren, Orja! – nur so hatte er sie immer gerufen. Und in Orinas siebzehntem Lebensjahr stand er schon am Rande des Grabes und hatte es eilig, sie noch vor seinen eigenen Augen zu verheiraten, direkt aus dem Pensionat. Jetzt zeigte sich: es war zu früh gewesen. Jetzt konnte es einem leid tun. Er hätte ihr Zeit lassen sollen, sich zu entfalten. Sich auszutollen. Er hätte ihr auch erlauben sollen zu wählen, selbst.

Aber es war geschehen. Und Orja wagte nicht, an ein anderes Los auch nur zu denken, ihm nachzutrauern, geschweige denn ihrem verstorbenen Vater einen Vorwurf zu machen. Dem, was nicht geschehen ist, trauern nur die ungläubigen Seelen nach. Die gläubige Seele dagegen wird immer stärker an dem, was ist, wächst daran – hier liegt ihre Kraft.

Es war geschehen – und Orja erkannte fügsam den nicht gewählten Gatten an. Das gesamte ererbte Kapital übertrug sie ihm ungeteilt, ohne Vorbehalt. Die heutige Unabhängigkeit, der unübersehbare Reichtum, Muße, großzügige Reisen in die Hauptstädte und ins Ausland – das alles war Roman von Orjas Vater zugefallen, nicht von seinem eigenen – wäre es nicht besser gewesen, ihn wenigstens nicht zu beschimpfen? . . .

Es war Zeit, zum Frühstück hinunterzugehen. Nach unten führte innen eine Holztreppe. Über dem oberen Absatz träumte eine Landschaft von Zarskoje Selo*, über dem unteren – mähte Tolstoj. (Ausgeführt von einem italienischen Maler, den man aus Rostow hatte kommen lassen.)

Die Wände des Eßzimmers waren auf Nußbaum gemalt, das riesige Bufett war in Nußbaum, und das Leder der Polstermöbel – froschgrünbemoost. Zitronenbäumchen in Kübeln standen vor den Fenstern zum Park hinaus. In der geräumigen Mitte stand ein Tisch für zwölf Personen, der für vierundzwanzig ausgezogen werden konnte. Gedeckt war für zwei – übereck: die Schwägerin schlief noch, Roman wurde auch sonst nie zum ersten Frühstück erwartet, und der Schwiegervater fuhr meistens in aller Frühe auf einem Kremser in die Steppe hinaus, über seine zweitausend Desjatinen*. Aber heute war er verreist, schon den dritten Tag in Jekaterinodar, dort sollte sich das Schicksal von Romascha entscheiden, alle dachten an diese Fahrt, niemand redete davon.

Zum Morgengruß bückte sich Irina und küßte die Schwiegermutter auf die volle breite Wange. Übersättigte Fülle und abgestandene Ruhe – das war das Gesicht von Jewdokíja Iljínitschna nach ihrem fünfzigsten Lebensjahr. Als würden die heutigen Sorgen sie nicht berühren, als hätte sie in der Vergangenheit kein Unglück gekannt – so tief war alles versunken, so restlos ineinandergeflossen, zum Stillstand gekommen in diesem Gesicht. Unter anderem gab es in ihrem Leben eine Woche, in der sie sechs Kinder, die an Scharlach erkrankt waren, verloren hatte – nur Ksénija, die Jüngste, riß man heraus, wie aus einem Feuer, und auch Roman und die älteste Schwester, die schon erwachsen waren. Zuweilen, wenn sie sich über ihre Schwiegermutter ärgerte, rief Irina die Erinnerung an diese Woche in sich wach.

Sie bekreuzigte sich vor der Ikone des Letzten Abendmahls (sinnigerweise hatte man sie im Eßzimmer aufgehängt), setzte sich. Man fastete zu Mariä Himmelfahrt, auf dem Tisch gab es weder Fleisch noch Milch, den schwarzen Kaffee servierte das Mädchen, der Diener war bei diesem Frühstück nicht anwesend.

Jewdokija Iljinitschna, die Tochter eines einfachen Dorfschmiedes (würde man sie schlechter kleiden – sie wäre auch heute noch die gleiche wie damals, eine einfache Bauernfrau), konnte sich in all den Jahren nicht daran gewöhnen, bei Tisch als Dame im Spitzenshawl zu sitzen und sich mit allem Notwendigen bedienen zu lassen. Sie war froh, wenn etwas fehlte und sie es selbst holen durfte, wenn sie manchmal die Köchinnen wegschicken und selbst in einem eimergroßen Topf einen ukrainischen Borstsch* kochen konnte. Später hielten die Kinder, die sich vor dem Personal schämten, sie zurück und verlangten, wenn Besuch kam, daß das ewige Strickzeug und das Wollknäuel vor ihren Füßen weggeräumt werde.

Die Schwiegermutter schleppte sich in die Waschküche und kontrollierte den Verbrauch an Seife und Holzkohle, veranlaßte, daß die feine Wäsche der Schwiegertochter ungewaschen zurückgeschickt wurde (»Wozu will man das teure Zeüg anziehen? Es sieht doch keiner!«), sie selbst, ihr Mann und alle im Hause, denen sie zu befehlen hatte, trugen grobe, bei Nonnen angefertigte Wäsche. Früher einmal hatte sie mit diesem selben Mann in einer Erdhütte gelebt, und sie hatten zehn Schafe – bis ins Alter hinein konnte Jewdokija Iljinitschna an die Beständigkeit von ihres Mannes Reichtum nicht glauben. Sie konnte nicht genau feststellen, wo er versickerte, aber er versickerte überall, von ihrem überfließenden Reichtum zweigten die Leute sich etwas ab, nahmen, stahlen, man hatte zehn Mann Personal im Haus und noch einmal zehn im Hof, die Kosaken nicht mitgerechnet, und eine Menge Angestellter, Arbeiter, Ökonomieschreiber, Verwalter, Bereiter, Lagerverwalter, Pferdeknechte, Ochsentreiber, Maschinisten, Gärtner – wer konnte auf sie alle aufpassen? Aber war es wirklich unvermeidlich: wo getrunken wird, wird viel verschüttet? – und Jewdokija Iljinitschna kontrollierte, nachdem sie sich mit dem Lauf des üppigen Ökonomie-Haushalts abgefunden hatte, bei der Hausschneiderin den Verbrauch an Nähgarn und die Stoffreste. Sachár Ferapóntowitsch schenkte gern einem vorbeiziehenden Landstreicher einen alten Anzug – Jewdokija Iljinitschna schickte ihm einen berittenen Boten nach und ließ dem Landstreicher den Anzug wieder abnehmen. Dagegen wurde ihr Haus durch ihre Schwester Archelája, eine Nonne, unter Nonnen, Mönchen und Pilgern bekannt und zum ständigen Ziel, für die war nichts zu schade, und zwischen den Fastentagen hatte das Personal doppelte Arbeit: zusätzliche Fastenspeisen für die schwarze Horde. Und in das Kloster nach Teberda hatte Sachar Ferapontowitsch ganze Ochsenfuhren mit Proviant geschickt. Aber in diesem Punkt hatte Irina Erfolg: sie überzeugte den Schwiegervater, daß die Nonnen schlau, verlogen und arbeitsscheu seien, daß es gottgefälliger wäre, diese Lebensmittel den Arbeitern zuzuwenden und ihnen während der Sommerarbeit viermal täglich Fleisch vorzusetzen. Und das geschah auch.

Mit derselben Eindeutigkeit, die ihr nicht abzugewöhnen war, fragte die Schwiegermutter auch jetzt:

»Warst du heute nacht mit Romascha – wieder nicht zusammen?«

Irina senkte den immer hoch getragenen Kopf. Sie errötete nicht vor der plumpen Direktheit der Frage, sondern vor der achtjährigen Hoffnungslosigkeit, die auch sie selbst bedrückte: die Grobheiten der Schwiegermutter hatten ihren Grund, und auch die Gereiztheit ihres Mannes war berechtigt.

Auf dem einfältigen Gesicht der Schwiegermutter über den aufgeschwemmten Schultern zeigte sich – in den Grenzen seiner gewohnten Unbeweglichkeit – ein Staunen:

»Daß eine Frau aus eigenem Willen allein schläft? Unerhört . . . Wenn *er* dich rausschmeißen würde, hätte ich ja nichts gesagt . . .«

Sie meinte nicht nur ihren Sohn – sie gab jedem Mann gegenüber jeder Frau Recht.

»Wenn das so weitergeht, werden wir es nie erleben . . .«

Die riesige Standuhr schlug und spielte dann »Herrlich ist der Herr in Zion«. (Man hatte sie auf einer Auktion erstanden, als die Krone den erblosen Besitz des ausgestorbenen Stammes von Rjurik* veräußerte.)

»Man muß seinen Stolz beugen, Irúscha . . .«

Ach, sie beugte sich ja, beugte sich, unter diesem Kreuz hatte sie sich ja immer gebeugt! Aber was wußte schon die Schwiegermutter von Stolz? Der Schwiegervater konnte ihr bei Tisch ins Gesicht spucken, nicht etwa im übertragenen Sinn, sondern mit wirklicher, dicker Spucke – und Jewdokija Iljinitschna, ohne aufzuspringen, ohne aufzuschreien, wischte es ganz ruhig mit der Serviette ab. Irina sprang auf: »Romascha! Fahren wir! Wir wollen hier nicht bleiben!« – und der Schwiegervater warf seine Gabel hin, stand auf und ging hinaus. Es stimmte, wenn die Frau sich gefügig zeigt, verraucht der Zorn des Ehemannes bald, und der Streit ist vorbei: »Mein Alterchen!« – unmittelbar danach war Sachar Ferapontowitsch gerührt und liebevoll. Aber war der Preis nicht zu hoch?

Irina betete um Sanftmut und Demut, aber wenn ihre Schwiegermutter ihr von Sanftmut redete – dann stieg als Antwort federnd Dunkles in ihr auf:

»Warum haben Sie ihn so verwöhnt? Warum haben Sie

Ihren Sohn so vergöttert? Und ich muß mit ihm leben.«

»Ist er denn nicht recht?«

Sie war so treuherzig erstaunt, mit so ungetrübt klaren Augen, daß man nicht den Mut fand, sie zum Beispiel an jene Szene vor dem ARBEITSZIMMER zu erinnern, vor allen Angestellten, es ging um irgendeine PARZELLE und darum, was dort gesät werden sollte: »Du Hundesohn!!« – brüllte Sachar Ferapontowitsch mit blutunterlaufenen Augen und stampfte mit den Füßen, »Selbst einer!!« – brüllte Roman Sachárowitsch zurück. Der Vater holte mit seinem schweren Nußbaumstock aus und schlug auf den Sohn ein, der Sohn, in der gleichen elementaren Wut, riß einen Revolver aus der Tasche. Irina fiel ihrem Mann in den Arm: »Mama! Schließen Sie die Tür ab!«, nur so konnte man die beiden trennen. Roman war beleidigt und fuhr weg. Darauf schickten ihm die besorgten Eltern ein Telegramm nach dem anderen – komm, Söhnchen, komm zurück!

Auch heute waren Vater und Sohn zerstritten. Dieser Zustand war häufiger als Friede.

Das Frühstück war zu Ende. Irina erhob sich und ging – in Leinen, gut gewachsen, stattlich, mit ihrem im Pensionat gründlich durchgearbeiteten Gang. Sie ging über den goldfarbenen Teppich, der im Sommer nicht abgenommen wurde, an der Vitrine mit Kristall vorbei – ins Treppenhaus zurück, stieg die Stufen hinunter, wieder an einem Lew Tolstoj vorbei, diesmal an einem pflügenden, und trat vor den Haupteingang.

Roman hatte darauf bestanden, daß diese vielen Tolstojs gemalt wurden. Dem alten Tomtschak wurde erklärt, daß es bei gebildeten Leuten sich so gehöre, daß er einer der Großen Rußlands und ein Graf sei. Im stillen achtete und propagierte er Tolstoj wegen dessen Ablehnung der Beichte und der Kommunion, die Roman verabscheute.

Mit allen Wirtschaftsgebäuden und Gemüsegärten erstreckte sich der zum Hause gehörende Teil des Gutes über fünfzig Desjatinen – es gab genug, wo man hingehen konnte: in die Waschküche, die so gebaut war wie bei den deutschen Kolonisten; in die Keller, um mit der Wirtschafterin die Vorräte zu inspizieren; in die Baracken, um die Frauen der Saisonarbeiter zu besuchen; oder vielleicht in die Treibhäuser.

Aber wohin man auch gehen mochte – überall mußte man sich entscheiden: Aussöhnung oder nicht? sich fügen oder nicht?

Irina ging durch den Park, sie nahm sich zusammen und drehte sich nicht nach der Veranda vor ihrem Schlafzimmer um, von wo er wahrscheinlich nach ihr ausspähte. Um seinem Beleidigtsein Ausdruck zu geben, brachte er es fertig, sich für einen Tag oder auch vierundzwanzig Stunden dorthin zurückzuziehen, ohne sich im Haus oder draußen blikken zu lassen.

Sie ging an den Himalaja-Tannen vorbei. Wieviele Sorgen hatte man sich ihretwegen gemacht, ob sie wohl angehen würden: man hatte sie aus einem großfürstlichen Park auf der Krim schon als alte Bäume hierher gebracht, mit Erdballen in Körben, und an jeder Seite war bezeichnet gewesen, mit welcher sie nach Osten gesetzt werden sollten.

Weiter hin zogen sich die Fliederallee, die Kastanienallee, die Nußbaumallee.

»Um Geld zu verdienen, braucht man Verstand«, pflegte Sachar Ferapontowitsch zu bemerken. Aber durchaus nicht weniger Verstand und noch dazu Geschmack brauchte man, um dieses Geld auszugeben. Ungezähltes Geld hatten auch die Mordorénkos, und wie gaben die es aus? Die haben lange im Dreck gelebt, Jaków Fomítsch hatte sich schönheitshalber den ganzen Mund voll Platinzähne machen lassen, seine Söhne, diese Hengste, spielten Kopf-oder-Schrift mit Goldmünzen statt mit Kupfer. Als Tomtschak zusammen mit Tschepúrnych in Petersburg sechstausend Desjatinen Kubanj-Boden bei den Grafen-Brüdern gekauft hatte – da nahm Sachar Tomtschak den Mund voll: »Wollen wir mal Grafens einladen? Und denen mal was Richtiges vorsetzen, nicht so'n Quatsch«, aber was man eigentlich vorsetzen sollte, das fiel ihm bei Palkin* nicht ein, er bestellte »viel und das Teuerste«.

Wie man sich das Leben einrichten soll – das lernte Sachar Ferapontowitsch bei seinem Sohn und der Schwiegertochter. Den Bahnkörper entlang pflanzten sie Alleen von Pyramiden- und Balsampappeln, deren Breite für zwei entgegenkommende Gespanne reichte. Die Balsampappeln verbreiteten gegen Abend, nach sonnigen Tagen, einen wunderbaren Duft, und der ungeschliffene Gutsherr mußte zugeben: »Wunderbar, Iruscha, wunderbar!« Die Auffahrt bepflanzte man mit Platanen. Iruscha hatte auch den Einfall, einen Teich in der Nähe des Hauses ausheben zu lassen – auszementiert, mit fließendem Wasser aus der Leitung und einem Badehäuschen – und die ausgehobene Erde ein Stück weiter zu einem kleinen Hügel aufzuschütten und darauf einen Pavillon zu errichten. Und so entstand das, was ein Park heißt, was die alten Gutshöfe charakterisiert: eine selbständige Landschaft, abgeschlossen innerhalb ihrer Umgebung, ihr nicht ähnlich. Ringsumher kann es Steppe, Wald oder Sumpf geben, aber hier, nach eigenen Gesetzen – der Park, ein anderes Land. Hinter dem Park legte man einen Obstgarten an, holte sich dazu aus einem alten Garten an die zweihundert Bäume – und sie gingen an. Hinter dem Obstgarten – ein Weinberg. Um den Pavillon ließ Irina mauretanischen Rasen säen, ums Haus einen Rasenplatz mit Blumen und Rosenbeeten anlegen, und in dem Hof – smaragdenen englischen Rasen, der mit Rasenmähern geschnitten wurde.

Aber Irinas besondere Sorgfalt galt den beiden Gewächshäusern: dem kleinen für Frühlingsblumen, die den frühen Ostertisch schmücken sollten, und dem großen, wo in Kübeln Oleander, Palmen, Yucca, Araucarien überwinterten und Hunderte von kleineren Töpfen mit Blumen, deren Namen außer Irina nur der spezielle Gärtner kannte, der mit der übrigen Gärtnerei nichts zu tun hatte. Alle diese empfindlichen Bewohner mußten fast täglich aufgesucht werden, irgendeinem mußte man immer helfen, im Sommer – herausstellen und hineinstellen, im Winter irgendeinen Blühenden in den Wintergarten tragen, irgendeinen Verwelkten zurück in das Gewächshaus. Vor dieser Vielfalt der Gerüche, Farben und Konturen, angesichts der Empfindlichkeit der Blumen und ihres Entfaltens fühlte sich Irina sicherer, geschützt vor den Beleidigungen ihres Mannes. Sie hatte auch den phantastischen Gedanken, daß Roman, wenn er aufwachte, sie trotzdem suchen würde. Das war in gewöhnlichen Zeiten undenkbar, aber im Krieg, wenn eine Trennung nicht ausgeschlossen ist – vielleicht würde er weich? Sie wünschte sein Kommen, nicht um einen Sieg zu erringen, sondern seinetwegen, für sein Herz.

4

Nein, nirgends hat man es so gut wie zu Hause! – nirgends gibt es ein so angenehmes Bett, ein Zimmer von solchem Blau, das jetzt noch im Dunkel liegt, mit einzelnen Strahlen, die durch die Jalousien eindringen, und nirgends eine solch sichere Möglichkeit zu faulenzen – Tage, Wochen, Monate sogar!

Vom langen guten Schlaf ins lange gute Leben mit süßem, süßem Gähnen, Strecken, Dehnen – Ksenija ballte ihre kleinen Hände über dem Kopf.

Stimmt, dieses Leben ist verwerflich, hier läßt man sich gehen, hier gibt es nichts, womit man später den Freundinnen imponieren könnte, vieles ist hier schlecht und unkultiviert – und trotzdem ist es gut! Hier ist etwas Gutes, was nur hier, nur von einem selbst und von der Familie verstanden wird – während die Freundinnen es überhaupt nicht verstehen können.

Die Moskauer Freuden sind natürlich unvergleichlich: Tanzstudio, Theater, Dispute, öffentliche Vorträge, ach ja, und die Kurse auch! – alles einfach atemberaubend, aber hier, wenn man morgens aufwacht – dann bleibt man liegen, solange man Lust hat. Das herrschaftliche Leben ist eben doch etwas sehr Angenehmes.

Hinter der Tür hörte man ein Räuspern, dann klopfte es.

»Ksenija, schläfst du?«

»Ich weiß noch nicht richtig, wieso?«

»Ich muß an den Safe, nur für einen Augenblick. Aber wenn du schlafen willst . . . ich kann ja dann später . . .«

Es ist so schön, gerade dann liegen zu bleiben, wenn man kaum wach geworden ist . . . Aber wenn jemand wartet – dann ist einem alles vergällt.

»Es geht schon!« rief Ksenija und richtete sich im Bett auf, ohne sich mit den Armen zu stützen, nur aus den kräftigen Hüften heraus. Über den Saum des langen Nachthemdes stolpernd, lief sie barfuß über den Teppich zur Tür, schlug den Haken zurück:

»Warte, noch nicht reinkommen!«

Und zurück ins Bett – das Netz raschelte unter ihr, sie zog die leichte Decke hoch:

»Herein!«

Der Bruder öffnete die Tür, trat aus dem gebrochenen Licht des Korridors ins Zimmer:

»Guten Morgen. Habe ich dich wirklich nicht geweckt? Es ist sehr dringend, entschuldige. Ich kann jetzt, nach dem Licht draußen, gar nichts sehen. Du erlaubst, daß ich einen Laden öffne?«

Er bewegte sich vorsichtig, stieß aber trotzdem gegen das Frisiertischchen, die Flacons klirrten, und öffnete den Laden vor einem Fenster. Öffnete – und der ganze jubelnde Tag drang in das Zimmer, und Ksenija bedauerte nicht mehr, daß sie nicht ausschlafen konnte: sie hatte ausgeschlafen! Sie rollte sich auf die Seite, schob die Hand unter die Wange und sah dem Bruder zu.

Roman schaute sich in der Helle um, als hätte er erwartet, in diesem kleinen Zimmer außer seiner Schwester einem Feind zu begegnen. Seine tiefliegenden Augen blickten stechend. Und der Schnurrbart – wie zugespitzte Stöcke, er wollte sich nicht hochzwirbeln lassen.

Aber es gab keinen Feind. Da ließ Roman die Schlüssel in seiner Faust zum Vorschein kommen und ging auf den Wandsafe zu, um aufzuschließen.

»Ich mache ganz schnell, ich geh gleich wieder. Ich kann dir dann wieder dunkel machen.«

Als das Haus gebaut wurde, vor einigen Jahren, wurde dieses Zimmer als Romans Arbeitszimmer geplant und deshalb ein Safe in die Wand eingebaut. Später beschloß man, daß der Sohn zu dem Vater in das ARBEITSZIMMER im ersten

Stock ziehen sollte und Ksenija hierher, aber der Safe blieb, wo er war, für Romans persönliche Papiere und Geld. Die Schwester kam ja auch nur in den Ferien.

Roman hatte eine gute Figur – hager, beweglich, in einem knapp sitzenden englischen Sportanzug, aber er war nicht groß genug. Er trug ein mattbraunes Käppi, passend zum Anzug und den Halbstiefeln.

»Willst du etwa Auto fahren?« fragte Ksenija. »Willst du Orja und mich heute spazierenfahren! In die Stadt? Oder dahin, zur Kubanj, hinter den Stengel?«

Ksenija wog Hoffnung und Verzicht ab: was würde sie für das Autofahren aufgeben, was auf morgen verschieben? Hinter dem Gut des Baron von Stengel, eines hervorragenden Konkurrenten sämtlicher hiesiger Ökonomiebesitzer, lag ein hundertjähriger Eichenwald, ein Wunder in der Steppenlandschaft. Und auch Romans Auto war nicht irgendeins, sondern ein weißer Rolls Royce, von denen es in Rußland, wie es hieß, nur neun Exemplare gab, man kannte sie wie seine eigenen Finger, und ausgerechnet Stengel hatte keinen. Roman, angelernt von einem Engländer, fuhr selbst und wußte sogar gut über das Auto Bescheid, konnte auch selbst alles reparieren, aber er machte sich nicht gern schmutzig und hatte einen Chauffeur eingestellt.

Doch jetzt griff er beleidigt nach dem gebogenen breiten Schirm seines Käppi und spielte damit.

»Nein, ich war nur so in der Garage. Ich werde euch spazierenfahren, nur nicht heute. Zuerst soll sich entscheiden ...«

»Ach ja, richtig! ... O weh, entschuldige, Romáschetschka!«

Wie kann nur das ganze Gedächtnis einschlafen, wie kann man die ganze Welt vom Abend bis zum Morgen einfach vergessen – sogar den Krieg! Überhaupt – daß jetzt Krieg ist in der Welt! Und sogar, daß Vater jetzt weggefahren ist, um für Romascha zu kämpfen, daß sich für ihn jetzt alles entscheidet. Ja, und auch das Auto! Das ist ja einfach Unsinn: man könnte gezwungen werden, den Rolls Royce abzugeben! Es ist ja verständlich, der Bruder hat jetzt anderes im Sinn als Vergnügungen, allein schon aus Aberglauben.

Obwohl, ehrlich gesagt, Ksenija nicht verstehen konnte, wieso es für einen Mann nicht peinlich wäre, sich vor dem Militär zu drücken. Ja, wenn er der einzige Ernährer ist, aber Roman – was ist denn das für ein Ernährer? Man muß ja nicht unbedingt in den Kugelregen, aber zur Armee gehen – das fordert jetzt doch der einfache Anstand.

Das allerdings muß er schon selbst einsehen, denn Ksenija hätte nie gewagt, ihrem Bruder so etwas zu sagen, bei aller Unkompliziertheit und Freundschaftlichkeit ihrer Beziehungen, seitdem Ksenija kein Kind mehr war.

»Und wo ist Orja?«

»Das weiß ich nicht.«

Roman hatte bereits die erste und die zweite Tür des Safes aufgeschlossen und sich mit Kopf und Schultern davor hinuntergebeugt.

»Warst du nicht beim Frühstück dabei? Haben sie das Fasten nicht drangegeben?«

Sie mußte selbst lachen. Roman wandte sich zum Zeichen des Einverständnisses etwas um, zeigte ihr die Spitze des Schnurrbarts und die spöttisch verzogene Lippe. Seine Nase war wie bei dem Vater – eine reife Frucht, hängend.

Keiner ließ mit sich reden! Die dümmste aller Gewohnheiten im Hause Tomtschak war das Fasten. Und wie oft! Wenn es bloß die großen Fasten gäbe – gut, das kann man noch einsehen, man ruft einen Popen, und eine ganze Woche lang gibt es auf dem Gut nichts anderes als Messen, Fasten, Kommunion, das ganze Personal, alle Arbeiter müssen bis zum Beginn der Aussaat rein werden. Während der großen Fasten ist Ksenija immer fort, und Roman macht eine Reise in die Hauptstädte und kehrt erst zu Ostern zurück. Aber gleich nach Pfingsten beginnen die völlig sinnlosen Fasten um Peter und Paul. Und gleich nach Peter und Paul fängt Mariä Himmelfahrt an. Und bevor man bei den vergnüglichen Zwölf Heiligen Nächten angelangt ist, gilt es mit saurer Miene die Weihnachtsfasten durchzustehen. Und außerdem hat jede Woche einen Mittwoch und einen Freitag! Ein Habenichts hat gut fasten. Aber mit diesem Geld, mit dieser Auswahl der leckersten Dinge, die es auf der Welt gibt – das halbe Leben sich durch Fasten verderben? Eine vollendete Barbarei.

Das Gemeinsame zwischen Schwester und Bruder lag darin, daß aus der ganzen Familie nur sie beide kritische, fortschrittliche Ansichten vertraten. Die anderen waren Wilde, Petschenegen*.

Immer noch auf der Seite liegend, mit angezogenen Beinen und der Faust unter der Wange, dachte Ksenija laut:

»Ich weiß nicht ... Die letzte Möglichkeit, mit den Kursen aufzuhören, ist eben jetzt, im August, solange ich nur ein Jahr verloren habe. Und dann – in die Duncan*-Schule.«

Um das Intime – so empfand er das Zusammensein mit der Kasse – zu bewahren und auch um sich zu konzentrieren, mußte er mit dem Safe allein sein und vor der Schwester verbergen, was darin war und was er tat, obwohl Ksenija gar nichts sehen konnte und wollte. Und Roman, sich darüberbeugend, verdeckte die raschelnden und knisternden Papiere.

»Wenn du mich unterstützen würdest«, seufzte Ksenija, »ich würde es wagen!«

Roman raschelte, schwieg.

»Ich bin überzeugt, daß Vater während der drei Jahre nichts merken würde. Moskau ist eben Moskau, das wäre nicht anders als mit den Kursen ... Und später – er wird herumbrüllen, sich ärgern, aber verzeihen wird er mir doch!«

Roman raschelte, sein Kopf war fast nicht zu sehen, er steckte tief im Safe.

»Und selbst wenn er mir nicht verzeihen sollte – was kann man da machen? . . .« Ksenija verzog die Mundwinkel, nachdenklich. »Soll man sich das Leben ruinieren – wäre das besser? Was soll mir diese Agronomie? . . . Seine Neigungen abwürgen, das ist ein Verbrechen!«

Roman unterbrach seine Beschäftigung und richtete sich auf. Er wandte den Kopf um, wobei er immer noch den Safe mit dem Körper verdeckte:

»Das verzeiht er dir nie. Und überhaupt – du redest nichts als Unsinn. Es ist das einzig Sinnvolle, alles spricht dafür, daß du diesen landwirtschaftlichen Lehrgang zu Ende bringst. Dann wirst du hier hoch im Kurs stehen.«

Er sah sie mit seinen scharfen intelligenten Augen unter den dichten schwarzen Brauen an, unter dem englischen Käppi hervor. Ksenija schüttelte den Kopf, schnitt Grimassen – Roman schien es nicht zu merken. Seine Überzeugungen brachte er so unwiderleglich vor, mit einer so finsteren Strenge, daß selbst geschäftstüchtige Männer unsicher wurden, geschweige denn Ksenija.

»Und dann wirst du eben Landwirt. Ein Viertel des Erbes ist dir auf jeden Fall sicher. Und sollten Vater und ich uns endgültig entzweien – dann auch noch mehr. Alles hinschmeißen und barfuß auf der Bühne hopsen? Verrückt. Du bist doch kein Bettlerkind.«

Aber ein Kind, aber ein kleines Mädchen, das man leiten muß. Sie war ganze siebzehn Jahre jünger, der Bruder sprach mit ihr fast wie ein Vater mit seiner Tochter, und Ksenija hörte zu, obwohl sie nicht überzeugt war.

Dann wandte er sich wieder seinem Safe zu. Wäre er ein eigennütziger Mensch gewesen, dann hätte er seiner Schwester zur Tanzschule zugeredet: er brauchte sie in ihrem Drang nur zu bestärken und zwei, drei Tänze zu loben. Wenn Ksenija heiratet und dem Alten einen Enkel schenkt, wird der Vater, in seiner Wut auf den Sohn, alles dem Enkel überschreiben. Bei Licht besehen, wäre es für Roman von Vorteil, wenn Ksenija in die Ballettschule ginge und sich mit dem Vater überwürfe. Aber einen solchen gemeinen Trick gestattete er sich nicht, das widerspräche dem von ihm bevorzugten Stil eines englischen Gentleman. Er hatte ihr etwas Vernünftiges geraten.

Nachdem er das Gesuchte gefunden und beide Stahltüren nacheinander mit zwei verschiedenen Schlüsseln, mit doppelter Umdrehung abgeschlossen hatte, sah Roman noch einmal die Schwester, die verstummt war, streng an:

»Und dann wirst du einen Ökonomiebesitzer heiraten.«

»Wa-a-a-s?? kommt gar nicht in Frage!! Und wenn ihr euch alle auf den Kopf stellt!!!« Ksenija fuhr hoch, als wenn sie etwas gestochen hätte, riß das Nachthäubchen vom Kopf, das Weiße ihrer lustigen Augen funkelte wie bei einer Negerin. Und dann lachte sie, lachte schallend, streckte einen Arm hoch – aber mit einer Tanzgeste. Das war schon ein Schrecken, bei dem man nur noch lachen konnte, la-a-chen! Bei den *Ökonomiebesitzern* ist die Frau eine Schönheit, die zwei Stühle zum Sitzen braucht. »Geh jetzt, ich stehe auf!!«

Und kaum war die Tür hinter ihm zugefallen, sprang sie mit einem Satz aus dem Bett! – schlug den zweiten Fensterladen zurück (ein Tag! eine Sonne! das Leben!) – noch ein Sprung! zum Frisiertisch (die Garnitur Möbel, in Grau, hatte sie zum Abschluß des Gymnasiums bekommen). Aber der verstellbare Spiegel konnte ihre Gestalt nicht fassen, wie schräg man ihn auch stellen mochte.

Und erst in der ganzen Gestalt – erst in den starken! schlanken! beweglichen Beinen! mit kleinen! ganz kleinen Füßen! – war die eigentliche Schönheit Ksenijas.

Ein Sprung! Ein Sprung! Ein Sprung!

Und nun wieder aus der Nähe: das runde, rotbackig-dunkelhäutige, ganz gewöhnliche Gesicht einer Kleinrussin, eines Steppenmädchens, einer »Petschenegin«, wie Járik sie während der Gymnasialzeit geneckt und damit sehr geärgert hatte. Die Haare sind ja nicht dunkel – das ist INTERESSANT. Und mit den Jahren bekam sie immerhin einen distinguierten Ausdruck – wesentlich distinguierter und gebildeter und – nachdenklicher. Aber sie sieht trotzdem überdurchschnittlich gesund aus, überhaupt keine Blässe, man brauchte unbedingt etwas Blässe ... Diese törichten Pausbacken, bäuerlich, hoffnungslos bäuerlich! Und noch dazu diese Zähne, so gleichmäßig, so weiß, so fest, die alles noch hoff-nungs-loser machen! Kann man mit diesem Gesicht zum Ausdruck bringen, wie gebildet man ist? Welch feines, feines, feines Empfinden man für das Schöne hat? Kann man an diesem Gesicht ablesen, welche Theateraufführungen man schon gesehen hat? Wieviele Photographien, wieviele Statuetten man ständig um sich hat – hier, und auch in dem Zimmer in Moskau? Léonid Andréjew!* Und Gelzer*, mehrfach! Und Isadóra, mehrfach! Und Ksenija selbst – im ungarischen geschnürten Rock und Stiefelchen mit Sporen, oder im duftigen Voile, mit einem kleinen Medaillon, barfuß! – ganz im Flug, der Rock in der Hand zierlich gerafft! – die beste Tänzerin des Charitónowa-Gymnasiums! – vielleicht die beste von allen Gymnasiastinnen in Rostow?! Wie kann man dem entsagen? ...

Kann es einen anderen Lebensinhalt geben? Kann es etwas anderes im Leben geben – außer dem Tanz? dem Tanz? Diese Arme hatten Flügel, gerade lang genug! diese Schultern, schon in voller Reife! Der Hals allerdings sollte noch wachsen, wenigstens ein bißchen schmaler und länger werden! der Hals spricht beim Tanz seine eigene Sprache, er ist sehr wichtig!

Waschen – überflüssig! Essen – überflüssig! Trinken – überflüssig! Tanzen will ich, tanzen!

Durch die Tür – hinaus auf den Balkon! Und vom Balkon – in den Saal! Hier stehen die alten dummen Plüschmöbel, von denen man sich nicht trennen kann. Da ist der richtige Spiegel, jetzt bist du ganz da! Trällernd – ein Sprung! Ein Sprung! Wie sie das kann! Sie ist ein Vogel! Der Fuß ist erstaunlich klein, er hätte auf einer Männerhand Platz. Und dann dieser Stoß! Dieser Stoß! Das ist die Duncan-Schule: mit dem ganzen Fuß, kein Spitzentanz! Das ist überhaupt kein Tanz, das ist or-che-sti-sche Illustration! Sehen Sie doch, sie ist ja fast wie die Isadora, sie steht ihr in nichts nach! Und sie hat alles noch vor sich! noch vor sich!

... Da kam schon das Mädchen mit dem elektrischen Staubsauger. Und ein anderes brachte dem Fräulein ein in der Sonne vorgewärmtes Handtuch: nach dem Bad ist es besonders angenehm, mit einem solchen Handtuch sich abzutrocknen.

Eins nach dem anderen, eins nach dem anderen, dann das Frühstück – inzwischen glühte die Steppe, und es war schon so heiß, daß auch kein breitkrempiger Hut schützen würde, am besten – in die Hängematte, mitten im Garten, in Weiß, das kühlte.

Durch die Baumkronen schimmerte der weißliche, von der Hitze ermattete Himmel, und selbst im dunkelsten Schatten spürte man die Dichte der Glut. Nur verwaschen drang das Tuckern der Lokomobile vom Dreschen durch, das Surren der Maschinen vom Wirtschaftshof, das ineinander gestimmte Summen der Insekten und Fliegen. Man spürte nicht den leisesten Hauch.

Dann knirschte der Kies. Ksenija beugte sich über den Rand – das war Irina, in gewohnter Geradheit und Gemessenheit. Ksenija streckte die Arme aus, als wollte sie sich recken – um Irina zu umarmen, sie hatten sich heute morgen noch nicht gesehen. Irina bückte sich, um sie zu begrüßen. Ksenijas Buch klappte zu, rutschte herunter und blieb über einer Raute der Hängematte liegen. Das entging Irina nicht, sie schüttelte vorwurfsvoll den Kopf:

»Wieder ein französisches?«

Es war zwar ein englisches Buch, aber gemeint war etwas anderes ... Ksenija warf sich zurück, mit dem lockeren Haarknoten gegen das strammgezogene Netz der Hängematte, und rümpfte weinerlich die kleine Nase:

»Aber Orenjka, soll denn für mich das Leben des Serafím von Sárow* das Richtige sein?«

Sie stand an dem Stamm der Kastanie, ohne ihn zu berühren und, wie es schien, ohne den Wunsch, sich anzulehnen oder den rechten oder den linken Fuß zu entlasten. Aber sie blickte wohlwollend spöttisch:

»Aber in deiner Lektüre vermisse ich die Russen.«

»Wen denn eigentlich?« ereiferte sich Ksenija mit dem flüchtigen kurzlebigen Ärger der Muße. »Sämtliche Turgenjews schon gelesen, von denen hab ich hundertmal genug. Von Dostojewskij bekomme ich Krämpfe und zittrige Hände. Aber daß bei uns Hamsun, Przybyszewski*, die Lagerlöf nicht gelesen werden, das kümmert dich nicht.«

In dieser Familie hatte Irina seinerzeit Ksenija als ein scheues elfjähriges Mädchen kennengelernt und sie bis zu ihrem dreizehnten Lebensjahr, bis zur Abreise in das Gymnasium nach Rostow geleitet. Jene Ksenija war im Glauben erzogen worden und kannte keine größere Seligkeit, als ihrer Schwägerin im Fasten, Beten und in der Verehrung alter russischer Sitten nachzueifern.

Irina nickte mit umwölkter Stirn, sie nickte:

»Du entfernst dich . . .«

»Wovon eigentlich? Vom Kleinrussischen?« Die lebhaften braunen Augen sprühten Feuer. »Ich hätte wirklich Lust, von hier wegzukommen, aber wie? Alle diese Heiratskandidaten von den Ökonomien stinken nach Teer, man könnte sich totlachen, wenn man sich mit ihnen unterhält. Mordorenko Jewstignéj! . . .« Sobald sie an ihn dachte, schüttelte sie sich vor Lachen. »Wie hat er geweint, als man ihn nach Paris schicken wollte!«

Orja mußte mitlachen. Die Nase in ihrem bedeutsamstrengen Gesicht war an der Spitze leicht abgeplattet, was ausgesprochenen Sinn für Humor verriet, auch die Lippen waren immer bereit, über Komisches sich zu kräuseln. Ein leichtes Lächeln bedeutete bei ihr genauso viel wie ein schallendes Gelächter bei Ksenija.

Dieser Einfaltspinsel hielt eigene Pferde, die in Moskau

beim Rennen laufen sollten, aber Jewstignej hatte sich irgend etwas zuschulden kommen lassen, und zur Strafe befahl ihm der Vater, nach Paris zu fahren statt zum Moskauer Rennen. Und der bullenstarke Jewstignej, der kein einziges Mädchen, nicht einmal die Gouvernanten, in Ruhe lassen konnte, brach zusammen, schluchzte zwei Tage, wischte sich die Tränen und bettelte, ihn nicht nach Paris zu schicken.

»Oder wie sie hier auf den Bällen die Frauen HOCH LEBEN LASSEN?« Ksenija schüttelte sich.

So wie man sonst Jubilare hochleben läßt, so warfen die Ökonomiebesitzer bei ihren wilden Zusammenkünften junge Frauen in die Luft, die eigenen Ehefrauen und Schwiegertöchter. Ein gutes Dutzend Arme faßten an, daß die Röcke nur so flogen und man möglichst einen Oberschenkel zu packen bekam. (Roman spielte den Vornehmen und führte Irina von solchen Bällen weg, worüber die anderen sehr beleidigt waren.)

»Überhaupt, was für ein Schicksal! Auf der Visitenkarte, kannst du dir das vorstellen: Ksenija Sachárowna Tomtschak! Es riecht förmlich nach einer Tatschanka oder nach Schaf, in einem anständigen Haus wird man einfach nicht empfangen.«

»Aber wenn die Schafe nicht wären, hättest du weder ein Gymnasium, noch die Kurse zu sehen bekommen ...«

»Und das wäre besser gewesen! Dann hätte ich wenigstens nicht gemerkt, was mir fehlt. Dann hätte ich auch so einen Petschenegen mit zehn Mühlen geheiratet und mich als steinernen Götzen hinter dem Stuhl meines Gatten photographieren lassen ...«

»Aber trotzdem«, unterbrach Irina mit sanfter Beharrlichkeit, »sind die Grundlagen des Volkes ...«

»Hier – Grundlagen? Bei den Petschenegen?!«

»Alles hier«, Irina blieb hartnäckig, ihre Stirn verfinsterte sich, und der biegsame lange Hals mit den zarten bläulichen Adern war gespannt, »ist den Grundlagen des

Volkes wesentlich näher als deine aufgeklärten Charitónows, denen Rußland gar nichts bedeutet.«

Ksenija fuhr auf, rutschte in der Hängematte nach unten, stützte sich gegen die straff gespannten Rauten:

»Mein Gott, wie kommst du zu solchen starren kategorischen Urteilen! Du hast noch keinen von den Charitonows je gesehen – warum kannst du sie nicht leiden? Sie sind alle grundehrlich, arbeiten alle viel – was hast du gegen diese Familie?«

Bei Ksenijas heftigen Bewegungen fiel das Buch durch eine Masche der Hängematte zu Boden.

Irina hatte es falsch angefangen, sie bereute es. Sie hätte die Charitonows nicht erwähnen sollen. Schließlich sind sie es nicht allein, das ganze gebildete Rußland ist so.

»Ich wollte nur sagen«, sie suchte bereitwillig einzulenken, »daß wir sehr schnell lachen und alles komisch finden. Ein Komet mit zwei Schweifen am Himmel – komisch. Die Sonnenfinsternis am vergangenen Freitag – komisch.«

Auch Ksenija hatte nicht die geringste Lust zu streiten, ihr Zorn war genauso schnell verflogen, wie er gekommen war. Sie blinzelte gegen die sonnendurchtränkte Laubdecke. Sie bat:

»Nun, aber wirklich ... es gibt doch die Astronomie ...«

»Astronomie hin, Astronomie her«, beharrte Irina ruhig. »Aber als Fürst Igor* ins Feld zog, war eine Sonnenfinsternis. Während der Schlacht auf Kulikowskoje Pole* – eine Sonnenfinsternis. Auf dem Höhepunkt des Nordischen Krieges* – eine Sonnenfinsternis. Jedesmal, wenn Rußland vom Krieg heimgesucht wurde, gab es eine Sonnenfinsternis.«

Sie – sie liebte im Leben das Geheimnisvolle.

Ksenija bückte sich, um das Buch von der Erde aufzuheben, fiel selbst fast heraus, der Haarknoten löste sich auf, und aus dem Buch glitt ein aufgeschnittener Briefumschlag heraus.

»Ach ja! Ich habe es dir noch nicht erzählt! – ein Brief

von Jarik Charitonow. Stell dir vor: sie sind vorzeitig entlassen worden, gleich am zweiten Kriegstag. Der Brief ist schon aus dem Feld! Und als wir ihn bekamen, war Jarik bereits in der Schlacht! Und es ist ein froher Brief! Er ist zufrieden!«

Genauso alt wie ich, hat die Aufgaben mit mir zusammen gemacht, wie ein geliebter Bruder! – Ksenija dachte an ihn mit Zärtlichkeit und Stolz.

»Von wo ist der Poststempel?«

»Der Stempel – aus Ostrolenka, wir wollen bei Romascha auf der Karte . . .«

Irina runzelte die geraden Brauen – verlegen und doch anerkennend:

»Aus dieser Familie – und ein Patriot, ein Offizier! Ich sehe darin ein ZEICHEN.«

. . . Und ihr Mann? Und was ist mit ihrem Mann? . . .

5

In dieser VERRÜCKTEN Stadt Rostow war es für Sachar Ferapontowitsch nichts Neues, Geschäfte abzuwickeln, nur nicht solche. Meistens fuhr er wegen der Maschinen hin: immer neue Maschinen gab es dort, man konnte sie ansehen und anfassen, und es wurde einem gründlich erklärt, wie sie funktionieren. Er kaufte dort, allen anderen Ökonomiebesitzern, manchmal sogar dem Baron Stengel voraus, Drillsämaschinen von Siemens, Kartoffelfurcheneggen und diese neuen Pflüge, die an langen Riemen zwischen zwei Lokomobilen laufen. Manchmal unterschrieb er dort große Aufträge auf Getreide und Wolle (er verkaufte Getreide sogar an die Franzosen). Und natürlich kaufte er auch anderes ein: Fisch – wo sollte man denn sonst Fisch kaufen, wenn nicht in Rostow! – und manches andere an Essen und Sachen. Einmal kam er nur, um Handschuhe zu kaufen, wie er sie haben wollte – innen Eichhörnchen und außen Wildleder, in Armawir hatten sie solche nicht –, und da haben ihn diese Windhunde beschwatzt: er kaufte noch dazu das Automobil »Russisch-Baltische Droschke« für siebenundeinhalb Tausend. Einst hatte er den Sohn wegen des »Thomas« angebrüllt, er war fest davon überzeugt, daß durch dieses Ungetüm, sobald es um das Feld gefahren war, das Gewitter losbrach und das Korn sich hinlegte. Aber jetzt suchte er selbst einen Chauffeur, zum Glück hatte der Sohn des Weingärtners sowas in der Armee gelernt, der wurde dafür eingestellt.

Aller Ankauf-Verkauf in Rostow lief bei Sachar Ferapontowitsch wie geschmiert, er war froh, daß die Leute dort ihr Geschäft aus dem Effeff verstanden – aber ein Gymnasium hatte er dort noch nicht gesehen, noch nie, und ein Schild war ihm auch nicht aufgefallen. Und als Roman und Ira ihn dazu gebracht hatten, Ksenija im Pensionat in Pjatigorsk abzumelden und ins Gymnasium nach Rostow zu schicken, fuhr er nicht ohne Bedenken mit der Tochter los, weil er sich mit solcher Ware, wie ein Gymnasium es war, nicht auskannte und man ihn deshalb mit Sicherheit übertölpeln, übers Ohr hauen würde.

Aber diesmal mußte er in Geschäften einen sehr klugen Juden aufsuchen, einen achtbaren Mann – Archangoródskij, Iljá Isákowitsch. Dieser Archangorodskij war der beste Fachmann für Mühlen, für die allerneusten, ob elektrische, ob andere, ganz egal, ein solcher Fachmann, daß von Zarizyn bis Baku keine Mühle ohne sein Büro gebaut wurde, und als Paramónow, dieses große Tier, die fünfstöckige in Rostow hinstellen ließ, so war es eben Archangorodskij, der sie ihm einrichten mußte. Und da fiel Tomtschak ein, daß Archangorodskij ihm wohl keinen schlechten Rat geben würde und man ihn fragen könnte: Welches Gymnasium ist das beste, wohin mit der Tochter? Archangorodskij war sehr verständnisvoll, sagte, es gebe das staatliche Jekaterina-Gymnasium und auch andere, aber er würde das private Gymnasium der Charitonowa empfehlen, wo auch seine Tochter sei, Sónja, in der vierten Klasse. Sie rechneten nach – beide sind dreizehn, sie kommen in eine Klasse, GUT SO.

Nun ist gleich eine Freundin da – das gefiel Sachar Ferapontowitsch. Es war besonders günstig, daß man mit einem privaten, nicht mit einem staatlichen Gymnasium zu tun hatte: nur dort ist das Geschäft verläßlich, wo der Besitzer selbst an der Spitze steht, aber beim Staat und mit staatlichen Angestellten – da ist nichts Gutes zu erwarten.

Wenn Sachar Ferapontowitsch sich nach Rostow aufmachte, zog er einen Anzug an, je nach der Jahreszeit aus Wolle oder Rohseide, setzte einen Hut auf wie einen runden Kloben, oder er nahm auch einen Schirm mit, zum Angeben, aber er vergaß das alles bald und marschierte und fuchtelte mit den Armen wie draußen in der Steppe, wenn er vom Kremser heruntersprang, in Schmierstiefeln und Fuhrmannsmantel. Außerdem, das war kurz vorher gewesen, brachte ihn seine Schwiegertochter auf den Gedanken, hundert Visitenkarten zu bestellen, die man angeblich unbedingt haben müßte. Aber dieses Geld war umsonst ausgegeben: unter den Kaufleuten und Geschäftsleuten, die Tomtschak aufsuchte, in den Banken und in der Börse hielt keiner dem anderen solche Dinger unter die Nase, und das ganze Hundert lag unberührt in der Tasche wie ein neues Kartenspiel. Und erst als Tomtschak vor dem Gymnasium der Charitonowa neben der Alten Kathedralkirche vorfuhr – da brach er dieses Hundert an: die erste Karte schickte er durch den Pförtner hinauf.

Es stellte sich heraus, daß Aglaída Fedoséjewna eine gesetzte Dame war, verständig, nur hatte sie einen Klemmer auf der Nase, sie hätte eine Brille tragen sollen, denn ein Klemmer hält ja nicht. Einer so seriösen Frau konnte man seine Tochter in dieser fernen Stadt ohne weiteres anvertrauen, auch wenn man sie nur alle halbe Jahre zu sehen bekam.

Aber daß er selbst der Schulleiterin nicht gefallen könnte – das kam Sachar Ferapontowitsch überhaupt nicht in den Sinn. Alle männlichen Tomtschaks zeichneten sich dadurch aus, daß sie ihren Starrsinn, ihr mürrisches und zänkisches Wesen zuhause hervorkehrten, doch vor Fremden und bei Fremden sich als Spaßvögel und die besten Gesprächspartner zeigten. Es gab keine Gesellschaft und es gab keine Frau, der Sachar Ferapontowitsch nicht im Gespräch gefallen hätte, wenn er es darauf anlegte.

Und tatsächlich, dieser pittoreske Kleinrusse mit dem scharfgeschnittenen Gesicht, den buschigen Brauen und der massiven, ja plumpen Nase, der in einem Stadtanzug mit der auffälligen Uhrkette wie verkleidet wirkte, brachte es fertig, durch seine Offenheit, seinen Humor, aber auch seine patriarchalische Würde, am stärksten jedoch durch seinen

Schwung – man glaubte, die Papiere auf dem Tisch müßten davonfliegen und die Kalenderblätter flattern wie bei einem Windstoß – Aglaida Fedosejewna einfach zu überfahren und zu bezaubern. In der Gesellschaft, in der sie verkehrte, wurde viel überlegt und nachgedacht, viel geseufzt und geträumt, aber niemand hatte diese Energie, diese Lust am Handeln, sofort, auf der Stelle. Tomtschak war überhaupt nicht imstande, sich mit gesenkter Stimme wohlerzogen zu unterhalten, im Zimmer der Schulleiterin hat er fast gebrüllt, als knarrten in der Nähe Ochsenkarren und als würden blökende, muhende Herden vorübergetrieben – aber Aglaida Fedosejewna, die formbewußte Wahrerin der gesenkten Stimme und des zurückhaltenden Auftretens, fühlte sich dadurch nicht schockiert, sondern war von solcher Unmittelbarkeit begeistert. Sogar die offenkundige Übertreibung, daß er bereits vier Gymnasien aufgesucht, aber keins ihm gefallen habe, während dieses ihm gleich – auf den ersten Blick, gleich auf der Treppe, gleich beim Pförtner – gefiel, sogar diese naive List rührte sie. Und obwohl bei Charitonowa die vierte Klasse komplett war und sie nicht vorhatte, noch jemanden aufzunehmen, am wenigsten ein halbwildes Mädchen, selbstverständlich ohne ausreichende Vorbildung, war sie nach zehn Minuten dazu bereit und hatte es nicht nur unterlassen, in ihrer reservierten Art darauf hinzuweisen, daß andere Arbeit auf sie warte, sondern erlag der Treuherzigkeit des lustigen Kleinrussen, stellte ihm Fragen und ließ Kaffee bringen. Ohne mit Details und Späßen zu geizen, überzeugt, daß man hier nichts Besseres zu tun habe als ihm zuzuhören, erzählte Sachar Tomtschak, wie er in seiner Kindheit als einfacher Hirt in Taurien* fremde Schafe und Kälber gehütet hätte; wie sie, die Taurier, in den Kaukasus gekommen wären, um sich als Knechte zu verdingen, und er damals viel weniger verdient hätte, als er heute dem letzten Saisonarbeiter zahlte, von den gelernten ganz zu schweigen; daß erst nach zehn Jahren sein Herr ihm zehn Schafe, eine Jungkuh und einige Ferkel geschenkt hätte – und damit ist alles in Gang gekommen, mit saurer Mühe, sein ganzer heutiger Reichtum. Sie fragte ihn nach seiner Schulbildung – anderthalb Jahre Dorfschule, er hatte gerade so viel gelernt wie nötig: Bibel und Heiligenleben lesen, russisch und auch kirchenslawisch, mit dem Schreiben hapert es, aber rechnen kann er von Kindesbeinen an, man kann ihn bei keinem Geschäft übers Ohr hauen. Sie fragte nach seiner Familie, und da berichtete er, welche Prüfung ihm Gott auferlegt hatte: innerhalb einer Woche seien ihm sechs Kinderchen gestorben, die ganze Mitte seiner Nachkommenschaft. Er bekam Tränen in die Augen und zog das Taschentuch hervor. Und dann erzählte er von der Ökonomie: wie sie klirrende Hartziegel in selbstgebauten Öfen gebrannt haben, eine Million Stück, es wird auch noch zum Verkaufen etwas übrigbleiben; wie er das neue Haus selbst zusammen mit einem Architekten geplant hat, kein einziges Fenster ohne eine Jalousie außen und einen Laden innen, dagegen kommt keine Hitze mehr an; vier Wasserleitungen sind schon gelegt, sie haben eigenen Strom vom Dieselgenerator, jetzt wird ein *Park* gepflanzt – kurz, er lädt die Schulleiterin ein, im nächsten Sommer mit den Kinderchen hinauszukommen und Kumys* zu trinken.

Nach und nach erzählte auch die Schulleiterin, daß sie seit kurzem verwitwet sei, ihr Mann war Schulinspektor; sie hat drei Kinder: die Tochter hat eben das Gymnasium abgeschlossen, sie wird jetzt in Moskau studieren, der ältere Sohn, Jarosláw, dreizehn, entgleitet ihr: er will nicht mehr auf dem Gymnasium bleiben, sondern zu diesen Hohlköpfen auf die Kadettenschule.

Sie erklärte, daß das Schulgeld – zweihundert Rubel im Jahr – fünfmal so hoch sei wie an einer Staatsschule, weil ... Tomtschak war fast beleidigt: »Was ich zu zahlen habe – das lassen Sie meine Sorge sein. Sie haben keine Ochsen, bei Ihnen wachsen keine Sonnenblumen fürs Öl und keine Bohnen – und irgendwas müssen die Kinder ja essen.« Und als sie fragte, wo das Mädchen wohnen wird – da stimmte Tomtschak ein Klagelied an: »Aber wo soll sie hin, das arme Kind! Wie kann man sie in dieser verrückten Stadt ohne Aufsicht lassen! Aber vielleicht könnte sie bei Ihnen wohnen?« (Das hatte er vom ersten Augenblick an im Sinn gehabt. Deshalb hatte er hier seine Späße gemacht, den Kaffee getrunken und zum Kumys eingeladen, obwohl er auch noch anderes vorhatte und wie auf Kohlen saß.) »Wie meinen Sie das?« – die Charitonowa war auf alles mögliche gefaßt, nur nicht darauf. »Haben Sie nicht genug Zimmer? Ihre Älteste ist doch, wie Sie sagen, fertig und wird nach Moskau gehen – dann nehmen Sie doch meine an ihrer Stelle. Sie können mir meinetwegen Ihre Drei alle mitgeben, für die werde ich sofort Platz finden!«

Wie ungeschliffen, wie aufdringlich das auch sein mochte – nach diesem Gespräch voller Leutseligkeit und Gelächter konnte Aglaida Fedosejewna unmöglich zu der eisigen Undurchdringlichkeit zurückkehren, mit der sie sonst abzuschrecken verstand. Sie redete auf diesen Kleinrussen ein, erklärte ihm, warum das nicht anginge, warum das nicht üblich sei, eine Schülerin solle nicht bei der Schulleiterin wohnen, sie hätte die eigene Tochter auf das staatliche Jekaterina-Gymnasium geschickt, damit es auch nicht die Spur von Begünstigung gäbe – nichts machte Eindruck auf ihn, er machte seine Späßchen und appellierte an ihr Mitleid: »Wohin soll ich dann mit ihr? Ich werde sie nicht zu Fremden geben. Dann muß sie eben mit zurück, zu den Schafen. Schade, das Mädchen ist sehr klug.« – »Aber wer bin ich denn? Bin ich keine Fremde?« – »Sie? – Nee, Sie kenne ich, Sie kenne ich gut!« So sicher, so gutgelaunt brachte er das hervor, daß die Schulleiterin gar nicht dazu kam, darüber nachzudenken, wieso dieser Wilde sie so gut zu kennen glaubte?

Tomtschak merkte sehr wohl, daß er der Schulleiterin gut gefiel und daß die Tochter auch gut gefallen würde, man darf nur nicht mit der Tür ins Haus fallen. Und er lenkte ein, hatte nur die Bitte: ob das Mädchen denn diese drei Tage hier bleiben könne, solange er hier geschäftlich zu tun habe, von einem Büro zum anderen, und auch noch in Mariupol, er könne das Kind doch nicht allein im Gasthof lassen? Und sobald er zurückkommt, wird er für sie eine Bleibe suchen.

Die Schulleiterin merkte nicht, daß sie sich überreden ließ. Tomtschak gab ihr sogar einen Handkuß (er hatte es zwar nicht gelernt, aber gesehen, wie man es macht) und ging in großer Eile. Noch ehe er dieses schüchterne Mädchen im hausgeschneiderten karierten Kleidchen mit einem handgewebten Gürtel brachte, das vor der majestätischen Dame mit dem Pincenez weder zu stehen noch zu gehen wagte, wurde am anderen Eingang (die Wohnung der Schulleiterin befand sich im Gymnasiumsgebäude) ein Porzellanfäßchen mit Kaviar abgegeben, eine Torte von Filíppow, ein Arschin* im Quadrat, und noch andere Kartons. Es kann niemals schaden, wenn man mehr als das Nötigste hat, das gilt auch für eine so gebildete Schulleiterin, selbst wenn sie einen Klemmer auf der Nase hat. Wenn man einem Menschen im voraus zahlt, und zwar nicht kleinlich – so ist das keine Bestechung, kein Schacher, Tomtschak hätte es nicht erklären können, aber er verstand: ein reichlicher Lohn für jede Leistung schafft zwischen den Menschen Freundschaft und bewirkt Gutes.

In den drei Tagen, als Tomtschak verreist war, zeigte sich Ksenija reinlich, gehorsam, entwicklungsfähig im Umgang und in der Schule, ein geübtes Auge sieht das gleich. Das Zimmer der Tochter stand leer, die Jungen konnten auch weiter zusammenwohnen, und Aglaida Fedosejewna kam zu dem Schluß, daß es sogar gut wäre, wenn mit den beiden Söhnen im Hause ein Mädchen aufwachsen und sie beeinflussen würde. Das Kind betete nur zuviel: es lag morgens und abends lange auf den Knien. Um so verlokkender erschien es, dieses Kind aus seiner unwissenden Familie zu lösen und in ein fortschrittlich gesinntes junges

Mädchen zu verwandeln. Sie stellte eine Bedingung: Ksenija kommt nur in den Ferien nach Hause, und während des übrigen Jahres hat sich der Vater nicht einzumischen. Und Sachar Ferapontowitsch wünschte sich auch nichts anderes: die Schulleiterin hat Grundsätze, was braucht das Kind mehr?

Tomtschak machte sich nicht klar, daß er seine Tochter schwersten Belastungen ausgesetzt hatte: im Hause der Schulleiterin zu wohnen und von den Klassenkameradinnen nicht als Petze angesehen zu werden. Vor dieser Gefahr bewahrte sie die Charitonowa selbst: dem liberalen Geist ihres Gymnasiums treu, erlaubte sie weder sich selbst noch den Klassenlehrern, durch geheime Verhöre oder Denunziationen von Schülerinnen Erkundigungen einzuziehen. Niemals in den ganzen Jahren hatte sie eine derartige Frage an Ksenija gestellt. Sie und ihr verstorbener Mann sahen als die wichtigste Aufgabe der Jugenderziehung die Erziehung zum STAATSBÜRGER an, das heißt zu einer Person, die regierungsfeindlich eingestellt ist.

Ksenijas Begabung und ihre Arbeitsfähigkeit übertrafen die Erwartungen Aglaida Fedosejewnas. Für den täglichen Heimweg brauchte sie eine Minute und nicht eine Stunde wie die anderen – und sie nutzte diese Stunde. Der Lernprozeß an sich interessierte sie mehr als die Schulpreise. Ihre Jahresnoten lagen in keinem Fach unter Fünf Minus*, besonders blühte sie in den Fremdsprachen, obwohl sie beim Eintritt keine konnte: bei der Charitonowa hatte man zwei als Pflicht, und Ksenija, die mit der goldenen Medaille abschloß, las fließend drei Sprachen. (So sehr hing sie an ihrem Gymnasium, so undenkbar schien es für sie, auch nur einen Tag zu versäumen, so bescheiden blieb sie noch lange, daß sie Orjas Einladung zu einer gemeinsamen großen Auslandsreise abgelehnt hatte.)

Mehr Sprachen – mehr Bücher. Kinderbücher und auch andere Bücher füllten die vielen Schränke in der Wohnung Charitonows, aber darunter fast keine von denen, die Ksenija bei Orja gelesen hatte – höchstens etwa Gogol und Dickens. War ein Buch ebenso dick und von gleichem Papier wie die Bibel, so war es nicht die Bibel, sondern ein Shakespeare mit schrecklichen Bildern.

Mit jedem Halbjahr, jedem Monat dieser vier Gymnasialjahre entpuppte sich für Ksenija die Welt ihres früheren, damals vollgültigen Lebens als ein wilder und dunkler Winkel. Wie beschämend war schon die Unverfrorenheit des Vaters, seine Tochter bei der Schulleiterin einzuquartieren! Zuhause, während der Ferien, entsetzte sie sich über die massive Ungeschliffenheit ihrer Angehörigen. Einmal brachte sie Sonja Archangoródskaja mit, sah mit deren Augen diese ganze Primitivität noch schärfer und schämte sich in Grund und Boden. Wenn sie nicht zufällig in die landwirtschaftlichen Kurse geraten wäre, hätte sie nach dem ersten Besten gegriffen, nur um in einer kultivierten Welt leben zu können.

Auch von ihren früheren fleißigen Morgen- und Abendgebeten auf den Knien war nichts mehr geblieben: sie betete nur ganz flüchtig, in die Kirche fuhr sie mit der ganzen Familie nur, wenn es sich nicht umgehen ließ – stand dort zerstreut, bekreuzigte sich linkisch.

Und da ging es Tomtschak auf, daß er damals unterlassen hatte, eine kurze Frage an die Schulleiterin zu stellen: ob sie – mit ihrem ganzen Gymnasium – wohl an Gott glaube?

6

Es wäre Roman überhaupt nicht schwergefallen, auch eine ganze Woche allein zu sein – wenn er nur zur rechten Zeit in allem bedient wurde; er kannte niemanden, der interessanter und angenehmer war als er selbst.

Bei dem bejahrten Diener mit dem Backenbart bestellte er bedächtig das Essen für sich allein – hierher, auf die Veranda, solange hier noch keine Sonne war. Besonders aufmerksam erkundigte er sich nach Fisch und wählte verschiedene Vorspeisen (der Fischhändler in Rostow schickte Tomtschak ein Fäßchen oder ein Paket durch den Schaffner des Passagierzuges; ein Kosak holte es ab und zahlte dem Schaffner ein Trinkgeld). Es lohnte sich, mit Sachkenntnis ungestört zu speisen – allein, solange der Alte noch nicht zurück war. Er konnte gegen Abend zurück sein, um die Zeit kamen zwei Züge nacheinander. Der Alte wäre glücklich gewesen, wenn der Sohn ihn auf der Station abgeholt hätte. Aber – sie hatten Streit, und Roman wollte sich nicht Liebkind machen.

Auch der Diener war von der heutigen Aufregung mitbetroffen: sein Bruder, der Chauffeur von Roman Sacharowitsch, war wehrpflichtig, konnte jedoch, wenn man Glück hatte, zusammen mit den anderen als unentbehrlicher Facharbeiter zurückgestellt werden.

Roman selbst war EINZIGER ERNÄHRER, einziger Sohn in der Familie, und konnte deshalb unter keinen Umständen eingezogen werden. Aber nun kamen Gerüchte auf, daß solche Vergünstigungen abgeschafft werden sollten, wenn es sich nicht um den tatsächlichen Ernährer handelt, im letzten Manifest über den Landsturm wurden die von den früheren

Aufgeboten NICHTERFASSTEN recht unklar erwähnt – und der Vater machte sich eilig auf den Weg zum Kreistruppenchef, um die Sache auf alle Fälle ins Reine zu bringen.

Hier, in der Glasveranda im zweiten Stock, vor dem Schlafzimmer, stand seine geliebte Couchette, die er sich aus Irinas Garnitur ausgesucht hatte: mit einem sanftgeschwungenen Kopfteil, so, daß man darauf nicht eigentlich saß, sondern zu einem Drittel lag. Ohne sich aufrichten zu müssen, ohne Kissen, konnte man rauchen, Zeitung lesen oder, wie auch jetzt, die Operationskarte betrachten, die aufgehängt war.

Auf Romans telegraphische Bestellung schickte eine Petersburger Buchhandlung einen Satz Fähnchen sämtlicher kriegführenden Staaten zum Abstecken der Frontlinien. Und er hatte auch schon damit angefangen, aber dann tauchten diese Gerüchte über die Abschaffung der Vergünstigungen auf – und der Hauch von Verzauberung und Spannung, der über der Karte lag, war wie weggeblasen, der Anblick der gewundenen Grenzlinien, die Kringel der Städte, die fremden Namen waren beklemmend.

Roman steckte sich mit einem goldenen Feuerzeug eine Zigarette an, Spezialformat. Im ersten Ehejahr auf der Reise durch Frankreich hatte Irina ihrem Mann ein goldenes Zigarettenetui geschenkt – länglich, wie es in Rußland keine Zigaretten gab. Als Gentleman durfte Roman die Bedeutung des ersten Geschenks und seinen Wert nicht unterschätzen, deshalb verzichtete er künftig auf gekaufte Zigaretten und bezog aus Rostow von Asmólow jeweils hunderttausend Zigarettenhülsen in dem entsprechenden Langformat und ließ aus Armawir ein Mädchen kommen, um die ganze Sendung zu stopfen.

Aber auch das Rauchen machte heute keinen Spaß.

Er setzte sich an den l'Hombretisch, breitete die Papiere aus dem Safe aus, versuchte, sich in die Rechnungen zu vertiefen. Roman hatte nur die vierjährige Grundschule besucht: vor dreißig Jahren steckte man hier, an der Kuma, erst in den Anfängen, und keinem wäre es auch nur in den Sinn gekommen, den Sohn aufs Gymnasium zu schicken. Dann ging er auf die Handelsschule, machte allerdings keinen Abschluß. Aber er hatte einen glücklichen Griff beim Rechnen. Auch für die Wirtschaft war er sehr begabt, doch es war kränkend, den Handlanger zu spielen, neben einem energischen Vater, der keinen Widerspruch duldete und auch ein scharfsichtiger Glückspilz war. Roman wartete, bis seine Stunde kam! So lange könnte er – mit dem Kapital seiner Frau – auf die Teilhabe am Betrieb seines Vaters auch ganz verzichten. Jedes Jahr zwei Monate in Moskau und Petersburg, zwei Monate im Ausland. In Moskau mit Trabern spazierenfahren, im »Elite« im Appartement »de luxe« wohnen und die Ausländer ausstechen, und im Bolschoj, wenn alle schon auf ihren Plätzen sitzen, im Smoking seinen Sessel in der ersten Reihe des Parterre einnehmen. Sehr gut gefiel sich Roman auf Reisen. Es gefiel ihm, in der Kurhalle in Narsan sogar von Bekannten für einen Engländer gehalten zu werden. Und in Europa durch russische Entschlossenheit und Originalität zu verblüffen. Im Louvre, in dem runden Purpurzimmer, wo die Venus von Milo steht, aber kein einziger Stuhl, damit dort niemand sich setzt, dem Museumsdiener mit einer befehlenden Geste einen Zehnfrancschein hinzuhalten: »Lja schäz!« Sich zu setzen und – solange Ira herumgeht – eine Zigarette anzustecken und mit dem Feuerzeug zu spielen. Und auf dem Weg dorthin in den nächsten Saal zu winken: »Und jetzt – dorthin lja schäz, dorthin!«

Und auch Irina war prachtvoll! Wenn sie mit ihrem Esprit* aufrecht wie eine Marmorgöttin schreitet, unter den luftig wehenden Paradiesvogelfedern. Mit ihr hätte man auch am Hofe sich zeigen können. Er selbst hätte zwar ein Werschok* größer sein können. Und wenn nur die Haare nicht so ausgingen.

Nein, es war nichts mit dem Arbeiten. Der Druck ließ nicht nach: was wird der Vater heimbringen. Roman begann auf der Veranda auf und ab zu gehen, rauchend. Und – ZU DENKEN.

Am besten gefiel er sich in solchem Denken. Er entfaltete dabei alle seine Fähigkeiten – sogar die staatsmännischen, die vorerst noch verborgen blieben. Was ihn mit Sicherheit vor vielen Deputierten der Duma auszeichnete, war seine scharfe Offenheit im Umgang mit Menschen. Die wildesten und zügellosesten Ökonomiebesitzer der Gegend – alle achteten Roman Sacharowitsch, sie mochten ihn vielleicht nicht, aber sie parierten. Er schmeichelte niemals und unter keinen Umständen, gab auch aus Höflichkeit nicht um ein Haarbreit nach, verschwendete auch aus Gastfreundschaft nicht das leiseste Lächeln und unterhielt sich immer mit selbstbewußtem Ernst, ohne den scharfen Blick von seinem Gegenüber abzuwenden. Und überhaupt unterhielt er sich nicht eine Minute lang mit einem Menschen, der ihm nicht interessant oder nicht nützlich schien: selbst, wenn es ein Gast war – Roman Sacharowitsch erhob sich einfach und zog sich zurück. Solche unbeugsamen Männer fehlten jetzt dem Staat, an der Spitze ganz besonders.

Romans Schritt wurde immer fester und entschlossener. An dem einen Ende seines Weges hing an dem Verandageflecht eine Photographie von Maxim Gorkij. Roman betrachtete mit Sympathie das quetschnasige Gesicht des berühmten Schriftstellers. Überall lobte Roman laut dessen Bücher und Dramen. Er erkannte in ihm den eigenen Charakterzug: vor Menschen, die einen mögen, nicht zu scharwenzeln. Roman war begeistert von der Frechheit, mit der Gorkij den Großen der Industrie und des Handels seine Hiebe versetzte und sie mit Galle überschüttete – hatten sie doch dem Gepfefferten, Scharfen, Frischen begeistert applaudiert.

Und hinter dem Park – zweitausend Desjatinen kubanischen Tschernosjom*, falls er sie erben sollte. Mein Gott, wie herrlich und schön ist doch das Leben! Und dieses festgegründete, reiche, vielversprechende Leben, dieser helle kluge Kopf – alles kann durch den Gestellungsbefehl eines Kreistruppenchefs in einem dreckigen Schützengraben unter der Herrschaft eines Feldwebels untergehen! . . . Welch eine Roheit!

Aus der Kubanj war Rußland noch kein wirklicher Staatsmann erstanden, Kubanj ist noch durch niemand berühmt geworden. Roman malte sich verschiedene Möglichkeiten seines Aufstiegs aus, eine interessanter als die andere. Er wäre dann, genau genommen, kühner als die Kadetten!* Aber wer steht noch weiter links als die Kadetten – die Sozialisten? Auch Gorkij ist ein Sozialist.

Man hätte durchaus auch den Sozialismus in Erwägung ziehen können, wenn das nicht alles mit Raub, mit Verlust des rechtmäßigen Besitzes verknüpft wäre. Die einzige persönliche Erinnerung an den Sozialismus war für Roman Neunzehnhundertsechs, eine Gräte im Hals, das ärgerlichste Verlustgeschäft des ganzen Lebens. Und wenn es nur ein Verlustgeschäft gewesen wäre! – mit einem Verlust könnte man sich abfinden wie mit Gewitterschaden, Dürre, Preisschwankungen. Verlieren – das hat nichts Erniedrigendes, wer verliert nie? Aber das sauer verdiente Geld diesen Schurken, diesen gemeinen Lumpen eigenhändig, freiwillig entgegenzustrecken – sie hatten weder den Grips noch den Fleiß, um auch nur ein Zwanzigstel selbst verdienen zu können! Ihre ganze Leistung bestand darin, in der schnörkeligen Handschrift eines Kanzleischreibers Briefe aufzusetzen und an die Ökonomiebesitzer zu verschicken: »Geehrter Sachar Ferapontowitsch! Der auf Sie entfallende Beitrag für die Revolutionsarbeit beläuft sich auf vierzig Tausend (bei manchen auch fünfzig!), andernfalls erwartet Sie der sofortige Tod. Kommunisten-Terroristen.« Die ersten, die sich geweigert hatten, wurden wirklich zur Bekräftigung umgebracht, eine ganze Familie.

Was sollte man tun? Nach der Revolution waren alle eingeschüchtert. Die Regierung unsicher. Und die Haltung der Gebildeten? Für die Revolution? Das ist ihre Pflicht!

Ihre heilige Pflicht vor dem ausgebeuteten Volk! (Für die rechtmäßige Revolution, für den Sturz des verhaßten Zaren – hätte man ohne weiteres einen gewissen Betrag beisteuern können!) Die Ökonomien liegen weit auseinander, mitten in der Steppe, unbewacht ... (Seit jener Zeit besoldeten Tomtschaks vier Kosaken.) Und so mußten sie hinfahren, auf einer Tatschanka, in einfachen Kleidern, zu dritt: Roman, der Verwalter und der Kontorist. Der Vater fuhr nicht mit – der Vater hätte es nicht über sich gebracht, das Geld eigenhändig herzugeben, er hätte nach dem ersten Tausend einen Herzschlag bekommen.

Sie fuhren hinter die entlegenen Akazienpflanzungen. Es war Herbst, er erinnerte sich gut an die breiten violetten Schoten auf der Erde unter den Rädern. Und *die anderen* kamen aus der Stadt in einem Phaethon mit Gummireifen, keineswegs einfach, sondern anspruchsvoll gekleidet, der eine sogar im Halbfrack mit Atlasrevers und einer Fliege. Sie waren sehr höflich und zählten geduldig nach. Drei gegen Drei – man hätte sie niederschlagen, niederschießen, in einen Hinterhalt locken können. Er hatte auch einen Revolver in der Hintertasche gehabt. Aber die Entschlossenheit hatte gefehlt. Ganz Rußland sprach ihnen das Recht zu, aus irgendeinem Grund – ihnen, den Furchtgebietenden und Ruhmreichen ...

Trotzdem, immerhin brachte Roman es fertig, nicht die ganzen vierzig Tausend rauszurücken, er feilschte hartnäkkig – und handelte zweiundeinhalb herunter, die hatten ihn ausgelacht: »Seid ihr aber geizig, ihr Ökonomisten!« (Der Vater hatte ihn damals für diese zweiundeinhalb Tausend sehr gelobt und hatte es ihm viele Jahre nicht vergessen.) Die verabschiedeten sich höflich und fuhren davon. Und keiner hat je in Erfahrung gebracht, keiner nachgeprüft: wurden mit diesem Geld Barrikaden gebaut? Gewehre gekauft? Oder haben einfach drei Gauner einen guten Fang gemacht und dann in Baku mit Dirnen alles durchgebracht? ...

Noch viel Zeit bis zu den Abendzügen. Es gab nur eine einzige Beschäftigung: lesen und das Gelesene noch einmal lesen, Zeitungen.

Die Reichen sind wie die blauen Pferde –
sie geraten selten.

›7‹

(Beim Überfliegen der Zeitungen)

Ein LEBENDER LEICHNAM ist, wer sich nicht von der magischen Wirkung von Lecithal ... Stimulans gegen NEURASTHENIE BEI MÄNNERN ...

Moskauer Aussteuerkasse ...

Kokos-Hängematten für Damen ...

Parfüm Clic-clic aus London, S-Bouquet ...

BADEN-BADEN – Mineralbrunnen, 72 000 Kurgäste jährlich ...

REICH WERDEN DURCH GLÜCK UND ZUFALL! Spielen Sie in der Lotterie ...

Zum Empfang des PRÄSIDENTEN DER FRANZÖSISCHEN REPUBLIK am 7. Juli wird eine Spazierfahrt mit Orchestermusik auf dem Erste-Klasse-Dampfer »Rusj« veranstaltet, ausschließlich für das fashionable Publikum.

... Gleichgültigkeit der französischen Demokratie gegenüber der Sicherheit ihres Landes ... Ein Sieg der antipatriotischen Parteien im französischen Parlament ...

ATTENTAT auf Grigorij Rasputin ... Sie wiederholte auf alle Fragen: »Er ist der Antichrist« ... Identifiziert ... Bäuerin aus dem Gouvernement Simbirsk, Chionija

Kusminitschna Gusjewa ... Rasputin außer Lebensgefahr ...

Internationale Gartenausstellung im Tawritscheskij Palais ...

... Aufhebung des Pachtverbots für Juden auf der Messe in Nishnij Nowgorod.

WARUM DENN DICK BLEIBEN? Idealer anatomischer Gürtel gegen Fettleibigkeit ... Unentbehrlich für Männer, die sich schlanke Figur und federnden Gang erhalten möchten.

... 15 Kopeken für ein Probefläschchen ERÜBRIGEN...

DER BESTE FREUND IHRES MAGENS, der Wein St. Raphael ...

SILBERNE HOCHZEIT des russisch-französischen Bündnisses ... Anwesenheit von Poincaré ... Galadiner ... Rechts von Ihrer Kaiserlichen Majestät ... Links von Seiner Majestät dem Kaiser ...

Empfang einer Abordnung russischer Bauern durch Poincaré ... Der Sprecher der Abordnung begrüßte den Präsidenten und bat ihn, den französischen Landwirten ... zu überbringen ...

GALADINER an Bord des Panzerkreuzers »France« ... glanzvolle Bestätigung des unzertrennlichen Bündnisses ... gemeinsames Friedensideal ...

In den LETZTEN STUNDEN des Besuchs unserer französischen Gäste ... Auf die Frage, ob die öffentliche Meinung mit Grund beunruhigt sei ... Ereignisse auf dem Balkan ... antwortete Viviani: »Zweifellos übertrieben«.

... »Times« fügt hinzu, daß die Übermacht der russischen Armee gegenüber der deutschen bedeutend höher ist als ...

ZAHNPFLEGEMITTEL der sel. Benediktiner ...

ONKEL KOSTJA Zigaretten 10 Stück f. 6 Kopeken Gipfel an Eleganz und Geschmack!

Cognac von Schustow! EBERESCHENLIQUEUR VON SCHUSTOW! UNVERGLEICHLICH!

SCHÖNHEIT FÜR KENNER! Bilder nach Pariser Geschmack, neueste ORIGINAL-Photographien! DISKRETER VERSAND.

PRAKTISCHER RATGEBER für Polizeiwachtmeister ...

Rußlands Friedfertigkeit ist allgemein bekannt ... Aber Rußland ist sich seiner historischen Rolle bewußt und ist daher ...

... durch den anhaltenden Streik ... die Unternehmer von Wyborg gezwungen ... ihre Betriebe ... für zwei Wochen zu schließen ...

... in Moskau keine Zeitungen erschienen ... Streik der Schriftsetzer ...

Heute PFERDERENNEN

Restaurant »JAR« ...

FRIEDEN ODER KRIEG? Noch am Vormittag hieß es überall »Frieden« ... Das arme Serbien ... friedliches Rußland ... Österreich und seine empörenden Forderungen ... Über den Kopf des kleinen Serbien richtet sich das Schwert gegen Rußland, Beschützerin des unantastbaren Rechts von Millionen auf Arbeit und Leben ...

... statt bedrückender Niedergeschlagenheit – Mut und Vertrauen in die eigene Kraft. Das ist charakteristisch für ein psychisch gesundes Volk.

... Ein Gigant, ein Volk, das die stärksten Prüfungen nicht zerbrechen konnte, fürchtet nicht den blutigen Kampf auf Leben und Tod, wo immer er auch droht ...

WARUM KRAFTLOS, nervös, müde, schläfrig – Sanatogen von Bauer!

VIELE VERZWEIFELTE FRAUEN erlangten durch diese Creme neue Lebensfreude ...

Auf Allerhöchsten Befehl seiner Majestät des Zaren sind Armee und Flotte in Kriegsbereitschaft versetzt. Der erste Mobilmachungstag ist der 18. Juli 1914.

Aus des Nordens Nebelschwaden
Hört man Donner weit und breit.
Aller Slawen großer Bruder
Steht zur Waffentat bereit.

DER DEUTSCHE BOTSCHAFTER IN ST. PETERSBURG ÜBERREICHTE DIE NOTE MIT DER KRIEGSERKLÄRUNG.

Gute Stimmung in Petersburg und Moskau ... Verbot von Alkoholverkauf in beiden Hauptstädten.

GOTT WIDER DEN ANGREIFER!

... Hunderttausende kniend mit gesenkten Nationalfahnen vor dem Winterpalais ...

. . . So erhebe Dich denn, russisches Volk! . . . eine Heldentat, vor der alles verblaßt, was die Welt je gesehen hat . . . für die glückliche Zukunft aller Menschen . . . Träume von Bruderliebe zwischen den Völkern . . . der Welt das Licht aus dem Osten . . . jetzt oder nie . . .

PREISSTEIGERUNG FÜR LEBENSMITTEL. In den letzten Tagen sind in Petersburg ungewöhnliche Preissteigerungen . . . In den letzten drei Tagen stiegen die Fleischpreise . . . von 23 auf 35 Kopeken . . . In Kiew übte die aufgebrachte Menge Lynchjustiz an Händlern, welche eigenmächtig . . .

. . . Über Zurückhaltung beim Eintausch staatlicher Kreditscheine gegen Gold . . . Bei einem Besuch der Banken unserer Hauptstadt . . . heute mit Befriedigung feststellen . . . In wirtschaftlicher Hinsicht ist für Rußland ein Krieg weniger schwerwiegend als für Deutschland . . . Die Streikwelle brach sofort ab . . .

GOTT WIDER DEN ANGREIFER!

. . . Wir haben Deutschland 1812–13 aus einer schmachvollen Lage gerettet, Österreich 1848 . . .

Die Porträts unserer Feinde: Seine Apostolische Hoheit der Kaiser von Österreich und König von Ungarn Franz-Joseph I. . . .

TRIUMPHALE SITZUNG DER STAATSDUMA* am 26. Juli . . . Die Delegierten verschiedener Nationen und Parteien waren an diesem historischen Tag alle von demselben Gedanken erfüllt, ein einziges machtvolles Gefühl bebte in allen Stimmen . . . Hände weg vom Heiligen Rußland! Wir sind zu jedem Opfer bereit, um Ehre und Würde des unteilbaren Russischen Reiches zu bewahren . . . Das litauische Volk zieht in diesen Krieg wie in einen heiligen Krieg ... – Zum Schutz unserer Heimat treten wir Hebräer, ... in tiefer Verbundenheit mit ... Für uns Rußlanddeutsche war Rußland immer die Heimat ... wir sind wie ein Mann bereit, mit unserem Blut ... – Wir, Polen ... – Wir, Letten und Esten ... – Gestatten Sie mir, dem Vertreter der tatarischen, tschuwaschischen und tscheremissischen Bevölkerung zu versichern, daß ... wie ein Mann ... den Einfall abzuwehren ..., auf dem Felde bleiben ... – Das ganze Vaterland schart sich um unseren Zaren in Liebe und ... In voller Einigkeit mit unserem Monarchen ... – Alle Gedanken, alle Empfindungen, alle Wünsche ... »Gott, Zar und Volk!« – und der Sieg ist unser ...

DER LETZTE KRIEG IN DER GESCHICHTE EUROPAS ... Dieser europäische Krieg kann unmöglich lange dauern ... Aus der Erfahrung der letzten Kriege ... traten die entscheidenden Ereignisse innerhalb von zwei Monaten ein ...

KUGELSICHERE PANZERHEMDEN ...

Abführmittel »Ara« – schmerzlos, ein Mittel für empfindliche...

JEDE DAME wünscht sich die IDEALE BÜSTE, den Schmuck einer Frau! Nehmen Sie die Pastillen Marbor! Streng seriös. Keine Enttäuschungen.

Wegen Einberufung ZAHLREICHE ARBEITSPLÄTZE frei ...

ENGLISCHES TUCH um 40 Prozent billiger ...

Gitarre, Fernunterricht, kostenlos. Tjumenj, Afromejew ...

DER ZWEITE VATERLÄNDISCHE KRIEG ...

Mitteilung des Generalstabs ... Russische Truppen dringen in Preußen ein ... Unsere schneidige Kavallerie ...

Die Messe in Nishnij Nowgorod, am 1. August ... Die Bier- und Weinlokale sind bereits seit zwei Wochen geschlossen und die Messe bietet ein ungewöhnliches Bild. Keine Betrunkenen auf den Straßen, fast keine Taschendiebstähle, keine in betrunkenem Zustand ausgeplünderten Kaufleute ...

Den Ausrückenden
Geht, ihr Lieben! und leeret euren Kelch
Frei von dem Schmerz um die Verlassenen hier ...

Amnestien.

Polen! Die Stunde ist gekommen, der innigste Traum Euerer Väter und Großväter ... Für die Vereinigung des polnischen Volks unter dem Zepter des Russischen Zaren ...

KUGELSICHERE PANZERHEMDEN ...

WIR MÜSSEN SIEGEN!

... Noch nie erreichten die russisch-polnischen Beziehungen einen solch hohen Grad an Aufrichtigkeit und Klarheit ...

Tschechen! Die Uhr schlägt zwölf! ... der dreihundertjährige Traum von einer freien unabhängigen Tschechei – jetzt oder nie!

DIE RECHTE DER HEBRÄER ... eine Zirkularvorschrift an alle Gouverneure und Bürgermeister, die teilweise oder geschlossene Aussiedlung von Hebräern auszusetzen ...

DIE PROPHEZEIUNG DES UNTERGANGS DES DEUTSCHEN REICHES. Eines Tages fragte Wilhelm II., damals Student der Bonner Universität, eine Zigeunerin ... Mit leidenschaftsloser Stimme antwortete die Zigeunerin: »Ein böser Sturm wird über Deutschland kommen und es dem Boden gleichmachen« ...

DIE SICHERHEIT PETERSBURGS. Das Gerücht von einem Landungsversuch deutscher Truppen ... völlig ausgeschlossen ...

IM LAND DER BARBAREN ... Das Land Schillers und Goethes, Kants und Hegels ... Unter der Faust des Eisernen Kanzlers, dem man überall Denkmale über Denkmale errichtet hat ... Keiner wird über den Trümmern eines Landes der Lüge und Gewalt auch nur eine Träne vergießen ...

KRIEGSZENSUR. Ab 7 Uhr abends des heutigen 3. August tritt in Sankt Petersburg das Kriegszensurrecht in Kraft.

... Information der Bevölkerung im Rahmen des Tunlichen ist der Hauptverwaltung des Generalstabs übertragen. Die Allgemeinheit muß sich mit der Knappheit der Nachrichten abfinden, in dem Bewußtsein, daß dieses Opfer der militärischen Notwendigkeit gebracht wird ...

ALLERHÖCHSTER BESUCH IN MOSKAU ...

Die Rede des Zaren im Großen Kremlsaal ... Ihre Majestäten verlassen die Kapelle der Muttergottes von

Iswersk ... Zehntausende treuer Untertanen demonstrieren auf dem Roten Platz ...

... Die Serben kamen, unsre Brüder,
im hehren Glanz erschien der Hof,
Den Reservisten, immer wieder
Entrang sich einiges »Hurra!«
Man betete für unsre Waffen,
Und in der Kirche sang der Chor,
Da trat nach unsrer Väter Sitte
Zu seinem Volk der Zar hervor.

WIR MÜSSEN SIEGEN!

DIE HELDENTAT DES DONKOSAKEN KOSMA KRJUTSCHKOW ... Entdeckte 22 Reiter ... Stürzte furchtlos sich mit dem Ruf ... drang ein ... wie ein Kreisel, immer tiefer ... Die Kameraden eilten herbei ... das erste Georgskreuz in diesem Krieg ...

... Einschränkung des Exports ... ungewöhnlicher Preissturz bei Getreide ... äußerst gespannte Lage für den Getreidehandel ...

SCHALJAPIN IN SICHERHEIT! Glücklich der deutschen Gefangenschaft entkommen ... und befindet sich gegenwärtig ...

Brief eines Fähnrichs ... »Heute brachte man 9 österreichische Spione ... Nach ihren Aussagen ist der Kommando- und Mannschaftsbestand der Armee schlecht« ...

KRIEGSTAGEBUCH. Das zentrale Ereignis des Tages ist unser Aufmarsch in Preußen auf breiter Front ... Die vielen Wälder, welche von Schneisen durchzogen sind, bedeuten kein Hindernis für den Vormarsch der Kavallerie und Infanterie ... Am 7. August traf die Nachricht ein, daß Gumbinnen in unserer Hand ist ... Damit ist ganz Preußen unser ... Die aufs Haupt geschlagenen deutschen Truppen sind nicht mehr in der Lage ...

... konstruktive Ziele des Krieges ...

ALLERHÖCHSTE ERLAUBNIS ... die jungen Männer, die während der Kriegszeit in den aktiven Dienst eintreten ..., obwohl sie auf Grund ... freigestellt sind ... als Freiwillige in die Armee aufzunehmen ...

ERFREULICHE NACHRICHT. Wie wir aus wohlunterrichteter Quelle erfahren, wird im Augenblick kein einziger Truppenteil der russischen Armee von Mitgliedern deutscher oder österreichischer Regierender Häuser kommandiert.

8

Einige Jahre zahlten die Tomtschaks sechshundert Rubel an die Verwaltung der Wladikawkasbahn, damit jeder Schnellzug nach Bedarf auf ihrer kleinen Station Kubanskaja hielt und sie die gut zwanzig Werst bis Armawir sparen konnten.

In diesem Jahr hatten sie nichts an die Verwaltung gezahlt, aber die Schnellzüge hielten wie immer. Auch heute, auf der Heimfahrt von Jekaterinodar, wartete Sachar Ferapontowitsch nicht auf den Postzug, er stieg auf der Hauptstrecke Kawkaskaja in den ersten Schnellzug, ließ sofort den Zugführer kommen, legte zwei rote Scheine auf das Tischchen, für ihn und den Lokomotivführer, und erklärte, wo zu halten sei. Der Zugführer wunderte sich nicht im mindesten, daß ein Geschäftsmann Zeit sparen wollte, versprach – und es klappte. Gegen Abend – es war noch sehr heiß – sprang Tomtschak, angestaunt von den Köpfen hinter den Fenstern, als einziger aus dem Zug und trat auf den in der prallen Sonne liegenden Bahnkörper. Über dem rötlichen Kies schwebte in der zitternden Glut der süßliche Geruch von Masut.

Im Schatten neben dem Lagerschuppen stand Tomtschaks Phaethon, der den ganzen Tag gewartet hatte. Der Kutscher fuhr in die Höhe, lief steifbeinig herbei, seinem Herrn den kleinen Koffer abzunehmen und dann die von Bremsen zerstochenen Pferde aufzuzäumen.

Schon lange hatte Tomtschak keine »Russisch-Baltische Droschke« mehr, die mit ihren Federn, Speichen, Achsen einem gewöhnlichen Pferdewagen durchaus ähnlich sah, sondern einen »Mercedes«, aber nur für gut, wenn man mal einen Besuch machen wollte – gewöhnlich fuhr er nur mit Pferden, da fühlte er sich wohl: in die Kirche und zur Bahn, wo man gesehen wurde, im Phaethon, bei allen anderen Gelegenheiten im Kremser oder in der Linejka (einachsige Wagen mochte er nicht).

Der Stationsvorsteher trat heraus, um Tomtschak die Hand zu drücken, aber bis er über die Gleise kam, war es zu spät: der Phaethon rollte davon, Tomtschak war wie immer in Eile, besonders nach den drei verlorenen Tagen brannte das Versäumte ihm auf der Haut, pochte in ihm – er mußte alles in Augenschein nehmen, was hier in der heißesten Arbeitszeit passiert.

Nicht sehr weit links, weniger als eine Werst, sah er schon in einer Wolke von Spreu die erste Dreschmaschine – er wäre am liebsten hingefahren, so wie er war, im Phaethon, aber er wollte nicht ausgelacht werden, man mußte sich doch erst umziehen und in den Kremser steigen.

Nach seiner Gewohnheit dachte er jetzt nicht an die Dinge, die hinter ihm lagen, die bereits getan waren, sondern an die noch vor ihm liegenden, die vielleicht versäumt werden konnten: ans Dreschen; an die Karbolsäure, die nach dem Vorwerk Lukjanowskoje gebracht werden mußte, in den nächsten Tagen beginnt die zweite Schur der Merinoschafe; ob es nicht Zeit wäre, den Mais auszuschälen und die Kolben einzulagern, in den neuen Speicher für eine Million Pud*, mit Jalousielüftung (alle Wände lassen sich nach Bedarf aufklappen, für den Luftzug, oder bei Regen fest verschließen; diese Art Lagerung, von den deutschen Kolonisten übernommen, versprach – wenn man richtig einfüllte – großen Gewinn).

Von den Kolonisten hatte Tomtschak viel übernommen, und das hatte ihm immer Gewinn gebracht. Er achtete die Deutschen sehr – und den Krieg gegen Deutschland hielt er für eine gottverdammte Dummheit, ebenso wie die Prügelei mit Afanásij Karpúschin, in der ersten Klasse des Schnellzugs, mit Stöcken – weil der seine Schwiegertochter, die älteste Tochter Tomtschaks, eine dumme Gans genannt hatte. Eine dumme Gans bleibt eine dumme Gans, man hatte sie damals gleich aus der Dorfschule genommen und mit einem reichen Mann verheiratet, aber das ist kein Grund für tüchtige Männer, sich zu prügeln. Im Gegenteil, ganz Rußland sollte bei den Deutschen lernen, wie man die Wirtschaft in Gang bringen soll. Heute, in einer Zeit, wo Rußland hochkommt, hätte man nicht in den Krieg gehen, sondern diesem Erzherzog eine Messe lesen sollen, und die drei Kaiser hätten beim Totenmahl einen Schnaps miteinander trinken können.

Um so weniger Sinn konnte er darin sehen, seinen Sohn in diesen Krieg ziehen zu lassen, oder seine bewährten Meister, oder die Kosaken, die ihm treu dienten und nach dieser Geschichte mit den Räubern das Gut und die Kasse bewachten. Alle hatte er vom Kriegsdienst befreien können, alle, die er brauchte, damit kehrte er jetzt zurück. Und wenn sie ihn auf der Station abgeholt hätten, mit dem Sohn an der Spitze – da hätte der Vater sich geehrt gefühlt, und man hätte sich freuen können, alle zusammen.

Aber der Sohn war nicht da – dem Teufel sein Kuckucksei ist das, aber kein Sohn, aus welchem Samen ist der bloß gekommen – und gegen den überschäumenden Zorn zwang sich Sachar Ferapontowitsch gleich hinter der Station, an das Künftige zu denken, das noch Nichtgetane, denn was man hinter sich ließ, das war vorbei.

Vor den weißen Pfosten bei der Einfahrt hockten auf der Erde und warteten auf ihren Herrn: zwei Kosaken, der Maschinenmeister vom Dieselgenerator, ein Gärtner, und Romans Chauffeur, der Bruder des Dieners. Und Tomtschak ließ halten – sie erhoben sich, umringten ihn – und sagte mit Wärme, als sei er ihnen nicht weniger verpflichtet als sie ihm:

»Es ist alles gut gegangen, Jungens. Sagt das auch den anderen. Arbeitet weiter wie ihr gearbeitet habt, und zündet Gott eine schöne Kerze an.«

Er fuhr sofort weiter, von ihrem dankbaren Gemurmel

begleitet. Die Pferdehufe klapperten munter auf den Platten der Allee, dann über den Hof – aber im zweiten Stock war nur die Mutter am Fenster, *er aber* guckte nicht einmal heraus.

Der Kutscher fuhr in einer Schleife an der Treppe vor. Tomtschak stieg ab und beeilte sich, ins Haus zu kommen. Jetzt hatte er keine Lust mehr, seinem Sohn zu begegnen.

Keine einzige Stufe der festen jungen Treppe knarrte unter seinem Schritt, und er selbst mit seinen sechsundfünfzig Jahren stieg die Treppe hinauf wie ein junger Mann.

Im oberen Flur stand seine Frau, wie eine Tonne, und streckte ihm die Arme entgegen, voll Hoffnung, kraftlos.

»Wie ... Wie steht es, Vater?« Sie konnte die Frage kaum über die Lippen bringen. Und ihm war es ZUWIDER zu sprechen: hier, unter dem häuslichen Dach, kam das einer Erniedrigung gleich. Er berührte flüchtig ihre Stirn und ging schweigend in die Schlafzimmer. Sie folgte ihm.

Sobald Jewdokija die Bauernarbeit drangegeben hatte, überfiel sie die Gicht und noch ein gutes Dutzend anderer Krankheiten, und sie wurde um so kränker, je mehr sie zum Doktor lief. (Man soll nie auf Ärzte hören! Tomtschak ließ keinen Arzt an sich heran: er wußte BESSER ALS ALLE DIESE ÄRZTE, wann er etwas brauchte und was.) Zuerst wurde Moor aus der Krim in Fässern gekauft und eine Krankenschwester geholt, die für sie die Moorbäder machte, später bekam sie Kuren verordnet, in Jejsk, Gorjatschewodsk, Jessentuki – wo sie, nur in Spitzenkleidern und in Equipagen, von den Krankheiten noch ärger geplagt wurde.

Jetzt aber war Jewdokija ganz flink in ihrem Schlafzimmer; als ihr Mann sich vor der Ikonenecke bekreuzigte, trat sie ihm in den Weg und ließ ihn nicht weitergehen. Sie packte ihn an der Brust, fragte nicht einmal, sondern blickte auf sein schnurrbärtiges, langnasiges, buschig-brauiges Gesicht wie zu dem Propheten Elias empor: Schlägt es ein oder nicht?

Zum Sprechen hatte Tomtschak keine Lust. Tu dies,

mach das, aber *er* bleibt auf dem Sofa liegen und rührt sich nicht einmal vom Fleck. Am besten wäre es – gleich auf die Felder und mit niemandem sprechen. Aber als er sah, wie die Alte sich quälte, tat sie ihm leid, und er brummte:

»Der Kreistruppenchef hat geschworen – der weiße Schein für die Dauer des Krieges.«

Jewdokija sackte zusammen, sie taute auf, wandte sich um und bekreuzigte sich vor der Hauptikone:

»Gott Dank! Gott Dank! Die heilige Muttergottes hat meine Gebete erhört!«

»Ach was«, Tomtschak verzog das Gesicht, warf den Hut hin und riß den Staubmantel herunter. »Die Muttergottes hat nichts damit zu schaffen. Ich hab da was geschmiert, damit es nicht knirscht.«

Er wollte in sein Zimmer gehen – drehte sich um, denn sie folgte ihm schon nicht mehr, und sprühte Feuer unter den dicken Brauen:

»Wohin willst du?! Du gehst nicht hin! Hol ihn der Teufel, soll es ihn zerreißen!« Seine vom Wind rotgegerbte Hand mit den Knoten angeschwollener dunkler Adern ballte sich zur Faust. Er schüttelte sie.

»Er wird schon selber kommen, wenn er was braucht.«

»Aber ich will ja gar nicht zu Romascha«, log die glückliche Jewdokija. »Sag mal, was möchtest du haben?«

»Gar nichts. Ich werde von dem Balsam trinken. Und gleich auf die Felder fahren.«

Und er riß den Stadtanzug herunter, alles, bis auf die Unterhosen.

Seit er kürzlich in Moskau den feurigen, beißenden Rigaer Balsam ausprobiert hatte, war er sein Lieblingsgetränk geworden. Ein glänzender Tonkrug stand für Sachar Ferapontowitsch im Eßzimmer, ein zweiter im Schlafzimmer, jedesmal trank er einen kleinen silbernen Becher voll.

»Wenigstens etwas Fasten-Borstsch!« bot sie an, voll überquellender Freude. »Soll man ihn aufwärmen?«

»Was soll man denn da aufwärmen? Bohnen und Sonnenblumenöl? Ich esse ihn kalt!« Und dann rief er hinter ihr her: »Und laß den Kosaken zu Semjón laufen und anspannen.«

Sachars Schlafzimmer lag hinter dem Schlafzimmer seiner Frau und hatte keinen eigenen Ausgang. »Dafür gibt es bei mir auch keinen Durchzug!« pflegte er zu sagen. Über die Steppe jagte er, ohne sich vorzusehen, bei Unwetter, bei Regen und Kälte, aber zu Hause fürchtete er sich vor Zug und schlief am liebsten im Warmen. Vor dem Ofen wurde eine gekachelte Ofenbank aufgesetzt, bäuerlich, anders als es in diesem Haus jetzt üblich war, im Winter schlief Sachar darauf. Er hatte dort auch eine große Stahlkasse, die in die Wand eingelassen war, mit allerlei Tricks und Geklingel beim Öffnen, aber er schmiß die Sachen achtlos hinein und holte sie achtlos heraus; dort lagen auch einige Geschäftsbücher, aber Tomtschak empfing niemand von den Angestellten und kam auch selbst nicht dazu, sich an den Zahlen in den Büchern zu ergötzen: bei ihm blieb das Geld nicht liegen, es wurde sofort in Boden, in Vieh und in Bauten angelegt; Gold aber schätzten die Tomtschaks nicht – wie alle Lohnempfänger, wie alle Arbeiter: die kleine Goldmünze war so leicht zu verlieren –, der Beamte in der Bank bekam etwas zugesteckt, damit sie Banknoten erhielten und nicht mit Gold belastet wurden.

Aber auch im Kontor blieb Sachar Tomtschak nicht über Zahlen oder Geld sitzen, er hielt sich dort nicht länger auf, als nötig war, um eine Entscheidung zu fällen. Der ganze Wert seines Betriebes lag in der Steppe – hier war nach dem Rechten zu sehen, hier waren Befehle zu erteilen. Der ganze Wert seines Betriebes bestand darin, daß die Weite der Steppe durch Akazienhecken in windgeschützte Rechtecke geteilt wurde; daß Weizen, Pferdezahnmais, Sonnenblumen, Luzerne, Esparsette nach dem Sieben-Felder-System wechselten und von Jahr zu Jahr dichter und strotzender aufgingen; daß das Milchvieh gegen eine deutsche Drei-Eimer-Rasse ausgetauscht wurde; daß vierzig

Schweine auf einmal geschlachtet wurden und in die Räucherkammer kamen (der deutsche Kolonist machte keinen schlechteren Schinken und keine schlechteren Würste als Eidenbach); und was das Wichtigste war – Berge von Schafwolle wurden geschoren und in Ballen verpackt.

Tomtschak fehlte niemals, wenn große Transporte aus seinem Gut zur Bahn oder in Pferdewagen über Land gingen. Das war für ihn das allerhöchste Fest: mit dem Auge Volumen und Gewicht dessen abtasten, was er den Menschen übergab. Manchmal brüstete er sich: »Ich ernähre Rußland«, und ließ sich solches Lob gern gefallen.

Während seine Frau den Borstsch holte, zog Sachar Ferapontowitsch einen Leinenanzug an und hohe Stiefel mit doppelter weicher Sohle (»damit die Füße abschwellen«). Am liebsten hätte er jetzt ein Stück rosa Rückenspeck gegessen, gut eine Tschetwertj* dick, oder heiße Hirtengrütze mit einem Stück Lamm, aber zuerst mußte Mariä Himmelfahrt vorbei sein. Statt dessen säbelte er sich eigenhändig mit einem langen Küchenmesser von dem Weizenbrot »mit Atem« (das sich mit einer Hand auf ein Drittel zusammendrücken ließ) eine Scheibe über den ganzen Laib ab und senkte den Schnurrbart über die große Schüssel mit dem kalten dicken Fasten-Borstsch.

Und seine Frau stand vor ihm, die Hände über dem dicken Bauch gefaltet, und sah zu, wie er aß.

Er wollte schneller essen und fahren, aber es klopfte, und die Schwiegertochter trat ein.

»Was? Ihr habt es Roman schon erzählt?« Sachar Ferapontowitsch knurrte über seiner Schüssel wie ein Hund, der die Ohren spitzt.

»Aber nein, nein«, beteuerte seine Frau schuldbewußt. »Nur Ira, das durfte ich doch?«

Irina kam – nicht schuldbewußt, aufrecht wie immer, mit hohem Hals und hoher üppiger Frisur. Während des ganzen Tages hatte sie durch den Diener nur so viel erfahren, daß ihr Mann dort, im Schlafzimmer, noch am Leben sei: er hatte zu Mittag gegessen und sich die neuen Zeitungen geben lassen. Sie sah zu, wie der Schwiegervater den Schnurrbart in den Borstsch tauchte – sie bedankte sich nicht, schwieg, aber anerkennend, freundschaftlich.

Jeden im Haus durfte Sachar Ferapontowitsch anbrüllen, jeden im Zorn anfahren – nur sie nicht, so verhielt sie sich vom ersten Tag an, so gab sie sich hier. Es ist wahr, sie tat auch nichts, was ihn reizen konnte, und verzichtete zu Hause sogar auf teure Kleider und KLIMBIM (Brillanten), weil er das nicht ausstehen konnte. Nachdem sie einmal den richtigen Ton ihm gegenüber gefunden hatte, konnte sie ihn auch da überreden, wo es niemand fertigbrachte: mit den Angehörigen sich auszusöhnen oder die Kanarienvögel fliegen zu lassen (man hielt sie, um es jemand anders gleichzutun). Der Schwiegervater seufzte: »Ein Kindlein Gottes bist du, Iruschka!« und gab nach. Wenn sich in der Politik etwas Besonderes ereignete, so hörte er nie auf den Sohn mit seinen Zeitungen, sondern er hörte auf die Erklärungen der Schwiegertochter, nach »Nowoje wremja«*.

»Und jetzt komm her!« sagte er zu ihr, wischte sich mit einer großen groben Serviette Mund und Schnurrbart ab und küßte sie auf die gesenkte Stirn. Aber er bot ihr keinen Stuhl an und sagte auch nichts Freundliches mehr, sondern schmatzte, kaute hastig an der zweiten Schnitte über den ganzen Laib und brachte zwischen zwei Bissen ärgerlich hervor: »Schade, daß ich hingefahren bin und ihn rausgeholt habe... Wäre er in den Krieg gegangen – dann wäre er schon zur Vernunft gekommen... Dieser Hundesohn, der hat noch nie im Dreck gelegen...«

Er schmatzte.

Irina antwortete, ohne Überzeugung:

»Aber Papa, wie können Sie nur so reden?«

Er schien noch mit seinem Essen beschäftigt, mit den letzten Bissen, aber er schluckte nicht mehr, und plötzlich erboste er sich:

»Und sag ihm: er soll sich was Eigenes aufbauen, auf

dies hier braucht er nicht zu warten! Lieber werde ich alles dem Neffen vermachen. Oder ...« Er fing unsicher an, aber dann wurde sein Gesicht hart, die Entschlossenheit kam zwischen zwei Bissen: »... oder ich werde Ksenija sofort aus den Kursen holen und verheiraten!«

»Papa! Papa!« Irina war fassungslos, die Bogen ihrer Brauen hoben sich. »Sie haben sich das nicht richtig überlegt! Wozu hat man sie denn überhaupt anfangen lassen, wenn man sie dann mitten aus dem Studium herausreißt? Was hat denn das für einen Sinn?«

Oft, wenn Sachar Ferapontowitsch von einem Fehlschlag bei anderen Ökonomiebesitzern hörte, sagte er: »Sieh mal an, das hätte ich auch nicht besser gewußt. Man muß einen eigenen Agronomen haben. Aber wo soll ich nur einen finden, der seine Sache versteht und arbeiten kann, jemanden, dem man vertrauen kann und der kein Gauner ist?« In einem solchen Augenblick überredeten ihn Irina und Roman, Ksenija in Landwirtschaftskurse zu schicken: dann würde er einen vertrauenswürdigen Agronomen haben, wie es keinen besseren geben könne! ... Jetzt stand etwas ganz anderes vor Tomtschaks pelzigem Steppenblick:

»Das hat schon einen Sinn. In einem Jahr werde ich einen Enkel haben und in fünfzehn – einen Erben.«

Er löffelte nicht mehr, wischte sich den Mund. Die Serviette verdeckte die untere Hälfte des Gesichts, auf der oberen hielt sich der ertappte Schmerz.

Nicht nur vor diesen Weibern, sondern überhaupt hätte Sachar nicht mit Worten ausdrücken können, woher seine Ratlosigkeit und Verwirrung kamen. Nicht das Geld, nicht der Betrieb gingen verloren – Roman ist kein Verschwender –, aber die wirkliche Hauptwurzel wäre verletzt, seine Seele. Um zu erben und richtig weiterzuführen, muß eine Seele die andere Seele fortsetzen. Aber für diesen Fremden, Schwarzen – wozu ist nur das alles geschaffen und aufgebaut worden?

Aber Irina spielte die weibliche Leier:

»Und wie können Sie das, ohne sie zu fragen: verheiraten? Und – mit wem eigentlich?«

Tomtschak erhob sich. Neben der schlanken Irina fiel seine Saporoger Kosakenfigur* besonders auf.

»Und *dort* – wen soll sie dort heiraten? Einen Studenten? Und der wird später ins Zuchthaus kommen? Ich war ein Dummkopf, daß ich sie überhaupt lernen ließ. Sie plappert alle ausländischen Sprachen, aber an Gott glaubt sie nicht mehr. Hätte ich einen richtigen Sohn – den hätte ich studieren lassen, bis er vierzig ist und ihn keine mehr will. Tja, Alte!« – er räusperte sich und griff nach seinem leichten Stock, dessen Krücke vom langen Gebrauch poliert war, »warum hast du mir keinen anderen Sohn geboren!«

»Gott hat es nicht anders gewollt«, seufzte die Frau, ihr breit gewordenes Gesicht blieb unerschütterlich.

»Seinen Willen kenne ich nicht ... Aber mein Wille – der bleibt.«

Er ging mit festen, starken Schritten, und man konnte hören, wie er die Treppe hinunterlief.

9

Orja liebte am Leben – das Geheimnisvolle. Ihr gefiel der Gedanke, daß Kräfte aus dem Jenseits um uns sich bemerkbar machen. Es muß doch einen Grund geben, daß in dem Jahr, als dieses Haus gebaut, dieser Park gepflanzt wurde, der Halleysche Komet über ihnen hing ... Und obwohl es im Evangelium nicht einmal angedeutet war, war Orja auch von der Seelenwanderung überzeugt ... Fügen sich denn nicht einige östliche Vorstellungen harmonisch in die christliche Wahrheit ein? Die Seele empfindet das alles zusammen durchaus nicht als Gegensatz, jedes als eine göttliche Person der Schönheit. Orja liebte davon zu träumen, wer sie einmal FRÜHER gewesen sein könnte, wer sie einmal SPÄTER sein würde. Und ob sie wohl die Sterne berühren würde, bevor sie sich aufs neue verkörpert.

Alles, was sich HIER vor uns verhüllt,
Wird sich DORT uns zu erkennen geben ...

Davon liebte sie zu träumen, wenn sie unter den Sternen spazieren ging. Und noch mehr – in der gelben Lichtflut bei Sonnenuntergang, in der letzten Allee im Westen des Parks, dahinter lagen die Weingärten – an jedem schönen Sommerabend trug dort das goldene Licht sie unaufhaltsam fort, aus diesem Park, aus diesem Haus, von diesem Mann, aus dieser Welt – ganz in der Sonne, von niemandem aufgehalten, ging sie umher, unirdisch.

Heute war auch ein solcher Sonnenuntergang. Und sie sehnte sich dorthin, um als freie Seele zu wandeln, gleichsam körperlos, ohne die Trübsal, die der Körper bringt.

Aber wenn sie nicht sofort zu Romascha ginge – würde die Schwiegermutter ihr zuvorkommen.

Übrigens, mit dieser Nachricht den ersten Schritt zu tun,

war nicht erniedrigend. Mit dieser Nachricht konnte man hereinkommen, auch ohne sich zu entschuldigen.

Durch kein warnendes Scharren, Husten oder Klopfen kündigte Irina ihr Kommen an. Sie trat leise an die Tür und öffnete sie leise.

Gleich in der Tür überflutete sie das gebrochene gelblichrosa Licht: noch sickerte der Sonnenuntergang bis hierher zwischen den Baumgipfeln des Parks hindurch, durchdrang die Veranda und die Glaswand zwischen Veranda und Schlafzimmer – und wurde hier durch die blaßrosa Wandbespannung, die schimmernden gelblichrosa Überdecken verstärkt, und auch durch die Bronzepfosten an den beiden Doppelbetten aus Ahorn.

So war es noch hell genug zum Lesen. *Er* saß in dem niedrigen tiefen Sessel, mit dem Rücken zu ihr. Und hielt in der Hand eine aufgeschlagene Zeitung. Hörte die Tür, mußte die Schritte erkannt haben. Aber er drehte sich nicht um.

Er wollte bis zuletzt beweisen, wie ihn hier alles beleidigte – aber auch wie fest er ist.

Er saß so, daß Irina über dem Sesselrücken nur den gelichteten Scheitel seines schwarzhaarigen Kopfes sehen konnte.

Und diese tiefen Geheimratsecken, mit sechsunddreißig Jahren, dieser vertraute schutzlose Scheitel stimmten Irina plötzlich weich. Und das Zähe, das sie vorhin beim Gehen gestört hatte – das fiel plötzlich ab.

Mit frei gewordenem Schritt ging sie seiner Kopfbewegung entgegen, ging entgegen dieser Mischung von Gekränktsein, Unentschlossenheit und Bereitschaft aufzustrahlen auf diesem dunklen, dem Licht noch abgewandten und heute unrasierten Gesicht.

Und mit ruhiger Stimme sagte sie:

»Romascha, alles ist gut. Papa hat es geregelt. Sie haben versprochen, daß es sicher ist.«

Und sie stand schon so dicht vor seinem Sessel, daß er

keine Zeit mehr hatte, sich aufzurichten, aufzustehen – er ergriff ihre Hände, küßte sie und redete, irgend etwas, sich überstürzend. Nicht von dem Streit, nicht von der Schuld, seiner oder ihrer. Den Streit schien es nie gegeben zu haben.

Auch den Vater schien es nicht zu geben – Roman erwähnte ihn nicht, fragte nicht nach ihm, hatte nicht den Drang, sich bei ihm zu bedanken.

Und Irina konnte sich nicht entschließen, ihm von dem Zorn und den Drohungen des Vaters zu erzählen.

Irinas Arme waren bis über den Ellbogen frei, und Roman küßte die Grübchen an den Ellbogen und höher, ihre reine zarte rosige Haut, ohne ein einziges Pickelchen. Noch weiter ließen sich die schmalen Ärmel nicht zurückstreifen. Und er zog sie an sich, nahm sie auf die Knie und drückte den Kopf an ihre Brust.

Und wieder betrachtete sie von oben seine Glatze zwischen den kurzen, harten, aber schwachen Haaren. Und drückte einen vorsichtigen Kuß darauf:

»Muschetschka.«

Aus »makuschetschka« und »mush« war bei ihnen das zärtliche: Muschetschka* entstanden. Er liebte diesen Namen.

Er sprach lebhaft, freudig, viel. Irina konnte zuerst gar nicht folgen. Er versprach ihr, daß sie nach Amerika – wohin er immer schon wollte, in das beste, tüchtigste, vernünftigste Land – ja sogar vor Amerika, sobald dieser Krieg vorbei ist, auf der von ihr heißersehnten Route (vor langer Zeit vorgeschlagen, abgelehnt, verdrängt) reisen wollten: Jerusalem, Palästina und Indien. Was wird es dort nicht alles an Komischem, nie Gegessenem geben, zum Ausspucken.

»Und wie werden wir uns alles ansehen?« fragte Irina, »wie in Paris?«

(Im Eiffelturm, vor dem Lift: »Was gibt es dort oben schon zu sehen?« Er war nicht schwindelfrei. »Dann will ich allein!« Bei diesem »ich allein« – da schleppte er sich mit. Im Louvre: »Ira, willst du noch lange diese Scherben anstarren, ich habe vor ihnen Hunger bekommen.« Das Grab Napoleons? – »Was soll uns Napoleon? Haben wir Russen ihn nicht genug geprügelt? Wir haben Suwórow* – das war ein Genie!«)

»Nein, nein, alles ganz ausführlich«, versprach er, ließ sie aber schon los, griff nach seiner extralangen Zigarette und steckte sie sich auf der Veranda an, ohne die zerdrückte Börsenzeitung zu vergessen. »Irotschka, laß uns ein leichtes Abendessen hierher bringen, Hähnchen vielleicht. Wir bleiben hier und gehen zu Bett.«

Auf der Veranda war es noch hell, aber im Schlafzimmer wurde es von Minute zu Minute dunkler, die Farben erloschen, wurden grau. Aber Irina machte kein Licht.

Sie ging in die fensterlose Tiefe des Schlafzimmers. Mühsam, als sei er von Eisen, hob sie einen Zipfel der in der Dämmerung farblosen Überdecke von einem der beiden ausladenden Betten. Und zögerte dann, blieb stehen mit dem Zipfel der unerträglich schweren Decke in der Hand. Hinter welchem Vorhang, unter welcher Decke verbirgt sich der Alltagserfahrung der Menschen – für viele sogar ihr ganzes Leben lang – jene Gnade, jene Flamme, wie sie über ihren Vater im späten Alter gekommen war, der dann, ohne sich vor der Nachrede der Menschen und der Strafe Gottes zu fürchten, schamlos den Erzbischof bestach – nur um in zweiter Ehe die Geliebte heiraten zu können? . . .

Das Mitleid mit ihrem Mann verließ Irina genauso schnell, wie es gekommen war. Und sie trauerte um die vergangene einsame Nacht und sogar um den heutigen bedrückend einsamen, aber freien Tag. Wenn sie die Decke herunterzieht – dann öffnet sich ein Schacht, ein dunkler ausgetrockneter Brunnen, auf dessen Grund sie in der nächtlichen Schlaflosigkeit auf dem Rücken liegen wird, zerschellt – und keine Stimme, um zu rufen, und kein Strick nach oben. Und der Held – der kommt nie.

Sie hatte einen geheimen Helden, seit ihrem neunten Lebensjahr – Nathaniel Bumppo, Coopers »Falkenauge«, ein furchtloser edler Kämpfer. Nur ein solcher Held durfte Orja bekommen! – aber weder einem solchen, noch auch nur einem ähnlichen war sie je begegnet. Sie bekam nur – ihrem innersten Schicksal getreu – Freude am Schießen und trug einen kleinen Browning in ihrem Täschchen, oder er lag in der Schublade von ihrem Frisiertisch, und über dem Teppich an der Wand hing an einem Riemen ihr englisches Damengewehr, für Schrot und kleine Kugeln, die zwei Bretter von einem Werschok Stärke durchschlugen. Wenn Offiziere aus dem Garnisonsstab in der Ökonomie zu Besuch waren, wurde hinter dem Viehhof eine Leinwand zwischen zwei Pfosten gespannt, und Orja schoß mit den Offizieren um die Wette, ohne zurückzustehen. Sollte sie einmal ihrem Helden begegnen – sie wäre seiner würdig ...

... Roman aber, der sich schon seit einigen Stunden an den Zeitungen überlesen hatte, empfand erst jetzt deren brennende Aktualität und Bedeutung. Die Zeitungen schienen sich plötzlich zu verwandeln, die Buchstaben wurden prall und pulsierten. Es war noch nicht ganz dunkel auf der Veranda, er trat vor die Karte, betrachtete seine Fähnchen und die Grenzlinie.

Seitdem diese Grenze festgelegt worden war, war dieser Stumpf Preußens, uns wie zur Amputation entgegengestreckt, noch keiner Belastungsprobe ausgesetzt gewesen: Rußland und Deutschland hatten keinen Krieg geführt, seit ... Ja, noch länger, an die hundertfünfzig Jahre ist es schon her ... und ein Deutschland hatte es damals auch noch nicht gegeben ... Und nun – die erste Belastungsprobe der Grenzen und Positionen.

Und das alte Sprichwort noch aus den Zeiten Friedrichs heißt: Die Reußen schlagen die Preußen.

Wir sind im Vormarsch, die *Unseren* sind im Vormarsch! In den Nachrichten aus dem Stab des Höchstkommandierenden wurden die einzelnen Armeen, Korps und Divisionen nicht genau bezeichnet, und man konnte nicht ganz genau wissen, wo man die Fähnchen placieren sollte. Aber es war ja auch nicht klar, was diese Fähnchen zu bedeuten hatten, Roman hatte selbst ihre Zahl bestimmt, nach eigenem Gutdünken. Es hing von ihm selbst ab, ob zehn oder zwanzig Werst von Preußen besetzt oder nicht besetzt werden.

Behutsam, ohne die Karte zu beschädigen, steckte er alle Fähnchen um – vorwärts, zwei Tagemärsche weiter. Die Korps marschierten auf!

10

Es wurde dunkel, vor dem zweistöckigen Steingebäude des Stabes der Zweiten Armee in Ostrolenka gingen die elektrischen Straßenlaternen an. Vor der Toreinfahrt und vor dem Haupteingang standen schneidige Wachtposten, zwei weitere patrouillierten auf der Straße, wobei sie im Schatten der Bäume verschwanden und dann wieder auftauchten.

Die Armee, die von diesem Stab geführt wurde, griff bereits seit einer Woche den Feind an – hier aber war kein unruhiges Hin und Her, heransprengende und davonsprengende Reiter, donnernde Wagen, laute Anweisungen, Hinterherlaufen, Veränderungen – alles beruhigte sich gegen Abend und träumte vor sich hin, wie auch das übrige Ostrolenka. Manche Fenster waren hell – und es war gut, daß sie hell waren, die anderen dunkel, dort wurde kein Licht gemacht, und auch das war beruhigend. Und vor dem Stab zog sich kein Geflecht von Feldtelephonleitungen zusammen – dort hing von dem Telegraphen das übliche Paar der Stadtleitung.

Die Straße, in der das Stabsgebäude lag, war für die Einwohner nicht gesperrt, und junge Polen in Schwarz, Weiß und Bunt gingen auf den Trottoirs spazieren. Viele junge Polen waren bereits eingezogen, die Panenki* gingen zu zweit, manche auch mit russischen Offizieren. Der Sonntagabend nach dem heißen Tag brachte keine Abkühlung, war etwas stickig, viele Fenster blieben offen, und man hörte einige Häuser weiter ein Lied aus einem Grammophon.

Mit befremdlich weiß strahlenden Scheinwerfern, schwankend und ratternd, tauchte hinter der übernächsten Straßenecke ein Auto auf, donnerte die Straße entlang, wirbelte Staubwolken auf und fuhr, an dem salutierenden Wachtposten vorbei, in die Toreinfahrt. Es war ein offener Wagen, darin saß ein kleiner finsterer Generalmajor. Vor dem Stabsgebäude wurde es wieder ruhig. Dann schwebte ein beleibter katholischer Geistlicher in seiner Soutane vorbei. Er wurde mit einer tiefen Verbeugung und einem tief gezogenen Hut in der weit ausgestreckten Hand gegrüßt, wie man in Rußland einen Geistlichen niemals grüßt.

Ein Droschkenkutscher fuhr vor, er brachte zwei Offiziere zum Stab. Die Offiziere zahlten, stiegen aus, gingen hinein.

Der ältere, ein Oberst, traf den Offizier vom Dienst im ersten Vestibul nicht an; als er ihn gefunden hatte, händigte er ihm ein Schreiben aus. Das Schreiben war, wie sich herausstellte, von Wichtigkeit. Der Offizier vom Dienst lief, den Säbel festhaltend, die Treppe hinauf, um dem Stabschef Meldung zu erstatten. Der war erstaunt, beunruhigt, traf Anstalten, den Angekommenen selbst zu empfangen, überlegte es sich anders, wollte ihn hereinführen lassen, überlegte es sich wieder anders und eilte mit kleinen Schritten in das Zimmer des Oberbefehlshabers General Samsónow.

In konfliktlosen langen Jahren aktiven Dienstes, als amtsführender Ataman* der Donkosaken, als General-Gouverneur von Turkestan und Ataman der Semiretschjekosaken hatte sich der General der Kavallerie Samsonow daran gewöhnt, seinen Dienst gemessen und besonnen zu versehen und auch seine Untergebenen darauf hinzuweisen, daß jeder von uns – nach dem Vorbild des Schöpfers – seine Arbeit mit Bedacht in sechs Tagen verrichten, sechs Nächte ruhig schlafen und am siebten Tag ruhen solle. Der Rastlose aber werde auch in sieben Tagen nicht fertig werden.

Jedoch in den letzten drei Wochen füllte sich das Leben des fünfundfünfzigjährigen Generals mit beispielloser Betriebsamkeit und beispielloser Unruhe. Er wurde weder werktags noch sonntags fertig, brachte sogar die Tage durcheinander, erst gestern gegen Abend hatte er sich daran erinnert, daß heute Sonntag war. Jede Nacht, schlaflos, erwartete er verspätete Weisungen des Generalstabs und gab selbst seine Befehle zu ungewöhnlichen Zeiten aus. Und in seinem Kopf war ein ständiges Summen, das beim Nachdenken störte.

Vor drei Wochen war Samsonow durch Allerhöchsten Befehl von seiner ordnenden Tätigkeit in der entlegenen asiatischen Provinz abberufen und an die vorderste Linie des beginnenden europäischen Krieges versetzt worden. Vor vielen Jahren, gleich nach dem Japanischen Krieg, war er hier eine Zeitlang Stabschef des Warschauer Wehrbezirks gewesen; und jetzt war er seinem früheren Posten entsprechend hierherkommandiert worden. Das Vertrauen Seiner Majestät war ehrenvoll, und diesen Dienstpflichten – genau wie den anderen auch – gedachte Samsonow aufs beste nachzukommen. Aber die Pause war lang gewesen, ganze sieben Jahre hatte er mit operativen Angelegenheiten nichts zu tun gehabt, er hatte im Feld nicht einmal ein Korps geführt – und plötzlich wurde ihm eine Armee anvertraut.

Viele Jahre hatte er nicht einmal daran gedacht, daß es einen ostpreußischen Kriegsschauplatz gibt, in diesen Jahren hatte niemand ihn über die Kriegspläne – wie sie entstanden und abgewandelt wurden – unterrichtet, und jetzt wurde er zur sofortigen Ausführung eines von ihm nicht aufgestellten, ja nicht einmal durchdachten Planes hierherkommandiert, demzufolge zwei russische Armeen, die eine im Osten vom Njemen, die andere im Süden vom Narew aus in Preußen aufmarschieren sollten, in der Absicht, die gesamten dort befindlichen Truppen mit eisernem Griff zu umklammern.

Der neue Oberbefehlshaber müßte ohne Eile die Dinge bedenken und ordnen, er müßte vor allem sich zurückziehen, zu sich selbst kommen können, den Plan prüfen und Karten studieren – aber dafür ließ man ihm keine Zeit. Der neue Oberbefehlshaber müßte seinen Stab kennenlernen, sich von den Qualitäten seiner Ratgeber und Helfer überzeugen – aber auch dafür wurde ihm keine Zeit zugebilligt, und dieser Stab war nicht ganz fair zusammengestellt worden: der Stab der Zweiten Armee und der Stab der Nordwestfront wurden beide – bevor Samsonow kam – aus dem Stab des Warschauer Wehrbezirks gebildet, der damalige Bezirksstabschef Oranówskij hatte bei der Versetzung in den Frontstab die besten Offiziere mitgenommen; so war der Armeestab zu kurz gekommen und mußte aufgefüllt werden mit von überall her zusammengeholten Offizieren, die einander nicht kannten und aufeinander nicht eingespielt waren. Niemals hätte Samsonow sich diesen schüchternen Stabschef gewählt, oder diesen galligen Generalquartiermeister – aber sie waren vor ihm da und hatten ihn hier in Empfang genommen. Und schließlich müßte der neue Oberbefehlshaber in die Regimenter reiten, wenigstens die höheren Offiziere kennenlernen, die Soldaten sehen und von ihnen sich sehen lassen, sich selbst davon überzeugen, daß alle bereit sind, und dann erst den Vormarsch ins fremde Land befehlen, immer noch langsam, um die Schlagkraft des Heeres für die Kämpfe zu schonen und den Reservisten Zeit zu lassen, sich an das Soldatenleben zu gewöhnen. Aber wenn schon der Oberbefehlshaber nicht vorbereitet war – was sollte man da von den Truppen erwarten! Kein einziges Korps war vorschriftsmäßig aufgestellt, die vorgeschriebenen Kavallerietruppen waren bis jetzt ausgeblieben, die Infanterie war vorzeitig, an falschen Bestimmungsorten aus den Transportzügen ausgeladen worden, die gesamte Armee verstreut über eine Fläche größer als Belgien. Die Feldintendanturen waren bei der Ankunft Samsonows noch beim Ausladen; in den Heeresdepots fehlten die vorgeschriebenen Siebentagerationen, und vor allem fehlten die Transportmittel, die den Nachschub auf der ganzen Breite sichern mußten, denn nur die linke Flanke konnte mit der Eisenbahn rechnen, die anderen Korps mußten per Achse versorgt werden; die Fahrzeuge waren ebenfalls knapp, statt Zweispänner wurden nur Einspänner zugeteilt, außerdem wurde auf Befehl, unbekannt von wem, aus der Militärtransportverwaltung der Train des XIII. Korps noch vor Bjelostok ausgeladen und schleppte sich jetzt unsinnigerweise auf eigenen Rädern durch den Sand.

Man ließ ihm für gar nichts Zeit, über ihm ballten sich die unerbittlich knappen Termine, die Telegramme trieben zur Eile, die ganze Welt sollte den gewaltigen Tritt der russischen Regimenter bestaunen – und am zweiten August marschierten sie auf und überschritten am sechsten August die Grenze – trafen aber auf keinen Gegner, marschierten Tag für Tag immer weiter ins Leere hinein, wobei sie verschwenderisch Kampftruppenteile an Brücken, Bahnübergängen und Städten zurückließen, weil die Divisionen der zweiten Linie, welche die Einheiten der ersten Linie unterstützen sollten, nicht nachrückten.

Es kam nicht zu Kämpfen, aber bei den Mißständen in der Etappe könnte die Geschwindigkeit des Vormarsches verhängnisvoll werden. Und es wäre lebenswichtig, ein bis zwei Tage stehenzubleiben, die Verpflegungstransporte abzuwarten, einen Ruhetag für die Kampftruppen einzulegen, ja einfach sich zu orientieren und abzusichern.

Und der Armeestab meldete tagtäglich dem Generalstab: der achte und der neunte Aufmarschtag, vier und fünf Tage in Preußen, einem leeren Land, aus dem alle Lebensmittel abtransportiert und die Heuschober niedergebrannt worden sind; die Nachschubwege für Furage und Brot werden immer länger und schwieriger, geeignete Transportmittel fehlen, zwei Drittel des Vorrats an Armeezwieback ist bereits aufgebraucht; bei Hitze, über sandige Wege marschieren die erschöpften Kolonnen – in die Leere hinein!

Aber der Generalstabschef Shilínskij – hundert Werst

weiter hinten – las das alles, ohne das geringste zu begreifen, ohne das geringste gelten zu lassen, und krächzte wie ein Papagei immer dasselbe: Energischer Vormarsch! Unsere schnellen Beine garantieren unseren Sieg! Der Feind entgeht Ihnen!

Es gab Grenzen, die zu überschreiten General Samsonow auch in Gedanken sich nicht gestattete. Er erkühnte sich niemals, ein Urteil über die kaiserliche Familie zu fällen, also auch nicht über den Höchstkommandierenden. Und ebensowenig wagte er, die höheren Interessen Rußlands nach eigenem Ermessen auszulegen. Die richtunggebende Weisung des Höchstkommandierenden besagte, daß wir – da die Kriegserklärung an uns gerichtet war und das verbündete Frankreich uns unverzüglich zur Hilfe kam – unseren Verpflichtungen gemäß so bald als möglich in Ostpreußen einmarschieren müßten. Dennoch war dort die Rede von einem »ruhigen und planvollen« Vormarsch – aber im Frontstab wurden die Entfernungsberechnungen Samsonows angezweifelt, wenn nicht sogar belacht, und seine Beschwerden betrachtete man als Schwäche. Die vorwurfsvollen Telegramme und das Gezerre von Shilinskij reizten Samsonow von Tag zu Tag mehr – in diesem Punkt brauchte er nicht demütig still zu sein und mit seinem Urteil zurückzuhalten. Die Hartnäckigkeit, mit der ein hoher Vorgesetzter vor den tatsächlichen Verhältnissen die Augen verschließt – warum nennt man dies Willensstärke? Die Meldung eines Untergebenen, wie die Dinge sich wirklich verhalten, nennt man Willensschwäche – warum?

Das Oberkommando der Front hatte die einzige Aufgabe, die Zweite und die Erste Armee zu koordinieren, sonst nichts. Das war zu wenig für diesen vielköpfigen Stab und gab ständig Anlaß, sich in die Befugnisse der Armee-Oberbefehlshaber einzumischen. Die Koordination erwies sich vom ersten Tag an als Hemmschuh. Weder über den Frontstab, noch im Gelände, noch durch Kavalleriepatrouillen konnte die Zweite Armee irgend etwas von ihrem

Nachbarn auf dem Boden Ostpreußens bemerken. Und selbst in den letzten drei Tagen, als die Tagesbefehle und die gesamte russische Presse den Sieg der Ersten Armee bei Gumbinnen feierten, konnten die Truppen Samsonows – von Süden kommend – nirgendwo in den Wäldern und zwischen den Seen die Truppen Rennenkampfs – von Osten kommend – entdecken, nichts von seiner zahlenmäßig starken Kavallerie und auch keine von Osten nach Westen fliehenden Deutschen.

Ganz Rußland bejubelte Rennenkampfs Sieg, nur sein Nachbar in Ostpreußen hatte durch diesen Sieg nichts gewonnen.

Das alles hätte bei einer anderen menschlichen Konstellation anders sein können. Aber Rennenkampf und Shilinskij waren Menschen mit einer fremden Seele – hochmütig, ohne Bereitschaft, dem anderen zuzuhören, sich zu verständigen. Mit Rennenkampf hatte Samsonow seit dem Japanischen Krieg überhaupt nicht mehr gesprochen, seit jenem unangenehmen Auftritt, als Rennenkampfs Kavallerie die Kosaken Samsonows im Stich gelassen hatte. Mit Shilinskij hatte Samsonow in den früheren Jahren keinen direkten Kontakt gehabt, erst jetzt, auf der Durchreise, ihm in Bjelostok einen Antrittsbesuch gemacht. Aber auch ohne ein ausführliches Gespräch, gleich in der ersten Minute, hatte er gewußt, daß er mit diesem General nie zu einer Verständigung kommen würde. Shilinskij hatte keinen einzigen menschlichen Satz gesprochen, als Waffenbruder. Ein mäkelnder Antreiber war er und kein Bruder. Er ließ merken, daß er alles besser wisse und nicht bereit sei, Untergebene zu Rate zu ziehen. In der Stille seines Arbeitszimmers sprach er unmotiviert abgehackt, schnitt einem das Wort ab – wahrscheinlich glaubte er sich insgeheim verkannt, weil er seinen Posten für unbedeutend hielt.

Außerdem stand trennend zwischen ihnen auch noch der Umstand, daß beide in diesem Frühjahr für den Posten des Generalgouverneurs und Oberbefehlshabers des Militärbezirks in Warschau vorgesehen waren. Die Ernennung Samsonows war bereits vom Zaren bestätigt, als Suchómlinow* sich einmischte und den Einwand vorbrachte, Samsonow spräche nicht Französisch, was für Warschau unbedingt erforderlich sei (er sprach es doch, wenn auch nicht ganz fließend!). So bestätigte der Zar die Kandidatur Shilinskijs, der gerade aus dem Generalstab ausgeschieden war und irgendwo untergebracht werden mußte. Wäre Samsonow in diesem Frühjahr in den Warschauer Bezirk zurückgekehrt – er hätte sich mit allem vertraut machen und die Kriegspläne früher kennenlernen können. Die französische Sprache hatte das Schicksal der Nordwestfront entschieden.

Alle schlechten Menschen helfen sich gegenseitig, darin liegt ihre große Stärke. Von Suchomlinow wußte Samsonow mit Sicherheit, daß er Beziehungen zu dem österreichischen Geschäftshaus Altschuller auf der Morskaja unterhielt – und das als Kriegsminister! –, daß er es in Geldsachen nicht allzu genau nahm – folglich auch in seinen Beziehungen und Verpflichtungen –, daß seine geschiedene Frau durch die ganze Welt zog und viel kostete, Suchomlinow setzte sich für Shilinskij ein, Shilinskij förderte Rennenkampf, Rennenkampf war der Schwiegersohn des Chefs der Feldkanzlei Seiner Majestät und hatte in seinem Stab als General für besondere Aufträge einen Fürsten aus dem höchsten Adel, der dem kaiserlichen Paar nahestand. Auch Shilinskij genoß einen besonderen Schutz – er stand dem Hofe von Maríja Fjódorowna nahe, das gab ihm jede Unabhängigkeit, sogar dem Höchstkommandierenden gegenüber. Aber hier war für Samsonow eine Schranke: ihm stand kein Urteil darüber zu, inwieweit ein Einfluß der Kaiserin-Mutter auf das Schicksal der Armee zulässig sei oder nicht.

Er beneidete sie nicht um alle ihre Erfolge und Avancements, er gab sich auch keine Mühe, sich bei Hof einzuschmeicheln, und sein General für besondere Aufträge hatte keine Beziehungen, sondern war ein tapferer Soldat, aber in seiner Seele schlug sich Traurigkeit nieder: sollten für Rußland schwere Zeiten kommen – alle diese weltmännischen Windbeutel würden verschwinden wie weggeblasen, und man würde nicht einmal ihren Namen zu hören bekommen.

Sie könnten ja getrost avancieren, wenn sie nur nicht alles verderben würden. Samsonow hätte mit seinen eigenen Sorgen genug gehabt: die Zweite Armee übernehmen, aufstellen und führen. Aber sie schlugen eine Volte nach der anderen, sie machten alles kaputt! Samsonow konnte nicht einmal zwei Tage lang die Korps seiner Armee nach Zahl und Stärke konstant halten: man gab ihm das I. Korps – aber ohne Befehlsgewalt, man gab ihm das Gardekorps – und entzog es ihm drei Tage später wieder (man tat es heimlich, vierundzwanzig Stunden später glaubte Samsonow immer noch, es würde nach seinem Befehl weiter vorrücken); man gab ihm das XXIII. Korps – und nahm gleichzeitig die Infanteriedivision von Sirelius für die Reserve zurück, die andere, von Mingin – nach Nowogeorgiewsk, die Artillerie – nach Grodno, die Kavallerie – an die Südwestfront. Später besann man sich wieder und kommandierte die Division von Mingin zu Samsonow zurück, jetzt mußte sie die anderen Korps in einem Gewaltmarsch einholen. Und gestern kam aus dem Frontstab das sengende Telegramm: das Korps am rechten Flügel sollte Rennenkampf unterstellt werden! Früher waren es ganze sieben Korps – und jetzt blieben Samsonow drei und ein halbes!

Auch das hätte er ruhig ertragen, wenn er nur einen Sinn darin hätte sehen können. Aber einen Sinn hatte das eben nicht. Wie spät er auch hierher gekommen war, wie wenig Zeit er auch gehabt hatte, um zu bedenken und zu beurteilen, was man hier jahrelang über Ostpreußen verhandelt hatte – beim ersten Blick auf diesen Armstumpf, der sich gegen Rußland reckte, war es klar, daß er an der Schulter amputiert und nicht am Ellbogen angenagt werden mußte, und daß deshalb die stärkste Armee im Süden, am Narew, stehen sollte – seine Armee – und nicht im Osten, die von Rennenkampf.

Aber die Unstimmigkeit mit dem Frontstab schleppte und schleppte sich weiter: wie ist die Aufgabe der Zweiten Armee zu verstehen und in welcher Richtung muß sie aufmarschieren? Wenn man sich nicht über den Tisch verständigen konnte – wie sollte es per Telegraph möglich sein? So wenig man den Teufel unter den Stößel kriegen kann, ebensowenig war Shilinskijs Plan zu begreifen: die Deutschen würden sich Rennenkampf direkt an die Brust drängen, im Osten, bei den Masurischen Seen – und warten, bis Samsonow sie im Rücken abriegelte. Deshalb sei die aussichtsreichste Richtung für Samsonow Nordwest, schräg hinauf. Und Shilinskij ließ die gesamte Zweite Armee nach rechts einschwenken, konzentrierte sie viel stärker *rechts*, als es sinnvoll sein konnte – und gab dann allmählich nach links nach, wodurch sich alles in die Breite zog. Man brauchte nur einen Blick auf die Karte zu werfen, um einzusehen, daß die Armee *wesentlich weiter links* vormarschieren mußte – entlang der Bahnlinie Nowogeorgiewsk-Mlawa, der einzigen im ganzen Vormarschgebiet, während die Deutschen über gut zehn Bahnlinien verfügten. Wie konnte man die einzige Eisenbahnlinie hinter der Flanke liegen lassen und die gesamte Armee durch Sand und Sumpf jagen?

Da er mit seinem Plan und seiner Dislokation zu spät gekommen war, reichte Samsonow einen Gegenvorschlag ein: Ja, er müsse zwar schräg hinaufmarschieren, aber nicht das schlechte, von Shilinskij und Oranowskij vorgezeichnete Schräg-hinauf, nicht Nordost, sondern Nordwest: nicht Freund Rennenkampf um den Hals fallen, sondern sich beeilen, damit die Deutschen nicht aus dem Netz schlüpfen und sich hinter die Weichsel zurückziehen können.

In diesem Punkt durfte er unter keinen Umständen

nachgeben: sonst müßte er sich selbst für einen Dummkopf halten, für einen Hampelmann. Shilinskij gab jeden Tag den Befehl: schräg rechts! Und Samsonow beharrte tagtäglich: schräg links! Und er begann vorsichtig, ohne am rechten Rand zurückzuweichen, nach links einzuschwenken: in den Tagesbefehlen an die Korps und Divisionen gab er jeweils zwei, drei Dörfer weiter links an. Auch als die deutsche Grenze bereits überschritten war und man weder am ersten noch am zweiten noch am dritten Tag einen Deutschen zu Gesicht bekam, keinen Schuß hörte und auch selbst keinen abgab – sogar da blieb Shilinskij bei seinem Unsinn: daß die Deutschen wie gebannt vor Rennenkampf lägen und auf einen Rückenstoß warteten, daß sie sich in dem verhängnisvollen Winkel bei den Masurischen Seen, auf dem schrägliegenden Streifen zwischen Rennenkampf und Samsonow zusammendrängen und geduldig ausharren würden, bis man sie einsackte – während Samsonow endgültig wußte, daß die Deutschen unserer Zange entkommen, nach Westen zurückfluten würden, und daß es nur noch eine Hoffnung gäbe – die Zange so weit wie möglich zu öffnen.

Das tat er auch und griff mit der linken Scherenhälfte so gut es ging nach links aus, aber Shilinskij war nicht damit zufrieden und klammerte sich an die rechte Scherenhälfte, und alle Empfindungen, das ganze Herz ging in diesem Streit auf, aber die Truppen rückten währenddessen immer weiter und weiter vor, der Streit der Generale bedeutete für sie nichts als ein überflüssiges Hin und Her und Zickzacklaufen, und die falschen Richtungsangaben kosteten Soldatenbeine. Diese Werst in den Soldatenbeinen spürte Samsonow wie in seinen eigenen, die Füße brannten und bekamen Blasen, das Oberleder trennte sich von der Sohle – und trotzdem brachte er es nicht fertig, die idiotischen Befehle aus dem Frontstab ohne Korrektur auszuführen.

Und noch eine Folge dieses Streites – die Front dehnte sich fächerförmig aus, dreiundeinhalbes Korps verloren sich auf siebzig Werst, Shilinskij bohrte und bohrte wegen dieses Auseinanderziehens, das war um so unangenehmer, weil es berechtigt war.

Am bequemsten hätte es Samsonow gehabt, wenn er den Befehl wörtlich ausgeführt hätte. Aber – einen Befehl, der völlig unsinnig war? Aber – einen Befehl, der dem Vaterland mit Sicherheit zum Schaden gereichte?

Um das telegraphische Mißverstehen wenigstens irgendwie zu überwinden, hatte Samsonow gestern seinen Generalquartiermeister Filimónow zu Shilinskij geschickt – er sollte persönlich vortragen und um die Genehmigung bitten, ohne Umweg, direkt nach Norden, zur Ostsee marschieren zu dürfen. Und mit Nachdruck um einen Rasttag bitten. Und als Ersatz für das entzogene rechte Korps um volle Befehlsgewalt über das linke Reservekorps des Höchstkommandierenden, das er ja nicht einsetzen durfte.

Aber solange der Generalquartiermeister unterwegs war, klapperten die Telegraphenapparate weiter und hatten zwei Anweisungen von Shilinskij zusammengeklappert – gestern eine und heute eine. In der gestrigen stand wieder dasselbe: Über das 1. Korps nicht verfügen, unter ausreichender Sicherung der Flanken (mach's mal selber, du Hundesohn) energischer Vormarsch, und zwar so energisch, daß man spätestens am 12. August rechts ... – dann wäre es kein Kunststück mehr, mit Rennenkampf in Tuchfühlung zu kommen, wenn er tatsächlich die Deutschen vor sich hertreibt, und für Rennenkampf eine Stadt zu besetzen. Der letzte Straßenköter könnte erkennen, daß das alles hirnverbranntes Gewäsch ist, daß der Stab die Deutschen hinaustreibt, statt sie einzukreisen. Aber Shilinskij machte Samsonow Vorwürfe, daß er zu langsam sei, daß vor ihm nur die unbedeutende Nachhut des Feindes liege, während die fliehenden Hauptmassen ihm entweichen.

Das war das einzige, was stimmte: Deutsche gab es vor Samsonow keine (bis gestern gab es keine). Wo waren sie dann? – das war die entscheidende Frage. Ohne vorzufühlen, ohne zu beobachten, ohne Kavalleriepatrouillen, ohne einen einzigen Gefangenen – wie sollte man da herausfinden, wo die Deutschen waren? Der Armeestab gestand ehrlich seine Unwissenheit ein, der Frontstab behauptete, es zu wissen.

Auch durch den persönlichen Vortrag konnte Filimonow nichts ausgerichtet haben, denn eine Stunde vor seiner Rückkehr war eine Weisung aus dem Frontstab gekommen, von heute, dem 11. August: »Auch heute mißbillige ich entschieden, worauf ich wiederholt hinwies, das Auseinanderziehen der Front und Zerstreuen der Korps entgegen erteilter Weisung.«

Diese Telegramme hatte natürlich Oranowskij aufgesetzt – ein kuhäugiger Beau, aufgeblasen, geleckt, mit spitzem Schnurrbart, bösartiger als jeder Skorpion. Er setzte sie auf, und Shilinskij unterschrieb; in demselben freundschaftlichen Einvernehmen hatten sie ihren Dienst im Warschauer Bezirksstab versehen.

»Mißbillige ich entschieden!« – Sie mißbilligten entschieden Samsonows Bemühungen, die Deutschen wenigstens mit der linken Flanke zu berühren und aufzuhalten. Sie bestanden darauf, daß Samsonow die Deutschen ungeschoren ziehen ließ . . .

Der Generalmajor Filimonow kam eben im Wagen des Oberbefehlshabers zurück und klopfte, ohne einen Augenblick zu verlieren, ohne sich zu waschen (er vergewisserte sich nur, ob es abends wirklich Fischpastete gäbe), ohne den Stabschef (den er nicht für einen echten Offizier hielt) zu verständigen, bei Samsonow an. Als er nach einem auffordernden Zuruf eintrat und den Oberbefehlshaber ohne Stiefel auf dem Sofa liegen sah, nahm er trotzdem Haltung an und salutierte, wenn auch nur kurz, ohne die Dienstvorschrift voll zu beachten, was übrigens der Oberbefehlshaber ihnen unter sich gestattet hatte. Anstelle einer vollen Meldung sagte er nur:

»Ich bin zurück, Aleksándr Wasíljitsch!«

Er sagte das verstimmt und müde. Blieb stehen, wartete, setzte sich hin. Er litt darunter, daß er klein war, was eine erfolgreiche Karriere unmöglich machte. Er pflegte bei der ersten besten Gelegenheit sich zu setzen und nach den Achselschnüren zu fassen. In seinem Gesicht drückte sich ein Übermaß an finsterer Entschlossenheit aus, die noch dadurch unterstützt wurde, daß er die Haare kurzgeschoren trug, wie ein Gemeiner.

Der Oberbefehlshaber hatte sich hingelegt, weil er müde geworden war. Er hatte sich hingelegt, weil seine Truppen, er mochte so lange herumstehen, so lange herumlaufen wie er mochte, es dadurch weder leichter hatten, noch schneller vorwärts kamen. Er lag auf dem Rücken, ohne Rock, die Arme unter dem Kopf verschränkt, die Beine hoch auf der Seitenlehne. Sein kräftiges großstirniges Gesicht, auf Generals-Respektabilität eingestellt, zur Hälfte vom angegrauten Bart und Schnurrbart verdeckt, verzog sich nie und zeigte nie Gereiztheit oder Verstimmung. Jetzt richtete er die großen ruhigen Augen auf den Eintretenden und blieb liegen. Als hätte er nicht im mindesten darauf gewartet, was Filimonow ihm mitbrachte.

Er hatte brennend darauf gewartet! Aber Filimonows Stimme, die an Zwischentönen nicht gerade reich war, sagte ihm alles mit diesen aufatmend gesprochenen Worten »Ich bin zurück, Aleksandr Wasiljitsch«.

Und der Oberbefehlshaber blieb liegen, mit einem Summen in seinem Kopf, das keiner außer ihm hörte, und blickte zu der hohen Stuckdecke hinauf. Seine gewölbte Stirn blieb genauso ruhig, rund, glatt, ohne eine einzige Falte, die Augen blickten genauso weit offen wie immer, blinzelten nicht, schielten nicht, kein Zucken lief über die Wangen, die ruhigen dicken Lippen blieben von dem ruhigen Bart und Schnurrbart verdeckt – aber in seinem Inneren breitete sich eine schwankende Unsicherheit aus, die er keinem Menschen gestehen mochte, und sie erschreckte den Oberbefehlshaber. Kein einziger Gedanke war zu Ende gedacht worden, so wie Gedanken in einem gesunden Kopf ausreifen müssen, keiner von den Entschlüssen, die bereits in den Telegraphenstreifen versickert waren, hatte vorher eine endgültige Gestalt angenommen. Und zum erstenmal während seiner achtundzwanzigjährigen Dienstzeit, seit seiner halben Husarenschwadron im Türkischen Krieg, spürte Samsonow: nicht der Bestimmende ist er im Fluß der Ereignisse, sondern Darsteller, jene gehen ihren eigenen Gang.

Das alles erkannte Filimonow an seinem Oberbefehlshaber. Wäre *er* selbst Oberbefehlshaber – er hätte mit Shilinskij ganz anders gesprochen. Und die Kommandeure der einzelnen Korps ganz anders an die Kandare genommen. Ihm aber war keine Macht gegeben. Den harten Stehkragen eng um den Hals, mit den Fingern auf den Achselschnüren trommelnd, blickte er mit wölfischer Entschlossenheit auf den der Länge nach ausgestreckten Oberbefehlshaber.

Aber Filimonow wußte nicht, was hier während seiner Abwesenheit geschehen war. Der fliehende Feind war endlich eingeholt worden, jedenfalls war man auf ihn gestoßen! Gestern schon war man auf ihn gestoßen, die Nachricht kam erst heute, und die besondere Freude war, daß man ihn mit der *linken Flanke des linken* Korps der Mitte berührt hatte – des xv. – und daß man kämpfte, nachdem man nach *links* eingeschwenkt war! Das Gefecht war erfolgreich gewesen! Der Deutsche wurde weiter zurückgeworfen!

Die endgültige Siegesmeldung von General Martos war erst vor wenigen Stunden gekommen, und damit wurde zum erstenmal die Meinung Samsonows bestätigt, der ganz richtig die Deutschen auch in der stummen Leere vermutet hatte. Vor einer Stunde, als Antwort auf das beleidigende Telegramm Shilinskijs, hatte Samsonow ihm zu seiner Beschämung die Meldung von dem errungenen Sieg übermittelt. In diese Meldung hatte er Wort für Wort Martos'

Bericht von der prächtigen Geschichte im Tschernigow-Regiment aufgenommen: der Regimentskommandeur Aleksejew führte die Fahnenkompanie mit wehender Fahne zum Bajonettkampf. Er fiel. Um die Fahne entbrannte ein Kampf Mann gegen Mann, aber kein Deutscher hatte die Fahne berührt. Der Fahnenträger wurde verwundet, ein Leutnant übernahm die Fahne. Auch er fiel. Die Soldaten des Regiments schlichen nachts ins Niemandsland und holten die Fahne, das Georgskreuz und den verwundeten Fahnenträger heraus. Jetzt ist die Fahne an einer Kosakenlanze befestigt.

Nachdem diese Meldung abgeschickt war, zog Samsonow die Stiefel aus und legte sich auf das Sofa. Noch war keine wirkliche Erleichterung zu spüren – aber der Deutsche war endlich gestellt, und zwar links. Und der Frontstab öffentlich blamiert!

Deshalb lag Samsonow, die ruhigen Augen zur Decke erhoben, und brauchte keine Neuigkeiten aus dem Frontstab, sondern erzählte gemächlich seine eigene.

Aber er mußte doch auch alles Mitgebrachte erfahren! Und ohne Mitleid mit dem Oberbefehlshaber, ohne die Formulierungen abzuschwächen, schüttete Filimonow eine Schaufel glühender Kohlen hin: »Sie werden keinen Rasttag bekommen! Ihre Armee rückt sowieso langsamer voran, als ich erwartet hatte! Den Gegner dort sehen wollen, wo es keinen gibt, heißt FEIGHEIT, und ich werde General Samsonow nicht erlauben, feige zu sein!«

Das ruhige großstirnige Gesicht Samsonows – vom Schnurrbart bis zu den ergrauenden Schläfen, bis zu dem dunklen kurzen zurückgekämmten Haar lief purpurn an. Er setzte die Füße auf den Boden. Und er sah seinen Generalquartiermeister an, als sei er verwundet worden. Filimonow schimpfte ergrimmt auf den LEBENDEN LEICHNAM, wie Shilinskij von den Offizieren genannt wurde, aber Samsonow schimpfte nicht – er rang nach Luft, bei Aufregungen bekam er Asthma.

Er war verwundet, weil die Frontbefehle aus Pflicht und nicht aus Neigung ausgeführt werden mußten. Und wie unsinnig der nächste und alle folgenden sein mochten – er mußte sie erfüllen, unweigerlich, weil ein Oberbefehlshaber an den Beinen zusammengekoppelt ist wie ein Pferd.

Er war verwundet, weil man in der guten alten Zeit dafür zum Duell fordern konnte – aber das war vorbei, und heute konnte man sich weder nach der Dienstordnung beschweren noch rechtfertigen. Kavallerist von Kindesbeinen an, der unter dem türkischen Säbel und im japanischen Kugelregen seinen Mann gestanden hatte – nur durch verdoppelte Kühnheit auf dem Schlachtfeld konnte er dem Beleidiger entgegentreten. Es war eine Schande, sich ihm zu beugen – aber es war unmöglich, sich nicht zu beugen.

Der verwundete, purpurn angelaufene Samsonow atmete hörbar, ohne die Füße in die Tschuwjaki* zu stecken.

In diesem Augenblick trat der Stabschef Postówskij ein. Er war ein unauffälliger, unentschlossener, aber diensteifriger Generalmajor, der in seinem ganzen Leben an keinem Krieg teilgenommen hatte. Trotz seines Ranges (den er bereits seit Jahren einnahm) und seines hohen Postens zitterte er vor dem Oberbefehlshaber wie ein junger Offizier. Nach vielen Dienstjahren in einem Stab, noch einem Stab und in noch einem Stab, legte Postowskij größten Wert auf die Befolgung der Dienstvorschrift und pünktlichen Eingang und Abgang von Verfügungen, Befehlen und Meldungen. Für ihn gab es nur zweierlei Unglück beim Militär: ein angefordertes Aktenstück nicht vorlegen zu können und eine einflußreiche hohe Persönlichkeit nicht ihrem Rang entsprechend zu empfangen.

Jetzt trat er nah heran – weniger die schweißbedeckte Stirn des Oberbefehlshabers als seine unbeschuhten Füße beachtend – und meldete ehrerbietig:

»Aleksandr Wasiljewitsch! Ein Oberst aus dem Großen Hauptquartier mit einem Schreiben des Großfürsten.«

Samsonow kam zu sich, begriff. So ist das also! Neues Unglück! – haben die es schon fertiggebracht, ihn auch beim Großfürsten anzuschwärzen?

»Was für ein Schreiben?«

»Er hat es noch, ich habe es nicht gelesen. Ich wußte nicht, nach welchem Rang ich ihn empfangen sollte.«

»Sie hätten es einfach lesen sollen.«

Der Oberbefehlshaber warf Filimonow einen finsteren Blick zu.

Ja, Filimonow merkte, bis zu der Fischpastete wird es noch eine Weile dauern, leider hatte er versäumt, bevor er zum Oberbefehlshaber ging, einen Happen zu probieren.

Man rief und verlangte nach Stiefeln und Rock.

11

Samsonow erwartete nichts Gutes oder Vernünftiges von diesem Oberst aus dem Großen Hauptquartier: auch so ein Stabsgeck, der hergeschickt wurde, um ihn zu belehren, in welcher Richtung am besten vorzurücken sei. Samsonow wußte im voraus, daß der Fremde ihm mißfallen würde, weil der tüchtige Offizier bei der Truppe dient und nicht von Stab zu Stab flitzt.

Aber als der Fremde in Samsonows Arbeitszimmer trat, wohin sie alle gegangen waren, und nachdem er weder unterwürfig noch dreist angefragt hatte, einige Schritte durch die freie Mitte des Zimmers machte, genau, aber mühelos und ohne Selbstbespiegelung die vorgeschriebene Ehrenbezeugung ausführte – da stellte Samsonow gegen seinen eigenen Willen fest, dieser etwa vierzigjährige Offizier hatte nichts Unangenehmes an sich. Der Oberbefehlshaber erhob sich hinter dem großen Tisch, wo er sich der würdigen Wirkung wegen niedergelassen hatte.

»Oberst im Generalstab Worotýnzew! Aus dem Stab des Höchstkommandierenden. Ein Brief an Exzellenz.«

Unaffektiert und selbstverständlich holte Worotynzew das Schreiben aus der Kartentasche und hielt es dem entgegen, der es nehmen wollte.

Postowskij nahm es ihm behutsam ab.

»Was bringt uns denn das Sendschreiben?« fragte Samsonow.

Worotynzew, der sich immer ungezwungener gab und mit seinen ebenfalls großen, ebenfalls klaren Augen dem Oberbefehlshaber immer offener in die Augen sah, sagte:

»Den Großfürsten beunruhigt die Spärlichkeit der erhaltenen Informationen über die Bewegung Ihrer Armee.«

Und deshalb schickte der Höchstkommandierende einen Offizier zum Armeestab – unter Umgehung des Frontstabs? Einem Anfänger hätte das schmeicheln können. Samsonow aber antwortete mit schweren Lippen:

»Ich glaubte, eines größeren Vertrauens des Großfürsten würdig zu sein.«

»Ich versichere Ihnen«, der fremde Oberst wurde lebhafter, »das Vertrauen des Großfürsten ist unerschüttert. Aber das Große Hauptquartier darf unmöglich so wenig, *so wenig* über den Verlauf der Kriegshandlungen wissen. Gleichzeitig wurde auch zu General Rennenkampf geschickt. Der Stab der Ersten Armee hat sogar die Schlacht bei Gumbinnen erst gemeldet, als der Sieg sicher war und die Kämpfe bereits vorüber waren.«

So klar, so arglos war der Blick des Fremden, als wäre auch hier alles, was er zu erfahren hoffte, ein noch nicht eingestandener, fast sicherer Sieg.

Den Sieg gab es tatsächlich, Samsonow hätte damit auftrumpfen können. Aber das wäre unbescheiden gewesen, und außerdem war dieser Bote des Höchstkommandierenden nicht eines Sieges wegen hierhergekommen. Er kam, um im Vorbeigehen zu korrigieren, zu belehren, Vorhaltungen zu machen. Es war unmöglich, ihm in fünfzehn Minuten alle Schwierigkeiten zu schildern, die sich um jedes Korps, um die gesamte Armee und in dem Kopf des Oberbefehlshabers zusammenballten. Es war zwecklos, das Gespräch auch nur anzufangen. Zweckmäßig wäre, zum Essen zu gehen, wie Filimonow, schon eifersüchtig auf den Oberst, vorgeschlagen hatte.

Und trotzdem fragte Samsonow müde und höflich:

»Und was interessiert Sie im einzelnen?«

Aber der Fremde hatte einen schnellen, einen zusammenfassenden Blick. Er hatte sich bereits in diesem Zimmer umgesehen, das so gut möbliert und eingerichtet war, als ob der Stab der Zweiten Armee den ganzen Krieg in diesem Hause verbringen wollte; hatte die zwei Generale gesehen, die die gesammelte Intelligenz der Armee verkörpern sollten – den Stabschef und den Generalquartiermeister (immer noch hielt sich die verstaubte Tradition, das Gehirn der Armee »Quartiermeister« zu nennen – so wenig wurde es geachtet); und wieder – Samsonow angesehen, länger als man einen Gesprächspartner ansieht; und er schielte bereits nach der fensterlosen Wand, die von oben bis unten mit einer Kartenzusammenstellung Ostpreußens bedeckt war, zu ihr zog es ihn hin. Die Augen des fremden Obersten wanderten auf der Karte hin und her, aber nicht mit der Neugier des Außenstehenden, sondern mit der drükkenden Sorge Samsonows.

Und plötzlich – in seiner schmerzlichen Angst vor dem Entgleiten des Wichtigsten leuchtete es vor dem Oberbefehlshaber auf, daß Gott ihm diesen Menschen zum Aussprechen geschickt hatte, den er in seinem Stab nicht finden konnte. (Vielleicht gab es ihn unter den jüngeren Offizieren der Abteilung für Operative Angelegenheiten, wahrscheinlich sogar – aber der alternde ehrwürdige Oberbefehlshaber würde sich etwas vergeben, wenn er mit ihnen Rat hielte.)

Und Samsonow machte einen Schritt auf die Karte zu.

Und Worotynzew machte zwei leichte.

Das Georgskreuz für Offiziere und das Abzeichen der Generalstabsakademie schmückten seine Brust, feldmarschmäßig trug er nichts anderes. Worotynzew, Worotynzew? ... Samsonow versuchte, sich an diesen Namen zu erinnern, in Rußland gab es nicht allzuviele Generalstabsoffiziere, aber die jüngeren Jahrgänge kannte er schlecht.

Samsonow, wohlbeleibt, mit leichtem Bauch, trat näher zur Karte. In dem leeren Teil des Zimmers sah man, daß seine Gestalt auch vor einer Division zur Wirkung käme.

Worotynzew, stämmig, aber straff und leicht, machte auch einen Schritt.

Und nun standen sie beide direkt vor der Karte, weit vor Filimonow und Postowskij, mit dem Rücken zu ihnen. In Bauchhöhe steckte auf Ostrolenka das große, feierliche, kein einziges Mal geknickte glatte Stabszeichen der Zweiten Armee. Oberhalb der Schulter in Augenhöhe – fünf dreifarbige Korpsfähnchen: vier eigene und eines, das linke – für das Reservekorps des Höchstkommandierenden. Und noch höher – man mußte die Arme heben, um an die Stecknadeln zu kommen – schlängelte sich um die Stecknadeln eine rote Seidenschnur, dem Verlauf der vermutlichen heutigen Frontlinie entsprechend.

Weiter oben waren schwarze deutsche Fähnchen nicht da. Dort war das Schweigen. Zwischen den grünen Waldflächen schimmerten tiefblau die vielen Seen, deutlich wasserreich auf dieser Karte. Aber der Feind – der war nicht da.

Samsonow stützte sich mit der vorgestreckten flachen Hand gegen die Wand. Er mochte große Karten. Er pflegte zu sagen, daß man bei Karten, auf denen die Pfeile schwer einzuzeichnen sind, häufiger daran erinnert wird, wie schwer es für den Soldaten ist, diese Pfeile zurückzulegen.

Er beeilte sich, zum Wichtigsten zu kommen: gleich zu prüfen, ob er bei dem Ankömmling auf Ablehnung oder Verständnis für seinen Konflikt mit Shilinskij stoßen würde. Nur an dieser alles beherrschenden Unstimmigkeit war festzustellen, ob der Oberbefehlshaber mit einem Freund sprach, wie es die Augen verhießen.

Und voller Hoffnung begann er dem Obersten auseinanderzusetzen, ihn wieder und wieder mit den Augen prüfend, warum man nach Nordwest vorstoßen müsse, wie Shilinskij ihn nach Nordost drängen und wie sich daraus die Richtung Nord und der Fächer ergeben würden. Er erklärte das in allen Einzelheiten, wie in einem Bericht an den Großfürsten – morgen oder übermorgen konnte Worotynzew ihm alles vortragen.

Samsonow sprach langsam und ging nicht eher zum nächsten Gedanken über, bevor er den vorhergehenden ausführlich erörtert hatte. Und – wie alle Generale – mochte er es nicht, daß man ihn unterbrach.

Worotynzew unterbrach ihn auch nicht. Kein Widerspruch zeigte sich auf seinem klaren steilen, von einem dunkelblonden gestutzten Bart gerahmten Gesicht. Aber nicht oft genug sahen seine schnellen, hellen Augen Samsonow an, und auf der Karte folgten sie nicht seinem Finger.

Postowskij trat näher heran und blieb hinter ihnen ehrfürchtig stehen. Weiter hinten knarrte Filimonow mißbilligend mit dem Sessel.

Samsonow sagte, daß nach dem Bericht des Aufklärungsdienstes der Nordwestfront der Gegner sich tatsächlich auf der Flucht vor der Ersten Armee befinde, nach Aussagen der Bevölkerung ...

»Und nach militärischer Aufklärung?« Worotynzew unterbrach eigentlich nicht, es war wie ein Ausatmen, während er mit zusammengekniffenen Augen dorthin, auf den stummen Raum auf der Karte blickte.

»Ja, wie ist das eigentlich bei uns?« Samsonow ließ sich ungern darauf ein. »Noch heute fehlt uns in dem XIII. Korps Klújews das Kosakenregiment. Die Kavalleriedivisionen haben ihre eigenen Aufgaben an den Flanken. So daß der Aufklärungsdienst überhaupt nicht ausgeführt werden kann.

»... und wenn man dem Feind den Fluchtweg mit Sicherheit abschneiden will, dürfen die mittleren, das XIII. und das XV. Korps, nicht weiter rechts als in Richtung Nord eingesetzt werden, auf Allenstein zum Beispiel. Und auch zur Ostsee ist es von hier nicht mehr so weit, die größere Strecke ist bereits zurückgelegt.«

Ebenso leise, als sollte es für Postowskij ein Geheimnis bleiben, fragte Worotynzew:

»Wieviel ist denn zurückgelegt worden? Von der Aufmarschposition aus?«

»Ja ... manche haben hundertfünfzig, manche hundertachtzig ...«

»Immer noch Schwankungen?«

»Immer noch Schwankungen, weil der Frontstab mich hin und her zerrt.«

»Und hier, bis zur deutschen Grenze«, Worotynzew fuhr mit der Hand unten über die Karte, »auch alles auf Schusters Rappen?«

Das freche »auf Schusters Rappen« hätte er einem wirklichen General gegenüber nicht wagen dürfen, aber seine Augen blickten Samsonow nicht spöttisch an, nicht dreist, sondern im Bewußtsein eigener Mitschuld. Samsonow blieb nichts anderes übrig, als einzugestehen:

»In Fußmärschen. Hier gibt es ja keine Bahnlinien ...«

»Zehn Tage«, rechnete Worotynzew nach. »Und wieviele Rasttage?«

Seine leichten Fragen legten alles bloß. Nun, um so besser, daß er alles versteht.

»Kein einziger! Shilinskij will keinen genehmigen. Ich bitte fortwährend darum. Das ist das erste, worum ich bitte! ... Pjótr Iwánowitsch, bringen Sie unsere Meldungen!«

Postowskij verbeugte sich und trippelte hinaus. Und Filimonow, als ob ihm eingefallen wäre, Postowskij könnte die Akten ohne ihn nicht finden, sprang auf und entfernte sich mit festen, mißmutigen Schritten.

»Anhalten, Ausruhen – das ist jetzt das Wichtigste für mich!« erklärte der Oberbefehlshaber. »Es ist ein Glück, daß man im Großen Hauptquartier ein Einsehen hat, gewöhnlich treibt man nur an. Aber andererseits ... der Gegner darf uns nicht entkommen. Halten wir – ist er fort. Unsere Adler ...«

Der Operationsplan sei dem Obersten doch bekannt?

Ja, ja ... (Worotynzew nickte, aber nicht recht freudig). Die Deutschen von beiden Flanken aus fassen und ihnen den Rückzug zur Weichsel und nach Königsberg abschneiden. Der Plan war beiden bekannt, aber heute standen alle Fragen wie neu da, wie nicht geprüft.

»Ich hatte«, Samsonow lächelte, »auch mal einen eigenen Plan, aber es war schon zu spät.«

»Und – wie war der?« Der Oberst wurde noch aufmerksamer.

Er gefiel dem General, er gefiel ihm immer besser, und in solchen Fällen war Samsonow von Anfang an offen.

»Hier, sehen Sie, wenn Sie wollen.« Die Karte reichte nicht aus. Der General ging auf die linke Seite, drückte seine riesigen Hände unten gegen die Wand und schob sie über die getünchte Fläche nach oben: »Man sollte unsere beiden Armeen nebeneinander einsetzen, auf den beiden Weichselufern. Wir würden Seite an Seite marschieren. Und der Deutsche wäre sein gesamtes Eisenbahnnetz los. Und müßte sich überhaupt schleunigst aus Preußen davonmachen.«

Der Blick des Obersten wurde fröhlich, lebhaft sah er den General an. Er schien Samsonows Plan gutzuheißen.

»Gut! Mutig!« Er dachte angespannt nach: »Aber man würde das nie genehmigen: Wilna und Riga wären ohne Schutz.«

»Man würde das nie genehmigen», seufzte Samsonow.

»Und noch etwas«, jetzt konnte der Oberst nicht mehr aufhören, »würden wir uns nicht in dem polnischen Sack festrennen? Und dort geschnappt werden? Und der offene Rücken? Man müßte dann sehr, sehr entschieden handeln!«

»Ich habe ihn auch gar nicht eingereicht«, Samsonow winkte ab. »Ich habe nur wegen der RICHTUNG eine Eingabe gemacht. An den Höchstkommandierenden, am neunundzwanzigsten Juli. Keine Antwort. Warum nicht – könnten Sie das vielleicht feststellen?«

»Ich werde dem nachgehen! Unbedingt.«

Das Sprechen wurde ihm immer leichter. Ja! aber noch wußte der Ankömmling nichts von der Hauptsache: der Feind ist entdeckt! Gestern. Und – wo? LINKS! Hier, bei Orlau, hier war es! Stärke etwa zwei Divisionen. Unser Martos (Samsonow rückte auf der Karte das Fähnchen des XV. Korps zurecht, das ohnehin fest saß) hatte geistesgegenwärtig das Korps aus dem Marsch formiert – und ein Gefecht geliefert. Ein heißer Kampf, das Feld mit Leichen bedeckt, von unseren sind zweieinhalb Tausend gefallen. Aber – ein Sieg! Heute morgen waren die Deutschen verschwunden.

»Ich gratuliere.« Aber gleich darauf, wie hinter vorgehaltener Hand: »Sie haben die Verfolgung aufgenommen?«

»Aber wie denn«, seufzte Samsonow. »Wir kommen ja kaum voran.« Jetzt war die Gelegenheit gekommen, die Geschichte von der Tschernigow-Regimentsfahne und von dem Georgskreuz für 1812 und für Sewastopol zu erzählen. Der Regimentskommandeur Aleksejew mit wehender Fahne ... Jetzt ist die Fahne an einer Kosakenlanze befestigt.

Samsonow sah die Szene lebhaft vor sich und erregte sich beim Wiedererzählen: ihn packte die Lauterkeit und Schlichtheit dieser Kampfepisode. Aber Worotynzew staunte nicht, er nickte sogar einige Male mit dem Kopf, als wäre ihm diese Episode bekannt, schon lange bekannt und würde jetzt nur sein Mitgefühl erregen. Und dann:

»So-o-o«, er sah wieder auf die Karte, »der Feind ist also gefunden? Er ist also nicht auf der Flucht?«

»Ich sage es doch«, brummte Samsonow. »Wenn man links auf den Feind gestoßen ist, wenn er sich nach links zurückzieht – und das ist jedem Kind klar –, warum befiehlt man dem Korps von Blagowjestschénskij, morgen Bischofsburg zu besetzen? Man spaltet ein Korps ab, jagt es ganz nach rechts, ganz für sich allein – nur um Shilinskij den Gefallen zu tun . . . Was wird das geben? Hier absichern, dort absichern – und wie will man angreifen?«

»Sie haben den Feind links – dann greifen Sie links an! Haben die dort eine Nachhut? Sollte man dort nicht auf den Busch klopfen?«

»Aber *womit* soll ich angreifen? Mit zwei und einem halben Korps?«

»Einem halben?«

»Aber freilich: Klujew und Martos, das XXIII. ist zerrupft, und auch Kondratówitsch ist unterwegs, um seine Truppen zusammenzusuchen.«

Unterdessen ging Worotynzew mühelos in die Hocke, spreizte zwei Finger an dem Maßstab der Karte zu einem harten Zirkel, richtete sich wieder auf und begann, mit diesem Maß vom Bauch bis zur Augenhöhe, von Ostrolenka bis zu den Korps zu messen. Er schien das für sich selbst zu tun, so beiläufig, unauffällig, nicht um zu belehren – aber Samsonow stutzte, verstummte und zählte mit den Augen mit.

Und errötete.

Ganze sechs Mal hatte das Maß zwischen Ostrolenka und dem XIII. Korps Platz. Eine Lektion ...

Nein, eine Lektion war das nicht! Ohne Triumph, ohne Überheblichkeit, sondern mit Bitterkeit sah Worotynzew zum Oberbefehlshaber auf – er machte keinen Vorwurf, er wollte nur wissen: *Warum?* Warum hält man sich nicht hinter den Korps?

»Hier ist ... Hier haben wir gute Verbindung nach Bjelostok«, sagte Samsonow. »Wir haben ja die ganze Zeit Auseinandersetzungen ... Man muß erst klarkommen«, sagte Samsonow. »... Von hier aus lassen sich die Intendanturen und der Train leichter antreiben ...« sagte Samsonow.

Aber immer dunklere Röte überzog seine Wangen und Stirn, er fühlte es. Das, was Shilinskij ihm ohne Grund, sondern aus Niedertracht entgegengeschleudert hatte – »Feigheit« –, das hätte der Oberst aus dem Hauptquartier jetzt mit Recht denken können.

Wie war das passiert? – der Oberbefehlshaber konnte es nicht begreifen. Wieso hatte er nicht schon selbst, mit eigenen Fingern, mit diesem einfachen Maß diese sechs Tagemärsche nachgemessen? Man sieht es doch auf den ersten Blick! ... Bei Gott – seine Schuld ist es nicht! Er hatte nicht die geringsten Bedenken, mit den Korps vorzurücken. Aber man hetzte ihn, machte ihn kopfscheu, die Ereignisse rollten schneller vorüber, als der Kessel im Kopf sie garkochen konnte, Tag und Nacht hielt ihn dieser ganze Unsinn in den Krallen.

Aber die Korps marschierten weiter und weiter.

Und sind ihm davonmarschiert.

Immer noch brannte Worotynzews Blick auf Samsonow, ohne eine Antwort gelten zu lassen.

Die untere Gesichtshälfte Samsonows – Worotynzew sah es jetzt –, der Bart und der Schnurrbart, waren wie beim Zaren, imitierten den Zaren, genau der gleiche halbgeöffnete, scheinbar ruhige, jedoch durchaus unsichere Mund. Aber oben war alles großzügiger: die Nase, die Augen und ganz besonders die Stirn. Und das ergrauende Haar. Alles regungslos in scheinbar ewiger Ruhe. Unter der Regungslosigkeit aber glimmende Unruhe.

Dann brach es durch, Samsonow erinnerte sich wieder:

»Ja! ich mache mich ja selber schlecht ... Frontbefehl: Standortveränderungen des Armeestabs sind nach Möglichkeit zu vermeiden, und nur nach Genehmigung! Werden Sie mal mit denen einig! ...«

»Und wie wird die Verbindung mit den Korps aufrechterhalten?«

Der Oberst setzte alles daran, diese Frage nicht lehrmeisterhaft, sondern freundschaftlich zu stellen. Aber Samsonows Gesicht verfinsterte sich.

»Nicht gut. Berittene Melder, sie brauchen mindestens vierundzwanzig Stunden. Tiefer Sand, ein Automobil bleibt stecken.«

Dieser Oberst hält sich natürlich für den Gescheitesten, hier und auch im Hauptquartier. Er denkt bestimmt: ja, wenn ich hier das Kommando hätte! Er wird niemals glauben, sich nie vorstellen können, daß die einen so um den Verstand bringen können, daß man diese sechs Tagemärsche einfach nicht bemerkt.

»Und die Flieger?«

»Entweder sitzen sie ohne Benzin, oder sie sind nicht einsatzbereit.«

»Telegraphische Verbindung haben Sie mit niemandem?«

»Nein«, Samsonow schnalzte bedauernd mit der Zunge. »Die Drähte reißen. Und reichen auch nicht. Offen gestanden: Neidenburg wurde am 9. genommen, und ich habe es am 10. erfahren. Der Kampf um Orlau begann am 10., und ich habe davon am 11. erfahren. Wir wissen hier über uns selbst nicht Bescheid, geschweige denn über die Deutschen.«

Postowskij kam allein, ohne Filimonow, mit zwei Aktenmappen voll Meldungen zurück.

Jeden Tag trafen die schriftlichen Meldungen vom Vortage ein, in der Regel über die Truppentätigkeit von vorgestern, und jeden Tag wurden abends die Befehle für den nächsten Tag aufgesetzt, die von den Korps unter keinen Umständen früher als übermorgen ausgeführt werden konnten.

»Hier«, Samsonow erinnerte sich wieder, er suchte selbst unter den Papieren, »Sie sagten – Rasttage ...«

»Und Funkverbindung?« Worotynzew gab sich nicht zufrieden.

»Mit den Funksprüchen klappt es jetzt bei uns, jawohl«, erklärte Postowskij mit sichtlichem Vergnügen. »Allerdings erst seit gestern, aber jetzt können wir funken.«

Wenigstens das.

»Zum Beispiel ein Funkspruch aus dem XIII. Korps«, fuhr Postowskij diensteifrig fort. »Die Vorhut ist bereits über den Omulef-See hinaus, aber von dem Feind ist immer noch nichts zu sehen.«

Und hier bei ihnen schlängelte sich die Frontschnur südlich vom Omulef-See. Sie hatten das übersehen.

»Hier«, Samsonow hatte das Gesuchte gefunden. »Ich wollte gerade vorgestern alle Korps anhalten lassen und auf Vordermann bringen. Und was höre ich von Shilinskij, telegraphisch? ›Der Höchstkommandierende‹ – verstehen Sie: nicht er, der Höchste selbst! – ›besteht darauf, daß energisch und zügig weitermarschiert wird. Das fordern nicht nur die Verhältnisse an der Nordwestfront, sondern AUCH DIE ALLGEMEINE LAGE . . .‹«

Er hielt den Finger auf die Stelle, wo er stehengeblieben war, und sah Worotynzew an.

Nun, mein lieber Freund, wie ist es mit dem Kommandieren? Könntest du etwas Gescheiteres vorbringen? Da bleibt dir doch die Spucke weg?

Ja, ihm blieb die Spucke weg. Worotynzew biß sich auf die Lippen. Betrachtete seine Stiefel. Und dann wieder die Karte oben. Es gibt Redewendungen und Worte, die man – wo immer man von ihnen überrascht wird – ungerührt über sich ergehen lassen muß, wie einen Platzregen. DIE ALLGEMEINE LAGE. Das liegt nicht in deinem Ermessen, nicht in meinem, nicht in dem eines Armeeführers oder Shilinskijs, nicht einmal des Höchstkommandierenden. Das ist der Entscheidungsbereich des ZAREN. Und uns fällt die Ausführung zu.

»›. . . Ihre Disposition für den 9. August‹«, Samsonow las zu Ende, »›halte ich für äußerst unentschlossen und bestehe auf . . .‹«

Dahin, nach oben, nach Norden, in den stummen Raum des gar nicht so kleinen Preußens starrte Worotynzew mit zurückgeworfenem Kopf und schwieg.

Und Samsonow auch, nachdem er die Aktenmappen abgegeben hatte. Dessen wurde er nie müde.

Aber Postowskijs Beine waren nicht besonders marschtüchtig. Und er zog sich mit den Mappen nach hinten zurück und setzte sich in einiger Entfernung in einen Sessel.

Noch wußten sie nicht, daß Worotynzew sie umgangen hatte: statt in dem kleinen Saal wartend herumzustehen, bis er hereingerufen würde, ging er direkt in die Operationsabteilung, rief dort einen ihm bekannten Hauptmann heraus und flüsterte mit ihm zehn Minuten hinter einer Säule: die jungen Generalstäbler der letzten Jahrgänge kannten sich alle gegenseitig und hielten zusammen wie ein Geheimorden. Fast alles, was Worotynzew im Arbeitszimmer des Oberbefehlshabers zu hören bekam, wußte er bereits durch den Hauptmann, er freute sich nur darüber, daß Samsonow nicht log, nichts beschönigte, und hatte ihn dafür bereits ins Herz geschlossen.

Von dem freundlichen Hauptmann und hier, vor der Karte des Oberbefehlshabers, erfuhr Worotynzew so viel über die hiesigen Verhältnisse, über diese Operation, als wäre er nicht eben erst eingetroffen, sondern diese ganzen drei Wochen ununterbrochen hier gewesen, nein! – als hätte er sich sein Leben lang, während seiner ganzen Offizierslaufbahn nur auf diese eine Operation vorbereitet.

Alles, was auch nur einmal im Verlauf dieser Stunde gesagt und genannt wurde, zeichnete Worotynzew mit imaginärem Stift als Rechtecke, Dreiecke, Bogen und Pfeile in diese fast leere Karte ein und überschaute das Eingetragene mit Leichtigkeit. Die Schuld von irgendwem, die Verdienste dieser Generale hatten bereits ihre Bedeutung für ihn verloren, und selbst Wichtiges – allgemeine Erschöpfung, Hitze, nicht eingehaltene Rasttage, Mangel an Pferden, schlechte Verbindung, schlechte Verpflegung, die Unzulänglichkeit des Stabes – trat in den Hintergrund vor dem Wichtigsten: die unsichtbaren Deutschen sehen, ihren Plan durchschauen, an den eigenen Rippen ihre Bajonettspitze spüren, lange bevor sie zustechen, ihren ersten Kanonenschuß hören, bevor das Geschoß hoch durch die Luft heult. Wie eine schöne Frau mit ihrem hellfühlenden Körper die Blicke der Männer auch im Rücken, ohne sich umzudrehen, spürt – so spürte Worotynzew mit seinem ganzen Körper die gierigen Wogen des Feindes, die aus der stummen Ecke der Karte der Zweiten Armee entgegenfluteten. Er war bereits Fleisch vom Fleisch der Zweiten Armee, sein verlassener Platz im Großen Hauptquartier – ein Nichts, das Schreiben des Großfürsten – eine Null, denn es gab ihm nicht das Recht, hier auch nur einem einzigen Gemeinen zu befehlen, sein Wille – ERRATEN, seine Schicksalsaufgabe

– ENTSCHEIDEN, sein Taktgefühl sollte ihm den Weg weisen, den Oberbefehlshaber glauben zu lassen, es sei sein, Samsonows, eigener Entschluß.

Über ganz Ostpreußen hing die Schicksalsuhr, und ihr Zehn-Werst-Pendel schlug einmal nach der russischen, einmal nach der deutschen Seite aus und tickte hörbar, tickte, tickte ...

Und plötzlich hob Worotynzew den Arm, wie zu einem altrömischen Gruß, schräg nach oben, gegen die linke Seite der Karte, bog die Hand zu einer Schaufel wie an einem Schaufelrad, fuhr damit langsam den äußersten Bogen entlang, drehte und stieß scharf vom Westen gegen Soldau und Neidenburg. Und, die Handfläche auf die Karte gepreßt, wie einen Dolch gegen Soldau gerichtet, wandte er sich zu dem Oberbefehlshaber:

»Exzellenz! Und *damit* rechnen Sie nicht?«

Der großköpfige, großstirnige General verfolgte aufmerksam die ganze ausholende Bewegung, sah den breiten Dolch der Handfläche. Er blinzelte.

»Wenn ich doch wenigstens das 1. Korps hätte! Wenn man mir Artamónows Korps in Soldau, aus der Reserve des Höchstkommandierenden, überlassen würde. Aber sie geben es mir nicht!«

»Wieso nicht? Es gehört doch jetzt ... Ihnen.«

»Aber man gibt es mir nicht! Ich bitte darum – man lehnt ab! Ich darf es nicht weiter als bis Soldau vorschieben.«

»Nein!« Schon lag die freigewordene Dolch-Hand Worotynzews an seiner Brust. »Ich versichere Ihnen! Ich war selbst dabei, als der Großfürst den Befehl unterschrieb, es sei Ihnen gestattet, das 1. Korps bei den Kämpfen an der Front der Zweiten Armee einzusetzen‹.«

»Einzusetzen? ...«

»... bei den Kämpfen.«

»Auch über Soldau hinaus?«

»Nun, wenn es ›an der Front der Zweiten Armee‹

heißt, dann können Sie es auch nach rechts einschwenken lassen. So verstehe ich das.«

»Wird man es mir nicht wieder abnehmen? Wie die anderen auch? Wie das Gardekorps? Zuerst sagte man ›nicht über Warschau hinaus‹, und dann war es ganz weg.«

»Aber ganz im Gegenteil: bei den Kämpfen einzusetzen!«

Samsonow schien aufzuatmen, breiter zu werden, in den Schultern zu wachsen, in ihm wallte es auf:

»Und – wann ist das unterschrieben worden?«

»Wann? ... Erlauben Sie ... Vor-vorgestern. Am Achten abends.«

»Drei Tage ist das her?!« brüllte Samsonow. »Pjotr Iwanowitsch!«

Postowskij erhob sich.

»Hörst du? Haben wir diesen Befehl betreffs des 1. Korps?«

»Wir haben ihn nicht, Aleksandr Wasiljitsch. Es wurde abgelehnt.«

»Der Frontstab hat es mir also unterschlagen?« donnerte Samsonow. Und ohne die Schranken der Subordination noch zu beachten: »Sagen Sie, Oberst, wozu hat man uns überhaupt diesen Nordweststab auf den Hals geladen? Für zwei Armeen?«

Worotynzew hob lässig die Brauen:

»Und wozu ein Korps von zwei Divisionen? Und in jeder Division zwei Brigaden? Und wozu soviele Generale in einer Division?«

Er hatte Recht, das war ein weites Feld. Und die Chefs und die Stäbe waren dicht gesät.

Ja, Gott der Allmächtige hatte diesen Oberst geschickt. Er hat nicht nur Verständnis für alles und eine rasche Auffassungsgabe, er ist ihm nicht nur wohlgesonnen – er hat ein ganzes Armeekorps aus der Tasche gezogen und ihm überreicht.

Samsonow machte einen großen Schritt auf ihn zu:

»Nun, mein Lieber! ...« Legte ihm beide Bärenpranken auf die Schultern: »Erlauben Sie, daß ich Sie ...«

Und gab ihm einen kratzigen Kuß.

Sie blieben so stehen, Samsonow, der größere, hielt Worotynzew noch fest.

»Ich muß mich nur vergewissern ...«

»Sie können sich ruhig vergewissern! Sie können sich auf mich berufen. Auf den Befehl vom 8. August.« Ganz, ganz behutsam entwand sich Worotynzew den Bärentatzen und betrachtete wieder die Karte.

»Aber trotzdem, wie soll man das verstehen: ›bei den Kämpfen einsetzen‹?« Postowskij war unschlüssig. »Da müssen wir nochmal anfragen.«

»Sie brauchen nicht anzufragen! Verstehen Sie das so, wie es für Sie am vorteilhaftesten ist: Stellen Sie den Tagesbefehl aus und basta! Aber wenn Sie wollen, schreiben Sie nicht ›nördlich von Soldau VORRÜCKEN‹, sondern ›nördlich von Soldau STEHEN‹, damit sind wir allem aus dem Weg gegangen.«

»Aber warum wollte dieser Halunke das Korps drei Tage lang nicht rausrücken?« grollte der Oberbefehlshaber.

»Ja, warum wohl? – das ist eine selbständige Trupppeneinheit mehr, ohne die die Bedeutung des Frontkommandos sinkt.« Er sagte das nach außen hin, während er wie immer an das nächst Künftige dachte, und zwar: »Folgendes. Sie müssen nichts klären – sondern Artamonow einen Befehl erteilen, ich werde ihn selbst überbringen.«

Noch eine Überraschung!

»Sie wollen ihn überbringen? Fahren Sie etwa nicht in das Große Hauptquartier zurück?«

»Ich habe einen Leutnant mit, den werde ich mit dem Bericht in das Große Hauptquartier zurückschicken. Und ich selbst ...«

Worotynzew hatte auch für diesen Fall vorgesorgt. Und keiner – vom Höchstkommandierenden angefangen – hatte begriffen, daß Worotynzew selbst diese ganze Reise geplant und den anderen plausibel gemacht hatte. Es graute ihm vor der trübsinnigen Existenz eines Superschreibers im Superstab, von nichts erfüllt als von dem Rascheln der Karten und der um achtundvierzig Stunden verspäteten Meldungen, es graute ihm vor dem Blick aus dem Fenster, wo der Gardekavallerist Mengden, der immerhin aktivste Taugenichts unter den sechs Adjutanten des Großfürsten, pfeifend seine Tauben über dem Taubenschlag kreisen läßt, unmittelbar unter den Fenstern des großfürstlichen Sonderzuges; die anderen Adjutanten haben nicht einmal eine solche Beschäftigung. Ersticken konnte man jetzt als Schreiber im Großen Hauptquartier, wo man in Preußen mit dem gefährlichsten und gewagtesten Manöver begonnen hatte, bei dem die Flanken der aufeinanderzustoßenden Armeen ungedeckt blieben. Und außerdem hatte Worotynzew im Stab der Zweiten Armee viel zu wenig erfahren, um so zu dem Höchsten zurückkehren zu können. Der Stachel der Unruhe traf ihn vom äußersten linken Flügel her – und dorthin mußte er fahren.

»... Exzellenz, betrachten Sie mich als einen operativen Mitarbeiter Ihres Stabes, der zusätzlich zu Ihnen abkommandiert wurde.«

Samsonow sah ihn mit der freundlichsten Zustimmung an.

Worotynzew – besonders respektvoll:

»Warum ich unbedingt zum 1. Korps fahren muß – weil dort die Dinge sich am ehesten klären könnten.«

Dort! Natürlich dort! – jetzt begriff Samsonow auch.

»Das ist richtig, mein Lieber, fahren Sie hin. Helfen Sie mir, das 1. Korps zurückzubekommen.«

»Haben Sie dort einen Verbindungsoffizier aus Ihrem Stab?«

»Oberst Krýmow, mein General für besondere Aufgaben.«

»Ach so – Krymow ist dort?!...« sagte Worotynzew kühl. »War er nicht auch in Turkestan bei Ihnen?...«

»Nur ein halbes Jahr. Aber ich habe ihn ins Herz geschlossen – ein guter Ratgeber und ein guter Soldat.«

(Krymow war der einzige im Stab, mit dem er sich gut verstand, der ihm lag.)

Worotynzew schwankte.

»Nun gut. Geben Sie mir den Befehl mit! Aber was soll man da schreiben, wo man nicht ... können Sie mir eins der Flugzeuge geben?«

»Sie werden repariert«, entschuldigte sich Postowskij.

»Von unseren zwei Automobilen ist das eine gerade bei Krymow«, sagte Samsonow bedauernd.

»Und für eine Krähe«, Worotynzew maß die Entfernung, »für eine Krähe sind das neunzig Werst. Luftlinie. Und auf der Straße – hundertzwanzig.«

»Es ist für Sie bequemer, mit dem Zug über Warschau zu fahren«, meinte Postowskij einsichtig. »Die Strecke bis Mlawa ist zwar eingleisig, aber Sie werden am Mittwoch gegen Morgen dort ausgeruht ankommen.«

»Nein«, entschloß sich Worotynzew. »Nein. Geben Sie mir ein gutes Pferd, zwei Pferde und einen Soldaten – und ich werde hinreiten, allein.«

»Aber was hat das für einen Sinn?« Postowskij wunderte sich. »Das wird aufs selbe herauskommen, Sie werden nur unausgeschlafen sein.«

»Nein.« Worotynzew schüttelte entschieden den Kopf. »Im Zug werde ich allerlei dummes Zeug mitkriegen, aber so werde ich alles selber in Augenschein nehmen können.«

Die Vorbereitungen begannen. Der Befehl für Artamonow wurde geschrieben. (Was man da schreiben sollte – das ließ sich überhaupt nicht recht vorstellen: wie konnte man eine Einheit BEI DEN KÄMPFEN EINSETZEN, ohne volle Befehlsgewalt?) Worotynzew schrieb einen Bericht für das Große Hauptquartier und gab seinem Leutnant die nötigen Anweisungen. An die Kartenzusammenstellung Worotynzews wurden zwei weitere Blätter angeklebt. Das geschah in Gegenwart Filimonows, in der Operationsabteilung. Worotynzew fragte nach dem Schlüssel der Funksprüche an das 1. Korps. Filimonow machte ein verdrießliches Gesicht: was für ein Schlüssel? Wir verschlüsseln gar nicht. Worotynzew ging zu Postowskij. Ihm war er schon lästig, der Stabschef bangte um das Abendessen:

»Natürlich verschlüsseln wir nicht, was ist denn dabei? An so einem Schlüssel bricht sich selbst der Teufel das Bein, Väterchen. Haben denn unsere Funker vielleicht das Gymnasium absolviert? Sie würden alles verwechseln, verdrehen, und es würde noch mehr Durcheinander geben.«

»Nein.« Worotynzew konnte das nicht begreifen. »Sie geben alles – die Standortangaben und Kampfaufträge – alles im Klartext durch?«

»Aber die Deutschen können den genauen Zeitpunkt unserer Sendungen nicht kennen!« Postowskij wurde ärgerlich. (In *diese* Details der Stabsarbeit brauchte der Fremde nicht seine Nase zu stecken!) »Sie werden doch nicht rund um die Uhr auf der Lauer liegen! Nicht wahr? Vielleicht geht die Funkverbindung gar nicht in ihre Richtung, vielleicht würde das gar nicht gehen ... Gott wird dem Mutigen helfen.«

Man ging zu Tisch. Samsonow seufzte, so ginge es nicht, man müsse einen Schlüssel ausarbeiten und einführen, das sei die eigentliche Aufgabe des Generalquartiermeisters. Aber man würde dafür drei Tage brauchen. Außerdem habe man erst gestern angefangen zu funken, es könne noch kein großes Unglück passiert sein.

Worotynzew beobachtete den energisch-feindseligen Filimonow, den unscheinbaren Postowskij, alle drei nebeneinander, die jedoch im herzhaften Zugreifen ganz einig waren. War der Oberbefehlshaber sich im klaren darüber, wie sehr man ihn mit einem solchen Stab verraten und verkauft hatte? Ein wirklicher Stab muß in dem Strudel der Mutmaßungen eine Furt auskundschaften und markieren, durch die der Entschluß schreiten kann. Alle zweifelhaften Meldungen werden durch ausgesandte Offiziere an Ort und Stelle überprüft. Der Stab wählt die Nachrichten entsprechend ihrem Wirkungsradius aus, er trägt dafür Sorge, daß die wichtigen nicht zwischen den unbedeutenden untergehen. Der Stab ersetzt nicht den Willen des Kommandierenden, er fördert seine Realisierung. Aber dieser Stab hinderte sie.

Sie boten Worotynzew an, sich den besten Soldaten auszusuchen, aber er wollte seinen Begleiter vom Zielort zurückschicken (er dachte im stillen, daß der *beste* Soldat nicht im Armeestab, sondern eher im Regiment zu finden wäre). Er konnte keinen Geschmack an ihrem ausführlich zelebrierten, sorgfältig servierten Abendessen finden. Er aß achtlos schnell, rührte kein Glas an, trank nur den starken Tee. Er blieb, ohne die Fischpastete zu goutieren, so lange, wie es die Höflichkeit gebot, geistesabwesend.

»Aber, mein Lieber, eigentlich sollten Sie bis morgen früh hierbleiben«, redete Samsonow ihm gastfreundlich zu. »Warum wollen Sie gleich weiter – ohne sich eine Pause zu gönnen, ohne auszuruhen? So kommt man im Krieg nicht weiter! Bleiben Sie, wir wollen zusammensitzen und uns unterhalten.«

Er hätte wirklich Worotynzew sehr gern noch dabehalten: dessen Eile hatte für ihn etwas Kränkendes. Er erhob sich, um den Obersten hinauszugeleiten, und versprach, morgen, gleich am Vormittag, nach Neidenburg umzuziehen.

Es war nicht ganz eindeutig, was sie abgesprochen hatten, und wie sie nun in Verbindung bleiben würden. Irgend etwas von den Gefahren und Möglichkeiten blieb zwischen ihnen unausgesprochen, aber man sollte es aus Aberglauben lieber auch unausgesprochen lassen. Es würde sich schon von selbst zeigen.

Man setzte sich wieder zu Tisch, und Postowskij und Filimonow hielten einmütig dem Oberbefehlshaber vor, es sei gar nicht daran zu denken, den Stab morgen zu verlegen, das würde eine Katastrophe für ihre Arbeit bedeuten, *dort* würde man mit bloßen Händen den Korps sowieso nicht helfen können. Der selbstbewußte Oberst aus dem Generalstab tauchte auf und verschwand wie im Flug, doch jetzt mußte man sich seinerseits mit dem Frontstab in Verbindung setzen, Rücksprache nehmen, Erläuterungen einholen, auslegen und an die Korps weiterleiten.

Da traf ein neuer Befehl Shilinskijs ein: in Abänderung des vorhergehenden wird dem Oberbefehlshaber der Zweiten Armee gestattet, die Korps in Gesamtrichtung Nord einschwenken zu lassen, aber zur Deckung der rechten Flanke sei es unerläßlich, das VI. Korps von Blagowjestschenskij in der bisherigen Richtung zu belassen, und zur Sicherung der linken Flanke das I. Korps nicht vorzuverlegen.

Erst heute morgen hatte Shilinskij verboten, die Front auszudehnen. Jetzt empfiehlt er das Ausdehnen. Er wird, was auch kommen mag, im Recht bleiben.

Aber immerhin: in dem Streit um die RICHTUNG hat er nachgegeben. Und dafür sei Gott gedankt. Und daran mußte man sich halten.

Bis sie das alles in Befehle an die Korps umgesetzt hatten, war bereits tiefe Nacht; zu einigen war die telephonische und telegraphische Verbindung nicht zustande gekommen, zu anderen gab es überhaupt keine. Um den Morgenmarsch der Korps nicht zu verzögern, erteilten sie die Anweisungen durch Funksprüche. Unverschlüsselt.

Es war unmöglich, daß die Deutschen sie abfingen – die konnten doch nicht die ganze Nacht auf der Lauer liegen, ohne zu schlafen.

12

Man gab Worotynzew einen guten braunen Hengst und als Begleitung einen Unteroffizier auf einer jungen Stute. Sonst mußte man sich nach der Ausfallstraße überall genau erkundigen, aber der Unteroffizier wußte Bescheid. In der stillen warmen Nacht störten ihn Mantel und Feldtasche, er machte sie am Sattel fest und ritt unbeschwert.

Er hatte wenig Erfreuliches im Stab der Zweiten erwartet, doch nicht, daß es dort so schlimm zuging. Immer wieder war Worotynzew betroffen von einem Gesetz, das ihm durch und durch bekannt sein mußte: Will man in einen hohen Stab – je höher, desto ausgeprägter –, so muß man sich darauf gefaßt machen, dort unter Egoisten und Karrieristen zu geraten, unter verkalkte und fade Lebemänner, denen es nur ums Essen und Trinken geht. Sie betrachten die Armee als eine bequeme, spiegelblanke, mit einem Teppich ausgelegte Treppe, auf deren Stufen Sterne und Sternchen verteilt werden. Ihnen kommt im Ernst nie in den Sinn, daß diese Treppe in erster Linie *verpflichtet* und nicht belohnt, daß es auf der Welt so etwas wie militärisches *Wissen* gibt, welches sich mit jedem Jahrzehnt wandelt, und daß man deshalb lernen muß, sich auch zu wandeln, Schritt zu halten. Wenn der Kriegsminister höchstpersönlich sich etwas darauf zugute hält, daß er in den 35 Jahren seit seiner Kriegsakademiezeit kein einziges Fachbuch gelesen hat – was sollen dann die anderen sagen? Wenn sie ihre Generalsepauletten haben – was kann es dann noch für sie geben? Denn die Treppe ist so eingerichtet, daß nicht die Willensstarken, sondern die Schlappen, nicht die Klugen, sondern die Diensteifrigen auf ihr steigen. Wenn man sich streng nach Vorschrift, Direktive und Befehl verhält und einen Mißerfolg, eine Niederlage erlitten hat, aufs Haupt geschlagen wurde, den Rückzug antreten, fliehen mußte – niemand wird einen Vorwurf machen! Und man selbst braucht sich nicht den Kopf zu zerbrechen: wie ist es zu der Niederlage gekommen? Aber wehe, wenn du dich über einen Befehl hinweggesetzt, wenn du nach eigener Einsicht, aus eigenem Mut gehandelt hast – dann wird man dir sogar den Erfolg nicht verzeihen, und bei einem Mißerfolg machen sie dich fertig.

Das Verhängnis der russischen Armee war die ANCIENNITÄT – das höchste unanfechtbare Maß einer Dienstleistung und das Kriterium der Beförderung. Man brauchte sich nur nichts zuschulden kommen zu lassen und den Vorgesetzten nicht zu ärgern – und der Lauf der Zeit bringt von selbst fristgerecht den ersehnten nächsten Rang, und mit dem Rang auch ein Amt. Und so selbstverständlich für alle ist diese Ordnung geworden wie der Lauf der Gestirne am Himmel, daß ein Oberst über einen Oberst, ein General über einen General nicht als erstes zu erfahren trachtet, an welchen Kämpfen er teilgenommen hat, sondern seit welchem Jahr, Monat und Tag sein Dienstalter gerechnet wird, und in welcher Phase des Übergangs zur nächsten Beförderung er sich demnach befindet.

So wird ein Januschkéwitsch Generalstabschef, und ein Postowskij – Armeestabschef. Wer soll da das Blitzhafte des heutigen Kriegsgeschehens erfassen, seine hochempfindlichen wechselseitigen Bezüge?

Die zweite Armee setzte zu einem Manöver an, das eines Suworow würdig gewesen wäre: in Gewaltmärschen vorrücken, Ostpreußen abschneiden, den Krieg mit einem die Deutschen frappierenden Coup beginnen! Und das begann mit DILETTANTISMUS! Allein die Aufklärung!... Sie warten auf den Bericht aus dem Frontstab, und der verläßt sich auf die »Aussagen der Bevölkerung«. Aber Aufklärungsdienst war noch nie Samsonows Stärke gewesen, seine Kavallerie hatte die japanische Infanterie in zwanzig Werst Entfernung nicht ausmachen können, die Deutschen wissen das längst, schreiben darüber, in Petersburg gibt es bereits eine russische Übersetzung davon. Sie wissen, wer ihnen gegenübersteht – und erwarten keinen Druck. Die Schule Kuropátkins*, der Nimbus der »Geduld«, Kutúsows* Nachfolger ... Diese Esel! ... Den Gegner einkreisen wollen – und welch einen Gegner! – und dabei von Umfassung so viel verstehen wie der Bär vom Krummholzbiegen. Aber ein solches Krummholz kann einem gegen den Schädel schnellen.

Und das Gefecht bei Orlau – was war das schon für ein Sieg? Zweieinhalbtausend Mann verloren, den Feind nicht verfolgt, gemerkt, daß er *nicht dort* ist, wohin man vorrückte, und trotzdem unbeirrt in *falscher Richtung* marschiert! Ein Sieg! Welche Truppenführung wäre nach dem geringsten Erfolg eines solchen Ausbruchs von Selbstverherrlichung fähig – außer der russischen?

Der Unteroffizier hatte nicht geschwindelt, sie kamen tatsächlich an die steinerne Brücke über den Narew. (Er hätte nur lockerer im Sattel sitzen müssen. Er wird die hundert Werst nicht durchhalten, man wird ihn zurückschicken müssen.)

Von der anderen Seite führte offenbar eine Umgehungsstraße auf die Brücke zu, die so durch Ostrolenka geleitet war, daß der Armeestab von dem Donnern der Trains vom Bahnhof bis zur Ausfahrt nach Janowo nicht belästigt wurde. Eben jetzt drängte sich auf der Brücke die Spitze einer langen Kolonne. Alles Zweispänner, einer wie der andere. Alle waren bis über die Seitenstangen hinaus mit Säcken vollgeladen und mit Segeltuch abgedeckt. Der Train hatte sich offenbar gerade erst in Bewegung gesetzt, die Soldaten hatten es sich noch nicht auf den Wagen bequem gemacht, gingen nebenher (in einer Stadt, wo ein Stab liegt, läuft einem womöglich ein hohes Tier über den Weg: Warum wird das Pferd nicht geschont?), manchmal gingen sie zu zweit, einige rauchten, andere beschimpften sich gutmütig, und bei allen war die Stimmung sichtlich gut. Der Aufbruch in der mondlosen, aber sanften Nacht, der im Frieden kein besonderes Vergnügen bedeutet hätte, war ihnen sogar recht. Wohlgenährt und mit wohlgenährten Pferden, sicher, in den nächsten Tagen keiner Gefahr sich aussetzen zu müssen (noch zwei Tage und zwei Nächte bis zur Grenze), so kerngesund, daß sie auch für die Infanterie tauglich wären, fuchtelten sie ohne ersichtlichen Grund mit den Armen, und einer brachte es sogar fertig, im Gehen auf dem Kopfsteinpflaster zu tanzen, zum großen Spaß seiner Kameraden.

»Siehst du, der hat mit seiner Panjenka nicht zu Ende getanzt . . .«

»Es ist ja so schade, Brüder«, rechtfertigte sich der Tänzer, und seine Stimme war nicht im mindesten traurig, »die wichtigste Nacht haben sie mir verpatzt . . .«

»Weißt du, Onísjka«, schlug ein Dritter mit tiefer Stimme vor, »deine Falbe wird auch allein fertig, die zockelt immer hinter meinen her, und du spannst dir die Braune aus, meldest dich beim Feldwebel ab und nichts wie zurück und die Sache fertig gemacht . . . Und gegen Morgen bist du wieder da . . . Und auf deine alten Tage wirst du einen Ernährer mehr haben.«

Sie grölten. Aber sie verstummten sofort, sobald sie auf der Brücke den Reiter auf dem rassigen Hengst bemerkten. Nichts verändert sich in der Armee weniger als die Soldatenwitze, langsamer als Waffen, als Uniformen oder die Dienstordnung. Die gleichen Witze hatte Worotynzew schon im Japanischen Krieg gehört, die gleichen hatte es wahrscheinlich im Krimkrieg gegeben, und schon in den Freiwilligenhaufen unter Posharskij* waren die Witze wohl auch die gleichen gewesen. Ihre erheiternde Wirkung lag nicht im Inhalt, sondern in der lärmenden Hemmungslosigkeit, mit der sie herauskamen.

Dem düster gestimmten Worotynzew war die ungezwungene, sichere Munterkeit der Trainsoldaten sehr willkommen. Er hielt an, schon auf der anderen Seite, und rief ohne Grund den flinken Feldwebel herbei, der an der Kolonne entlanglief und den vordersten Wagen aus vollem Halse beschimpfte. Der warf im Laufen einen raschen Blick zur Seite, erkannte im Viertellicht der Sterne und des Flusses, von unten gegen den Himmel, den Stabsoffizier, wandte sich, immer noch laufend, scharf seitwärts und stampfte die letzten Schritte mit solchem Eifer auf die festgetrampelte Erde, machte mit solcher Genauigkeit in der vorgeschriebenen Distanz halt, als wäre er extra dafür den ganzen Weg gerannt.

»Zu wem gehört der Train?«

»Zum XIII. Armeekorps, Euer Hochwohlgeboren!«

»Wieviele Tagemärsche nach dem Ausladen?«

»Fünf, Euer Hochwohlgeboren!«

»Was habt ihr da?«

»Zwieback, Buchweizen, Butter, Euer Hochwohlgeboren!«

»Auch frisches Brot?«

»Kein frisches Brot, Euer Hochwohlgeboren!«

Auch diese sperrigen »Hochwohlgeboren« kosteten den Soldaten soviel Zeit, wie es die Kriegführung im zwanzigsten Jahrhundert nicht gestattete! Aber ein Worotynzew wird das nicht abschaffen können. Er ritt weiter, der Unteroffizier folgte ihm. Der Feldwebel führte noch die vorgeschriebene Kehrtwendung aus und lief dann im Trab davon, den vordersten Wagen noch lauter verwünschend.

Die Eisenbahnstation Ostrolenka lag eine Werst von hier entfernt, und sie haben fünf Tagemärsche hinter sich! Fünf Tage und fünf Nächte hinter sich und sechs Tagemärsche noch vor sich! Aber auch sechs Tagemärsche wären nicht zu bewältigen, der Wagentransport des Korps kann das nicht leisten. Und ein Armeetransport ist nicht vorhanden. Wie man in den Stäben die Divisionspfeile einzeichnen oder nicht einzeichnen mag – diese Wagenräder entscheiden unhörbar über den Ausgang eines Kampfes.

Aber diese lustigen, stämmigen Soldaten, die felddienstuntauglich geschrieben waren; und der schneidige Feldwebel; und die kräftigen Pferde; und das Segeltuch, das vor möglichem Regen schützen sollte; und der gut beschlagene Hengst unter ihm, der die Zähne fletschte, wenn die Stute des Unteroffiziers zurückblieb – alles das stimmte Worotynzew fröhlicher und ruhiger, als ihm nach dem Verlassen des Stabes zumute gewesen war; kraftvoll, unerschöpflich war Rußland, selbst unter dummen Köpfen. Er spürte diese Kraft und nahm dadurch selbst an Kraft zu.

Gleich nach der Brücke war das Pflaster zu Ende, doch für die Pferdehufe war die Straße gerade richtig. Sie wand sich unter den Sternen als etwas hellerer, deutlich erkennbarer Streifen über sanfte Rundungen, einmal bergan, und wieder bergab, wand sich durch das ruhige schlafende Land mit den erlöschenden letzten Lichtern, mit den Geheimnissen der dunklen Büsche auf beiden Seiten. Nach dem Weg brauchten sie nicht zu fragen. Sie ritten zügig, aber nicht schneller als im Schritt, um die Pferde bis zum Morgen nicht zu ermüden.

Bei dieser zügigen Bewegung durch die dunkle, stille, warme Gegend überkam Worotynzew bald jene wunderbare Leichtigkeit, die jeder Soldat kennt (nein, der einfache Soldat seltener, aber der Offizier, der nur für den Krieg lebt), wenn die dünnen Fäden, mit denen man an einen festen Ort geknüpft war, restlos abgeschnitten, der Körper für den Kampf gespannt, die Hände frei sind, der Druck der Waffen angenehm und der Kopf mit einer konkreten Aufgabe beschäftigt ist.

Worotynzew kannte, liebte diesen Zustand und spürte erst dann, daß er im Krieg war, wenn dieser Zustand eintrat. Für solche Augenblicke lebte er, für sie war er geschaffen.

Eben darum konnte er nicht den Zug über Warschau nehmen, weil auch er die Erde, über die die Korps marschiert waren, auf der ganzen Strecke selbst berühren mußte, sonst hätte er nichts verstehen können. Weil selbst ein mutiger, entschlossener und einfallsreicher Offizier immer noch nicht der echte Offizier ist. Er muß noch dazu immer Last und Not des Soldaten am eigenen Leibe spüren, seine Schultern werden gescheuert, solange nicht alle Soldaten ihre Tornister im Nachtquartier abgelegt haben, Essen und Trinken darf ihm nicht schmecken, solange auch nur eine Kompanie der Division ohne Essen und Trinken geblieben ist.

Berühren – das war für Worotynzew deshalb so wichtig, weil der Japanische Krieg ihm unablässig auf der Seele brannte, zehn Jahre lang, pausenlos. Die törichte russische Öffentlichkeit konnte sich freuen – wie ein unvernünftiges Kind über eine Krankheit sich freut, weil es im Augenblick dies oder jenes nicht zu tun oder nicht zu essen braucht, ohne zu begreifen, daß diese Krankheit es für sein ganzes Leben zum Krüppel zu machen droht. Die Öffentlichkeit konnte sich freuen und alles dem Zaren und dem Zarismus in die Schuhe schieben, aber die Patrioten konnten nur trauern. Zwei, drei solcher Niederlagen hintereinander – und das Rückgrat bleibt für immer verkrümmt, und eine tausendjährige Nation ist verloren. Und zwei hintereinander hatte es schon gegeben – den Krimkrieg und den Japanischen Krieg –, mit einem schwachen Lichtblick dazwischen, der nicht gar so ruhmreichen und großartigen türkischen Kampagne. Deshalb konnte der ausgebrochene Krieg entweder der Anfang der großen russischen Wiedergeburt oder das Ende Rußlands werden. Deshalb rieben sich heute die echten Offiziere an den Fehlern des Japanischen Krieges wund, zitterten vor der Möglichkeit einer Wiederholung und setzten alles daran, sie zu vermeiden.

Berühren, was in Ostpreußen von einem Tag auf den anderen, von einer Stunde zur anderen sich ereignen mußte, war für Worotynzew deshalb besonders wichtig, weil er zu den wenigen Generalstäblern gehörte, die zu den Beratungen über alle Kriegspläne und zur Ausarbeitung von Teilprojekten herangezogen wurden, welche später jahrelang als anonyme Akten Generalen und Großfürsten vorgelegt wurden (die ihre Unterschriften und Sichtvermerke darunter setzten) und später als »Denkschriften« in wenigen Exemplaren gedruckt, in Panzerschränken verschlossen und zuweilen einer dazu befugten Person zur Einsichtnahme überlassen wurden.

Nach dem Japanischen Krieg, als aus der Armee – noch schwelend von der Niederlage – die Flamme der »Militär-Renaissance« hochschlug (im Generalstab – General Palízyn, im Verteidigungsrat – Nikoláj Nikolájewitsch), schloß sich in der Generalstabsakademie eine kleine Gruppe von Offizieren zusammen, die erkannt und gefühlt hatten, was Kriegführung im zwanzigsten Jahrhundert bedeutete, wo weder die Standarten Peters des Großen, noch der Ruhm Suworows Rußland stärken, schützen, ihm helfen konnten – sondern nur die moderne Technik, moderne Organisation und rasche, sprudelnde Intelligenz.

Nur diese kleine Bruderschaft und vielleicht noch eine Handvoll Ingenieure wußten, daß die ganze Welt und Rußland mit ihr unhörbar, unsichtbar, unmerkbar in die Neue Zeit hinübergerollt war und damit die Atmosphäre, der Sauerstoff des Planeten, die Verbrennungsgeschwindigkeit und sämtliche Uhrfedern ausgewechselt wurden. Ganz Rußland, von der kaiserlichen Familie bis zu den Revolutionären, lebte in dem naiven Glauben, daß es die gleiche Luft atmete und auf der gleichen Erde lebte wie bisher, und nur einer Handvoll Ingenieure und Offiziere war es beschieden, den Wechsel des Sternbildes im Tierkreis wahrzunehmen.

Während im Land Barrikaden gebaut, Parlamente einberufen und aufgelöst, Ausnahmegesetze erlassen und mystische Wege in die andere Welt gesucht wurden, machte dieses Grüppchen (Hauptmann bis Oberst), im Scherz JUNGTÜRKEN* genannt (und mit einem leisen fernen Unterton vielleicht auch Dekabristen*), sich seine Gedanken, studierte die deutschen Generale und sammelte Kraft, von niemand verfolgt, aber auch von niemand gefragt, nachdem Palizyn im Jahre 1908 abgesetzt worden war und der Großfürst sich zurückziehen mußte. Sie hatten sich zusammengeschlossen und trennten sich bald wieder, weil sie nicht in der Akademie herumsitzen konnten, einen einzigen Stab für sie alle gab es nicht, und jeder trat in einer anderen Garnison seinen Dienst mit dem Bewußtsein an, die anderen vielleicht nie wiederzusehen, doch ein kleiner Teil eines Ganzen, eine Zelle des militärischen Gehirns Rußlands zu sein. Noch hatte sich der Kern der »Jungtürken« gehalten – die Gruppe um Professor Golowín*, aber voriges Jahr bekam der Schleicher Januschkewitsch die Oberhand – und die letzten Unbequemen wurden ausgesiebt und ebenfalls in alle Himmelsrichtungen geschickt. Keiner von ihnen hatte etwas zu sagen, niemand auch nur eine Division in die Hand bekommen (Golowin, ein Stratege von europäischem Format, wurde auf den Posten eines Regimentskommandeurs bei den Dragonern abgeschoben), gab es doch eine lange Warteliste nach Dienstalter, erwiesener Unfähigkeit und Beziehungen zum Hofe. Aber vor den anderen und vor sich selbst fühlten sie sich für die Zukunft der russischen Armee verantwortlich und hofften – meistens den Operationsabteilungen der verschiedenen Stäbe zugeteilt –, durch die Präzision ihrer Ausarbeitungen und die Prägnanz ihrer Vorschläge der ganzen Armee einen neuen Impuls zu geben.

Sie waren es, die – ohne Position und ohne Macht – den Fehdehandschuh Kaiser Wilhelms aufhoben. Sie waren es, und nicht die baltischen Barone, nicht die Günstlinge der Kaiserin, nicht die Generale – vom Hals bis zum Nabel ein Orden neben dem anderen, wie eine Ikonostase* –, sie allein waren es, die den jetzigen Gegner kannten und bewunderten! Sie wußten, daß die deutsche Armee heute die stärkste Armee der Welt war, daß diese Armee von einer alles integrierenden patriotischen Gesinnung durchdrungen war; eine Armee mit einem hervorragenden Verwaltungsapparat; eine Armee, die das Unvereinbare vereinigte: bedingungslose preußische Disziplin und bewegliche europäische Initiative. Solche Offiziere wie das Grüppchen unserer Generalstäbler gab es dort in großer Anzahl, die hatten etwas zu sagen und hatten Schlüsselstellungen inne, bis hinauf zum Armeekommandierenden. Und die Generalstabschefs wechselten dort nicht wie beim Bockspringen, sechsmal innerhalb von neun Jahren (wie bei uns), sondern viermal in einem halben Jahrhundert, es war auch nicht der übliche Wechsel, sondern Erbfolge: auf Moltke den Älteren folgte Moltke der Jüngere. Die Felddienstordnung trat dort nicht zwei Tage vor der Allgemeinen Mobilmachung in Kraft, wie bei uns, am 16. Juli. Und das Siebenjahresprogramm für die Kriegsrüstung wäre dort nicht erst drei Wochen vor Kriegsbeginn bestätigt worden.

Natürlich, es wäre viel besser, in »ewigem Bund« mit Deutschland zu leben, wie Dostojewskij gelehrt und wonach er gedürstet hatte. Es wäre viel besser, unserem Volk zu der gleichen Entfaltung und Festigkeit zu verhelfen wie Deutschland dem seinen. Nun war aber Krieg, und der Stolz unserer Generalstäbler forderte eine würdige Kriegführung.

Würdig – das hieße: nicht nur die laufenden Aufgaben dieses Tages und dieser Nacht bestmöglich zu erkennen und zu erfüllen, sondern von Grund auf, vom Ansatz her zu überlegen und zu prüfen: soll man *hier* angreifen? Und noch weiter: soll man *überhaupt angreifen?*

Die Doktrin des deutschen Generalstabs lautet: Vormarsch um jeden Preis. Und Deutschland hatte seine Gründe, sich dafür zu entscheiden. Aber sieh da: schon haben die Franzosen sie übernommen! Schon haben wir sie übernommen: Vorwärts! Immer vorwärts! Wie eindrucksvoll – das leuchtet sogar der Motte Suchomlinow ein! Aber es gibt in der Kriegswissenschaft ein Prinzip, das noch vor dem Vorwärts steht: die Aufgabe muß den Mitteln entsprechen.

Der Vertrag mit den Franzosen stellt uns frei, die Richtung der militärischen Operationen selbst zu bestimmen. Jahrelang wurden die beiden natürlich sich darbietenden gegeneinander abgewogen: Richtung Österreich und Richtung Deutschland. Die österreichische Grenze ist leicht zu nehmen, die preußischen Seen dagegen begünstigen die Verteidigung und behindern den Angriff. Der Einmarsch in Deutschland bedeutete großen Aufwand und wenig Hoffnung, der Einmarsch in Österreich – große Erfolge, Vernichtung ihrer gesamten Armee, des ganzen Staates, Verlagerungen in der einen Hälfte Europas. Währenddessen konnte man die Verteidigung gegen Deutschland mit geringem Aufwand aufrechterhalten, indem man sich hinter der Wegelosigkeit unserer Grenzgebiete und der BREITSPUR verschanzte. Darauf hatte man sich auch eingestellt. Darauf liefen Palizyns Vorbereitungen hinaus: die Festungskette Kowno–Grodno–Osowjez–Nowogeorgiewsk.

(Und Worotynzews Hengst, dessen Hufe immer tiefer in den sandigen Boden sanken, bestätigte es: eben darum wurden hier keine Straßen gebaut, keine einzige.)

Da kam Suchomlinow in den Generalstab und entschied sich mit leichtfertiger Ignoranz (die der Entschlossenheit so sehr ähnelt) für einen AUSGLEICH im Streit um die Richtungen: Wir werden hier und dort einmarschieren, gleichzeitig! Von den zwei Richtungen wählte er die schlechteste: nämlich beide. Und Shilinskij, der ihn vorletztes Jahr abgelöst hatte, ging noch weiter und versprach selbstherrlich den Franzosen, im Namen Rußlands über den Vertrag hinaus: wir werden unbedingt in Deutschland einmarschieren – entweder Richtung Preußen oder Richtung Berlin. Und jetzt ist es für uns Ehrensache und Soldatenpflicht, unsere Verbündeten nicht zu enttäuschen.

Und deine Sache ist es, nachdem du alles von Grund auf erkannt hast, den Krieg *würdig* zu führen.

Setzt das ENTWEDER - ODER die russischen Köpfe in Verlegenheit, kann man sich nicht für Preußen oder für Berlin entscheiden – was gibt es Einfacheres – nur zu, sowohl das eine als auch das andere! Und eben in diesen Tagen, als die Erste und die Zweite Armee ihren Einmarsch in Ostpreußen begonnen hatten und der eigentliche Kampf erst bevorstand, bastelte man am grünen Tisch des Großen Hauptquartiers eine Neunte Armee zusammen – Richtung Berlin. Deshalb hatte man Samsonow (der arme Kerl wußte nichts davon) das Gardekorps entzogen und ihm untersagt, Artamonow über Soldau hinaus vorzuschieben.

Doch nicht genug damit: bereits letztes Jahr hatte Shilinskij Joffre zugesichert, den Stichtag auf Kosten Rußlands vorzuverlegen: wir würden, bei total fehlender Bereitschaft, statt am 60. Tag nach der Mobilmachung – am 15. anfangen! Den Freunden geht es schlecht, für einen Freund muß man eben tief in den Dreck langen können, und es ist noch nicht abzusehen, wann die Engländer sich dazu bequemen, über den Kanal zu schwimmen!

So wie im Leben eines Menschen die Freundschaft niemals zur Selbstzerfleischung führen darf, das macht sich niemals bezahlt, ebenso und noch weniger im Leben eines Staates . . . Wie lange wird wohl Frankreich die Erinnerung an dieses russische Opfer bewahren?

Und deine Sache ist es, den Krieg *würdig* zu führen.

Hundertfünfzig Werst weiter, hinter der Dunkelheit der Nacht, hinter einer Landschaft, die er nur von der Karte her kannte, hinter dem Auf und Ab des massigen Pferdekopfes, hinter der Erdkrümmung, einem Breitengrad entsprechend – vermutete, spürte und sah Worotynzew in seiner Vorstellung, wie nah vor den Augen, Dutzende solcher Generalstabsoffiziere wie er, nur daß sie Deutsche waren, nur daß sie in schnellen Automobilen auf festen Straßen durch die Nacht fuhren, nur daß sie durch ein dichtes Telegraphennetz Verbindung miteinander hatten, nur daß sie in ihre Karten genaue Aufklärungsdaten, woher wir kommen und wohin wir wollen, mit Nadeleinstich und exaktem Pfeil eintrugen, nur daß sie dort verständige, reaktionsfähige Generale hatten und innerhalb von fünf Minuten Entschlüsse trafen, die vernünftig waren – und hinten war Shilinskij mit vorgerecktem Kinn und hängendem Schnurrbart; Postowskij mit wohlgeordneten Mappen voller Meldungen von vor-vorgestern; Filimonow mit seiner nutzlosen wölfischen Energie, nur auf sich selbst bedacht; der überforderte, langsame Samsonow; vor ihm – die durch den Sand, zwischen den Seen irrenden Armeekorps; und vor dem nahenden furchtbaren Zusammenstoß konnte Worotynzew in seinem brennenden Kopf nur immer wieder die Karte sich vergegenwärtigen und seinen Hengst antreiben, aber auch das nur mit Maßen, um ihn zu schonen.

Sich beeilen? Natürlich sollte man sich bei dieser Operation beeilen, aber das hieß doch nicht, gleich bei Bjelostok mit den Fußmärschen beginnen. Man sollte sich beeilen, aber das bedeutete doch nicht, wie ein Clown in die Arena zu stürzen und dabei Schuhe und Hose zu verlieren, man sollte erst die Schuhe zubinden und den Gürtel festziehen. Und wie konnte man sich eine Woche Leerlauf leisten und Rennenkampf losschicken, während Samsonow noch nicht bereit war? Der ganze Sinn des Planes war verwässert, zunichte gemacht.

... Für Gespräche mit dem Unteroffizier blieb keine Zeit. Sie ritten durch Ortschaften, manchmal trafen sie jemanden, den sie ausfragen konnten, manchmal leuchtete Worotynzew die Karte ab und suchte selbst nach dem Weg. Wohl zwei Stunden lang dachte er konzentriert nach, dann ließ er den Gedanken ihren Lauf: an das Korps von Blagowjestschenskij, der so weit nach rechts abgeschwenkt war, als wollte er sich tatsächlich Rennenkampf anschließen; an die Familiennamen der Generale – von Torcklus, Baron Vietinghoff, Richter, Stempel, Mingin, Sirelius, Roop –, nach denen man die Zweite Armee kaum für eine russische halten würde, und im Frühjahr sollte Rausch von Traubenberg das Kommando übernehmen – wie würde es dann erst klingen; an den russischen General Artamonow, zu dem ihn jetzt sein Weg führte, von dem morgen Rußlands ganze Ehre abhängen würde. Artamonow war der gleiche Jahrgang wie Samsonow, schon deshalb wird es ihm schwerfallen, sich unterzuordnen. Er hatte lange in Stäben gedient, »zur besonderen Verwendung«, »für besondere Aufträge«, war Kommandant der Festung Kronstadt gewesen (als Angehöriger des Landheeres), war sogar Chef des Fortifikationswesens – und jetzt hatte er ein Korps bekommen.

Die Deutschen notieren das alles, sie notieren es und lachen sich ins Fäustchen: bei den Russen kennt der Hauptstab nicht einmal den Begriff: Militärfachliche Spezialisierung. Alles, was nicht Roß oder Kanone ist, ist bei ihnen Infanterie ...

Worotynzew dachte auch an Oberst Krymow, den Generalstabsoffizier, der ihm im I. Korps zuvorgekommen war, der vielleicht jetzt dabei ist, alles zurechtzubiegen, aber vielleicht die Lage nicht durchschaut und alles kaputt macht. Persönlich waren sie sich noch nie begegnet. Aber vor der Ausfahrt aus dem Hauptquartier hatte Worotynzew im Personalverzeichnis der Führungsoffiziere nachgeschlagen und sich die Dienstlaufbahn aller, mit denen er hier zu tun haben könnte, gemerkt; Krymow war fünf Jahre älter als Worotynzew und fünf Jahre länger Oberst. Aus allem war zu entnehmen, daß er irgendwie sprunghaft gedient hatte: träge um die Jahrhundertwende, anderthalb Jahre bei derselben Batterie geblieben, und später war auch nichts Besonderes. Immerhin hatte er sich aufgeschwungen, war auf die Akademie gegangen und hatte sie kurz vor dem Japanischen Krieg erfolgreich absolviert. Im Krieg hatte er sich offenbar tapfer geschlagen, für jedes Gefecht eine Auszeichnung. Dann döste er wieder vor sich hin als Geschäftsführender Offizier und als Abteilungschef in der

Abteilung für die Mobilmachung beim Hauptstab. Es waren auch irgend welche Arbeiten über Reservetruppen von ihm aufgeführt, alles das wird in einer großen Armee gebraucht, aber dennoch: wie kann sich das alles in einem Offizier vereinigen?

Der Ritt durch die fröstelnde sternklare Nacht zog sich und zog sich hin. Stellenweise war die Straße bepflanzt, stellenweise kahl – aber Sand war überall. Schwarz und weich zogen Gehöfte vorüber, Ziehbrunnen, hohe Wegkreuze. Das schlafende nördliche Polen war still, friedlich, nichts erinnerte an den Krieg. In zwei Dörfern hatten allerdings Nachschubkolonnen Nachtquartier bezogen, man hörte die Stimmen der Wachtposten. Sie wurden von niemandem überholt, niemand kam ihnen entgegen. Die Pferde wurden müde, und der Unteroffizier war zusammengesackt. Worotynzew nahm sich vor, gegen Morgen die Pferde zu füttern, zwei Stunden zu schlafen, dann den Unteroffizier zurückzuschicken und allein weiterzureiten.

Allmählich ebneten sich seine Gedanken, sie brannten nicht mehr, schnellten nicht mehr empor, drängten sich nicht. Jetzt kamen ganz andere, und es war wohltuend, ihnen nachzuhängen, sie bei dieser stetigen beruhigenden nächtlichen Bewegung zu Ende zu denken.

Die schlaflose Nacht empfand Worotynzew überhaupt nicht als beschwerlich, auch nicht den morgen bevorstehenden langen Ritt und die dann kommende Woche – atemlos, wahnsinnig vielleicht (denn so kündigte sich die Preußische Schlacht an) und vielleicht dem Tod hautnah. Das war sein Los. Das waren seine hohen Tage – jene Tage, für die allein der Berufsoffizier lebt. Dies alles war ihm nicht nur keine Last – er fühlte sich jetzt beflügelt leicht, und es war für ihn gleichgültig, ob er schlief oder nicht schlief, ob er aß oder nicht aß.

13

Aber um ehrlich zu sein, es gab noch einen Grund für seine jetzige Leichtigkeit.

Er fühlte sich heute deshalb so leicht und so frei hier an der Front, weil er von seiner Frau weggegangen war.

Er hatte dieser Empfindung, die er an sich wahrgenommen hatte, zunächst nicht getraut: früher hatte er bei einer Trennung nie Freude oder Erleichterung gekannt. Aber vor drei Wochen, in Moskau, als im Militärbezirksstab der Befehl zur Allgemeinen Mobilmachung eintraf, bemerkte Worotynzew, dessen Kopf, dessen Brust ganz und gar mit dem allen Gemeinsamen ausgefüllt war, daß zwischen den Quadern des Krieges wie eine regenbogenfarbige kleine Eidechse auch dieser Gedanke durchschlüpfte: es war die natürlichste Gelegenheit, sich von seiner Frau länger zu trennen, die natürliche Gelegenheit, sich von ihr zu erholen.

Von seiner geliebten Frau? Das hätte er nie geglaubt! Vor acht Jahren, als er dieses duftige weiße Wunder zum Altar führte mit der einzigen Sorge, sie könnte es sich im letzten Augenblick anders überlegen – nie hätte er das geglaubt!

Er war ihr begegnet, unmittelbar nachdem er aus dem Japanischen Krieg zurückgekehrt war, in jener besonderen Daseinsbegeisterung einer Nachkriegszeit: Ich bin davongekommen! Jetzt werde ich lange leben! Jetzt will ich glücklich sein! Jetzt ist die richtige Zeit zum Heiraten! Und schon vom ersten Schritt auf sie zu, um ihr einen Handkuß zu geben, schon von ihrem ersten Wort an, hatte er beschlossen: Das ist sie! das ist sie! Es wäre töricht, weiter abzuwägen, zu vergleichen, Umschau zu halten – sie ist die einzige, beste Frau auf Erden, allein für mich geschaffen. Sie hatte nicht gleich verstanden, sie zögerte noch, auf sein Geständnis, seinen Heiratsantrag mit »Ja« zu antworten – er aber wußte es sofort!

Ihre ersten Ehejahre waren seine Fronjahre in der Akademie, die die Zeit in ihrer gesamten Ausdehnung und die gesamte Spannkraft des Geistes durch die unvorstellbare Gedrängtheit der Unterrichtsfächer pro Jahr aufzehrten: sämtliche militärische und einige nichtmilitärische, zwei Sprachen, zwei Rechte, dreimal Geschichte, sogar Slawistik und Geologie und später noch die drei langen Abhandlungen. Außerdem waren es auch die besten Jahre der Akademie selbst, als entrümpelt wurde (wenn auch nicht restlos und nicht für lange . . .), als die Legende von Rußlands natürlicher Unbesiegbarkeit geduldiger Arbeit weichen mußte.

Und bei allem Engagement in der Akademie – wie glücklich verliefen die stillen Abende in ihren zwei kleinen Zimmern am Jekaterina-Kanal! Die achtzig Rubel des Akademie-Stipendiums reichten meistens nicht für Theater oder Konzert, die Zeit ohnehin nicht, so blieben sie zuhause – und das war auch das schönste! Die überglücklichen Jahre des Einsseins, des Verstehens: einer begann einen Satz, der andere beendete ihn, oder sie begannen beide zugleich. Es war ein unerschüttertes, beständiges, tagtägliches Glück, ohne Ausbrüche, ohne Schwankungen, das Herz hatte alles gefunden, er – am Schreibtisch, sie – im Nebenzimmer am Klavier oder auf ihrer Couchette – Ruhe und Klarheit hatten die Unruhe des Herzens aus dieser Welt der Unruhe ausgeschlossen. Bei ihrem ersten Kind hatten sie kein Glück, ein zweites kam nicht, aber auch das hatte keinen Schatten geworfen. Geórgij und Alína waren davon überzeugt und sagten es einander, daß ihre Liebe vom Himmel beschlossen und ewig sei.

Und eine solche Liebe, sollte man meinen, müßte am wenigsten von den Lebensumständen abhängen, von seinen Dienstpflichten und davon, ob sie in Petersburg oder in einer Garnison lebten. Aber nachdem Golowins Gruppe gesprengt worden war, irgendwann bei den Umzügen in die Provinz, später nach Moskau, in dem anders gearteten Moskauer Leben, fiel Worotynzew allmählich auf, daß ihnen etwas fehlte, was sie unbemerkt verloren hatten.

Was ist geschehen? Warum ist die Haut hart geworden wie Borke oder wie trockenes Brot, warum spürt sie nicht mehr jedes sie streifende Haar? Warum stimmt der Anfang begonnener Sätze mit der Fortsetzung nicht mehr zusammen? Warum lassen sie ihn nicht mehr erschauern, die weichen gewichtlosen duftenden Kleinigkeiten ihrer Toilette, warum werden sie gleichgültig? Liegen sie da – liegen sie eben, hängen sie da – so hängen sie eben. Warum sind beim Kuß nicht mehr die Lippen das Nötigste, nicht das Zarte, sondern die Wange – das Bequemste?

Und auch der Bettritus – man stellt es mit Verwunderung fest – wurde wie eine mechanische Arbeit vollzogen, ohne die frühere Schärfe, ohne die frühere Frische der Empfindungen. Sollte das heißen, daß man jetzt *nichts mehr braucht*? Daß man bereits vor vierzig alt ist? Immer wieder dieselben sachlichen Handgriffe zur Wahrung der Reinlichkeit. Und viel zu früh, sogar ohne die angemessene besinnliche Pause, bittet die Frau darum, sie doch bald von der Last zu befreien, oder sie beginnt mit alltäglicher Stimme über alle möglichen Dinge zu reden, um sie später nicht zu vergessen.

Oder – da kauft sie sich ein häßliches Nachthemd aus dickem Baumwollflanell. »Ich finde es nicht schön.« – »Das kann schon sein, aber dafür ist es warm.«

Freilich, allem Wachsenden, jedem Baum geschieht dasselbe: er wird knorrig und setzt Borke an. Auch jede Liebe setzt unweigerlich Borke an, und jede Ehe wird müde. Und, wie es scheint, muß das so sein: mit dem Alter läßt die Schärfe der Empfindungen und das Bedürfnis nach Liebe nun einmal nach. Deshalb heißt es: iß, solang du hungrig bist, liebe, solang du jung bist. (Aber ein begabter Mann hat für die Liebe keine Zeit, solange er jung ist, er muß in seine *Aufgabe* hineinwachsen, seine erste Gymnasiastenliebe hatte Georgij abgewürgt.) Einem Vierzigjährigen bleiben genug andere Empfindungen: einen betauten Morgen erlebt man durchaus nicht stumpfer als in der Jugend, und wie mit zwanzig steigt man aufs Pferd, und erregt, voller Zustimmung oder Entrüstung macht man seine Randbemerkungen im Schlieffen. Wie früher will Alina alles von ihm wissen: über die verschiedenen Offiziere, über das Gelesene, und was er alles denkt – dann legt sie sich auf die Couchette, und er muß danebensitzen und erzählen. Aber der rollende riesige Ball aus Namen, Ideen und neuen Büchern wird immer größer, er rotiert wie die Erde, selbst Worotynzews berstender Schädel kann ihn kaum noch fassen – Alinas Gedächtnis kann ihn nicht halten, sie vergißt die Namen, das Erzählte, sie fragt zwei-, dreimal nach –, und das ist langweilig, Verlust an Zeit, Verlust an Tempo, und auch sie, man glaubt es zu spüren, interessiert es im Grunde nicht. Und er versucht, dem Erzählen auszuweichen. Sie schmollt.

Eine Verstimmung zieht eine zweite, eine dritte nach sich. Neue unangenehme Züge entdeckt sie an ihm: mangelnde Aufmerksamkeit Menschen gegenüber, mürrische Launen, die Ausschließlichkeit, die er sich selbst und seiner Sache zumißt – das alles hält sie ihm vor, im Bewußtsein ihres Rechts, sogar mit Schärfe. Vielleicht ist das alles richtig, vielleicht ist das alles jetzt erst so geworden? Georgij verspricht, darauf zu achten. Aber nach jeder Zurechtweisung bleibt ein Bodensatz, bleibt etwas Schweres zurück. Und jetzt, seit er von seiner Frau fort ist – wieviel beweglicher, einfacher, sorgloser ist alles geworden! So sollte es bleiben! Er hatte keine Lust auf einen Brief, auf aufgefrischte Details des Zusammenlebens in Moskau. Nichts Schlechtes ist ihm an Alina aufgefallen, nein, eine Enttäuschung war es nicht – aber er wollte allein sein, er wollte – für sich sein.

Überhaupt meldet jede Frau viel zuviele Rechte auf »ihren« Mann an, und sie kann es nicht lassen, diese Rechte jeden Tag zu erweitern, so gut es ihr gelingt. Zuerst genießt man das, später kann man es gerade noch ertragen, und schließlich wird es lästig.

Überhaupt wird die ganze Liebe, ihre Aufregungen und Erfahrungen, alle um sie kreisenden nichtigen persönlichen Dramen, von den Frauen zu sehr ausgespielt und von den Dichtern zu sehr ausgekostet. Das der Brust eines Mannes würdige Gefühl kann nur das des Staatsbürgers, des Patrioten oder das allmenschheitliche sein.

Aber vielleicht war er einfach zu lange auf einem Platz sitzen geblieben. Das Familienleben taugt nicht für einen Soldaten. Er mußte jetzt eine andere Luft atmen.

Er ritt die nächtliche Straße entlang, immer weiter. Mit den starken, gleichmäßig aufsetzenden Beinen seines Hengstes maß er und tastete ab diese endlosen Werst zwischen dem Armeestab und den Korps, diese furchtbaren sechs Tagemärsche.

Nein, so kann man einen Krieg nicht führen! So wurde früher ein Krieg geführt, aber heute geht das nicht mehr . . .

Und noch dazu – kein Feind! Wie vom Erdboden verschluckt!

Ja! (das traf ihn wie ein Stich) – und obendrein noch die unverschlüsselten Funksprüche! Wie konnten sie nur so funken?! Es wäre fast besser, gänzlich auf solche Apparate zu verzichten, als sie unseren Schlafmützen in die Hand zu geben!

In die undurchdringliche Finsternis des fremden Landes, den beiden Reitern weit voraus, versickerte in ungeschützten unsichtbaren Funken die veruntreute Kraft der Zweiten russischen Armee.

14

In diesem Sommer wäre Jaroslaw Charitonow ohnehin aus der Aleksandr-Offiziersschule entlassen worden, nach dem festgelegten Programm: zuerst ins Sommerlager, dann der feierliche Abschlußakt, dann ein Monat Urlaub, ehe man zum Regiment kommt, zu Hause, in Rostow. Und in Rostow – unzählige Vergnügungen, Juriks Luftsprünge, Mamas Sorgen, die vertrauten Zimmer, die Schulfreunde, und das Wichtigste: mit Jurik – er wird demnächst zwölf – und einem Freund hätten sie ein schon bereitliegendes, schon ausgerüstetes Segelboot bestiegen und wären den Don hinaufgesegelt, um das Leben der Kosaken kennenzulernen; sie hatten es sich seit langem vorgenommen, es war ja eine Schande: auf dem Boden des Donkosakenheeres geboren werden, dort aufwachsen und nichts anderes über die Kosaken wissen, als daß sie mit Peitschen gegen Demonstranten vorgehen, und dabei sind sie ein kühnes, lebendiges, starkes Volk, einer der gesündesten Triebe des russischen Volkes.

Aber der geplante Eintritt in die Armee fand nicht statt, sondern plötzlich, wie ein Wirbelsturm, frisch und ein wenig unheimlich zugleich, zog das herauf, was für die Armee das Wichtigste ist, wofür eine Armee eigentlich existiert – der Krieg! Bereits am 19. Juli bekam ihr Jahrgang die langersehnten Achselstücke mit den Sternchen, an den Abschied von den Verwandten war gar nicht zu denken, sie hatten nicht einmal Zeit, ihre erste Photographie in Offiziersuniform beim Photographen abzuholen: alle wurden sofort zur Truppe kommandiert, Jaroslaw zum XIII. Armeekorps, ins Narwa-Regiment.

Sein Regiment traf er in Smolensk an, ein Teil wurde

schon verladen, ein Teil war noch bei der Aufstellung. Obwohl die vier Regimenter ihrer Division die ersten Nummern im ganzen russischen Heer führten, hatten sie, wie sich herausstellte, keinen festen Mannschaftsbestand: und nun wurden die unteren Dienstgrade zusammengetrieben, drei Reservisten auf einen Berufssoldaten; Jaroslaw kam noch rechtzeitig, gerade als sie eintrafen – in ihrem bäuerlichen Grau-Schwarz, den Rest des von daheim mitgebrachten Proviants in ein weißes Bündelchen geknotet, wie den Kulitsch*, den man Ostern zur Weihe trägt. Er kam noch rechtzeitig, um sie ins Bad und zum Einkleiden zu führen, grau-grüne Hosen und Blusen, zur Ausgabe der Gewehre und der vollständigen Ausrüstung und zum Verladen in die Güterwaggons. Aber es fehlten Berufssoldaten nicht allein unter der Mannschaft, sondern, aus unerfindlichen Gründen, auch Unteroffiziere und Offiziere, obwohl man hätte denken sollen, daß Rußland kriegsbereit wäre, ein Land, das immer gekämpft hatte und noch kämpfte! Auf eine Kompanie kamen drei bis vier Offiziere, Charitonow bekam als frischgebackener Leutnant nur einen Zug, die erfahreneren Offiziere bekamen je zwei Züge zugeteilt und setzten in dem einen den Unterfähnrich ein.

Aber eigentlich war das alles sehr gut! Das dreitägige Durcheinander in Smolensk mit dem Einkleiden dieser Bauern (Jaroslaw selbst ging federnd, sehr aufrecht, fest mit dem Absatz auftretend), und vor allem die Fahrt, als Jaroslaw nicht in den Offizierswaggon stieg, sondern bei seinen Männern blieb, unter *seinen eigenen,* den ihm anvertrauten vierzig bäuerlichen Gesichtern im Güterwagen, als die Lokomotive über die dreißig Waggons pfiff, die Puffer gegeneinanderstießen, rasselten, das Rasseln sich immer weiter fortsetzte, als die Kupplungen angestrengt quietschten und der Zug sich in Bewegung setzte! Von der Liebe zum Volk wurde bei den Charitonows viel gesprochen, fast ausschließlich, für wen sollte man denn eigentlich leben, wenn nicht für das Volk – doch nirgends bekam man das

Volk zu Gesicht, und das war ja auch verboten, sogar auf den nahegelegenen Markt durfte man nicht, ohne zu fragen, hinterher mußte man sich die Hände waschen und das Hemd wechseln, man kam ja an das Volk gar nicht heran, fand keinen Zugang zu ihm, wußte nichts zu reden, war verlegen – aber jetzt war es von selber so gekommen, daß Jaroslaw für diese bärtigen Bauern so etwas wie ein Vater war, und sie kamen von selbst zu ihm – um zu bitten, zu fragen, zu melden, und er brauchte nur, sobald die Dienstpflichten bestmöglich versehen waren, aufzunehmen, mit Augen, Ohren und mit dem Gedächtnis aufzunehmen: die Namen, woher sie kommen und wie es bei ihnen zu Hause aussieht. Das ist, zum Beispiel, Wjuschków, ein geborener Erzähler, man wird nicht müde, ihm zuzuhören, der Zug fährt gerade durch seine heimatliche Gegend – dort auf dem Berg liegt die Kreisstadt Nowosilj, hier sind überall Schluchten und die Grenzscheide des Krutoj Werch, und was für Nachtigallen es hier gibt, und was für Weiden – Jaroslaw ist doch noch nirgends gewesen, das alles müßte er mit eigenen Augen sehen! Welch langersehnte Freude ist es, sich mit ihnen einzuschließen, mit ihnen sich in dem Güterwaggon abzuschließen und dem Klimpern ihrer Balalajka zuzuhören, tagsüber sich mit ihnen über den vor die Türöffnung gelegten Querbalken hinauszulehnen (unten sitzen die anderen und lassen die Beine nach draußen baumeln), nachts in der Dunkelheit wach zu liegen, sie singen und reden zu hören und das Glimmen der selbstgedrehten Zigaretten zu beobachten. Auch wenn man im Krieg keine Freude erwarten konnte – diese Fahrt war eine Freude! Und so erging es nicht nur Jaroslaw: auch die Soldaten waren offensichtlich gut aufgelegt, machten viele Späße, sie tanzten sogar und veranstalteten Ringkämpfe – und auf den größeren Bahnhöfen erwarteten Menschenansammlungen sie mit Orchestermusik, Fahnen, Reden und Geschenken. In dieser Stimmung schrieb Jaroslaw seine ersten Briefe – an Mama, an Júrik und an die Petschenegin Oksána, seine liebe Nennschwester, eigentlich eine richtige Schwester jetzt, nachdem Shénja geheiratet, ein Kind bekommen und sich in eine Mama verwandelt hatte, nur jünger und fremder. Er schrieb, sein ganzes Leben habe er nach nichts anderem gestrebt, nichts anderes ersehnt als: frei zu sein, männlich und mit dem einfachen Volk vereint.

Aber später ging es nicht mehr so fröhlich zu, es gab zu viel fruchtloses Durcheinander. Plötzlich wurden sie ausgeladen, obgleich die Züge weiterfuhren, und mußten wie zum Hohn dicht an den Schienen entlangmarschieren, bis Ostrolenka, einige Tage lang, was den Reservisten, die es nicht gewöhnt waren, sehr schwerfiel, noch dazu in den nicht eingelaufenen Stiefeln, der nicht angepaßten Uniform und mit der gesamten Ausrüstung. Wie kam das? – man konnte das nicht erfassen, nicht einsehen, keinen konnte man danach fragen. Wahrscheinlich war die Unglücksnummer ihres Korps an allem schuld. Ein General fuhr im Automobil vorbei, sagte: »Der Deutsche kann nicht ohne Eisenbahn, aber der russische Adler schafft es auch zu Fuß! Ist das richtig, Brüder?« Und sie schrien zurück: »Richtig!« (Jaroslaw schrie mit.)

Der Bataillonsadjutant, Stabshauptmann* Grocholéz, mit hochgezwirbeltem, spitz zulaufendem Schnurrbart, klein, aber straff und von Kopf bis Fuß Offizier (Jaroslaw eiferte ihm nach), rief, selbst vor Lachen prustend, der Kolonne zu: »He, ihr Wallfahrer! Ihr zieht wohl gen Jerusalem?« Das saß – Jaroslaw mußte lachen: nur ein Soldatenauge beobachtet so scharf! Für die Reservisten war das Gewehr eine Last, ein überflüssig aufgedrängter schwerer Knüppel, und ebenfalls eine Last waren die neuen harten Stiefel, die sie, sobald kein Offizier in der Nähe war, auszogen, an einer Kordel über die Schulter hängten, und barfuß weiterstapften. Ein Bataillon war über eine Werst verteilt, von einem Regiment gar nicht zu reden, den Offizieren gingen ihre Soldaten verloren, die sie noch nicht genügend kannten, dafür pfiffen sie welche aus fremden Bataillonen an und lasen ihnen die Leviten. Zwischen die Menschenhaufen verkeilte sich ein Troß, dem man die gleiche Route angewiesen hatte, und Viehherden, die von der Intendantur zur Versorgung ihrer Division mit Frischfleisch bestimmt waren.

Könnte man ihnen noch etwas beibringen, das Gelernte auffrischen, Gefechtsschießübungen veranstalten – so würden diese Reservisten hervorragende Soldaten abgeben, Jaroslaw konnte das deutlich an seinen eigenen erkennen, an Kramtschátkin, Iwán Feofánowitsch, zum Beispiel, der seit fünfzehn Jahren aus seinem Dorf nicht herausgekommen war, schon grauhaarig und, wie die anderen sagten, *ältlich* – aber er verblüffte Jaroslaw durch seine Exerzierausbildung, als käme er eben vom Exerzieren, als hätte er sein ganzes Leben nichts anderes gekannt als Antreten und Abtreten, als selbstvergessen zu salutieren: »Gemeiner Kramtschatkin, meldet sich wie befohlen, Euer Wohlgeboren!«, seinen Schnurrbart gen Himmel gezwirbelt und die aufgerissenen Augen wie Untertassen – aber schießen konnte er nicht (er hatte es vertuscht, durch Zufall kam es heraus).

Der Große Krieg, der erste Krieg des Leutnants Charitonow begann mit Fehlern auf Schritt und Tritt, für die man in der Offiziersschule aus dem Arrest überhaupt nicht herausgekommen wäre: wie zum Hohn verlief alles gegen sämtliche Dienstvorschriften. Als hätte man dort, in der Offiziersschule, mit ihrer straffen jungen Ordnung, raschen Gewehrgriffen wie ein Mann, klaren Meldungen, knappen Kommandos und forschen Liedern ihnen mit Absicht gezeigt, wie es in der Armee niemals ist, niemals sein wird und auch nicht sein kann. Alles fiel hier weg, was man den künftigen Offizieren beigebracht hatte: keine Aufklärung, keine Informationen über die Nachbareinheiten, Befehle wurden auf eine deprimierende Weise zurückgezogen: marschierende Brigaden ließ man durch galoppierende Reiter anhalten und umkehren.

Sie marschierten die zweite Woche und hatten keinen einzigen Rasttag, das Wecken fand im Morgengrauen statt, die Bataillone waren zu einer vernünftigen Zeit marschbereit, aber dann hieß es hinsetzen, und man mußte in der ermüdenden stechenden Vormittagssonne warten, bis der Tagesbefehl aus der Division oder aus der Brigade eingetroffen war, die Vorgesetzten kamen manchmal bis Mittag nicht zurecht (dabei lautete der durch die Ordonnanz überbrachte Befehl: Aufbruch nicht später als acht) – und ließen die Bataillone dafür tagsüber ohne Pausen marschieren, um die versäumte Zeit aufzuholen. Und dann hieß es plötzlich, Hinsetzen, um mit dem Train, der die Straße verstopfte, klarzukommen, um die Feldküche nach hinten und die steckengebliebene Vorhut nach vorne durchzulassen. Und dann wieder verschärfter Marsch. Bis Sonnenuntergang, bis zur Dämmerung und in der Dämmerung, manchmal bis Mitternacht. Nachts wurde gehalten und gegessen, aber nie hatte das geklappt: entweder waren die eigenen vorausgeschickten Quartiermacher nicht zu finden, und niemand wußte, wo man das Biwak aufschlagen sollte; oder die Führungsoffiziere konnten sich nicht einigen, wo die einzelnen Einheiten lagern sollten, und währenddessen stapften die Soldaten herum, machten mit Reisig Feuerchen und kochten Tee, ohne sich im geringsten darüber zu sorgen, daß sie dem Gegner ihren Standort verrieten. Auch die Feldküchen gingen in der Dunkelheit zu Werk, beim Licht der Petroleumfackeln und der fliegenden Funken. Manchmal gingen die Küchen verloren, dann legte man sich um Mitternacht mit knurrendem Magen hin (Offiziere wie Soldaten froren auf der bloßen Erde in den dünnen Uniformmänteln) und wurde gegen Morgen zum gestrigen Mittagessen geweckt. Die Nächte waren zu kurz, es fehlte an Schlaf.

Die Soldaten fragten: »Wann gibt es denn mal frisches Brot, Euer Wohlgeboren? Schon die zweite Woche Zwieback, das zerkratzt einem ja den Bauch!« – und man fand keine vernünftige Erklärung: warum ihre Division schon in Bjelostok, wo es Brot in Hülle und Fülle gab, einfach kein Brot bekommen konnte – es war nicht die *zuständige* Intendantur; warum sie gleich zu Beginn des Krieges, noch diesseits der deutschen Grenze, bevor die erste Granate eingeschlagen war und die erste Kugel gepfiffen hatte, seit zehn Tagen uralten Zwieback bekamen, der vor Jahren eingelagert worden war und kräftig nach Mäusen roch, und auch nicht in jeder Suppe Salz, denn das Salz war nicht nachgekommen.

Bis Ostrolenka hatten sie alle wenigstens eine gemeinsame Route und eine eindeutig klare Richtung gehabt. Aber hinter Ostrolenka, wo sie nicht einen einzigen Tag ausruhen durften, teilten sie sich in Divisionskolonnen, und hinter der deutschen Grenze in Bataillonskolonnen, und da kamen die Vorgesetzten mit ihren Befehlen nicht mehr durch, oder Befehle wurden verwechselt, und manches Regiment mußte einen Umweg von zehn Werst machen – und das ging alles so unter, ohne von irgend jemandem oben zur Kenntnis genommen zu werden, außer den deutschen Fliegern, die schon in Polen über den russischen Kolonnen hin und her flogen (unsere flogen nicht; es hieß, sie würden BIS ZUM ENTSCHEIDENDEN AUGENBLICK zurückgehalten). Manche konnten hinter der deutschen Grenze über feste, mit Schotter belegte Straßen (sie hießen Chaussee) marschieren; aber auch dort wirbelten die vielen Stiefel und Hufe dichte Staubwolken auf, und es knirschte zwischen den Zähnen; auch diese Chausseen waren auf einmal zu Ende oder bogen nach der falschen Richtung ab; oder es gab überhaupt keine Straßen, und dann marschierten sie und zogen die Troßwagen und die Geschütze – im dichten Staub, durch tiefen Sand, und das alles bei einer Hitze, die nicht einen Tag nachließ, allein durch den nächtlichen Platzregen unterbrochen, und da es nur selten Brunnen gab, viele Stunden ohne Wasser. Oder, im Gegenteil, sie wateten durch sumpfige Niederungen, irrten zwischen sich schlängelnden winzigen Flüßchen, auf den am wenigsten geeigneten Routen. Und den Pferden, den Mannschaften und Offizieren blieb kein anderer Wunsch, kein anderer Gedanke, kein anderes Bedürfnis als – *ausruhen!* Die Fahnen waren längst eingerollt und wurden mitgeschleppt wie überzählige Deichseln, die Trommeln auf die Wagen geladen, es gab kein Kommando zum Marschgesang, jede Kompanie hatte unterwegs ein paar Mann verloren, und sie marschierten weiter nur mit dem Gedanken, daß es morgen vielleicht heißen würde: Rasttag!

Die Füße waren wundgelaufen.

Aber offenbar war der vorliegende Plan zu wichtig, als daß man ihnen einen Rasttag zubilligen könnte – nein! Es ging immer weiter, im gleichen Tempo – vorwärts! Schon durch Deutschland, wo es keinen einzigen lebendigen Deutschen gab.

Stabshauptmann Grocholez, schmalschultrig, knabenhaft, aber mit ziemlicher Glatze, witzelte in der Zigarettenpause:

»Von Krieg kann keine Rede sein, wir sind im Manöver. Die Ordonnanz aus dem Armeestab ist seit vier Tagen hinter uns her, mit dem Befehl zum Halten, sie kann uns nur nicht finden. Wir haben uns aus Versehen auf ein fremdes Territorium verirrt, und man hat sich bereits bei Wasílij Fjódorytsch entschuldigt.«

WASILIJ FJODORYTSCH war seit einiger Zeit der gängige Spitzname für Kaiser Wilhelm. Der Spott erleichterte.

Hinter »Chorshelé«, wie es von allen im Regiment ausgesprochen wurde, hinter Chorshele, beim Überschreiten der Grenze und auf den ersten Sashenj feindlichen Bodens hatten sie Kämpfe erwartet, Kanonen- oder Gewehrfeuer. Aber weder an jenem Tag, noch am folgenden, noch am darauffolgenden hatten sie auch nur einen einzigen Schuß gehört oder einen einzigen deutschen Soldaten gesehen oder sonst ein lebendiges Wesen. Hier und da zogen sich Drahtsperren übers Feld, sie lagen jetzt verlassen, an

Dorfrändern hatte man angefangen, Schützengräben auszuheben, jetzt wurden sie wieder zugeschaufelt, damit der Maschinengewehrtrupp und andere Berittene hinüberkonnten, und in einem Dorf türmte sich auf der Straße eine Barrikade aus Fuhrwerken und Möbel – auch das hatte man einfach liegen lassen. (»Den Deutschen muß es ja drekkig gehen!« – meinte der sonst immer niedergeschlagene, verzagte jammernde Leutnant Koséko und wurde zum erstenmal heiterer.) Im nächsten Dorf fand man ein Fahrrad – und das ganze Bataillon zog hin, um es anzustaunen, die meisten Soldaten hatten ein solches Wunderding ihr Lebtag nicht gesehen. Ein Unteroffizier führte vor, wie man darauf fährt, und die Zuschauer lärmten und feuerten ihn an.

Den glühenden, schlaflosen, verwirrten Köpfen der russischen Kämpen kam nichts so seltsam vor wie Deutschland – und dazu war es noch leer!

Deutschland zeigte sich als ein so ungewöhnliches, ein so besonderes Land, wie Jaroslaw es sich nach keinem illustrierten Buch hatte vorstellen können. Nicht nur die seltsamen steilen Dächer von der halben Höhe des Hauses, die beim ersten Blick fremdartig auffielen, sondern auch die Dörfer mit den zweistöckigen Backsteinhäusern! Gemauerte Ställe! Betonierte Brunnen! Elektrische Straßenbeleuchtung (sogar in Rostow gab es das nur auf wenigen Straßen)! Elektrische Leitungen in den Wirtschaftsgebäuden! Telephone! Ein heißer Tag – und keine Fliegen und keine stinkenden Misthaufen! Nirgendwo liegt etwas herum, ist verschüttet, nachlässig hingeworfen – die preußischen Bauern werden doch nicht den Russen zu Ehren extra aufgeräumt haben! Die bärtigen Bauern seiner Kompanie redeten darüber hin und her und kamen aus dem Staunen nicht heraus: Wie bringen die Deutschen es fertig, ihre Wirtschaft so zu besorgen, daß keine Spuren von ARBEIT zu sehen sind und alles sofort fertig dasteht? Wie können sie in dieser Sauberkeit überhaupt leben, man weiß ja nicht, wo man hier seinen Kaftan hinschmeißen kann! Und bei diesem Reichtum konnte es den Wilhelm nach unserer russischen Armseligkeit gelüsten? ... Sie waren durch Polen marschiert – das war ein gewöhnliches Land, dort ließ man die Zügel schleifen, aber hinter der deutschen Grenze war alles wie verwandelt: die Saat, die Straßen, die Gebäude – alles anders, wie aus einer anderen Welt. Schon dieser unrussische Wohlstand rief ehrfürchtigen Schrecken hervor. Aber daß alles leer war, als unheilverheißende leblose Beute zurückgelassen wurde, erweckte Grauen: als wären unsere Truppen wie bei einem Dummejungenstreich in ein fremdes still daliegendes Haus mutwillig eingedrungen und könnten der Strafe dafür nicht mehr entrinnen.

Aber auch wenn man das eine oder andere hätte gebrauchen können, hatten die durchziehenden Soldaten keine Zeit, um die Häuser zu durchsuchen. Und auch keine Säcke – um die Beute davonzutragen. Und – wenn man in den Tod zieht, trägt man sowieso genug.

Die ersten Bewohner, die nicht geflohen waren, waren keine Deutschen, sondern Deutsch-Polen, die sich in einem gebrochenen Russisch verständlich machen konnten. Aber sie erweckten kein Vertrauen, sondern Argwohn, und Kosekos Zug erhielt den Befehl, auf deren Vorwerk eine sorgfältige Haussuchung durchzuführen. (Als Koseko zu dieser Operation aufbrach, sagte er zu Charitonow: »Sie trachten mir nach dem Leben. Dort im Keller liegt vielleicht ein ganzer Zug Preußen im Hinterhalt.«) Sie stießen auf keinen Widerstand, führten die Haussuchung sorgfältig durch und fanden: im Wohnhaus eine Trompete, so ähnlich wie ein Waldhorn, im Heuschober – noch ein Fahrrad, in der Badestube – zwei russische Gewehrpatronen und ein Paar Stiefel mit Sporen. Es stand schlecht um die Polen: alles sprach dafür, daß man sie erschießen würde. Sie wurden unter Bewachung zum Regimentsstab abgeführt, der eine von ihnen war etwa fünfzig, die beiden Jungen – sechzehn oder siebzehn. Als sie am Bataillon vorbeigeführt wurden, flehten sie jeden Offizier und Unteroffizier an: »Schenken Sie uns das Leben! ... Schenken Sie uns das Leben!« Aber Kosekos Unteroffizier, der sie abführte, rief ihnen nur lustig zu: »Los, los! Den Tränen glaubt Moskau nicht!« Die Soldaten kamen, um sich die Polen anzusehen: »Aber klar! Diese Kerle schießen aus dem Hinterhalt. Die fahren auf ihren Lisapeden* durch den Wald und spionieren.«

Kein Tag verging mehr ohne Schießerei. Mal flog über ihre Köpfe ein deutsches Flugzeug hinweg, und alle Kompanien eröffneten einträchtig das Feuer, freilich ohne zu treffen. Mal sah man mit eigenen Augen, wie aus dem Vorwerk drei Männer in Zivil in den Wald rannten, man schoß auf sie und traf einen. Oder ein Kosake galoppierte heran, weil er vier Werst weiter aus dem Wald von einer Kavalleriestreife beschossen worden war – und sofort wurde eine halbe Kompanie abgeordnet, den Wald zu durchkämmen. Die Soldaten verfluchten den Kosaken und ihr eigenes Los, zogen ab und kämmten durch, konnten aber nichts finden.

Koseko jedoch billigte diese Taktik: »Jetzt ist die Hauptgefahr für uns – eine Kugel von der Seite.« Zwischen den beiden Leutnants mußte es zu einem Gespräch kommen: bereits in Bjelostok hatte man sie zu Zugführern benachbarter Züge in derselben Kompanie ernannt. Den anderen Offizieren gegenüber gab sich Koseko schweigsam, den Bataillonskommandeur fürchtete er, den Kompaniechef konnte er nicht leiden, und Grochelez wich er wegen dessen spitzer Zunge aus, so gut es ging. Die Aktivität, die er beim Beobachten entwickelte, und sein Mitteilungsbedürfnis fanden ihren Ausdruck in Kosekos Tagebuch (in Ermangelung von Schreibpapier nahm er sein Offiziersfeldbuch), jede freie Minute benutzte er, um ein paar neue Zeilen einzutragen, vor allem die genaue Uhrzeit. »Das ist einfach eine große Tat!« Grocholez begeisterte sich. »Keiner schreibt die Geschichte unseres Regiments, und wenn der Krieg jetzt bald vorbei ist, wird Ihr Tagebuch durch Stabsbefehl eingezogen und in Gold gebunden.« »Aber dafür gibt es keine rechtliche Handhabe«, Koseko regte sich auf. »Das ist eine Gewissenssache. Und mein Eigentum.« – »Aber weit gefehlt, das ist Staatseigentum«, Grocholez rollte die Augen. »Die Vordrucke im Feldbuch sind Stabseigentum!!«

Koseko war älter als Jaroslaw, er hatte bei Kriegsausbruch bereits zwei Jahre als Offizier gedient, aber Jaroslaw erkannte diese Überlegenheit nicht an.

»Ich meine, man darf im Krieg nicht einen einzigen Tag so leben. Wir müssen siegen wollen und nicht über den Krieg fluchen! Und wie kann überhaupt ein großes Volk große Kriege vermeiden?«

»Ja-a-a«, Koseko verzog das Gesicht, als hätte er Zahnschmerzen, und blickte sich um, ob sie nicht belauscht würden. »Vermeiden! Jeder versucht das auf seine Weise! Miloschéwitsch, zum Beispiel, ist es gelungen, eine Dienstreise anzutreten, und Nikodómow tätigt Vieheinkäufe. Ein kluger Mann wird nicht lange im Regiment bleiben, darauf können Sie sich verlassen.«

»Dann verstehe ich aber nicht«, ereiferte sich Jaroslaw, »wie man mit solchen Anschauungen Berufsoffizier werden kann!«

Kosekos Gesicht verzog sich zu einer unglücklichen Grimasse, und er seufzte bedauernd über seinem Tagebuch:

»Das ist ein Geheimnis ... Wenn Sie erst Ihr Sonnenscheinchen gefunden haben und das eigene Nestchen ... Es mag unpatriotisch sein, aber ich kann ohne meine Frau nicht leben. Und wünsche deshalb den Frieden.«

Dieser Koseko machte alles nur noch schlimmer: er fand keine Gelegenheit, sich zu waschen, oder er konnte nicht essen, weil die Hände nicht gewaschen waren, oder er wünschte, sich für die Nacht ausziehen zu können. Die Stimmung im Bataillon wurde bei diesem ungehinderten Vormarsch sowieso von Tag zu Tag düsterer und hoffnungsloser. Jaroslaw hatte sich ein vorrückendes Heer heiter vorgestellt: wir marschieren vorwärts, wir machen Gefangene, wir besetzen neue Gebiete, also – wir sind die Stärkeren! Die Armeen werden für die Offensive aufgestellt, die Offiziere für die Offensive ausgebildet. Aber diese Offensive bedrückte: kein einziges Gefecht, kein einziger Deutscher, kein einziger Verwundeter, und nachts – die trüben purpurnen Flecken unbekannter Brände links und rechts. Wo blieb jene Unbeschwertheit und Freude, die doch nicht nur er allein, sondern offenbar alle anderen auch, offenbar alle Soldaten unterwegs zur Front empfunden hatten, beim Rütteln ihres Güterwagens, im sommerlich warmen leichten Gegenwind? Nur Kramtschatkin bewahrte weiterhin die hingebungsvoll diensteifrige Haltung: stand kerzengerade und verschlang seinen Leutnant mit den Augen, während Wjuschkow zur Seite sah und nicht zu bewegen war, eine Geschichte zu erzählen. Es wurden nicht nur keine Lieder mehr im Bataillon gesungen, auch nicht mehr laut gerufen, die Bärtigen redeten nur das Nötigste, als wollten sie vermeiden, den Zorn Gottes durch loses Geschwätz zu wecken.

Auch die Gegend verengte sich, alles rückte zusammen, Wälder umstellten die Straße. Züge und halbe Kompanien wurden vorgeschickt, um den Waldrand zu sichern, dann strömte das ganze Regiment nach und wurde vom Wald aufgesogen. Der Wald war ganz anders als bei uns: kein vertrockneter oder verfaulter Baumstamm, kein Windbruch – es fehlte nur noch, daß sie hier mit Besen fegen –, das Reisig aufgeschichtet und überall die sauberen geraden Korridore der Schneisen. In verschiedenen Richtungen war der Wald von Wegen durchschnitten, auch sie waren gut instand, wo sie noch nicht gelitten hatten.

Obschon jeder Offizier in seiner Kartentasche eine Karte der Umgebung mit sich führen sollte, gab es in der Kompanie keine einzige und im ganzen Bataillon nur eine, die von Grocholez, und die war einer deutschen nachgedruckt, mit unleserlicher Beschriftung, nicht genau. Jaroslaw suchte

– wie kein anderer unter den Zugführern – die Nähe von Grocholez und nutzte jede Gelegenheit, um einen Blick auf die Karte zu werfen. Denn die Deutschen hatten alle Ortsschilder verbrannt, und die von den Offizieren ungenau ausgesprochenen Ortsnamen wurden ungenau von Mund zu Mund weitergegeben: sie hatten soeben Saddek passiert, dies hier ist Kaltenborn, das Nachtquartier – Omulefofen. Und dieser ganze Wald mit den sieben bis zehn Sashenj hohen Kiefern heißt Grünfließer Forst.

Seit dem 10. August nachmittags hörte man von links, von Westen, über den ganzen Wald das Dröhnen des Artilleriefeuers, etwa in fünfzehn Werst Entfernung – richtiges anhaltendes Artilleriefeuer, das erste Gefecht! Aber die Regimenter des XIII. Korps marschierten, ohne darauf zu achten, immer weiter durch den Wald nach Norden, wo es ruhig war, ohne jemandem zu begegnen. Und schlugen das Nachtquartier in Omulefofen auf. Am nächsten Morgen, als sie noch bei Frühnebel auf den Beinen waren und zum erstenmal nicht einmal mehr Zwieback bekommen hatten, begann das langwierige Aufstellen der Regiments- und Brigadekolonnen, mit Artillerie und Troß, alles an seinem Platz. Nach der Aufstellung sollte nach Norden weitermarschiert werden, in einem weiten Bogen um den Omulef-See.

Die Aufstellung dauerte schon eine ganze Weile, das übliche Gebet vor dem Aufbruch war gesprochen, man war abmarschbereit, die ermüdende Vormittagshitze nahm zu – da sprengte die Ordonnanz aus dem Divisionsstab heran und überbrachte dem Brigadekommandeur ein Paket. Der Brigadekommandeur rief sofort die Regimentskommandeure zusammen, darauf begann auf der engen Straße das Wenden und Umgruppieren der Narwa- und Koporskij-Regimenter: es sollte nicht sofort losmarschiert, nicht auf der Stelle kehrtgemacht, sondern die Ordnung der Brigadekolonne beibehalten werden, aber mit der Spitze nach Westen, auf einer anderen Waldstraße. Schon brannte die

Augustsonne mit voller Kraft, das Frühstück im Morgengrauen, das ohne Zwieback nicht vorhielt, war bereits vergessen, als die Regimenter sich in die neue Richtung in Bewegung setzten und nach etwa zwei Werst auf das Sophien-Regiment stießen, das in derselben Richtung marschierte. Bald darauf sah man schon von weitem in einer Schneise den wackeren Obristen Perwúschin auf seinem Pferd, den allgemein bekannten Kommandeur des Newa-Regiments. Jetzt war also die ganze Division beisammen. Sie marschierten im Zug die Hauptwaldstraße entlang, durch die Säulenreihen der Mastkiefern, zuerst nach Kaltenbronn, den gestrigen Weg zurück, und dann – nach Westen, in Richtung Grünfließ. Wieder dröhnte es vor ihnen zuweilen, aber nicht mehr so laut wie gestern – entweder, weil man in der Hitze nur undeutlich hörte, oder es ließ nach. Sie wurden wacher, seitdem sie dem Artilleriefeuer entgegenmarschierten, munterer: lieber mit Gewißheit einem Kampf entgegengehen als diese Leere. (Koseko: »Gebe Gott, daß alles vorüber ist, wenn wir anrücken.«)

Es gab eine Stelle, wo die Waldstraßen sich kreuzten, mit aufgewühltem Sand und noch ansteigend dazu, dort sollte abgebogen werden, aber die Artilleriegespanne, ebenfalls erschöpft und schlecht ernährt, kamen hier nicht mehr weiter, die Räder mahlten im Sand, es fehlte an Kraft, und es fehlte an Geschützbedienung – und Jaroslaw rief seine Männer herbei, um dem lustigen kugelköpfigen Feldwebel zu helfen, sie zogen zwei Geschütze herauf, und trotzdem mußte der Feldwebel für die übrigen von sechs Pferden auf acht umspannen – wieder eine Verzögerung für die ganze Kolonne.

Sie marschierten und marschierten, das Artilleriefeuer war verstummt, wie Koseko geunkt hatte. Und als seit dem Morgen etwa fünfzehn Werst zurückgelegt waren, die Sonne hatte bereits den höchsten Punkt überschritten, hielt die ganze Kolonne, mitten auf der Straße, immer noch im Wald, und lagerte im Schatten.

Reiter mit besorgter Miene galoppierten eine geschlagene Stunde hin und her. Nicht nur die Mannschaften, auch die Truppenoffiziere wußten nicht mehr, woran sie waren. Dann wurden die Stabsoffiziere zum Regimentskommandeur bestellt – und dann von neuem Plackerei, Knirschen, Gedränge, das Peitschen der Pferde – die ganze Divisionskolonne machte kehrt, marschierte zurück, woher sie gekommen war.

Der Hunger zog ihnen den Magen zusammen, die Fußsohlen brannten, die Sonne sank hinter dem Wald, und es wäre längst Zeit gewesen, das Biwak aufzuschlagen und Essen zu kochen. Aber nein – wieder über dieselbe Kreuzung und durch denselben Wald legte ihre Division dieselbe Strecke zurück.

Und die verkleideten Wallfahrer wurden finster und raunten sich zu, daß die Deutschen überall ihre Hand im Spiel hätten, daß es die Deutschen wären, die uns zu Tode hetzen, uns schinden und verderben würden, auch ohne Kampf. Es wurde nicht gehalten, als die »liebe goldne Sonne« unterging, die auch für morgen den gleichen reinen Himmel, Staub und Hitze versprach. Es wurde nicht gehalten, auch während der Dämmerung nicht, sie legten haargenau jede Werst zurück, erreichten in sternklarer Nacht dasselbe Dorf Omulefofen und heizten an denselben Stellen ihre Küchen an, nur daß die Grütze erst nach Mitternacht gekocht wurde und daß sie erst kurz vor dem ersten Hahnenschrei einschliefen.

Sie erhoben sich mit bleischweren Gliedern, würgten die Morgengrütze herunter, sie würden wieder den ganzen Tag keine zu sehen bekommen. Allerdings bekamen sie den Zwieback für die beiden Tage. Stellten sich auf, formierten sich wie gestern an der nördlichen Ausfallstraße von Omulefofen. Die Soldaten murrten und prophezeiten, daß man wieder umkehren würde. Jaroslaw, unausgeschlafen, lachte darüber, um sich selbst und anderen Mut zu machen:

»Soweit kommt's nun doch nicht! – Heute auf keinen Fall!«

Aber es schien, als hätten die Propheten ein Zauberwort gesprochen: die Kolonne stand, durfte weder schlafen noch ausruhen und rührte sich nicht vom Fleck! Und nachdem sie so lange gewartet hatten, bis die Sonne heißer wurde und müde machte, kommandierten die im Stab versteckten Deutschen (anders konnte auch Jaroslaw sich das alles nicht mehr erklären): die ganze Kolonne auf der Stelle kehrt und neue Aufstellung auf der dritten Straße, die aus dem Dorf herausführte, zwischen der ersten und der zweiten – in der Mitte.

Die neue Aufstellung nahm wieder eine ganze Stunde in Anspruch.

Man setzte sich in Bewegung. Wieder ein heißer Tag. Wieder versanken die Füße und Räder im Sand. Aber der Weg war schlechter und weniger befahren, die kleinen Brücken waren alle gesprengt, und die ganze russische Kraft wurde verschwendet mit Schieben und Ziehen, mit der Mühe, sich Böschungen hinaufzuschleppen, um wieder auf die Straße zu gelangen. Und noch etwas Neues gab es da: die Brunnen, die an der Straße lagen, hatten die Deutschen mit Erde, Schutt und Brettern zugeschüttet, und man konnte kein Wasser holen, außer im großen See, aber an den kamen sie nicht heran.

Heute hörte man überhaupt kein Artilleriefeuer mehr. Nirgends war ein Deutscher zu sehen – weder Soldat noch Zivilist, weder ein Greis noch eine Frau. Und auch unsere ganze Armee schien irgendwohin verschwunden zu sein, niemand war hiergeblieben, außer ihrer Division, die auf dieser abgelegenen Straße durch die Einöde gejagt wurde. Und sie hatten keine Kosaken, die wenigstens vorausreiten und nachsehen könnten, wie es dort aussieht.

Und der letzte, des Lesens und Schreibens unkundige Soldat merkte jetzt, daß das Kommando den Kopf verloren hatte.

Es war der vierzehnte Tag ihres ununterbrochenen Marsches, der 12. August.

Wanderst am Tag, irrst in der Nacht,
Amulett und das Kreuz auf der Brust dich bewacht.
In der Brust aber brennt eine heimliche Qual –
Unentrinnbares Schicksal läßt dir keine Wahl.

15

In Neidenburg, in dieser kleinen Stadt, die den Feldern so wenig genommen, soviel Stein aufeinandergebaut hatte, war dies nicht der einzige Platz, ein Plätzchen eigentlich. Drei Straßen gingen von ihm aus, und es gab mehrere Ecken. Aus dem zweistöckigen Haus an dem einen Knick, mit den zertrümmerten Scheiben in den Schaufenstern des Erdgeschosses und in den venezianischen des zweiten Stocks, rauchte es, und noch stärker rauchte es im Hof.

Ein halber Zug Soldaten war mit Löscharbeiten beschäftigt, ohne sich übermäßig anzustrengen. Sie holten das Wasser in Eimern um die Ecke und brachten es in den Hof (dort hörte man das Krächzen heruntergerissener Bretter und das Klopfen der Äxte), andere, in Kette, reichten die Eimer auf einer Leiter zum Fensterbrett im ersten Stock hinauf.

Die ganze Arbeit geschah in der prallen Sonne, die Soldaten zogen ihre Feldblusen aus, nahmen oft die Mützen ab und wischten sich den Schweiß von der Stirn.

Sie sahen keinen Grund zur Eile, denn es war sehr heiß und sah nicht nach einem richtigen Brand aus, obwohl es weiter stark rauchte. Es gab auch keine aufmunternden Zurufe, kein erregtes Stimmengewirr, manche erzählten sich im Gehen ihre eigenen Geschichten, andere machten Witze und lachten.

Ein Unteroffizier führte die Aufsicht, während ein Fähnrich mit Universitätsabzeichen, mit seinem sehr energischen, leicht zurückgeworfenen Gesicht, aber trägen Bewegungen, ihn gewähren ließ und keinerlei Beteiligung an den Tag legte. Nachdem er eine Weile herumgestanden und herumgegangen war, zog er sich in den tiefen Schatten vor dem

Hauseingang des gegenüberliegenden Hauses zurück, wo um eine Säule ein Laken mit dem roten Kreuz gespannt war und der Apothekenwagen hielt, ein zweirädriger Karren, ohne Kutscher, das Pferd zuckte ab und zu.

Im gleichen Augenblick trat aus der Tür ein Arzt im weißen Kittel, mit schwarzen Brauen, schwarzem Schnurrbart, rieb sich den offenbar benebelten Kopf, atmete tief durch. Er atmete tief ein und aus, begann sofort zu gähnen und beugte sich beim Gähnen vor und zurück. Dabei entdeckte er plötzlich ein kleines Brett auf der polierten Steinstufe – und setzte sich sofort darauf, streckte die Beine aus, stützte sich mit den Armen hinten auf, es fehlte nur wenig, und er hätte sich langgelegt.

Heute war kein Artilleriefeuer zu hören, der einzige Lärm rührte von den Soldaten her, die einzigen Zeichen des Krieges waren das Leintuch des Roten Kreuzes und die deutschen hochgebauten Häuser, die so anders aussahen als unsere und von ihren Bewohnern verlassen waren.

Der Fähnrich konnte sich nirgendwo anders hinsetzen als auf dieselben Stufen, nur etwas tiefer. Sein Gesicht trug einen entschiedenen Zug, seinem Alter weit voraus, aber die Uniform hing um ihn wie ein Sack, und die Miene, mit der er seine Soldaten unbeteiligt beobachtete, war gelangweilt.

Die Soldaten schleppten Wasser.

Es rauchte weiter, aber in der Windstille stieg der Rauch nach oben, hier war nichts davon zu merken.

»Fähnrich, Sie sollten nicht auf dem Stein sitzen. Hier ist ein Brett.«

»Aber er ist warm.«

»Der Stein ist nicht warm, Sie unterkühlen sich den Nerv.«

»Den Nerv! Was liegt schon an einem Nerv, wenn es um den Kopf geht.«

»Ein Nerv ist auch schon etwas, Sie sind wohl noch nicht krank gewesen. Kommen Sie, kommen Sie.«

Der Fähnrich erhob sich widerwillig, setzte sich neben den Arzt. Der Arzt – ein stattlicher, gutaussehender Mann mit buschigem Schnurrbart, ein weicher seidiger Backenbart umrahmte das Gesicht wie ein schwarzer Schatten – sah jetzt völlig erschöpft aus.

»Was ist mit Ihnen los?«

»Ich habe doch ... operiert. Gestern. Die Nacht durch. Und heute morgen.«

»Gibt es so viele Verwundete?«

»Was denken Sie denn? Und die Deutschen kommen auch noch dazu. Alle Arten von Verwundungen ... Bauchwunde durch Granatsplitter, mit Vorfall von Magen, Därmen, großem Netz – aber der Verwundete ist bei vollem Bewußtsein, lebt noch einige Stunden und bittet, wir sollen ihm doch unbedingt, unbedingt eine Salbe auf seinen Bauch tun ... Schädeldurchschuß, ein Teil des Gehirns fällt raus ... Nach dem Charakter der Verletzungen zu urteilen, war es kein leichtes Gefecht.«

»Läßt sich denn aus dem Charakter der Verletzungen auf das Gefecht schließen?«

»Natürlich. Sind die Wundhöhlenverletzungen in der Mehrzahl, war der Kampf hart.«

»Aber jetzt sind Sie doch mit allem fertig?«

»Es waren aber auch genug!«

»Dann gehen Sie jetzt schlafen.«

»Sobald ich mich beruhigt habe. Nach der Arbeit ist man verspannt.« Der Arzt gähnte. »Erst mal entspannen.«

»Einen Eindruck hinterläßt das also doch.«

»Gar keinen Eindruck, nur – einfach entspannen. Der Tod, die Wunden machen gar keinen Eindruck, wie könnte man sonst arbeiten. Manch einer hat die Augen aufgerissen wie zwei Suppennäpfe, hat nur die eine Frage, ob er leben wird, währenddessen zählt man kaltblütig den Puls und überlegt den Verlauf der Operation ... Wenn wir bessere Transportmöglichkeiten hätten, könnte man noch einige Wundhöhlen retten: die sollte man in der Etappe operieren. Aber was haben wir schon für Transportmöglichkeiten: zwei Kremser und einen leichten Wagen. Die Deutschen nehmen alle Wagen und Pferde mit. Und wohin auch? Hinter den Narew? Hundert Werst, zehn davon Chaussee, neunzig – typisch russische Straße, das wäre ja glatter Mord. Die Deutschen transportieren ihre Leute auf Automobilen – in einer Stunde ist man im schönsten Operationssaal.«

Der Fähnrich wurde noch ernster, er sah sich den Arzt an.

»Und sollte die Lage sich jetzt ändern, sollten wir zurückgehen müssen, was dann?« klagte der. »Absolut keine Möglichkeit. Dann würde das ganze Lazarett den Deutschen in die Hände fallen ... Und wenn es vorwärts geht – dann müssen wir Leichen begraben. Die liegen ja noch auf dem Feld herum und verwesen. Bei dieser Hitze!«

»Je schlechter, desto besser«, sagte der Fähnrich streng.

»Wie meinen Sie das?« Der Arzt hatte nicht verstanden.

Die Augen, die eben noch träge und gleichgültig geblickt hatten, leuchteten auf:

»Einzelne Fälle sogenannter Barmherzigkeit verdunkeln bloß die Frage nach der Gesamtlösung und tragen zu deren Verzögerung bei. Im Falle dieses Krieges und überhaupt für Rußland – je schlechter, desto besser!«

Die Bürstenbrauen des Arztes hoben sich vor Staunen und blieben oben:

»Wie soll denn das aussehen? Verwundet – gut, man läßt ihn im Fieber, im Schüttelfrost, im Delirium, mit Infektionsgefahr liegen? ... Man läßt unsere Soldaten einfach leiden und zugrunde gehen – und das soll dann besser sein?«

Immer strenger, immer beteiligter wurde das energische kluge Gesicht des Fähnrichs.

»Wir brauchen einen *integrierenden* Standpunkt, um nicht auf den Leim zu gehen. Wer hat nicht alles in Rußland gelitten und leidet auch heute noch! Zu den Leiden der Arbeiter und Bauern sollen die Leiden der Verwundeten ruhig dazukommen. Mißstände im Sanitätswesen sind auch gut. Dann ist das Ende näher. Je schlechter, desto besser!«

Weil der Fähnrich den Kopf leicht zurückgeworfen hielt, schien es, als wendete er sich nicht nur an seinen Gesprächspartner, sondern an mehrere Menschen: »Noch Fragen?«

Dem Arzt war die Müdigkeit verflogen, er starrte den seiner Sache so sicheren Fähnrich an.

»Aber dann sollte man ja auch nicht operieren, nicht einmal verbinden? Je mehr gestorben wird, desto näher die Befreiung? Wir hatten jetzt gerade Ihren Fahnenträger aus dem Tschernigow-Regiment ... Verletzung der wichtigsten Blutgefäße. Dazu noch zwölf Stunden im Niemandsland gelegen, bis man ihn geholt hat. Fadenförmiger Puls. Es ist also überflüssig, daß wir uns mit ihm plagen? Habe ich diesen integrierenden Gedanken richtig verstanden?«

Die Augen des Fähnrichs sprühten braune Funken.

»Und warum sind sie wie eine Hammelherde hinter unserem Regimentskommandeur hergezogen, diesem Obskuranten? Wehende Fahne?! – Sie spielen mit uns wie mit Zinnsoldaten!«

Der Arzt war verwirrt:

»Sie sind doch wohl, Verzeihung, kein Berufsoffizier. Was sind Sie denn?«

Der Fähnrich hob seine schmalen Schultern.

»Ist das von Bedeutung? Ich bin Staatsbürger.«

»Nein, was sind Sie von Beruf?«

»Ich bin Jurist, wenn Sie es unbedingt wissen wollen.«

»Ach so, Jurist!« Der Arzt schien jetzt zu begreifen, er nickte wiederholt mit dem Kopf, als hätte er sich das gedacht, oder als hätte er selbst darauf kommen können. »Jurist ...«

»Und was mißfällt Ihnen daran?« fragte der Fähnrich argwöhnisch.

»Eben das ist es, was mir nicht gefällt: Jurist. Die Juristen, Verzeihung, haben sich bei uns vermehrt wie herrenlose Hunde.«

»Wenn das Land so durch und durch gesetzlos ist, sind es noch immer viel zu wenige!«

»In den Gerichten – Juristen, in der Duma – Juristen«, der Arzt ließ sich nicht beirren. »In den Parteien – Juristen, in der Presse – Juristen, in den Versammlungen – Juristen, alle Broschüren werden von Juristen verfaßt ...«, er spreizte seine kräftigen Finger. »Und darf ich Sie fragen – welche Ausbildung hat man als Jurist?«

»Akademiker: Petersburger Universität«, erklärte der Fähnrich mit eisiger Höflichkeit.

»Aber, zum Teufel, was heißt da Akademiker? Zehn Lehrbücher auswendig lernen und Examen machen – das ist Ihre ganze ... Bildung. Ich habe solche Jurastudenten gekannt: vier Jahre lang haben die es sich bequem gemacht, nichts anderes im Kopf als Flugblätter, Tagungen, Unruhe stiften ...«

»Bei einem Intelligenzler zeugen solche Reden von Gesinnungslosigkeit«, verwies der Fähnrich finster. »Überlegen Sie, auf wessen Mühlen Sie ...«

Das war richtig. Der Arzt spürte, daß er zu weit gegangen war, aber der Fähnrich hatte ihm zu arg zugesetzt.

»Ich will damit sagen«, berichtigte der Arzt, »wenn Sie auf der Medizinischen Fakultät oder bei den Ingenieuren studiert hätten, dann wüßten Sie, was zu einem Examen gehört. Und mit positiven Kenntnissen kann man die Hände nicht in den Schoß legen – dann muß man arbeiten. Rußland braucht Arbeiter, praktische Arbeiter.«

»Das ist doch eine Schande!« Der Fähnrich sah ihn mit dem gleichen leidenschaftlichen Vorwurf an. »An dieser Abscheulichkeit weiterbauen? Mitleidlos zertrümmern sollte man sie! Den Weg zum Licht freimachen!«

Weiterbauen? – das hatte der Arzt, wie er glaubte, gar nicht gesagt. Er hatte sagen wollen: heilen.

»Haben Sie nicht auf der Medizinischen Akademie studiert?«

»Auf der Akademie.«

»In welchem Jahr?«

»Im Jahre Neun.«

»So-so«, kombinierte der Fähnrich, und die Flügel seiner langen geraden Nase zitterten. »Das bedeutet, daß Sie 1905, während der kritischen Zeit, in der Akademie relegiert wurden, dann kapitulierten und untertänigst eine Erklärung abgegeben haben?«

Der Arzt verfinsterte sich, rümpfte die Nase, zerrte an seinen Schnurrbartspitzen, die sich aber von selbst wieder nach oben richteten:

»Wie schnell Sie damit bei der Hand sind: untertänigst ... Und wenn ich nun Militärarzt werden wollte und es im Lande nur diese eine Akademie gab? Und die allerdemokratischste Regierung muß sich doch darauf verlassen können, daß in ihrer Militärakademie keine antimilitaristischen Veranstaltungen stattfinden? Das ist meiner Meinung nach berechtigt.«

»Und der Uniformzwang! Und daß die Studenten salutieren müssen wie die Gemeinen?«

»Dafür ist es doch eine Militärakademie! Da ist doch nichts dabei!«

»Kommißdrill!« Der Fähnrich schlug die Hände zusammen. »So geben wir alle klein bei und wundern uns später, daß ...«

»Und später versorgen wir die Verwundeten!« Auch der Arzt wurde jetzt ärgerlich. »Lassen Sie die Verwundeten aus dem Spiel! Kommiß! ... Passen Sie auf, morgen sind Sie selbst dabei. Mit zerschossener Schulter.«

Der Fähnrich lächelte. Er war gar nicht so böse, sondern vertrat aufrichtig die Überzeugungen der besten russischen Studenten.

»Aber wer ist denn gegen die Humanität?! Heilen Sie, soviel Sie wollen! Das kann man als gegenseitige Hilfeleistung betrachten. Aber bitte keine theoretische Rechtfertigung dieses gräßlichen Krieges.«

»Aber ich habe doch nicht im mindesten ... Habe ich etwa ...?« Der Arzt war verwirrt.

»›Befreiungskrieg!‹ Man muß es ja den Leuten irgendwie beibringen. ›Den serbischen Brüdern zu Hilfe!‹ Plötzlich tun uns die Serben leid! Dabei würgen wir selbst in den Randgebieten alles ab – und dort tut uns niemand leid!«

»Aber immerhin hatte Deutschland ...« Der Arzt wurde, wie in Rußland üblich, vor der selbstsicheren jüngeren Generation immer verlegener.

»Wissen Sie, es ist sehr schade, daß Napoleon uns 1812 nicht geschlagen hat, er hätte sich sowieso nicht lange gehalten, und wir wären frei gewesen!«

Er packte mehr und mehr aufeinander, dieser Jurist, in eine häßliche Uniform verkleidet, lauter gut fertiggedachte Gedanken, denen man so schnell nichts entgegensetzen konnte. Und der Arzt fragte, zunehmend friedfertig und verständnisvoll:

»Und wie kam es, daß Sie eingezogen wurden? Keine Vergünstigung, keine Zurückstellung?«

»Ganz einfach, ich bin nicht durchgekommen ... Rechts um ... ab! Links um ... ab! Schultert das Gewehr! Auf der Stelle kehrt, marsch, marsch! So habe ich das Examen als Fähnrich der Reserve gemacht.«

»Dann wollen wir uns jetzt bekanntmachen«, sagte der Arzt und streckte dem anderen seine große weiche kräftige Hand entgegen. »Fedónin.« Und drückte die vier dünnen knochigen Finger des Juristen.

»Lenartówitsch.«

»Lenartowitsch? Lenartowitsch ... Warten Sie mal ... Ich habe irgendwann diesen Namen schon gehört. Kann das sein?«

»Je nachdem, wo Ihre Interessen liegen«, antwortete Lenartowitsch zurückhaltend. »Mein Onkel wurde nach dem bekannten Prozeß hingerichtet.«

»Ach ja, richtig, richtig!« beeilte sich der Arzt zu bestätigen, besonders schuldbewußt, besonders achtungsvoll, weil in seinem Kopf die Ungewißheit geblieben war, schwankend, schwappend: entweder ging es um einen gelungenen Schuß, oder um eine nicht explodierte Bombe oder Meuterei in der Kriegsmarine. »Ja, ja, richtig, richtig ... Und Ihr Familienname hat etwas Deutsches, nicht wahr?«

»Es gab einen deutschen Vorfahren, er war auch Militärarzt übrigens, zur Zeit Peters. Dessen Nachkommen wurden Russen.«

»Ihre Familie lebt in Petersburg?«

»Die Mutter. Und eine Schwester. Sie studiert in den Bestúshew-Kursen*. Gerade heute habe ich einen Brief von ihr bekommen. Und wie ist es damit? Geschrieben am vierten Tag nach Kriegsausbruch, am 23. Juli. Und welches Datum haben wir heute? Den 12. August! Was soll das? Nennt sich das Post? Vielleicht per Ochsengespann? Oder wird er solange von der Zensur gewaschen?« Er ereiferte sich immer mehr. »Genau dasselbe mit den Zeitungen: vom 1. August! Auch das nennt sich Post! Wie kann man so leben? Was geht in Rußland vor? Was in Deutschland? Was in Europa? Man weiß überhaupt nichts! Das eine sehen wir: wir haben Neidenburg besetzt, ohne auf Widerstand zu stoßen, und haben es trotzdem beschossen und in Brand gesteckt, jetzt müssen wir löschen, und die russischen Iwans müssen Wasser schleppen ...«

»Nun, die Deutschen haben hier auch einiges angesteckt ...«

»In den großen Geschäften waren es die Deutschen, am Stadtrand – die Kosaken. Meinetwegen. Aber an der österreichischen Front weiß man nichts über uns. Und wir wissen nichts über die österreichische Front – kann man denn so Krieg führen? Gerüchte, nur Gerüchte! Ein Reiter sprengt vorbei, flüstert einem was ins Ohr – und das sind dann unsere neuesten Nachrichten! Wer achtet schon die

Feldtruppen? Uns – uns verachtet man! Sie reden immer von Rußland und von Deutschland! Wenn Soldaten in den verlassenen Wohnungen die Türen einschlagen und irgend etwas mitnehmen – dann ist das eine Schmach für das christliche Heer, sie müssen dafür bestraft werden und bekommen verschärften Arrest. Aber wenn Oberstleutnant Adamántow sich mit silbernen Milchkannen und Väschen versorgt – das macht nichts, das ist erlaubt. Das ist Rußland!«

Aber wäre nicht dieser gräßliche Krieg – dann wären die Mädchen nicht in solches Weiß gehüllt, bis tief in die Stirn, bis über die Brauen, so streng, so rein, so neu. Nicht gekannt, nicht benannt, Bildung, Stand und Haarfarbe nicht bekannt, in einem nicht zu erkennenden Kleid, trat eine Krankenschwester auf die Schwelle hinaus.

»Was ist los, Tánja?«

»Der Mann mit dem Kiefer ist unruhig, Walerján Akímytsch. Könnten Sie vielleicht mal kommen?«

Und nichts blieb mehr von dem Streit, und niemand saß mehr auf den Stufen.

Der Arzt seufzte, ging und nahm, dazu berechtigt, die schwanenweiße Schwester mit, nur flüchtig streiften ihre traurigen erloschenen Augen Lenartowitsch.

Natürlich waren auch diese weißen Kittel und Kopftücher Spielereien der besitzenden Klasse, Opium für die Masse der Soldaten.

Und der berittene Oberstleutnant, der plötzlich auf seinem unruhigen Pferd auf den Platz schoß, schrie, ebenfalls dazu berechtigt, brüllte lauthals:

»Wer ist hier der Dienstälteste?«

Die Soldaten hantierten schneller und schneller mit den Eimern, und Lenartowitsch lief, ohne sich besonders zu beeilen, bemüht, seine Würde zu bewahren, die Stufen hinab, überquerte den Platz und meldete, indem er Haltung annahm, ohne sich übermäßig zu recken, und die Hand etwas schief an den Mützenschirm legte:

»Fähnrich Lenartowitsch vom 29. Tschernigow-Regiment!«

»Sind Sie zum Löschen abgeordnet?«

»Ja. Das heißt: Jawohl.«

»Sie haben hier wohl einen Weihnachtsbasar, was? Der Armeestab kommt hierher, das Quartier ist zwei Häuser weiter, und Sie kommen hier drei Tage lang nicht vom Fleck! Da lachen ja die ältesten Suppenhühner – auf diese Entfernung lassen Sie das Wasser eimerweise herbeischleppen, können Sie denn keine Pumpe auftreiben?«

»Aber es gibt keine Pumpe, Herr Oberstleutnant, in unserem Bataillon . . .«

»Dann müssen Sie eben Ihr Gehirn anstrengen, Sie sind ja hier schließlich nicht auf der Universität!!! Sie machen bloß die Leute kaputt. Kommen Sie mit, ich werde Ihnen sofort eine Pumpe zeigen und auch einen Schlauch. Sie hätten bloß in den Schuppen nachzusehen brauchen!«

Und der Oberstleutnant ritt auf seinem prächtigen Pferd stolz voran, wie ein Triumphator.

Und Lenartowitsch schleppte sich hinter ihm her wie ein Gefangener.

16

Volle vierundzwanzig Stunden und eine ganze Nacht brauchte Worotynzew bis Soldau. Er hätte es auch in kürzerer Zeit schaffen können, er hatte den Unteroffizier bald zurückgeschickt und war dadurch beweglich, aber er wollte den Hengst nicht überanstrengen, da er nicht wußte, wie sehr er ihn später noch brauchen würde. Das Pferd war getränkt und gefüttert, als er in den Morgenstunden des 13. August in Soldau ankam, noch ehe es anfing, heiß zu werden.

Soldau, wie überhaupt alle kleinen deutschen Städte, breitete sich nicht – wie es russische Art ist – unnützerweise über den fruchtbaren Boden aus, lag nicht hinter einem grindigen toten Ring von Schutthalden, Ödland und unansehlicher Vorstädte, sondern von welcher Seite man auch in die Stadt hereinkam, gleich standen in geschlossener Reihe aus Ziegeln gebaute, mit Ziegeln gedeckte drei- bis vierstöckige Häuser, deren Dach bis auf die halbe Höhe heruntergezogen war. Die Straßen in diesen Städtchen sind ordentlich wie ein Korridor und alle gepflastert, entweder mit gleichmäßigen glatten Steinen oder mit Platten, und jedes Haus hat etwas Besonderes: bei dem einen sind es die Fenster, bei dem anderen eine Spitze auf dem Dach. In diesen Städtchen finden auf kleinstem Raum Platz: Rathaus, Kirche, Plätze in Spielzeugformat, ein Denkmal zu Ehren von irgend jemand, und meistens nicht nur eines, sämtliche Arten von Läden, Bierstuben, Post, Bank, und manchmal hinter einem verschnörkelten Gitter auch noch ein winziger Stadtgarten – genauso unvermittelt hören die Straßen, hört die Stadt auf, und gleich hinter dem letzten Haus beginnt die an beiden Seiten bepflanzte Chaussee, liegen die genau eingeteilten, genau abgeteilten Äcker.

Soldau war von allen seinen Bewohnern verlassen und mit unseren Truppen nicht überbelegt. Neben manchen Läden und Lagerhäusern standen Wachtposten – eine notwendige Maßnahme (Worotynzew ritt an zwei ausgeplünderten Geschäften vorbei). Er schaute sich in der Stadt um und überließ sich seinem Gespür, es würde ihn nicht fehlleiten, und selbst auf die Gefahr hin, einen Umweg zu machen, fragte er niemanden auf der Straße nach dem Stab des Armeekorps. Neben einem kleinen Einfamilienhaus, dem jedoch ein schmiedeeisernes Gitter, ein Gärtchen, ein Springbrunnen und zwei Säulen am Eingang nicht fehlten, sah er ein Automobil, die »Russisch-Baltische Droschke«. Nach einem Stab sah es hier nicht aus: kein Mensch war zu sehen. Aber das Automobil ließ Worotynzew vermuten, daß er hier jenen Menschen treffen könnte, den er noch vor dem Stab finden müßte.

Er stieg ab – und spürte die Müdigkeit im Rücken. Er band das Pferd neben dem Automobil mit den Zügeln an einen Baum und ließ den Mantel am Sattel – keiner kümmerte sich um ihn; ging steifbeinig auf das Gittertürchen zu und gab ihm einen Stoß. Es ging auf. Er trat ein.

Das Rund der Fontäne war noch feucht von dem erst unlängst ausgelaufenen Wasser. Die Blumen auf den kleinen ausgetrockneten Rabatten waren noch unversehrt und frisch. Erst als Worotynzew um den Strauch an der Fontäne bog, bemerkte er seitlich vom Hauseingang auf einer Steinbank mit tierköpfigen Seitenlehnen einen nicht mehr ganz jungen, korpulenten Offizier, mit einem dunkel-unrasierten Gesicht, vielleicht auch nicht einmal gekämmt, verdrossen, mit einer selbstgedrehten Zigarette im Mund. Vom Gürtel abwärts (er hatte eine Kosakenhose an) sah er wie ein Offizier aus, aber oben – nur ein einfaches Unterhemd, so daß der Dienstrang nicht zu erkennen war, das Gesicht und die ganze Figur ließen auf einen Stabsoffizier schließen. Er hatte sich ja auch nicht gerührt, als er einen Obersten auf sich zukommen sah.

Ohne vorschriftsmäßig zu grüßen, tippte Worotynzew mit zwei Fingern an den Mützenschirm und fragte:

»Können Sie mir sagen, ob hier Oberst Krymow eingezogen ist?«

»A-hm«, brummte der unrasierte Offizier und nickte, noch mißmutiger, ohne sich sonst zu bewegen.

»Sind Sie das?«

»Ich.«

Und wieder nicht vorschriftsmäßig und ohne seinen Rang zu nennen – das lag an dem schläfrigen Krymow – streckte der Fremde seine offene Rechte ruckartig vor:

»Worotynzew. Ich will zu Ihnen.«

Krymow erhob sich ein wenig, nur soviel, wie es die Höflichkeit unbedingt gebot, vielleicht sogar etwas weniger, seiner Korpulenz wegen, drückte mit seiner runden harten Hand die Hand Worotynzews, zog seine Hand zurück und deutete neben sich auf die Bank. Und rauchte vor sich hin, ohne jede Neugierde, obwohl man in Soldau nicht an jeder Straßenecke einem Generalstabsoffizier begegnete.

Die kurze Zeit, während Worotynzew sich auf der Bank niederließ und sich den Schweiß von der Stirn wischte, hatte ihm genügt, um zu erfassen, wie man mit Krymow sprechen mußte: möglichst wenig Worte, möglichst wenig Zeremoniell, und auch um zu erfassen, daß er Krymow noch nicht gefiel, aber sich bald mit ihm verstehen würde.

»Ich komme von Aleksandr Wasiljitsch. Er hat mir über Sie ...«

»Ich weiß.«

Worotynzew war erstaunt:

»Aber woher?«

Krymow deutete leicht mit dem Kopf zur Seite, in die Richtung der Fontäne:

»Ich kenne den Hengst. Ich bin mit ihm letzte Woche ... Wie haben Sie ihn hergebracht?«

Jetzt mußte Worotynzew lachen:

»Ich doch nicht ihn! Er – mich!«

Krymow wurde wieder verdrossen und mißtrauisch:

»Im Sattel? Von Ostrolenka?«

Worotynzew knurrte, das sei nichts Besonderes. (Aber das Kreuz tat weh, und der Rücken war steif.)

Krymow wurde wieder freundlicher, aber die Augen blieben zusammengekniffen.

»Nicht schlecht. Und warum nicht mit dem Zug?«

»Mit dem Zug – ist denn das Krieg?« antwortete Worotynzew gutgelaunt, merkte aber sofort an dem leichten Nicken des schweren Schädels, daß es um das Pferd ging und nicht um den Reiter. »Er ist gut beisammen. Eben gefüttert.«

»Das ist richtig«, jetzt nickte Krymow schon deutlicher. »Mit dem Zug – das ist kein Krieg. Aber bequem.« Er zog aus der Tasche ein zusammengeklebtes Zigarettenetui: »Blattabak, vom Ussuri. Guter Tabak.«

»Ich habe es aufgegeben.«

»Schade«, nur Krymows Brauen drückten seine Mißbilligung aus. »Auch ohne Tabak ist es kein Krieg. Aber doch nicht etwa gestern?«

»Ungefähr vor zwei Jahren.«

»Von Ostrolenka«, berichtigte Krymow.

»Ach so. Vorgestern abend.«

Krymow blinzelte; das ließ er gelten.

»Was macht Aleksandr Wasiljitsch? Erhält er meine Berichte?«

»Er hat nichts davon gesagt.«

»Drei Stück habe ich schon abgeschickt. Und den vierten bald. Und Sie?«

»Ich . . .«, immer noch konnte Worotynzew sich auf die Abbreviaturen dieses Grobians mit der verschlafenen trägen Physiognomie nicht einstellen. »Ich . . .« jetzt verstand er. »Aus dem Großen Hauptquartier.«

Das war die schlechteste Empfehlung: also kontrollieren, schnüffeln, also ein Fremder, ein ungebetener Gast, ein eitler Pfau.

Krymow wurde wieder finster:

»Gut, waschen und frühstücken. Ich bin auch gerade erst aufgestanden, bin in der Nacht zurückgekommen. Ich bin aufgewacht und – denke nach ...«

»Woher?«

»Ach so, aus der Kavalleriedivision, von Stempel.«

»Sagen Sie, sind diese beiden Kavalleriedivisionen überhaupt hier, oder gibt es sie gar nicht?« Worotynzew ging gern darauf ein. »Was sollen sie hier? Was machen sie hier?«

»Was sie machen? Sie fressen Heu. Ljubomírow lieferte gestern ein heißes Gefecht. Wollte eine Stadt nehmen. Hat nicht geklappt.«

Sie gingen ins Haus. In den besten Petersburger Häusern könnte man solche mattglänzenden Möbel finden, Bronze, Marmor wie hier, in dem bescheidenen Soldau. Allerdings hatte man hier gehaust: Spitzen, Schleifen, Korallennadeln, Kämme lagen über den Fußboden verstreut, und keiner räumte auf.

Krymow bewohnte das ganze Haus allein mit einem Kosaken, der jetzt auf den röhrenden Ruf »Jewstáfij!« aus der Küche gelaufen kam.

Aber sie waren schon bis zur Küche gekommen. Jewstafij war nicht mehr jung, großgewachsen, doch sehr beweglich und außerordentlich an den vielen Näpfen und Vorratsdosen aus Porzellan, Blech und Holz interessiert, die alle eine unverständliche Aufschrift trugen. Er war flink genug, um gleichzeitig das Frühstück zu richten und an allen Näpfen zu riechen, herumzuprobieren, wobei er unentwegt den Kopf schüttelte.

Krymow befahl, das Frühstück für zwei zu richten, und zeigte Worotynzew das Badezimmer mit Marmor und Spiegel. Die Wasserleitung funktionierte! Es hing allerlei herum, Dinge, die einer Frau, einem Mann gehörten, alles so friedlich, vor zwei Tagen zurückgelassen.

»Eigentlich könnte ich mich rasieren!« beschloß Worotynzew. Es hätte nahegelegen, die Badezimmertür hinter sich zuzuziehen, aber er tat es nicht, sondern nahm das Koppel mit dem Revolver ab, zog schnell den Uniformrock aus und stand wie sein Gastgeber im Unterhemd da.

Darauf trat Krymow – statt wegzugehen – ins Badezimmer, setzte sich auf den Wannenrand und steckte sich eine neue selbstgedrehte Zigarette an (das Drehen der Zigarette war seine einzige rasche Bewegung).

Jewstafij brachte kochendes Wasser. Worotynzew hantierte mit dem Rasierapparat und erklärte Krymow, der mit keinem Wort danach gefragt hatte, wie es zu seiner Dienstfahrt gekommen war und was ihn hierher zum 1. Korps geführt hatte. Jetzt sehe er allerdings, daß er hier überflüssig sei.

Er war noch nicht ganz so fest davon überzeugt, wie er gesagt hatte, kam aber mit Bedauern immer mehr dazu. Noch auf der Bank mit den Tierköpfen hatte er anders gedacht – dies tauchte hier, beim Rasieren, auf. Als er im Armeestab erfahren hatte, daß an der linken Flanke bereits Krymow sich aufhielt, hatte er geschwankt und hätte gut daran getan, nicht hierher, sondern zur rechten Flanke, zu Blagowjestschenskij, zu reiten. Aber in Worotynzew nistete diese unglückliche Eigenheit – der Hang zu allzu raschen und hitzigen Entschlüssen, die er später nicht mehr zur rechten Zeit aufgeben konnte. Noch bevor er nach Ostrolenka kam, hatte er sich vorgenommen, unbedingt zum 1. Korps zu gehen, wo er den Schlüssel zur gesamten Operation vermutete.

Und jetzt konnten ihm weder Pferd noch Zug helfen – höchstens Flügel an den Schultern, um in einer Stunde zu Blagowjestschenskij hinüberzufliegen.

An Krymow glaubte er immer mehr Positives wahrzunehmen, als positiv empfand er sogar, daß dieser es nicht eilig hatte, sich anzukleiden, sich mit den Achselstücken zu tarnen, sondern immer noch im Unterhemd auf dem Wannenrand hockte und paffte. Was hier beim 1. Korps getan werden konnte, würde dieses Rauhbein auch ohne Worotynzew hinkriegen.

Krymow hörte und hörte seinem Gast zu und wurde immer zugänglicher:

»Überflüssig, natürlich«, sagte er. »Auch ich bin hier überflüssig. Dieser fromme Betbruder läßt sich selbst vom Oberbefehlshaber nichts sagen. Er weiß, daß der Höchstkommandierende persönlich die Hand über sein Korps hält und hofft: man hat uns das Gardekorps entzogen, man wird auch ihn uns entziehen. Er ist über Wilna hierher gefahren und hat dort in der Kathedrale verkündet: ›Fürchtet euch nicht! Jetzt komme ich!‹ Die ganze Zeit wird er herumstehen wie eine Puppe im Schaufenster, und auf einmal ist der Krieg aus, und die Preise werden verteilt.«

Krymow ließ sich zusammensacken, seine Beine hingen in der Luft, die Badewanne unter ihm war wie ein Boot ohne Ruder, ohne Stange.

Aber gerade seine Trägheit und das Entmutigende seiner Worte gaben Worotynzew seine Sicherheit zurück.

»Sehen Sie, wir werden Artamonow jetzt überfahren. Ich habe einen schriftlichen Befehl von Samsonow für ihn. Wenn er bockt, rufen wir im Großen Hauptquartier an. Das heißt, nicht auf dem direkten Dienstweg, sondern einen vernünftigen Mann, den es dort gibt und der Weiteres veranlassen kann. Es geht darum, sowohl Januschkewitsch als auch Daníłow aus dem Spiel zu lassen und den Großfürsten in einem günstigen Moment anzusprechen ... Im Hauptquartier gibt es ebenfalls weder Einigkeit noch Klarheit. Bereits am achten hatten sie das 1. Korps Samsonow unterstellt – aber einen Befehl gibt es noch nicht. Irgend jemand hat das wieder hintertrieben. Das ist doch ein Ding der Unmöglichkeit: auf dem entscheidenden Punkt, in der vordersten Linie steht ein Korps, das keinem unterstellt ist! Übrigens wird Artamonow aktiv, wie ich sehe – er hat wohl Soldau besetzt und ist weiter vorgerückt?«

»Was heißt vorgerückt? Ich werde mich auch rasieren, ist

ja egal ... Was heißt vorgerückt. Er ist ein unverschämter LÜGNER!« Plötzlich wurde Krymow wütend und lief dunkelrot an. Er stand bereits vor dem Spiegel und drehte sich zu Worotynzew um, der sich auf ein Stühlchen gesetzt hatte. »Er hatte an den Armeestab geschrieben, in Soldau stände eine deutsche Division. Das wollte er ohne Aufklärungsdienst, ohne Überläufer wissen, das wollte er aus einem aufgeschnappten deutschen Telegramm erfahren haben!« Krymow fuchtelte mit dem Rasierapparat in der Luft herum. »Alles zusammengelogen, um nur nicht die Stadt angreifen zu müssen. Und in der Folge stellte sich heraus, daß in der Stadt zwei Landwehrregimenter standen, die von selbst abzogen. Und nun blieb ihm nichts anderes übrig, ob er wollte oder nicht, als die Stadt zu besetzen. Und jetzt log er wieder!« Er ereiferte sich von neuem, diesmal mit üppig eingeseiftem Gesicht. »Jetzt meldete er, daß die Deutschen deshalb Neidenburg geräumt hätten, weil *er*, Artamonow, Soldau genommen habe.«

»Und Usdau?«

»Usdau hat eine Kavalleriedivision genommen, nicht er. Und er, der Ärmste, mußte wieder vorrücken.«

»So ist das ... Ich habe Artamonow noch nie gesehen.«

»Wer hat ihn schon gesehen? Auch Aleksandr Wasiljitsch hat ihn nicht gesehen. Den General und die Goldenen Waffen* bekam er für die nacktbäuchigen Chinesen. Kondratowitsch ja auch ...«

»Sind Sie Kondratowitsch jetzt begegnet?«

»Ach was! Er sucht sich ein Korps in der Etappe zusammen und ist froh drum. Ein weltbekannter Feigling.«

»Und wen haben Sie in diesen Tagen gesehen?«

»Martos habe ich gesehen.«

»Ein guter General.«

»Was soll an dem gut sein! Er zappelt selbst wie ein Hampelmann und hat seine Leute verrückt gemacht. In seinem Stab ist alles völlig verschüchtert, der Stab ist erledigt.«

»Und was halten Sie von Blagowjestschenskij?«

»Ein Sack mit Unrat. Und noch dünnflüssig, sickert überall durch. Und Klujew ist ein Schlappschwanz, aber kein Offizier.«

»Und wie ist hier, beim 1., der Stabschef?«

»Kompletter Idiot, lohnt nicht, auch nur ein Wort mit ihm zu reden.«

Worotynzew konnte sich das Lachen nicht länger verkneifen.

Sie gingen frühstücken. Jewstafij hatte auch eine kleine Karaffe mit Wodka auf den Tisch gestellt. Krymow schenkte mit Selbstverständlichkeit beide Gläser voll, ohne erst zu fragen.

Aber Worotynzew dankte, auf die Gefahr hin, das offene Gespräch zum Stocken zu bringen: er konnte nicht trinken, ehe die Arbeit getan war, das war ein unrussischer Zug an ihm. Er trank nur, wenn alles gut geklappt hatte, geregelt und gelungen war.

Krymow schloß die Hand um das Glas:

»Der Offizier muß tapfer sein: vor dem Feind. Vor den Vorgesetzten. Und vor dem Wodka. Ohne diese drei ist er kein Offizier.«

Er trank allein. Zog die Brauen zusammen. Erzählte aber trotzdem über Artamonow zu Ende. Es stimmte, dem 1. Korps fehlten zwei Regimenter, aber überall fehlte etwas, keine Einheit war komplett. Artamonow jedoch kam zu dem Schluß, daß er so überhaupt nicht kämpfen könne.

Die Phrase: »auf einen Angriff werde ich mit einem Angriff antworten« ging ihm glatt über die Lippen. Und die Hauptsache – er war ein Lügner! Wie kam man gegen einen Lügner an? In die Fresse schlagen? Zum Duell fordern? Deshalb war Krymow bei Martos und hatte mit ihm ausgemacht, daß eine Kolonne abgezweigt und von Osten gegen Soldau eingesetzt würde. Aber die Deutschen hatten unterdessen Soldau von selbst geräumt.

Worotynzew kam wieder auf die Kavallerie zu sprechen: daß sie falsch eingesetzt werde, nur zur Sicherung und Aufklärung. Wenn es wenigstens einen aufgefächerten Erkundungsdienst vor der Front gäbe, aber den gäbe es eben auch nicht. Man sollte die ganze Kavallerie auf einem Flügel konzentrieren und dann die Schlinge zuziehen. Schließlich kämen alle Generale von der Kavallerie: Shilinskij – General der Kavallerie, Oranowskij – General der Kavallerie, Rennenkampf – General der Kavallerie, Samsonow – General der Kavallerie ...

»Samsonow in Ruhe lassen!« befahl Krymow. »Mund halten, wenn man von Kavallerie nichts versteht!«

Er leerte allein das zweite Glas in einem Zug und setzte Worotynzew verärgert auseinander, daß die Kavallerie in Ordnung sei, schwer zu kämpfen und große Verluste habe. Sie müsse eben gegen Steinmauern und Fahrräder anreiten! Aber die Koordination klappt nicht. Die Reiterei wird von einem Abschnitt zum anderen geschickt, dreimal über denselben Fluß hin und her, die Richtungen werden gewechselt: keine angemessenen Aufgaben, einmal heißt es irgendwo in der Etappe Bahnknotenpunkte zerstören, dann ist das plötzlich nicht mehr nötig ...

Nein, der russische Brauch war nicht länger zu umgehen – vom dritten Glas an muß man zusammen trinken. Das, was beiden gemeinsam war, hatte jeder bereits im anderen erfaßt: in dieser Kampagne suchen sie keinen persönlichen Vorteil.

Von der Kavallerie zur Artillerie, auch das war nicht zu umgehen.

»*Wir* sind es, die seit dem Japanischen Krieg wissen, daß der künftige Krieg ganz und gar durch das FEUER entschieden wird, daß man schwere Artillerie braucht, daß man viele Haubitzen braucht – aber die Deutschen bereiten sich darauf vor, nicht wir. Bei uns kommen auf ein Korps 108 Geschütze, bei ihnen – 160, und was für welche! Denn wenn es bei uns um die Armee geht, dann sind ›unsere Mittel aufs äußerste beschränkt‹, für die Armee gibt es kein Geld, aber für den Hof in Hülle und Fülle. Sie wollen Sieg und Ruhm, ohne dafür zu zahlen.«

»Die Duma verpfuscht manches«, grollte Krymow und schenkte nach. »Die Duma . . .«

»Ganz im Gegenteil!« Worotynzew verteidigte die Duma eifrig. »Die Kommission der Duma hat gegen das Kriegsministerium den Vorwurf erhoben, es VERLANGE KEIN GELD, verlange zu wenig Geld! Die Duma besteht bereits seit einigen Jahren darauf, daß die Artillerie ausgebaut werden müsse, weil wir für einen Krieg nicht gerüstet seien – und das Ministerium hat geschlagene acht Jahre allein für das Programm gebraucht! In diesem Jahr wurde es endlich angenommen, und da fangen die Deutschen den Krieg an. Aber es ist allgemein bekannt, daß der *Geist* der Truppe über alles entscheidet – so dachten Suworow, und Dragomírow*, und Tolstoj. Warum dann die hohen Ausgaben für Waffen? Und was für Monstren stehen in unseren Festungen? Beinah noch das Einhorn. Es gibt welche, die schießen noch mit Schwarzpulver!«

Dies alles vor Krymow auszubreiten, war sinnlos und führte zu nichts. Aber es gab eben Probleme, bei denen Worotynzew kein Ende finden konnte. Und dazu noch dieser Wodka, mit dem man gleich in Fahrt kommt. Statt sofort zu Artamonow zu gehen . . .

Krymow sah finster vor sich hin – aber verständnisvoll. Worotynzews Feuer teilte sich ihm nicht im mindesten mit: das alles wußte er auswendig, nickte beipflichtend, als ginge es um ein Naturgesetz.

Sie freundeten sich immer mehr an, Aleksándr Michálytsch und Georgij Michalytsch, und gingen bald zum »Du« über. (Worotynzew hätte sich mit dem »Du« nicht so beeilt, aber auch dem konnte er sich nicht entziehen – ebenfalls russischer Brauch.) Sie gingen nicht zu Artamonow, sondern saßen ungebührlich lange beim Frühstück.

Das Gespräch kam auf die Plünderungen der Soldaten

in Deutschland. Krymow pflanzte seine knotige Faust zwischen die Teller: Feldgericht und exemplarische Erschießung! Er habe Samsonow bereits daraufhin angesprochen.

Er war also ein echter Soldat und ein konsequenter Armeeoffizier. Worotynzew drückte beide Hände flach auf den Tisch und spreizte die Finger, soweit wie möglich:

»Nein. Ich kann unseren Soldaten nicht erschießen, du kannst darüber denken, was du willst. Dafür, daß er arm ist und wir ihn in ein so reiches Land geführt haben? Dafür, daß wir ihm nie etwas Besseres gezeigt haben? Dafür, daß er hungrig ist und von uns eine Woche lang keine Verpflegung bekommt?«

Krymows Faust öffnete sich nicht, sie wurde sogar noch härter und schlug auf den Tisch:

»Aber das ist doch eine Schande für Rußland! Unweigerliche Zersetzung der Armee! Dann brauchen wir erst gar nicht herzukommen!«

»Nun, vielleicht . . .«

Das eben war es. Krymow nahm die Faust vom Tisch: ». . . vielleicht sollten wir gar nicht herkommen!«

Da erkannte Krymow die Not und die Grenzen Worotynzews: er ist vom Intelligenzlertum behext und – obwohl ein kluger Kopf – für die Armee verloren.

»Regelung auf Armeeebene!« erklärte er: »Ordnungsgemäße Requisition! Aktionsfähige Intendantur, die flink bei der Hand ist.«

» . . . FLINK BEI DER HAND – in welchem Sinne?*«

». . . Sie ist mit den ersten Truppen an Ort und Stelle. Sie erfaßt den gesamten Viehbestand und verteilt ihn an die Regimenter. Sie erfaßt die vorgefundenen Dreschmaschinen, die vorgefundenen Mühlen, drischt, mahlt, bäckt – und verteilt weiter an die Regimenter.«

»Aber das ist doch ein Wunschtraum, Aleksandr Michalytsch! Die Deutschen bringen so etwas fertig, aber wir nicht, sonst wären wir nicht wir selber!«

Er sagte »wir nicht«, aber mit heimlichem Stolz wußte

er, daß auch uns ähnliches zuzutrauen sei, wußte von seiner eigenen deutschen Tüchtigkeit und deutschen Beharrlichkeit, die ihm immer ein Übergewicht gegenüber solchen Leuten wie Krymow verschafften, die schnell aufbrausen, aber genauso schnell wieder in sich zusammenfallen.

Jetzt mußte man das Frühstück beenden, das zwecklose Gespräch beenden – zu Artamonow gehen, ihn nach vorne treiben und seine volle Eingliederung in die Zweite Armee durchsetzen. Worotynzew zerbrach sich den Kopf, wie er im Hauptquartier den richtigen Obersten ans Telephon bekommen könnte. Krymow fiel es schwer, sich zu erheben, als wäre für ihn mit diesem Morgengespräch alles Wichtige bereits getan und als legte er sich jetzt am liebsten aufs Ohr. Aber natürlich wird er mitgehen, und in einem Wutanfall könnte er Artamonow sogar in die Fresse schlagen, das brächte er ohne weiteres fertig.

»Wolltest du nicht nachsehen, wo die Division von Mingin bleibt? Ob sie wohl zu Martos gestoßen ist?« fragte Worotynzew möglichst unbefangen.

Krymow brummte etwas wie »Ja«, aber sehr unentschieden. Es sah so aus, als wäre für diese Tage sein Bedarf an Herumfahrerei gedeckt, es sah so aus, als wäre er am liebsten zu Hause geblieben.

Und plötzlich hörten sie beide ganz deutlich Kanonendonner.

»Aha.«

»Aha.«

Sie traten vor das Haus.

Es kam von Norden. Etwa aus fünfzehn Werst Entfernung. Die schon heiße Luft dämpfte den Donner der Geschütze.

Artamonow hätte um keinen Preis angefangen.

Dann waren es also die Deutschen?

17

Wie Postowskij und Filimonow beteuert hatten, war an eine Vorverlegung des Armeestabs am 12. August gar nicht zu denken. Man brauchte einen ganzen Tag für einleitende und vorbereitende Maßnahmen und vor allem für die Auseinandersetzung mit dem Frontstab über die neue telegraphische Verbindung, deren Festlegung und Überprüfung: sie ging über Bjelostok-Warschawa-Mlawa und weiter über die vorhandene deutsche Leitung bis Neidenburg. Ohne sich zu vergewissern, ob man den Stab der Zweiten Armee am Ende eines soliden Drahtes behalten wird, immer bereit, Weisungen zu empfangen, immer bereit, Meldungen zu erstatten, konnte der Stab der Nordwestfront ihn nicht weiter nach vorn ziehen lassen. Darum wurde der Umzug auf den Morgen des 13. August festgelegt.

Auch am 12. ließ die Spannung bei Samsonow nicht nach. Gestern waren die Korps ihm sechs Tagemärsche voraus, heute würden es sieben werden. Wieder wurde Shilinskij unter ausführlicher Darlegung der Gründe um einen Rasttag ersucht, wieder ohne Erfolg: der Feind wird uns entkommen, wir werden ihn nicht mehr einholen können, Rennenkampf treibt ihn vor sich her! Von den auf dem linken Flügel stehenden Kavalleriedivisionen war die Meldung eingelaufen, die Aufklärungsabteilung sei auf eine massive Truppenansammlung des Feindes gestoßen. Das bestätigte die Auffassung Samsonows, daß der Feind *links* sich zusammenziehen würde, doch diese Bestätigung bedeutete nicht Freude, sondern qualvolle Unschlüssigkeit: was sollte man jetzt tun? Der gesunde Menschenverstand sagte: alle Korps links ausschwenken lassen, statt sie vorwärts zu treiben; aber Samsonow litt noch unter dem gestrigen Brandmal FEIGLING, er war erschöpft durch den ewigen Streit mit Shilinskij, der Krieg nach oben war aufreibender als der nach vorne, Samsonow legte großen Wert auf den Kompromiß, der gestern in dem Streit über die Richtungen offenbar erreicht worden war; und außerdem war er besänftigt durch das erste Glückwunschtelegramm von Shilinskij zu dem Sieg bei Orlau; der Frontstab mußte ja über ein bestimmtes sicheres Wissen verfügen, wenn er mit solcher Hartnäckigkeit auf seinem Standpunkt beharrte, während die Kavallerieaufklärung den Gegner durchaus überschätzt haben konnte. Am Vortag war eine Division des XIII. Korps nach links ausgeschwenkt, Richtung Orlau, zu Martos, dort hätte sie vielleicht auch bleiben sollen, aber inzwischen war sie wieder zu ihrem Korps gestoßen und marschierte nach Norden, und es war psychologisch undenkbar, sie jetzt nochmals nach links zu verschieben. Und überhaupt ist ein solches Wendemanöver äußerst schwierig, würde den Vormarsch zum Stocken bringen und vielleicht sogar die Etappen sich überkreuzen lassen.

Unterdessen war zu Samsonows größtem Verdruß der englische General Alfred Knox* in Ostrolenka eingetroffen. Was er hier sollte – wußte kein Mensch, wahrscheinlich die wohlwollenden Gefühle der Engländer repräsentieren, die vielleicht in einem halben Jahr auf dem Kontinent landen werden. Samsonow hatte ohnehin für das europäische unnatürliche offizielle Lächeln nichts übrig, um so lästiger und hinderlicher war ihm jetzt dieser Gast.

Samsonow brachte es kaum noch fertig, die Ereignisse, Gedanken, Erwägungen der eigenen unmittelbaren Umgebung in seinem verstörten dröhnenden Kopf unterzubringen – jetzt galt es noch dazu, einen diplomatischen Empfang zu veranstalten.

Am Abend des 12. schützte Samsonow die späte Stunde vor, um der Begegnung mit Knox auszuweichen, doch ließ es sich nicht vermeiden, ihn am 13. zum Frühstück einzuladen. Aber noch vor dem Frühstück traf die alarmierende Meldung Artamonows ein, daß sich starke Kräfte vor ihm zusammenzögen. Und sofort, noch auf nüchternen Magen, versammelte Samsonow einige Offiziere seines Stabs vor der Karte und hätte beinahe den Entschluß gefaßt – die Korps links ausschwenken zu lassen! Doch die Offiziere redeten ihm das aus: sie erinnerten ihn daran, daß vom Eisenbahnendpunkt Einheiten auf Soldau marschierten, die zum XXIII. Korps stoßen sollten, aber vorläufig Artamonow unterstellt werden konnten, das sei der Ausweg. Und die Korps der Mitte müßten weiter vorrücken.

Das schien tatsächlich ein Ausweg zu sein, und zwar ein recht einfacher. Vorläufig sollte es dabei bleiben. Sie setzten den Befehl auf. Und gingen zum Frühstück. Samsonow legte seinen goldenen Säbel an. Man hätte möglichst früh aufbrechen sollen – aber da war nun das feierliche Frühstück mit Wein, Händeschütteln, Begrüßungsansprachen, Dolmetschen, und alles zog sich in die Länge, mit allem war man zu spät dran.

Knox – rassig, ein Ergebnis des Destillierens und Filterns seit vielleicht zehn Generationen, war noch nicht alt, gab sich noch jünger, trank sehr gern und gab sich überhaupt ungezwungen und freundschaftlich. Bei denen liegt das schon an der Uniform, die an Knox besonders leger wirkte – umlegbarer Kragen, unbeengter Hals, keine Last mit den wesentlich kleineren Achselstücken –, eine Tasche seines French war mit Papieren prall gefüllt, das kleine Ordenskreuz – eine hohe Auszeichnung – fiel überhaupt nicht auf.

Samsonow hatte gehofft, nach diesem Frühstück seinen Gast loszuwerden, der umgehend zu Shilinskij, zum Großfürsten, nach St. Petersburg zurückkehren, ihn aber in Ruhe lassen würde. Aber nein! Knox ging mit ihnen allen zum Automobil, trug selbst am Riemen seinen eingerollten Mantel, das übrige Gepäck – erklärte der Dolmetscher – würde der Bursche mit dem Stabsgepäck nachbringen.

Der Oberbefehlshaber wechselte mit seinen Leuten einen Blick und wies dann Filimonow an, sich nicht in das Automobil zu setzen, statt seiner stiegen der Brite und dessen Dolmetscher ein, und Postowskij schickte ein Telegramm rund um das Königreich Polen nach Neidenburg, an Stabshauptmann Ducimetière, und bestellte ein Galaessen mit entsprechendem Arrangement.

Dann fuhren sie ab, der übrige Stab sollte in Fourgons, Bankwagen und zu Pferd nachkommen. Der offene Wagen des Oberbefehlshabers mit dem gestreckten Kühler und dem ragenden Lenkrad wurde von acht Kosaken eskortiert, die nicht gerade zur Auslese gehörten: die Besten ließ man bei den Divisionen. Der Chauffeur fuhr nicht mit Höchstgeschwindigkeit, sondern so, daß die im Trab reitenden Kosaken mitkommen konnten.

Jetzt hätte Samsonow eines nötig gehabt – Schweigen. Schweigend diese Werst betrachten, die seine Korps zurückgelegt hatten und die er selbst nicht gesehen hatte: fünfzig Werst bis Chorshele und fünfzehn bis Janowo und noch weitere zehn bis zur deutschen Grenze, und dann endlich der Grenzübergang – und ein Dutzend Werst auf fremdem Boden, den seine Korps ohne einen vergossenen Blutstropfen, ohne einen Schuß erobert haben.

Der Tag begann genauso heiß und schwül wie alle Tage vorher, aber beim Fahren wehte ein frischer Luftzug – es dachte sich gut, und vielleicht könnte jetzt, beim Fahren, Vorbeifliegen, dem Kopf des Oberbefehlshabers die lang ersehnte Klarheit zuteil werden. Er konnte selbst nicht begreifen, worin die Unklarheit bestand, die Befehle waren ausgegeben und wurden ausgeführt – dennoch blieb eine Unklarheit, ein nicht zu vertreibender Nebelschleier, etwas wie nicht kongruente Punkte, ein Flimmern vor den Augen. Samsonow empfand dies unablässig, und es quälte ihn.

Auf seinen Knien hielt der Oberbefehlshaber ein Kartenbrett von einem Arschin im Quadrat, mit einer straff gespannten und dennoch im Wind vibrierenden Karte des gesamten Kriegsschauplatzes im Maßstab 1 : 420 000, und wollte während der Fahrt abwechselnd auf die Karte und über den Rand des Automobils blicken.

Aber nun saß hinter ihm auf dem Rücksitz dieser wißbegierige Brite, und der wollte auch alles verstehen und interessierte sich über Samsonows Schulter hinweg für die Karte, hatte schon seinen Finger darauf liegen und erwartete Erklärungen zu jedem Punkt.

Nun kam zum Brummen des Motors auch noch diese Hummel, und Samsonow gab die Hoffnung auf, unterwegs zur Ruhe zu kommen, zur Klarheit, mit sich allein zu sein.

Ganz besonders interessierte sich Knox für das am rechten Flügel stehende VI. Korps, weil es am tiefsten in das deutsche Gebiet eingedrungen war und bis zur Ostsee nicht viel weiter hatte als die bereits zurückgelegte Strecke.

Ja, das VI. Korps sollte gestern Bischofsburg nehmen, und heute steht es, wahrscheinlich, weiter nördlich.

Das war auf der Karte eingezeichnet, das mußte er mit dem Briten zusammen jetzt annehmen, denn es war unmöglich, vor einem europäischen Bundesgenossen einzugestehen, daß die Russen in ihre Karten zeichnen, ohne in der Wirklichkeit Bescheid zu wissen; daß nicht jeder Funkspruch ankommt und es keine andere Verbindung gibt, außer durch Kuriere, und die ging ohne ausreichende Sicherung, ungeschützt, durch fremdes Land. Das Korps Blagowjestschenskijs war so weit nach rechts abgeschwenkt, daß es keinen Flügel mehr darstellte, nichts mehr deckte, sondern ein einzeln stehendes, abgesondertes Korps geworden war, ein Opfer der Zänkereien.

Doch glücklicherweise hatte der Frontstab endlich nachgegeben und heute früh die Erlaubnis erteilt, mit dem VI. Korps nach links, zu den neutralen Korps einzuschwenken. Ja, es marschiert schon – hier, am Dadey-See vorbei, auf Allenstein zu.

Und wer ist da noch weiter – Rennenkampf? Ist er auf dem Vormarsch? Ja, nach unseren Informationen.

Und was ist das – ist das eine Kavalleriedivision? Ja, zur Flankendeckung.

Hierher, in dieses Faß ohne Boden hatte man auch die Kavalleriedivision Tolpýgos geworfen, die man in diesem Augenblick so gut gebrauchen könnte! Auch sie war für den Oberbefehlshaber verloren.

Was konnte er dem ungebetenen Gast sagen? Daß sämtliche Einheiten nicht über den vollen Feldetat verfügten und das XXIII. Korps überhaupt noch nicht komplettiert war? Daß Samsonow, dem Schein nach Oberbefehlshaber einer Armee, in Wirklichkeit nur über zwei und ein halbes Korps in der Mitte verfügte, zu denen er jetzt unterwegs war? Und nicht einmal deren Standort war ihm genau bekannt.

Eben nach diesen Korps der Mitte fragte jetzt der wißbegierige Knox: Wo sind sie jetzt?

Mit seinem dicken Finger zeigte Samsonow: das XIII. steht hier ... Hier etwa, hier ... Es rückt ungefähr hier vor, zwischen den Seen ...

Nach Norden also? ... Ja, es rückt nach Norden vor ... Auf Allenstein zu ... Und soll Allenstein nehmen. (Eigentlich schon gestern, aber es kam gestern nicht so weit.)

Und das XV.? ... Auch das XV. muß sich auf gleicher Höhe befinden, gleichfalls Richtung Norden. Gestern sollte die Stadt Hohenstein genommen werden. (Ob das wohl gelungen war?) Und heute – weit darüber hinaus. Und das XXIII.?

Wenn nur der Oberbefehlshaber selbst mit Bestimmtheit gewußt hätte, wann es endlich komplett sein und an der Front eingesetzt würde ... Mingins Division war völlig erschöpft, nachdem sie im Gewaltmarsch Martos eingeholt hatte, und geriet dann gleich in ein Gefecht.

Ja, das XXIII. ... Aber es kann auch nicht weit von hier sein ... Es wird wohl heute diese Chaussee von Hohenstein nach Nordwesten abschneiden.

Aber was hätte er Knox sagen können, wenn er nach

den Deutschen gefragt hätte? Wo stehen *deren* Korps? Und wieviele sind es? Und wohin marschieren sie? . . . Der leere, der menschenleere Raum mit Seen, Wäldern, kleinen Städten, Chausseen und Eisenbahnlinien – das waren die Deutschen, das war alles, was von ihnen zu sehen, zu bemerken war, eine preisgegebene verlockende Beute.

Das ist es, das ist es! Er gab an alle Korps exakte Tagesbefehle aus – wohin sie marschieren, was sie erreichen sollten, und das stimmte mit einem Willen überein, der höher war als sein eigener, aber das ist es: diese Befehle waren nicht durch den klaren Plan zusammengeschweißt, WAS EIGENTLICH ZU TUN SEI. Eindringen . . . Wege abschneiden . . . Nicht durchlassen . . . aber WAS IST DER PLAN DER OPERATION?

Kaum hatte Samsonow begonnen sich zurechtzufinden, da wurde er wieder von Knox unterbrochen: Und – das I. Korps? Und diese beiden Kavalleriedivisionen?

Zum Kuckuck! . . . Sie alle . . . sichern die Operation am linken Flügel . . . bilden eine widerstandsfähige STAFFELUNG.

Samsonow nahm das Kartenbrett von den Knien und stellte es auf den Boden neben die Tür, nur um der Unterhaltung mit dem Engländer – noch dazu bei diesem Motorenlärm – ein Ende zu machen. Alle diese Erklärungen und die zunehmende Hitze hatten ihn ermüdet, und er hatte nicht mehr den Wunsch, zu denken und die Gegend zu betrachten, sondern in den weichen Polstern ein Schläfchen zu tun.

Die Geschwindigkeit richtete sich nach den Kosakenpferden. Einmal unterwegs wurden die Pferde gewechselt. Wenn sie einen Troß, das Feldlazarett, die fahrbare Sattlerei überholten, hielten sie jedesmal an, und der Oberbefehlshaber nahm den Rapport entgegen. In Chorshele und Janowo sahen sie nach den Kommandanturen und nach den dort stationierten Einheiten, und von wem und zu welchem Zweck sie zurückgelassen wurden. Einmal stiegen sie aus, saßen eine Weile im Schatten an einem kleinen Fluß.

Die Sonne zeigte Mittag an, als sie mit den die Zügel anziehenden Kosaken wach und feierlich die polnische Böschung hinab, auf eine kleine alte Holzbrücke und dann die deutsche Böschung hinauffuhren, in ein neues Land hinein.

Dörfer aus Ziegeln zogen vorüber, in jedem Haus hätte man wie in einer Festung sich verschanzen können, aber man hatte sie ohne einen einzigen Schuß aufgegeben. Bald bogen sie auf die sehr gute Chaussee Willenberg–Neidenburg ein, die nirgends beschädigt war. Die Chaussee streifte die Ausläufer des weiten Grünfließer Forstes und trug sie weiter durch eine offene Gegend, herauf und hinunter, von Hügel zu Hügel, die zwar nicht hoch waren, aber eine weite Aussicht boten.

Für Knox bestand der besondere Reiz dieser Reise und dieses Tages darin, daß er der erste Engländer war, der in diesem Krieg feindliches Land betrat. Noch unterwegs entwarf er einige Briefe nach England, die er heute abend, unbedingt in einer deutschen Stadt, zu schreiben gedachte, einstweilen bemühte er sich, soviel wie möglich aufzunehmen, denn der gute Stil duldet keine Wiederholungen in Briefen.

Von schwerem Brandgeruch umweht, tauchte vor ihnen Neidenburg auf. Schon von weitem sah man auf einer grünen Turmspitze das weiße Zifferblatt mit Zeigern, die wie aus Spitze waren, dann kamen rosafarbene, graue, bläuliche Häuser, alle Aufschriften aus Stein auf Stein. Vor dem Beginn der Kampfhandlungen mußte es hier wohlgeordnet zugegangen sein, jetzt fielen – obgleich nirgends mehr Feuer brannte – zahlreiche Brandspuren auf: leere verkohlte Fensteröffnungen, hier und da eingestürzte Dächer, geschwärzte Mauern, Spritzer geborstener Scheiben auf dem Pflaster, stinkende graublaue Rauchschwaden, die an verschiedenen Stellen von noch Glimmendem aufstiegen, die Hitze, die von den immer noch glühenden Steinen, Dachziegeln und Eisenteilen in den ohnehin heißen Tag ausströmte.

An der Stadteinfahrt erwartete den Oberbefehlshaber ein Offizier, einer der vorausgeschickten Quartiermacher, und lief voraus, um den Weg zu zeigen. Gleich hinter einer Straßenecke, auf dem Rathausplatz, lag schon das ausgesuchte Haus – das selbst nicht gebrannt hatte und sogar von unversehrten Häusern umgeben war. Ein Oberstleutnant sprang die steilen Stufen des Hauseingangs herab, nahm vor dem Automobil Haltung an und meldete mit lauter Stimme, Haus, Telegraph, Essen und Nachtlager seien bereit, die Stadt brenne seit dem Tag der Einnahme, aber jetzt seien die Brände durch den Einsatz dazu abgestellter Einheiten unter Kontrolle.

Dann die Meldung des Kommandanten, den Martos hier vor drei Tagen eingesetzt hatte. Auch der gewichtige Bürgermeister stellte sich vor (die Einwohner waren geblieben, man bekam sie nur nicht zu Gesicht).

Als sie in die Stadt einfuhren, hatten sie nicht gleich bemerkt, daß hier ein dumpfes, durch die Hitze abgeschwächtes, aber dichtes und emsiges Stampfen zu hören war, wie von vielen großen Mörserstößeln, unaufhörlich. Als erster horchte Postowskij auf und schüttelte den Kopf: »Das ist in der Nähe.« Zu nahe am Standort des Armeestabes. Der Kommandant beteuerte, es sei weit.

Und es war wieder *links*. Und ein schweres Gefecht. Wer konnte das sein? Als der Engländer sich einen Augenblick abgewendet hatte, orientierten sich Samsonow und Postowskij auf der Karte. Es sah so aus, als wäre es links von Martos. Wahrscheinlich war es Mingin, das unglückliche Fragment des nicht komplettierten Korps. Aber der hätte schon weiter sein sollen.

Sie stiegen die Stufen hinauf, in die Kühle. Das von außen in seinen Maßen bescheiden wirkende Haus enthielt im zweiten Stock eine Art Saal mit Stuckwappen an den Wänden und einem dreiteiligen Rundbogenfenster – einen so geräumigen Saal, daß man nicht glauben mochte, er könne in dieses Gebäude passen. Hier stand der schon für sie gedeckte Tisch, mit altem Silber und Gläsern mit goldenen Wappen, und so blieb denn nichts anderes übrig, als sich zu bekreuzigen und zu Mittag zu essen. (Der Oberbefehlshaber bekreuzigte sich, ohne von den anderen dasselbe zu erwarten.)

Und unten, zwischen Kirche und Rathaus, zogen graublaue Rauchschwaden vorbei, während des ganzen Essens.

Und die fernen Mörserstößel stampften und stampften.

Die reiche Auswahl an Weinen verführte zu vielen Toasts, und, alle im voraus goutierend, erhob Knox sich als erster. Ihm war Samsonows gedrückte Stimmung während der ganzen Fahrt nicht entgangen, auch nicht jene ergebene Traurigkeit, die in seinen weitoffenen Augen lag, statt des einem Sieger ziemenden grimmigen Mutes – und deshalb hielt es der verbündete General für seine angenehme Pflicht, die russischen Generale zu ermuntern und sie über ihre Erfolge aufzuklären.

»Hier werden neue Seiten zum Ruhme der russischen Armee geschrieben!« sprach er. »Kommende Generationen werden den Namen Samsonow neben dem Namen ... Soovorov ... nennen. Ihre Korps sind in einer glänzenden Offensive begriffen und rufen die Bewunderung des ganzen zivilisierten Europa hervor. Sie erweisen dem gemeinsamen Anliegen der Triple-Entente einen hervorragenden Dienst ... In dem verhängnisvollen Augenblick, da das schutzlose Belgien von einem Leoparden zerfleischt wird ... da Paris – ich sage das als Soldat ganz offen – bedroht ist, wird Ihre mutige Offensive den Feind zum Zittern bringen!«

Damit war der Anfang gemacht, vor den folgenden Toasts gab es kein Entrinnen mehr, wie vor niederprasselnden Geschossen: Auf Seine Majestät den Kaiser von Rußland! Auf Seine Majestät den König von England! Auf die Triple-Entente!

Wäre nicht der fremde Gast gewesen, Samsonow hätte hier nicht so lange getafelt. Er wäre gern in diesem kleinen

Städtchen zu Fuß herumgegangen, hätte sich gern umgesehen. Er mußte seinen neuen Standort auf der Karte eintragen und alle Positionen neu überdenken: wie weit waren sie von ihm entfernt; über welche Straßen erreichbar; mit wem bestand Drahtverbindung, und über welche Strecke ging sie. Er mußte sich Klarheit über dieses harte Gefecht im Nordwesten verschaffen, mußte jemanden hinschicken, nachfragen. Das quälende, alarmierende Gefühl, etwas zu Ende denken, endgültig entscheiden zu müssen, ließ nicht nach, forderte einen nüchternen Kopf, und keiner von diesen Weinen schmeckte ihm jetzt, er trank mit Überwindung.

Aber es gab den Brauch der Gastfreundschaft und Höflichkeit unter Verbündeten. Und der Wein – auch ohne jeden Genuß heruntergespült – tut seine erwärmende, beschwingende und beruhigende Wirkung.

Und warum, schließlich und endlich, sollte man unbedingt dort Übles sehen, wo dieser gar nicht dumme General nur Gutes sehen konnte?

Und so erhob sich der Oberbefehlshaber in seiner ganzen Größe und Schwere zu einem kurzen Toast:

»... Auf den russischen Soldaten! Auf den heiligen russischen Soldaten, dem Dulden und Leiden Gewohnheit sind. Wie das Sprichwort sagt: Es ist nicht damit getan, den russischen Soldaten umzubringen, man muß ihn auch noch umstürzen!«

Postowskij, der nicht unterlassen hatte, ihr Eintreffen sofort dem Frontstab zu melden und, um sich zu vergewissern, daß die zubereiteten Speisen nicht vergiftet waren, die servierenden Hotelkellner von allem probieren zu lassen, wäre guten Mutes und mit Vergnügen bereit gewesen (wenn nur dieses nahe Artilleriefeuer nicht gewesen wäre), das Festessen gebührend zu würdigen, Postowskij musterte vor dem Einschenken mißtrauisch jede Flasche (die zu Hause aufgeklebten Schildchen waren von Hand beschriftet, Stabshauptmann Ducimetière übersetzte) und ging, gegen seine gewohnte bescheidene Einsilbigkeit, auf die Elogen des Gastes ein. Jawohl, die Deutschen waren augenscheinlich auf der Flucht! Jawohl, der Sieger war offenkundig! Und wenn die Erste Armee mit der gleichen Schnelligkeit vorrücken würde wie die Zweite ...

Alle beteiligten sich an der Unterhaltung, auch die beiden gerade eingetroffenen Obersten aus dem Stab, und plötzlich, ohne eine Karte, wurde der bestehende Widerspruch offenbar: alle waren sich darüber einig, daß die Zweite Armee die Deutschen einschließen und abschneiden sollte, doch sie alle hier, die diese Operation leiteten, hatten unterschiedliche Vorstellungen davon, mit *welchem* Flügel sie zu diesem Umfassungsmanöver ansetzen sollten: mit dem rechten oder linken? Es schien kein Zweifel darüber zu bestehen, daß man Ostpreußen nicht einschließen konnte, ohne es mit dem *linken* Flügel zu umgehen – aber war es nicht offenkundig, daß der linke bei ihnen nicht von der Stelle kam, während der rechte einschwenkte?

Aber General Knox, der die Mühe nicht scheute, sich noch einmal zu erheben (offensichtlich war er sehr sportlich), griff die Worte Postowskijs auf und führte sie in einem neuen Toast weiter: Der Untergang der preußischen Armee bedeutet das Ende Deutschlands! Denn seine Hauptstreitkräfte stehen im Westen und sind dort gebunden. Der Osten wird entblößt. Und wenn die russischen Armeen im forcierten Marsch Preußen durchquert und über die Weichsel gesetzt haben, liegt vor ihnen der direkte, kürzeste und ungehinderte Weg *nach Berlin!*

Zu diesem Toast waren die Gläser erst erhoben, noch nicht geleert, als der diensthabende Hauptmann in den Saal trat und auf eine Gelegenheit wartete, um Meldung zu machen. Samsonow gab ihm ein Zeichen mit dem Kopf und setzte sein gefülltes Glas nieder, ohne es an den Mund zu führen.

»Exzellenz! General Artamonow bittet Sie an den Apparat.«

Der Oberbefehlshaber schob seinen Stuhl geräuschvoll zurück und ging – ohne sich zu entschuldigen – mit schweren Schritten hinaus. Sein Herz hatte es ja geahnt ...

Der Stabschef, mit verändertem Gesichtsausdruck, glitt über das Parkett hinter ihm her.

Im Telegraphenraum herrschte Stille, bis auf das monotone Ticken der Fernschreiber. Samsonow hielt das gewichtslose schmale Band in seinen großen weichen weißen Händen.

General der Infanterie Artamonow grüßt den General der Kavallerie Samsonow.

Ebenfalls.

General Artamonow hält es für seine Pflicht, General Samsonow davon in Kenntnis zu setzen, daß heute in Anwesenheit des Obersten im Generalstab Worotynzew telegraphische Verhandlungen mit dem Hauptquartier aufgenommen wurden über die Art der Unterstellung des 1. Armeekorps dem Stab der Zweiten Armee. Diese Frage wird im Hauptquartier geklärt. Die endgültige Entscheidung des Höchstkommandierenden ist zur Zeit noch nicht bekannt.

(Schon wieder! Jetzt fangen sie schon wieder an, alles zu verdrehen!)

General Samsonow hofft trotzdem, daß General Artamonow die Bitte des Stabes der Zweiten Armee zur Kenntnis genommen hat, sich mit seinem Korps nördlich von Soldau ZU BEFINDEN, zur verläßlichen Deckung ...

Jawohl, General Artamonow hat das bereits getan, noch bevor die Bitte eingelaufen war. Die bezogenen Positionen, bereits jenseits von Usdau, werden gehalten.

Usdau ... (Ein Blick auf die Karte)

Ist man dabei auf feindlichen Widerstand gestoßen?

Nein, gestern nicht. Jedoch haben die sehr beträchtlichen Kräfte, von denen heute morgen gemeldet wurde ...

... Ihnen wurden die Nachschubeinheiten unterstellt ...

... Jawohl, jawohl ... haben heute diese sehr beträchtlichen Kräfte das Korps attackiert, was General Artamonow Anlaß gab, General Samsonow zu bemühen.

In welcher Größenordnung halten sich die Kräfte des Gegners, und wie war der Ausgang des Gefechts?

Sämtliche Angriffe zurückgeschlagen, alle Einheiten haben sich tapfer gehalten. Die Kräfte des Gegners übersteigen vermutlich Armeekorpsstärke, es dürften drei Divisionen sein. Das wird auch durch die Luftaufklärung bestätigt.

Viel von dem Band war schon über die Finger des Oberbefehlshabers zunächst in die Finger Postowskijs, dann auf den Boden geglitten, wo es sich kringelte und verwickelte.

Samsonow ließ den großen Kopf sinken, blickte zu Boden.

Während ganz Preußen leer ist, tauchen dort plötzlich so starke Kräfte auf – woher? Soll das etwa heißen, daß der Gegner sich tatsächlich aus Ostpreußen zurückgezogen hat, aus dem ihm zugedachten Sack geschlüpft ist – aber nicht hinter die Weichsel, nicht fliehend – sondern um jetzt von links eine Offensive zu eröffnen?

Oder sind das frische Kräfte, die gerade erst aus dem eigentlichen Deutschland nachgekommen sind?

Das kann also bedeuten, daß man unverzüglich, noch in diesem Augenblick, das ganze Korps links einschwenken lassen muß?

Er mußte sich sofort entscheiden.

Sofort.

Vielleicht – vielleicht übertreibt Artamonow, er neigt zur Panik. Es ist sogar wahrscheinlich, daß er übertreibt.

Er muß ZUM ANGRIFF ÜBERGEHEN! Aber gerade das sollte im Hauptquartier noch geklärt werden.

Aber er muß sich wenigstens halten! Er hat ja jetzt selbst ein und ein halbes Korps.

Der Apparat lief leer. Postowskij hielt den Streifen und achtete darauf, daß er sich nicht verwickelte.

Jedenfalls bittet General Samsonow den Kommandeur des 1. Korps ausdrücklich, die derzeitige Stellung unbedingt zu halten und keinen Fußbreit zurückzugehen, weil sonst die gesamte Operation gefährdet wäre.

General Artamonow versichert dem Oberbefehlshaber, daß sein Korps nicht weichen und keinen Schritt zurückgehen wird.

18

Gegen vier Uhr nachmittags näherte sich Generalmajor Netschwolódow mit seiner Abteilung auf einer schotterigen Chaussee vom Süden her der Stadt Bischofsburg. Netschwolodow ritt (in Begleitung einiger Reiter) im Schritt, etwa dreihundert Sashenj seiner Abteilung voraus.

Seine Abteilung war – man schämte sich, es zu sagen – man wußte gar nicht, was sie eigentlich war.

Eigentlich war Netschwolodow als Kommandeur einer Infanteriebrigade zum VI. Korps kommandiert worden. Diesen Posten hatte er bereits seit sechs Jahren inne. Diesen überzähligen Posten – über den beiden Regimentskommandeuren, zwischen ihnen und dem Divisionskommandeur – hatte man nach Netschwolodows Meinung einzig und allein dazu geschaffen, um einem Generalmajor den Truppendienst abzugewöhnen – und mit dieser Einsicht mußte er den Dienst versehen. Aber im VI. Korps erlebte Netschwolodow noch eine weitere Überraschung: bereits einen Tag vor Kriegsbeginn, noch in Bjelostok, ernannte man ihn – ohne ihn des Brigadekommandos zu entheben – zum Chef der Reserve des Armeekorps. Dieser Begriff – Chef der Reserve – existierte tatsächlich; im Feld und bei bestimmten Kampfaufgaben konnte zur Deckung der übrigen Einheiten in kritischen Situationen eine Reserve geschaffen werden, aber Netschwolodow hatte es noch nie erlebt, daß die Reserve als ständige Einrichtung gleich am Tag der Mobilmachung aufgestellt wurde. Entweder hatte Blagowjestschenskij nicht gewußt, wie er so viele Generale in seinem Korps unterbringen sollte, oder sich bereits vor Kriegsbeginn auf den Rückzug vorbereitet.

Genauso seltsam war die Zusammensetzung dieser Reserve: zu Netschwolodows beiden Regimentern – dem Schlüsselburger- und dem Ladoga-Regiment – kamen, bunt durcheinander, verschiedene Truppenteile hinzu: eine Mörserabteilung, ein Pontonbataillon, eine Sappeurkompanie, eine Telegraphenkompanie und sieben Hundertschaften Donkosaken (dazu gehörte auch jene Hundertschaft, die den Korpsstab bewachte und sich auf keinen Fall von ihm entfernen durfte): das alles gehörte zu Netschwolodows Reserve. Als ob diese Einheiten innerhalb des Korps nicht eine differenzierte Hilfe, sondern ein Bremsklotz wären, und Blagowjestschenskijs simple Infanteristen-Vorstellung von der Truppengliederung (vier Kompanien – ein Bataillon, vier Bataillone – ein Regiment, acht Regimenter – ein Korps) bloß verwirrt. Noch dazu traf das VI. jenes unglückliche Los, das nur wenigen Korps zuteil wurde: eine Abteilung schwerer Artillerie mit einem Kaliber, das in der russischen Armee nur selten zu finden war – Sechszollhaubitzen. Mit diesem ausgefallenen Geschenk wußte Blagowjestschenskij schon gar nichts anzufangen und schob sie ebenfalls in die RESERVE ab. (Der alte Hase hatte sich eines gemerkt: seltene Waffen bringen große Scherereien mit sich, wenn man sie verliert. Sogar Maschinengewehre setzte er wegen ihres hohen Wertes möglichst selten in der vordersten Linie ein, ließ sie lieber beim Stab oder bei der Sanitätseinheit.)

Aber man gab Netschwolodow nicht einmal Gelegenheit, diese Reserve auch nur vorübergehend zusammenzufassen (es wäre auch nicht möglich und überflüssig gewesen), entzog ihm sogar seine Stammeinheit, das Schlüsselburger Regiment, um es nach vorne zu werfen, was einer Auflösung seiner Brigade gleichkam, und hielt ihn selbst bei Befestigungsarbeiten in der Etappe zurück – gerade holte er die Hauptstreitkräfte ein mit seiner Abteilung, die aus seinem Ladoga-Regiment (ein Bataillon fehlte), Sappeuren, Telegraphisten und einem Pontonbataillon bestand, ohne Kavallerie und ohne Artillerie.

Im übrigen, das konnte Netschwolodow sich ausrechnen, waren die beiden Divisionen vor ihm genauso gerupft worden, jede hatte ein Viertel des Mannschaftsbestandes unterwegs eingebüßt: der einen fehlte ein ganzes Regiment, aus der anderen hatte man ein Dutzend Kompanien vertan.

Netschwolodow fehlte die obligat gravitätische Generalshaltung – die vorgewölbte Brust, das wohlgenährte Gesicht, das Bewußtsein der eigenen Würde. Mager, langbeinig (selbst bei dem großen Hengst hingen die Steigbügel tief), immer schweigsam und ernst, jetzt auch noch tief verdrossen, wirkte er eher wie ein über das Maß hochaufgeschossener Offizier, auf einer niederen Rangstufe stehengelassen.

In den letzten Tagen hatte ihn nur die idiotische Tätigkeit eines Etappenkommandanten und der Verlust der Schlüsselburger verdrossen. Heute war er noch verdrossener, weil sogar der sonst so vernünftige Korpsstab ihn überholt hatte, am Morgen bis Bischofsburg vorgedrungen war, und bald darauf dort vorne ein mächtiges Grollen sich erhob, das ein hartes Gefecht anzeigte. Und noch verdrossener war er seit zwei Stunden, seit leere Fuhrwerke mit erschrockenen Trainsoldaten ihm entgegenkamen, Karren mit Verwundeten, oder Scharen von Pferden mit verletzten Beinen und von den Wagenrädern zerquetschten Hufen. Weiter traf man auf noch mehr Verwundete, sie kamen auch schon zu Fuß, aus dem Olonjez-Regiment, aus dem Bjelosersk-Regiment, und einige aus den abgezweigten Kompanien des Ladoga-Regiments, darunter ein altgedienter Unteroffizier, den Netschwolodow gut kannte. Auch einige Offiziere wurden vorbeigefahren. Netschwolodow hielt die Entgegenkommenden an, befragte sie kurz und versuchte, aus den aufgeregten, zusammenhanglosen Schilderungen sich ein Bild von dem morgendlichen, noch immer nicht beendeten Gefecht zu machen.

Wie immer unmittelbar nach irgendeinem Geschehen ergab sich aus den Schilderungen der an verschiedenen Punkten Beteiligten, die noch keine Gelegenheit gehabt hatten, miteinander zu sprechen, ein völlig widersprüchliches Bild. Die einen sagten, sie hätten diese Nacht Seite an Seite mit den Deutschen gelegen, ohne es zu ahnen – und die Deutschen hätten auch nichts gemerkt. Die anderen: sie wären heute morgen nichtsahnend in Marschordnung auf die Deutschen gestoßen und in ein mörderisches Feuer geraten, unvermutet, ohne sich eingraben zu können (der Deutsche hatte *von der Seite*, von der Seite geschossen, nicht von vorn!). Die dritten: die Einheit wäre bereits in Stellung gegangen und hätte sich sogar bis zum Gürtel eingegraben. Von den Offizieren meinten einige, wir wären auf eine Seitenkolonne der aus Osten zurückgehenden Deutschen gestoßen und hätten sie mehr in Schrecken versetzt als sie uns, aber dann hätten sie ein starkes Artilleriefeuer eröffnet. Und wir hätten sie ja aus Osten erwartet und laut Befehl in östlicher Richtung gesichert. Nein, korrigierten andere: wir wären nach Norden marschiert. Und das Olonjez-Regiment hätte sich sogar nach Westen entwickelt. Aber als die Deutschen aus den vielen Geschützen losfeuerten (»Fünfzig!«, »Nein, hundert!«, »Zweihundert!«), und noch dazu mit Schrapnells, und in die dichten Kolonnen hinein, und unsere Leute dutzendweise zerfetzt und durchlöchert wurden – da begannen wir zu rennen, da ging alles drunter und drüber, Tausende sind dort geblieben, pro Bataillon ein Dutzend Überlebende; nein – wir haben uns gut gehalten; nein – unsere Kompanie vom Bjelosersker ist allein zum Angriff vorgegangen; was heißt da Angriff, wir standen mit dem Rücken gegen den See, wo sollten wir hin, wir haben die Geschütze stehen lassen, die Knarre weggeschmissen – und hinein in den See!

Sicher war jedenfalls, daß die Verluste sehr hoch, daß mehrere Bataillone restlos aufgerieben waren (jedes Bataillon hat etwa tausend Mann). Sicher war, daß sie sich zwei Wochen lang daran gewöhnt hatten, nichts von einem

Gegner zu sehen, nichts zu hören, nichts zu merken, und rasch und sorglos in einem fremden Land vorrückten, ohne Aufklärung, zuweilen sogar ohne Sicherung. Und so waren sie gestern mehr als zehn Werst über Bischofsburg hinaus marschiert, hatten die für die Deutschen wichtigste Eisenbahnlinie überquert – die horizontale Achse Ostpreußens – und marschierten weiter, genauso unbekümmert wie zu Hause im Gouvernement Smolensk, Kampfeinheiten und Troß in buntem Durcheinander, und erwarteten nichts weniger, als in diesem Land anderen Truppen außer russischen zu begegnen. Und als plötzlich der Kampf begann, gab es weder einen vorausblickenden Plan, noch Befehle. Die Masse der Soldaten spürt das sofort – und löst sich auf.

Allerdings begegnete Netschwolodow keinem einzigen Verwundeten aus seinem Schlüsselburger Regiment, und es war nicht herauszubekommen, wo das Regiment war und was es tat.

Es war ungünstig, daß die Soldaten seiner Abteilung hinter ihm an denselben Verwundeten vorbeizogen und schon beim Marschieren genug erfahren konnten.

Im Norden grollte es weiter.

Unter solchen Umständen schien es Netschwolodow angebracht, obwohl er sich im Rücken des Korpsstabs befand, eine Patrouille vorzuschicken.

Die Hitze ließ noch nicht nach, aber die Sonne war schon merklich um die linke Schulter gewandert und brannte ins linke Ohr.

Schon hatte man den Blick auf die Stadt – unversehrt, ohne Brandspuren, mit graugetönten und roten Türmchen und Spitzen, als Netschwolodow links, auf dem querlaufenden Feldweg eine Staubwolke bemerkte und eine Marschkolonne von mehr als Bataillonsstärke erkennen konnte, mit Batterie. Sie wälzte sich langsam vorwärts, ebenfalls ohne Sicherung.

Zwar sollte links kein Gegner sein, und eigentlich durfte dort überhaupt niemand sein. So passieren eben solche Sachen – und man wundert sich über die Torheit der anderen. Aber gleich darauf überzeugte sich Netschwolodow durch das Fernglas, daß es Russen waren. An der Spitze der Kolonne ritt ein Offizier mit Achselstücken ohne Sterne. Das Pferd war unruhig, ging seitwärts, drehte sich, schüttelte den Kopf mit den gebleckten Zähnen, der Reiter hielt es straff im Zügel. Und dann sah Netschwolodow am Wegrand einen auffälligen schwarz und fuchsrot gescheckten kleinen Hund mit großen Schlappohren. An diesem Hund, der immer in der Nähe seiner Kompanie blieb, erkannte man die Division von Richter.

Ihrem Tempo nach mußten die Kolonnen genau auf der Kreuzung zusammentreffen. Als der Offizier einen General mit seiner Kolonne sah, wendete er sein Pferd (es trug ihn zu weit vor und mußte gezügelt werden) und rief mit heller Stimme seinen Leuten zu:

»He, Susdaler! Zehn Minuten Rauchpause, alles hinlegen!«

Er rief es gutgelaunt, nicht im mindesten müde, aber seine Soldaten schienen sehr erschöpft: sie schleppten sich an den Wegrand, setzten die Gewehre zu kleinen Pyramiden auf und warfen sich, ohne die gerollten Mäntel abzunehmen, in das staubige Gras, obwohl nur hundert Schritte weiter Waldschatten war und frisches Gras.

Der Offizier ritt auf dem unruhigen Braunen heran und meldete mit zackiger Armbewegung:

»Hauptmann Rájzew-Járzew, Exzellenz! Bataillonsadjutant im 62. Susdal-Regiment!«

Zwischen seinen frechen Lippen blinkte ein goldener Vorderzahn. Das Pferd schielte nervös und zuckte mit dem Kopf.

Netschwolodow nickte:

»Fremd?«

»Vor zwei Stunden übernommen, Exzellenz, ist dabei, sich zu gewöhnen.«

»Sie sind Kavallerist?«

»Gewesen, Exzellenz, aber Gott läßt mich für meine Sünden zu Fuß gehen.«

Jene bekannte Unverdrossenheit strahlte dieser Hauptmann aus, jenes Feuer, die den echten Berufsoffizier auszeichnen: für den Krieg geboren und nur im Krieg leben! Auch in Netschwolodow hatte einst jenes Feuer gebrannt, aber mit den Jahren war es erloschen.

»Woher haben Sie es?«

»Hier gibt es ein verlassenes Gut, mit prächtigen Stallungen! Sehr zu empfehlen! An diesem See, wie heißt er noch ...«

Die Hand Netschwolodows griff automatisch nach der Kartentasche und öffnete sie.

»Oh, haben Sie eine gute Karte! Hier: Am See Dadey, baden alle Nutten frei ...«*, flüsternd fügte er das unanständige Wort hinzu.

Netschwolodow lächelte und schien zugänglicher.

»Und wie sind Sie dorthin gekommen? Was sollten Sie da?«

»Für unsere Division sind sieben Werst Umweg eine Kleinigkeit! Wir haben einen Spaziergang gemacht, es uns anders überlegt – und sind wieder zurück.«

Man mußte diesen Spaßvogel ins Herz schließen. Und man konnte schlecht zusammen die Karte studieren, weil das Pferd unter ihm tänzelte. Außerdem war es in der Sonne sehr heiß.

»Gehen wir lieber in den Schatten«, schlug Netschwolodow vor.

Der Hauptmann mit dem Goldzahn nickte bereitwillig.

»Mischa«, befahl Netschwolodow seinem Adjutanten (er war rosig und pausbackig, das frische Blut schien unter der Haut zu pulsieren), »die Kolonne marschiert weiter, und du reitest voraus und siehst nach, ob es nicht eine Straße um Bischofsburg herum gibt. Wenn nicht, mußt du einen Weg suchen, der nicht am Korpsstab vorbeiführt.«

Der rundgesichtige gewitzte Roschkó hatte begriffen

und ritt mit seiner Gruppe davon.

Im kühlwehenden Waldschatten ließen sich Netschwolodow und Rajzew-Jarzew im Türkensitz nieder, der General holte seine Karte hervor und breitete sie jetzt bequem aus.

Rajzew-Jarzew machte eine Faust (am Ringfinger trug er einen goldenen Ring) und fuhr mit dem abgespreizten kleinen Finger mit dem langen spitz zugeschnittenen Nagel auf der Karte herum wie mit einem Zeigestock und gab fließend seine Erklärungen.

Ihre Division, die drei Regimenter (ohne eines, das zurückgeblieben war), hatte gestern hier gestanden, mit der Spitze nach Osten, und es war die Rede davon gewesen, der Gegner sei dort eingekeilt und würde von dort zum Durchbruch ansetzen. Jedoch war dort kein einziger Schuß gefallen. Dann kam der Befehl, sich auf Bischofsburg zu konzentrieren. Heute morgen standen sie dort herum. Kurz vor Mittag erhielt ihre Division vom Korpskommandeur den Befehl, nach Westen vorzurücken, den Dadey-See im Süden zu umgehen und weiter auf Allenstein zu marschieren, insgesamt etwa vierzig Werst. Sie hatten keine Zeit gehabt, zu Mittag zu essen, und marschierten, ohne jemandem zu begegnen, ohne einen Schuß abzugeben, verschmachtend vor Hitze – aber nach ungefähr zehn Werst, als sie bereits um den See herumgebogen waren, sprengte eine Ordonnanz aus dem Korpsstab mit einem neuen Befehl Blagowjestschenskijs heran: umgehend nach Bischofsburg zurück und noch *östlich* davon Position beziehen. Das Susdal-Regiment bildete den Schwanz der Divisionskolonne, wendete und machte sich auf den Rückweg. Unterdessen wurde von einem herbeieilenden Offizier auch noch ein dritter Befehl überbracht: das Susdal-Regiment soll mit zwei Batterien *allein* hierher marschieren und sich in Bischofsburg beim Korpskommandeur zu dessen Verfügung melden. Die übrige Division soll auf dem gegenüberliegenden Ufer des Dadey-Sees *nach Norden* weiter vorrücken, um sich oberhalb des Sees mit der Division Komarόws zusammenzuschließen, die diesseits des Sees vorrückt. Es war ja noch günstig, daß das Susdal-Regiment die Vorhut der Kolonne bildete: hätte man das Uglitsch-Regiment hierher beordert, dann hätte es sich durch zwei Regimenter durchzwängen müssen und das Susdal-Regiment – umgekehrt.

Rajzew-Jarzew begann seine Erzählung belustigt, als amüsiere ihn dieses Durcheinander, aber beim Anblick des todernsten Netschwolodow zeigte er seinen blinkenden Goldzahn nicht mehr und trommelte nur mit dem langen Nagel gegen das Koppelschloß.

Welch einen beherzten Kommandeur hat doch ihr Korps! Der ist ja mutiger als Napoleon! Er hat es nicht fertiggebracht, in der Etappe in einem Wohltätigkeitskomitee zu sitzen, dafür zieht er unerschrocken durch fremdes Land, durchkreuzt es mit den Bewegungen seiner Regimenter. Vorne wird ein Viertel seines Korps aufgerieben – darauf schickt er ein halbes Korps nach links! Das macht ihm alles nichts aus – er hat ja noch vor Kriegsbeginn eine Reserve formiert – und jetzt soll Netschwolodow den Karren aus dem Dreck ziehen.

Netschwolodows Abteilung zog eben an ihnen vorbei, Richtung Bischofsburg. Das Bataillon Rajzew-Jarzews lag im Gras, die Geschütze standen auf der Straße, das Susdal-Regiment war noch nicht zu sehen.

Er mußte sich beeilen, vorausreiten, seine Schlüsselburger suchen, den Divisionskommandeur suchen, aber eine Karte läßt sich nicht so leicht zusammenfalten, wenn du über dieser Karte Neues erfahren hast: das längst vertraute, Dutzende von Malen studierte Bild bezaubert, überrascht und droht, immer von neuem.

Wen man nur konnte, hatte man von seiner Einheit losgerissen, wen man nur konnte, hatte man einem anderen Kommando unterstellt, so wie die Susdaler – dem Korpskommandeur persönlich. Die Zuständigkeit der Kommandeure war hoffnungslos verworren. Mit wem soll sich Richter – selbst wenn er am Dadey-See entlang sich durchschlägt – dort zusammenschließen, unsere Truppen sind doch dort aufgerieben worden? Wo ist hier rechts die Kavalleriedivision Tolpygos? Ihr Ulanenregiment hatte man als Korpskavallerie verschlissen, die Richtungen und Aufgaben der Division werden ständig geändert. Wo sind hier rechts die Deutschen – die sind natürlich schon längst fort. Wo ist hier rechts Rennenkampf? Warum sollte er sich beeilen, er genießt immer noch seinen Sieg, und weiter vorn ist das Risiko groß. Ein leeres Land – kein Laut, kein Schuß. Wo ist denn links das XIII. Korps?

Alles stumm. Leere Luft.

»Ich danke Ihnen, Hauptmann«, mit seiner harten Hand drückte Netschwolodow die Hand Rajzew-Jarzews, sprang in den Sattel und ritt mit seiner Ordonnanz im Trab nach Bischofsburg, an seiner Abteilung vorbei.

Hier hatten sich die Deutschen offensichtlich auf Verteidigung vorbereitet: die letzten zweihundert Sashenj vor der Stadt waren beiderseits der Straße alle Büsche abgeschlagen, um freie Sicht und freies Schußfeld zu gewinnen, und in dem ersten Gebäude, an dem die Straße vorüberführte – einem großen Ziegellager –, hatten sie etwa zehn Schießscharten ausgehauen.

Aber sie hatten von nichts Gebrauch gemacht.

Eine große Kolonne gehfähiger Verwundeter hatte die Stadt verlassen und kam ihm entgegen. Netschwolodow stellte keine Fragen mehr, er rief nur:

»Sind Schlüsselburger dabei?«

Es waren keine dabei.

Vor dem Lagergebäude wartete der rundgesichtige ruhige Roschko. Er meldete, eine Umgehungsstraße gäbe es nicht, aber er hätte einen entsprechenden Weg durch die Stadt ausfindig gemacht und Posten an den Ecken aufgestellt.

In den kühlen engen Straßen zwischen dichtgedrängten

Häusern machte Netschwolodow sich auf die Suche nach dem Korpsstab.

Dem ersten Anschein nach war die Stadt nur von russischen Verwundeten bevölkert – so viele weiße Verbände sah man auf den Straßen und hinter den Fenstern. Aber es gab auch noch deutsche Einwohner. Ein Zivilist, noch nicht sehr alt, und zwei andere wurden unter Bewachung abgeführt. An einer Ecke umringten einige deutsche Frauen einen Ulanenoffizier und redeten alle zugleich auf ihn ein, wobei eine nach der anderen auf seinen Säbel und dann auf die eigene Brust zeigte. Weiter entfernt hatten zwei deutsche Frauen Emaileimer mit Wasser auf die Straße getragen und gaben den Soldaten zu trinken, die mit ihnen scherzten.

Netschwolodow erkannte den Stab an Blagowjestschenskijs Automobil und an den Kosakenwachtposten aus der zum Schutz des Korpsstabs abgestellten Hundertschaft. Roschko und die anderen blieben draußen, während er selbst mit großen Schritten die Granitstufen hinaufstieg, ein arkadenartiges Vestibül betrat und nach der Stabsleitung suchte.

Im Stab stand alles in Kisten verpackt und wie auf dem Sprung: entweder, weil sie erst vor kurzem hier eingetroffen waren oder weil sie bald aufbrechen wollten. Blagowjestschenskij und den Stabschef konnte er nicht finden, aber er traf den Obersten Nippenström aus der Generalquartiermeisterei.

»Wie kommen denn Sie hierher?« Nippenström erschrak. »Haben Sie Komarow noch nicht eingeholt? Komarow wartet schon lange auf Sie.«

»Es ging nicht schneller«, antwortete Netschwolodow noch langsamer, noch kühler als sonst. »Ich wollte den Kommandeur . . .«

Nippenström winkte mit beiden Händen ab:

»Wenn der Kommandeur Sie sieht, reißt er Ihnen den Kopf ab! Reiten Sie so schnell wie möglich hin.«

»Aber – wohin eigentlich? Ich kenne meine Kampfaufgabe nicht.«

»Wie? Sie kennen sie nicht? Sie haben doch den Befehl erhalten, Ihre Reserve zusammenzuziehen und den Rückzug des Korps zu decken. Sie werden von Serbinówitsch alles erfahren . . .«

»Aber wo ist meine Reserve? Wo ist meine Artillerie?«

»Dort, alles dort! Alle sind an ihren Plätzen und warten nur auf Sie.«

»Ich habe Sappeure, Pontonniere und Telegraphisten dabei . . .«

»Die lassen Sie alle hier!«

»Und wo ist mein Schlüsselburger Regiment?«

»Das muß Serbinowitsch wissen! Gehen Sie zu Serbinowitsch! Wir gehen auch! Wir sind viel zu weit vorne . . .«

Nippenström hatte es eilig: er mußte zum zweitenmal einen Funkspruch an das XIII. Korps durchgeben, des Inhalts, das VI. sei von starken feindlichen Verbänden angegriffen worden und könne nicht zum Entsatz des XIII. bei Allenstein vorrücken. Das erste war bereits abgegangen, das XIII. hatte den Empfang bestätigt, ohne sich dazu zu äußern.

Diese Bewegung in Richtung Allenstein ging über ihre Kräfte, aber um unliebsamen Auseinandersetzungen oder gar einem Verbot seiner gefaßten Entschlüsse aus dem Wege zu gehen, hatte Blagowjestschenskij angeordnet, dem Armeestab zunächst nichts zu melden und nur den Nachbarn zu verständigen.

Lang, hager und unbeweglich wie das vergessene Standbild eines Ritters, stand Netschwolodow zwischen zwei gotischen Fenstern, im dichten Schatten, und trommelte mit den Fingern gegen die Mauer.

Die Stabsdienstgrade packten eine große schrankartige Kiste und schleppten sie hinaus.

Netschwolodow suchte keinen mehr und wollte mit keinem mehr sprechen. Er ging hinaus, stieg in den Sattel, ritt ein Stück zur Seite und hörte sich Roschkos Bericht an: seine Abteilung marschiere bereits Richtung Nord, aber das Schlüsselburger Regiment sei nirgends zu entdecken.

In diesem Augenblick hörten sie Lärm vor dem Stabsgebäude. Netschwolodow drehte sich um. Das Automobil wurde angeworfen. General Blagowjestschenskij ging eilig über die breiten Granitstufen schräg herunter, ohne Netschwolodow oder sonst jemanden auf dem Platz zu bemerken. Der Stabschef und noch jemand liefen mit den Kartenrollen hinterher.

Sie stiegen ein, schlugen die Türen zu. Das Automobil fuhr eine Schleife um den kleinen Platz und wendete. Blagowjestschenskij nahm die Mütze ab und schlug feierlich und weitausholend ein Kreuz.

Vom Rütteln des Wagens oder vom Wind war das graue Haar auf seinem Altweiberkopf zerzaust, der auch mit den Töpfen im Ofen* nicht fertig geworden wäre.

19

»Euer Wohlgeboren! He! Euer Wohlgeboren!« rief jemand vergnügt.

Jaroslaw, der in der Schlange vor dem Brunnen wartete, wandte sich zur Straße um.

Dort zog eine Halbbatterie vier Feldkanonen vorbei; nach Jaroslaw gerufen hatte jener kugelköpfige Feldwebel, den er unterwegs kennengelernt hatte: vorgestern (oder war es schon einen Monat her?) hatte Charitonows Zug geholfen, diese Kanonen aus dem Sand zu ziehen.

»Ach soo!« freute sich Jaroslaw und warf beide Arme empor, ein gar nicht offiziersmäßiger, sondern jungenhafter Gruß. »Möchten Sie Wasser?«

»Was ist denn das für Wasser? Aus Korn gebrannt?« fragte der stämmige Feldwebel mit dem mächtigen Brustkasten, genauso vergnügt wie beim letztenmal.

»Sü-ü-üß, es wird euch schon schmecken!« antwortete ihm ein fremder Infanterist, der auch Schlange stand. »Oben Dreck, unten Sand.«

Die Sonne brannte bereits auf die linke Schulter, aber es war noch sehr heiß.

»Stellen Sie sich vor, der Brunnen war mit Brettern zugeworfen, wir haben sie herausgeholt!« erklärte Jaroslaw laut, und schämte sich dabei des jungenhaft hellen Klanges seiner Stimme, die trotz allen Bemühens nicht tiefer werden wollte. »Und das Wasser ist gar nicht übel, alle holen sich auf Vorrat!«

Der Feldwebel nahm seine Mütze ab und gab damit seinen Leuten das Zeichen zu halten. Er hatte wenig Haare, der Kopf war ganz gelb, ganz rund, wie ein Edamer Käse, nur etwas größer. Vorne klebte ein weizenfarbiger Schnurrbart – kurz und dick, an den Enden gezwirbelt.

Der Brunnen stand am Rande eines Gutshofes, dessen Gebäude über eine weite Wiese verstreut lagen. Die Geschütze wurden an die Seite gefahren. Die Fahrer kamen mit Eimern, um die Pferde zu tränken, die Kanoniere schleppten eine große Kanne mit Schraubdeckel herbei, wahrscheinlich deutschen Ursprungs.

Die Artillerie war zu beneiden, weil sie auf ihren Rädern allerlei Brauchbares mitführen konnte. Aber es gab auch noch einen anderen Grund, sie zu beneiden, und Jaroslaw beklagte sich bei dem Feldwebel:

»Ihre Soldaten sind richtige Soldaten, Ehrenwort! Aber meine – die kommen direkt vom Pflug weg nach Deutschland, was soll man mit denen machen?«

Der Feldwebel lächelte zufrieden:

»Bei uns ist es eine ganze Wissenschaft. Pflügen können genügt nicht.«

Der Feldwebel war bedeutend älter als Jaroslaw und so würdig, stämmig, daß der sehr junge Leutnant sich vor ihm wegen seiner Sternchen genierte, wegen seines höheren Ranges und auch – bei einer schlanken Figur – seines höheren Wuchses. Er versuchte, diese Verlegenheit durch zuvorkommenden, unmilitärischen Ton auszugleichen.

»Entschuldigen Sie bitte, aber wie redet man Sie an?«

»Feldwebel – ist doch klar!« Er lächelte und wischte sich den Schweiß aus dem sonnenverbrannten Gesicht.

»Aber ich bitte Sie! Wie ist Ihr Name und der Vatersname?«

»Mit Namen und Vatersnamen wird man in der Armee nicht gerufen«, der Käse zuckte mit den Schnurrbartspitzen.

»Aber unter Menschen.«

»Auch unter Menschen bin ich mein ganzes Leben nur Teréntij gewesen.«

»Und der Familienname?«

»Tschernéga.« Und er fragte, ohne auf die Antwort zu

achten: »Und wie heißen Sie?« denn die wache Aufmerksamkeit seiner Augen und seiner kleinen Ohren galt nicht Jaroslaw und dem Geschehen am Brunnen, sondern dem Gutshof. Und im gleichen Moment befahl er, fast ohne nach ihm zu suchen und ohne sich umzudrehen, dem Feuerwerker: »Kolomýka! Da gackern doch Hühner! Nimm zwei andere mit, geht mal hin. Schlagt sie mit Stöcken tot, und in den Sack damit!«

Jaroslaw wurde traurig: diese famosen Artilleristen, dieser famose Feldwebel – und genau das gleiche? Wer soll denn dann widerstehen? Er warnte:

»Der Hof ist schon leer. Die Bewohner sind fort, der letzte Hahn mußte dran glauben. Im Garten gibt es allerdings Äpfel.«

Durch den Garten streiften Soldaten, es war von hier aus zu sehen. Immer andere sickerten nach, ohne zu fragen, ohne zurückgehalten zu werden. Sie waren übrigens, so weit man sehen konnte, nicht aus Charitonows Zug, seine Leute waren todmüde und waren froh, sitzenbleiben zu können, solange man nicht weitermarschieren mußte.

Aber Tschernega ließ sich nicht beeindrucken:

»Nun, dann ist es ein Stück weiter, hinter den Bäumen, ich höre es doch. Nehmt auch zwei Eimer mit und schaut in den Haferkisten nach. Wenn es dort Hafer gibt, dann ruft uns, wir wollen alles mitnehmen.«

Tschernega erteilte seine Anweisungen sicher, ohne bei seinen Offizieren erst nachzufragen. Aber als er den Kummer des sommersprossigen Leutnants bemerkte, erklärte er ihm:

»Was braucht die Artillerie zum Leben? Ohne Hafer und ohne Fleisch geht es nicht. Die Pferde bringen die Geschütze nicht von der Stelle, und die Arme – die Granaten nicht hoch. Und erst wenn im Brotbeutel auch noch eine gebratene Gans liegt – dann erst ist Krieg!«

Die letzten Worte sprach er fast singend, bei der Vorstellung einer gebratenen Gans fing sein Gesicht an, ölig zu glänzen, und es schien tatsächlich nichts Verwerfliches in seiner Miene und in seinem Wunsch zu liegen. Aber andererseits, wenn man es sich überlegt ... Das alles quälte Jaroslaw.

»Der Soldat ist ein guter Mensch, nur der Soldatenmantel ist ein Grapscher.« Tschernega wollte ihn noch weiter beruhigen. »Wir sind nur dem Namen nach die LEICHTE Artillerie. Dabei wiegt unsere Feldkanone feldmarschmäßig 125 Pud und eine Granate – fast einen halben Pud. Und damit muß man fertigwerden.«

Auf einem dicken Balken saß Koseko mit untergeschlagenen Beinen, hatte das unvermeidliche Feldbuch auf den Knien liegen und machte seine Eintragungen. Wie immer mißtrauisch spähend und lauschend, beobachtete er jetzt aufmerksam Tschernega. Mißbilligend.

Da rief der Kompaniechef von weitem:

»Charitonow! Sie übernehmen das Kommando! Ich bin gleich wieder zurück!« In Begleitung zweier Soldaten ging er eilig am Gutshof vorbei und bog hinter den Bäumen ab, wohin auch Tschernega seine Burschen geschickt hatte.

Koseko beobachtete ihn scharf. Und notierte wieder etwas in sein Buch. Er schrieb, kaute an einem Apfel und verzog das Gesicht – entweder war der Apfel sauer oder die allgemeine Lage mißlich.

Der Brunnen war betoniert und hatte ein helmförmiges kleines Dach, das bereits einen langen Schatten warf. Mit hallendem Poltern ging immer derselbe an der Kette befestigte Eimer in der Betonröhre auf und ab, auf und ab, während kräftige Soldatenhände die Walze drehten und die Kette aufwickelten.

Sie füllten das Wasser sofort in Kochgeschirre und Eimer um, trieben sich gegenseitig zur Eile an, schimpften, stießen sich und verschütteten das Wasser, um den Brunnen herum war der Boden schon ganz matschig, und gleich darauf drängten sich die leergetrunkenen Kochgeschirre klirrend unter den Wasserstrahl. Die gefüllten Eimer der Artilleristen wurden im Laufschritt, aber ohne das Wasser überschwappen zu lassen, zu den abgezäumten großen zarten Pferdelippen gebracht. Man schnauzte die Artilleristen an, bei solchen Kannen würde kein Brunnen reichen, auf Vorrat gäbe es hier kein Wasser. He, auf Vorrat gibt es hier kein Wasser, gleich trinken, soviel in den Bauch hineingeht! Und auch keins, um es sich über den Kopf zu schütten, hört ihr, ihr Straßenräuber – da ist ja ein See, hinein mit euch, bis zum Hals!

Bei dem eigenen Lärmen, Fluchen und Scheppern gewöhnten sich alle an das ununterbrochene Dröhnen im Hintergrund, links von der Sonnenseite her, und schienen es sogar zu überhören – das Dröhnen eines Gefechts. Nicht mehr viele Werst lagen zwischen ihnen und diesem Gefecht, aber sehr viele Seen. Den ganzen Tag heute, auch entlang der gesamten zurückgelegten Strecke, reihten sich links die Seen aneinander, große und kleine, ganz nah oder weiter entfernt, und so lenkte nicht nur der Wille ihrer Vorgesetzten ihren Weg nach Norden, sondern auch diese Seen, und sie gewährten Schutz vor den Gefahren des in unmittelbarer Nähe stattfindenden Gefechts.

Auch rechts gab es Seen. Und vor einer Stunde hatten sie sich durch eine dreihundert Sashenj breite waldbestandene Landenge gezwängt, zwischen dem Plautziger- und dem Lansker-See, die gegenüberliegenden Ufer waren mit bloßem Auge kaum zu sehen. Sie hatten sich in dem langen menschenleeren waldbestandenen Korridor zwischen diesen Seen, die zwar nach einer Weile zurückwichen, so festgerannt, daß für ihre Division nur das von Bedeutung sein konnte, was sich in diesem Korridor abspielte – und hier spielte sich nichts ab, hier war niemand.

Man brachte Terentij zu trinken. Das Wasser war kalt, es verschlug einem richtig den Atem, und es war trübe – aber das Innere verlangte danach, nach mehr und noch mehr.

Tschernega setzte sich auf denselben Balken und lud Jaroslaw ein, sich neben ihn zu setzen. Er zog einen Tabaksbeutel mit quastenverziertem Band hervor und schnürte ihn auf.

»Jeder Kummer paßt hinein, in das Tabakspfeifchen klein. Sie rauchen nicht, Euer Wohlgeboren?«

Auf der schwarzen Seide des Tabaksbeutels stand mit himbeerrotem Garn mühevoll mit vielen Schnörkeln gestickt: T. Tsch.

»Sieh einer an, die Erde dröhnt ja richtig.« Tschernega blickte nach der Seite, wo die Sonne stand. »Und wir marschieren hier einfach drauflos, suchen die Wälder nicht ab, und dabei hocken die bestimmt auf den Kiefern, beobachten uns durchs Fernglas und telephonieren, telephonieren unaufhörlich. Da sitzen bestimmt welche und geben dem deutschen Stab durch, daß wir hier Wasser trinken«, sagte Terentij überzeugt und blickte nach dem in einiger Entfernung liegenden Waldrand. Im Widerspruch zu dieser alarmierenden Einsicht traf er jedoch keine Anstalten hinzulaufen und regte sich nicht einmal auf – entweder aus Bequemlichkeit oder von Kraft gesättigt.

Dafür hob Leutnant Koseko besorgt seinen Kopf und stimmte bei:

»Und die Vorpostensicherung! Wir bewegen uns mit solcher Geschwindigkeit, daß die Seitentrupps buchstäblich neben den Kompanien marschieren! Und die Vorhut wird manchmal von der Kolonne überholt. Es wäre überhaupt kein Kunststück, uns mit einem Maschinengewehr restlos zusammenzuschießen.«

»Und die Hauptsache – man versteht überhaupt nichts«, auch Charitonow war beunruhigt. »Heute haben wir schon wieder fünfzehn Werst hinter uns. Und bis heute abend liegen noch weitere zehn vor uns, wie man hört. Die neuesten Nachrichten stammen vom Burschen des Regimentskommandeurs. Seit heute früh kursiert das Gerücht, daß eine japanische Division uns zu Hilfe kommen wird.«

»Das Gerede hab' ich auch gehört.« Tschernega nickte

und paffte gutgelaunt vor sich hin. Er strotzte nur so vor Kraft, die sich hier nicht betätigen konnte.

»Aber das ist doch Unsinn! Woher soll denn eine japanische Division kommen? Höchstens unsere eigene von der japanischen Grenze ...«

»Und dann schwatzt man noch davon, Wilhelm würde persönlich die deutschen Truppen in Ostpreußen kommandieren.« Tschernega steigerte sich weiter, obwohl er sich offensichtlich auch von Wilhelm nicht beeindrukken ließ.

Mehr Erfahrung, Gutes und Zuverlässiges spürte Charitonow in Tschernega. Und obwohl es sich eigentlich nicht gehörte, daß ein Offizier sich bei einem Feldwebel über die Torheit der Vorgesetzten beklagt, sagte er:

»Und vorgestern? Hin und zurück dreißig Werst gelaufen, ohne jeden Sinn! Wir marschierten zu einem Entsatz, das erübrigte sich, in Ordnung. Aber zurück – man hätte doch auf die Idee kommen können, die Strecke abzukürzen! Warum denn zurück nach Omulefofen? Wir brauchten dieses Omulefofen doch gar nicht! Und wir hätten einen Rasttag haben können wie die andere Division.«

Tschernega rauchte, nickte, er verstand alles. Seine Ruhe, die alles in sich aufnahm, schien Jaroslaw besonders nachahmenswert.

»Und haben Sie vor einer Stunde das Gewehrfeuer in unserem Rücken gehört?« Koseko blieb bei seinem Thema. »Es ist durchaus denkbar, daß die Deutschen bereits in unserem Rücken stehen.«

Tschernega schob die Pfeife in den Mundwinkel.

»Was schreibt der denn da? Schreibt der uns auf?«

Jaroslaw lachte.

»Sind Sie Aktiver?«

»Nee, so dumm bin ich nicht.«

Die Mütze auf seinem Kugelkopf war verwegen auf ein Ohr geschoben, saß aber ganz fest.

Jaroslaw wußte nicht, wie er das, was er wissen wollte,

durch Fragen erfahren konnte: Was für ein Mensch war dieser Feldwebel? Wie war er einzuordnen?

»Und ... wohnen Sie in der Stadt? Oder auf dem Land?«

»So ... im Landkreis ...« Tschernega antwortete zögernd und lustlos.

»Und in welchem Gouvernement?«

»Ja, vielleicht Kursk ... Oder Charkow.« Er war verdrießlich.

Jaroslaw tat es leid, daß er in der Unterhaltung mit diesem saftigen Miniaturrecken nicht weiter kam, aber er wußte nicht, wie er mit ihm sprechen sollte:

»Sie sind verheiratet, haben Kinder?« fragte er freundlich, indem er Tschernegas bejahende Antwort vorwegnahm.

Tschernega sah den Leutnant mit rollenden Kugelaugen an:

»Aber wozu denn heiraten, wenn der Nachbar verheiratet ist.«

In diesem Augenblick kam der ausgeschickte Feuerwerker laufend, ja fliegend zurück und meldete seinem Feldwebel halblaut, damit die Fremden nichts aufschnappen konnten:

»Hafer! Und Räucherschinken! Und Bienenstöcke! Der Gutsbesitzer ist fort, seit heute morgen. Nur ein Wächter, ein Pole, der sagt, ihr könnt alles haben! Ich habe dort Posten aufgestellt! Wir müssen schneller machen! Die Infanteristen suchen sich schon Pferde zusammen und schlachten das Geflügel!«

In einem Augenblick war Tschernega wach und aktiv, sprang auf seine kurzen kräftigen Beine, als hätte er die ganze Zeit nur darauf gewartet, und rief:

»Jungens! Aufsitzen! Los!«

Und zu Kolomyka:

»Du führst die Kolonne, und ich mache dem Hauptmann Meldung.«

Der Edamer Käse, unter der schiefsitzenden Mütze, immer noch schweißbedeckt, blickte selbstbewußt aus den schmalen Augenschlitzen.

Die Geschütze setzten sich in Bewegung und hielten bei der Wegbiegung an, die Munitionswagen bogen hinter den Bäumen ab. Ihnen entgegen kamen in zügiger Fahrt zwei zweispännige leichte Wagen und ein gefederter Tarantas.

Koseko, immer auf der Hut, entging nichts, er erkannte schon aus der Ferne, was vorgefallen war, und lieferte sofort seinen Kommentar:

»Zuerst fuhr nur der Bataillonskommandeur im Wagen, jetzt fahren auch die Kompaniechefs im Wagen. Und der Feldgeistliche in einem Tarantas. Die unteren Dienstgrade fungieren als Kutscher, bald wird es niemand mehr geben, der kämpfen kann.«

»Sie haben schon recht!« Jaroslaw wurde ärgerlich. »Aber warum haben Sie sich dann diese Äpfel geholt?«

»Weiß der Teufel!« Koseko warf den angebissenen Apfel ohne Bedauern fort. »Ich möchte in Deutschland gar nichts haben, ich möchte nur lebend . . .«

»Sie werden am Leben bleiben! Sie werden bestimmt am Leben bleiben!«

»Wie kommen Sie darauf?« Koseko blickte hoffnungsvoll von seinem Notizbuch auf. »Natürlich, ein Volltreffer ist wenig wahrscheinlich, aber Schrapnell . . .«

»Wer auf sich selbst acht gibt, auf den gibt auch Gott acht! Man wird Sie zum Vieheinkauf abkommandieren! Packen Sie das Tagebuch ein und lassen Sie Ihre Leute antreten!«

Die Sonne stand nicht mehr hoch, und selbst wenn es nicht zu einem Gefecht kommen sollte, müßten sie bis zur Dunkelheit und in die Dunkelheit hinein marschieren. Am Brunnen war jetzt ein anderes Bataillon, die ersten Kompanien ihres Bataillons stellten sich auf, setzten sich in Bewegung. Jaroslaw ließ seinen Zug antreten.

Von hinten das dahinstolpernde Fußvolk überholend,

zwängten sich einige berittene Stabsoffiziere durch, begleitet von sechs Wachkosaken, zwei Reiter trugen einen frischen Verband. Der an der Spitze reitende Oberst, finster, unrasiert, hielt das Pferd an und warf einen Blick auf Charitonow. Der schlanke stets dienstbereite Charitonow lief herbei, nahm Haltung an, machte Meldung.

In diesem Augenblick kam von der Baumgruppe ein deutliches, in weitem Umkreis vernehmbares Quieken von Schweinen.

»Sind das Ihre Leute, die dort plündern, Leutnant?«

»Nein, Herr Oberst. Meine sind hier.«

»Warum marschieren Sie nicht? Wo ist der Kompaniechef?«

Charitonow wandte den Kopf, aber der Wagen mit dem Kompaniechef war verschwunden.

»Er hat mir das Kommando übergeben!« fiel ihm ein.

»Sie werden bestraft!« sagte der Oberst, aber nicht zornig, sondern zerstreut. »Ist Ihnen nicht bekannt, daß Gewaltmarsch befohlen wurde? Sie müssen heute bis zur Eisenbahnlinie vorstoßen und dann an den Schienen entlang weitere fünf Werst nach rechts. Und Sie plantschen hier am Brunnen. Wo ist der Bataillonskommandeur?«

»Weiter vorn.«

Jaroslaw begriff immer weniger: die Deutschen waren links, und wir schwenken rechts ab?

Die Reiter setzten sich in Bewegung. Wenn sie nur in diesem Herumirren durch Wälder und zwischen Seen selbst einen Sinn sehen könnten!

Es waren Offiziere aus dem Stab des XIII. Korps. Vor einer Stunde waren sie knapp dem Tode entgangen: eigene Infanterie hatte sie unter heftiges Feuer genommen, weil man sie für Deutsche hielt. Da sie damit gerechnet hatten (gestern war von eigenen Truppen das Stabsautomobil zerschossen worden), nahmen sie sechs Wachkosaken mit, die an ihren Lanzen zu erkennen waren – trotzdem wurden sie von der eigenen Infanterie auf zweihundert Schritt für die ersten, endlich auftauchenden Deutschen gehalten und heftig beschossen.

Sie waren mit dem neuesten Befehl des Armeestabs unterwegs: beschleunigte Bewegung ihres Korps auf Allenstein! Und vom VI. Korps, das weit rechts abgesprengt war, lief überraschend ein Funkspruch ein, vermutlich von großer Wichtigkeit, denn es wurde zweimal hintereinander gesendet. Jedoch konnte niemand im Stab des XIII. Korps diesen Funkspruch lesen: irgendwie paßte der Code nicht. Und so wußte man im Stab nicht, was man davon halten sollte.

Die Reiter hielten kurz bei den Geschützen an, holten erst den einen Bataillonskommandeur in seinem Wagen ein, dann den anderen – der Oberst drohte und schärfte allen ein, daß jetzt der Gewaltmarsch zu beginnen habe.

Nachdem sie das Regiment überholt hatten und noch drei Werst durch den Wald geritten waren, sahen sie am Wegrand zwei Leichen liegen, Deutsche, Zivilisten, die von Lanzen zerstochen und durch Schläge entstellt waren.

»Das ist bestimmt das Werk Ihrer Kosaken«, sagte der Oberst zu dem Kosakenunteroffizier, der verwundet worden war, als er die Schießerei der Infanteristen aufhalten wollte.

Der Unteroffizier zuckte mit den Achseln und antwortete nicht, sein Kiefer war verbunden.

Etwas entfernt, aus einem einsam stehenden Haus, stieg dichter schwarzer Rauch auf, Vorzeichen eines prasselnden Feuers.

20

Um fünf Uhr abends, sobald Netschwolodow eingetroffen war und General Komarow ihm den Befehl erteilen konnte, die Stellung zu übernehmen und zu halten – alle weiteren Befehle schriftlich –, folgte dieser mit seinem Stab dem Korpsstab nach. Die Weisung erteilte er nicht an Hand einer Karte, sondern indem er mit der Hand in der Luft herumfuchtelte: der heutige Angriff der Deutschen aus Norden sei äußerst überraschend gekommen, vermutlich sei das überhaupt nicht ihre eigentliche Marschrichtung, vielleicht nur ein ausgeschwenkter Flügel, jedenfalls solle das Bjelosersk-Regiment die Verteidigungsstellung im Norden halten, wo es abgelöst werden müsse. Er bitte Netschwolodow, die halbe Richtersche Division, die von Westen um den Dadey-See eingebogen und jeden Augenblick hier zu erwarten sei, nicht versehentlich für Deutsche zu halten und unter Beschuß zu nehmen. Der Divisionsstabschef Oberst Serbinowitsch war außerstande, Netschwolodow über die Position und den Zustand der eigenen hier verbliebenen Truppen zu unterrichten, geschweige über die Position und Stärke des Feindes. Schwere Artillerie und eine Mörserabteilung versprach er ihm weiter vorn, dafür entzog er ihm aus unerfindlichen Gründen ein Bataillon des Ladoga-Regiments. Zunächst konnte er auch nichts Genaues über das Schlüsselburger Regiment sagen, das in der letzten Nacht nach Osten vorgeschoben worden war, genauso wenig über den künftigen Standort des Divisionsstabs, versprach aber, regelmäßig Ordonnanzen zu schikken.

Und sie verschwanden so schnell, daß Netschwolodow ihre Abfahrt einfach nicht bemerkte. Ein Leutnant aus dem

Bjelosersk-Regiment, der ihm zufällig über den Weg gelaufen war, meldete ihm, er hätte mit eigenen Augen gesehen, wie sein Regimentskommandeur gerade mit Komarow in das Automobil gestiegen und nach Bischofsburg abgefahren sei. Und ihr Regiment? Ja, das Bjelosersk-Regiment hätte heute früh schwere Verluste gehabt und jetzt den Befehl erhalten, geschlossen den Rückzug anzutreten. Etwa zwei Bataillone seien noch dort vorne, in den Stellungen.

Und so rückte Netschwolodow, dem nur zwei Bataillone des Ladoga-Regiments geblieben waren, auf der Suche nach seiner Artillerie weiter vor. Er bewegte sich vorsichtig, mit Spähtrupps, die völlig unversehrten Bahnlinien entlang auf die Station Rothfließ zu, wo der Schienenstrang in sanftem Bogen in die Hauptstrecke einmündete, und entdeckte dort, hinter einem Wäldchen, tatsächlich eine Batterie Zweiundvierziger in Feuerstellung, etwas weiter eine Batterie schwerer Haubitzen; die anderen mußten dann wohl auch in der Nähe sein.

Die Beklemmung, die Netschwolodow gespürt hatte, ließ nach.

Kaum hatte der General das gemauerte Bahnhofsgebäude von Rothfließ erreicht, da meldeten sich bei ihm der Kommandeur der Mörserabteilung mit einem röhrenförmigen schwarzen Schnurrbart und der Kommandeur der schweren Artillerieabteilung Oberst Smyslówskij – mittelgroß, mit einem völlig kahlen glänzenden Schädel, aber mit einem wie bei einem Zauberer graugelben Bart und sehr sicherem Auftreten.

In den vergangenen Wochen hatte Netschwolodow die beiden ein paarmal gesehen, aber jetzt fielen ihm die freudig funkelnden Augen des Obersten auf, als könnte der das Feuern nicht erwarten und strahlte, weil es endlich soweit war. (Es war schon ein Grund zur Freude, daß die ausgebauten Stellungen nicht aufgegeben werden mußten.)

»Ist die Abteilung komplett?« fragte Netschwolodow und drückte Smyslowskij die Hand.

»Alle zwölf!« Smyslowskij erwiderte den Händedruck.

»Granaten?«

»Sechzig pro Rohr! In Bischofsburg gibt es noch mehr, kann nachgeholt werden.«

»Alle in Feuerstellung?«

»Alle. Und telephonisch verbunden.«

Das war eine Errungenschaft der letzten Jahre: die Beobachter und die verdeckten Batteriestellungen telephonisch zu verbinden, das brachte man noch nicht überall fertig.

»Und der Draht hat gereicht?«

»Der wird mir bis hierher reichen. Die Mörserabteilung hat uns ausgeholfen.«

Netschwolodow stellte keine weiteren Fragen mehr, die Zeit drängte, mochte der Draht auch gestohlen sein, er hatte ja gesehen, wie der Oberst aus der Mörserabteilung sich zufrieden den röhrenförmigen Schnurrbart strich.

»Und bei Ihnen?«

»Je siebzig.«

Alles übrige wurde hier gar nicht erwähnt, das verstand sich von selbst: sie werden schießen, sie werden nicht ohne Befehl davonlaufen. Das war ein Glücksfall: solche Geschütze, solche Kommandeure und eine Telephonleitung!

Alles stand auf des Messers Schneide: in eins, drei, fünf Minuten galt es, das Gelände kennenzulernen, die Lage des Feindes und die eigene abzustecken, Verteidigungsstellungen festzulegen und sie mit den Ladoga-Bataillonen zu besetzen, mit den Artilleristen einen gemeinsamen Beobachtungsstand zu suchen, die Leitungen zu legen, sich einzuschießen. Und sollte in diesen eins, drei, fünf Minuten in falscher Reihenfolge oder nicht richtig gesehen, gesucht, ausgesandt, befohlen werden – dann wird in der nächsten halben Stunde nicht richtig gehandelt, und wenn die Deutschen ausgerechnet in dieser halben Stunde angreifen oder das Feuer eröffnen – dann helfen unsere strahlenden Augen, unsere Telephonleitung und sechzig Schuß pro Rohr auch nichts mehr: dann werden wir laufen.

Das war einer jener Momente im Krieg, wo die zusammengepreßte Zeit hochexplosiv wird: alles jetzt, kein später!

»Hier gibt es einen Wasserturm!« erklärte Smyslowskij. »Und die Einschießziele haben wir auch schon, nur ist *er* inzwischen vorgerückt.«

Netschwolodow ging wortlos auf die niedrige Tür zu, mußte den Kopf einziehen, und trat ins Freie hinaus.

Die Artilleristen kamen nach.

Im Laufschritt überquerten sie den sonnenwarmen, nach heißem Öl riechenden Bahnkörper.

Netschwolodow winkte einen Bataillonskommandeur herbei (einen Regimentskommandeur hatte er ja nicht mehr, der war auch überflüssig) und befahl ihm, sofort das Bataillon des Bjelosersk-Regiments abzulösen und, sollte dessen Stellung ungünstig sein, eine neue Stellung zu suchen und sich einzugraben, wenigstens so gut es ginge, wenn ihnen ihr Leben lieb sei.

Hinter dem fernen Wald hörte man ein leises Knallen, der Ton wuchs – und das gelbe Wölkchen einer deutschen Schrapnellgranate zerplatzte vor dem Wasserturm, etwas weiter links und etwas höher.

»Das haben sie heute schon mal versucht«, sagte Smyslowskij anerkennend. »Aber wir halten uns zurück – da haben sie wieder aufgehört.«

Sie stiegen die hölzerne Innentreppe hinauf, im Gehen befreite Netschwolodow seinen Feldstecher aus dem Riemengewirr. Oben an der Treppe lag ein Raum mit Blick nach Westen und Norden. Hier saßen bereits zwei Telephonisten an zwei Summertelephonen. Das Westfenster war verglast und von der tiefstehenden gelben Sonne geblendet, aber dieses Fenster wurde jetzt auch nicht gebraucht. Aus dem Nordfenster hatte man nicht nur einen guten Überblick, sondern auch die Scheiben waren herausgeschlagen, und der Feldstecher warf keinerlei Reflexe.

Auf der Kiste zwischen den Fenstern, neben den Telephonen, breiteten sie die Karte aus.

Über die Lage wußten sie nur das, was sie mit eigenen Augen sahen und sich zurechtlegten.

Die Deutschen feuerten eine Sprenggranate, noch eine. Wahrscheinlich wollten sie sich auch einschießen. Hinter der Haupteisenbahnlinie in Groß Bössau sah man Truppen, Bewegung. Und auch den Waldrand entlang. Doch keine Kolonne oder Kette, die hierher vorrückte.

Aber jeden Augenblick konnte es losgehen.

»Dort, in Groß Bössau, sind doch keine Truppen von uns zurückgeblieben? Kann es nicht sein, daß wir auf eigene Leute losschlagen?«

»Ausgeschlossen, ich habe mich davon überzeugt.«

»Es sind welche da – viele«, sagte der ernste schnurrbärtige Kommandeur der Mörserabteilung. »Gerade dort sind viel zu viele geblieben.«

Tatsächlich: bis Rothfließ sah man keine Leichen. Alle Leichen waren vorn. Aber die Frage »Sind das unsere Leute?« traf auf sie nicht mehr ganz zu . . .

»Die Sonne steht links, nach Norden schießt es sich jetzt gut!« verkündete Smyslowskij. »Die haben ja dort einen trigonometrischen Punkt – den sollte man zusammenschießen!«

Auch von links, vom See her, schoß sich eine deutsche Batterie ein. Folglich stand dort auch Infanterie. Folglich brauchte man auf Richter nicht mehr zu warten.

Und Netschwolodow gab den Befehl, das andere Bataillon des Ladoga-Regiments mit der Spitze nach Westen aufzustellen. Und die Maschinengewehre des Regiments auf beide Flanken zu verteilen.

Sonst hatte er niemanden mehr. Es gab noch den Halbkreis rechts, Nordost und Ost, aber dort konnte er niemanden mehr aufstellen. Aus irgendeinem Grund hatte Serbinowitsch ihm ein Bataillon des Ladoga-Regiments entzogen – und Netschwolodow ließ es stillschweigend geschehen.

Früher, in seiner Jugend, hatte er sich ereifert und widersetzt. Aber während der vielen Dienstjahre zog es ihm zitronensauer die Kiefer zusammen, und er verstummte. Er blieb stumm, wo es angebracht war, und auch da, wo es nicht angebracht war.

Übrigens konnten rechts jeden Augenblick die Lanzen von Rennenkampfs Kavallerie auftauchen.

Übrigens setzte man die Kavallerie, wie schon damals gegen Japan, im Krieg eigentlich nicht ein: eigentlich wird die Kavallerie im Krieg geschont. Und für die Schonung seiner Kavallerie wird der Kommandierende sehr gelobt.

Verstummt, verschollen, verschwunden war Rennenkampf.

Sollte Blagowjestschenskij recht gehabt haben, als er sich zurückzog? Denn zu wem sollte er denn stoßen?

Wenn die Zweite Armee wie der Kopf eines Stieres nach Ostpreußen hineinragte, dann waren sie jetzt, auf dem Bahnhof Rothfließ, die Spitze des rechten Horns. Das Horn hatte den Leib Ostpreußens bereits zu zwei Fünfteln durchbohrt. Indem sie diesen Bahnhof besetzten, unterbrachen sie eine wichtige, die vorletzte, Eisenbahnverbindung, die den Deutschen für ihre Truppenverschiebungen in Preußen zur Verfügung stand. Es war klar, daß die Deutschen auf diesen Bahnhof um keinen Preis verzichten wollten. Und es wäre vernünftig gewesen, das ganze VI. Korps hierher zu werfen.

Aber schon dafür mußten sie dem Schicksal danken, daß jetzt keine geschäftigen Dummköpfe über ihnen saßen, etwas Schlimmeres gibt es nicht. Sie, dieses zerbrechliche Häuflein, bildeten die Spitze des Horns – und es lag in ihrer Macht, wenigstens keinen Unsinn zu machen.

Zwei Batteriechefs kamen herauf, begannen ihre Kommandos zu brüllen.

Sie könnten sich bis zur Dunkelheit halten – wenn sie nur jemanden zur Absicherung des rechten Halbkreises hätten.

Von hier aus konnte man den Abzug des abgelösten Bataillons des Bjelosersk-Regiments verfolgen. – Infanterie und Karren zogen in einiger Entfernung von der Bahnstation im Schutz des Waldes vorbei. Das Feuer der Deutschen wurde stärker, und die Abziehenden waren froh, von hier wegzukommen.

Netschwolodow stieg vom Wasserturm herunter.

Ein Offizier mit einem großen klaren und verzweifelten Gesicht lief mit weitausholenden Sätzen, fast springend, auf ihn zu. Mit dem letzten Satz blieb er stehen, salutierte – immer noch im Schwung – fast hinter dem Ohr und meldete in tragendem Baß:

»Exzellenz! Oberstleutnant Kosatschéwskij, Bataillonskommandeur des Bjelosersk-Regiments! Wir halten es für eine Gemeinheit, Sie hier im Stich zu lassen! Wir bitten um Erlaubnis, bleiben zu dürfen!«

Immer noch im Schwung, verlor er das Gleichgewicht und wäre beinahe auf den General gestürzt. Die Verzweiflung wich nicht aus seinem offenen Blick unter den wie nachgezogenen Brauen.

Netschwolodow starrte vor sich hin, als könnte er nichts begreifen.

Seine Lippen verzogen sich wie im Krampf. Er antwortete unwirsch:

»Nu-u-n . . . Nun gut.«

Er umarmte Kosatschewskij mit seinen langen Armen, unbeholfen, als würde er vornüber fallen.

Und in der Entfernung zog die Kolonne weiter. Karren, humpelnde, hinkende Menschen.

Wollten sie das wirklich – hier bleiben? Oder nur ihre Offiziere? Oder nur Kosatschewskij?

»Wieviel Mann haben Sie denn?«

»Wir haben viele verloren. Aber zweieinhalb Kompanien sind immer noch da.«

»Biegen Sie ab. Sie werden hier, ich werde es Ihnen zeigen, in Stellung gehen . . .«

Schon heulten freudig unsere Granaten auf, einzeln, zum Einschießen.

Aus allen Richtungen sausten deutsche Sprenggranaten nieder wie stählerne Peitschen und warfen schwarze Fontänen auf.

Und schon kamen sie in Salven.

Und jetzt eröffneten auch wir das Salvenfeuer. Viermal, das war Smyslowskij. Sechsmal, das waren die Mörser.

Händereibend, stampfend und tänzelnd rief der bärtige Glatzkopf Netschwolodow zu, als er in den Wasserturm zurückkam:

»General, wir haben es geschafft!! Wir haben den trigonometrischen Punkt geschafft!!«

Aber – zum Gratulieren hatte Netschwolodow keine Zeit mehr: das Rauschen eines riesigen stürzenden Baumes – und ein unerbittliches Pfeifen! Hierher!!!

Der Wasserturm erzitterte und verschwand in einer Staubwolke.

21

Wenn die Artillerie feuert – dann ist auch ohne Aufklärung offenkundig, daß der Gegner nicht flieht, daß der Gegner stark ist. Wenn die Artillerie feuert, wächst in der Vorstellung die Stärke des Feindes um die Stärke und Mächtigkeit dieses Feuers. Dann scheinen dort, hinter den Wäldern und Anhöhen ebenso mächtige Truppenansammlungen zu stehen – eine Division, ein Korps.

Dabei existieren sie vielleicht gar nicht. Vielleicht bestehen sie nur aus zwei nicht komplettierten und einem stark mitgenommenen Bataillon, und vielleicht werden jetzt die ersten Spatenstiche zum Ausheben der Schützenlöcher getan.

Aber dann muß die Artillerie mit Sinn und Verstand feuern. Und die Munition darf ihr nicht ausgehen. Und die Feuerstellung muß gut liegen, damit sie weder durch den Rauch, noch durch das Mündungsfeuer, weder bei Tageslicht noch in der Dämmerung nach Sonnenuntergang vom Feind ausgemacht werden kann.

So verhielt sich alles bei Smyslowskij und dem Obersten der Mörserabteilung. So hatte es Netschwolodow von ihnen erwartet, der gleich auf den ersten Blick in ihnen die geborenen Truppenführer erkannt hatte. Ein geborener Truppenführer hat mehr als die Hälfte des Erfolgs eines militärischen Unternehmens in der Hand. Auch selbst Netschwolodow hatte sich immer als der geborene Truppenführer gefühlt, fast von Geburt an. Das gab ihm die Kraft, mit siebzehn die Offiziersschule vorzeitig zu verlassen, zur Truppe zu gehen, es dort genauso schnell zum Leutnant zu bringen wie seine Altersgenossen in ihrem Glashaus, direkt in die Generalstabsakademie einzusteigen und mit fünfundzwanzig nicht nur einen erstklassigen Abschluß zu schaffen, sondern wegen ausgezeichneter Leistungen in den Militärwissenschaften einen Rang zu überspringen.

Heute hatte es sich so glücklich gefügt, daß sie Drei zusammengekommen waren, später führte Gott noch Kosatschewskij hinzu, und mit einer kümmerlichen Handvoll Menschen wurde Unmögliches erreicht: in dem Engpaß an der Bahnstation Rothfließ haben sie während der späten Nachmittagsstunden starke, immer mehr anwachsende, durch heftiges Artilleriefeuer unterstützte Kräfte des Feindes aufgehalten.

Zuerst, kurz nach sechs, kamen die Deutschen von Norden nach kurzer Feuervorbereitung, nicht einmal in Ketten, sondern in Kolonnen, so sicher fühlten sie sich nach dem Erfolg dieses Tages.

Da nahmen nach kurzem Einschießen die beiden Artillerieabteilungen mit insgesamt 24 Geschützen von fünf verdeckten Feuerstellungen aus die Angreifer unter Beschuß, ließen einen schrägen Schrapnellregen auf sie niederpeitschen, rammten ihre Reihen mit den schwarzen Säulen der Sprenggranaten und trieben sie zurück in den Schutz des Geländes und des Waldes.

Und unsere Bataillone gruben sich eilig ein.

Die Deutschen wurden unschlüssig und rührten sich nicht mehr.

Und die Sonne sank langsam tiefer.

Die Bereitschaft, für immer hier zu bleiben, nicht zurückzuweichen, dieses Gefecht als das wichtigste und letzte Gefecht seines Lebens anzusehen, als den Gipfel der Offizierslaufbahn anzusehen, ist die natürlichste Empfindung des geborenen Truppenführers.

So standen sie auch heute, genötigt durch den Feind, durch die Lage, durch die gesamten Umstände. Und trotzdem wäre es nicht von Übel, wenn ein Befehl vorläge: wie lange ihre Stellung gehalten werden muß, ob mit Entsatz gerechnet werden kann, und was als Nächstes unternommen werden soll?

Aber ein Befehl blieb aus. Der zugesicherte Melder kam nicht und brachte weder Weisung noch Erklärung, er kam nicht einmal, um nachzusehen, ob sie noch am Leben waren. Nach ihrem eiligen Aufbruch hatten der Korpsstab und der Divisionsstab ihre zurückgelassene Reserve offenbar vergessen – oder sie existierten selbst nicht mehr.

Um 18 Uhr 20 schickte Netschwolodow einen Zettel an den Divisionskommandeur mit der Bitte um weitere Weisungen. Er konnte jedoch der Ordonnanz, die diesen Zettel überbringen sollte, nicht sagen, wohin.

Die Deutschen brauchten einige Zeit für neue Beobachtung und Umstellung. Sie pumpten einen Fesselballon auf und wollten ihn steigen lassen – von da aus hätten sie alle unsere Batterien mit Sicherheit ausmachen können, aber irgend etwas ging schief, der Ballon stieg nicht auf. Darauf eröffneten sie dreifaches Feuer, schossen den Wasserturm endgültig ein, zerstörten das Bahnhofsgebäude (der Stab der Reserve zog in einen sicheren gemauerten Keller um), wagten sich schließlich wieder vor, diesmal in Ketten, vorsichtig, möglichst hinter Deckung. Unentdeckt und in ihrer Wirkung nicht beeinträchtigt, belegten die russischen Batterien die Angriffslinien mit Feuer, das Steilfeuer der Mörser erfaßte Truppenansammlungen auch hinter Deckung.

Und die Sonne ging hinter dem See unter, und auch die reine Sichel des Mondes sank dort hinab. Wer von den Russen sie sah – sah sie über der linken Schulter. Und die Deutschen – über der rechten.

Es dämmerte, kühlte sehr schnell ab, eine sternklare Nacht zog auf. In der Kühle verflog und zerstob sehr bald der Geruch von Rauch und Zerstörung. Alle zogen die Mäntel an.

Gegen acht verstummten die Deutschen: entweder in der allgemeinen menschlichen Neigung, den Abend für das Ende der Tagesmühen zu halten, oder sie waren mit ihren Vorbereitungen nicht weit genug gekommen.

Nachdem Netschwolodow befohlen hatte, das schon gekochte Mittag- und Abendessen sofort an alle auszugeben und Feldwachen aufzustellen, kletterte er auf die Mauer des zerschossenen Bahnhofsgebäudes und suchte in den letzten dämmergrauen Minuten die Gegend ab. Solange das Zifferblatt seiner Uhr zu erkennen war, wunderte er sich um acht und wunderte sich um Viertel nach acht: drei Stunden waren vorbei, aber aus dem Divisionsstab kam niemand.

Als er vorsichtig die zerschossene Mauer herabgeklettert war, stieg Netschwolodow in den Keller hinab, sein langer Schatten begleitete ihn auf dem Gewölbe der Kellertreppe, hockte sich unten vor eine Kerze hin und schrieb auf den Knien an den Divisionskommandeur:

»20.20. Bahnstation Rothfließ.

Gefecht vorüber. Vergeblich Ihren Standort zu ermitteln versucht. (Wie sollte man, von unten nach oben, deutlicher umschreiben: ›Sie sind geflohen‹?) Halte Verteidigungsstellung mit zwei Bataillonen des Ladoga-Regiments auf Bahnstation Rothfließ. (Kosatschewskijs Bataillon darf nicht erwähnt werden: es ist ein Disziplinarverstoß, daß er nicht den Rückzug angetreten hat ...) Versuche, Verbindung mit den Regimentern 13, 14 und 15 aufzunehmen. (Mit anderen Worten: mit der übrigen Division, wie laut muß man das hinausschreien?) Erwarte Ihre Befehle.«

Er stieg aus dem Keller und schickte einen Kurier ab.

Da sah er – es war fast dunkel –, daß der mittelgroße bärtige Smyslowskij mit raschen Schritten auf ihn zukam.

Sie umarmten sich. Seine Mütze stieß Netschwolodow gegen das Kinn.

Und klopften einander auf den Rücken.

»Wenig Erfreuliches zu melden«, sagte Smyslowskij mit heiterer Stimme. »Noch rund zwanzig Schuß, bei den Mörsern genauso viel. Ich habe Nachschub angefordert, aber ich bin nicht sicher, ob etwas kommt – wie wird es wohl dort in Bischofsburg aussehen?«

Sollte man die Batterien marschbereit machen? Das hieße bereits Rückzug.

Aber einen Erfolg gab es doch: beide Artillerieabteilungen hatten nur wenig Verwundete, alles leichte Fälle. Ähnliche Meldungen liefen aus den Bataillonen ein – auch dort geringe Verluste, kein Vergleich mit heute früh.

Wer sich stemmt – der fällt nicht. Der fällt, wer davonläuft.

»Ich habe Splitter gesammelt«, erzählte Smyslowskij gutgelaunt. »Die haben mit Mörsern geschossen, offenbar Einundzwanziger. Nicht übel! Dieser Keller wird es auch nicht aushalten.«

Die Verwundeten aus den Bataillonen trafen ein. Das Feldlazarett – die Fenster waren verhängt – schickte sie weiter nach Bischofsburg.

Das leichte Rattern von Wagenrädern verriet die Chaussee.

Stabsdienstgrade und Melder liefen über das Bahnhofsgelände, Telephonisten und Sanitäter redeten miteinander, die Stimmen klangen gedämpft, aber zufrieden. Nachdem Netschwolodows Leute während des langen Tagemarsches so vielen Verwundeten und Verstörten begegnet waren, fühlten sie sich jetzt als Sieger.

Die windlose Stille wurde immer kühler. Von den Deutschen hörte man nichts. In der Dunkelheit waren die Zerstörungen nicht zu sehen, alles deckte die Kuppel eines friedlichen sternenreichen Abends, schon ohne Mondsichel.

»Um neun werden es vier Stunden sein«, sagte Netschwolodow, der auf der steilen Rundung des Kellergewölbes saß. »Ist es nicht bald neun?«

Smyslowskij, der sich zu ihm gesetzt hatte, sah zum Himmel hinauf und wandte den Kopf hin und her:

»Es ist jeden Augenblick soweit.«

»Woher wissen Sie . . .?«

»Nach den Sternen.«

»Mit solcher Genauigkeit?«

»Inzwischen kann ich das. Bis auf eine Viertelstunde.«

»Haben Sie sich ernsthaft mit Astronomie beschäftigt?«

»Ein anständiger Artillerist muß das tun.«

Netschwolodow wußte: es gab vier Smyslowskijs, vier Brüder, alle vier Offiziere bei der Artillerie, alle vier – große Könner, sogar Gelehrte. Einem von ihnen war Netschwolodow schon begegnet.

»Wie heißen Sie?«

»Alekséj Konstínytsch.«

»Und wo sind Ihre Brüder?«

»Einer ist hier, im 1. Korps.«

Jetzt ertastete Netschwolodow in seiner Manteltasche das vergessene elektrische Lämpchen – eine ausgezeichnete deutsche Taschenlampe, die ein Unteroffizier heute irgendwo gefunden und ihm geschenkt hatte. Jetzt leuchtete er damit auf seine Uhr.

Es war drei Minuten vor neun.

Ohne sich von dem Kellergewölbe zu erheben, befahl er mit gedämpfter Stimme, ein Kurier solle sich bereithalten, und schrieb auf seiner Kartentasche im Lichtkegel der Taschenlampe mit Tintenstift:

»An General Blagowjestschenskij. 21.00. Bahnstation Rothfließ. Zwei Bataillone des Ladoga-Regiments, eine Mörserabteilung und eine Abteilung schwere Artillerie bilden die mir unterstellte Reserve des Korps. Habe die Ladoga-Bataillone ins Gefecht geführt. Seit 17.00 keine Anweisung des Divisionskommandeurs erhalten. Netschwolodow.«

Wem sonst konnte er noch schreiben? Wie konnte er ihnen in der Dienstsprache klarmachen: Es ist schon vier Stunden her, daß ihr weggelaufen seid, ihr Seelenverkäufer! Gebt wenigstens Antwort! Diese Stellung kann gehalten werden, aber wo steckt ihr alle??

Er las die Meldung Smyslowskij vor. Roschko brachte sie dem Kurier. Der Kurier ritt davon. Dann befahl Netschwolodow noch, die Vorposten in den Bataillonen zu verstärken.

Sie schwiegen, und Netschwolodow saß mit angezogenen Beinen auf dem abschüssigen Kellergewölbe, die Hände um die Knie geschlungen, und schwieg.

Es war nicht leicht, mit ihm ins Gespräch zu kommen. Obwohl Smyslowskij wußte, daß dieser General durchaus nicht einseitig war und in seiner freien Zeit Bücher schrieb.

»Störe ich Sie? Soll ich lieber gehen?«

»Nein, bleiben Sie«, bat Netschwolodow.

Die Zeit zog sich hin. Unbekanntes konnte sich in der Dunkelheit ändern, bewegen, verschieben.

Unheimlich, für jeden einzelnen, auszusprechen: das Leben verlieren, sterben. Aber wenn man mit zweitausend Menschen in der unheilvoll lauernden stillen Dunkelheit verlassen und vergessen sitzt – dann scheint es nicht unheimlich.

Wie still es war! Unvorstellbar, wie es hier vor kurzem gedonnert hatte. Man konnte sich überhaupt nicht vorstellen, daß Krieg war. Die Soldaten versteckten sich, verbargen ihr Treiben und ihre Geräusche, die vertrauten friedlichen fehlten alle, auch die Lichter fehlten, alles war ausgestorben. Tiefschwarze amorphe tote Erde lag unter dem lebendigen schillernden Himmel, wo alles an seinem Platz war, alles seine Grenze und sein Gesetz kannte.

Smyslowskij lehnte sich zurück, auf dem abschüssigen Kellergewölbe ging das bequem, strich über seinen langen Bart und betrachtete den Himmel. So wie er lag, erblickte er die funkelnde Kette der Andromeda, die sich zu den fünf verstreuten hellen Sternen des Pegasus hinzog.

Und nach und nach dämpfte dieser ewige reine Glanz jenen Drang, der ihn hierher getrieben hatte: seine vorzüglichen schweren Batterien dürften nicht ohne Munition und ausreichende Deckung in den Feuerstellungen bleiben.

Er blieb noch eine Weile liegen und sagte:

»In der Tat. Wir prügeln uns um irgend so einen Bahnhof Rothfließ. Während unser ganzer Planet Erde ...«

Er hatte eine bewegliche, lebendige, reiche Intelligenz, die auch nicht eine Minute Leerlauf duldete, ohne etwas aufzunehmen, ohne etwas auszugeben.

»... ein verlorener Sohn des königlichen Gestirns ist. Er lebt nur von Gnaden des Vaters, von seinem Licht und seiner Wärme. Aber von Jahr zu Jahr nimmt er ab und seine Atmosphäre wird immer ärmer an Sauerstoff. Die Stunde kommt, wo unsere warme Decke abgenutzt ist, und alles Leben zugrunde geht ... Wenn alle dies immer im Bewußtsein behielten – was würde uns Ostpreußen bedeuten? ... Oder Serbien? ...«

Netschwolodow schwieg.

»Und das Erdinnere? Die glühende Masse drängt nur so herauf. Die Dicke der Erdrinde beträgt rund fünfzig Werst, das entspricht der Haut einer sizilianischen Orange oder der Haut auf gekochter Milch. Und das Wohl und Weh der Menschheit schwimmt auf dieser Haut ...«

Netschwolodow widersprach nicht.

»Schon einmal, vor zehntausend Jahren, ist fast alles Lebendige untergegangen. Aber wir haben nichts daraus gelernt.«

Netschwolodow ruhte.

Zwischen ihnen entstand und blieb das Einverständnis im Verschweigen. Smyslowskij mußte Netschwolodows »Sagen aus dem russischen Land«, geschrieben für das einfache Volk, kennen und konnte sie, da er zum Kreis der Gebildeten gehörte, wahrscheinlich nicht billigen. Aber wie der ganze Krieg, in der Tat, vor der Majestät des Himmels unwesentlich wurde, so trat an diesem Abend auch der Unterschied zwischen ihnen zurück.

Trat zurück, ohne jedoch ganz zu verschwinden. Er hatte eben Serbien erwähnt. Serbien wurde von einem raubgierigen Stärkeren bedrängt, und die Pflicht zur Hilfeleistung in solchem Fall bestand auch vor den Sternen.

»Und überhaupt: woher kommt das Leben auf der Erde?

Als man die Erde für den Mittelpunkt des Weltalls hielt, war es auch natürlich, daß alle Keime in das Geschöpf Erde hineingelegt worden sind. Aber in diesen kleinen zufälligen Planeten? Alle Wissenschaftler stehen vor einem Rätsel ... Das Leben wurde uns von einer unbekannten Kraft gebracht, unbekannt woher. Und unbekannt wofür ...«

Das gefiel Netschwolodow schon besser. Das Armeeleben, das aus eindeutigen Kommandoworten bestand, ließ keine doppelsinnigen Deutungen zu. Aber bei Betrachtungen, die er in seinen Mußestunden anstellte, glaubte er an zweierlei Sein, worin auch der Ursprung aller Wunder der russischen Geschichte zu suchen wäre. Darüber zu sprechen war allerdings schwerer, als darüber zu schreiben, das Sprechen darüber war fast unmöglich.

Und Netschwolodow antwortete:

»Ja ... Sie haben einen so großen Maßstab ... Und ich kann nicht weiter als Rußland ...«

Das war ja das Schlimme. Noch schlimmer war, daß ein guter General schlechte Bücher schrieb und sich dazu berufen fühlte. Die Orthodoxie ist bei ihm immer im Recht gegen den Katholizismus, der Moskauer Thron gegen Nowgorod, die russischen Sitten sind milder und reiner als die westlichen. Viel ungezwungener konnte man sich mit ihm über Kosmologie unterhalten.

Aber er war in Bewegung gekommen:

»Aber bei uns weiß man doch nicht, was Rußland ist. Neunzehn von zwanzig Leuten wissen bei uns nicht, was VATERLAND ist. Die Soldaten kämpfen für den Glauben und den Zaren – und das ist der Halt der Armee.«

Nicht nur den Soldaten, auch den Offizieren war es verboten, sich über politische Themen zu unterhalten. Das war ein Armeebefehl, und es war nicht Netschwolodows Sache, über diesen Befehl zu urteilen, wenn er von Allerhöchster Stelle gebilligt war. Aber ...

»Um so wichtiger ist es, daß der Begriff des Vaterlandes eine allgemein verbreitete Herzensempfindung ist.«

Er schien dennoch auf sein Buch überleiten zu wollen, aber eine ernsthafte Unterhaltung darüber wäre peinlich gewesen. Aleksej Smyslowskij persönlich war in seiner Entwicklung über den Zaren und über den Glauben hinausgekommen, aber was Vaterland ist, das verstand er, das verstand er sehr wohl!

»Aleksandr Dmítrijewitsch! Stimmt das, was ich gehört habe, daß Sie noch unter dem letzten Zaren eine Reform des Offizierskorps vorgeschlagen hätten? Der Garde, der Dienstordnung?«

»Ich habe es getan.« Netschwolodow äußerte das freudlos und gleichgültig.

»Und – wie ging es weiter?«

Immer verhaltener, halblaut kam die Antwort:

»Man muß mit dem Strom schwimmen. Wie alle schwimmen . . .«

Er leuchtete mit der Taschenlampe auf die Uhr.

Schlafen die Deutschen? Oder sickern sie ein, von den Vorposten unbemerkt? Oder umgehen sie uns auf einem anderen Weg, um uns morgen einzukreisen?

Sollte man entscheiden? Oder geduldig warten? Was sollte man tun?

Netschwolodow regte sich nicht.

Plötzlich hörte er Lärm in der Nähe, Stimmen, wütendes Fluchen – Roschko führte eine Gestalt zum Keller.

»Exzellenz! Dieser Trottel sucht uns seit über vier Stunden. Wenn er nicht geträumt hat und nicht geschwindelt, ist er fast bei den Deutschen gelandet.«

Dann übergab er einen Brief.

Sie öffneten ihn. Und lasen zusammen beim Schein der Taschenlampe:

»An Generalmajor Netschwolodow.

13. August, 5 Uhr 30 nachmittags«

Sie lasen nochmals, Netschwolodow wischte sogar über die Zahlen: ja, 5 Uhr 30 nachmittags!

»Der Divisionskommandeur hat befohlen, mit der Ihnen

anvertrauten Reserve den Rückzug der Einheiten der nördlich von Groß Bössau kämpfenden 4. Infanteriedivision zu decken . . .«

»Nördlich von Groß Bössau . . .« Netschwolodow wiederholte es zu Smyslowskij mit monotoner gelangweilter Stimme.

Nördlich von Groß Bössau. Nicht nur hinter der deutschen Infanterie, sondern hinter ihrem Fesselballon und auch jenen Geschützen, die während der letzten Stunden gefeuert hatten. Dort, wo nur Leichen von Russen lagen, den ganzen heißen Tag über. Welche Wahnvorstellungen muß man im Kopf haben, um schreiben zu können: »Nördlich von Groß Bössau«?

Netschwolodow richtete den abgeirrten Strahl wieder auf das Papier: und was war nach Groß Bössau zu tun?

Aber es gab nichts mehr zu lesen. Unten stand:

»Für den Chef des Divisionsstabs: Hauptmann Kusnjezów.«

Nicht der Divisionskommandeur, nicht einmal der Chef des Divisionsstabs (die hatten nur etwas gerufen, als sie in das Automobil oder in den Bankwagen sprangen, schon im Fahren) – ein Hauptmann Kusnjezow unterschrieb für sie alle (der übrigens gleich anschließend auch davongelaufen ist) und ließ das Schreiben durch den tranigsten aller Melder zustellen.

Netschwolodow leuchtete auf die Uhr und notierte auf dem erhaltenen Papier: 13. August, 21 Uhr 55 Min.

Viereinhalb Stunden war der Befehl unterwegs gewesen. Er brauchte überhaupt nicht geschrieben zu werden: um 5 Uhr nachmittags hatte Netschwolodow fast wörtlich dasselbe von Komarow persönlich gehört.

Und in diesen fünf Stunden fanden sie nicht einmal Zeit, sich über das weitere Schicksal der Reserve Gedanken zu machen.

Netschwolodow hob den Kopf, als wollte er lauschen.

Nichts zu hören. Stille.

Er sagte leise:

»Aleksej Konstinytsch. Lassen Sie zwei Haubitzen in Feuerstellung, machen Sie die anderen marschbereit, mit der Spitze nach Osten. Dasselbe auch in der Mörserabteilung.«

Dann laut:

»Mischa! Du reitest im Galopp nach Bischofsburg und stellst selbst genau fest, welche Truppen stehen dort, welche Befehle haben sie? Wer hat das Kommando? Können wir mit Munitionsnachschub rechnen? Wo sind die Schlüsselburger? Und komm so schnell wie möglich zurück!«

Roschko wiederholte alle Fragen – lebhaft, exakt, ohne das geringste auszulassen –, war mit einem Satz fort, rief nach seinen Begleitern, mehrere Menschen rannten, und dann, auf weichem Boden, dumpfes Pferdegetrappel, das immer leiser wurde.

Vor anderthalb Stunden war Smyslowskij mit denselben Gedanken hierhergekommen: was hat es für einen Sinn, Geschütze ohne Munition in Feuerstellung zu lassen, man wird sie nur verlieren. Jetzt, wo er die Erlaubnis hatte, tat es ihm leid, abziehen zu müssen.

Umgekehrt müßte es sein: diese stille Nacht wäre lang genug, damit das ganze Korps hierhermarschieren und sich an ihrer Seite aufstellen könnte.

Abziehen – das bedeutete, er hatte umsonst geschossen, alle Granaten waren umsonst geflogen, die Verwundeten – umsonst verwundet.

Und die Nacht schien so ruhig, so ganz ohne Gefahr.

Eine halbe Stunde später, oder etwas darüber, kam Smyslowskij in den Stab der Reserve zurück und fand Netschwolodow immer noch auf dem Kellergewölbe sitzend. Er lehnte sich neben ihn.

»Aleksandr Dmitrijewitsch! Und die Bataillone?«

»Ich weiß es nicht. Ich kann nicht«, würgte Netschwolodow hervor.

Hinterher weiß man es immer ganz genau: selbstverständlich, sie mußten abziehen – und zwar möglichst schnell! Selbstverständlich, sie mußten bleiben – und zwar möglichst lange! Vielleicht werden sie in diesem Augenblick eingekesselt. Vielleicht ist in diesem Augenblick die nahende Hilfe nur eine Werst entfernt. Aber in diesem Augenblick mußt du selbst, von allen, die über dir sind, verlassen, ohne das geringste über die Armee, das Korps, die benachbarten Einheiten, den Gegner zu wissen, in Dunkelheit, in tiefer Stille, mitten in einem fremden Land – mußt du selbst entscheiden – und zwar fehllos!

Smyslowskij stützte sich mit der Schulter gegen das Kellergewölbe, strich sich über den Bart und schwieg, ohne das Entschließen stören zu wollen, ohne einen Eingriff wagen zu können.

Und plötzlich veränderte sich alles! Die menschenleere Dunkelheit belebte sich, wenn auch ohne einen einzigen Laut: ein milchiger, weißlicher, dicker, endlos langer, irgendwo in der Höhe entstandener deutscher Scheinwerferstrahl!

Wie eine feindliche, todbringende, stumpfe Hand tastete er langsam den Standort der Reserve Netschwolodows ab.

Die ganze Welt hatte sich verändert, als hätten zwölf schwere Geschütze das Feuer eröffnet!

Netschwolodow sprang federnd auf und lief zum Scheitelpunkt des Kellergewölbes hinauf. Smyslowskij holte ihn mit einigen Sätzen ein.

Der Strahl suchte. Langsam, langsam rückte er weiter, verließ widerstrebend den ausgeleuchteten, dem Dunkel entrissenen Streifen. Er setzte links an, am See, und bis hierher hatte er noch weit.

Netschwolodow rief jemanden herbei, um an die Bataillone den Befehl weiterzugeben: Unter dem Strahl auf gar keinen Fall sich bewegen, in Deckung gehen!

Man lief, um den Befehl weiterzugeben.

Nur ein einziger Strahl – doch er veränderte alles. Es war klar – nur die Nacht hielt die Deutschen zurück. Gegen

Morgen oder am Morgen werden sie zum Angriff übergehen.

Wenn sie selbst bis zum Morgen warten, müssen sie sich den ganzen nächsten Tag halten.

Wenn sie nicht warten, müssen sie sofort abziehen.

Da – ein zweiter Strahl leuchtete auf! – in einiger Entfernung vom ersten und im Winkel dazu, aber nicht überkreuz, sondern fächerartig: der zweite Strahl tastete Netschwolodows rechte Flanke ab, das Bjelosersk-Regiment.

Hinter diesen stummen Lichtknüppeln – was konnte dahinter stecken?

Wieder rief Netschwolodow jemanden herbei und befahl, den langen Arm weit vorgestreckt:

»An Oberstleutnant Kosatschewskij: Sobald der Strahl vorbei ist, soll das Bataillon die Stellung räumen und hierher, auf die Straße, zurückgeführt werden.«

Sie konnte er auf keinen Fall länger hier halten.

»Steigen wir aufs Bahnhofsgebäude!« schlug Smyslowskij vor.

Es wäre sehr schade gewesen, wenn sie die Gelegenheit verpaßt hätten, auch selbst etwas zu sehen. Sie sprangen vom Keller herab, liefen auf die Bahnhofsruine zu und stiegen, mit der Taschenlampe leuchtend, über einen Haufen von Ziegelsteinen zu jenem schrägstehenden Balken, über den man auf die Mauer klettern konnte.

Da hörten sie hinten das Klappern von Hufen. Netschwolodow erkannte Roschkos Stimme.

Sie kehrten um.

Mit der unverändert gesunden Jungenstimme, die dem von junger Kraft strotzenden Körper und den roten Backen entsprach, wenn auch atemlos, meldete Roschko:

»In Bischofsburg gibt es nicht einen einzigen höheren Dienstgrad. Die Spitzenstaffel des Artillerieparks habe ich nicht gefunden. Alle Einheiten stehen durcheinander, in allen Häusern Verwundete. Keiner weiß wohin. Ein Teil hat den Befehl zum Rückzug erhalten, andere nicht. Das

Schlüsselburger Regiment hat sich wiedergefunden, es ist soeben von Osten in Bischofsburg einmarschiert. Das Regiment hat von Komarow den Befehl bekommen, sich hinter unseren Standort von heute morgen zurückzuziehen. Außerdem hat jetzt Tolpygos Kavalleriedivision die Stadt erreicht, mit dem Befehl, nach Westen vorzurücken. Und im Westen hat Richters Division den Rückzug angetreten, mit dem gesamten Troß. Alles ist durcheinander, man kommt auf keiner Straße durch. Dort ist bis morgen früh keine Ordnung zu schaffen. Ende.«

Nach und nach leuchteten die Scheinwerfer auch die Tiefe aus. Und glitten dann wieder seitwärts.

Sie bewegten sich aufeinander zu.

Es war Viertel nach elf. Am 13. August hatte Netschwolodows Reserve den Gegner südlich von Groß Bössau zum Stehen gebracht. Für den 14. August lag ein Befehl nicht vor, Netschwolodow mußte ihn selbst erstellen.

Auf einem Haufen zerbröckelter Ziegelsteine in der Bahnhofsruine stehend, mit einem Blick auf den sich nähernden Scheinwerferstrahl, sagte Netschwolodow leise, sogar gelangweilt:

»Wir gehen zurück. Aleksej Konstantinowitsch! Machen Sie die letzten Geschütze marschbereit. Rücken Sie mit beiden Abteilungen auf den nördlichen Rand von Bischofsburg. Wählen Sie dort auf alle Fälle eine Stellung und warten Sie auf mich.«

»Jawohl«, antwortete Smyslowskij. »Feci quod potui faciant meliora potentes.«

Er ging.

»Roschko! An die Ladoga-Bataillone weitergeben: die Stellungen sollen geräuschlos geräumt werden – und hierher!«

Auf dem Bahnhof erstarrte alles: jetzt war er da, der totenbleiche Fleck, das leichenhafte Licht. Man stand, man saß hinter den Häusern, hinter den Bäumen. Die Pferde in der Deckung wurden unruhig, wieherten, rissen an den

Zügeln. Es wurde befohlen, sie festzuhalten.

Es war erniedrigend, in dem reglosen Licht hilflos erstarren zu müssen: wenn der Strahl nicht weiterglitt, würde man die ganze Nacht so sitzen bleiben müssen.

Aber noch schlimmer war das Herumkriechen des Scheinwerfers – es war eine Drohung.

Der Strahl glitt weiter.

Sie machten sich fertig. Netschwolodow stieg in den Keller hinab. Trug seinen letzten Befehl ein. Bevor er die Kerze löschte, sah er sich wieder und wieder die Karte an.

Das VI. Korps rollte wie eine freie Billardkugel zurück – durch nichts gehalten, glatt, rund, sorglos.

Und überließ die Armee Samsonows dem nun unbehinderten Stoß von rechts.

Einst gab es ein Horn,
doch Gott schlug es ab.

Auch im russischen Originaltext fehlt das Kapitel 22. Auf das Kapitel 21 folgt das Kapitel 23. Das ist kein Versehen, sondern entspricht der Disposition des Autors. Er behält sich die Ergänzung im Zuge der Arbeit an den folgenden Bänden vor.

· 23 ·

(Übersicht bis zum 13. August)

Worauf General Shilinskijs Krähenmut nicht verfallen ist – von Preußen mehr als nur die Ecke der Masurischen Seen zu umfassen –, das hätte ein deutscher Gymnasiast beim ersten Blick auf die Karte erkannt: Der nach Osten vorgestreckte, unter der Achselhöhle vom Königreich Polen gestützte ostpreußische Kurzärmel war als Ganzes für einen russischen Schlag prädestiniert.

Die russischen Pläne boten sich von selber dar: Preußen sollte amputiert werden. Im Osten, am Njemen, wo die deutsche Armee ohnehin nicht offensiv werden kann, denn dadurch würde der verletzbare Arm noch weiter verlängert, werden die Russen nur geringe Sicherungstruppen, Verschleierungseinheiten stehen lassen. Die Hauptkräfte werden unter der Achselhöhle, vom Narew her aufmarschieren und nach Norden vorstoßen.

Wäre es nicht das eigene Land, läge es weit entfernt von Deutschland, dann hätte man es, angesichts dieser ungünstigen Lage, vorübergehend aufgeben können. Aber hier waren die Wurzeln des Deutschritterordens, es war die Wiege der preußischen Könige, das Land mußte trotz aller ungünstigen Umstände gehalten werden.

Nachdem die künftige Situation in den alljährlich stattfindenden Kriegsspielen bereits mehr als einmal vom deutschen Oberkommando durchprobiert worden war, wurde der Plan eines energischen Gegenmanövers ausgearbeitet: über die zahlreichen Landstraßen und Eisenbahnlinien, die rechtzeitig in dichtem Netz angelegt wurden, in zwei bis drei Tagen aus dem Sack zu entkommen, schnell genug, um einen massiven Schlag gegen die Flanke der feindlichen Hauptkräfte zu führen, sie zu überraschen, zu verwirren und stellenweise auch einzukreisen.

Allerdings war man nach dem Japanischen Krieg nicht mehr ganz so ängstlich, und in den Instruktionen hieß es: »Schnelle Ausnutzung einer günstigen operativen Lage, rasche exakte Bewegung ist von der russischen Führung nicht zu erwarten. Russische Heeresbewegungen vollziehen sich äußerst langsam, die Hindernisse bei der Erstellung, Übermittlung und Ausführung der Befehle sind groß. An der russischen Front wird man Bewegungen wagen können, die einem anderen Gegner gegenüber unmöglich wären.«**

Aber selbst bei solcher Einschätzung rief das Verhalten der Russen im August 1914 allgemeines Staunen hervor. Der Aufmarsch im Osten beschränkte sich nicht etwa auf verschleiernde Sicherungstruppen – dort wurden bis zu zehn Infanteriedivisionen eingesetzt, fünf Kavalleriedivisionen, darunter zwei Gardedivisionen, der Stolz Petersburgs. Und im Süden hatten die Russen die Grenze überhaupt nicht überschritten, sie waren in diesen Tagen nicht einmal in die Nähe der Grenze gekommen!

Ein tückisches Rätsel! Warum gingen die russischen Armeen nicht gleichzeitig vor? Warum hielt die Südarmee sich gegenüber der Ostarmee zurück, statt den umfassenden Schlag zu führen? Sollte man das als strategische Neuerung der Russen auffassen: statt der modernen Theorie der Umfassung – ein schlichtes Hinausdrücken, das offensichtlich dem arglosen russischen Nationalcharakter entsprach (dem »russischen Gemüt«)*?

Dann mußte der Stoß gegen die Njemen-Armee Rennenkampfs geführt werden! Und je eher, desto besser, denn jede Verzögerung konnte sich verhängnisvoll auswirken. Der Oberbefehlshaber der preußischen Armee, Generaloberst von Prittwitz, warf fast seine gesamten Kräfte ans äußerste östliche Ende von Preußen. Der Sieg schien ihm sicher: Rennenkampf war, trotz seiner ganzen Kavallerie, so wenig über den heranrückenden Gegner unterrichtet, daß er für den 7. August, den Tag, an dem die Schlacht begann, einen RASTTAG befohlen hatte, er griff selbst in den Gefechtsverlauf nicht ein, seine Kavallerie kämpfte nicht mit, und jede Infanteriedivision – für sich allein. Und trotzdem wurden die Deutschen an jenem Tag für die Geringschätzung des Feindes bestraft: ihre Denkschrift hatte unterlassen, während sie die Mängel der russischen Führung aufzählte, an die Standfestigkeit der russischen Infanterie und das ausgezeichnete Schützenfeuer zu erinnern – der verlorene Krieg mit Japan hatte seine Früchte gezeitigt. Bei Gumbinnen erlitt die Armee von Prittwitz trotz der doppelten Überlegenheit der Artillerie schwere Verluste, die Schlacht wurde verloren.

Am Abend jenes schweren Tages wurde Prittwitz gemeldet, Flieger hätten um Mittag auch im Süden den Vormarsch langer russischer Kolonnen erkannt. Selbst wenn die Schlacht bei Gumbinnen gewonnen worden wäre, hätte man jetzt unverzüglich von Rennenkampf sich absetzen und die Armee zurückführen müssen. Nach der verlorenen Schlacht bei Gumbinnen neigte von Prittwitz dazu, sich gänzlich hinter die Weichsel zurückzuziehen und Ostpreußen zu räumen.

Der Abzug verlief völlig ungestört: er begann noch am selben Abend, und bereits nach der ersten Nacht hatte man einen Abstand von einem Tagemarsch geschaffen. Am nächsten Tag, dem 8. August, am 9. und sogar am 10. morgens dachte Rennenkampf nicht einmal daran – das zweite verblüffende russische Rätsel! – den Gegner zu verfolgen, zu überrollen und zu vernichten, Land, Straßen und Städte zu besetzen, sondern er *blieb stehen*, ließ den Abstand auf 60 Kilometer* anwachsen und rückte dann mit größter Vorsicht vor, 10 bis 15 Kilometer pro Tag (schonte aber dabei den Pferdebestand).

Nachdem es von Prittwitz gelungen war, innerhalb von vierundzwanzig Stunden mit seinen drei Korps Rennenkampf zu entweichen, beschloß er, sich nicht hinter die Weichsel zurückzuziehen, sondern nach Südwesten abzubiegen und die linke Flanke der von Süden anrückenden Armee Samsonows zu treffen. Denn – das dritte russische Rätsel! – die russische Südarmee unternahm keinen Versuch, das gegenüberstehende Korps von Scholtz' zu streifen, welches wie ein schräggehaltener Schild Preußen abriegelte, geschweige denn es zu umfassen oder es frontal anzugreifen – sie marschierte unbeirrt an von Scholtz *vorbei* schräg in den leeren Raum hinein und bot ihm ihre Flanke dar.

Die Lagebeurteilung, die von Prittwitz selbst am Tage davor nach oben durchgegeben hatte, und die steigende Unruhe in Berlin, die durch die Flüchtlingsströme aus Preußen ausgelöst wurde, taten indes ihre Wirkung. Am 9. August wurde im deutschen Großen Hauptquartier beschlossen, von Prittwitz abzulösen und aus der Marneschlacht, aus dem auf Paris gerichteten Flügel zwei Korps abzurufen – ein Gardekorps und ein Armeekorps. Damit war die Schlacht um Paris und der Plan vereitelt, in vierzig Tagen mit den Franzosen abzurechnen und dann erst die Entscheidung im Osten zu suchen.

Zum neuen Stabschef der preußischen Armee wurde Ludendorff ernannt, der erst gerade in Belgien Anerkennung gefunden hatte: »Vielleicht werden Sie unsere Lage noch retten, das Allerschlimmste verhindern können.«** Am neunten abends wurde er von Kaiser Wilhelm empfangen, der ihn mit einem Orden auszeichnete, und in der Nacht zum zehnten traf er in dem Sonderzug, der ihn von Koblenz nach Osten brachte, mit dem neuen Oberbefehlshaber von Hindenburg zusammen, der aus dem

Ruhestand zurückberufen worden war. Aber der Befehl, den sie aus dem Zug vorausschickten, enthielt dieselben Umgruppierungen, wie sie von Prittwitz vor ihnen eingeleitet hatte. (Darin zeigt sich die einheitliche Technik des Kriegsdenkens, die allen deutschen Befehlshabern nach dem Vermächtnis Moltkes des Älteren anerzogen wurde: ein genialer Feldherr ist ein Zufall, das Schicksal des Volkes darf nicht vom Zufall abhängig sein; die Kriegswissenschaft ermöglicht es, eine siegreiche Strategie auch durch mittelmäßig begabte Leute zu verwirklichen.)

Aber die Russen gaben unterdessen ein viertes Rätsel auf: unverschlüsselte Funksprüche! Wiederholt legte man dem eben eingetroffenen Ludendorff – unterwegs wurde sein Automobil von einem anderen Automobil eingeholt – aufgefangene russische Funksprüche vor: aus dem Stab der Zweiten Armee an die Korps, auch von der Ersten Armee ungefähr zehn Funksprüche vom 11. August mit genauer Standortangabe der einzelnen Korps, ihren Aufgaben, Absichten und dem Beweis der totalen Unkenntnis des Gegners, und am Morgen des 12. einen Funkspruch mit der gesamten Dislokation der Zweiten Armee! Und es wurde ihnen klar, daß die Erste Armee sie nicht hindern würde, mit der Zweiten abzurechnen.

Aber vielleicht war dies alles ein Täuschungsmanöver? Nein, die Meldungen der Flieger, Agenten, freiwilliger Militärvereinigungen, die Telephonanrufe der Einwohner stimmten in allem überein. Hatte es je in der gesamten Kriegsgeschichte ein Spiel mit so offenen Karten gegeben? Soviel Klarheit über den Gegner? Ein ernsthafter Krieg in einem von Seen übersäten, von Kiefernwäldern mit Zwanzigmeterbäumen bestandenen Land verwandelte sich für die Deutschen in ein einfaches Kriegsspiel auf dem Truppenübungsplatz.

Und für alle vier Rätsel gab es eine einzige Lösung: Die Russen verstehen sich nicht darauf, die Bewegungen großer Truppenverbände zu koordinieren. Daher konnte man riskieren, statt der Umgehung der Flanke eine UMFASSUNG durchzuführen. Die Karte stöhnte, die Karte bettelte, die Karte bot selber an, das Cannae des zwanzigsten Jahrhunderts einzuzeichnen.

Es wäre sehr verlockend gewesen, die gesamte Armee Samsonows einzukreisen, aber sie war über ein weites Gebiet verstreut, dafür hätten die Kräfte nicht ausgereicht. Darum wurde beschlossen, lediglich die außenstehenden Korps bei Usdau und Bischofsburg zurückzustoßen und dadurch Breschen zu schlagen, durch die man die Zangen einführen konnte. Zu diesem Zweck wurden seit nun fünf Tagen die deutschen Truppen umgruppiert.

Das Korps des General von François wurde mit der Bahn diagonal durch ganz Preußen verschoben. Die Korps von Mackensens und von Belows (von denen Rennenkampf gemeldet hatte, sie seien geschlagen, ihre Reste hätten sich schutzsuchend nach Königsberg zurückgezogen) legten in gewöhnlichen Tagemärschen 80 Kilometer zurück und griffen nach einem geruhsamen Rasttag am Morgen des 13. August die leichtfertig vorgeschobene Division Komarows überraschend an.

Das war jener 13. August, an dem Samsonow seinen Stab endlich nach Neidenburg vorverlegte, an dem dort auf die Besetzung Berlins angestoßen wurde, unmittelbar unter der Spitze der bereits angesetzten Zange und begleitet vom nahen Grollen der siebenfach überlegenen deutschen Artillerie, die bei Mühlen gegen die Division Mingins eingesetzt war. Jener Tag, an dem das Korps von Martos, immer weiter an von Scholtz vorbeigetrieben, sich immer stärker an ihm festhakte, immer mehr auf ihn einschwenkte und mit Erfolg bedrängte. Jener Tag, an dem das Korps von Klujew, ohne vom Gegner auch nur etwas zu ahnen, eilig durch den Sand in den leeren Norden marschierte – in eine Falle, in eine Wolfsgrube hinein, im Eilmarsch unwiederbringliche Werst zurücklegte, deren jede später mit einem Bataillon bezahlt werden mußte. Das war eben jener 13. August, an dem der russische Frontstab schon den Plan ausarbeitete, Rennenkampf aus dem eroberten Ostpreußen zurückzuholen, und Shilinskij folgendes Telegramm an Rennenkampf abschickte: Hauptziel ist die Einschließung der Festung Königsberg (wo nur überalterte Landsturmmänner Zuflucht gefunden hatten) und das Abdrängen der Deutschen an die Ostsee (wo es keine gab), um sie nicht bis zur Weichsel gelangen zu lassen (was sie gar nicht beabsichtigten).

Dennoch schien dem preußischen Oberkommando dieser Tag wenig erfolgreich. Als mißlich mußte schon der Umstand angesehen werden, daß während vierundzwanzig Stunden kein neuer unverschlüsselter russischer Funkspruch aufgefangen werden konnte und die eben noch vorhandene Klarheit über die Stellung der Russen getrübt und verwirrt wurde durch die zahlreichen ihm unbekannten Bewegungen.

Obwohl sie Komaros Division zerschlagen hatten, rückten die Korps von Mackensens und von Belows am Dadey-See mit einer Vorsicht vor, die sie nach Gumbinnen sich zu eigen gemacht hatten, und diese Vorsicht machte sich bezahlt: am Bahnhof Rothfließ leisteten die Russen am Abend des 13. hartnäckigen Widerstand, offensichtlich mit beträchtlichen Kräften. (Es mußte der Morgen des 14. anbrechen, damit die deutschen Flieger das Korps von Blagowjestschenskij auf dem Rückzug und in einer solchen Unordnung beobachten konnten, wie es keiner am Tage vorher für möglich gehalten hätte). Und weil zwei russische Regimenter südlich von Mühlen bis in den Tod ausharrten, blieb es Hindenburg verborgen, daß der erforderliche Spalt in diesem Abschnitt bereits klaffte, und er schrieb in einem Befehl, die Russen hätten dort mehr als ein Korps stehen. Ohne den klaffenden Spalt wahrzunehmen, öffneten sie sich einen bei Usdau.

Die Spitzen der dicken umzingelnden Pfeile drängten zum Stoß.

Und auch der Schatten der Vorsehung* fiel auf die gleiche Befestigungslinie bei Mühlen, auf dieselben Felsen am See und fünfhundertjährigen Tannen der schützenden und beschützten Heimaterde, wo jetzt närrisch und nackt die russische Zweite Armee vorrückte: genau an dieser Stelle sammelten sich im Jahre 1410 die vereinten slawischen Kräfte und schlugen in der Nähe des Dörfchens Tannenberg, zwischen Hohenstein und Usdau, den Deutschritterorden aufs Haupt.

Nach einem halben Jahrtausend fügte es sich schicksalhaft, daß Deutschland das Strafgericht* vollstreckte.

24

Keine einzige angeborene Gabe bringt unaufhörlich Freude mit sich, sondern unvermeidlich auch Kummer. Aber ein überdurchschnittlich begabter Offizier hat ein qualvolles Dasein. Die Armee folgt mit Begeisterung einem glänzenden Talent, aber erst muß es den Marschallstab fest in der Hand haben. Solange es nach dem Stab erst greift, schlägt sie ihm immer und immer wieder auf die Hand. Die Disziplin, das Fundament der Armee, ist immer gegen das aufstrebende Talent, und alles, was sich wie ein Bienenschwarm in ihm regt und es bis zum Bersten erfüllt, muß gebändigt, abgestimmt, eingeordnet werden. Für alle, die einstweilen über ihm stehen, ist es unerträglich, solch einen eigenwilligen Untergebenen zu haben. Deshalb steigt er auf der Rangliste nicht schneller als der Durchschnitt, sondern langsamer.

Im Jahre 1903 kam von François als Chef eines Korpsstabs nach Ostpreußen. Zehn Jahre später, bereits Ende fünfzig, wurde er hier nur mit der Führung eines Korps beauftragt.

Im Jahre 1903 führte Graf von Schlieffen hier mit dem Stab ein Kriegsspiel durch, und von François wurde zum Kommandeur einer der »russischen« Armeen bestimmt. Gerade an ihm demonstrierte Schlieffen seinen Zangenangriff.

Die Eintragung im Manöverbericht lautete: »Angesichts der drohenden Rücken- und Flankenumfassung legte die russische Armee die Waffen nieder.« Von François entgegnete hochmütig: »Exzellenz! Solange ich die Armee kommandiere, wird sie die Waffen nicht niederlegen!« Von Schlieffen lächelte und fügte einen Nachtrag hinzu: »Als er die ausweglose Lage seiner Armee erkannte, SUCHTE DER OBERBEFEHLSHABER DEN TOD IN DER VORDERSTEN LINIE – UND FAND IHN.«

Wie es im wirklichen Krieg eigentlich nicht geschieht.

Wie General Hermann von François übrigens handeln würde, wenn er eine Schmach erlitte. Das Hugenottengeschlecht der François betrachtete das Land, wo es Zuflucht gefunden hatte, keineswegs als zufälliges Asyl. Das Geschlecht der François war gewohnt, nur ein Vaterland zu kennen und nur ihm zu dienen – der Urgroßvater François wurde in Deutschland noch zu einer Zeit geadelt, als für den Adel Frankreichs die Guillotine noch nicht aufgerichtet war. Der Vater von François, ebenfalls General, 1870 von den Franzosen tödlich verwundet, rief aus: »Ich bin glücklich, in einem solchen Augenblick zu sterben – ich glaube, Deutschland siegt!«

Als von François 1913 das Kommando in Ostpreußen übernahm, hatten die dort stationierten Truppen die Aufgabe der defensiven Verteidigung: vor einem überlegenen Gegner kämpfend zurückweichen. Aber damit war der Plan des verstorbenen Schlieffen mißverstanden. Die im allgemeinen defensive Haltung an der Ostfront, bis die deutschen Truppen im Westen frei wurden, mußte durchaus nicht für jeden Abschnitt als Rückzugstaktik ausgelegt werden. Indem von François den deutschen und den russischen Charakter verglich, fand er, daß Angriff und rasches Tempo dem Geist des deutschen Soldaten und seiner militärischen Erziehung entsprechen, während der russische Charakter durch andere Eigenschaften sich auszeichnet: Abneigung gegen jede methodische Arbeit, mangelndes Pflichtgefühl, Scheu vor Verantwortung, völlige Unfähigkeit, Zeit abzuschätzen und intensiv auszunutzen. Daraus ergaben sich die Eigenschaften der russischen Generale: Trägheit, Neigung zum schematischen Handeln, zu Ruhe und Bequemlichkeit. Deshalb war François zur offensiven Verteidigung Preußens entschlossen: anzugreifen, sobald die Russen sich zeigten.

Als der Große Krieg begann (ein großer für Deutschland, und ein großer, langerwarteter für von François, denn jetzt bekam er die einzigartige Gelegenheit, sich als ersten Feldherrn seines Landes, vielleicht ganz Europas zu beweisen), hatte von François die Absicht, das rasche Tempo der deutschen Mobilmachung auszunutzen und mit seinem Korps, sobald es gefechtsbereit war, die Grenze zu überschreiten und die sich langsam sammelnden Truppen Rennenkampfs anzugreifen. Aber gerade hier stellte sich heraus, daß selbst eine deutsche Armee ein übermäßig dynamisches Talent nicht akzeptieren und nicht anerkennen kann. Von Prittwitz verwarf den Plan von François: »Man muß sich damit abfinden und einen Teil dieser Provinz opfern.« Von François sah das nicht ein: er lieferte eigenmächtig den Russen ein Gefecht bei Stallupönen, dessen Verlauf er für erfolgreich hielt, aber auf dem Höhepunkt des Kampfes kam ein Automobil und überbrachte den Befehl von Prittwitz: das Gefecht sofort abzubrechen und auf Gumbinnen zurückzumarschieren. Die Armee mochte ihre Pläne haben, der Korpskommandeur hatte seine eigenen! Von François antwortete dem Kurier laut, vor seinen Offizieren: »Melden Sie dem Herrn General von Prittwitz: General von François wird das Gefecht dann abbrechen, wenn die Russen geschlagen sind!« Hélas! sie wurden nicht geschlagen, und der eigene Stabschef verriet ihn beim Armeestab. Am Abend gab François Erklärungen ab, Prittwitz machte dem Kaiser persönlich Meldung über von François' Insubordination, von François meldete ebenfalls dem Kaiser persönlich, daß er mit *diesem* Stabschef nicht weiter Krieg führen könne! Das war ein riskantes Spiel, denn der Kaiser hatte allen Grund, in Zorn zu geraten und von François, den er ohnehin wegen zahlreicher Beschwerden für eine »allzu selbständige Natur« hielt, abzusetzen – aber einen mißgünstigen Stabschef kann ein hervorragender Feldherr nicht ertragen!

Wie er es auch unterdrückte und verschwor, trotz allem mußte ein unentwegter Franzose in ihm stecken.

Aber bei dieser Verselbständigung dem Oberkommando gegenüber konnte er auf die ausgleichende Gerechtigkeit nicht verzichten: er hielt es für wesentlich, jeden Schritt und jeden Konflikt unverzüglich für die Geschichte und die Nachkommen zu erläutern, das würde kaum jemand anderes für ihn tun, er mußte schon selbst dafür sorgen. Und so achtete von François, der flexibel und mit Geschmack Krieg führte, trotz seines Alters wendig und schlank war, selbst zum Beobachten auf Kirchtürme stieg, das Ausladen von Munition auch unter Kartätschenfeuer beaufsichtigte (vielleicht wäre man auch ohne ihn damit fertiggeworden), der in seinem Automobil an jeden Kampfplatz eilte, damit Lage und Befehl sich nicht widersprachen, der nachts zwei Stunden schlief und tagelang mit einer hastig heruntergestürzten Tasse Kakao auskam (für die Memoiren, zuweilen gab es auch Beefsteak) – von François achtete streng darauf, daß jede seiner Entscheidungen dreifach fixiert und expliziert wurde: ein Befehl nach unten, eine Meldung nach oben, und eine detaillierte Darstellung für das Militärarchiv (und wenn er am Leben bleiben sollte – für das eigene Buch), die nicht nur die Taten, sondern auch die Absichten enthielt, die der General nicht immer verwirklichen konnte. Bis zum Beginn der Kampfhandlungen schrieb er diese Darstellung selbst, und als die Kämpfe einsetzten, ließ er ständig in einem seiner beiden Automobile als Sonderadjutanten seinen Sohn mitfahren, einen Leutnant, der das Tagebuch des Generals führte, in dem er alle seine Überlegungen an Ort und Stelle unverzüglich notierte.

Er mußte auch die Linie, der er in seinem Verhalten folgte, selbst formulieren, keiner könnte das in einem besseren Stil als er: Sollte man einfach Befehle ausführen, was das Leichteste ist? Oder sollte man das Verantwortungsgefühl des eigenen Inneren über prompte Subordination stellen, die Angst vor dem Mißgriff überwinden und sich dem Instinkt für Erfolg überlassen, trotz aller Ermahnungen derer, die furchtsamen Geistes sind?

Während der Schlacht bei Gumbinnen kam es von neuem zu Differenzen mit von Prittwitz. Von François hielt dieses Gefecht von den ersten Stunden an für einen bedeutenden Sieg (er meldete das Prittwitz, dieser dem Hauptquartier), griff Rennenkampf mit Entschiedenheit von der Flanke her an (Kritiker behaupten, er hätte, in Unkenntnis ihrer tatsächlichen Ordnung, die Russen frontal angegriffen), machte viele Gefangene, gab am Abend den Befehl, den Angriff am nächsten Morgen fortzusetzen – und bekam von Prittwitz den Befehl, nachts lautlos den Rückzug anzutreten, sogar bis hinter die Weichsel.

Ein unerträglicher Vorfall: auf einen Schlag alles durch das eigene Talent heute Erreichte zu verlieren und auf den morgigen Sieg, den man mit der Nase wittert, verzichten zu müssen, nur weil der Nachbar von Mackensen glücklos gekämpft hatte, und in dem flammenden Bewußtsein seines Rechts den eigenen richtigen Befehl widerrufen und einem falschen sich unterwerfen zu müssen!

Aber so ist die Armee. Und er begann, immer noch von Schlachtmusik erfüllt, unmittelbar vom Feld *seines* Sieges, mit seinem Korps die langwierige Rochade mit der Eisenbahn über Königsberg.

So ist die Armee, aber die deutsche Armee ist auch noch anders: am nächsten Tag schloß die Telephonkommandantur ein Zwischenglied an das andere, bis zu von François, verband ihn, den kleinen Punkt, mit Koblenz, und seine Majestät der Kaiser erkundigte sich bei dem General, wie er die Lage beurteile und ob er die Verschiebung seines Korps für richtig halte.

Für einen Korpskommandeur war das eine hohe Ehre (und eine offensichtliche Zurücksetzung des Oberbefehlshabers). Aber von François' beweglicher Verstand verweilte nicht bei dieser Ehre und bei dem Recht von gestern:

das gestern Richtige war heute nicht mehr richtig. Ein General, der Zukunftsbilder ausmalt, sagt Napoleon, ist kein Feldherr. Da der Rückzug einmal begonnen war, mußte er zu Ende geführt werden. Da man der Njemen-Armee das Feld überlassen hatte, mußte man sein Talent jetzt gegen die Narew-Armee beweisen.

Und irgendwo, unvermerkt, zwischen Telephongesprächen, Sonderzügen, der Begegnung mit dem neuen Oberkommando im neuen Stab (alles alte Bekannte, von François war unter Hindenburg Stabschef gewesen und hatte früher auch mit Ludendorff zusammen Dienst getan) – irgendwo reifte die Idee: »Die Narew-Armee muß in die Zange genommen werden!«, für deren Urheber sich jeder der Drei hielt (und dann muß man später der Geschichte noch beweisen, daß man selbst Urheber und Vollstrecker war).

Bereits am Abend des 11. August (als Worotynzew gerade im vor sich hindämmernden Stab in Ostrolenka auftauchte) saß General von François im Hotel »Kronprinz« in der Nähe der Stelle, an der die ersten ankommenden Züge mit seinen Truppen ausgeladen wurden, gegenüber der linken Flanke Samsonows, und schrieb einen Befehl an das Korps:

»... Die glänzenden Siege, die unser Korps bei Stallupönen und Gumbinnen errungen hat, veranlassen das Oberkommando, euch, Soldaten des I. Armeekorps, auf dem Eisenbahnwege hierher zu werfen, damit ihr mit eurem unbesiegbaren Mut auch diesen neuen Feind, der aus Russisch-Polen eingefallen ist, erfolgreich niederkämpft. Wenn dieser Gegner vernichtet ist, werden wir an unseren früheren Standort zurückkehren und mit den russischen Horden abrechnen, die dort, gegen alle Gesetze des Völkerrechts, unsere Heimatstädte niederbrennen ...«

Die Gewißheit dieser Rückkehr genau voraussehend, schrieb er diese Worte in der linken unteren Ecke Preußens – während seine Truppen in der rechten oberen Ecke bei Königsberg noch verladen wurden und die Eisenbahnzüge ununterbrochen von Osten nach Westen donnerten. Nach einer Verzögerung von rund zwölf Stunden ereignete sich eines der typisch deutschen Wunder: Jede halbe Stunde, bei Tag und bei Nacht, fuhr ein Militärtransport, und selbst die Dienstvorschriften der Deutschen Eisenbahn hatten die Gültigkeit eines Naturgesetzes verloren: die Truppentransportzüge fuhren auf offener Strecke dicht hintereinander, fuhren ein, ohne auf rote Signale zu achten, und waren statt in zwei Stunden in fünfundzwanzig Minuten entladen. Auf Ersuchen des Generals hielten die Züge direkt am künftigen Schlachtfeld, und die Bataillone konnten sich auf den restlichen rund fünf Kilometern die Füße vertreten.

Aber auch dieses Wunder vermochten die Steingesichtigen nicht zu würdigen – Hindenburg und Ludendorff. Sie trafen auf dem Gefechtsstand von François ein, als fast dessen ganze Artillerie noch unterwegs war, und verlangten, daß er den sehnlichst erwarteten Angriff beginne.

Die Augen des Generals hatten (was er selbst nicht wußte und nicht wollte) immer einen leicht spöttischen Ausdruck:

»Wenn ich den Befehl bekomme, werde ich beginnen. Aber die Soldaten werden mit dem ... mit Verlaub zu sagen ... mit dem Bajonett kämpfen müssen.«

Nur die Russen können es sich leisten, zu sagen: das Bajonett ist ein toller Bursche, die Kugel – eine dumme Ziege. Folglich müßte die Granate ein Esel sein. Die Schüler Schlieffens dagegen müßten wissen, daß jetzt die Zeit der FEUERWAFFEN angebrochen war und daß der Erfolg dem beschieden ist, der über die stärkere Feuerkraft verfügt. In den Befehlen an die Soldaten kann man ruhig von unbesiegbarem Mut schreiben, aber dabei muß man Batterien und Granaten zählen.

Warum steht die Subordination immer im umgekehrten Verhältnis zur Begabung? Für von François bedeutete es eine Qual, in einem Meter Entfernung diese beiden

WILLENSSTARKEN breitgewordenen Gesichter über sich sehen zu müssen, die auf dicken steifen Hälsen über großen massiven Körpern saßen. Ludendorff war jünger, sein Unterkiefer war noch nicht so versteinert, sein Blick noch nicht so leblos, aber er ähnelte bereits seinem Oberbefehlshaber. Und das Gesicht Hindenburgs war beinahe rechteckig, alle Züge schwer und grob, mit dicken Tränensäcken, flacher Nase, angewachsenen Ohrläppchen. Was hatten diese beiden Pinzgauer mit dem Impuls einer Intuition oder eines Wagnisses zu tun, was konnten sie schon davon wissen?

(Dabei kam es von François nicht in den Sinn, in Gedanken mit ihnen die Plätze zu tauschen und sich mit den Augen der anderen zu betrachten: war er nicht viel zu klein – zu klein für einen General? Waren seine Augen nicht viel zu fix – zu fix für sein Alter? Und vor allem – was ist mit dieser schlechten Angewohnheit, immer vorgreifen, jeden und alles überholen und überspringen zu wollen?)

So war es auch jetzt: *wo* soll man angreifen? Er will von der vorgeschlagenen Angriffsrichtung nichts wissen und stellt seinen eigenen Plan dagegen: er will auch das 1. Korps mit der Armee Samsonows zusammen in denselben Kessel stecken. Und er streitet! Eine Stunde lang stritten sie sich. Der Plan wird verworfen. Es wird befohlen, das russische 1. Korps zurückzustoßen und den Kern der Armee ohne dasselbe zu umfassen. Und *wann* soll man angreifen? Mit Mühe und Not gelang es von François, einen halben Tag Aufschub auszuhandeln, vom Morgengrauen bis zum Mittag des 13. August.

Er begann: weder dort, wo er wollte, noch dann, wann er wollte, lustlos, ordnungshalber, drängte die russischen Vorposten zurück, sie wichen auf gut einsehbare Stellungen auf den Höhen aus: vom Mühlenhügel über Usdau und weiter den Bahndamm entlang. Bei Usdau sollte am 14. August der Weg nach Neidenburg geöffnet werden.

Mit Sonnenuntergang verstummte das Vorgefecht. Im Laufe der Nacht sollte die gesamte Artillerie eintreffen –

solche Kaliber und solche Geschoßdichte, wie sie die Russen noch nie erlebt hatten. Morgen um vier Uhr früh wird er, General von François, eine große Armeeschlacht beginnen.

»Und wenn die Russen in der Nacht als erste beginnen, mein General?« fragte der Sohn, der noch im Licht einer Taschenlampe seine Eintragungen machte.

Es war in einem Heuschuppen, der General ekelte sich davor, in einem Haus zu schlafen, wo Russen gehaust hatten. Er legte den aufgezogenen Wecker an das Kopfende, streckte seine kurzen Beine, ohne Stiefel, aus, knackte mit den Gelenken und antwortete gähnend und lächelnd zugleich:

»Merk dir, mein Junge: Russen können sich niemals aus eigener Kraft vor Mittag in Bewegung setzen.«

CON MOTO

Vorsänger: *Tollkraut hat der Fritz gefressen,*
Will jetzt in den Faustkampf ziehen!

Chor: *Tschinderassasa, Tschinderassasa,*
Will drum in den Faustkampf ziehen!

Vorsänger: *Aufgeblasen führt den Haufen*
Kater Wasjka auf uns zu!

Chor: *Tschinderassasa, Tschinderassasa,*
Kater Wasjka auf uns zu!

»Russisches Soldatenlied 1914«,
Postkarte mit Noten, unsere marschierenden Helden mit Trommel
und der jämmerliche Kater Wilhelm.

25

Alles wuchs zu einem Berg, ungelegen und unglücklich: dieser ganze Krieg, der die Karriere des Generals Artamonow störte; und der gefährliche westliche Standort seines Korps, am weitesten in Richtung Deutschland vorgeschoben; und der Zwang, trotz allem über Soldau hinaus vorrücken zu müssen; und die Nachrichten über die große Stärke des Gegners, und nun dessen erster Angriff – ausgerechnet an dem Tag, als dieser Oberst eintraf, dieser Spion des Großen Hauptquartiers; und dessen telegraphische Verhandlungen mit dem Ziel, die Schlinge um Artamonows Hals fester zuzuziehen.

Bisher war die Karriere des Generals Artamonow nur in der Spitze verlaufen, in der Generalsklasse und mit Auszeichnungen durch hohe Orden. Freilich, er war selber auch nicht faul, seine Beförderungen waren redlich verdient: andere besuchen eine Offiziersschule, aber er – zwei, alle besuchen eine Akademie – er hatte in zweien die Zeit abgesessen (er hatte es sogar dreimal versucht, war aber einmal durchgefallen): Dienst ist Dienst! Dabei fiel ihm das Sitzen viel schwerer als allen anderen, denn er hatte flinke kräftige Beine, und wenn er nichts zu laufen hatte, bedeutete es für ihn eine Qual. Aber er hatte Glück gehabt und diente erst »für besondere Aufträge«, dann als Erster Adjutant in einem Militärbezirksstab, dann »zur Verfügung des Hauptstabes« – er jagte durch das Amurgebiet, er jagte zu den Buren, er jagte nach Abessinien, und er jagte auf Kamelen durch östliche Provinzen – er war durchaus nicht faul! Er diente ehrlich, so gut er konnte, womit er konnte! Sein Element war Abreisen, Unterwegssein, Ankommen, Umziehen – nur nicht Kriegführen, denn der Krieg bedeutete nicht ausschließlich Bewegung, sondern bei ungünstigen Umständen einen möglichen Schaden für die Beförderung. Übrigens war der Krieg gegen die rebellischen Chinesen für ihn ebenso angenehm wie vorteilhaft gewesen. Auch im Japanischen Krieg schlüpfte er glatt aus dem Sack von Mukden, nachdem er ohne Bedauern den Gelbgesichtern ein halbes Hundert dieser Lehmdörfer überlassen hatte. Aber *dieser* ließ sich irgendwie ungut an. Die Flieger meldeten, daß Artamonow zwei Divisionen gegenüberständen – nein, inzwischen waren es zwei Korps geworden! Die Deutschen hatten etwas Entsetzliches vor. Aber wie sollte man hinter dieses Rätsel kommen? Wie sollte man sich vorsehen? Sein ganzes Leben lang hatte Artamonow die Uniform getragen, aber erst heute spürte er dieses drohende Geheimnis des Krieges vor sich, die Unmöglichkeit, zu erraten, was der Gegner morgen mit dir vorhat, die Unmöglichkeit, eine entsprechende Antwort darauf zu erdenken, – und er jagte, er jagte nicht nur durch die Räume des Stabs, sondern durch das gesamte Aufmarschgebiet seines Korps: zweimal täglich wirbelte sein Automobil Staubwolken in der ganzen Gegend auf, als wolle er die Einheiten inspizieren und aufmuntern, in Wirklichkeit aus purer Verwirrung, die sein ganzes Innere verkrampfen ließ. Was sonst außer Ermunterung zu tun wäre, darauf konnte er nicht kommen, wirklich – er konnte es nicht! Mitten am Tag begannen die Deutschen vorzurücken, und aus lauter Verzweiflung entschloß sich Artamonow – wozu ihn der Armeestab nicht bewegen konnte – zu einem kleinen Angriff: zwei Regimenter auf dem linken Flügel marschierten weitere fünf Werst nach Westen und nahmen ein großes Dorf. Aber – war das auch wirklich gut? Aber – war das auch richtig? Für einen Korpskommandeur ist es unschicklich, jemanden um Rat zu fragen, am allerwenigsten diesen Obersten, der von dem Großen Hauptquartier hergeschickt worden war. Im Gegenteil, über ihn mußte er sich den Kopf zerbrechen, ihn ausholen, und kombinieren, wie einflußreich dieser Oberst wohl sei, ob er das Vertrauen des Höchstkommandierenden besitze und durch wessen Intrige er hierher geschickt worden sei. Und Artamonow unterhielt sich mit ihm nicht über seine Ängste, seine Sorgen, sondern machte große Worte, mehr über das ALLGEMEINE: ja, Deutschland sei, wie man sagt, stark durch Ordnung und System, aber darin liege auch seine Schwäche! Wenn wir jetzt eben NICHT MIT SYSTEM Krieg führen – dann werden die Deutschen sich nicht zu helfen wissen.

Dieser Oberst hing an ihm wie eine Klette, und als bei anbrechender Nacht, nachdem das Gefecht beendet war, der Kommandeur sich entschloß, noch einmal alle Stellungen aufzusuchen und die Truppen noch einmal zu ermuntern, wollte der Oberst unbedingt mitfahren, was ein schlechtes Zeichen war. Und tatsächlich: alles, was er unterwegs fragte und äußerte, alles war übelwollend, alles – hinterhältig. Als sie aus Soldau hinausfuhren und beim Licht ihrer Scheinwerfer irgendwelche Truppenteile überholten, fragte er heuchlerisch: Wieso sind keine Befestigungen, keine Schanzen um die Stadt zu sehen, wo doch das Korps seit vier Tagen hier steht, vielleicht hatte er sie nicht bemerkt? Sie sprachen über das am Tage stattgefundene Gefecht – da schüttelte der Oberst den Kopf, daß man ein Regiment vom rechten Flügel abgezogen hatte – jetzt sei dort, sagte er, ein Loch. Kaum hatte Artamonow ihn eines Besseren belehrt – die Kavalleriebrigade Stempels stünde dort –, als sie in ein Dorf kamen, wo die Brigade Stempels das Nachtquartier aufgeschlagen hatte und erst morgen früh weiter vorrücken wollte. Artamonow ließ über Stempel ein Donnerwetter niedergehen. Aber wo wird man keine Fehler entdecken, wenn man so durch das Aufmarschgebiet fährt und nach Fehlern sucht? ... Und schließlich drang der Oberst aus dem Großen Hauptquartier unverhohlen respektlos mit der Frage in ihn, welchen PLAN der Korpskommandeur für den morgigen Tag habe.

Ein PLAN! es war irgendwie kein christliches Wort. Was

für einen »Plan« konnte man haben, und wie hätte man offen davon sprechen können, so dumm war er auch nicht! Der Plan war – mit dem ganzen Korps wohlbehalten davonzukommen, so daß der Name des Korpskommandeurs keinen Schaden erleidet und er eine Auszeichnung erhält. Aber über einen so einfachen Plan ließ sich nicht sprechen. Während der Oberst, der zweifellos über gute Beziehungen verfügen mußte, sich schon beinahe mit einem Hinweis aufdrängte: Artamonow habe doppelt soviel Truppen als zu einem Korps gehören und einen linken Flügel mit Kavalleriedivisionen, der nicht gebunden sei – morgen könne man um den Flügel der Deutschen mit dem eigenen beweglichen vorgezogenen Flügel eine Schlinge legen, es sei noch genug Zeit, Befehle abzuschicken und die Truppen umzuformieren. Und alles das sei in seinem, Artamonows, eigenem Interesse.

Über den eigenen Vorteil wissen wir selbst am besten Bescheid! Aber es stimmte, das Unglück hatte gewollt, daß Artamonow seit heute über doppelte Truppenstärke verfügte, was auch doppeltes Kopfzerbrechen bedeutete: er hatte die Unvorsichtigkeit begangen, Alarm zu schlagen und sich beim Armeestab zu beklagen, daß der Gegner sich vor ihm sammle – und Samsonow hatte ihm telegraphisch beide Kavalleriedivisionen und alle Einheiten unterstellt, die für das in der Aufstellung begriffene XXIII. Korps zu spät kamen – die Warschauer Gardedivision und eine Schützenbrigade. Jetzt war der Oberbefehlshaber »überzeugt, daß selbst ein überlegener Gegner den Widerstand der tüchtigen Truppen des I. Korps nicht brechen wird«. Und Artamonow bedankte sich telegraphisch genauso stolz bei seinem »heldenmütigen Oberbefehlshaber für das erwiesene Vertrauen«. Während ihn dieses VERTRAUEN zu Eis erstarren ließ – was sollte er mit dieser Kreuzeslast anfangen?

Dieses gegenseitige Hochloben von Hahn und Kuckuck* haßte Worotynzew aus tiefster Seele. Wenn die nüchtern knappe Sprache des Militärs mit der Sprache gegenseitiger höfischer Kratzfüße vor dem Heldenmut des anderen vertauscht wurde, war das ein verhängnisvolles Merkmal der Schwäche, das bei den Deutschen unvorstellbar wäre. Angesichts dieser Macht, die sich vor dem linken Flügel der Armee Samsonows zusammenzog – durfte man mit dem Handeln keine halbe Stunde säumen, die aber hämmerten ihre Komplimente herunter. Das Kexholmer Leibgarderegiment war früher ausgeladen worden und nach rechts marschiert, auf Neidenburg, um sein XXIII. Korps einzuholen. Aber heute kam in Mlawa das Litauische Leibgarderegiment an, dieses wurde Artamonow unterstellt. (Zwei andere Regimenter der Warschauer »gelben« Garde befanden sich noch nicht einmal in Warschau, und man wußte nicht, wo ihr Chef, General Sirelius, geblieben war.) Die 1. Schützenbrigade gehörte zu den modernsten und bestausgebildeten Kampfeinheiten der russischen Armee; ihre Bataillone, die auf dem Weg in die vordersten Stellungen waren, überholte gerade Artamonows Automobil.

Wenn der linke Armeeflügel wie ein HORN vor die Linie der Armee hinausragen würde – dann wäre der gestrige Rückzug nicht tragisch und man hätte ruhig noch weiter zurückweichen können. Aber der linke Flügel war bereits eine eingedrückte Schulter.

Worotynzew und Artamonow jedoch redeten nur aneinander vorbei, ohne Resonanz. Die Andeutungen, Ratschläge und Ideen Worotynzews prallten an dieser runden, vorspringenden steinernen Stirn ab. Es war auch ganz uninteressant, mit ihm zusammen zu überlegen, wieso und wozu das deutsche 1. Korps so rasch von Gumbinnen hierher verschoben worden war?

Worotynzew hatte den ganzen Tag im Korpsstab verbracht und diesen emsigen General, der immer auf den Beinen war, sattsam kennengelernt. Das Silbergrau auf dem Scheitel und im Walroßschnurrbart, Achselstücke und Achselschnüre zieren auch einen Dummkopf und lassen ihn erhaben scheinen, sie verhindern, daß der Mensch so gesehen wird, wie er war und ist – ein alter Adam. Aber eine kleine Anstrengung genügte, um zu erkennen: ein als General verkleideter Soldat, ein Schnelläufer, der unter einem strengen Unteroffizier ein ausgezeichneter Soldat wäre: eifrig, schnell auf den Beinen, bleibt nicht eine Minute umsonst hocken, muß überall dabeigewesen sein und hat vielleicht auch vor der Kugel keine Angst. Oder – ein ordentlicher Diakon: hochgewachsen, stattlich, mit der richtigen Stimme, wird mit dem Weihrauchfaß keinen einzigen Winkel auslassen, hat einen Hang zur Schauspielerei und vielleicht auch Sinn für den Gottesdienst.

Aber wieso war er General der Infanterie? Warum unterstanden sechzigtausend russische Soldaten seiner so gar nicht umsichtigen Macht?

Jetzt jagte er durch die Nacht, um alle Einheiten zu inspizieren – aber wie hatte er den Stab zurückgelassen? Wer hat den Aufklärungsdienst unter sich? Wie ist die Verbindung zwischen Artillerie und Infanterie? Wieviele Granaten pro Rohr sind angefahren worden, werden die Munitionswagen ausreichen, um sie vor und zurück zu transportieren, je nach Gefechtsverlauf? Artamonow wußte das garantiert nicht, er wußte nicht einmal, daß man so etwas wissen müßte. Warum war gestern in einem Gefecht von mittlerer Stärke sein Korps an einigen Stellen stark zurückgedrängt worden? Artamonow gab sich überhaupt keine Mühe, die Gründe dafür zu entdecken, und es wäre ihm unangenehm gewesen, sie von Worotynzew zu erfahren. Und auch jetzt, im Automobil, auf dem Kampffeld – für einen gescheiten General wäre es das sicherste Mittel, die auseinandergezogenen Einheiten augenblicklich in den Griff zu bekommen, zur rechten Zeit alles persönlich an Ort und Stelle in Ordnung zu bringen – wehe, wenn zu unermüdlichen, sinnlos-flinken Beinen auch noch Automobilräder hinzukommen!

Entschlossenheit konnte man Artamonow nicht absprechen! Vor seinen Aufgaben schreckte er nicht zurück, ließ keinen guten Rat gelten, und man brauchte schon ein feines Ohr, um aus seiner Stimme Verblüffung herauszuhören.

Sie fuhren die nächtliche Straße entlang, das unnatürliche weiße Licht der Scheinwerfer machte alles todesstarr und verfremdete alles – die Baumstämme an den Straßenrändern, Sträucher, Häuser, Schuppen, Schlagbäume, Brükkengeländer, Fahrzeuge und Kolonnen, die sie überholten – und blendete die Entgegenkommenden. Da und dort in der Dunkelheit drehten sich neugierige Soldaten nach der Straße um, während die aufgeschreckten Einzelgänger rascher weiterhumpelten oder eifrig auf ihre Pferde einhieben.

Wenn die Reise Worotynzews zum linken Flügel der Armee überhaupt einen Sinn hatte, dann war er jetzt erreicht. Das Äußerste, was in seiner Vollmacht lag, war »Stabsaufklärung«: sein persönlicher Eindruck der gegebenen Lage und die dadurch bewirkte Korrektur der Aufklärungsdaten. Diese Aufgabe war mehr als erfüllt, seine Fakten für das Große Hauptquartier drohten zu veralten, und seine nächste Pflicht war: schnellstens über den Armeestab zum Großen Hauptquartier zurück. Die Vollmachten Worotynzews reichten nicht aus, bestimmenden Einfluß auf die Offiziere des Stabs und Truppenkommandeure zu nehmen. Ja, man könnte den Lauf der Dinge günstig beeinflussen, wenn man sich jetzt an Artamonow hinge, bei jeder seiner Entscheidungen anwesend wäre und ihn vor den falschen bewahrte. Aber Artamonow lehnte eine solche Bevormundung mißtrauisch ab. Und Worotynzew selbst konnte es fast nicht über sich bringen, länger bei Artamonow zu bleiben. Jeder Preis fällt dem Geduldigen zu. Geduld jedoch zählte nicht zu den Tugenden Worotynzews. Er war nicht mehr imstande, diese nächtliche Inspektionsfahrt mit dem General zu Ende zu führen. Sie begann in Usdau, von dort bis zum Armeestab waren es auf der Chaussee zwanzig Werst – und da wollte er sich selbständig machen.

Das Dorf Usdau lag auf einer weiten Anhöhe, die sich auch im Automobil bemerkbar machte. In manchen Häusern brannten Petroleumlampen, andere waren dunkel, aber an den Pferden, an den Soldaten merkte man, daß es überall, in den Häusern, Scheunen, Höfen, gestopft voll war. Hinter einer großen Mauer, unsichtbar für den Feind, atmete gemächlich das Feuer einiger Feldküchen.

Sie hielten hinter der gotischen Backsteinkirche und stellten die Scheinwerfer ab. Man wußte bereits von ihrer Ankunft, und Generalmajor Sawízkij eilte mit der Meldung auf sie zu; er war der sogenannte Chef des Kampfabschnittes, eine Bezeichnung, die eine Schlamperei vertuschen sollte: eigentlich war er Brigadekommandeur – über dem Kommandeur des einzigen hier stehenden 85. Wyborger Regiments, das andere Regiment seiner Brigade war in Warschau hängengeblieben. (Das war noch nicht die ganze Schlamperei: links neben dem Wyborger Regiment stand eine andere Division, auch dort fehlte ein Regiment, das ebenfalls in Warschau zurückgeblieben war, und noch weiter links standen zwei Regimenter *dieser* Division, die heute angegriffen hatten, dort war auch der Divisionskommandeur Duschkéwitsch. Alles durcheinander und so verworren, als wäre es mit Absicht geschehen.)

Artamonow wünschte die Stellungen zu besichtigen. Sawizkij führte sie um die Häuser herum, beim unscharfen Licht aus den Fenstern. Er war bereits ergraut, aber noch sehr frisch, in der sternenreichen Dunkelheit war dies an seiner Stimme und an der Verständigkeit seiner Erklärungen zu erkennen.

Nachdem das Wyborger Regiment im Laufe des Tages hatte zurückgehen müssen, bezog es jetzt diese günstige Schlüsselstellung. Hier, hundert Sashenj vor der Dorfgrenze, wo die Anhöhe sich zum Gegner hinabsenkte, war ein durchgehender Schützengraben ausgehoben worden, die Soldaten gruben sich jetzt noch tiefer ein.

Das Regiment war frisch, es war mit der Bahn angefahren worden, mit der Marschverpflegung hatte es immer geklappt, die Verluste im heutigen Gefecht waren ganz gering gewesen, die Leute packten gut an. Man hörte das dumpfe kräftige Geräusch von Schaufeln und Pickeln, und man hörte Witze.

Sawizkij sah deutlich alle schwachen Punkte und Gefahren: daß wir rechts ein Loch hätten, daß dort niemand stände; daß diesem wichtigen Flügel zu wenig Artillerie zugeteilt worden wäre: eine Abteilung leichte Feldartillerie und, wie zum Hohn, – zwei mittlere Haubitzen. Und die übrigen zehn Haubitzen des Korps und die ganze schwere Artillerieabteilung der Armee wären auf dem linken Flügel. Aber Artamonow empfand es als unerträglich, sich damit befassen zu müssen, denn so wäre er in dieser Nacht nicht mehr durch sämtliche Stellungen gekommen. Er fiel Sawizkij und Worotynzew ins Wort und befahl, einen Zug vor ihm antreten zu lassen – sofort, aus dem nächsten Schützengraben, im Arbeitszeug, wie sie gerade wären. (Er war doch Chef der Fortifikationsarbeiten gewesen, sogar in Kronstadt!) Der Zug ließ das Gerät liegen, kletterte heraus und trat ohne Waffen an. Artamonow ging einige Schritte die Reihe entlang:

»Nun, wie steht's, Kinder? Werden wir's schaffen?«

Die Soldaten röhrten, wenn auch nicht gleichzeitig und wie aus einem Mund, sie würden es schaffen.

»Dann steht es also nicht schlecht um uns?«

Sie antworteten – nein, es stände nicht schlecht.

»Euer Regiment war dabei, als Berlin genommen wurde! Dafür habt ihr die Silbernen Trompeten bekommen! Du, zum Beispiel«, fragte Artamonow einen breitschultrigen Soldaten, »wie heißt du?«

»Agafón, Exzellenz«, antwortete der flink.

»Nach welchem Agafon? Wann ist dein Namenstag?«

»Nach dem Tennenheiligen, Exzellenz!« Der Soldat ließ sich nicht verwirren.

»Du bist ein Dummkopf! Tennenheiliger! Was ist das

für ein Tennenheiliger?«

»Klar, ist doch Herbstanfang, Exzellenz! Die Garben kommen vom Feld, und auf der Tenne geht die Arbeit los.«

»Seinen HEILIGEN muß man kennen, du Trottel! Und vor einem Gefecht muß man zu ihm beten. Hast du das Leben der Heiligen gelesen?«

»Ge . . . gelesen, Exzellenz . . .«

»Der Heilige ist so gut wie der Schutzengel, er wird dich beschützen und beschirmen. Und du kennst ihn nicht! Wann ist in eurem Dorf Kirchweihe? Weißt du das auch nicht?«

»Wie soll man das nicht wissen, Exzellenz! Um die gleiche Zeit, am Tage der Kleinen Allerheiligsten.«

»Was ist denn das für eine Kleine Allerheiligste?«

Agafon wußte nichts mehr zu antworten. Aber jemand, der offensichtlich gut Bescheid wußte, rief von hinten:

»Das Fest der Geburt der Allerheiligsten Mutter Gottes, Exzellenz!«

»Dann bete auch zur Mutter Gottes, solange du lebst!« schloß Artamonow und wandte sich über drei Mann hinweg dem vierten zu.

Der war aber auch nur ein Mefódij-Wachtelfänger und wußte nichts über das Leben seines Heiligen.

»Habt ihr denn wenigstens alle eure Kreuze um?« Der General wurde ärgerlich.

»Was denn sonst . . . Alle!« antwortete Mütterchen Rußland zwölfstimmig, fast beleidigt.

»Dann betet auch! Wenn der Deutsche morgen früh loslegt – betet!«

Worotynzew hätte denken können, das sei eine Extraschau für ihn – nein, das war bei Artamonow üblich. Wurzelte es in der Tiefe seiner Generalsseele, oder kam es, weil er viele Jahre im Petersburger Militärbezirk gedient hatte und wußte, wie gern der Großfürst ein Ewiges Licht in jedem Soldatenzelt brennen sieht? Hätte man sein Gesicht dabei sehen können – es hätte nichts verraten: sein Gesicht war eine glatte Wand mit einer Nase wie ein falscher Griff, der nichts öffnet. Und die Augen waren auch wie eine Wand.

Jetzt schlug er selbst ein Kreuz, man konnte es gegen den Himmel sehen: wie er vom rechten zum linken Flügel hastete, ebenso hastig und flüchtig fuhr er sich von der Stirn über die Brust, als wollte er eine Bremse von der Schulter verjagen. Dann bekreuzigte er auch Sawizkij und umarmte ihn:

»Gott schütze Sie! Gott schütze euer Wyborger Regiment!«

Er hätte es mit seinem vollen Namen ansprechen können, aber das wäre unpassend gewesen: Seiner Kaiserlichen und Königlichen Majestät des Deutschen Kaisers und Königs von Preußen Wilhelms des Zweiten Regiment. Jetzt war es nicht mehr üblich, diesen Namen zu gebrauchen, aber einen neuen Namen hatte man noch nicht gefunden.

Und der Korpskommandeur fuhr davon. Und Sawizkij ging nach rechts, wo die Front abbrach, um dort eine halbe Maschinengewehrkompanie aufzustellen. Worotynzew ging mit ihm. Die Brust kann nie ohne Unruhe sein. Jetzt, da die eine Sorge, die Armee könne von links umfaßt werden, vorüber war, nagte an ihm die andere: rechts von dem Korps gähnte ein Loch, eine Leere.

Sawizkij sprach sachlich, kurz, er verstand alles. Aber warum liegt die Ebene des VERSTEHENS immer unter der Ebene der MACHT? ...

Sie gingen zwischen dem Dorf und dem Hauptschützengraben und kamen zur Mühle. Ganz allein auf einer freien Stelle, noch höher als das Dorf, allen Winden offen, ragte der riesige schwarze Korpus der Mühle auf, ihre unbeweglichen Flügel hoben sich gegen den Sternenhimmel ab – wie gekreuzte Arme, beschwörend (»Kommt nicht!«), oder abwehrend (»Wir lassen nicht durch!«).

Ist in der Mühle ein Beobachtungsposten? Dort war einer, wurde aber wieder zurückgezogen, sie liegt zu auffällig, gegen Abend wurde sie beschossen.

Noch weiter bogen Straße und Eisenbahndamm, die nebeneinander aus dem Dorf kamen, scharf nach Norden ab, quer zur Frontlinie, Sawizkij wollte jenseits des Bahndamms die Maschinengewehre aufstellen. Er bot Worotynzew an, im selben Haus zu übernachten, wo auch er schlief. Es wurde Zeit, daß Worotynzew zurückblieb. Er ging über den öden dunklen Bahndamm zurück – und setzte sich dort, wo die Chaussee nach Neidenburg unter dem Bahndamm hervorkam, auf den Abhang, in das trockene spärliche Gras.

Jetzt blinkte in dem ganzen dunklen Raum, soweit er ihn nach Osten, von Norden nach Süden überschauen konnte, nicht ein einziges Lichtchen, nur Andromeda und Pegasus breiteten darin sich aus, die helleuchtende Capella und die nebligleuchtenden gedrängten Plejaden. Man hörte keine Artillerie, kein Gewehrfeuer, kein Hufgetrappel, keine ratternden Räder – die Erde lag da, wie sie geschaffen worden war, aber schon ohne Tiere und nun auch ohne Menschen. Unmittelbar daneben reifte der Kampf Korps gegen Korps, von ihm hing das Schicksal einer Armee, vielleicht des ganzen Feldzuges ab, und hier, unmittelbar daneben – absolute Leere, gegen Morgen sollte hier die Brigade Stempels anrücken. Und die Deutschen? Sind sie dahintergekommen oder nicht? Sickern sie durch oder nicht?

Das richtigste wäre, wenn Worotynzew jetzt den Abhang herunter, auf der Chaussee bis Neidenburg weiterrennen, den Oberbefehlshaber finden und ihm klarmachen würde, daß unmittelbar neben dem Stab eine Fistel sich gebildet habe, der Leib der Armee bereits zerrissen und sogar der Stab preisgegeben sei. Wenn er doch einen Befehl, mit dem linken Flügel anzugreifen, erwirken und mit diesem Befehl hierher zurückkommen könnte!

Aber bis zum Morgen war das nicht zu schaffen. Selbst wenn er einen Karren auftreiben und zwanzig Werst in vollem Galopp jagen würde – bis zum Morgengrauen ließe sich nichts mehr ausrichten. Irgendeine Patrouille würde ihn abknallen. Mitten in der Nacht den schwerfälligen Oberbefehlshaber wecken, wachrütteln, zu unverzüglichem Handeln überreden? Das war menschenunmöglich.

Also in Usdau bleiben. Hier in Usdau liegt der Schlüssel zu allem. Aber ein Oberst aus dem Großen Hauptquartier hat hier nichts zu suchen. Der Sinn seiner Anwesenheit hier war nicht mehr zu erkennen. Von den zehntausend Offizieren und Soldaten hinter seinem Rücken stand jeder im Kreise seiner Pflicht, nur für ihn gab es nichts Konkretes, was er tun MUSSTE, sondern nur etwas Unbestimmtes, wozu sein Gewissen ihn drängte. Seit er aus Artamonows Automobil gestiegen war, hatte er unter seine Fahrt zum 1. Korps den endgültigen Schlußstrich gezogen. Ohne daß ein anderes Ziel sich zeigte. Und jetzt schickte er keine Berichte ab und wird nicht in den Lauf der Ereignisse eingreifen können. Schon schien es ihm: wäre er im Großen Hauptquartier geblieben, hätte er mehr erreichen können.

Es drängte ihn immer nach optimalem Einsatz. Und nun stand er vor einem minimalen.

Ein tiefverwurzelter Drang ließ Worotynzew von Jugend auf keine Ruhe: die Geschichte seines Vaterlandes positiv zu beeinflussen. Es auf dem rechten Wege vorwärts zu schleppen oder auch zu stoßen, dieses struppige Vaterland. Aber soviel Macht, soviel Einfluß kam in Rußland einem Einzelnen, der nicht durch die Nähe zum Thron ausgezeichnet war, nicht zu. Und wo er auch anpackte, wie stark er auch sich anstrengte – alles war umsonst.

Auch überwältigte ihn in Wellen der Schlaf, er fuhr zusammen. Immerhin hatte er die beiden letzten Nächte im Sattel verbracht. Gefrühstückt hatte er bei Krymow – war das wirklich erst heute gewesen? Es schien ihm, als läge eine Woche dazwischen.

Es wäre so nahe, so bequem, sich mit dem Rücken gegen die Böschung fallen zu lassen und ein bißchen zu schlafen. Aber die Erde war schon kalt.

Worotynzew stieg auf die Chaussee herunter und schleppte sich in das Dorf zurück. Seine Beine und seine Gedanken gehorchten ihm nicht mehr. Er mochte weder handeln, noch entscheiden, noch denken. Er stolperte dahin, verachtete sein Mißgeschick, verachtete seine Verlorenheit, bis er zu dem Haus kam, wo sein Quartier lag.

Das Zimmer, obwohl man auf dem Dorf war, besaß einen Alkoven. Und auf dem Doppelbett lag ein gewichtsloses Plumeau in rosafarbenem Seidenbezug. Seit dem Japanischen Krieg sah für ihn ein Nachtquartier an der Front anders aus: chinesisches Haus, Lehmhütte oder Zelt.

Auf dem Marmorsims des Kamins tickte eine Bronzeuhr mit einem spitzen Aufsatz, wahrscheinlich mit Wochenaufzug, vielleicht noch von den Besitzern aufgezogen. Sie stimmte mit der Uhr Worotynzews fast auf die Minute überein: noch eine Viertelstunde bis Mitternacht.

Die Luft im Zimmer war etwas stickig, das machte die Petroleumlampe, aber auch angenehm warm. Mit letzter Anstrengung legte Worotynzew das Koppel ab, zog die Stiefel aus, schob den Revolver unter das Daunenkopfkissen, legte die Streichhölzer bereit, blies die Lampe aus – und ließ sich auf das Bett fallen, in das Zarte, Weiche, mit dem immer noch deutlichen bitteren Geschmack von Mißgeschick und Verlorenheit. Das Bett nahm ihn auf, als hätte es auf ihn gewartet. Und alle Unruhe und Verlassenheit löste sich in den Konturen auf, das Pochen des Herzens, sogar durch das Kissen hörbar, wurde ruhiger – ließ endlich ganz nach.

... War inzwischen viel Zeit vergangen oder wenig – er fand sich in einem Zimmer, aber nicht in diesem, mit unausgeleuchteten Ecken, einem spärlichen Licht, das aus einer unbekannten Quelle drang und nur die eine Stelle beschien, die gesehen werden sollte. Da – ihr Gesicht und ihre Brust.

SIE war es, *sie*! Er erkannte sie sofort, obwohl er sie im Leben nie gesehen hatte! Er staunte, daß er sie so leicht gefunden – es hatte ihn doch fast unmöglich gedünkt. Sie hatten sich nie gesehen – und stürzten dennoch, sich augenblicklich erkennend, aufeinander zu und faßten sich an den Ellbogen.

Es war Halblicht, und die Augen waren offen, aber beides reichte nicht hin, um ihr Gesicht, seinen Ausdruck, deutlich zu erkennen – und dennoch durchfuhr ihn die Gewißheit: SIE ist es, sie ist es wirklich, die allernötigste, unsagbar vertraute, für alle schönen Frauen und für die ganze Welt des Weiblichen stehende SIE!

Sie stürzten aufeinander zu und sprachen, ohne zu sprechen, ohne auch nur einem einzigen Wort Laut zu geben, jedoch unmißverständlich und rasch. Das Sehen war nur zu einem Viertel, aber das Ertasten – voll, und von ihren Ellbogen tastete er sich mit den Händen zu ihrem geschwungenen schmalen Rücken und drückte sie an sich – und alles war so gut, so vertraut – endlich gefunden.

Es war keine Pflicht, die ihn irgendwohin rief, keine Sorge, die ihn belastete, nur Leichtigkeit und das Glück, sie zu umarmen. Und noch etwas: es war, als sähen sie sich nicht zum erstenmal, so selbstverständlich war alles zwischen ihnen, so gewohnt, wie verabredet – und er führte sie zu dem Bett, dort war ein Bett, und auch das Licht wanderte mit.

Doch plötzlich hielt sie inne, blieb stehen. Nicht aus Verlegenheit, denn beider Empfindungen lagen offen – sie blieb stehen, weil sie es *nicht konnte,* er verstand es richtig, weil sie aus irgendeinem Grund nicht dieses Bett aufschlagen konnte.

Da bückte er sich und begann selbst das Bett zu richten, erstaunt und eilig. Aber kaum waren Überdecke und Bettdecke zurückgeschlagen, sah er, daß auf dem Laken, halb unter das Kopfkissen geschoben, das mehrfach zusammengelegte Nachthemd Alinas lag – rosa, mit Spitzen besetzt. Andere Farben nahm er nicht wahr, nicht das Kleid, das *sie* trug, nicht *ihre* Augen – aber dieses rosa Nachthemd erkannte er sofort.

Und jetzt erst, es war wie ein Stoß, kam ihm – Alina! Alina, sie war das Hindernis. Er aber empfand kein Hindernis: ohne jede Zärtlichkeit für dieses rosa hauchdünne Nachthemd, ohne Bedauern und Zögern, zog er es unter dem Kissen hervor – und schon war nichts mehr in seiner Hand, es hatte sich aufgelöst. Und das Bett war sogleich bereit. Und nichts hinderte sie mehr.

Und hier war ein Sprung, er entsann sich nicht, wie das Bett fertig wurde, wie sie sich entkleidet hatten – sie lagen eng, eng umschlungen, überflutet von der uferlosen Freude des Findens und der Gewißheit, niemanden und nichts mehr suchen zu müssen!

... Aber da donnerte es, klirrte, und Fensterscheiben zersprangen! Georgij wachte auf, er hatte noch nicht die Kraft, auch nur den Kopf zu bewegen. Die Fensterscheiben waren nicht zersprungen, aber die ersten deutschen Granaten schlugen in der Nähe ein. Im Zimmer graute die Dämmerung. Er schloß wieder die Augen.

Es tat ihm leid, sie öffnen zu müssen. Eben noch war er in der vollkommenen Nähe untergetaucht und lag jetzt noch in einer hilflosen Kraftlosigkeit da, mochte kein Gras mehr wachsen, mochte die Welt untergehen. Er spürte *sie* so deutlich, daß er noch gar nicht überlegte: wer ist SIE eigentlich? Hatte er sie überhaupt gesucht? Er hatte doch, wie es schien, nie an sie gedacht. Er hatte niemals *so* gedacht.

Das Verblüffende lag nicht darin, daß der Traum eine Frau erstehen ließ, die nicht existiert, so etwas kommt vor – verblüffend war die Schärfe der Empfindungen, die Georgij bei sich schon nicht mehr kannte, die er für abgestumpft hielt.

Er spürte *sie* noch so deutlich, daß es ihm leid tat, die Knie öffnen zu müssen und ihre Wärme zu verlieren. Und er blieb liegen, weich, hilflos, mochte auch eine Granate die Hauswand zum Einsturz bringen.

Alles kam wieder: die mißglückte Fahrt – heute wird es

zu einem Gefecht kommen – für ihn hat man dabei keine Verwendung – er muß sich beeilen: zu Samsonow? Zu Artamonow? ... Er hörte in der Morgenluft deutlich die einzelnen Abschüsse, die noch ebenfalls einzelnen, noch zu unterscheidenden Fluggeräusche der Granaten und hier, in der Nähe des Dorfes oder im Dorfe selbst, die Einschläge. Dreizollgranate. Sechszollgranate. Und das könnte ein noch größeres Kaliber sein.

Die schmähliche Schwäche des Fleisches! Mochte er jetzt sterben, mochte alles zusammenstürzen – die Kraft zum Aufstehen war immer noch nicht da. Man vergleicht es mit dem Tod – diese Empfindungen grenzen wirklich aneinander.

Und im Schützengraben? Und Agafon der Tennenheilige – wie geht es dem? ...

Inzwischen konnte er die Uhr auf dem Kamin erkennen: vier Uhr sieben. Die Einschläge kamen näher. Im Haus schlugen Türen. Man klopfte an seine Tür: ein rundgesichtiger flinker Koch brachte ihm ein Kochgeschirr voll Grütze, sie war sogar noch heiß, dabei war sie an die Soldaten sicher schon vor einer Stunde ausgegeben worden – sei bedankt, du Namenloser! Hunderttausende solcher Gesichter gibt es in Rußland, gesehen – vergessen, gesehen – vergessen, Gott helfe mir, daß ich ewig an euch denke!

Worotynzew stand auf, die ersten Schritte waren noch ungelenk – und hatte ihn sofort vergessen. Er aß hastig die Grütze mit einem breiten Holzlöffel, der ihm fast die Mundwinkel zerriß, zog dabei seine Taschenuhr auf, schnallte den Gürtel um, hing Fernglas und Mantel um und überlegte: wohin jetzt?

Die Fensterscheiben klirrten, das Haus zitterte, aber in einem geschlossenen Raum war, wie immer, die Richtung der Abschüsse und Einschläge schwer festzustellen.

Er kratzte das Kochgeschirr sauber aus, der Koch wartete im Flur, es war wahrscheinlich sein eigenes Kochgeschirr, klopfte ihm auf die Schulter, »Schönen Dank, Bruder«, und lief aus dem Haus zu den Schützengräben hinüber, frisch, beinahe vergnügt.

Der Morgen war kühl. In der nach Westen sich strekkenden weiten Niederung lag Nebel. In der Nähe schlug schwarz eine Sprenggranate ein, Splitter pfiffen durch die Luft. Worotynzew wartete hinter der Ziegelwand einer Scheune und lief mit großen Sätzen weiter – zum nächsten Graben, wo ausgerechnet der Zug lag, der sich gestern vor dem General blamiert hatte. Er sprang in den Graben zwischen zwei Soldaten hinein. Sie hatten sich gut eingegraben, mannshoch, mit Nischen, und sogar Bänke und Polsterstühle herbeigeschleppt, diese frechen Burschen.

Und links, in der aufgeworfenen Erde der Brustwehr, stand in einem eigens für ihn angelegten kleinen Quergraben, die Seiten durch Erde geschützt, mit dem Maul nach vorn, zum Feind hin, mit dem Schwanz gegen seine Soldaten, ein Spielzeuglöwe mit wunderbarem gekämmten sandfarbenen Fell, so groß wie eine Katze.

»Euer Hochwohlgeboren, wie heißt dieses Tier?«

»Aber man hat es dir doch gesagt . . .«

Sie warteten trotzdem auf eine Bestätigung.

»Löwe. Wo habt ihr den her?«

»Wir sind doch durch die Stadt marschiert.«

»Ist der aus Stoff oder hart?«

»Hart.«

Die Granaten kamen geflogen, jetzt noch nicht dicht, noch ungenau, und versprachen mit grimmiger Fröhlichkeit einen heißen Tag. Jeder, wäre er allein, hätte sich geduckt, den Kopf gegen die Erdwand gedrückt und geschwiegen – aber voreinander blieben sie übermütig stehen. Und dann dieser Löwe. Das alles gefiel Worotynzew. Aus der Unschlüssigkeit und Verlorenheit des Morgens kristallisierte sich auf einmal ein mutiger Tagesanfang heraus.

Man hatte von hier aus einen weiten Blick, der allerdings bis zur Hälfte vom Nebel verdeckt war, aber in der obersten Nebelschicht konnte man das Aufflackern des

Mündungsfeuers der deutschen Batterien, die auf der Höhe standen, deutlich erkennen. Hier gab es eine nicht unwichtige Arbeit für ihn: ein Blatt Papier auf die Kartentasche legen, nach dem Kompaß ausrichten, die Mühle anpeilen – sie war gerade von dieser Stelle des langen gewundenen Grabens aus voll zu sehen – und die Batteriestellungen einzeichnen, die Entfernungen konnten geschätzt oder von der Skala am Fernglas abgelesen werden.

Worotynzew liebte die Arbeit eines Artilleristen, einmal hatte er im Sommer auf eigenen Wunsch einen Lehrgang für Offiziere auf dem Artilleriepolygon in Luga mitgemacht und dabei viel gelernt.

»Kinder, warum antworten Unsere denn nicht?« fragten einander die Soldaten, schielten aber dabei nach Worotynzew.

»Um sich nicht zu verraten!« erklärte mit wichtiger Miene ein hochgewachsener Soldat, Worotynzews Nachbar im Graben, die wichtige Miene war gespielt, er schob dazu die Lippen vor. Und schielte ebenfalls nach dem Obersten hin.

Obwohl der Schwerpunkt des deutschen Feuers offenbar weiter links lag, bei den anderen Regimentern, gab es auch bei ihnen jetzt mehr Einschläge. Die Gesichter der Soldaten strafften sich, das Lachen auf ihnen war wie von einem trockenen Wasserstrahl abgewaschen. Einer hielt ein Gebetbuch in der Hand und murmelte vor sich hin. Pfeifend prasselten stählerne Peitschen nieder, pfeifend stoben die Splitter. Der Soldat, der rechts von Worotynzew stand, bückte sich sogar vor jedem leeren Pfeifen. Und links verfolgte jener breitnasige Spaßvogel, jetzt mit halboffenem Mund und hängender Unterlippe, jeden Strich von Worotynzews Stift. Sein Gesicht war sehr gutmütig. Er ließ zwar seine Lippen hängen, aber sein Blick auf die Kartentasche war wach, nicht neugierig, sondern lernwillig, als wollte er sogleich selber damit anfangen.

»Kapierst du?« fragte Worotynzew, der abwechselnd

durch das Fernglas und auf die Kartentasche sah. »Noch haben sie uns nicht richtig erwischt . . .«

»So lange muß man auch die Kerben einhauen«, nickte verständnisvoll der Soldat. Seinem Gesicht war anzusehen, daß er alles begriffen hatte: Richtungen, Entfernungen – was war denn schon dabei?

»Wie heißt du?«

»Arsénij.«

»Und der Familienname?«

»Blagodarjów*.«

Ein wohlgeratener, beschwingter Name, und genauso beschwingt klang er aus seinem Mund, strich wie ein warmer Ofenwisch* Worotynzew übers Herz. Blagodarjow! – der war offensichtlich ein dankbarer Mensch, denn er war schon jetzt nah daran, sich bei Worotynzew zu bedanken.

Hinter ihnen, hinter dem Dorf, flammte die Morgenröte auf, und der Nebel in der Niederung wurde immer dichter. In der nächsten Stunde wird ihre Anhöhe im Schatten liegen, und die deutschen Batterien, die von Westen feuern, werden geblendet. Dafür werden die im Norden präziser schießen können. Schon jetzt – »ooo-och!« »ooo-och!« – direkt in der Nähe. Das waren hauptsächlich Haubitzen, schwere Haubitzen, und sie schossen weniger Schrapnell- als Sprenggranaten, was völlig richtig war. Mit seiner Zeichnung würde er doch nicht mehr fertig werden, sie sollte bleiben, wie sie jetzt war.

Hinter ihren Rücken drängte sich der Kompaniechef durch den Graben.

»Ist der Löwe noch nicht verwundet?«

Die Antwort war ein kurzes Lachen.

»Und ihr verbeugt euch immerzu!«

Worotynzew bat ihn, das Blatt dem Bataillonskommandeur zu überbringen, damit der es den Artilleristen weitergebe.

In der ganzen Kompanie gab es nur drei Leichtverwundete. Im ersten Bataillon unterhalb der Mühle soll ein Volltreffer direkt in den Graben zehn Mann auf einmal umgelegt haben.

Der Morgen loderte immer heller auf, der Nebel ballte sich zusammen – plötzlich lag das weite Kampffeld im hellen Licht da und dehnte sich noch weiter nach links – voller Schrapnellwölkchen und Erdfontänen, meistens auf unserer Seite – zehn Werst breit, entlang der gesamten Front zwischen den beiden sich gegenüberstehenden ERSTEN Korps. Das Datum war bereits bekannt: der 14. August des Jahres Vierzehn. Einen Namen hatte diese Schlacht noch nicht: von Usdau? von Soldau? Noch weniger ließ sich sagen, ob sie in die Geschichte eingehen würde? Und zu wessen Ruhm? Oder ob sie morgen schon vergessen sein würde?

Die kurze Nacht, das Wecken durch das Artilleriefeuer, der kühle bewegte Morgen – das alles ließ Worotynzew zu keiner vernünftigen Lösung kommen: worin bestand seine Pflicht für diesen Tag? Doch nicht darin, sinnlos in diesem Graben auszuharren. Und trotzdem war er von Zuversicht erfüllt: endlich schien er mitten im Geschehen zu stehen, sein zweckloses Hin und Her hatte ein Ende, jetzt bereute er seine Fahrt nicht mehr, noch weniger bereute er die Trennung von dem Großen Hauptquartier, wo man erst um neun aufzuwachen pflegt. Heute, am 14. August Vierzehn, begann für Oberst Worotynzew der zweite Krieg seines Lebens – von unbekannter Dauer und unbekanntem Resultat sowohl für die russischen Waffen als auch für ihn persönlich. Aber er hatte gelernt und gedient, um diesen Krieg nicht ergebnislos mitzumachen.

»Es läßt nach!« verkündete Blagodarjow als erster, der demnach trotz der Einschläge die Abschüsse herauszuhören und außerdem die auf sie gerichteten von den anderen auf dem Kampffeld zu unterscheiden vermochte. Er war um Sekunden allen anderen voraus, wie ein erfahrener Besucher der Konservatoriumskonzerte noch beim Verklingen der letzten Note. Kurz darauf hörten auch die Einschläge im Abschnitt ihres Regiments abrupt auf.

»Du hast ein gutes Ohr«, lobte ihn Worotynzew. »Schade, daß du nicht bei der Artillerie bist, du könntest dich nach Gehör einschießen.«

Blagodarjow grinste – nicht zu sehr, durchaus nicht aus Freude, es einem Obersten recht gemacht zu haben.

Die Soldaten reckten sich, atmeten tief durch. Einige setzten sich auf die Stühle und drehten Zigaretten. Man sah nach dem Löwen – der Löwe war unversehrt, nicht ein einziges Löchlein! Sie lachten: und wir ducken uns, wir Idioten!

»Und wann gibt's nun Mittagessen?« fragte der Soldat, der nach der Artillerie gefragt hatte.

Alle fielen über ihn her, als hätten sie nur darauf gewartet:

»Sieh mal an! ... Der hat Hunger gekriegt!«

»Vorm Dunkelwerden kriegst du gar nichts!«

»Und bis dahin paß auf, daß sie dir den Bauch nicht aufschlitzen, wo willst du dann das Mittagessen verstauen!«

Nur bei ihnen hatte das Artilleriefeuer aufgehört, dafür wurde es nach links auf die benachbarten Regimenter verlagert. Einheitliche Lenkung der Artillerieverbände – Worotynzew erkannte und würdigte das. Alle wechselten auf einen Schlag das Ziel – uns wäre das unmöglich gewesen: es fehlen Telephone, Leitungen, es fehlt die Übung. Aber was hat das zu bedeuten? Infanterieangriff auf Usdau? Sie standen mit der Front nach Nordwesten, aber Worotynzew suchte mit dem Fernglas den Norden ab – wenn sie nur nicht von dort kommen, das wäre das Schlimmste.

Die purpurne Sonne in ihrem Rücken leuchtete bereits über den Häusern, zwischen den Bäumen hindurch und spielte auch auf ihrer Anhöhe. Es wurde wärmer. Man rollte die Mäntel ein. Auf allen Schulterklappen war das abgetrennte Monogramm Wilhelms immer noch deutlich zu erkennen.

Von Mann zu Mann wurde das Kommando durchgegeben, sich schußbereit zu halten.

Aber von einem deutschen Angriff war nichts zu merken, überhaupt ließen sich die Deutschen nirgendwo sehen. Und es war wieder Blagodarjow, der als erster etwas entdeckte:

»Siehst du, da!« – möglicherweise galt das »du« dem Obersten (vielleicht auch nicht), dabei streckte er äußerst interessiert seinen langen Arm über die Brustwehr. »Sie kommen! Sie kommen!«

Durch das Fernglas konnte Worotynzew genau erkennen: aus dem Wäldchen fuhren zwei Automobile mit zurückgeklapptem Verdeck, in jedem saßen vier Mann. Bis dorthin waren es weniger als drei Werst, mit seinem starken Fernglas konnte Worotynzew die Gesichter und die Rangabzeichen auf den Achselstücken sehen. Im ersten Wagen saß ein kleiner flinker General, der immerzu mit seinem Fernglas blinkte, während er selbst gegen die Sonne nichts sehen konnte. Sie fuhren von links nach rechts die Straße auf dem gegenüberliegenden Hang der Senke entlang, oberhalb der Nebelgrenze. Keiner konnte sie warnen, zurückhalten, sie kamen schnell immer näher.

»Ein General! Ein General fährt auf uns zu!« Worotynzew wandte sich aufgeregt zu – zu Blagodarjow, zu wem sonst. »Den dürfen wir nicht verscheuchen! Wenn wir uns doch mit ihm unterhalten könnten!«

Er hatte hier im Graben einen ungünstigen Platz. Wäre er jetzt bei Sawizkij, dann könnte man sofort jedes Feuer einstellen lassen. Ob man ihn dort auch gesehen hatte? Aber jetzt kommt man nicht einmal mehr zum Telefon.

»Ein Ge-ne-ral!« schrie Blagodarjow aus voller Brust, wie im Jagdfieber. »Packt ihn! Packt ihn!«

Schon ging es bergab – gleich würden die Automobile in den Nebel tauchen und wieder hinaufkommen, hierher, nach Usdau. Aber die noch nicht zerschmetterten Posten der Sicherungslinie unten an der Senke konnten nicht warten und eröffneten aus etwa vierhundert Sashenj Entfernung aus mehreren Gewehren das Feuer.

Und die deutsche Infanterie schoß zurück.

Man hatte sie aufgescheucht! Sie hielten, wollten wenden und blieben dabei stecken. Jetzt wäre eine Schrapnellgranate gerade das richtige für sie! Aber der Artilleriebeobachter wird erst per Telefon mit dem Bataillon quasseln, und bis eine Batterie verständigt wird . . .

Man konnte durchs Fernglas beobachten, wie der General sportlich aus dem Automobil sprang, seine Begleitung sofort hinterher, zum Teil ohne die Türen zu öffnen – und wie sie geduckt davonrannten.

»Man sollte sie anschießen!« Worotynzew ereiferte sich fruchtlos. Und hielt das Fernglas, da ohnehin nichts mehr auszurichten war, Blagodarjow vor die Augen. Er dachte, daß der über das Fernglas staunen würde, aber er fand sich sofort zurecht, lachte laut los, klatschte sich auf die Schenkel und brüllte, daß es durch das ganze Bataillon hallte:

»Verirrt hat er sich, der bocksbeinige Teufel! Haltet ihn! Ho-ho-o-o!«

Die Automobile hatten endlich gewendet, fuhren zurück, warteten auf die Insassen. Doch die liefen von der Straße, hinter die Büsche, versteckten sich in einem Graben oder einer Mulde und gingen zu Fuß weiter, der General gab den Fahrern das Zeichen zum Weiterfahren.

Und da erst flog unsere Dreizollgranate über das Dorf, über die Köpfe hinweg und schlug drüben in der Nähe ein. Immerhin war die Artillerie eingeschossen.

Aber wer war dieser General? Und wieso hatte er nicht gewußt, daß wir hier in Scharen stehen?

Der Vorfall hatte die Soldaten sehr erheitert und sie Worotynzew nahegebracht. Blagodarjow erklärte jetzt, wobei er, ohne sich anzustrengen, auf zwanzig Sashenj im Umkreis zu hören war, wie er DRÜBEN gewesen und selbst gesehen habe: Ein General springt wie ein Bock herum und ist toll in Form! Die Soldaten staunten: Ja, wo gibt's denn solche Generale?

Blagodarjow lachte offensichtlich gern, er lachte bei jeder Gelegenheit. Aber wahrscheinlich arbeitete er genauso gern. Er war ein ganz klein wenig plump, da seine Arme vor Kraft zu schwellen schienen und die Beine nicht stillhalten konnten. Er sagte, er sei fünfundzwanzig, aber sein Gesicht hatte noch das pausbackig Kindliche, und auch jenen vertrauensvollen Ausdruck, den man nur auf dem Lande findet.

»Aber jetzt müssen wir aufpassen! Und den Löwen gut verwahren! Jetzt wird *er* uns ordentlich einheizen, deshalb ist er ja auch gekommen!« prophezeite Worotynzew fröhlich.

Daran war nichts Fröhliches, es bedeutete für viele Tod und Verwundung. Doch wie es unter Männern üblich ist, wollte keiner das eingestehen, wenn er auch den Drang verspürte, sich davonzumachen, solange es ging, und jeder versuchte den anderen zu übertrumpfen, machte Witze und lachte.

»Und denkt daran, Kinder: der mutige Mensch stirbt nur einmal, der ängstliche jeden Augenblick!«

Worotynzew spürte, daß diese Kompanie ihn anerkannte und wie sehr sie ihn liebte, und ihn erfüllte das stolze leichte Gefühl, daß er auf dem rechten Platz sei, und die Empfindung einer in ihn einströmenden Kraft, der während der Petersburger und Moskauer Jahre vergessenen Kraft des markigen unerschöpflichen Rußland, das hier unter jedem Soldatenmantel nicht die geringste Angst vor den Deutschen hatte.

»Hört mal, wo ist denn der Tennenheilige? Ich würde mir gern den Tennenheiligen mal bei Tage ansehen!«

»Tennenheiliger! He! ... Tennenheiliger! ... – Sofort, Euer Hochwohlgeboren! ... – Zu Befehl! Der ist mal eben austreten! – Der kommt gleich wieder!«

»Gut, dann – wo ist der Wachtelfänger?«

Der schmächtige, aber flinke Mefodij-Wachtelfänger stand, wie sich herausstellte, ein paar Mann weiter als Blagodarjow und arbeitete sich gerade, die Nase hochziehend, zu dem Obersten durch – aber der hatte keine Zeit mehr, sich ihn anzusehen.

Zu dem Dröhnen, das von links kam, donnerte es ein dutzendmal ihnen gegenüber, und ein Dutzend Peitschen sausten durch die Luft – und alle hierher, zu ihnen.

»Aha! Denkt ihr auch alle an eure Heiligen?« konnte Worotynzew gerade noch rufen. »Dann betet!«

Und mit einem letzten kurzen Lachen, an den General von gestern sich erinnernd, antworteten sie von links und von rechts:

»Man soll zu Gott beten, aber selbst ans Ufer rudern!«

»Nikolaj, der Knecht Gottes, wird für uns alle einstehen!« und Arsenij brüllte:

»Leb wohl, weite Welt und unser Dorf!« – schon an den Boden geduckt, schon mit eingezogenen Köpfen, und doch sich bekreuzigend.

Und die Gräben des Wyborger Regiments gerieten, so weit sie sich erstreckten, in den Stampfmörser deutscher Sprenggranaten. Dank derselben zentralisierten Kommandoführung und der zuverlässig funktionierenden Verbindung richtete sich jetzt gegen ihre Anhöhe, gegen diese zwei Werst langen Gräben das Feuer einiger Dutzend Kanonen und Haubitzen, leichter, schwerer, sechs Zoll und noch schwerer – ja, solche Einschläge wie hier hatte es noch nie gegeben!

Hier, gleich in der Nähe, barst die Erde! Der Leib der Erde bebte, daß es dem Menschen das Innere nach außen riß. Jede Granate flog direkt auf sie zu, alle ohne Ausnahme, direkt auf sie zu, auf den Obersten, auf den Soldaten ... Der Herr sei uns gnädig! Aber keine Granate traf, es bebte nur alles, dröhnte ohrenbetäubend, zuweilen flog Erde herunter, vielleicht auch Splitter, die konnte man nicht hören, und immer dichter wurde jener üble klebrige

Brandgeruch, den selbst ein Anfänger bald mit dem Tode verbindet.

Einschlag auf Einschlag, sie waren nicht mehr zu unterscheiden. Alles verschmolz. Zu einem einzigen Beben, zur Qual vor dem Tode.

So etwas hatte auch Worotynzew noch nie erlebt! Eine *solche* Dichte hatte es im Japanischen Krieg nicht gegeben! Nicht die Erde neben dir – dein eigener Leib wird gemartert, und nur mit aller Anstrengung kann man sich ins Bewußtsein rufen, daß, solange man HÖRT und kombiniert, es noch nicht der eigene Leib ist, sondern die Erde! Er glaubte, während der ganzen Jahre sich mit Krieg beschäftigt zu haben, und hatte doch den Krieg ziemlich verlernt: alle Empfindungen waren wie neu. Er, Absolvent der Kriegsakademie, mußte sich mit aller Anstrengung immer wieder ins Bewußtsein rufen, daß theoretisch selbst nach einer vollen Stunde bei solcher Feuerleistung in einem Graben mit vollem Profil höchstens ein Viertel der Verteidiger tödlich getroffen werden kann – 75 Prozent Überlebenschance.

Aber wieviele Minuten können Nerven und Bewußtsein aushalten, ohne den Gegner zu sehen, ohne zu kämpfen, einfach als lebendige Zielscheibe? Man müßte abstoppen, auf die Uhr sehen. Aber die Augen waren fest zugekniffen! Er hatte es gar nicht bemerkt, es war von selbst geschehen.

Er öffnete die Augen. Und sah einen Arschin entfernt, gleichfalls auf halber Höhe des Grabens, gleichfalls gegen die Vorderwand gepreßt, unter einer zerknüllten Mütze den Kopf Blagodarjows.

Und auch der hatte die Augen gerade erst aufgemacht.

In dem tonlosen Getöse, von der Welt abgeschieden, ganz allein, die einzigen Lebenden auf der Erde, sahen sich zwei Menschen an, mit einem vielleicht letzten Blick.

Worotynzew zwinkerte ihm zu, um ihn zu ermuntern. Und der – der wollte sogar noch mehr tun, er wollte die Lippen zu einem absurden Lächeln verziehen. Aber es gelang nicht.

Der wußte ja nichts von den fünfundsiebzig Prozent. Dem hatte man es ja nicht beizeiten erklärt ...

Jetzt vergingen die Minuten gestoppt, gezählt. Worotynzew hielt die warme Taschenuhr fest in der Hand, aber seine Kraft reichte nicht hin, sie ununterbrochen im Auge zu behalten, der Sekundenzeiger kam zu langsam durch, zu jeder Umdrehung – Lawinen von Metall, Tausende von Splittern und Erdbrocken.

Es war keine Sonne, kein Morgen, es herrschte rauchige stinkende Nacht.

Und Gedanken, Gedanken drängten sich in der Enge der Sekunden wie Soldaten im Graben: wie wollen wir diesen Krieg führen ohne eine gleichwertige Artillerie? – unsere Geschütze schießen höchstens auf sieben Werst, die deutschen auf zehn – im Japanischen Krieg war noch ... – im Japanischen war er noch nicht verheiratet – Alina wird weinen und dann wieder heiraten – schade, daß keine Kinder da sind – das ist gut, daß keine Kinder da sind – schade, daß er *Ihr*, der aus der letzten Nacht, nicht begegnet war – das Leben ist also vorbei, und was hat er erreicht? – der vierzehnte August Vierzehn – es ist nicht schlimm, wenn der stirbt, der den Krieg zu seinem Beruf gemacht hat – er hat den Krieg zu seinem Beruf gemacht, aber diese Bauern? – worin besteht der Lohn des Soldaten? Nur daß er am Leben bleibt. Was gibt *ihm* Halt?

Blagodarjow blickte jetzt, wie vorhin auf die Kartentasche, mit Interesse auf die Uhr des Obersten. Dann rutschte er auf ihn zu – er rutschte – verwundet?? – nein, er schrie Worotynzew ins Ohr:

»Kak-zna-tokú!!«

Worotynzew verstand nicht: was heißt »kak znatokú« – »wie einem Kenner«? Wollte er die Uhr in die Hand nehmen? Wollte er zeigen, daß er die Uhr kennt, die Zeit ablesen kann?

»Kak-na-toku!« brüllte Blagodarjow noch einmal, aus vollen Lungen.

Auch jetzt begriff Worotynzew nicht sofort: »kak na toku« – WIE AUF DER TENNE! Wie Ähren auf der Tenne ausgebreitet sind, so warten auch im Graben geduckt die Soldaten, daß ihre Körper zerschmettert werden, jedes einzelnen einziger. Gigantische Dreschflegel sausten auf ihre Reihen nieder und droschen das Korn der Seelen heraus, für eine Verwendung, die ihnen unbekannt war – und den Opfern blieb nichts anderes als zu warten, bis es sie traf. Und die noch lebenden Verletzten und die Verwundeten – sie warteten, bis die Reihe wiederum an sie kam.

Ja, was hilft *ihnen,* dies Dreschen auszuhalten? Sie schreien nicht, sie werden nicht wahnsinnig.

Aber der Zeiger drehte sich weiter.

Ohne Zweifel, fünfmal.

Und noch zehnmal.

Mit einem Gesicht, als wäre er in einer Blutwanne untergetaucht, mit allen Fingern die Haut zusammendrückend, zwängte sich ein Soldat wie rasend hinter den Rücken durch.

Etwas weiter verband ein Soldat einen anderen.

Sonst war bei ihnen im Graben nichts passiert.

Nun, was soll man machen, langsam gewöhnte man sich daran. Auch das ist eine Form des Lebens: das Leben unter dem Dreschflegel. Langsam gewöhnte man sich daran.

Worotynzew beobachtete Blagodarjow und konnte deutlich sehen: er hatte keine Angst. Das heißt, natürlich mochte er nicht sterben und mußte sich sagen, daß man sich fürchten müsse, daß alle sich in einer solchen Lage zu fürchten hätten, aber Angst hatte Blagodarjow nicht: sein Gesicht zeigte keine Spur seelischer Erschütterung, die Augen quollen nicht hervor, der Verstand verwirrte sich nicht, und das Herz sprang nicht aus der Brust.

Und er dachte: diesem Soldaten hatte er zu begegnen gehofft, als er im Hauptquartier ablehnte, einen Etappenhasen als Begleitung mitzunehmen. Diesen Soldaten wird er jetzt mit Freuden nehmen und bis zum Ende der Schlacht bei sich behalten.

Blagodarjow hockte im Graben, wie man unter einem undichten Dach das Ende eines Platzregens abwartet. Er blickte um sich und gewöhnte sich an diese Art zu leben. Jetzt machte er Jagd auf Splitter – bohrte sie heraus, wenn sie nicht zu tief in der Wand saßen. Jetzt hob er einen auf, der noch glühend war, verbrannte sich die Finger, warf ihn von einer Hand in die andere und reichte ihn dem Obersten hin, zum Anfassen und Ansehen – einen vielzackigen warmen Splitter, dem Körper ebenso anverwandt wie das warme Kreuz auf der Brust.

Die Unbefangenheit dieses Soldaten war vor-dienstlich, vor-rangmäßig, vor-ständisch, vor-staatlich, eine unbewußt-naturhafte Unbefangenheit.

Plötzlich starrte Blagodarjow erstaunt an Worotynzew vorbei nach oben, er starrte so, als wäre er in Bastschuhen zur Scheune gegangen und hätte dort ein Schloß gefunden. Da drehte sich auch Worotynzew um –

Bild

Die Windmühle brennt!
Die Mühle hat Feuer gefangen!
Man sieht es deutlich über den oberen Rand des Grabens – als führte ein gerader Weg dorthin, nur der Rauch der Einschläge, Staub, aufgeworfene Erde verdecken die Sicht.

Über unseren Köpfen dröhnt es! Alles dröhnt, in einem äußersten Dröhnen, und bebt!

Und so: Lautlos

lodert die Mühle! Sie wurde von keiner Granate getroffen, sondern noch unzerstört vom Feuer erfaßt: ebenso ihr pyramidenförmiger Fuß, hochrote Feuerzungen fressen sich durch die Verschalung, werden im

Freien heller, bläulich rot.
Die Flügel stehen regungslos. Das Feuer läuft schnell
die unteren Schaufeln hinauf und weiter über das
Kreuz die oberen entlang.
Die ganze Mühle! Sie brennt! Die ganze Mühle!
So arbeitet das Feuer: es frißt zuerst die Bretterver-
schalung, das Skelett hält sich länger,
das Skelett wird immer heller, immer goldener – aber
es hält!
Noch sind die Tragbalken da!
Alle Rippen feurig – am Fuß und an den Flügeln!
Und da – vielleicht vom heißen Luftzug? – beginnen
die Flügel, immer noch nicht auseinandergefallen,
langsam,
langsam,
langsam sich zu drehen! Bei Windstelle, ist das nicht
ein Wunder?
In seltsamer Drehung kreisen die rotgoldenen Radien
der Rippen –

EIN DURCH DIE LUFT ROLLENDES FEUERRAD.

Und es zerfällt,
zerfällt in Stücke
und feurige Trümmer.

DAS BILD ERLISCHT*

Was keiner länger als drei Minuten aushalten zu können glaubte – das Wyborger Regiment hielt es über eine Stunde lang aus. Die Toten wurden, soweit es möglich war, längs der Wände gebettet. Die Verwundeten gleich an Ort und Stelle verbunden. Das Zurücktragen der Verwundeten war schwierig: die Gräben waren tief, aber die Zugänge zum Dorf flach, und nur zwei auf ein Bataillon. So blieben auch die Verbundenen hier liegen – erdige Gesichter, blutverschmiert, auch an Stellen, wo sie nicht verletzt waren, mit zitternden Lippen und Händen. Schon über zwei Stunden wurden die Wyborger gedroschen, aber sie zeigten immer noch keine Lust davonzulaufen, und es kam ihnen kaum in den Sinn, daß auch noch anderes möglich ist, als hier unter den Granaten sich zu krümmen. Aber so wie die Steine, die ein Gletscher mit sich führt, später sein Wegtauen überdauern, Jahrhunderte und Zivilisationen überdauern, Gewitterstürme und Hitze – so saßen hier diese Soldaten, sie saßen und wichen nicht. Von Urvätern her Gewohntes, Bewährtes, Unentrinnbares: alles muß durchgestanden werden, ein Ausweichen gibt es nicht.

Auch Worotynzew krümmte sich, wie sie. In diesem Umdreschen, bei dem er nicht zu bleiben brauchte, in dieser Freundschaft mit einem Regiment, das er nicht kommandierte, glaubte er seinen letzten eigentlichen Platz gefunden zu haben.

Es gab keine Hoffnung, daß das einmal enden würde. Doch plötzlich – das Feuer ließ nach, wurde einheitlich umgelenkt und hörte hier auf, es war nicht zu begreifen – und die stinkende schwarze Nacht hellte sich auf, und es stellte sich heraus, daß über dem Feld ein herrlicher Morgen lag, die Sonne stand schon hoch und brannte in den Graben.

Und sie reckten sich, vertraten sich die Beine, streckten die Köpfe heraus, schauten sich um. Die rauhen heiseren Stimmen, auch vom Tod zurückgekehrt, übten sich wieder, gewannen wieder Klang: es geht heute viel heißer zu, kein Vergleich mit gestern; links raucht und wirbelt es noch schlimmer als bei uns, siehst du!

Daß es anderen schlechter geht als uns, bedeutet Erleichterung. Dort links, am Eisenbahndamm entlang, und das andere Dorf deckten sie förmlich ein, alles explodierte, flog in die Luft, zerstob in Schwärze, und die Vorstellung, wie die dort sitzen und wie einer dort überleben kann, war schrecklicher als das eben erst selbst Ausgestandene.

Schwer, sehr schwer ist die Rückkehr aus dem Stein-Sein ins Leben – aber sie durften nicht lange sich recken und glotzen, sondern mußten schnell nach dem Gewehr greifen: ob nicht, während es herumlag, Erde in den Lauf gekommen war, ob die Patronen bereitlagen, ob das Bajonett richtig festsaß – die Deutschen hatten das Feuer doch nicht aus Mitleid eingestellt und schlichen wahrscheinlich schon heran.

Aber da hatten die Deutschen einen Bock geschossen! Irgend etwas hatte bei ihnen nicht geklappt: das Feuer wurde eingestellt, aber die Infanterie blieb aus. Sie verloren unschätzbare Minuten und ließen dem Wyborger Regiment Zeit, Kräfte zu sammeln und in Kampfstimmung zu kommen.

In der Senke vor ihnen löste sich der letzte erwärmte Nebel auf. Es war deutlich zu sehen: die Deutschen kamen nicht. Aber jetzt! Dort rechts! Dichtes Gewehrfeuer und das Rattern der Maschinengewehre.

Und Worotynzew – außerstande, genau zu überlegen, sein Kopf gehorchte ihm nicht, berauscht von dem schweren Rauch – nahm das freigewordene Gewehr eines Gefallenen und eine Patronentasche, hielt seinen Säbel fest und drängte sich, gegen die Erdwände des Grabens torkelnd, an Toten, Verwundeten und Lebenden vorbei, zu dem Bataillon auf dem rechten Flügel durch, dessen Grabenabschnitt einen Bogen um die ausgebrannte Mühle machte. Der Kopf war schwer, aber die Gedanken stellten sich nicht mühsamer ein, sondern leichter, allzu leicht, sogar leichtsinnig. Es dachte sich alles anders, nachdem man *dort* gewesen war. Es gab keine Theorie, derzufolge ein Oberst aus dem Großen Hauptquartier bis zum rechten Flügel sich durchzudrängen und mit dem Gewehr in der Hand dem dortigen Bataillon beizustehen hätte. Aber er wollte es! Es mußte sein!

Ja, die scharfgehörnten Helme rückten immer näher heran, aber »Stümper!« schrie Worotynzew, um den um ihn Stehenden Mut zu machen, er hatte an einer Ecke einen

Platz gefunden. »Das sind ja Stümper! Das soll Europa sein? Wer macht denn sowas?!«

Auch hier hatten die Deutschen sich verspätet, den genauen Augenblick verpaßt, als die Artillerievorbereitung eingestellt wurde, und den Moment der Betäubung nicht genutzt, jetzt aber – das war das Wichtigste – kamen sie den steilen Hang herauf, ohne sich zu verteilen, ohne Dekkung zu suchen, nicht in einzelnen Kettengliedern, einfach in Ketten, aufrecht, die schönsten Zielscheiben, und schossen auch noch aus dem Anschlag, blieben dazu stehen – nein, das geht nun doch nicht: die Infanterie muß entweder schießen oder marschieren, das eine oder das andere! Wir – wir schießen jetzt! Die Japaner haben es uns abgewöhnt, so zu marschieren. Und es uns angewöhnt, so zu schießen.

So lange die Qual unter dem Dreschflegel aushalten – und keinen Feind sehen. So lange ihn nicht sehen – und plötzlich vor sich haben! Da ist er, der Erzfeind, der ewige, dessentwegen wir uns das ganze Leben gequält haben! Jetzt muß die Schulter herhalten, jetzt wird abgerechnet! Wir haben uns gekrümmt – jetzt müßt ihr liegen! Je mehr von euch liegenbleiben, desto weniger gibt es von euch!

Das rechte Bataillon stand, als ob nichts geschehen war – und feuerte! Es schoß dicht, schnell, zahlte mit Genugtuung den Deutschen das Sitzen im Graben heim. Auch Worotynzew stand mit Genugtuung in dieser Reihe, schoß, faßte Patronen nach, lud, zielte, schoß, wechselte das Ziel, und wenn er glaubte, *sein* Deutscher sei gestürzt, dann krächzte er sogar.

Die schreckenerregenden hohen spitzen Helme schossen kniend und stehend. (Was brauchen wir Helme! Wir stehen auch in Mützen unseren Mann, die russische Stirn ist kugelsicher, was macht es schon, wenn mancher sich an den Kopf greift und zusammensinkt.) Aber die Wyborger standen und schossen, ohne zu zittern, ohne den Wunsch zurückzugehen. Noch auf fünfzig Sashenj Entfernung machten ihnen die spitzen Helme keine Angst – dabei gab es niemanden, der kommandiert oder mit den Armen gefuchtelt hätte, die Wyborger standen und schossen wie sich's gehört weiter.

Und die Deutschen fielen, schrien vor Schmerz, stürzten den Abhang hinunter, manche mit Absicht, manche ließen sich seitwärts herunterrollen, um heil davonzukommen. Andere machten kehrt und rannten davon. Und wir schossen – in den Rücken! In den Rücken!

Einige besonders Hitzige sprangen freiwillig aus dem Graben, um den Deutschen mit dem Bajonett nachzusetzen. Aber der Leutnant hielt einen am Kragen fest! Und auch die anderen wurden zurückgehalten. Richtig.

Worotynzew schoß nicht mehr. Worotynzew freute sich, wie unverrückbar unsere Leute standen. Sie werden auch weiterhin stehen, das spürte man, und wenn ihr Chef, Kaiser Wilhelm, persönlich kommen sollte! In seinem rauchigen Rausch liebte Worotynzew das Wyborger Regiment! Und diesen 14. August und dieses Gefecht bei Usdau liebte er auch! Sawizkij – den liebte er ganz besonders! Und er drängte sich durch den Graben – weiter, zu ihm.

Der Kompaniechef schrie ihm ins Ohr und zeigte: dort unter der Eisenbahnlinie – eine Unterführung, und in der Unterführung oder auf der anderen Seite – ein General.

Das war genau der richtige Ort für einen General. Je stiller es hier wurde, desto deutlicher hörte man das Maschinengewehrfeuer von dort. Wieviele es auch sein mögen – dort kommt keiner durch. Es hatte keinen Sinn, zu Sawizkij zu gehen. Und er konnte jetzt ja auch nicht nach Neidenburg fliegen. Bald mußte auch die Brigade Stempels irgendwo auftauchen. Es hatte gar keinen Sinn, nach rechts zu gehen. Und es gab für ihn auch im Wyborger Regiment nichts zu tun, was hatte er hier eigentlich zu suchen?

Links aber dröhnte es, über den schwarzen Einschlägen der Sprenggranaten lag eine gelbe Schrapnellschicht, dort hielten noch fünf andere Regimenter, eines neben dem anderen die Stellung, dort konnte sich der Kampf noch so oder anders entscheiden, er mußte dorthin, ja, dorthin! Ausdauer und Standhaftigkeit der Wyborger durften nicht umsonst gewesen sein, sie mußten sich in den nächsten Stunden auf das gesamte Korps auswirken.

Das Gehen im Graben war beschwerlich, man mußte auf die Leichen achten, prallte gegen Verwundete, und die Soldaten kletterten heraus, ins Freie. Auch Worotynzew sprang auf den Grabenrand, schulterte das Gewehr, das er behalten wollte, und ging oben weiter, den Graben entlang. Vielleicht pfiff manchmal etwas vorbei, aber er kam hier so leicht, so unbeschwert vorwärts. Er hörte ja schlecht, die Ohren nahmen nicht mehr alles auf. Und es schien ihm, als sehe er nicht mehr alles, was zu sehen war: die Augen nahmen nicht mehr auf, die Seele nahm nicht mehr auf. Überall abgerissene blutige Verbände und Dreieckstücher zum Abbinden. Dichtgestreute Schrapnells. Dazwischen das Schlußstück eines zertrümmerten Gewehrs. Leere Hülsen, die in der Sonne glänzten. Blechbüchsen. Die Messingschnalle eines fortgeworfenen Koppels. Der da kroch herum. Der, mit verbundenem Kopf, hielt die Hände an die Stirn, dabei war der Schädel offen. Der, auf der Erde sitzend, zog den Stiefel aus und ließ das Blut herauslaufen wie aus einem Krug. Der drüben starrte mit erloschenen Augen über den Rand des Grabens, und andere lachten schon wieder. Es war, als ob das alles von ihm nicht wahrgenommen würde, Augen und Seele nahmen nichts mehr auf. Wie beim Alkoholrausch stellte sich eine wohltuende Lockerheit aller Bewegungen ein, bei übermäßigem Kraftaufwand: einmal schnellte der Arm vor, dann trat der Fuß übermäßig stark auf oder knickte um – jener Zustand, in dem man sich sticht oder schneidet, ohne es zu bemerken. Und der trunken-schwere Kopf bewahrte die seltsame Leichtigkeit der Gedanken.

Als Worotynzew zum rechten Bataillon gegangen war,

hatte er seinen Nachbarn Blagodarjow völlig vergessen. Jetzt, auf dem Rückweg, erinnerte er sich an ihn als an den wichtigsten, unentbehrlichsten Menschen. Lebte er noch? Vielleicht lebt er nicht mehr?

Das zweite Bataillon hatte sich genauso erfolgreich verteidigt wie das erste. Jetzt wurden die Verwundeten weggetragen oder weggeführt – durch den Verbindungsgraben, und auch oben. Im Graben wurde aufgeräumt. Ein Verwundeter wurde freigeschaufelt – wie von einem Dutzend Totengräbern. Worotynzew erkannte seinen Platz wieder – zuerst sah er den gelben Löwenschwanz aus der Erde ragen, und rechts davon Blagodarjow, sein nettes, intelligentes Gesicht! Er räumte verdrossen auf, warf einen zerbrochenen Stuhl und leere Patronenbehälter über den Grabenrand.

Worotynzew bat den Hauptmann, ihm einen Soldaten mitzugeben. Und nickte gutgelaunt.

»Blagodarjow! Kommst du mit?«

»Warum nicht« – Blagodarjow war keineswegs erstaunt, es war so, als hätten sie sich zu einem gemeinsamen Spaziergang verabredet. Er fuhr mit der Zunge innen über die Backen, sah sich flüchtig in dem quadratsashenjgroßen Loch um, wo sein Leben in der letzten Stunde beinahe sein Ende gefunden hätte, warf sich den fest zusammengerollten Mantel über die Schulter, stemmte sich kräftig am Grabenrand hoch und stand:

»Wohin geht es denn ...?«

Er hielt sich so, als wäre er im Krieg großgeworden und noch dazu an Worotynzews Seite.

»Geben Sie mir Ihr Gewehr. Und auch das Mäntelchen, dann haben Sie es leichter.«

Der Mantel kam über seinen eigenen, die beiden Gewehre nahm er an den Riemen über die andere Schulter, das Kochgeschirr hängte er, schon im Gehen, an das Koppel. Dann gingen sie los.

Halb acht. Im Großen Hauptquartier waren sie noch

nicht aufgewacht, hatten den Morgentee noch nicht getrunken, aber hier hielten schon seit Morgengrauen an die tausend Mann unter den Dreschflegeln aus, und ein ganzer Gefechtstag stand ihnen noch bevor.

Wieder kündigte sich ein sommerlich schwüler, windstiller Tag an.

Sie gingen im Rücken unserer Stellungen, jenseits der Eisenbahn, um rasch und ungestört vorwärtszukommen. Hier konnte man sehen, was im Graben übertönt wurde und nicht zu hören war: unsere Kanonen feuerten ebenfalls, die Geschützmannschaften waren schweißgebadet, alle hatten die Blusen ausgezogen, schleppten Munition herbei, zogen die Abzugsleine – aber es gelang ihnen nicht, die Deutschen zu übertrumpfen. Die deutschen Schrapnells kamen bis hierher geflogen, schlugen ein paarmal so nah ein, daß Arsenij und der Oberst sich flach auf die Erde warfen, aber nach der Kanonade von vorhin war das nur ein Kinderspiel.

Aber die Hauptkraft des deutschen Feuers richtete sich immer noch auf die vordersten Stellungen, jene Regimenter, in deren Rücken sie jetzt dahingingen.

»Das Jenisej-Regiment hält sich!« Worotynzew rieb sich die Hände. »Noch ein Stündchen, und das Blatt kann sich wenden.«

Erst vor kurzem war eine Photographie dieses Regiments in ganz Rußland bekannt geworden: es defilierte in Peterhof vor Poincaré, und am rechten Flügel, die Hand am Mützenschirm, die Augen auf den Ehrengast gerichtet, in vorzüglicher, zackiger Haltung marschierte der Großfürst. Es war noch kein Monat vergangen – und diese Hünen befanden sich hier im Knettrog.

»Und das Irkutsk-Bataillon hält sich auch!« freute sich der Oberst. »Wir könnten heute gewinnen, wenn wir es vernünftig anpacken.«

Gewinnen – Sénjka* war sehr dafür, dann wäre der Krieg schneller zu Ende.

»Und was kann man dafür tun, Euer Hochwohlgeboren?«

»Vorläufig kann man nichts dafür tun, wir wollen so schnell wie möglich zum linken Flügel. Wenn es nur bei der Verteidigung bleibt, dann werden wir natürlich nicht gewinnen.«

Senjka holte sowieso mit seinen Beinen aus wie ein Kranich, aber auch der Oberst war gut zu Fuß; er hatte zwar nichts zu tragen, aber dafür erkundigte er sich nach allen Seiten: welche Einheit? Wie lange reicht der Munitionsvorrat? Wie lautet der Befehl?

Und jetzt ging es hinter ihnen wieder los! Jetzt stampften sie wieder auf die Wyborger, mit voller Kraft! An einigen Stellen brannte und rauchte es, ein Einschlag neben dem anderen. Arsenij war froh, daß sie gegangen waren. Der Graben ist nicht anders als ein Totengrab, und man steigt auch noch selbst hinein und zittert dann wie ein Hammel, bis das Schlachtermesser kommt. Wenn man aber übers freie Feld geht und sich auf seine Beine, seine Arme verlassen kann, dann ist das Sterben leichter. Aber vielleicht kommen wir auch durch. Arsenij war gern mit diesem tüchtigen Obersten gegangen. Als Bursche wäre er nicht mitgekommen, aber so, selbander herumziehen, das war in Ordnung. Der Oberst wollte nicht einfach den Tag vertrödeln, um zu überleben, er hatte etwas Besonderes vor.

Worotynzew suchte die Reserveeinheiten, den Nachschub. Aber nach den ersten Werst fand er niemanden, und auch die Artillerie war ziemlich kümmerlich. Sie konnten nur das fahrbare Lazarett der Großfürstin Wiktorija Fjodorowna bewundern, das in der ganzen russischen Armee nicht seinesgleichen hatte: vor ihren Augen wurden die von den Verbandsplätzen kommenden Schwerverwundeten in Automobile verladen und sofort nach Soldau transportiert.

An der nächsten Kurve der Eisenbahnlinie, dort, wo sie scharf nach hinten, Richtung Soldau, abbog, stießen sie auf die Mörserabteilung des Korps, es fehlten nur jene beiden

Haubitzen, die Smyslowskij bekommen hatte. Sie hatten hier, an den geschützten Hängen, einen großen Munitionsvorrat gestapelt, immer neue wurde angefahren, aber geschossen wurde nur wenig: die Befehlsgewalt über diese Abteilung hatte nur der Chef der Korpsartillerie Masálskij, der nirgends zu finden war, und sie hatten keine klare Aufgabe, wer und wie zu unterstützen sei. Der Kommandeur der Mörserabteilung, Oberstleutnant Smyslowskij, richtete sich auf Verteidigung ein, falls die Dinge eine böse Wendung nehmen sollten. Worotynzew kam mit ihm rasch überein: aus ihrer Bereitschaftsstellung nach Nordwesten die Geschütze um fünfundvierzig Grad nach links zu drehen und Beobachtungsposten im Westen aufzustellen – denn es könnte von links losgehen und zwar sehr bald. Sie besprachen, wie sie Verbindung halten würden. Worotynzew suchte nach der Schützenbrigade, Smyslowskij meinte, sie sei im Anmarsch, gleich hinter dem Bahndamm. Und ein Stück weiter rechts, in dem Wäldchen, stehe das Litauische Garderegiment, frisch, aber ohne Kampfaufgabe, nicht in Gefechtsbereitschaft und ohne die zweite Verteidigungsstellung auszubauen.

Senjkas Oberst war unschlüssig: sollte er zu den Litauern? Der Weg dahin führte über ein Stoppelfeld voller schwarzer mit Asche bedeckter Glatzen: der Roggen war hier in Garben verbrannt worden, keine einzige Garbe hatte man übriggelassen. Zuerst hatte der Oberst gemeint: Arsenij, du bleibst hier sitzen, ich bin gleich wieder da. Aber dann sah er auf die Uhr – los, auf, zum linken Flügel, zu den Schützen.

Sie überquerten rasch die Gleise, der Oberst blickte umher und zeigte:

»Dahin müssen wir!«

Und sie zogen los, immer schneller.

»Wieso sagt man *Haubitzen,* Euer Hochwohlgeboren?«

»Du brauchst nicht jedesmal ›Euer Hochwohlgeboren‹ zu sagen, das kostet viel zuviel Zeit.«

»Was denn sonst?«

»Überhaupt nichts, wenn keiner dabei ist. Du hast doch gesehen, das sind kurze und breite Rohre, achtundvierzig Linien.«

»Was für Linien?«

Der Oberst seufzte.

»Sie sind hauptsächlich für Steilfeuer gut. Wenn die sich verschanzt haben.«

Auch Senjka seufzte.

»Schade, daß ich nicht zur Antillerie* gekommen bin.«

»Willst du zur Artillerie? Ich kann dir dabei helfen. Wenn wir am Leben bleiben.«

Senjka nickte, ohne rechten Glauben; er mußte ja irgend etwas sagen. Früher wäre das etwas anderes gewesen, während Senjkas Militärzeit. Aber dieser Krieg – hol ihn der Teufel! – hoffentlich sind sie bis Mariä Schutz und Fürbitte wieder zu Hause.

Jetzt gingen sie über einen Kartoffelacker, die Kartoffeln waren gut! Bei den Deutschen werden auch die Hohlwege ausgenutzt und die Hänge bepflanzt, und überall ist gegen das Vieh eingezäunt. Hinter dem Feld standen zwei Häuser, zwei Hagestolze, ganz für sich allein. Sie gingen auf diese Häuser zu, das Kartoffelkraut klatschte gegen die Stiefelschäfte. Hier war gut leben: von der eigenen Erde rings eingeschlossen.

Ohne zu verschnaufen im Laufschritt weiter, hätte Senjka kürzere Beine gehabt, er hätte die Puste verloren. Trotz des Laufschritts spähte der Oberst immerzu durch seine Rohre nach vorn. Noch vor dem Dorf stand eine große, aus Ziegeln gemauerte Scheune, dort konnte der Oberst viel Infanterie erkennen, das mußten die Schützen sein.

»Wer sind denn das – *Schützen*, Euer Hochwohlge ...?« Senjkas Wißbegier ließ auch im Laufen nicht nach.

»Das ist auch Infanterie, aber besonders ausgewählt. Mehr Maschinengewehre, bessere Ausbildung. Alles kräftige Burschen, so wie du. Deshalb kommen bei denen nicht vier Bataillone aufs Regiment, sondern nur zwei. Und das geht!«

»Schade«, bedauerte Senjka. »Wenn man bloß zu unseren Leuten zurück könnte und erzählen, was hier alles an Kraft steckt! Dann wäre denen viel leichter zumute!«

Sie machten hier einen Bogen, entsprechend dem Bogen der Frontlinie. Vor ihnen lag das Gut Ruttkowitz, dahinter ein Wäldchen, und hinter dem Wäldchen, so glaubte Worotynzew, befanden sich das Petrowskij- und Neuschlot-Regiment, die gestern dorthin vorgerückt waren. Hier war das deutsche Artilleriefeuer wesentlich schwächer. Seine Vorstellung von der Absicht der Deutschen war richtig, bestimmt richtig! Die Deutschen scheuten sich davor, den Flügel zu umfassen, zumal hier auch unsere Kavallerie stand, die Deutschen wollten bei Usdau durchstoßen. Und alles könnte man retten, alles zum Guten wenden – genau hier! genau an dieser Stelle! Aber – wer könnte die Kräfte sammeln? Wie könnten die Kräfte gesammelt werden? Hier treten diese anderthalb Kavalleriedivisionen auf der Stelle – wer soll sie führen?

Die Scheune erwies sich als Viehstall. So etwas! Ein solcher Bau fürs Vieh! Und die Schützen waren tatsächlich stattlich, gesund, frisch. Sie saßen, und wer noch was hatte, aß. Senjka knurrte der Magen: er hatte noch zwei Zwiebäcke im Sack, die sollten gegessen werden, solange er noch lebte, noch nicht verwundet war. Und wie kam das bloß, daß der Bauch sich so heftig meldete – er hatte doch weder gepflügt noch gemäht.

Die Schützen unterhielten sich, warum die Luftlöcher in der Wand die Form eines Kreuzes hatten: Hatte sich das beim Mauern ergeben? Oder war es für die Schönheit? Oder um das Vieh vor bösen Geistern zu schützen? Und sie lobten die steilen Dächer; hier brauchte man den Schnee nicht von den Dächern zu schippen, er kommt von selbst herunter.

Den Regimentskommandeur traf Worotynzew nicht an,

er war weggeritten, um sich durchzufragen und einen Befehl zu erhalten, ganz gleich von wem, von jedem, den er gerade finden konnte, und sei es auch der Korpskommandeur selbst.

Die beiden Bataillonskommandeure und der Regimentsadjutant waren hiergeblieben. Sie setzten sich zu viert zusammen. Ihre Schützenbrigade war ohne den Brigadekommandeur, ohne Brigadestab und ohne die zugeteilte Artillerie in Soldau eingetroffen – einfach vier einzelne Regimenter, und jedes marschierte und suchte sich seine Aufgabe nach eigenem Ermessen. Gab es denn überhaupt einen Befehl? Der allgemeine Korpsbefehl schrieb vor, nach Nordwesten vorzurücken, ohne genaue Angaben über die zu besetzenden Abschnitte, Grenzlinien, benachbarte Einheiten rechts und links.

»Gut, meine Herren!« Worotynzew sprach mit großem Feuer. »Der Korpsstab liegt zehn Werst entfernt, und hier, wie Sie sehen, ist niemand. Die Dienstvorschrift sieht eine besondere Kommandoinstanz vor: gemeinsamer Beschluß der anwesenden ranghöchsten Offiziere. Lassen Sie uns das verwirklichen, wenigstens für Ihre vier Regimenter. Ich werde Ihnen sofort die Lage genau ... Als Sammelpunkt nehmen wir zunächst das Gut Ruttkowitz, hier. So, ein Regiment steht bereits dort? Ausgezeichnet. Ihre Bataillone können dorthin nachkommen und weiter in den Wald vorrücken. Wie Ihre vier Regimenter zusammengezogen werden sollen? Jedes schickt einen höheren Offizier nach Ruttkowitz vor, die Regimenter rücken nach. Und die jüngeren Offiziere – können Sie mir zwei oder drei zur Verfügung stellen? Einer muß mit einem Brief zum Litauischen Regiment, vielleicht gelingt es uns, sie zu überreden, nach links zu rücken. Der andere – zu Oberst Krymow. Wenn wir den erreichen könnten, würde er sofort die Kavalleriedivisionen in Bewegung setzen, vielleicht hat er das schon getan. Und noch einer ... – wo steht die schwere Artillerieabteilung?«

Die schwere Artillerieabteilung stand zwei Werst weiter hinten. Auf Grund der merkwürdigen Subordinationsverhältnisse unterstand sie auch nicht dem Inspekteur der Korpsartillerie und verfuhr nach eigenem Gutdünken.

»Aus dieser Entfernung können sie nichts machen. Sie müssen hierher vorrücken. Ich will selbst dort ... Nein, ich gehe nach Ruttkowitz. Haben Sie hier keine Telephonleitung gesehen? Es kann doch nicht sein, daß die in Ruttkowitz keinen Beobachtungsposten haben. Ich werde auch einen Brief in die Stellung schicken ...«

Das klare Feuer der Überzeugung teilte sich den Offizieren der Schützenbrigade mit – sie waren nicht träge und litten unter der eigenen kläglichen Tatenlosigkeit, während ringsumher alles dröhnte und eine Entscheidung bevorstand. Sie machten auf ihren Kartentaschen eilig Notizen, mit fahriger Schrift, aber exakt und komprimiert. Und dann liefen die jungen Verbindungsoffiziere davon, ihre überflüssigen albernen Säbel festhaltend. Rasselnd und klirrend erhoben sich die beiden Bataillone, traten an und marschierten nach Ruttkowitz ab.

Und Senjka blieb mit dem Obersten bei der Scheune, ganz allein: der Oberst hockte an der Mauer und überlegte noch etwas oder wartete.

Senjka hatte in der Zwischenzeit aus dem Teich, in dem die Enten schwammen und tauchten, ohne sich um den Krieg zu kümmern, Wasser in sein Kochgeschirr geschöpft und hergetragen. Es zerriß ihm schier den Bauch – warum bloß? Der Zwieback hatte bestimmt seine fünf Jahre im Magazin gelegen, ohne Wasser konnte man mit den Zähnen nichts ausrichten. Komisch, daß keiner von der Straße aus diese Enten abknallt. Am besten wäre es, die Stiefel auszuziehen und die Füße in den Teich zu hängen, aber das ging nicht, die Zeit reichte nicht, er konnte es dem Obersten ansehen.

»Nehmen Sie den Zwieback, Euer Hochwohl ...?«

Der Oberst wunderte sich, er nahm den Zwieback wie

mit fremder Hand, das Kochgeschirr bemerkte er aber doch und tunkte den Zwieback ein.

»Es ist erst neun«, sagte er. »Wir hätten diesen Zwieback zu Mittag essen sollen.«

Sie kauten.

Der Oberst sah auf die Karte. Er sah auf die Straße, wo hinter der Hecke Karren mit Patronen und Troßwagen vorüberrollten. Er kaute weiter.

»Bist du verheiratet, Arsenij?« Auch seine Stimme war fremd, es war nicht klar, ob er das wirklich wissen wollte oder nicht.

»Verheiratet bin ich schon. Aber wir sind noch kein Jahr zusammen. Seit der Butterwoche*.«

»Und ist sie eine gute Frau?«

»Im ersten Jahr sind sie alle gut«, sagte Senjka scheinbar geringschätzig und nagte an seinem Zwieback. Er sagte das nur, weil es sich so gehört, er dachte anders darüber.

»Und wie heißt sie?«

»Je-ka-te-rí-na« – Senjka kaute langsamer.

. . . Dabei wurde sie nicht einmal Kátjka genannt. Man rief sie auf der Straße einfach »Fäustling«, und das Kränkende lag nicht nur in der Anspielung darauf, daß sie sehr klein war, sondern in der Meinung, sie sei auf jemanden angewiesen, müsse sich jemandem anhängen, und daß es leicht wäre, sie wieder loszuwerden.* Und als Senjka mit ihr ging, lachten ihn die Mädchen und die Burschen aus: wieso hatte er sich nicht ein stattliches, tüchtiges Mädchen genommen? Was will er denn mit so einem Krümel anfangen? Und sie wurde auch ausgelacht: er würde ihr ja sämtliche Rippen brechen. Er aber verließ sich trotz allen Spottes auf sein Gespür, es zog ihn zu ihr hin, dagegen war nichts zu machen – und welch eine warme, herzerfreuende Frau wurde seine Kátjona! Nicht nur in ihrer Kamenka, im ganzen Landkreis Tambow hätte man keine zweite von der Art finden können! Wenn man schon ein Pferd lieben kann, das weder Knute noch Zügel braucht, das nicht bloß aufs Wort folgt, sondern die Gedanken errät, das einem fast zuvorkommt und von selbst weiß, welchen Weg es nehmen und wie es ziehen muß – wie ist dir erst, wenn dein Weib so ist? Ob sie schläft und ob sie ißt, das merkt er gar nicht – wenn er aufwacht, ist sie schon auf den Beinen, besorgt das Haus, nur damit er satt und zufrieden ist und Lust an der Arbeit hat.

Aber nicht das war der eigentliche Kern – es tat zu gut, mit ihr zusammen zu sein, als saugst du an einem Markknochen – und kommst tiefer, immer tiefer. Und was ihr dann alles einfiel! Was ihr nicht alles einfiel! . . . Aus vollem Herzen hatte er ihr einen Bauch gemacht und freute sich nicht genug, zu sehen und zu tasten, wie sie immer runder wurde. Und dann war es vorbei.

Arsenij fuhr sich sogar übers Gesicht, um diese unpassenden Gedanken zu vertreiben. Um ihn herum stapften, krochen, duckten sich unsere Soldaten, jeder von ihnen hatte seine Katjka zu Hause, aber jetzt durfte man sich nicht hängen lassen und ihr nachseufzen. Und würde er heute abend überhaupt noch am Leben sein?

»Kannst du reiten?«

»Was ist da zu können? Das kann bei uns jeder. In unserem Kreis gibt es Stutereien und viele Pferde . . .«

Der Oberst sprang hoch wie von einer Bratpfanne: »Das könnten die Schützen sein!« – und rannte über den Fußweg zur Straße. Senjka brauchte nicht lange: er raffte sein Zeug links und rechts auf und war schon hinter ihm her. Da kam der Fähnrich angerannt, der vorhin ausgeschickt worden war: die schwere Artillerieabteilung sei auf dem Weg hierher, sie hätte ihre Stellung bereits von sich aus wechseln wollen! Der Oberst freute sich: »Jetzt können auch wir weiter!« Sie holten die Schützen ein und marschierten mit ihnen auf der Straße bis zu jenem Gut. Senjkas Oberst redete mit dem Regimentskommandeur, der sich vom Pferd herabbeugte. Die Schützen waren einer wie der andere ausgesuchte Burschen, sahen noch gut aus, marschierten in voller Ordnung. Sie fragten Senjka: »Habt ihr einen Befehl dabei? Wohin sollen wir, weißt du das?« – »Wohin ihr sollt?« antwortete Senjka mit wichtiger Miene. »Da, wo der Stößel reinkommt – daß ihr ja nicht zu spät dort seid!« Und er erzählte ihnen vom Dreschen heute morgen.

Sie hatten das Gut noch nicht erreicht, als sie etwas rattern hörten, Senjka wußte nicht, was. Die anderen packten die Gewehre und schossen in den Himmel. Senjka warf ebenfalls den Kopf zurück: da fliegt so ein Satan, mit schwarzen Kreuzen auf den Flügeln. Er konnte nicht schießen, er hatte doch beide Arme voll, und konnte nur überlegen: wie kann dieses Teufelsding herumfliegen, ohne sich festzuhalten? Und wie es wohl ist, wenn es angeschossen wird und kopfüber herunterklatscht?

Es flog vorüber.

Das war ein großes Gut. Der Garten, mit einigen hundert Bäumen, hatte schon stark gelitten, die Bäume waren leer, an vielen waren Zweige abgebrochen. Hinter dem Garten hundertjährige Linden und Eichen, ein kleiner Wald für sich, ohne Unterholz, von Wegen durchzogen, zwischen den gleichmäßig gewachsenen Bäumen weidete das Vieh, Zuchtvieh vermutlich. Die Pferdeställe standen offen, alles pieksauber, Tränken, aber kein einziges Pferd. Soldaten hatten Sofas und Sessel mit einem roten borstigen Bezug aus dem Haus geschleppt, räkelten sich darauf und rauchten. Als der Oberst kam, sprangen sie auf und verdrückten sich. Senjka setzte sich auch in so einen Sessel, es war komisch. Zwei Leutnants von den Schützen sprachen bereits mit dem Obersten, sie wollten zu dritt auf das Dach steigen und von dort Ausschau halten. Senjka sollte ihnen den Speicher aufmachen. Im Hausinneren – Wunder über Wunder. Ein wandgroßer Spiegel, den hatten sie zertrümmert und die Scherben mitgenommen, um sich zu betrachten. Viele, viele Möbel – aber alles umgeworfen und zerbrochen. Und dann noch ein verrückter Billardtisch – ohne Tuch, ohne Rand, schwarz, glatt und in der Form wie ein

Beil. Wie konnten darauf die Kugeln halten, warum fallen sie nicht herunter? »Du Mondkalb!« Ein Leutnant gab Senjka einen Klaps auf die Mütze, »das ist kein Billard, das ist ein *Flügel*!« . . . Und was ist da an der Wand kaputt? »Das war eine Ahnentafel, Marmor, da konnte man sehen, wer von wem abstammt. Klar?« Im oberen Stock das gleiche Durcheinander: die Spitzen von den Fenstern heruntergerissen, die Schränke ausgeleert, das bunte gerillte Geschirr zerschlagen auf dem Boden, daneben Kleider, Bücher, Papiere. Ein Leutnant hob etwas auf: »Stammbäume von Rennpferden. Die haben hier gute Pferde gezüchtet.«

Senjka sperrte sämtliche Türen zum Boden auf und öffnete die kleine Dachluke, der Oberst zwängte sich hindurch und rief, noch bevor er einen Blick durch seine Rohre geworfen hatte: »Paß auf, dort hinter dem Park steht eine Hundertschaft, Kosaken, bitte den Offizier, zu mir zu kommen!« Jetzt konnte Senjka die Treppe wieder hinunterspringen, immer zwei Stufen auf einmal, an all den guten Sachen vorbei, und keine Zeit, sich alles genau anzuschauen!

Senjka fand den Unterrittmeister, es war eine Hundertschaft aus dem 6. Donkosakenregiment, die an Stelle der Divisionsreiterei eingesetzt werden sollte und bei zunehmendem Feuer sich hierher zurückgezogen hatte. Senjka kam von sich aus auf die Idee, die Kosaken um eine Stute zu bitten, spannte sie vor einen Karren, warf eine Armvoll Stroh in den Wagen und kehrte dann, die Stute mit den Zügeln antreibend, auf dem festgestampften, mit Sand bestreuten Weg zurück, unter dem regendichten Laubdach.

Der Oberst redete auf den Unterrittmeister ein und schrieb ihm auf, wohin er zu reiten hätte. Unterdessen war es immer lauter geworden, jetzt fing es an zu dröhnen: zwischen dem Gut und dem nächsten Wald standen unsere Kanonen, leichte Feldartillerie, sie fingen jetzt an zu feuern und legten los, genau wie Dorfhunde, wenn sie im Rudel einen einzigen Fremden anbellen und dabei loslegen, als wollten sie am liebsten auf der Stelle platzen! Der Kampf schien eine Wendung zu nehmen.

Und auch hier bei ihnen ging alles im Laufschritt. Die Leutnants rannten, die Hand am Säbel, zu ihren Regimentern. Der Oberst sprang in den Karren, als hätte er ihn bestellt:

»Das Petrowskij-Regiment und die Neuschloter sind zum Angriff übergegangen!« schrie er Senjka ins Ohr. »Ohne das Korps! Von *selbst!* Gerade das ist richtig! Die Schützen werden den Angriff unterstützen! Und die Haubitzen auch!«

Am liebsten wäre er wohl vor der Stute hergelaufen.

Jetzt überholte sie im Galopp auch jene Kosakenhundertschaft.

Das machte Spaß! Senjka wäre am liebsten selbst auf die Deutschen losgegangen, notfalls mit der Deichsel! Schnell abgerechnet – und nach Hause! Das ist etwas anderes als Dorf gegen Dorf! Das macht Spaß, wenn man sieht, wie wir vorankommen. So sind wir! Selbst zum Angriff übergegangen! Wozu auch stehen und warten, bis man unter den Dreschflegel kommt? Ein schöner klarer Tag und fremde preisgegebene Erde – man zertrampelt sie nach Herzenslust, ohne Erbarmen. Weniger schön wäre es, wenn bei ihnen in Kamenka so gekämpft würde. Im Amtsbezirk Kamenka war, Gott sei Dank, noch nie so gekämpft worden.

Die Kanonen standen gleich hinter dem Gut. Die Mannschaften feuerten ohne Pause, waren gut gelaunt, der Krieg braucht gute Laune! Selbst im hellen Tageslicht war zu sehen, wie nach dem Abschuß das Feuer aus der Mündung züngelte. Ein Richtkanonier drohte nach jedem Schuß mit der Faust gegen den Wald: da hast du's, Verfluchter! Und der Hauptmann, der in der Nähe stand, rief dem Oberst zu: »Die Entfernungen werden größer.« Der Oberst erklärte Senjka: »Das bedeutet, daß wir vorrücken!«

Alle nach vorn und einfach drauf los! Wir sollten mit denen nicht fertigwerden?!

Und die Deutschen klopfen auch bei uns ab – sie suchen nicht das Gut, sondern diese Batterien. Hier vor uns liegt eine Mulde, ein leichter Wind streichelt und kräuselt das frische Gras – ein Einschlag treibt eine schwarze Säule in die Luft, höher als der höchste Baum, dicker als die Krone einer Eiche, der Trichter hat, anders als im Sandboden, glatte Ränder und ist tiefschwarz.

Und eine von unseren Batterien haben sie zugedeckt! Mitten zwischen unseren Geschützen knallte es, und eine Munitionskiste flog in die Luft! Das gab noch einen Knall dazu! Die Pferde gingen nach allen Seiten durch, die Soldaten, verrußt und verdreckt, krochen in Deckung. Und Senjkas Stute jagte vor Schreck quer über die Straße, er konnte sie kaum wieder in die Gewalt bekommen, und dann nichts wie hinein in den Wald!

Ihnen entgegen jagten aus dem Wald mehrere Protzen, auf die Batterien zu: anhängen und auch nach vorne! – Können sie nicht mehr so weit schießen? – Sie gehen jetzt in offene Stellung! – Der Oberst zeigte nach vorne. – Direkter Beschuß! Nimm die Peitsche, Arsenij, wir müssen weiter!!

Der Wald war nicht groß, schon waren sie durch, dort überholten sie das eine Schützenregiment, die beiden anderen waren bereits irgendwo in Stellung gegangen. Ein breites Feld, ein Dorf, das seit gestern in unserer Hand war, verstreute Höfe – und wieder ein Wald, diesmal wie eine Mauer, in diesem Wald müßte, so sagte der Oberst, das Petrowskij-Regiment stehen. Und diesseits des Waldes die Rauchwölkchen der Kartätschen am Himmel, die einen verzogen sich, andere kamen auf, das war das SPERRFEUER, zum Abschrecken, damit wir sie nicht zu sehr bedrängten.

»Da, rechts – hörst du? Das sind Haubitzen! Sie verlegen jetzt das Feuer vor die Stellung des Petrowskij-Regiments.«

»Sind das die Haubitzen, die an der Bahn waren?«

»Genau.«

»Dann haben wir einen schönen Umweg gemacht.«

Feuer auf der Straße vor ihnen! Eine schwarze Eiche ragt auf! Es fegte sie nur so zur Seite – in den Ohren rauschte es – sie sprangen ab, drückten sich gegen die Erde (die Zügel fest in der Hand) – Splitter, unzählige Splitter pfiffen vorbei – vorbei! Wie ist bloß die Stute unverletzt geblieben? Wie sind sie davongekommen? Der Karren durchlöchert. Nun mußten sie von der Straße: jetzt ging es querfeldein, im ungefederten Wagen, im Galopp – rums! Aber dort ist ein Feldweg ... – Euer Hochwohl ... ist das auch der richtige Weg? Die Schützen waren doch links – oder? – Und wir müssen nach rechts, im Bogen ums Schrapnellfeuer herum – zum Petrowskij-Regiment! Los!

Hier war alles von den Deutschen vorgewärmt, sozusagen, noch heute morgen waren diese Stellen in deutscher Hand gewesen, ihre Gefallenen und unsere Gefallenen lagen nebeneinander, dazwischen die Verwundeten, man hatte keine Zeit, sich um sie zu kümmern. Und hier – hier hatte eine deutsche Batterie gestanden, die Munition war in die Luft geflogen, zwei Geschütze waren zerschossen, davor die toten Pferde, noch eingeschirrt, die anderen waren fort.

Die Kartätschen hingen nur so in der Luft, wie ein Vorhang – rechts halten!

Wieder zwei Einschläge – nicht vor, sondern hinter ihnen: ohne über ihre Köpfe hinweggeflogen zu sein. Das sind Unsere, hörst du, sie schießen zu kurz, diese Waldschrate!

Jetzt ging es über Stock und Stein! Der Oberst griff sich an die Schulter, tastete – »Aha, mich hat's erwischt, Arsenij!« Er knöpfte den Rock auf: es hatte ihn tatsächlich an der Schulter erwischt. Vielleicht waren es die Unseren, aber wahrscheinlich war es die Sprenggranate von eben, auf der Straße, die Schmerzen machten sich erst jetzt bemerkbar ... Soll ich Sie verbinden, Euer Hochwohlgeboren? Verbinden? Kommt gar nicht in Frage! Weiter!

Hier waren vor einer halben Stunde die Deutschen gewesen: Patronentaschen, Ladestreifen, weggeworfene Feldtaschen, Patronengurte, Helme, ein Toter ohne Kopf und ein anderer mit Kopf (die Rocktaschen nach außen gestülpt, jemand hatte schon alles durchsucht), zerbrochene und ganze Gewehre, ein Paket, in buntes Papier eingewickelt, möglicherweise etwas Eßbares, aber sie konnten nicht anhalten und sich danach bücken. Und jetzt waren sie schon im Wald, ganz in der Nähe ratterten die Maschinengewehre – unsere? Oder deutsche? Wir kommen im Wagen nicht weiter. Binde die Stute an den Baum, wir gehen zu Fuß.

Im Wald schleppten sich ihnen Verwundete entgegen – schlimm, sie haben noch einen weiten Weg vor sich ... Einer von ihnen fuchtelt mit den Händen und prahlt: ER fällt einfach um, unsere Leute stürmen vorwärts! Ein anderer, mit einem Verband über die ganze Brust, den Mantel übergeworfen, röchelt: Unsere Leute werden niedergemäht, reihenweise ... Ein Fähnrich kommt dazu, ihn hat's am Hals erwischt, er kann den Kopf nicht bewegen, jammert und klagt, aber nicht vor Schmerz: Wir haben keine Munition mehr, das sind unsere letzten Patronen, wo bleibt die Munition, die denken ja mit dem Arsch! Und der Oberst sagt: Und wieviel Munition ist unterwegs liegengeblieben? Der Fähnrich bewegt die Hand und spuckt Blut: stimmt, die Soldaten asen mit den Patronen, sie können nicht sparen.

Mitten im Wald eine große schräglaufende Lichtung. Gleich am Rand ein mit Wasser gefüllter Graben, davor flach auf der Erde die Soldaten des Petrowskij-Regiments, ohne den Kopf zu heben, ohne zu schießen. Über die Lichtung führt ein Weg, auf diesem Weg kommt, keine zweihundert Sashenj entfernt, ein Wunderding angefahren: es scheint Räder unter sich zu haben, aber sie sind nicht zu sehen; wie ein Tier, aber ohne Kopf und Schwanz. Es hat eine bewegliche Haube, hört sich an wie ein Maschinengewehr und stößt Rauch aus!

Was ist denn das?! Große Aufregung, so etwas hat man

noch nie gesehen. Kann das Ding auch durch den Wald fahren oder nur auf der Straße? »Das ist ein Lastwagen!« schreit Senjkas Oberst. »Er kommt nicht über den Graben, er bleibt stecken!« »Was hat er denn oben drauf?« »Eisenplatten. Deshalb ist er auch so schwer und kommt nicht überall hin.« »Und womit schießt er? Mit einer Kanone?« »Das ist ein Granatwerfer, kleines Kaliber, mehr zum Angstmachen als zum Kämpfen.« »Wollen wir ihn fangen, Euer Hochwohlgeboren? Wollen wir die Straße auf beiden Seiten aufgraben oder ihn in die Luft jagen?« »Womit willst du ihn in die Luft jagen, wenn wir nicht einmal schießen können. Wir haben doch keine Munition mehr!« »Die Patronen werden gleich kommen, sie sagen, die Patronen sind gleich da« – »liegenbleiben!«

Aber noch vorher kam ein Unteroffizier angerannt: Durchsage von rechts, von den Neuschlotern: Rückzugsbefehl an alle! Senjkas Oberst stürzte sich auf ihn: »Ich reiße dir den Kopf ab! Ich lege dich auf der Stelle um, wenn du noch einmal sagst ›Rückzug‹!!« »Aber Euer Hochwohlgeboren, ich habe es doch nicht erfunden, ich will Sie zu dem Herrn Oberstleutnant führen, er ist dort am Vorwerk, er hat einen Zettel bekommen, und denen hat man es durchs Telephon gesagt!« . . . »Bataillonskommandeur, ich bitte, diese Stellung zu halten, glauben Sie nicht an diesen Unsinn! Sobald die Patronen da sind – rücken Sie so weit wie möglich vor. Hören Sie? Hören Sie? Das ist unsere schwere Artillerieabteilung, sie ist auch vorgerückt, sie schießt sich jetzt ein, gleich werden Sie eine Unterstützung haben, wie Sie es nicht einmal träumen konnten! Und ich werde mit diesem Unteroffizier zum Vorwerk gehen, alles nachprüfen und ihn dort über den Haufen schießen! Nimmst du das zurück, du Hundesohn, sofort, vor allen Leuten!« »Aber Euer Hochwohlgeboren, Sie können mich von mir aus über den Haufen schießen, trotzdem ist es durchs Telephon gekommen . . .« – »Blagodarjow, du kommst mit dem Karren hintenrum nach!«

Seit in Usdau unter den Dreschflegeln alles in seinem Kopf zerstoßen worden und zerstoben war, konnte es sich während der folgenden Stunden nicht wieder verfestigen. Seit diesem Beschuß war er in ein Tempo geraten, das im normalen Leben unmöglich ist. Worotynzew kombinierte mit rasender Geschwindigkeit, als müßte er für drei denken, gleichzeitig schienen die Rauchschwaden der Einschläge und Brände direkt durch seinen Kopf zu ziehen, und alles, was er an sich und anderen beobachtete – alles sah er durch diesen graublauen Dunst.

Die Karte sah er genau vor sich und begriff den Gang der Operation: Als der Druck des Gegners links nachließ, schoß die tatenlos gestaute Kraft von *selber* nach vorn – das kam nicht von der Division her, das begann in den Kompanien! (Und dieses Volk hat ja unmäßige Kräfte! Und ist gewohnt zu siegen!) Von selber, ohne angetrieben zu werden, rückten die Neuschloter und das Petrowskij-Regiment links vor, unter wirksamer Unterstützung – Worotynzew hatte dazu einiges beigetragen – der drei Schützenregimenter und beider Artillerieabteilungen. (Er war besonders stolz darauf, daß er ERRATEN hatte, eine Stunde vor Beginn erraten hatte, daß der Angriff beginnen würde!) Und nach dem ersten Erfolg, sich gegenseitig anstachelnd, verloren sie das Gefühl für die Gefahr, drängten immer zügiger und selbstvergessener nach vorn. Der Batteriechef rief seiner Batterie zu: »Dank für die glänzende Arbeit!« – die Kanoniere, Bombardiere und Feuerwerker brüllten »Hurra-a!« und schleuderten ihre Mützen in die Luft. Die ganze sich selbst entzündende Attacke dauerte etwa eine Stunde, bis halb elf, aber in dieser endlosen Stunde genoß Worotynzew den beglückenden Zustand überwältigender Fülle – weniger angesichts der zwei, drei Werst gewonnenen Geländes, weniger angesichts des fliehenden Gegners, sondern gerade durch das Elementare, durch die urzeugende Kraft des Angriffs, untrügliche Zeichen einer siegreichen Armee. Und um auch selbst zu bestehen, behielt Worotynzew während dieser Stunde die verläßliche Schärfe des Denkens: wie zur Entfaltung des Angriffs beitragen? Wie nach rechts einschwenken und die Flanke der Deutschen umfassen? Wo ist General Duschkewitsch? Wie das Litauische Garderegiment heranziehen? ... Alles übrige dagegen, das Unwichtige, war verschwommen: wie war es gekommen, daß sie an einem Teich saßen, auf dem Enten schwammen, und Zwieback kauten? Sie gingen zu Fuß – woher kam dieser Karren? Wann hatte es ihn an der Schulter erwischt? Und außerdem sah er durch die Rauchschwaden des Glücks, durch die Rauchschwaden des Kampfes, durch die Rauchschwaden der Zusammenhanglosigkeit des Seins die ganze Zeit das Gesicht Blagodarjows: das niemals unterwürfige, sondern stets würdig hilfsbereite, bis zur Nachsicht wohlwollende, das keineswegs dreiste, sondern vom bewußten eigenen Willen beseelte Gesicht. Und er fühlte: Es ist gut, daß ich diesen Soldaten gefunden habe.

Und plötzlich brach dies alles ab – ein Felssturz versperrte die Straße – es kam dieser Unteroffizier mit dem Rückzugsbefehl. Worotynzew brüllte auf, er wäre tatsächlich fähig gewesen, diesen Mann auf der Stelle niederzuschießen – nicht, weil er ihn für einen Lügner hielt, sondern aus Verzweiflung, in der Gewißheit, daß er den ganzen Morgen *genau davor* sich gefürchtet hatte, bloß ohne zu wissen, in welcher Form *es* geschehen würde. Beim ersten Wort traf ihn die Nachricht, gerade weil sie genau zutraf, wie ein Stoß: *das* mußte ja kommen! das sah uns ähnlich!

Das Petrowskij-Regiment hatte keinen Rückzugsbefehl erhalten, aber es leitete diesen entkräftigenden Gedanken wie einen Stromstoß weiter an die Schützen. In dem Neuschloter-Regiment, wo der Rückzug bereits eingeleitet wurde, so sehr auch Worotynzew auf die Offiziere einreden mochte, war der Befehl von dem Telephonisten empfangen worden, einem erfahrenen ruhigen Unteroffizier, einem Kleinrussen; er wiederholte wörtlich, was er notiert hatte: »An den Kommandeur der Division. Der Korpskommandeur befiehlt unverzüglichen Rückzug auf Soldau«, der Befehl wurde vom Nachrichtenoffizier der Division, Leutnant Struser, durchgegeben, dessen Stimme der Unteroffizier gut kannte, er war sein unmittelbarer Vorgesetzter.

Über dem höhergelegenen Rand jenes stattlichen Kiefernwaldes, wo sie jetzt die nicht mehr benötigte Telephonleitung aufwickelten, schwankte hoch in den Zweigen einer Kiefer ein schnell zusammengezimmerter deutscher Beobachtungsstand, der vor einer Stunde erobert worden war. Und Worotynzew begann hinaufzuklettern, er wäre beinahe abgestürzt, so wackelig war die provisorische Leiter – und auch seine Schulter begann zu schmerzen. Alles schwankte, er dachte schon daran, wieder herunterzusteigen. Was wollte er eigentlich sehen? – aber er mußte sich einen Überblick verschaffen. Der Hochsitz, etwa acht Sashenj hoch, hatte noch kein Geländer, man mußte sich entweder an einem Ast festbinden oder sich festhalten. Er hielt sich mit der gesunden Hand fest, in der anderen hatte er das Fernglas und mußte so die Einstellung regulieren. Sein erster Blick galt der für ihn jetzt linken Seite, dem wohlbekannten Usdauer Hügel, dem Steinsockel der niedergebrannten Mühle und ihren Stellungen von heute früh, übersät von den Pockennarben der Trichter. Und überall sah er deutsche Infanterie, die, voll aufgerichtet, in Ketten vorwärts ging, von keinem Bajonett, von keiner Kugel aufgehalten, völlig ungehindert!

Das war alles. Die Schlacht war entschieden. Der Tag war entschieden.

Das Wyborger Regiment stand also nicht mehr dort. Und alle seine Leiber und Köpfe waren umsonst gedroschen worden.

Von unten wurde gerufen, General Duschkewitsch sei da und wolle wissen, was es zu sehen gäbe. Aber *das* konnte ihm Worotynzew vor aller Ohren nicht zurufen. Er versprach, bald herunterzusteigen. Jetzt richtete er das Fernglas nach rechts. Und sah, daß die Deutschen auch schon die Eisenbahnlinie überschritten hatten. Nur bei der großen Kurve wurden sie von einem Bataillon jenseits des Bahndamms beschossen. Von hinten, von ihrer alten Stellung aus, unterstützten es die zehn Haubitzen von Smyslowskij. Noch weiter rechts, hinter der Anhöhe, konnte man nach den Abschüssen die schwere Artillerieabteilung vermuten, vor allem die Schnellfeuergeschütze. Sie reichten genau bis hierher, bis hinter den großen Wald, wohin man den Angriff hätte richten sollen, wohin man bereits eingebogen war ... Umsonst ... Über das auf viele Werst übersehbare Kampffeld wuselten Menschen und bewegten sich in verschiedenen Richtungen, Truppen, die offensichtlich von keinem einheitlichen Willen gelenkt wurden.

Der Riemen des Fernglases blieb in den Zweigen hängen, die Schulter schmerzte, der Fuß rutschte ab, der Abstieg war schwer, Worotynzew wäre um ein Haar abgestürzt.

Er schien jetzt auch noch taub zu sein, er hörte seine eigene Stimme nicht, als er Duschkewitsch berichtete und als Duschkewitsch zu ihm sprach. Er hörte dessen Worte nicht und sah sein Gesicht wie im Traum, aber er hatte verstanden: der Rückzug der Division erfolgte auf einen telephonischen Befehl aus Soldau, aber der Divisionskommandeur wußte gar nichts davon! Dort, vorn, hatte er Truppen vorgeschoben, die jetzt halb eingekreist sind, er mußte zu ihnen! Wer soll den Rückzug decken? – darüber steht im Befehl kein Wort. Soll man denn einfach so, ohne Deckung, in Haufen zurückströmen? Gut, daß die beiden Artillerieabteilungen in Verbindung stehen, nur dank ihrer Hilfe werden wir uns absetzen können. Und über das ganze Feld verstreut liegen Verwundete – was wird mit ihnen geschehen?

Duschkewitsch verschwand, dafür tauchte Blagodarjow mit seinem Karren auf, und sie fuhren los, über Wege oder querfeldein, wie es eben kam. Eine leichte Batterie mit acht

Geschützen verließ ihre Stellung, aber der Batteriechef saß auf einem Stein, hielt sich den Kopf, als sei er verwundet, und zuckte. Über die Landstraße jagten schaumbedeckte Troßpferde, die, solange es vorwärtsgeht, kaum von der Stelle kommen. Die Infanteristen, alle Einheiten waren durcheinander, redeten laut und fluchten vor sich hin. In der Luft lag jene eigene Wut des Soldaten, wenn nicht er selber, sondern DIE DA OBEN ALLES VERSAUT HABEN.

Sie fuhren unweit der Scheune vorbei, wo sie mit den Schützen gesprochen hatten, und trafen hier auf ein Bataillon des Litauer Garderegiments: ohne Befehl, nur auf die Bitte von Oberst Krymow, führte sein Kommandeur es nach vorn, um einen Abschnitt zu übernehmen. Streng und ohne auch nur den Kopf zu wenden, marschierten die Gardisten dem zurückflutenden Haufen entgegen, scheinbar teilnahmslos, mit ihren eigenen tiefverschlossenen Gedanken, ihren eigenen gezählten Minuten.

Aber der Korpskommandeur – der war nicht da! Sein sonst allgegenwärtiges Automobil war nirgends zu sehen. Jetzt wollte Worotynzew zu ihm, da keiner mehr zurückzuhalten und nirgends etwas zu machen, da diese Schlacht nicht mehr zu retten war. Zuerst wollte er diese dummdreiste Visage ohrfeigen, ihn anspucken, niederschlagen, ihm alles das entgegenbrüllen, was er noch nie gehört hatte und nie wieder hören würde – aber der Weg nach Soldau war lang, die Straße am Anfang verstopft, erst nach einiger Zeit wurde sie frei, und Blagodarjow trieb die Stute aus aller Kraft voran. Beim schnellen Auf und Ab der Pferdeschenkel wiederholte sich Worotynzew immer von neuem, was er dem Korpskommandeur sagen wollte – doch der lange Weg machte ihn wieder nüchtern. Nein, er wollte nur aus seinem eigenen Munde hören, *wie* er es fertiggebracht hatte, einen Angriff abzuwürgen, zu dem die Kompanien von sich aus vorgegangen waren? *Wie* er es fertiggebracht hatte, eine solche Gelegenheit, den eingedrückten, zusammengebrochenen linken Armeeflügel geradezubiegen, zu verpatzen? Eine vernünftige Antwort war nicht zu erwarten, aber man sollte sich anhören, welche Dummheiten er vorzubringen hatte.

Das Automobil des Korpskommandeurs ruhte jetzt schläfrig vor dem Stab.

Worotynzew war mit einem Satz aus dem Karren, noch ein Satz, noch einer, ein Stoß gegen die schwere Tür – da kam er aus dem Telephonraum, Hängeschnurrbart, Hakennase, Augen wie ein Stück Mauer, völlig leer, aber mit mutiger Stirn, Brust vor und Schultern gerade, jeden Augenblick bereit, für Gott und den Zaren zu kämpfen und zu sterben. Am liebsten hätte Worotynzew diese Hammelstirn mit dem Säbel gespalten! Mit schwindendem Sinn für Subordination, ohne die eigene Stimme zu hören, aber salutierend, brüllte Worotynzew den Korpskommandeur an:

»Exzellenz! *Wie* konnten Sie in einer gewonnenen Schlacht den Rückzugsbefehl geben? *Wie* konnten Sie diese Regimenter sinnlos opfern?!«

Und weiter – aber diesem Mann war nicht klarzumachen, daß es außer der eigenen Haut auch noch das VATERLAND gab.

Dunkle Wellen feiger Verleugnung liefen über Artamonows Gesicht:

»Ich . . . Ich habe einen solchen Befehl nicht gegeben . . .«

Du Lügner, du Feigling, du Fischbart – es war ja zu erwarten, daß du alles abstreiten würdest! Dann hatte wohl Leutnant Struser den Befehl erfunden?

Im Telephonraum hatte soeben ein Gespräch mit Samsonow stattgefunden, und Artamonow hatte gemeldet: »Alle Angriffe zurückgeschlagen. Stehe wie ein FELS. Aufgabe wird bis zu Ende erfüllt!« Denn was hätte er sonst melden können, wenn er seinem Namen Schande ersparen wollte? Das war eine Antwort – soldatisch, stolz, stark. Und mit der Zeit wird sich alles von allein wieder einrenken, Artamonow hatte es schon oft erlebt. Und gleich darauf war die Verbindung mit Neidenburg abgebrochen – das war sehr gut. Und später könnte er die Meldung etwa so formulieren: Unter dem Druck zweier feindlicher Korps Rückzug angetreten. Zweiundeinhalb Korps. Und dreihundert Geschütze. Und vierhundert Geschütze. Und Panzerwagen. Mit Kanonen ausgerüstet. Später wird sich alles wieder einrenken, seine Gönner werden schon ihren Einfluß geltend machen.

Aber trotzdem – er fühlte sich nicht wohl. Fürchtete Artamonow um sein Leben? Um seinen Posten, um seinen Namen fürchtete er, aber nicht um sein Leben! Ein würdiger Tod, der seinen Namen verherrlicht – dazu wäre er sofort bereit gewesen.

Und er sprang in sein Automobil, trieb den Chauffeur zur höchsten Eile an – irgendwohin, nach vorn, dahin, wo jetzt noch unsere Soldaten sind! Auch hinter der Windschutzscheibe bekam er nicht genug Luft – er richtete sich auf, fuhr stehend weiter, schnappte nach dem Fahrtwind. Die Schöße seines rotgefütterten Mantels schlugen zurück und flatterten wie zwei rote Fahnen.

Er fuhr unseren zurückgehenden Truppen entgegen, um sie zu beschämen und ihnen zu zeigen, daß ein General furchtlos dorthin sich begibt, von wo sie geflohen waren. Er bestimmte keine Verteidigungslinien, keine Stellungen und Schußrichtungen für die Artillerie – das überließ er anderen. Er kam, um die Soldaten in Begeisterung zu versetzen, sich ihnen zu zeigen, Luft zu schnappen.

Seine roten Mantelschöße flatterten im Wind, aber er selbst stand WIE EIN FELS.

DOKUMENTE 1

14. August, Nikolaj II. an Minister Sasonow:

»Ich habe dem Großfürsten Nikolaj Nikolajewitsch befohlen, so rasch wie möglich und um jeden Preis den Weg nach Berlin zu öffnen . . ., was wir erreichen müssen, ist vor allem die Vernichtung der deutschen Armee.«

26

Die Vorhut des 1. Newa-Regiments Seiner Majestät des Königs der Hellenen zog am Nachmittag des 14. August in die Stadt Allenstein ein, ohne einen Schuß abzugeben, ohne die Waffen gefechtsbereit zu machen.

Soviel Unwahrscheinliches kam zusammen, daß diese Stadt jetzt den Soldaten wie eine Fata Morgana erschien: Ist sie wirklich? Marschieren sie jetzt in Wirklichkeit durch ihre Straßen oder träumen sie nur davon?

So viele Tage hatten sie sich durch das leere, von seinen Bewohnern verlassene Land geschleppt, keinen Menschen zu sehen bekommen, nur geplünderte Höfe und wenige Walddörfer, hatten einen weiten Bogen um jede Stadt gemacht, sich wie verhext in die weglosen bewaldeten Landengen zwischen den Seen verrannt – um plötzlich, am hellichten Tag, in eine der schönsten Städte Preußens einzuziehen, hungrig, staubig und ausgedörrt, in ein spiegelblankes Städtchen, mitten hinein in sein friedliches, alltägliches, für sie aber festtägliches Leben, in eine Stadt, wo nicht nur die Einwohner geblieben, sondern auch noch viele Fremde hinzugekommen waren. Und das alles unvermittelt, einen Schritt weit von dem menschenleeren Wald. Zwei Wochen lang waren sie ohne Kampf marschiert, fast ohne ein Zeichen, daß überhaupt Krieg war, und konnten sich jetzt, als sie in diese Stadt kamen, mit Sicherheit überzeugen, daß gar kein Krieg war: Menschen gingen auf den Bürgersteigen ihren Geschäften nach, sie konnten sich sicher fühlen, weil sie so zahlreich und so schutzlos waren, traten in die geöffneten Läden, trugen ihre Einkäufe, schoben Kinderwagen, manche drehten sich nach den russischen Truppen um, andere taten nicht einmal das, man hätte denken können, das Bataillon kehrte nach einem Manöver in seine alte Garnisonstadt Roslawlj zurück, wo man sie oft genug gesehen hatte, nur unterschieden sich die Gebäude hier wesentlich von dem bescheidenen Roslawlj, und auch die Menschen waren befremdlich gekleidet. Vor Staunen gerieten die Soldaten aus der Ordnung und kamen aus dem Tritt.

Inmitten des ganzen trügerischen fremdländischen Zaubers (vielleicht verschwindet alles, wenn man die Hand danach ausstreckt) gab es einen einzigen untrüglich vertrauten Anblick, den des vom ganzen Regiment geliebten Obersten Perwúschin. Er marschierte wie gewohnt mit seinem leichten Schritt, schwenkte mühelos den Arm, blickte umher, der verschmitzte unverfrorene Blick unter den leicht geschwollenen Lidern, die ganze Erscheinung dieses gesunden, tapferen und entschlossenen Mannes wirkte wie eine unbeabsichtigte Garantie, daß er alles weiß, an alles denkt und das Beste für seine Soldaten tun wird. Nachdem er das Bataillon an einem schattigen Platz hatte halten lassen und befohlen hatte, Posten aufzustellen, vor allem vor den offenen Weinhandlungen, sagte Perwuschin:

»Wenn die Herren Offiziere zum Friseur oder in die Konditorei möchten – bitte, der Reihe nach.«

Nach dem vierzehntägigen mühevollen Marsch klang das wie ein Witz, auch weil der Oberst die Augen herausfordernd rollte und der wilde, nicht sonderlich gepflegte Schnurrbart die Stellung der Lippen völlig verdeckte – aber das war kein Witz, die Offiziere baten der Reihe nach um Urlaub, betraten wie in Smolensk oder in Polen ein Geschäft, legten die Münze mit dem doppelköpfigen Adler auf die Theke und wurden vom Besitzer oder vom Kommis sofort bedient. Vor kurzem noch hatten sie auf zivile Späher und spionierende Radfahrer Jagd gemacht – jetzt glitt ein deutsches Rasiermesser sanft über die Kehle des russischen Offiziers. Und man sah das Bild nicht mehr doppelt, sondern wie durch Drehung der Einstellungsschraube am Fernglas wurden Perspektive und Kontur deutlich: der

Krieg wird von Uniformen geführt, aber ein Krieg aller gegen alle würde die Grenzen des Menschlichen überschreiten. An einem großen Haus hing ein Laken mit der russischen Aufschrift: »IRRENHAUS. Bitte nicht betreten und die Kranken nicht stören.« – Das Haus wurde nicht betreten, und die Kranken wurden nicht gestört. Als man merkte, daß einer der Offiziere deutsch sprach, hielten ihn die Frauen auf der Straße an und redeten auf ihn ein: »Worauf hoffen Sie eigentlich? Wie wollen Sie denn ein Kulturvolk besiegen?«

Da diese enge, dicht zusammengedrängte Stadt von Zivilbevölkerung schon überfüllt war, ergaben sich die größten Schwierigkeiten, sie im eigentlichen Sinne zu *besetzen*, es trat das neue Problem auf, wo man hier fast ein ganzes Korps oder auch nur ein ganzes Regiment unterbringen könnte. Und Perwuschin suchte den Divisionskommandeur und die anderen Regimentskommandeure bereits auf den Straßen und an den Stadtausfahrten, um ihnen vorzuschlagen, die Regimenter außerhalb der Stadt biwakieren zu lassen – am See, am Fluß, in den Ausläufern jenes Waldes, aus dem sie gekommen waren.

Er traf seinen wortkargen Freund Kabanów, den Kommandeur des Dorogobush-Regiments – der war sofort einverstanden, und dann Kachówskij, den Kommandeur des Kaschira-Regiments mit dem nervös zurückgeworfenen Kopf, einigte sich auch mit ihm sofort, und sie verteilten gemeinsam, ohne Vorgesetzte, die voraussichtlichen Lagerplätze. Solange General Aleksejew ihr Korps kommandiert hatte, war selbständiges Handeln und Zusammenarbeit der Regimentskommandeure an der Tagesordnung gewesen und gern gesehen worden. Und die Beziehungen der meisten untereinander waren sachlich-freundschaftlich und standen nicht, wie so häufig, im Zeichen von Neid und Mißgunst.

Aber dann hatte Perwuschin Pech: er ging über eine kleine Grünanlage, wo etwa zehn Reiter haltgemacht hatten, die einen hielten die Pferde, die anderen saßen auf der Bank neben dem Springbrunnen – und es war ihm unmöglich, den Korpskommandeur zu übersehen und sich nicht bei ihm zu melden.

Auch sonst ein nicht gerade verwöhnter Offizier, Sohn eines Fähnrichs, ohne Vermögen, verheiratet mit einer Kaufmannstochter, Träger des Wladimirordens und des Georgskreuzes nach der Verwundung bei Mukden und einer leidlichen Auswahl anderer Auszeichnungen, war Perwuschin ein Altersgenosse der Korpskommandierenden und des Armeebefehlshabers, blieb aber nun schon seit acht Jahren Oberst. Etwas Genaueres konnte man nicht erfahren – darüber wurde niemals gesprochen, sondern auf geheimem Wege schriftlich verhandelt, aber offensichtlich hatte ein vertraulicher Hinweis über eine von ihm begangene Insubordination gegenüber einer hochgestellten Persönlichkeit eine weitere Beförderung für immer unmöglich gemacht. Indessen machte Perwuschin, wenn er sich bei Ranghöheren melden mußte, nie ein beleidigtes Gesicht, spielte nie auf die ihm zugefügte Kränkung an, schon gar nicht jetzt, im Krieg.

Der Korpskommandeur war nicht zu umgehen, und Oberst Perwuschin, der auf die Sechzig zuging, meldete federnd, gelenkig und mit frischer Stimme seinem vorgesetzten Altersgenossen, General Klujew, die aufgestellten Posten und die geplanten Maßnahmen, von denen er vielleicht besser gar nichts erfahren sollte.

Klujew verfügte über jene Merkmale, die zum Gesicht eines Militärs gehören, vor allem über einen Schnurrbart, der für einen anständigen Offizier unentbehrlich ist, aber sobald man ihn genauer ansah, stellte man fest: das war kein Soldatengesicht, das war überhaupt kein Gesicht, es entbehrte aller echten eigenen Züge. Ob man sich nun dessen bewußt war oder nicht, alle hatten sich daran gewöhnt, an dieser Stelle das derbe, ein wenig strenge, von allen geliebte Gesicht des Generals Aleksejew zu sehen, der erst vor kurzem, bei Kriegsbeginn, mit Beförderung in den Stab der Südwestarmee versetzt worden war, und jeder, der nun Meldung machen mußte, dachte: »Du kannst machen, was du willst, du kannst dich auf den Kopf stellen – aber ein Aleksejew bist du nicht.«

Klujew konnte das alles in den Gesichtern der rapportierenden Offiziere nicht übersehen und mochte sie deshalb nicht, aber seine besondere Abneigung galt Perwuschin, mit dem immer wachen unerschrockenen Blick seiner frechen vorstehenden Augen. Diese Abneigung hatte sich vor vier Tagen noch vertieft, als nach Beginn der Kanonade links Perwuschin die Dreistigkeit besessen hatte, unaufgefordert in dem Zelt des Korpskommandeurs zu erscheinen (er umging den Divisionskommandeur! er umging den Brigadekommandeur!) und »im Namen der Offiziere seines Regiments« darum zu bitten, zum Entsatz des xv. Korps nach links ausschwenken zu dürfen! Auf eine derartig beispiellose Undiszipliniertheit eines Untergebenen konnte man wahrhaftig nicht gefaßt sein, so etwas war in einer Armee überhaupt undenkbar! Vielleicht war es hier unter Aleksejew überall so zugegangen, aber die Empörung Klujews richtete sich ausschließlich gegen Perwuschin.

Damals hatte er Perwuschins Bitte abgelehnt. (Er schmückte sich aber mit fremden Federn: er meldete nach oben, er sei bereit, mit seinem ganzen Korps zum Entsatz vorzurücken.) Und auch jetzt hörte er Perwuschin mit derselben Abneigung an und wartete nur auf die Gelegenheit, ihn ärgern zu können. Perwuschin brachte es auch diesmal nicht über sich, den Mund zu halten, sondern fragte – er dachte dabei an die außerhalb der Stadt biwakierenden Regimenter, ohne sie zu erwähnen, damit würden sie ohne Klujew besser fertig – ob der Korpskommandeur nicht vielleicht den Befehl erteilen wolle, die vier aus verschiedenen Richtungen auf Allenstein zuführenden Eisenbahnlinien zu unterbrechen: um der größeren Sicherheit willen.

Klujew erwiderte von oben herab, das sei nicht die Sorge eines Regimentskommandeurs, aber wenn er es genau wissen wolle, es läge eine Direktive des Frontstabs vor, die deutschen Eisenbahnlinien nicht zu zerstören, weil sie für unsere Offensive benötigt würden. Er sollte lieber eines seiner Bataillone (geben Sie die Karte her) nördlich der Stadt, im sogenannten »Stadtwald«, in einem weiten Halbkreis zur Sicherung aufstellen.

Das war genau das, was Perwuschin befürchtet hatte: man sollte einem hohen Vorgesetzten nicht einmal zufällig über den Weg laufen, noch weniger sollte man versuchen, für ihn zu denken.

Aber jetzt blieb nichts mehr übrig, als das unerschrokkene, etwas volle, wie aus Bronze gegossene Gesicht zurückzuwerfen, den Befehl zu wiederholen und ihm alles mit einem einzigen Blick zu vergelten: »Nie – niemals wirst du ein Aleksejew!« Drei Schritte wie vorgeschrieben zu machen, dann sich schleunigst zu entfernen und jenes Bataillon vorzuschieben, über dessen Position hinaus während des ganzen Krieges niemand mehr tiefer nach Deutschland eindringen sollte. Die Stabsoffiziere – ohne Intendantur und Zahlmeisterei – überschlugen auf einer Bank im Schatten, wieviel Brot in der Stadt zu bestellen sei, es mußte bis zum Abend gebacken sein und für die Regimenter ausreichen, wieviel es kosten und ob das Geld auch noch für andere Lebensmittel reichen würde. Mehrere Einheiten hatten kein Salz und keinen Zwieback mehr, bei anderen reichte es noch für einen Tag, und die Pferde hatten keinen Hafer.

Der heiße Tag war hier im Schatten freundlich-warm. Ein kleiner Springbrunnen mit mythologischen Figuren perlte friedlich vor sich hin. Einige Schritte weiter gingen Frauen in Sommerkleidern, fuhren ihre Kinder aus oder führten sie an der Hand spazieren, gegenüber stand eine Galanteriewarenhandlung offen, ein älteres Ehepaar fuhr in einer Droschke vorüber. Und außer den friedlichen gemächlichen Geräuschen dieser kleinen Stadt ohne Straßenbahn und Automobile gab es keine anderen, jenes Dröhnen reichte nicht bis hierher, nicht einmal ein fernes, das sich so anhört, als schüttere der Boden einer riesigen Blechbütte.

Nach zwei Wochen keines echten Krieges, eines Dauerspaziergangs ohne Kampf, hatte das XIII. Korps dieses paradiesisch unwirkliche Plätzchen erreicht – und damit sollte der ganze Krieg ein Ende haben!

General Klujew (beinahe vierzig Dienstjahre) WAR NIE IN SEINEM LEBEN an der Front gewesen, in der Tat – weder als Fahnenjunker, noch als Fähnrich, noch als Kommandeur des Wolhynischen Leibgarderegiments, geschweige denn als de suite Seiner Majestät. Während der Türkischen Kampagne blieb er »zur besonderen Verwendung« in der Etappe und war während des Japanischen Krieges »General für besondere Aufträge«. Oft dekoriert und befördert, inzwischen zum Chef eines Militärbezirksstabes avanciert, hatte er gehofft, überhaupt nie an die Front zu kommen. Aber nun war man vom Krieg überrollt worden, und ihm fiel es zu, General Aleksejew im Korpskommando abzulösen.

Freilich – General Klujew hatte wiederholt an Manövern teilgenommen. Und dieser zweiwöchige Marsch seines Korps hatte ihn bislang beglückend an ein Manöver erinnert, das unter erschwerten Bedingungen: schlechte Verpflegung, mangelhafte Verbindungen und heftige Kanonade von links, stattfinden mußte (erst heute morgen zahlte er seinen Tribut an das Schicksal, indem er Martos eine Brigade, bestehend aus dem Narwa- und dem Koporskij-Regiment, schickte, jenen Regimentern, die schon einmal dorthin marschiert und unverrichteter Dinge zurückgekehrt waren) – aber für Vorfälle außerhalb seines eigenen Abschnitts fühlte er sich nicht zuständig, und in seinem Abschnitt war bisher alles erträglich verlaufen, er bangte nur davor, daß er einen Fehler machen und durch einen unüberlegten Befehl dieses empfindliche Gleichgewicht zerstören könnte – oder daß ES selbst irgendwo hereinbrechen würde.

Klujew quälte sich, ihm fehlte jede Festigkeit, er spürte keine Unterstützung von seiten seiner Offiziere, für das ganze Korps war er ein Fremder. Über den Gegner wußte er nichts. Hier in Allenstein ließ er kein Haus für den Stab suchen, denn er konnte sich selbst noch nicht recht vorstellen, daß er diese Stadt erobert hatte und hier über Nacht bleiben konnte.

Plötzlich (war das vielleicht ... ES?) rollte ein Karren heran, ein Flieger sprang herab, machte Meldung (damit es ganz leise zugeht und die Passanten auf der Straße nichts hören, mußte er im Sand zu Füßen Klujews hocken). Er war soeben von einem Aufklärungsflug in Richtung Osten zurückgekommen, war dreißig Werst weit geflogen, fast bis zum Dadey-See, und hatte dort zwei Truppenkolonnen ausgemacht, jeweils etwa eine Division, die auf Allenstein marschierten. Er war nicht so tief heruntergegangen, um mit Sicherheit erkennen zu können, ob es Russen waren, aber ...

... aber es gibt keine andere Möglichkeit, meinten und beteuerten die Stabsoffiziere, studierten die Karten, die sie auf den Knien ausgebreitet hatten, und hielten sie den Generalen Klujew und Péstitsch entgegen. – Das mußte das Korps von Blagowjestschenskij sein, der auf Samsonows Befehl ihnen zu Hilfe kam. Zeit, Richtung, Truppenstärke – alles stimmte! Und morgen bilden hier die beiden Korps eine FAUST! Und wenn auch Martos noch dazukommt, dann wird die FAUST noch mächtiger!

Freilich – Pestitsch, der Stabschef des II. Korps, machte den Vorschlag, zur Kontrolle noch einmal einen anderen Flieger starten zu lassen, der älter und erfahrener war, aber Klujew verzichtete auf eine Kontrolle und befahl, unverzüglich in seinem Namen einen Brief an Blagowjestschenskij aufzusetzen: er ist mit Dreivierteln des Korps in Allenstein, wo er über Nacht bleiben und das er bei Tagesanbruch Blagowjestschenskij überlassen wird, um zu Martos zu stoßen, vom Gegner fehlt jede Spur.

Und er befahl jetzt, ein Haus für den Korpsstab zu suchen.

Plötzlich (ES! da ist ES!) hörte man unmittelbar vor der Stadt starkes Gewehrfeuer und sogar kleine Kanonen.

Klujew erblaßte, sein Mund wurde trocken. Woher, wieso konnten die Deutschen unbemerkt anschleichen? Schneiden sie womöglich den Weg ab, auf dem das Korps hierher marschiert war?

Ein Reiter jagte davon, um Erkundigungen einzuziehen.

Das heftige Feuer dauerte einige Minuten. Die deutschen Zivilisten auf der Straße wurden lebhafter, ohne es zu verbergen. Aber geschossen wurde nur an einem Punkt. Allmählich ließ das Feuer nach.

Und verstummte.

Klujew unterschrieb den Brief, das Paket wurde fertiggemacht und dem Flieger ausgehändigt: er sollte neben einer der beiden Kolonnen landen und es dem nächsterreichbaren General übergeben.

Der junge Pilot, stolz auf diesen Auftrag, sprang in den Karren und jagte zu seiner Maschine.

Der Reiter kehrte zurück: ein deutscher Panzerzug war plötzlich von Westen bis an die ersten Häuser von Allenstein herangefahren und hatte das Feuer auf das Biwak des Newa- und Sophienregiments eröffnet. Geistesgegenwärtig hatten sie ihn wieder fortgejagt.

»Die Gleise müssen gesprengt werden!« befahl Pestitsch.

Der Flieger kehrte nicht zurück – weder nach einer Stunde, noch nach zwei Stunden, noch vor Anbruch der Nacht.

Keiner machte sich darüber Gedanken: an den Flugapparaten geht jeden Augenblick etwas kaputt.

Freilich – man schickte jenen beiden Kolonnen auch noch eine berittene Offizierspatrouille entgegen. Abends kam ein Offizier zurück und meldete, man hätte sie aus einer von diesen UNSEREN Kolonnen unter Beschuß genommen.

Aber auch das weckte keine Bedenken, denn bei uns wird man oft von den eigenen Truppen beschossen . . .

27

General der Infanterie Nikolaj Nikolajewitsch Mártos war, wie man so sagt, »ein Mann, dem nie ein Tropfen danebengeht«. Die russische Trägheit war ihm unerträglich, dieses »erst abwarten«, dieses »der Morgen ist weiser als der Abend«, »erst darüber schlafen« und »auf Gott vertrauen«. Jedes Alarmzeichen, jedes dunkle Pünktchen reizten ihn augenblicklich zu promptem Nachforschen, Entschließen, Entgegnen. Er konnte nicht einschlafen, solange die kleinste Kleinigkeit unaufgeklärt war, es brannte ihm unter der Haut, deshalb kam er wenig zum Schlafen, doch sehr viel zum Rauchen. Er kam wenig zum Schlafen – aber der Korpsstab ebenfalls, denn Martos verzieh niemandem einen danebengegangenen Tropfen, er konnte nicht begreifen, wie einer danebengehen könnte, und bestand darauf, ihn sofort wieder vom Boden aufzunehmen. Er litt unter jedem unausgeführten Befehl, unter jeder ungenügend geklärten, ungenügend beantworteten Frage. Er wurde nicht müde, jeden Untergebenen darauf hinzuweisen, daß jedes Detail wie eine blankgeputzte Silbermünze zu präsentieren sei, aber die russischen Offiziere waren diesen Stil nicht gewohnt und verwünschten Martos, und auch Krymow fand ihn unerträglich und warf ihm vor: »Sein Stab ist erledigt.« Für den bedächtigen Krymow gab es keinen General, der lästiger war als Martos.

Obwohl Martos sein ganzes Leben in der Armee verbracht hatte (mit neunzehn machte er den Türkischen Krieg mit), besaß er so wenig Ähnlichkeit mit den stattlichen und behäbigen russischen Generalen, daß er wie ein sorgfältig verkleideter Zivilist wirkte: hager, beweglich, spitz, und noch dazu mit einem Zeige-Spazierstöckchen und immer offenem Mantel. Unter seinen Achselstücken steckte weniger ein General als vielmehr ein Professor, der seine Untergebenen laufend examinierte.

Sein XV. Korps kommandierte er bereits seit mehr als drei Jahren, kannte alle seine Leute; das Korps war komplett, mit Ausnahme der Korpskavallerie, es gehörte hierher, in den Warschauer Militärbezirk, Martos hatte sich gerade auf diesen Kriegsschauplatz eingestellt, und der jetzige Verlauf war vielleicht sinnvoll: in diesen Tagen, da die Armee sich auf dem absurden Marsch in die Leere befand oder auf absurde Weise auf der Stelle trat, hatte nur das XV. Korps Feindberührung und war seit dem 10. August fast täglich in Kämpfe verwickelt.

Alles Schweren ANFANG – also auch des Krieges – ist schwer. Ist man aber einmal ins Joch gespannt, empfindet man es eine gewisse Zeit lang als gewöhnlichen Kragen und kommt sich nicht mehr komisch vor.

Es war nur ärgerlich, daß man ihm sein Regiment Kavallerie entzogen und dafür das Orenburger aufgehalst hatte, das keinen Felddienst, sondern nur den Polizeidienst in Warschau kannte. Dank diesen bänglichen Kriegern, die nur Gerüchte bei der örtlichen Bevölkerung zu sammeln verstanden, war Martos ohne Aufklärungsdienst geblieben: bei Neidenburg hatten sie mit einem Kampf gerechnet, der nicht stattfand, bei Orlau waren sie unverhofft auf den Gegner gestoßen, der sie in ein unverhofftes Gefecht verwickelt hatte. Das Armee- und das Frontkommando wußten noch weniger über den Gegner: sie wähnten ihn irgendwo im Norden, fliehend – doch er STAND, statt zu fliehen, er stand nicht vor ihnen, sondern LINKS – und Martos, der ihn Tag für Tag mit seiner Seite gestreift hatte, erkannte als erster die tatsächliche Position des schräg zu ihm stehenden Korps von Scholtz', und Martos begann als erster, ohne einen Befehl abzuwarten, nach links umzuschwenken. Er hatte auch Flieger, die ihm halfen, sie waren es, die hinter dem Mühlen-See eine ausgebaute Stellung entdeckt hatten.

Der Angriff auf Mühlen am 13. August war jedoch gescheitert: die Martos unterstellte Division Mingins ging zwar links rasch auf Mühlen vor, rollte jedoch noch rascher nach Süden zurück. Die Mitte des Korps dehnte sich an diesem Tag übermäßig aus, der rechte Flügel zog sich nach Norden. Martos sah, daß seine bereits mitgenommenen Divisionen gegen die Abwehr bei Mühlen nicht ankommen konnten, daß sie frische Kräfte zur Verstärkung brauchten – von Klujew, der ohne Feindberührung nach Norden in die Leere marschierte. Am Abend des 13. schickte Martos Klujew einen Brief (auf die bewährte einfachste Art: unter Umgehung des Dienstweges) mit der Bitte, zwei der nächststehenden Regimenter als Verstärkung abzugeben. In einer kühnen nächtlichen Rochade schwenkte er mit seiner Front von Norden nach Westen und stand jetzt vor der Mühlener Linie. (Die Trosse haben noch lange gebraucht, um auf den Straßen zurechtzukommen.)

Martos war der erste unter den Korpskommandeuren, der seine Zeit nicht im Korpsstab, sondern auf dem Gefechtsstand verbrachte, von wo er den Gegner und die eigenen Einschläge beobachten konnte. Er legte großen Wert darauf, jede Abwesenheit bedeutete einen Verlust, und als am Morgen des 14. August schon auf beiden Seiten das Feuer eröffnet wurde und man damit rechnen konnte, daß auch der Armeestab bald aus den Federn fand, schickte Martos einen Oberst ins Dorf zum Telephon: um den Armeestab dringend zu ersuchen, Klujews gesamtes Korps sofort hierher zu verschieben.

Einige hundert Schrapnells und Sprenggranaten explodierten, viele Dutzende von Tragbahren wurden vorbeigetragen, einige Bataillone wurden durch die Reserve abgelöst, einige Feuerstellungen verlegt und die nicht mehr gefechtstüchtigen Batterien abgeschleppt – bis der Oberst vom Telephonieren zurückkam. Zum Unglück mußte er sich mit Postowskij auseinandersetzen – wie hätte er auch verlangen können, den Oberbefehlshaber persönlich zu sprechen? – und Postowskij hatte ihn mit folgender Begründung abgewiesen: »Der Oberbefehlshaber möchte der Initiative General Klujews nichts in den Weg legen.«

Kein Korken am Korkenzieher wird ärger geschraubt als Martos durch diese Antwort! Er warf das Fernglas hin, rannte vom Speicher herunter, lief zwischen den Kiefern hin und her, die Anhöhe hinauf und hinab, schimpfte vor sich hin, verwünschte alles und konnte seinen Beinen nicht Einhalt tun. Er machte nicht den Fehler anzunehmen, seine Bitte sei tatsächlich dem Oberbefehlshaber vorgetragen und in dessen reichlich massivem Kopf nach allen Seiten erwogen worden, mit der Absicht, der Initiative des unentschlossenen Klujew nichts in den Weg zu legen. Nein, hier zeigte sich Postowskijs Tintenblut und Löschblattseele, seine Angst, von der vorgestrigen Direktive abzuweichen, und seine jämmerliche Wichtigtuerei, unbefugt im Namen des Oberbefehlshabers zu sprechen. Und wie sollte er sich auch bei derartigen Subordinationsverhältnissen entschließen können, da Martos nur ein ganz gewöhnlicher Korpskommandeur ist, während Väterchen Klujew noch vor kurzem Chef eines Militärbezirks war und Postowskij sein Generalquartiermeister?

Sollte Martos gleich am Morgen dem Gefecht den Rükken kehren – während der befestigte Fluß forciert, der Ort Mühlen umfaßt wurde und das deutsche Bataillon in panischem Schrecken floh – und selbst in die Etappe reiten, telephonieren und nachforschen, ob der Oberbefehlshaber schon aufgewacht sei? In solchen wahnwitzigen Minuten, die in einer Armee immer wieder eintreten, weil die vorgesetzten Hornochsen immer die denkbar schlechteste und gefährlichste Lösung bevorzugen, möchte man am liebsten die Klamotten vom Leibe reißen und nackt ins Wasser springen, um bloß ja nichts von Uniform an sich zu haben.

Aber man rief ihn, wartete auf ihn, meldete und fragte, und außerdem kam ein Antwortbrief von Klujew: das Narwa- und Koporskij-Regiment marschierten auf Hohenstein. Und der unermüdliche Martos fand sein Gleichgewicht wieder und schraubte sich von neuem in den Kampf.

Und so hätte Martos auf dem Gefechtsstand bei guter Verbindung zu den Regimentern und zur Artillerie mit dreißig Zigaretten und ohne Mittagessen einen leidlichen Tag verbringen können. Das Gefecht ließ nach, die Truppen wurden zusammengezogen und verschoben. Auch bei den Deutschen trafen Geschütze und Reserveeinheiten ein. Die Nachricht kam, daß Klujews Regimenter Hohenstein erreicht hatten, und Martos befahl ihnen, sofort weiterzumarschieren. Um vier Uhr nachmittags, ohne den Deutschen und auch den eigenen Truppen eine Atempause zu gönnen, setzte Martos mit allen Regimentern zu einem neuen Sturm an und kam, an Mühlen vorbei, ganz gut voran, aber den entscheidenden Augenblick sollte er nicht erleben: ein Reiter sprengte heran, holte ihn ans Telephon, er wurde vom Armeestab dringend verlangt.

Aber im Augenblick wurde Martos so sehr auf dem Gefechtsstand gebraucht! Unerträglich war es ihm, sich jetzt losreißen, am Telephon verhandeln zu müssen, und wenn er dabei den ganzen Klujew zugesichert bekäme! – doch er steckte in der Haut eines Soldaten, und die ließ keine Eigenmächtigkeiten zu. So überließ er alles dem Stabschef und galoppierte zum Telephon, um so schnell wie möglich wieder zurück zu sein.

In dem großen schweren Hörer des deutschen Zivilnetzes konnte Martos die langweilige Stimme Postowskijs deutlich hören – aber die Stimme, die Stimme wäre ihm gleichgültig gewesen, doch er traute seinen Ohren nicht, trat von einem Fuß auf den anderen, als würde der Boden unter ihm heiß.

»General Martos, es liegt der Befehl vor«, knarrte die langweilige Stimme Postowskijs – »morgen früh auf Allenstein marschieren und dort dem XIII. und VI. Korps sich anschließen. Dadurch wird dort eine große FAUST aus drei Korps gebildet.«

Martos war verblüfft, nein, er mußte etwas mißverstanden haben: nicht Klujew sollte hierher, sondern er zu Klujew?

Jawohl, genau so war es.

Die schmale Brust brach auf wie nach einem Volltreffer. So konnte er nicht atmen, nicht leben! Dieser Aktendeckel verstand nichts und konnte nichts verstehen. Er konnte nicht ahnen, daß der heutige Tag der Ehrentag von Martos' ganzem Leben, seiner militärischen Karriere war! Er konnte nicht ahnen, daß allein das xv. Korps der gesamten bis jetzt in Preußen wirksam gewordenen Feindesmacht ein heißes erfolgreiches Gefecht lieferte! Er konnte nicht ahnen, daß jede Stunde dieses Gefechts für die ganze Armee nicht mit Gold aufzuwiegen war, daß die Truppen hierher, hierher konzentriert und nicht von hier abgezogen werden müßten. Er sprach überhaupt keine menschliche Sprache. Und das xv. Korps, hieß es weiter, habe DEN BEFEHL NOCH NICHT AUSGEFÜHRT – nach Norden von . . .

»Holen Sie den Oberbefehlshaber an den Apparat!« schrie Martos mit einer wütenden, hohen, befehlenden Stimme. »Holen Sie sofort den Oberbefehlshaber!«

Postowskij weigerte sich. Das wäre noch schöner, er müßte von Zimmer zu Zimmer gehen, womöglich auch noch Treppen steigen.

Wozu braucht er den Oberbefehlshaber? Der Befehl ist von . . .

»Nein!!« schrie Martos, noch konnte er schreien, noch hatten sie ihm die Gurgel nicht durchgeschnitten. »Nein!! Nur den Oberbefehlshaber! Der Oberbefehlshaber soll bestimmen, wer mein Korps übernehmen soll, und mich vom Kommando ENTBINDEN! Ich quittiere den Dienst! Ich nehme meinen ABSCHIED!«

Postowskij schrie nicht zurück (das konnte er gar nicht). Postowskij änderte merklich den Ton. Postowskij sagte ratlos:

»Gut. Gut, ich werde Sie anmelden. In einer Stunde rufe

ich Sie an.«

Daß euch die Wölfe fressen in dieser Stunde! In einer Stunde werdet ihr mich nicht mehr ans Telephon bekommen!

Leicht, knabenhaft, federnd wie ein Ball sprang Martos in den Sattel und jagte im Galopp zum Gefechtsstand zurück, so daß der Adjutant Mühe hatte nachzukommen.

In der Dunkelheit traf die Nachricht ein, Klujews ganzes Korps sei Martos unterstellt worden. Martos rief sofort den Kommandeur seiner rechten Division an, er möge Klujew umgehend eine neue Nachricht übermitteln: sofort zur Hilfeleistung hierher zu marschieren.

Und unsere Verbindung – einsamer Ritt durch fremdes Land, vielleicht inmitten feindlicher Truppen. Überall Telephonleitungen, aber es fehlen Fernsprechabteilungen, um sie instandzusetzen.

Mitten in der Nacht traf dann die Antwort ein, es sei unmöglich, das Korps nachts marschbereit zu machen, das Korps werde am 15. August morgens ausrücken, doch auch das sei nur dann sinnvoll, wenn General Martos bereit ist, seine derzeitige Position weitere vierundzwanzig Stunden, bis zum Morgen des 16., garantiert zu halten ...

28

Auch Neidenburg brachte den Gedanken Samsonows keine Ruhe, keine unmittelbare Beteiligung an den Ereignissen. Beim Erwachen am Morgen eine fremde Zimmerdecke, im Fenster die Dächer und Turmspitzen der alten Ordensstadt, die unerklärlich nahe Kanonade, Rauchschwaden von noch immer glimmenden Bränden und die beiden ineinandergreifenden Lebenssphären der Stadt: das deutsche Zivilleben und das russische Armeeleben. Jede hatte ihre eigenen, für die andere sinnlosen Gesetze, aber innerhalb derselben Mauern mußten sie sich unweigerlich überschneiden, und nun bestanden der russische Stabskommandant und der deutsche Bürgermeister darauf, vom Oberbefehlshaber noch vor den Stabsoffizieren empfangen zu werden. Aus den Vorräten der Stadt hatte das Mehl genommen werden müssen, um Brot für die Truppen zu bakken – Berechnungen, Einwände, Vorbehalte. Wird der vom Kommandanten eingeführte Polizeidienst der Bevölkerung auch keine Nachteile bringen? Die Russen haben das gut eingerichtete deutsche Hospital unter ihre Kontrolle gestellt – aber dort waren deutsche Ärzte und deutsche Verwundete. Ein Gebäude und Transportmittel sollten für russische Lazarette requiriert werden – Bedingungen, Begründungen?

Samsonow gab sich redlich Mühe, die auftretenden Meinungsverschiedenheiten zu durchdenken und gerecht zu schlichten, bei gegenseitigem Wohlwollen. Aber er war zerstreut. Es regte sich in ihm jenes Unsichtbare, Unerreichbare, das in den Wäldern, im Sand, auf hundert Werst verteilt sich vollzog und von seinen Stabsoffizieren ohne sonderliche Eile ihm gemeldet wurde.

Obwohl in der Armeehierarchie die Offiziere des Stabs von der Macht und dem Willen des Kommandierenden abhängig sind, er aber nicht von ihnen, wird dieses Verhältnis durch den schwerfälligen Lauf der Ereignisse häufig ins Gegenteil verkehrt: es hängt vom Stab ab, was der Kommandeur erfährt und was nicht, in welchem Punkt man ihm die Freiheit, selbst zu entscheiden, einräumt und in welchem nicht.

Der gestrige Tag, wie auch jeder andere zuvor, endete mit der Erstellung der vernünftigsten aller möglichen Befehle, die vorschrieben, was die Korps heute zu tun hätten; und in dem Bewußtsein, daß alles aufs Beste bestellt sei, begab sich der Armeestab zur Ruhe. Gegen Morgen tauchten bei einigen Stabsdienstgraden gewisse Bedenken im Hinblick auf die gestern gefaßten Entschlüsse auf, aber diese Bedenken widersprachen dem, was sie selbst am Vorabend durchgesetzt hatten – man konnte nicht mit jeder Kleinigkeit den Oberbefehlshaber belästigen. Es sah so aus, als solle man einige Befehle von gestern lieber ändern – aber sie hatten bereits heute früh zu Kämpfen geführt, es war sowieso zu spät. Und so sollte der Oberbefehlshaber einen geruhsamen Morgen verbringen, in der Annahme, daß mit Gottes Hilfe alles sich so entwickeln würde, wie Samsonow es gewollt und befohlen hat, das heißt, zum Besten.

Nur die Vorgänge in der Division Mingins, die sich durch die nahe Kanonade bemerkbar machten, ließen sich nicht vor ihm verbergen. Diese Division war aus unerfindlichen Gründen von Nowogeorgiewsk nach Mlawa nicht mit der Bahn transportiert worden, sondern hundert Werst neben den Gleisen und später noch weitere fünfzig marschiert und gestern, direkt aus dem Gewaltmarsch, mit allen Regimentern zum Angriff übergegangen, die rechten hätten beinahe Mühlen genommen, die linken (Reval- und Estland-Regiment) waren ebenfalls erfolgreich vorgerückt, aber kurz vor dem Dörfchen Tannenberg sollen sie unter starkes

Abwehrfeuer geraten und zurückgegangen sein. Als Mingin vom Rückzug der linken Regimenter erfuhr, nahm er auch die rechten zurück, spaltete sich von Martos ab, und dadurch könnte Martos' Flanke in Gefahr kommen. Im übrigen waren die Nachrichten ungenau: Wie hoch waren die Verluste? Wie weit war man zurückgegangen? Die Ungenauigkeit der Meldungen ließ zunächst die Möglichkeit zu, sie weniger alarmierend auszulegen, zumal sich auch die Kanonade entfernt und sich nach rechts, zu Martos, verlagert hatte.

Samsonow musterte aufmerksam die ihm vorgelegte Karte. Er befahl, Mingin anzuweisen, über ein bestimmtes Dorf zehn Werst vor Neidenburg unter keinen Umständen zurückzugehen. In ihm glomm die Hoffnung, daß die Regimenter der Gardedivision von Sirelius jeden Augenblick zu Mingin stoßen könnten. Auf Sirelius oder den Korpskommandeur Kondratowitsch wartete Samsonow den ganzen Morgen, aber sie kamen nicht.

Vielleicht sollte er, statt einen Offizier zu Mingin zu schicken, selber hinfahren und sich alles ansehen? Aber dann wäre er nicht da, wenn vielleicht aus einer anderen Ecke eine wichtige Nachricht eintraf.

So quälte sich Samsonow ohne genaue Informationen, ohne eigentliche Aufgabe durch die erste Hälfte des Tages: wieder mit Knox (sie ritten zusammen aus), mit dem Feldintendanten, mit dem Oberarzt, mit Postowskij, mit den Telegrammen von der Nordwestfront. Es war schon Zeit, zu Mittag zu essen, als eine Kosakenpatrouille eine Meldung von Blagowjestschenskij brachte, von zwei Uhr nachts datiert.

Wie sehr auch Samsonow über dieser seltsamen Meldung mit den Augen geblinzelt, die Brauen zusammengezogen und geschnauft hatte – verstanden hatte er gar nichts, und die Leute seines Stabs genauso wenig. Von dem Befehl, zu Klujew zu marschieren und ihm Hilfe zu leisten, schien Blagowjestschenskij überhaupt nichts zu wissen: darüber meldete er nichts, auch keine Gründe, weshalb es unterlassen wurde. Noch weniger wußte er etwas über die Deutschen, da stand nur der seltsame Satz: »Die Aufklärung hat keinerlei Nachrichten über den Gegner erbracht.« Und gleich darunter: bei dem Morgengefecht bei Groß Bössau hat die Division Komarows über viertausend Mann verloren! WELCHES MORGENGEFECHT? WANN hatte er das gemeldet? Das ist ein Viertel einer Division! Und da sagt man: Keinerlei Nachrichten über den Gegner! Und es war schon ein Punkt zwanzig Werst südlich von Groß Bössau angegeben, wohin das Korps sich zurückzuziehen und Bischofsburg aufzugeben offenbar im Begriff war, aber ohne ein Wort darüber zu verlieren! Um welche deutschen Truppen kann es sich handeln, wenn sie doch hinter die Weichsel geflohen sein sollen? Vielleicht haben sie beim Rückzug Blagowjestschenskij seitlich gestreift – aber wie konnte es dann zu einem Verlust von viertausend Mann kommen?

Nachdem es ihm gelungen war, Knox abzuschütteln, ging Samsonow mit dieser ausweichenden, nein, verlogenen Meldung in dem dunklen Saal des Landratsamtes auf und ab, wie ein gereizter Bär, und hielt sich, über den dunklen Tisch gebeugt, den Kopf.

Wie unglücklich hatte sich Art und Weise der Kriegsführung geändert, wenn nun der Oberbefehlshaber nur noch eine Stoffpuppe war! Ein überschaubares Schlachtfeld, das man im Galopp überqueren, wo man einen verzagenden Kommandeur erreichen oder zu sich bestellen konnte – wo war das geblieben? Bereits im Japanischen Krieg wurde es überlagert und verdrängt – und wo war es jetzt? Voll Vertrauen ritten die Kosaken siebzig Werst durch feindliches Land, in ständiger Gefahr, abgeschossen oder gefangengenommen zu werden, nur um dieses verlogene, niederträchtige, verräterische Schreiben zu überbringen! Nach Begründung verlangen, korrigieren, dem Feigling Mut machen, den Befehl bestätigen – das alles war unmöglich, ehe die Kosakenpferde nicht gefüttert, ausgeruht und danach noch den halben Tag zurückgaloppiert waren. Die Funkgeräte brachten keine Verbindung zustande, die Flugzeuge konnten nicht starten oder kehrten nicht zurück. Das einzige Automobil mit der Antwort zu Blagowjestschenskij zu schicken, wäre auch nicht sinnvoll gewesen – es müßte ja auch von Kosaken eskortiert werden. Und so wurden jetzt siebzig Werst, wie zu Kutusows Zeiten fünf, von den gleichen Hufen der gleich leistungsfähigen Pferdebeine bewältigt. Und erst morgen um diese Zeit wird man erfahren können, ob das VI. Korps sich wieder gefangen und in die gemeinsame Front eingegliedert oder sich vollends abgespalten hat und aufgerieben ist, und ob der rechte Arm von Samsonows Armee amputiert worden ist.

Und mit diesem Gefühl, als sei ihm ein Arm abgenommen, als sei er angeschossen worden, setzte sich Samsonow an den Tisch, konnte keinen Bissen mehr herunterbringen, war jetzt auch vor Knox unverhohlen finster und ging auf dessen Fragen nicht ein.

Doch als das Mittagessen zur Hälfte vorüber war, erlebte er eine freudige Überraschung: die seit heute früh unterbrochene Verbindung zum I. Korps konnte wieder aufgenommen werden, und der Oberbefehlshaber empfing eine Meldung Artamonows: »Seit heute früh von starken gegnerischen Kräften bei Usdau angegriffen. Alle Angriffe zurückgeschlagen. Stehe wie ein Fels. Aufgabe wird bis zu Ende erfüllt.«

Die hohe gewölbte Stirn des Oberbefehlshabers schien sich zu verjüngen und aufzuhellen – und alle Gesichter am Tisch hellten sich ebenfalls auf. Auch der wohlmeinende Knox verlangte lebhaft nach Erläuterungen.

Der rechte Arm war amputiert, aber der linke nahm an Kraft zu, und auf den kam es jetzt an. Wie ungerecht hatte Samsonow in diesen Tagen über Artamonow geurteilt, als er in ihm einen Karrieristen, einen dummen und zappeligen Menschen gesehen hatte! Jetzt hielt dieser den entscheidenden Abschnitt, ja, die ganze Armee, und es war ausgeschlossen, daß er übertrieb, sonst wäre er nicht auf diesen starken bildhaften Ausdruck verfallen: WIE EIN FELS.

Die letzten Minuten des Mittagessens verliefen angenehm. Samsonow wollte noch Genaueres hören, Krymow oder Worotynzew, wer von ihnen erreichbar war, ans Telephon holen lassen – aber die Verbindung riß wieder ab.

Um so intensiver mußte man sich jetzt mit den zentralen Korps befassen. Und es war Zeit, obwohl erst kurz nach zwei, den Armeebefehl für morgen auszuarbeiten: lieber früher als später. Natürlich wäre es vernünftig gewesen, die Befehle nicht tageweise, sondern stundenweise, der augenblicklichen Lage entsprechend zu erstellen, so aber war es üblich und von allen akzeptiert: ein Befehl in vierundzwanzig Stunden.

Man breitete auf dem ovalen Tisch vor dem Oberbefehlshaber die Karte aus; Samsonow, Filimonow und zwei Obersten strichen die Ecken glatt und beugten sich darüber, gingen um den Tisch herum, fuhren mit dem Finger über die Karte, während Oberst Wjálow zur Information aus früheren Meldungen und Befehlen vorlas.

Diese gemeinsame Arbeit bedeutete für Samsonow so etwas wie einen Ritus. Zufällige Ursachen: die Beleuchtung, ein Augenzwinkern, das Stehen oder Sitzen am Tisch, die Dicke des Fingers, ein stumpfer Bleistift, konnten über das Schicksal von Bataillonen und sogar Regimentern entscheiden. Indem Samsonow die Linien und Pfeile, die Befehle von oben und die eigenen Überlegungen gegeneinander abwog, bemühte er sich, gewissenhaft eine vernünftige Entscheidung zu treffen. Sogar Schweißtropfen fielen auf die Karte, Samsonow wischte sich die Stirn mit dem Taschentuch – oder war es im Saal des Landratsamts an diesem heißen Tag nicht einfach zu schwül?

Der Befehl begann wie immer mit der Bestätigung dessen, was bereits erreicht worden war. Es sah gar nicht übel aus: das I. Korps hatte die deutschen Angriffe zurückgeschlagen, die Division Mingins würde sich unter allen Umständen dort halten, wo es ihr befohlen worden war, das XV. Korps hatte Hohenstein genommen und wird jeden Augenblick in Mühlen einziehen, das XIII. ist in Allenstein, das VI. Korps . . . aber auch das VI. kann sich noch korrigieren.

Und morgen? Es war klar, daß die Zentralkorps immer weiter nach links ausschwenken werden und das unbewegliche Korps Artamonows die Drehachse der Armee bilden wird. Wir werden ihm diplomatisch schreiben, ohne eine Offensive direkt zu empfehlen: »sich VOR SOLDAU behaupten« und damit dem Willen des Höchstkommandierenden Genüge tun. Klujew erhält den Befehl, im Eilmarsch zu Martos zu stoßen. Und Martos . . . hier bestand Filimonow auf der tiefsinnigen Formulierung: »an sich selbst entlang nach links gleitend den Gegner in der Flanke fassen.«

Nur eines konnten sie den Korps nicht sagen: wo und wie stark der Gegner war.

Und jetzt lag er da, fast fertig, der Armeebefehl für morgen. Beim Abfassen war es, als müsse man sich bei Dämmerung durch Gebüsch durcharbeiten, aber auf dem Papier sah alles sauber aus, ohne Verbesserungen, in schöner schräger Schrift.

Und doch war Samsonow nicht sicher, ob alles wirklich fertig war. Auch fühlte er sich unwohl, er bekam keine Luft.

»Es ist am besten, meine Herren, wenn ich jetzt einen kleinen Spaziergang mache und später unterschreibe. Wir haben ja Zeit.«

Filimonow und Wjalow baten um Erlaubnis, ihn begleiten zu dürfen. Und der Chef des Aufklärungsdienstes trug den Befehlsentwurf in den anderen Saal zu Postowskij, und dieser merkte sofort, daß der Befehl den letzten Weisungen des Frontstabs widersprach, beim Vormarsch sich streng nach Norden zu halten:

»Wo haben Sie nur Ihre Augen gehabt? Nicht Klujew soll zu Martos, sondern Martos zu Klujew. Auf diese Weise sollte sich dort eine mächtige FAUST bilden!«

Es war bereits nach vier, die Hitze ließ nach, aber die Steine waren noch glühend heiß, und der Oberbefehlshaber bekam auch auf der Straße keine Luft. Immer wieder nahm er die Mütze ab und trocknete sich den Schweiß.

»Gehen wir an den Stadtrand, meine Herren. Dort gibt es ein Wäldchen oder einen Friedhof.«

Obwohl er es schon gestern betrachtet hatte, obwohl er jetzt in der prallen Sonne stand – der Oberbefehlshaber blieb vor dem Bismarckdenkmal stehen. Mitten in einer Blumenrabatte ragte ein unbehauener brauner Felsblock, mit scharfgezackten oberen Kanten. Und aus seiner Oberfläche trat zu einem Drittel ein schwarzer Bismarck hervor, mit scharfen Ecken und Linien, wie in schwarzen Gedanken versunken.

Die Straße, die sie einschlugen, führte zur Ausfallstraße nach Nordwesten, zu der Division von Mingin, und es mochte kein Zufall gewesen sein, daß der Oberbefehlshaber sie gewählt hatte. Er ging, wie er es liebte, mit auf dem Rücken verschränkten Händen. Von vorne wirkte er imposant, von hinten wie ein Gefangener, zumal er den Kopf gesenkt hielt. Er beteiligte sich nicht an der Unterhaltung, und die Offiziere blieben hinter ihm.

Samsonow fühlte, daß er das, was er tat, nicht richtig tat. Besser gesagt – daß er etwas sehr Notwendiges nicht tat, aber er konnte nicht darauf kommen, was es war, er konnte den Nebelschleier um ihn nicht durchdringen. Am liebsten wäre er jetzt davongeritten, hätte den Säbel gezogen, aber das wäre sinnlos gewesen, das konnte er sich in seiner Stellung nicht leisten.

Er war mit sich selbst nicht zufrieden. Und Filimonow war auch mit ihm nicht zufrieden, das war schon lange klar. Und die Korpskommandeure konnten ebenfalls kaum mit ihm zufrieden sein. Und das Oberkommando der

Front nannte ihn einen Feigling. Und im Großen Hauptquartier dachte man über ihn mißbilligend.

Aber was zu tun war – das konnte ihm keiner sagen.

Gleich nach den letzten Häusern begann das Wäldchen. Schon wollten sie dorthin abbiegen, da donnerten auf der Straße in rascher Fahrt ein Karren, noch einer und ein Zweispänner auf sie zu. Die Fahrer peitschten auf die Pferde ein, als ginge es um ihr Leben, sie fuhren so drauf los, wie es sich am Standort eines Armeestabs nicht gehört. Samsonows Begleiter rannten, um die Wagen aufzuhalten, und Filimonow faßte nach seinen Achselschnüren und trat mit bitterbösem Gesicht mitten auf die Straße. Samsonow maß dem Vorfall zunächst keine Bedeutung bei, ging in das Wäldchen und setzte sich auf eine Bank.

Aber der Lärm auf der Straße ließ nicht nach. Das Rattern der Räder hörte auf, doch andere Wagen kamen angefahren. Man hörte ein Stimmengewirr, das mit dem Halten der Wagen verstummte. Man hörte die drohende Stimme Filimonows, der die Soldaten ausfragte und nicht weiterfahren ließ. Samsonow bat Wjalow, sich zu erkundigen, was es dort gebe. Der höfliche Wjalow kam lange nicht zurück und war dann sehr verlegen, weil er nicht wußte, wie er es sagen sollte – Filimonows Stimme wurde immer lauter, vorwurfsvoller und schärfer.

Wjalow erklärte: das waren abgesplitterte Reste des Estländischen Regiments (das UNTER ALLEN UMSTÄNDEN zehn Werst von hier stehen sollte), in chaotischem Rückmarsch begriffen und so bis Neidenburg gejagt, ohne freilich zu ahnen, daß hier der Armeestab lag. Sie haben die Tendenz, auch noch weiter zurückzugehen.

Samsonow stand beunruhigt auf, er konnte nicht richtig durchatmen, und trat mit der Mütze in der Hand, er hatte vergessen sie aufzusetzen, auf die Straße hinaus, in den Sonnenglast.

Hier war so etwas wie eine Formation zusammengekommen: einige Fuhrwerke, ein Grüppchen von vier Offizieren, daneben etwa hundertfünfzig Soldaten, noch mehr kamen nach. Sie hatten den Befehl erhalten, in vier Reihen anzutreten, aber was für Reihen wurden das! Erregte, verzerrte, erhitzte Gesichter, viele ohne Mütze, als wären sie zum Gebet angetreten, einige ohne Mantelrolle, die anderen hatten die Mäntel vor sich auf der Erde liegen, es war nicht zu erkennen, ob noch alle ihre Gewehre hatten. Am Koppel des schwarzhaarigen Soldaten am rechten Flügel hing ein Kochgeschirr, das von einem Splitter durchlöchert war, aber er hatte es nicht weggeworfen. Etwa zwei Dutzend Verwundete, einige vom Feldscher, andere von den Nachbarn verbunden, einige auch mit verkrusteten offenen Wunden. Obwohl sie jetzt haltgemacht hatten, schienen sie nicht zu stehen, sie schwankten, es drängte sie in jene Richtung, in der sie eben noch davongestürmt waren. Sie starrten wild vor sich hin, und es war erstaunlich, daß sie überhaupt angetreten waren.

Als der Oberbefehlshaber näher kam, brüllte Filimonow »Stillgestanden!« (Samsonow ließ rühren) und meldete laut – es war eigentlich keine Meldung, er schmähte diese furchtsame Herde Soldaten, die jedes menschliche Aussehen verloren hatte ... Bis heute hatte der Oberbefehlshaber seinen Generalquartiermeister nur in geschlossenen Räumen gehört. Solch eine durchdringende, scharfe, wütende Stimme hatte er bei ihm nicht vermutet. Filimonow brüllte vor den Reihen mit dem unverbrauchten Ehrgeiz eines Stabsoffiziers und dazu noch mit dem speziellen Ehrgeiz kleingewachsener Generale.

Samsonow hörte, wie er brüllte und das ganze Estland-Regiment des Verrats, der Feigheit, der Fahnenflucht zieh, und betrachtete unterdessen die immer noch erhitzten, verzweifelt-entschlossenen Soldatengesichter. Das war die Entschlossenheit bis zum Äußersten und über das Äußerste hinaus, die Entschlossenheit der letzten Lebensstunde, wenn kein Anpfiff eines Generals mehr in das Ohr dringt, und es war ein Wunder, daß sie sich überhaupt anhalten ließen:

es wäre durchaus denkbar gewesen, daß nicht einmal mehr eine Steinmauer sie aufgehalten hätte.

Aber diese Entschlossenheit über das Äußerste hinaus konnte Samsonow sofort von jener rebellischen Entschlossenheit unterscheiden, die er im Jahre 1905 auf der Sibirischen Eisenbahn erlebt hatte, als die Soldatenmeetings brodelten, als Soldatenkomitees die Macht in der Hand hatten, als überall das »Nieder!« und »Nach Hause!« toste, als die Bahnhöfe und Büfetts gestürmt und die Lokomotiven mit Gewalt vor die eigenen Züge gekuppelt wurden. »Wir kommen zuerst dran! Nach Hause! Nieder!« Damals hatten die Offiziere nichts mehr zu sagen, und die Rebellen brüllten aus Hunderten von Kehlen: »Nie-der!« – nieder mit euch, so gut ihr auch sein mögt, der Teufel soll eure Mutter ..., von euch wollen wir nichts Gutes, gebt uns nur unser Eigenes zurück!

Aber hier, auf diesen verzerrten Gesichtern, bei der nicht mehr erwarteten Rückkehr aus dem Tod ins Leben, stand die schmerzliche Frage: Unser Blut liefern wir euch aus – und ihr? Und ihr?!

Und Samsonow, der fühlte, daß er errötete (vielleicht merken es die anderen hier in der Sonne gar nicht?), streckte seine Bärentatze aus, unterbrach den quälenden Lärm, den sein Generalquartiermeister veranstaltete, und begann leise zu fragen – zuerst die Offiziere, es gab einen Kompanieführer darunter, die anderen waren zufällig dazugestoßen, dann die Soldaten.

Für die war das Erzählen ungewohnt, sie erzählten verworren, ungeschickt, und was konnten sie auch dort, inmitten des pfeifenden Todes, überhaupt mitbekommen haben? Unter der dichten Decke aus Granaten aus Hunderten von Geschützen – ohne einen einzigen Graben, nur in den Furchen eines Rübenfeldes. Und unsere Artillerie war nicht da, entweder hatte sie nicht bis dorthin gereicht, oder die Deutschen hatten die paar herangefahrenen Feldkanonen sofort zum Schweigen gebracht. Und trotzdem waren sie den deutschen Kanonen die Antwort nicht schuldig geblieben – sie schossen aus Gewehren und Maschinengewehren zurück. Und sie erhoben sich und setzten zum Sturm an und hatten sich sogar bis zu den deutschen Gräben vorgearbeitet. Und hatten sämtliche Patronen verschossen. Und da begann die deutsche Infanterie sie einzukreisen. Und die Kavallerie hatten sie bereits im Rücken (vielleicht auch nicht). So wird es nicht einmal beim Letzten Gericht donnern, altgediente Soldaten hatten so etwas noch nie erlebt. An die dreitausend hat es in ihrem Regiment erwischt. Ach, das kann man nicht erzählen.

Er. Er war schuld. Er hatte doch gestern das Artilleriefeuer gehört und wollte heute morgen hinfahren – warum war er nicht hingefahren? Schon darin lag seine Schuld, daß er auf sie *hier* gewartet hatte, statt sie *dort* aufzusuchen, in ihrer Bedrängnis. Nein, das war es nicht, plötzlich trat jenes klar hervor, was im dunklen Saal des Landratsamtes seinem Begreifen sich entzogen hatte: erst gestern hatte er ihnen für morgen vorgeschrieben, dem Rat dieses nicht zu besänftigenden Generals hier folgend, welche Chaussee sie den Deutschen abschneiden sollten; selbst eine Krähe hätte bis dahin zwanzig Werst. Und er schickte sie dorthin in der Sonnenglut, durch den einzigen Abschnitt, wo Deutsche ausgemacht worden waren, wo sie sich behaupteten und kämpften. Und heute noch hatte er den Resten dieser Regimenter befohlen, »UNTER ALLEN UMSTÄNDEN« ...

Während sie sprachen, kamen hinten neue Soldaten heran, auch eine Fahne an der Stange, an deren Spitze das Georgskreuz und einige Jubiläumsbänder befestigt waren. Der Fahnenträger stellte sich stumm an den linken Flügel, eine Handvoll Soldaten um ihn herum, alle verwundet, abgerissen.

Samsonow, der bisher nachdenklich und leise, aber doch für alle hörbar gesprochen hatte, fragte jetzt lauter, um auch von den Neuangekommenen gehört zu werden:

»Wieviele seid ihr, Revaler?«

Der Feldwebel antwortete abgehackt:

»Die Fahne. Und ein Zug.«

Und aus der hintersten Reihe des Estland-Regiments rief ungeduldig, ohne erst auf Erlaubnis zu warten, eine heisere Stimme:

»Exzellenz! Wir sind schon den dritten Tag ohne Zwieback!«

»Wie?« Der Oberbefehlshaber wurde noch finsterer, er wandte sich dem Sprecher zu. »Den dritten Tag?«

Den ganzen gestrigen Tag, als sie in dieser Glut zum Sturm angesetzt hatten, von deutschen Granaten niedergemäht wurden, zum Bajonettkampf übergegangen, zu neun Zehnteln gestorben waren – und ohne Zwieback? . . .

»Ohne Zwieback!« bestätigte der Chor.

Der Oberbefehlshaber taumelte in seiner vollen Größe nach vorne, sie sahen es. Der Adjutant sprang herzu, um ihn zu stützen, aber es war nicht mehr nötig, er hatte sich gefangen.

(Es hätte für ihn Befreiung bedeutet, auf die Erde stürzen und ausrufen zu können: »Ich bekenne es, Brüder, ich habe euch ins Verderben geführt!« Für sein Herz wäre es leichter gewesen, alles auf sich zu nehmen und nicht mehr als der Oberbefehlshaber aufzustehen.)

Aber er befahl nur mit leiser Stimme:

»Alle müssen sofort verpflegt werden. Und ausruhen.«

Die ganze Last aber blieb auf ihm liegen.

Und er ging in die Stadt zurück, jeder Schritt ein elender Sünder.

Ausgerechnet an Bismarcks Felsen kamen ihm, um die Ecke herum, einige Reiter entgegen, von einem Stabsoffizier begleitet. Der zeigte ihnen den Oberbefehlshaber. Sie sahen ihn und hielten an. Saßen ab und gingen in ihrem Kavalleristengang immer schneller auf Samsonow zu.

Es waren ein Kavalleriegeneral, ein Dragoneroberst und ein Oberst des Donkosakenheeres.

Generalmajor Stempel (es gab so viele Generale in seiner

Armee, Samsonow runzelte die Stirn, richtig, ein Brigadekommandeur bei Roop) meldete, daß er mit einer zusammengezogenen Kavallerieabteilung, bestehend aus einem Dragonerregiment, dreieinhalb Hundertschaften des 6. Donkosakenregiments und einer berittenen Batterie, eingetroffen sei. Das Détachement sei von Oberst Krymow im Auftrag des Oberbefehlshabers aufgestellt worden, mit der Aufgabe, die entstandene Lücke zwischen dem I. und dem XXIII. Armeekorps wieder zu schließen.

Noch standen die Revaler und Estländer vor Samsonows Augen, noch war er bis über den Kopf in das Unentwirrbare ihrer Not und seiner Schuld versunken, und in seinem Gedächtnis lag gespeichert, daß jede Art von Sonderabteilungen, alle Änderungen der Subordinationsverhältnisse immer einem Übel entspringen – aber die Zeit drängte, er mußte sich darauf einstellen und darüber nachdenken.

»So? Gut, dann ist es gut ... Zwischen diesen Korps besteht tatsächlich ...«

Der Oberbefehlshaber begrüßte alle drei mit Handschlag – den Kosakenoberst kannte er! Er erinnerte sich sofort an sein bescheidenes grobes Gesicht, das graue Haar, den Bürstenschnitt und den gestutzten grauen Bart.

»Isájew, Alekséj Nikolaitsch, nicht wahr?«

Er war schon an die Siebzig, aber noch ganz frisch.

»Jawohl, Exzellenz!«

»Warum denn dreieinhalb Hundertschaften?« Samsonow lächelte schwach. Der dürre Isajew erklärte es bereitwillig und klagte sein Leid, in der Hoffnung, sein Regiment wieder zusammenzubekommen. Aber er sah dabei Samsonow mit einem seltsamen Blick an.

Und auch Stempel blickte seltsam. Dann sahen sich die beiden an.

»Böse Mär gereicht dem Boten nicht zur Ehr«, der schlichte Isajew zog die Schultern hoch, als fröstele ihn.

Samsonow durchfuhr es wie ein Stich.

»Was gibt es noch?«

Der hagere Stempel stand stramm und hielt ihm einen Brief entgegen, als glaubte er, dafür hingerichtet zu werden:

»Durch Kurier von Oberst Krymow. Mit der Bitte, es Ihnen auszuhändigen.«

»Was ist denn los?« fragte Samsonow, als wäre ihm lieber, es mündlich zu erfahren. Aber die Finger entfalteten bereits das Blatt mit Krymows unleserlicher Handschrift:

»Exzellenz, Aleksandr Wasiljewitsch!

General Artamonow ist dumm, feige und verlogen. Auf seinen sinnlosen Befehl hin geht das Korps in chaotischem Zustand zurück. Vor Ihnen hält man es geheim. Der glänzende Gegenangriff des Petrowskij- und Neuschlot-Regimentes und der Schützenbrigade war umsonst. Usdau ist verloren, und es ist sehr fraglich, ob Soldau bis heute abend gehalten werden kann ...«

Hätte es ihm jemand gesagt, selbst unter Eid – er hätte es nicht geglaubt.

Samsonow reckte sich in die Höhe, sein Gesicht lief purpurrot an, die Brust ging wie ein Blasebalg. Schwach und im Bewußtsein seiner Schuld war er hierhergekommen – aber jetzt war ein Verbrecher entdeckt worden, der schuldiger war als er! Und mit der Kraft dessen, der sich im Recht fühlt, brüllte er über die Straßenkreuzung:

»Der Schuft ist abgesetzt!«

Und stützte sich mit dem erhobenen Arm gegen Bismarcks grob behauenen Felsblock:

»Wer ist da? Unverzüglich Verbindung mit Soldau wieder aufnehmen. General Artamonow ist seiner Stellung als Korpskommandeur enthoben. Zu seinem Nachfolger ernenne ich General Duschkewitsch. Nachricht hiervon an das I. Korps und an den Frontstab.«

Er schien sich gegen den Felsblock zu stützen, mit dem linken Arm sich dagegen zu stützen – aber er hatte keinen linken Arm mehr.

Auch den hatte man ihm abgeschlagen.

29

Erst gestern hatte man das Narwa- und Koporskij-Regiment im Eilmarsch nach Norden gejagt, sie nicht einmal an den Brunnen haltmachen lassen, und erst in der Nacht schlugen sie ihr Biwak auf. Man erzählte sich, daß morgen in der Stadt Allenstein Brot gebacken und ausgegeben werden sollte. Doch am Morgen des 14., nach der üblichen Stockung und Verzögerung, weil die Befehle partout nicht ausgestellt und weitergegeben werden konnten und die Bataillone in Tatenlosigkeit erstarrten, nur dessen gewiß, daß sie mit ihren Beinen für alles würden einstehen müssen, traf ein Befehl an das Narwa- und Koporskij-Regiment ein, linksum kehrtzumachen und mit der gleichen Eile den unsichtbaren Deutschen die gestern zurückgelegten Werst zurückzuerstatten, von Allenstein weg, um dem Nachbarn zu Hilfe zu kommen, wie das dieselben Regimenter vor drei Tagen schon einmal getan hatten – umsonst.

Vielleicht hatte der Brigadekommandeur dazu irgendeinen Kommentar erhalten. Vielleicht hatten auch die Regimentskommandeure etwas davon zu hören bekommen. Aber den Bataillonsoffizieren hatte man nichts erklärt, und selbst bei gutem Willen konnten sie auf keine andere Erklärung für den gestrigen und heutigen Marsch verfallen als Dummheit oder böser Hohn. Und was mußten erst die Soldaten denken? Vor den Soldaten schämte sich Jaroslaw Charitonow wegen dieses unsinnigen Hin und Her, das ihren Körpern abverlangt wurde, so, als wäre er selbst jener ruchlose Verräter im Stab, dem die Soldaten alle Schuld gaben.

Jedoch – eine unverhoffte Belohnung erwartete ihre Regimenter für dieses zwei Wochen währende Hin und Her mit hungrigem Magen: Mittags, bei strahlender Sonne, leichtem stetigen Wind und lustigen bauschigen Wolken sahen sie von der Grieslienener Höhe die erste Stadt, und eine Stunde später zogen sie unbehindert ein, in die kleine Stadt Hohenstein, etwa vierhundert mal vierhundert Sashenj, verblüffend nicht nur durch die gedrängten geräumigen steilen Dächer, sondern durch die im ersten Augenblick erschreckende Menschenleere. Die Stadt war völlig leer: weder ein russischer Soldat noch ein einziger deutscher Zivilist, kein Greis, keine Frau, kein Kind, nicht einmal ein Hund, nur wenige bedächtige Katzen. Hier ein zugenagelter Fensterladen, dort herausgebrochene Fensterrahmen und zerschlagene Scheiben. Die Vorhut traute dieser Ruhe nicht, man rechnete damit, daß die Stadt erkämpft werden müßte, das erste Regiment machte sich gefechtsbereit und schickte Patrouillen vor. In der Nähe, aus derselben Richtung, grollte Artillerie, ratterten Maschinengewehre, aber die spitzgiebelige Stadt war aus einer Laune des Krieges völlig leer – und unversehrt! Offenbar hatte keiner vor ihnen um die Stadt oder in ihrer nächsten Umgebung gekämpft, und sollte sie einmal besetzt gewesen sein (genauso leer), so war sie genauso kampflos aufgegeben worden.

Aber wie im Märchen der Held nach den ersten Schritten im verzauberten Bezirk seine Kräfte verliert, Schwert, Speer und Schild fallen läßt und gänzlich der Zaubermacht erliegt – so erging es auch hier den einziehenden Bataillonen gleich in den ersten Straßen, sie kamen aus dem Gleichschritt, die Köpfe drehten sich nach allen Seiten, die Bereitschaft, dem Gefechtslärm entgegenzumarschieren, verblaßte und verflog, der Brigade- und Regimentswille existierte nicht mehr, niemand trieb sie an, die berittenen Ordonnanzen mit den neuen Weisungen blieben aus. Und plötzlich bogen die Bataillone recht und links ab, jedes suchte in der Stadt ein eigenes Revier, und auch der Bataillonswille war schon paralysiert, die Kompanien lebten ihr eigenes Leben, ein wenig später zerfielen auch sie in Züge, erstaunlicherweise wunderte sich niemand darüber, jeder gab sich der verzauberten kraftlos machenden Luft hin.

Trotzdem bemühte sich Jaroslaw, das Bewußtsein wach zu halten, daß es so nicht sein dürfte, daß man vorn auf ihre Hilfe wartete! Aber seine Macht reichte nicht weiter als über seinen Zug. Auch die Züge begannen jetzt lautlos, unmerklich zu zerfließen und zu versickern, wie Wasser, das ungehinderten Abfluß und freien Raum sucht. Und der Zug Charitonows, zu dem die besten, zuverlässigsten Soldaten gehörten, konnte doch nicht als einziger mit geschultertem Gewehr in der Sonne stehenbleiben, auch seine Soldaten hatten sich das Recht auf eine Rast verdient.

Und auf Verpflegung. Man konnte gewiß nichts dabei finden, daß nach vielen anstrengenden Tagen bei äußerst knapper Ration auch seine Soldaten sich einzeln, zu zweit oder zu dritt vom Hunger unwiderstehlich treiben ließen, einige nach erfragter Erlaubnis, wie der hochanständige Kramtschatkin, der, zackig und augenrollend, Leben und Tod ganz dem Offizier überantwortete:

»Eine Bitte, Euer Wohlgeboren! Ich bitte, mich wegen Verpflegungsbeschaffung entfernen zu dürfen!« Andere verschwanden einfach hinter einer Mauer und kamen mit Zucker und Keksen in bunter Verpackung zurück, die sie unterwegs in der Eile verloren und verschütteten, und versteckten sich beim Anblick des Zugführers. War das verwerflich? Sollten sie dafür bestraft werden? Aber sie hatten doch Hunger, es ging um ein natürliches Bedürfnis, das auch beim Gefecht sich entscheidend auswirkt. Warum sollte man das zurückgelassene fremde Gut schonen? Es wäre gut, die anderen Offiziere um Rat zu fragen, aber keiner war zu sehen, und wer hätte schon raten können – er war selbst erwachsen, er war Offizier, er mußte selbst entscheiden.

Da – jetzt kommen sie mit Makkaroni an, die der russische Bauer noch nie gesehen hat. Und noch komischer:

Gläser – und darin Kalbfleisch, nach unserer Art gebraten. Der kleine Nabjórkin bringt mit strahlenden Augen seinem Leutnant eine Kostprobe, voller Freude, ihm etwas Gutes antun zu können.

»Euer Wohlgeboren! Nichts für ungut, probieren Sie mal! Das haben die Deutschen fein raus!«

Das war kein Verbrechen, die Seele des Soldaten blieb rein, sie hatten es verdient. Irgend etwas mußte auch gekocht oder aufgewärmt werden – im Haus oder auf dem Hof, auf einer eigenen Feuerstelle aus Ziegelsteinen. Und noch verwunderlicher, selbst die Offiziere staunten, war die Art der Deutschen, Eier aufzubewahren: sie werden in ein milchiges Wasser, vielleicht Kalkwasser, gelegt und nach Bedarf herausgenommen, wie frisch, und das nach soundsoviel Monaten!

Vor ihre Vorratskammern hängen die Deutschen keine schweren Schlösser, denn der Deutsche hat den törichten Glauben: wo ein Schloß hängt, da darf man nicht ran, da wird nichts angerührt. Es ging das Gerücht, es gebe in dieser Stadt große Warenlager, andere Bataillone seien bereits dort, seien uns zuvorgekommen.

Nein, irgend etwas ist nicht in Ordnung ... Nein, so geht es nicht! Man muß das verbieten! Man muß sie alle antreten lassen und ihnen erklären ...

Aber da kam der rührige Unteroffizier, ein aktiver Soldat, Jaroslaws rechte Hand im Zug, und meldete, am Stadtrand sei eine Kaserne, und in der Schreibstube dort gebe es viele Karten! Jaroslaw war Feuer und Flamme, er mußte diese Karten sehen, bevor sie weitermarschierten! Schließlich konnte er sich doch auf seine Soldaten verlassen. Charitonow ließ den Unteroffizier mit den strengsten Instruktionen zurück, nahm einen Soldaten mit, der darüber nicht gerade begeistert schien, und eilte zu den Kasernen.

Durch die Kasernen streiften einige Beutejäger, aber die deutschen Uniformen und das Hab und Gut der Feldwebel fanden keine Liebhaber. Und in der Schreibstube, deren

Tür sperrangelweit offenstand, lagen tatsächlich zwischen Papierstößen Karten von Ostpreußen, mit deutscher Beschriftung, sehr sorgfältig gedruckt, viel deutlicher als jene Karten, die dem Narwa-Regiment, ein Exemplar pro Bataillon, zugeteilt worden waren. Jaroslaw wies den Soldaten an, ihm die Karten zu reichen und die durchgesehenen wieder wegzuräumen, und suchte die Blätter jener Gegenden heraus, wo sie bereits gewesen waren und wohin sie vielleicht noch kommen würden. Der Krieg sieht ganz anders aus, wenn man eine vollständige Kartenzusammenstellung hat! Und auch die Weichsel-Blätter betrachtete er mit heißem Interesse, dem Zauber der topographischen Karte einer Landschaft erliegend, wo man noch nie war, wohin man aber bald *kommen wird!* Insgesamt hatte sich Charitonow eine große Kartenzusammenstellung mit Weichselübergang herausgesucht und drei kleinere der nächsten Umgebung (eine davon wollte er unbedingt Grocholez schenken!).

Aber bei dem energischen, raschen, sachlichen Hantieren mit den Karten breitete sich die Leere in Jaroslaws Innerem noch schneller aus: die Freude über die Karten war unvollkommen, es war keine wirkliche Freude, in Wirklichkeit wurde ihm immer grauer und elender zumute, ja er bekam Angst: Angst, zu spät zu seinem Regiment zurückzukommen, das ohne ihn weitermarschiert sein könnte? Nein, das war eine andere Angst, das Vorgefühl eines Unheils. Und obwohl er jetzt etwas sehr Wichtiges tat, drängte es ihn, sofort alles liegenzulassen und auf dem kürzesten Wege zum Regiment zurückzukehren, es ließ ihm einfach keine Ruhe. Er hatte keine Zeit mehr, die deutschen Mannschaftsunterkünfte sich anzusehen, die möglicherweise besser waren als bei uns die der Fahnenjunker. Die Spannung und das bedrohliche öde Gefühl nahmen immer mehr zu, er hatte gar keine Lust mehr, weiter zu suchen und zu sortieren – nur zurück wollte er, zu seinen Leuten.

Der Soldat trug den verschnürten Packen mit den Karten, und Jaroslaw sah auf dem Wege zu seinem Zug, wie sehr die Stadt sich während nur einer Stunde verändert hatte: die Verzauberung war gewichen, es war jetzt unsere Stadt. Überall machten sich die entdeckungslustigen tolpatschigen Soldaten zu schaffen, die sich bereits so gut zurechtfanden wie im eigenen Dorf – ihre Offiziere hatten nichts dagegen, und Jaroslaw stand es nicht zu, sich einzumischen. Sie rollten ein Faß Bier. Sie hatten hier in der Stadt irgendwo Geflügel gefunden, und der leichte Wind trieb blutige ausgerupfte Federn über das Pflaster, buntes Einwickelpapier, leere Schachteln. Unter den Stiefeln knirschte allerlei Verstreutes und Zerschlagenes. Durch eine Fensterhöhlung sah man in die durchwühlte Wohnung, wo die hier erst vor kurzem gepflegte liebevolle Ordnung sich noch erkennen ließ, aber die Kommoden waren ausgeleert, Tischtücher, Hüte, Wäsche über den Boden verstreut.

Die unruhige Spannung wuchs: was ist mit *seinem* Zug? Sollte auch sein Zug . . .?

Zwei Soldaten standen wie Wachtposten vor der Tür eines Ladens, ließen keine Soldaten durch, nur Offiziere, und als gerade ein Bekannter Charitonows hineinging, folgte er ihm gedankenlos. Es war ein Kleider- und Wäschegeschäft; im ersten Verkaufsraum, gleich hinter den Schaufenstern, machten sich die unteren Dienstgrade zu schaffen, Jaroslaw erkannte den Burschen Kosekos, und im hinteren Raum zogen sich die Offiziere um, probierten Verschiedenes an: Regencapes, Sweaters, warme Unterwäsche, Handschuhe, das ging in der Enge ruhig und sachlich zu mit Hilfe der Burschen; andere prüften und wählten unter Teppichen und Damenmänteln.

Plötzlich stand Koseko vor ihm, in warmen gelbbraunen Unterhosen. Er freute sich:

»Charitonow, Charitonow! Nehmen Sie die Gelegenheit wahr, versorgen Sie sich mit warmer Unterwäsche! Die Witterung kann ja von einem Tag auf den anderen umschlagen, die Nächte sind bereits bitterkalt! Der Mensch kann nicht nur an den Tod denken, er muß ja auch dafür sorgen . . .«

Jaroslaw konnte nicht erkennen, wer noch alles da war, vielleicht noch mehr Bekannte. Er stand sich selbst im Licht, das einzige Fenster war überdies zugestellt, er sah eigentlich weder Koseko deutlich noch sein Gesicht, noch seine magere Gestalt, sondern nur diese gelben gerauhten warmen Unterhosen. Und er sagte zu ihm – vielleicht etwas zu laut, vielleicht hatten es auch die anderen gehört:

»Schämen Sie sich.«

Koseko wurde lebhaft, kam sofort mit den bekannten hartnäckig verteidigten Argumenten an, packte Jaroslaw sogar am Koppel, damit er nicht davonlief, ehe er fertig war.

»Aber warum sollte ich mich schämen, Charitonow? Lassen Sie uns überlegen. Wir beide haben keine warmen Sachen, und wann wird man sich dazu bequemen, uns welche zuzuteilen? Sie kennen doch die russischen Intendanturen. Wir beide frieren, wir schlafen in unseren Mänteln auf der nackten Erde. Wenn das so weitergeht, sind wir bald erkältet. Die Nächte werden immer kühler. Es geht dabei eigentlich gar nicht um unser persönliches Wohlergehen, sondern um die Armee. Wir werden besser kämpfen können. Nehmen Sie unbedingt auch einen Sweater!«

Die Unruhe und die Hast von vorhin, als er noch etwas aufhalten wollte, waren gewichen, eine Museumsmüdigkeit legte sich auf Jaroslaws Augen und seine Seele und machte die Beine schwer: nur nicht mehr gehen, soll doch diese Stadt vom Erdboden verschwinden, immer noch besser, durch den Sand zu stapfen wie in den letzten Tagen. Ein Ekel an allen SACHEN stieg in ihm hoch. Wie leicht ist es, ohne Sachen zu leben! . . .

»Aber auf eine andere Weise . . .«, Charitonow wehrte sich, müde und matt. Er versuchte, sich Koseko zu entwinden, aber das war gar nicht so einfach.

»Und auf welche Weise? Wie stellen Sie sich das vor?

Kaufen? Wir sind ja gekommen, um einzukaufen, aber wem sollen wir bezahlen? Der Inhaber ist geflohen. Bitte schön, Sie können ja das Geld hinlegen, aber wer wird es nehmen? Und außerdem können wir uns mit dem, was wir bekommen, nicht allzuviel leisten.«

»Ich weiß nicht«, Jaroslaw wußte nicht, was er sagen sollte, aber der Museumswiderwille in ihm stieg immer höher und höher. Schließlich konnte er sich befreien, ging auf den Ausgang zu, aber Koseko folgte ihm und packte ihn an der Schulter. Er verzog das Gesicht zu einer weinerlichen Grimasse und sprach jetzt leise, fast flüsternd:

»Ja, ich gebe ja zu, daß es nicht schön ist. Ich stelle mir vor, wie die Front möglicherweise bei Wilna liegt, und daß der Feind in unserem Nestchen, bei meinem Sonnenscheinchen haust, wie wir hier in diesen entzückenden Wohnungen. Ich will ja nichts haben, ich will ja nichts haben, ich will gar nichts haben, keinerlei Lohn, Sie wissen es doch selbst!« Er schien den Tränen nah. »Aber die lassen uns ja nicht weg, bis man einen Arm weniger hat. Oder ein Bein. Ich rate Ihnen: ziehen Sie sich warm an, wir stehen vor einem Winterfeldzug, Charitonow! Nehmen Sie Wäsche! Und einen Sweater!«

So schnell wie möglich zu seinem Zug. Immer noch regte sich in Jaroslaw der Glaube, daß *sein* Zug ... Ihm war nicht nur die Lust an den Sachen, sogar Hunger und Durst waren ihm vergangen.

Die Vorahnung des Unheils wuchs.

Irgendwo in der Stadt brannte es: große, hohe, hartnäkkige Flammen. Es wäre nicht verwunderlich, wenn es noch mehr brennen würde: überall rauchten offene Feuer und die Kochstellen der Soldaten, sie gingen dazwischen hin und her wie die Zigeuner, schleppten irgend etwas herbei. Wie hatte sich das Narwa-Regiment in zwei Stunden verändert!

Auf einem Fuhrwerk, das mit allem möglichen Zeug und einer Kiste Parfümeriewaren beladen war, wurde zuoberst ein Fahrrad festgebunden, ein Fähnrich strich bewundernd über die Nickelteile:

»Fa-bel-haft! Das ist das Richtige für meinen Bórjka zum Fahren!«

Solche Offiziere gab es also in ihrem Regiment! Aber in den Soldaten lebte die sittliche Kraft des Volkes, sie würden es sofort verstehen, ihnen hatte es nur keiner erklärt; Jaroslaw war selbst schuld, er hatte die Konserve probiert und gelobt, das war der Anfang gewesen. Jaroslaw wagte nicht zu hoffen, daß sein Zug sich anders verhalten hätte – und hoffte es trotzdem, denn sonst – wie sollte man sonst Krieg führen? Er fühlte sich machtlos, er fühlte, daß er, ein Junge noch, gar kein Recht hatte, diese Bauern zu belehren, die alle schon Familienväter waren, aber er fühlte sich doch dazu verpflichtet – denn wozu trug er sonst die Achselstücke?

Er hatte sich verlaufen und einen Umweg gemacht, aber noch bevor er seine Straße wiedererkannt hatte, entdeckte er den langen schmalschultrigen Wjuschkow, der ein in ein Laken eingeschlagenes Bündel auf dem Rücken schleppte.

War das wirklich Wjuschkow? Vielleicht war er es gar nicht? ... Er holte ihn ein und rief:

»Wjuschkow!«

Seine Stimme brach ab, sie hatte scharf geklungen, und Wjuschkow ließ sein Bündel fallen, machte einen Schritt, als ob er davonlaufen wollte, lief aber nicht und drehte sich widerwillig um. Aber er blickte nicht auf und wandte das Gesicht zur Seite.

Und das soll der unermüdliche, sympathische, immer lächelnde Erzähler aus dem Güterwagen sein, die Seele der Gegend um Orjol?! Was für ein unzugängliches, verstocktes, unaufrichtiges, verschlossenes Gesicht! Was für ein schlechter Mensch, wie sich jetzt zeigt!

»Was tust du?« Jaroslaw redete eindringlich auf ihn ein. »Was willst du damit anfangen? Für wen soll das sein? Wir werden gleich in den Kugelregen kommen, vielleicht sind wir morgen schon tot, weißt du denn nicht, was auf dem Spiel steht, bist du verrückt geworden?« Und dann immer noch hoffend, schmerzlich: »Was ist denn los mit dir, Wjuschkow?«

Immer noch verstockt, ohne aufzublicken, zur Seite gewandt:

»Verzeihung, Euer Wohlgeboren. Der Teufel hat mich geritten.«

»Nun, dann komm mit. Komm!«

Aber die Beine Wjuschkows waren wie festgewurzelt, sie wollten nicht von dem Bündel fort.

Da kommt auch Kramtschatkin, der beste Soldat des Zuges, nein, das ist nicht Kramtschatkin! – warum ist er so rot, warum schwankt er beim Gehen, singt und lallt vor sich hin? – doch, das ist Kramtschatkin, jetzt hat er seinen Offizier erkannt und nimmt Haltung an, marschiert vorschriftsmäßig über die glatten Steinplatten und hält die Hand zackig an den Mützenrand – aber warum stolpert er über seine eigenen Füße, warum quellen seine Augen so wild hervor –

»Euer . . . Exzell . . . Wohlgeboren, gestatten? Gemeiner Kramtschatkin Iwan Feofanowitsch meldet sich zurück . . .«

Aber der böse Geist ließ ihn im Halbkreis torkeln, die Hand immer noch am Mützenrand – er schlug erbarmungslos der Länge nach aufs Trottoir, seine Mütze rollte zur Seite.

Mein JÜNGERER BRUDER! Mein ganzer Stolz! Iwan Feofanowitsch!

Jaroslaw lief weiter, vielleicht schon mehr als entsetzt, schon voller Zorn. Sie waren gewarnt worden: Marodeure sollten bestraft, sollten schonungslos ausgepeitscht werden! Aber er hatte sich MARODEURE als fremde Bösewichte vorgestellt, weit weg, aber doch nicht unter den eigenen Regimentssoldaten, nicht aus dem eigenen Zug!

Jetzt – feldmarschmäßig ausgerüstet in der prallen Sonne antreten lassen! Und sie zusammenstauchen, daß ihnen Hören und Sehen vergeht! Und jeden einzeln sich vorknöpfen – was er sich unter den Nagel gerissen hat! Und jeden einzeln zwingen, es wegzuwerfen ...

Dieses Haus war es! Das Tor stand offen, man konnte sehen, daß ein verrußter Kessel an Stangen über züngelnder Holzkohlenglut hing. Rundum saßen auf Ziegelsteinen, Kisten, oder sonst irgendwie, ungefähr fünfzehn Mann aus Charitonows Zug. Auf der Erde vor ihren Füßen lagen Konservendosen und alles mögliche Eßbare, aber sie aßen eigentlich nicht mehr, sondern tranken, indem sie mit Kochgeschirren und Bechern direkt aus dem Kessel schöpften.

Es durchfuhr ihn sofort: sie sind betrunken! Haben sie Branntwein im Kessel?! ... Aber was soll dann das Feuer darunter?

Nein, die Gesichter wirkten berauscht und gut gelaunt, aber nicht betrunken, es war das österliche Wohlwollen nach langer Fastenzeit. Sie lächelten sich zu, bedächtig und friedlich wie an einer Festtafel, unterhielten sich, erzählten. Weiter weg, zu Pyramiden aufgesetzt, standen die überflüssigen Gewehre.

Sie erschraken nicht, als sie ihren Leutnant bemerkten, sondern freuten sich, wurden lebhaft und machten Platz:

»Euer Wohlgeboren! ... Euer Wohlgeboren, hier, setzen Sie sich zu uns!« – zwei rannten um die Wette mit ihren Bechern zum Kessel, schöpften, einer hatte den seinen vorher ausgespült, der andere nicht, und brachten ihm die randvollen heißen Becher mit österlichem Lächeln:

»Euer Wohlgeboren, sowas von Kakao!«

Der kleine rundliche Nabjorkin mit seinen kurzen schnellen Beinen war der erste und bat mit piepsiger Stimme:

»Trinken Sie den Kakao, Euer Wohlgeboren! Mit so was hält sich der Deutsche bei Kräften, das Mistvieh!«

Und es war nicht mehr möglich, sie anzubrüllen. Und ihnen die Hölle heiß zu machen. Und sie zur Strafe antreten zu lassen. Und es war nicht einmal möglich, das zurückzuweisen, was sie, im Innersten darüber erstaunt, ihm hinreichten.

Charitonow schluckte. Und erst dann trank er den Kakao.

Die hintere Hofmauer war nicht hoch, sie grenzte an ein unbebautes Gelände, und noch weiter brannte ein zweistöckiges Haus mit Mansarde. Die platzenden Dachziegel hörten sich an wie unregelmäßiges Gewehrfeuer. Zuerst quoll aus dem Dachgeschoß dichter schwarzer Rauch, dann brachen mehrere starke ruhige Feuerzungen auf einmal ins Freie.

Sie sahen es, aber keiner lief, um zu löschen.

In Rauch und Flammen ging knisternd auf und zerstob in der Luft das fremde Gut, das keinen anging, die Früchte fremder Arbeit, die keinen anging – und die Stimmen des Feuers rauschten und klagten, daß jetzt alles zu Ende, daß keine Versöhnung, kein Leben mehr zu erhoffen sei.

30

Nachdem er nachts nur fünfundzwanzig Werst über Bischofsburg hinaus zurückgegangen und vor den Deutschen immer noch durch Netschwolodows aufgefrischte Nachhut abgeschirmt war, machte der entsetzte Blagowjestschenskij am Morgen des 14. August in dem kleinen Ort Mensguth Halt, und weder er noch sein Stab erteilten an diesem Tag Weisungen an das Korps. Die Nachhut hielt ihre Stellungen, solange es erforderlich schien. Die Einheiten der Infanteriedivisionen und der Kavallerie gingen zurück, wie es sich gerade ergab, ohne beim Korpskommando anzufragen oder dieses auch nur zu informieren. General der Infanterie Blagowjestschenskij hatte bisher im Krieg nicht einmal eine Kompanie geführt – und nun gleich ein ganzes Korps. Er war für die Bahntruppentransporte zuständig gewesen, er war Chef des Feldeisenbahnwesens und im Japanischen Krieg diensthabender General im Stab, wo er Freifahrtscheine für die Eisenbahn ausgestellt und einen wissenschaftlichen Leitfaden ausgearbeitet hatte, wie, wann und für wen diese Freifahrtscheine auszustellen seien. Aber gestern hatte ein zerschmetternder Schlag sein Leben getroffen – und jetzt brauchte die Seele des Generals Ruhe, um die Scherben zu sammeln und zu kitten.

Den ganzen Tag über war es auch ruhig gewesen: sie waren über Nacht so weit zurückgegangen, daß die Deutschen ihnen nicht mehr zusetzen konnten. Aber die Ruhe im Krieg hält nicht lange an, Blagowjestschenskij waren nicht einmal vierundzwanzig Stunden Ruhe gegönnt! Gegen sechs Uhr abends hörte man im Norden, wo die Nachhut stand, Artilleriefeuer. Sprenggranaten aus den deutschen Geschützen mit großer Reichweite schlugen sogar vor

Mensguth ein. Wieder stieg in General Blagowjestschenskij die Unruhe hoch, und sein Stab blickte finster.

Und da ritt – das hatte gerade noch gefehlt! – aus einer ganz anderen Richtung, von der zur Flankensicherung aufgestellten Donkosakenhundertschaft, ein Kosak mit einer Meldung in Mensguth ein. In der Meldung stand alles richtig: seine Hundertschaft hatte fünfzehn Werst von hier Feindberührung gehabt, aber er konnte es nicht länger für sich behalten, er mußte erzählen, daß auch er dabeigewesen war! daß auch er vorhin gegen die Deutschen gekämpft hatte! Und als er am Rande von Mensguth auf eine andere Hundertschaft seines Regiments traf,

BILD

zügelte der kriegerische Kosak sein Pferd,
fuchtelte mit der Meldung in der Luft,
zeigte über seine Schulter – dort, meinte er, haben wir uns geschlagen – und rief seinen Landsleuten fröhlich zu:

»Die Deutschen! – Die Deutschen!«

und galoppierte weiter, er mußte sich ja beeilen und die Meldung im Stab abgeben.
Aber seine Landsleute auf dem geräumigen Hof hinter dem Zaun fuhren auf: die Deutschen?! ... Sind sie da – die Deutschen?
Und unsere Pferde sind nicht gesattelt!
Sie rennen, sie satteln die Pferde,
führen sie im Laufschritt aus dem Stall,
schleppen etwas aus dem Haus herbei,
schnallen es mit Sattelriemen fest,
sitzen auf –
und fort sind sie! fort!

Pferdegetrappel

Fast die ganze Hundertschaft – im Galopp durch die Straßen!

Getrappel
durch die Straßen!
= Und als ein Unterrittmeister (aus demselben Regiment, mit denselben Achselstücken) sieht,
von weitem
= in einer Querstraße – wie dort Kavallerie, Kavallerie vorbeijagt!
= da läuft er zurück, so schnell er kann!
Hier in der Nähe ist der Stab.
Zum Dragoneroberst. Der liest gerade
die Meldung des ersten Kosaken.
= Der Unterrittmeister:
»Herr Oberst, darf ich melden? ... Deutsche Kavallerie in der Nebenstraße, gut eine Schwadron stark!«
Der Unterrittmeister ist nicht im geringsten erschrokken:
»Kann ich zur Abwehr der Kavallerie über Stabswache verfügen?«
= Der Dragoneroberst kommandiert prompt mit voller Lautstärke:
»Offiziere vom Stabsdienst! Wache ans Gewehr!«
= Und der diensthabende Hauptmann, im Laufen:
»Ans Gewehr!! Ans Gewehr!!«
= Höchste Gefechtsbereitschaft! – schon kommen
Infanteristen aus ihren Unterkünften gelaufen,
das Gewehr in der Hand!
Und so viele! Zwei Kompanien!
Ihre eigenen forschen Offiziere kommandieren Schlag auf Schlag:
»In Zügen ... Antreten! ...
Richt' Euch! ...«
Aber zum Richten bleibt keine Zeit. Im Laufschritt
kommen sie aus dem Tor und biegen sofort ab,
= wohin der Unterrittmeister zeigt: dorthin! dorthin!
= Und in einem Zimmer macht der Dragoneroberst

Meldung dem grauhaarigen gequälten, entkräfteten
General, der mit jedem Wort geschwächt
zusammensackt:

»Exzellenz, Kavallerie des Gegners in der Ortschaft Mensguth! Ich habe veranlaßt ...«

Ach, wie schwer trifft das den kranken alten Mann! Genauso schrecklich hat er es kommen sehen! Wie gut hätte es ihm getan, in einem breiten Gutsherrenbett ... oder sogar auf einem einfachen russischen Ofen zu liegen, in Sicherheit ...

Er ist doch leidend! Er ist durch und durch leidend, dieser Märtyrer von General! Er muß zum Arzt! Er muß ins Krankenhaus. Sogar seine Lippen sind ganz schlaff, sie können sich nicht mehr zu einem Mund formen:

»Nach Ortelsburg ... Nach Ortelsburg ...«

= Der Dragoneroberst gibt energisch Anweisungen.

= Einpacken! Wir gehen!

= Stabsdienstgrade wollten eben eine Karte aufhängen, wie gut, daß sie noch nicht fertig sind, die Karte wird wieder eingerollt!

= Der Stab ist gleich zur Abfahrt bereit! Alle packen an, im Laufschritt, jeder weiß, was er zu tun hat,

= das Automobil ist auch schon vorgefahren!

= Auch der General beeilt sich, so gut es geht, er wird beim Gehen gestützt.

Schon sitzen sie im Automobil! Und fahren los! In Begleitung berittener Kosaken, und ihnen folgen Kutschen, Karren, wie es eben kommt – zum Tor hinaus! Fort! Fort! Los!

= Chaussee.

Keine Chaussee, ein Strom von Laufenden, nein, nicht von Laufenden (dafür ist es zu eng), von Flutenden.

Jeder möchte am Leben bleiben, keiner möchte in
Gefangenschaft geraten,

Mütterchen Infanterie,

Männer auf Munitionskisten,
sogar auf den Geschützen – alle gehen zurück, sind wir nicht genauso gut?
Der Koch mit seiner Feldküche, deren Rohr ganz schief steht;
und die Troßsoldaten! Die Troßsoldaten vor allem!
Es gehört sich so, daß sie als erste zurückgehen, und dabei versperrt man ihnen den Weg!
Das Dröhnen der sich bewegenden Masse.
= Wie soll das Automobil des Korpskommandeurs
durch diesen Menschenstrom gelangen, schneller als
alle anderen, alle überholen? – wo er sich doch besonders beeilen muß – sein Leben ist ja das kostbarste!
Hupen?
Zwecklos.
= Aber so geht es: die Kosaken vorn
machen den Weg frei,
Dann eben in den Straßengraben mit dir, und
Schnauze halten!
Und in die Lücke schiebt sich das Automobil,
und hinter ihm schlägt es wieder zusammen.
= Der General kann seinen Kopf kaum noch halten,
ihm ist jetzt schon alles egal, nur fort, fort.
= Die Sonne geht unter.
Die Ferne
= Läßt sich nur schlecht erkennen. Flutende graue
Masse. Aber dort, vor ihnen – Feuer.
Nahaufnahme.
Großes Feuer.
Noch näher, größer.
Das ist Ortelsburg. Es brennt.
Ein einziges Flammenmeer.
Ununterbrochen und unaufhörlich knallen die zerspringenden Dachziegel.
Von der Spitze der Kolonne sieht man:
= man kommt nicht durch die Stadt.

= Die Kolonne kommt zum Stehen, die Kolonne hält.
= Nur das Automobil des Korpskommandeurs überwindet mit Hilfe der Kosaken, ihrer schwingenden Säbel

»Platz, ihr Hammel, Platz!«

die letzten Sashenj der verstopften Straße,
biegt ab, um die Stadt zu umfahren.
Es schlingert über die Erdbuckel, auf und ab,
zeigt den anderen den Weg, an der Stadt vorbei. Die anderen strömen hinter ihm her. (Im Schein der brennenden Stadt.)
Hinten ist schon alles dunkel.
Aber dort in der Ferne, ganz hinten – da bewegt sich etwas. Es bewegt sich, beunruhigend, schnell – hierher.

Durchdringende Schreie:

»Ka-valle-ri-i-ie! . . .«
»Sie kesseln uns ein!«

= Entsetzen! Wie kommen sie auf der Straße weiter? Alles verstopft!
Angst und Grauen auf allen Gesichtern (im Schein des Feuers).
= Egal, komme was wolle! Ein Zweiradwagen biegt ab, nichts wie rüber, über den Straßengraben,
über Erdlöcher,
stürzt um!
= Macht nichts! Abbiegen, wer kann!

Hinten Gewehrschüsse.

= Das sind unsere Soldaten, aus der Kolonne. Sie
schießen auf die Kavallerie, in ihrer Richtung, nach hinten!
Sie ist überhaupt nicht zu sehen. Die Schatten von vorhin sind verschwunden.
= Und hier geht ein Pferd durch,
jemand stürzt, gerät unter die Hufe:

»A-a-a-! . . .«

und ein Stück weiter

brüllen sie:

»Hurra-a-a! . . .«

Das Gewehrfeuer wird stärker.

= Man weiß gar nicht, wer da eigentlich schießt.
Da, sie schießen in die Luft.

Gefechtskommando:

»Kompanie! In Ketten! Hinlegen!«

= Schatten werfen sich zu beiden Seiten
der Straße auf die Erde.
Wenn sie schießen, blitzt es über dem Boden auf.

= Verwundete Pferde! Sie sind durchgegangen! Mit
einer Munitionskiste!
Mitten durch die Kolonne! Reißen alles nieder!

». . ra-a-a? . . . a-a-a!«

Im Troß ist Wahnsinn ausgebrochen! die Menschen
springen zur Seite, rennen von der Straße.
Alles was sie trugen, was sie in den Händen
hatten – alles werfen sie fort.

= He, eine Feldkanone ist ins Rollen gekommen! Sie
schleudert gegen ein Fuhrwerk!
Noch eins!

Die Deichseln krachen, zersplittern.

= Die da schneiden die Zugriemen durch! Sie rollen den
Wagen in den Graben, reiten auf den Pferden davon!

Das alles sieht man im Feuerschein der brennenden Stadt
oder vor ihm als Hintergrund.

= Eine Munitionskiste hat sich selbständig gemacht
– die Menschen weichen ihr aus,
auf der Straße sind jetzt keine Menschen,
nur Weggeworfenes, rasende Pferde, rollende,
hüpfende Räder . . .

Krachen.

= Ein Lazarettkremser in voller Fahrt!
und plötzlich springt ein Rad ab! Es springt ab bei
voller Fahrt –
und rollt, alles überholend! immer schneller nach

vorne!
EIN RAD!! es wird immer größer,
Immer größer!
Füllt das ganze Bild aus!
EIN RAD rollt im Feuerschein
aus eigener Kraft!
unaufhaltsam!
alles zermalmend!
DAS RAD!!!
Irrsinnige Schießerei! Gewehre! Maschinengewehre!
Kanonenschüsse!
EIN RAD rollt. Es hat die Farbe des Feuers!
= Eines frohen Feuers!
= Ein purpurnes RAD!
= Die Gesichter der kleinen erschrockenen Menschen:
warum rollt es von selbst? warum ist es so groß?
= Nein, noch nicht. Es wird kleiner.
Da, es wird kleiner.
= Es ist ein gewöhnliches Rad von einem Lazarett-
kremser,
es läuft nur aus. Es kippt um.
= Und der Lazarettkremser jagt ohne dieses Rad dahin,
die Achse schleift über die Erde . . . hinter ihm die
Feldküche, das Rohr geknickt, gleich bricht es ab.
Schießerei.
= Die Schützenkette liegt und feuert – dorthin,
nach hinten.
= Und dorther, aus der Dunkelheit, neben der Straße,
kommen sie geritten! neben der Straße geritten!
Ja, die Kavallerie reitet auf uns zu!
Jetzt sind wir verloren, keine Rettung mehr!
Und die Dragoner rufen, rufen uns zu:
»Eigene Leute! Wir sind doch
eigene Leute, ihr gottverfluchten
Idioten! Ihr knallt ja auf die eigenen Leute!«

31

Durch den Schleier und das Summen, die Samsonow während dieser ganzen Tage und besonders heute beim Nachdenken gehindert hatten, brach plötzlich hervor und wurde greifbar – nicht etwas Wichtiges, sondern ein Satz aus der Schulzeit, aus dem deutschen Lesebuch: »Es war die höchste Zeit, sich zu retten.«*

Darin hatte es ein Lesestück über Napoleon im brennenden Moskau gegeben, aber er hatte nichts daraus behalten außer diesem Satz, den er immer im Gedächtnis bewahrt hatte wegen der eigenartigen Wortfügung »die höchste Zeit«* – als ob die Zeit eine Spitze bildete und es auf dieser Spitze den Augenblick der Rettung gäbe.

Wie gefährlich die Lage Napoleons in Moskau auch gewesen sein und ob es für ihn einen einzigen äußersten Augenblick der Rettung gegeben haben mochte – die düstere Sorge legte sich jetzt auf das Herz des Oberbefehlshabers, daß es für ihn in diesen Stunden eben »die höchste Zeit« sei.

Er konnte nur nicht erkennen, wo diese Spitze lag und in welcher Richtung der Stoß geführt werden mußte. Er war nicht imstande, die gesamte Dislokation der Armee zu übersehen und eine entscheidungbringende Operation einzuleiten.

Durch Artamonows Verrat war die gesamte linke Armeeflanke geschrumpft und entblößt – sollte er daraufhin den heute vormittag erstellten Befehl an die Korps ändern? Und was könnte man eigentlich ändern? Die zentralen Korps: vorstoßen und nach links ausschwenken – aber offenbar war das genau das Richtige? Was sollte man dann ändern? Oder den Vormarsch der zentralen Korps stoppen? Aber gerade das würde ihm die schlimmsten Vorwürfe einbringen. Das Brandmal FEIGLING, das Shilinskij ihm aufgedrückt hatte, quälte Samsonow schon seit vier Tagen. Eine Offensive der an den Flügeln stehenden Korps? Das wäre sehr wirksam, ist aber im Augenblick ausgeschlossen.

Und auch aus dem Stab trat niemand mit einer Bitte um entscheidende Änderungen an ihn heran.

Aber der Telegraph arbeitete wieder. Von Artamonow lief eine verspätete Meldung ein, die sich mit dem Telegramm über seine Absetzung gekreuzt hatte: »Unter starkem Druck des Gegners nach schwerem Gefecht auf Soldau zurückgegangen.« In Anbetracht des verlogenen Charakters des Generals konnte man annehmen, daß Soldau bereits aufgegeben war. Doch nein, der Telegraph über Soldau funktionierte den ganzen Abend weiter.

Von dort wurde gemeldet, General Duschkewitsch befände sich in der vordersten Stellung, das Korpskommando hätte einstweilen der Inspekteur der Artillerie Fürst Masalskij übernommen.

Auch das Telegramm an den Frontstab über Artamonows Absetzung ist nicht sofort von hier abgegangen. Das Korps war der Armee nur bedingt unterstellt, die Bestätigung der Absetzung durch Samsonow konnte verweigert werden. Doch Shilinskij und Oranowskij schwiegen. Sie schwiegen beharrlich, als wäre heute überhaupt nicht gekämpft worden und als stünden morgen nicht entscheidungbringende Kämpfe bevor.

Mit dunklem, finsterem, abgespanntem Gesicht verließ der Oberbefehlshaber den Stab und ging in sein nahegelegenes Hotel, um sich auszuruhen. An seinem Gesicht hätte es noch niemand erkennen können, er aber fühlte es: eine Schicht in seiner Seele löste sich von der anderen und geriet allmählich, ganz ganz langsam in Bewegung.

Und die ganze Zeit über lauschte Samsonow dieser unhörbaren Bewegung.

In seinem Zimmer war es tagsüber kühl, jetzt aber, gegen Abend, drückend, obwohl die eine Fensterhälfte mit dem Fliegengitter offenstand.

Samsonow zog nur die Stiefel aus und legte sich hin.

Solange es noch nicht dunkel war, sah er von seinem Kissen aus einen großen Kupferstich an der Wand, der ihm wie zum Spott Friedrich den Großen inmitten seiner Generale zeigte, einer prächtiger als der andere, mit gezwirbeltem Schnurrbart und siegesbewußt.

Merkwürdig. Erst wenige Stunden waren vergangen, aber sein Zorn über die Verlogenheit und den Verrat von Artamonow und Blagowjestschenskij war verflogen. Nur in Bedrängnis, nur in der Not, nur in einer Hölle hatten sie so handeln können. Der Zorn gegen sie war eine Ablenkung, ein Umweg, ein Unrecht. Wie konnte er ihnen zürnen, wenn er selbst schuldig war? Indem er sein Problem auf sie übertrug, ging Samsonow so weit, sie zu rechtfertigen: auch der Korpskommandeur hat nur geringen Einfluß auf den Lauf der Ereignisse in diesem Krieg, der sich über einen so weiten Raum ausdehnt.

Aber wenn man die Fehler der Untergebenen rechtfertigt – bleibt dann noch etwas von dem General übrig?

Während seiner ganzen Militärzeit hatte Samsonow nicht geahnt, daß soviel Schweres auf einmal zusammenkommen könnte, wie es ihm jetzt geschehen war.

Wie Sonnenblumenöl, das durchs Schütteln in der Flasche trüb geworden ist, sich absetzen muß, um wieder durchsichtig sonnenfarben zu werden, der Satz unten, die leeren Luftperlchen oben – so drängte es auch die Seele des Oberbefehlshabers danach, sich zu reinigen. Er brauchte dazu, das wußte er wohl, das Gebet.

Das tägliche Gebet, morgens und abends, aus Gewohnheit und eilig heruntergemurmelt, zwischen Gedanken, die den Geschäften entgegeneilen, ist wie das Waschen in Kleidern und aus hohler Hand: man wird sauber, ohne es selbst zu empfinden. Doch ein konzentriertes und hingebungsvolles Gebet, ein Gebet, das wie Durst ist, das man unbedingt braucht und durch nichts ersetzen kann – ein solches Gebet, erinnerte sich Samsonow, verwandelt und gibt Kraft.

Er erhob sich, ohne seine Ordonnanz Kuptschik zu rufen, tastete nach den Streichhölzern, zündete die Tischlampe aus geschliffenem Glas an, schraubte den Docht zurück, legte den Türhaken vor. Die Fenstervorhänge zog er nicht zu – gegenüber gab es keinen zweiten Stock.

Er klappte das kleine Triptychon aus Silberlegierung auf, wie die Kosaken es im Felde tragen, und stellte es auf den Tisch. Dann ließ er sich schwer auf die Knie nieder, ohne sich zu vergewissern, ob der Boden sauber war. Und so, mit den schmerzenden Knien, die die Last seines Körpers zu tragen hatten, und mit Genugtuung über diesen Schmerz, richtete er seinen Blick auf die Kreuzigung und die beiden Seitenikonen – den Heiligen Georg und Nikolaj den Wundertäter – und begann sein Gebet.

Zunächst sprach er die zwei, drei bekannten Gebete »Gott sei auferstanden in aller Ewigkeit«, »Der Buße Tür öffne mir, o Lebensspender«, und dann begann er das stumme Gebet, unbewußt gefügt, unaussprechbar, nur zuweilen auf fest Geprägtes, im Gedächtnis Bewahrtes sich stützend ... »Dein Antlitz, Quelle des Lebens und der Unsterblichkeit!«, »... die Du bist die liebevoll mitleidige Mutter des erbarmenden Gottes ...« – um dann wieder ohne Worte zu beten, wie in Dunstwolken, wie in Nebel gehüllt, und es war ihm, als springe er von einer Schicht auf die andere, die in Bewegung geraten waren wie Schollen beim Eisgang.

Das, was am schwersten auf ihm lastete, drückte besser und genauer als fertige Gebete und sogar Samsonows eigene Worte das Liegen auf den schmerzenden, aber bald vergessenen Knien aus, das unverwandte Schauen und die hingegebene Stummheit. Nur so konnte er sein ganzes Leben und den heutigen Schmerz Gott darbringen. Gott wußte, daß Samsonow nicht um persönliche Ehren und Macht gedient hatte und seine Orden trug. Nicht um seinen Namen ging es, wenn er heute um Erfolg für seine Truppen betete, sondern um die Macht und die Größe Rußlands, dessen Schicksal diese erste Schlacht bestimmen konnte.

Er betete darum, daß die Opfer nicht vergeblich seien. Er betete darum, daß das Opfer jener nicht vergeblich sei, die in der Plötzlichkeit, mit der Blei und Eisen ihren Körper zerrissen, nicht einmal Zeit fanden, vor dem Tode das Kreuz zu schlagen. Er betete um Klarheit für seinen gemarterten Kopf, auf daß er auf der Spitze der höchsten Zeit den richtigen Entschluß fassen und so dem Nichtvergeblichen der Opfer Gestalt verleihen möge.

Er kniete, drückte mit seinem ganzen Gewicht gegen den Boden, blickte unverwandt das vor seinen Augen stehende Triptychon an, flüsterte, schwieg, bekreuzigte sich – und mit jedem Mal schien die Hand, die das Kreuz schlug, weniger schwer, der Körper weniger plump, die Seele weniger dunkel zu werden: alles Schwere und Dunkle fiel lautlos und unmerklich von ihm ab, löste, läuterte sich, Gott nahm seine Bürde auf sich, denn in Seiner Macht steht, Bürden zu tragen.

Und auch sein Rang schien von ihm sich abzulösen und das Bewußtsein von der Stadt Neidenburg und dem Armeestab, der nur ein paar Schritte entfernt lag – der Betende wurde emporgetragen, damit er die höheren Mächte berühre und sich ihrem Willen überantworte. War nicht alle Strategie und Taktik, Truppenversorgung, Verbindung, Aufklärung wie Ameisengewimmel vor dem Angesicht Gottes? Und wenn Gott nach Seinem Ermessen in den Kampf eingreifen sollte, wie es nach der Überlieferung in alten Zeiten mehrfach geschehen war, dann würde auf wunderbare Weise trotz aller begangenen Fehler die Schlacht gewonnen.

Gegen das feinmaschige Netz flog schon lange ein dunkelfarbiger Nachtfalter, so groß und so laut, als wäre es ein Vogel und kein Falter.

Vielleicht war seine ungewöhnliche Größe und unheimliche Färbung ein schlimmes Zeichen?

Samsonow erhob sich vom Gebet und wischte sich den Schweiß der Atemnot von der Stirn. Niemand war gekommen – weder mit einer dringenden Frage noch mit einer freudigen oder schlechten Nachricht. Die über ein weites Gelände verstreuten Gefechte von Zehntausenden von Soldaten schienen selbsttätig abzulaufen, ohne den Oberbefehlshaber zu berühren. Aber vielleicht schonte man nur seine Ruhe. Er sollte sich selbst erkundigen.

Draußen war es angenehm kühl und dunkel (wegen der Beschädigung des Elektrizitätswerks war die Straßenbeleuchtung ausgefallen). Der Gefechtslärm klang dumpf und fern, als hätten unsere Truppen den Gegner zurückgeworfen. (Vielleicht kündigt sich schon das Wunder an?)

Im Stab hatte man viele Petroleumlampen und Kerzen aufgestellt, daher war es in den Räumen noch drückender und heißer. Alle waren zur Stelle und arbeiteten die Tagesmeldung an den Frontstab aus.

Da wurde ein neues Telegramm von Artamonow vom späten Vormittag gebracht, das man zunächst Samsonow vorenthalten wollte, dann aber doch vorlegte:

»Nach schwerem Gefecht hat das Korps sich in Soldau behauptet ...

(Wie die schreiben können! Was für geschickte Federn! Es fehlt nur noch, er schreibt, er habe sich in WARSCHAU BEHAUPTET, und man schlage ihn deshalb für den Andreasorden vor!)

... Alle Verbindungen unterbrochen. Sehr hohe Verluste, besonders unter den Offizieren. Stimmung der Truppe gut (??). Disziplin der Truppe gut.

(Das kann schnell anders werden.)

... Halte die Stadt mit Vorhut aus Resten verschiedener Regimenter ...

(Auch die Nachhut heißt bei ihm VORHUT! Dem fällt immer der richtige Ausdruck ein!)

... Benötige, um zum Angriff übergehen zu können, neue Kräfte, da alle in Soldau einmarschierten bereits stark mitgenommen. Werde nachts alle Einheiten des Korps ordnen und zum Angriff übergehen ...«

Auch ohne »neue Kräfte«? Ein unglaublicher Dummkopf! Und wie kam er überhaupt dazu, dieses Telegramm zu unterschreiben? Wie konnte er sich erdreisten, seine Absetzung einfach zu ignorieren? Er vertraut wohl auf seine einflußreichen Beziehungen ...

Aber Samsonow konnte sich darüber nicht empören, da der Druck von seinem Herzen gewichen war. Und die Arbeit im Stab lief wie am Schnürchen. Schon war die Tagesmeldung an den Frontstab zweimal ins Reine geschrieben, vom Stabschef in seinem weichen Paßgang gebracht und ihm vorgelegt worden.

»... Seit gestern ist die Armee an der gesamten Front in Gefechte verwickelt. Aus Gefangenenaussagen ergibt sich ... (Vielleicht trifft es zu, vielleicht auch nicht ...) Auf dem linken Flügel wurde die Stellung vom I. Korps gehalten, welches ohne zureichenden Grund zurückgegangen ist (man darf seinem Zorn nicht einmal richtig Luft machen!), was mich veranlaßte, General Artamonow des Korpskommandos zu entheben. Im Zentrum hat die Division Mingin schwere Verluste gehabt, aber das ruhmreiche Litauer Regiment hat seine Stellung gehalten. Das Reval-Regiment ist fast restlos aufgerieben worden.

»Schreiben Sie noch dazu«, befahl Samsonow, »ES BLIEB DIE FAHNE UND EIN ZUG.«

... Das Estland-Regiment zog sich, stark mitgenommen, auf Neidenburg zurück ... Das XV. Korps ... wirkungsvoller Angriff ... Das XIII. Korps nahm Allenstein ... Die letzten Nachrichten vom VI. Korps ... nach erbitterten Kämpfen im Raum von Bischofsburg ...«

Im Ganzen wirkte die Meldung gar nicht so deprimierend. Sie wirkte sogar beinahe zuversichtlich. Und es schien ... es schien alles daran zu stimmen. Blagowjestschenskij? – So viel hatte er gar nicht aufgegeben, jetzt hält er Mensguth und wird bald auf Allenstein vorrücken. Dann stehen die Dinge vielleicht nicht einmal so schlecht?

Jetzt wird Shilinskij wenigstens morgen früh erfahren, daß die Deutschen keineswegs hinter die Weichsel fliehen, sondern mit aller Macht sich auf die Zweite Armee geworfen haben.

Es war halb zwölf nachts. Er mußte nur noch unterschreiben und konnte dann wohl schlafen gehen.

Könnte er nur ... könnte er nur in dem Befehl für morgen irgendwie eine wichtige Korrektur anbringen. Etwas Wichtiges, was noch fehlte, dann wäre diese sich fortschleppende Verwirrung mit einem Schlag zu Ende, und er fände seinen Frieden.

Aber sein Kopf war wie unter Schleiern.

Der Oberbefehlshaber ließ ihn sinken und ging schlafen.

Bevor Kuptschik, der Trompeter einer berittenen Kosakenbatterie, das Licht ausblies, zeigten sich noch einmal Friedrichs stolze Krieger an der Wand.

Samsonow hatte geglaubt, er würde sofort einschlafen: es war dunkel und still, er hatte alles getan, was er tun konnte, und war sehr, sehr müde. Solange er gezwungen war, sich zu bewegen und zu handeln, fühlte er das Bedürfnis, sich hinzulegen und in Reglosigkeit zu erstarren. Jetzt, als er sich ausgezogen hatte und in einem bequemen Bett lag, wurde das Kissen unter seinem Kopf zu Stein, der Drang zu handeln fuhr ihm in Arme und Beine und ließ ihn sich von einer Seite auf die andere wälzen.

Er wünschte, ganz einfach handeln zu können, wie ein Soldat: aufsitzen, in die schlimmste Hölle reiten und dort nach dem Rechten sehen. Der Ataman der Donkosaken, der Ataman der Siebenstromland-Kosaken – warum ist er nicht zu Pferd?

Außerdem wäre das leichter. Es war für ihn unerträglich, so viele Tage hintereinander seinen Kopf bis zur Verblödung anzustrengen. Und nervös vor dem Telegraphenapparat zu sitzen, wenn das stumme Band wie eine kleine weiße Schlange hervorkriecht, und nicht zu wissen, wie sie jetzt beißen, welche Kränkung sie bringen wird. Der Telegraphenapparat – nichts schien Samsonow jetzt mehr zu hassen. Die direkte telegraphische Verbindung mit Shilinskij – das war der Strick um seinen Hals.

Unerbittlich rasch versickerte die Zeit, wie immer bei Schlaflosigkeit. Aber im Gedächtnis stand, und schien sich nicht zu verändern, die Stellung der Zeiger beim jeweils letzten Blick auf die Uhr. Samsonow ließ mit dem Nagel den doppelten Deckel seiner Uhr aufschnappen und las bedrückt auf dem Leuchtzifferblatt: Viertel nach eins . . ., fünf vor zwei . . ., halb drei . . . Und um vier wird es schon hell.

Um einschlafen zu können, begann Samsonow wieder Gebete vor sich hin zu sprechen – immer wieder »Vaterunser« und »Muttergottes«.

Sehen konnte er nichts. Aber dicht neben seinem Ohr ließ deutlich eine prophetisch klingende Stimme sich vernehmen, wie ein Hauch:

»Du wirst entschlafen . . . Du wirst entschlafen . . .«

Es wiederholte sich immer wieder.

Samsonow erstarrte vor Entsetzen: es war eine wissende, eine prophetische Stimme, der vielleicht sogar Macht über die Zukunft gegeben war, aber ihm gelang es nicht, den Sinn des Gesagten zu fassen.

»Werde ich es schaffen?« fragte er voller Hoffnung.

»Nein, du wirst entschlafen«, widersprach unbeirrbar die Stimme.

»Werde ich einschlafen?« Samsonows Seele suchte nach der Lösung.

»Nein, du wirst entschlafen!« antwortete der unerbittliche Engel.

Gänzlich unfaßbar. In höchster Spannung, um Verständnis ringend, wachte der Oberbefehlshaber von der Anstrengung des Denkens auf.

Im Zimmer war es bereits hell, denn die Gardinen waren zurückgezogen. Und bei Licht klärte sich sofort der Sinn: *entschlafen* bezog sich auf Mariä Himmelfahrt * und bedeutete: Du wirst sterben.

Jetzt stand Samsonow wirklich der kalte Schweiß auf der Stirn. Die prophetische Stimme tönte nach wie eine Saite. Wann ist eigentlich Mariä Himmelfahrt?

Die Gedanken sammelten sich: Wir sind in Preußen, jetzt ist August, heute ist der fünfzehnte.

Samsonow lief es kalt über den Rücken, ihn fröstelte, er bekam eine Gänsehaut. Heute ist Himmelfahrt. Heute ist der Todestag der Gottesmutter, der Beschützerin Rußlands. Gleich wird er da sein, gleich beginnt der Himmelfahrtstag.

Und mir wurde gesagt, daß ich sterben werde. Heute.

Entsetzt richtete sich Samsonow auf. Er saß da, in Unterwäsche, mit bloßen Füßen, die Arme über der Brust gekreuzt.

Von weitem, aber stetig und deutlich, schallte der Kanonendonner.

Und dieser Kanonendonner gab Samsonow den Mut wieder. Und – die Klarheit!

Die Soldaten starben schon – der Oberbefehlshaber hatte Angst!

Der Traum bleibt, wo die Nacht bleibt!

Mit voller frischer Stimme rief Samsonow ins erste Zimmer, wo Kuptschik schlief: Aufstehen!

Der war in einer Minute auf und angezogen und brachte gleich Wasserkrug und Waschschüssel.

Das kalte Wasser im Gesicht, das volle weiße Licht im Fenster, die hartnäckige Kanonade gaben dem Oberbefehlshaber mit einem Schlag die Gewißheit: er muß dorthin! Fort von hier! Den Stab zu den Truppen vorverlegen! Er muß selbst dabeisein! Führen. Angreifen!

Sogar eine Kavallerieattacke wäre er jetzt persönlich mitgeritten! Im Sturm eine Batterie des Feindes nehmen

– das ließe das Blut anders durch die Adern kreisen! Dann sähe der Krieg anders aus! Ach ja, damals, im Türkischen ...

Ein Bär, der sich in seiner Höhle erhebt! Ohne Hemd, wohlbeleibt, behaart, trat er an das Fenster und stieß es auf. Angenehme Kühle strömte in das Zimmer. Das Städtchen war in festlichen Nebel gehüllt wie in einen Brautschleier, die kleinen Kuppeln, Türmchen, Spitzen und die Firste der abfallenden Dächer schwammen losgelöst darüber und reckten sich der aufgehenden Sonne entgegen.

Wie günstig könnte sich noch alles wenden! Welch eine Befreiung! – nicht mehr als Gefangener des Stabes und des Telegraphenapparats im Zimmer herumsitzen zu müssen, sondern nach vorne zu reiten und zu handeln! Er hätte das schon gestern tun sollen! Ein so einfacher Gedanke! Bei dieser Gelegenheit wird er auch Knox los. Er ist nicht dumm und wäre ein guter Geschützführer geworden, statt dessen fuchtelt er mit seinem Stock in der Luft herum.

Der Oberbefehlshaber befahl, den Stab zu wecken. In Bjelostok schlafen sie lange. Der LEBENDE LEICHNAM wird es schon merken, wenn er aufwacht – keine Verbindung, kein Samsonow, niemand mehr da, den er belehren kann.

Befreiung!

Aber sie brauchten doch noch zwei Stunden wie die Weiber. Die Stabsdienstgrade wachten langsamer auf und begriffen schwerfälliger als der Oberbefehlshaber.

Der Stab wurde geteilt. Die Kanzlei, die Verwaltung und alle Abteilungen außer der Operativen wurden fünfundzwanzig Werst zurückgeschickt, hinter die russische Grenze, in das sichere Janowo. Die Operative Abteilung, bestehend aus sieben Offizieren, sollte den Oberbefehlshaber nach vorne begleiten.

Die Zurückgehenden nahmen die Entscheidung widerspruchslos hin, die bei Samsonow Bleibenden machten mürrische und unzufriedene Gesichter. Samsonow, der noch fast nichts gegessen hatte, ging – angeregt durch den heiteren Morgen – mit schnellen Schritten umher und trieb alle zur Eile an. Eine besondere Freude und Erleichterung (und Versöhnung mit seinen Feinden) brachte ein Telegramm, das in Bjelostok um ein Uhr nachts abgegangen und hier eben eingelaufen war:

»An General Samsonow. Die ruhmreichen Truppen der Ihnen anvertrauten Armee haben die schwierige Aufgabe in den Gefechten vom 12., 13. und 14. August ehrenvoll erfüllt. Habe General Rennenkampf befohlen, mit seiner Kavallerie Verbindung mit Ihnen aufzunehmen. Hoffe, daß Sie heute durch zusammengefaßte Operation der zentralen Korps den Gegner zurückwerfen werden. Shilinskij.«

Darin lag ein Zeichen, daß sein Gebet erhört worden war. Wir sind alle Russen, wir können uns versöhnen. Wir können auch frühere Kränkungen vergeben. Es war vollkommen richtig – er mußte zu den zentralen Korps! Und auch Rennenkampf wird heute dazustoßen. Wenn wir vereint sind und gemeinsam handeln – wie sollten wir da nicht siegen?!

Um so bedauerlicher und ärgerlicher war die einmütige Unzufriedenheit der sieben Offiziere, die er mitnehmen wollte. Er rief sie zu einer kurzen Besprechung zusammen und fragte im Stehen:

»Haben Sie Einwände, meine Herren? Ich bitte, sich zu äußern!«

Postowskij brachte es nicht fertig, sich zu äußern. Natürlich wäre es am besten, wenn er nach Janowo zurückfahren und von dort aus wirken könnte. Aber er hatte nicht genug Rückgrat, um mit dem Oberbefehlshaber zu debattieren. Und auch alle anderen Offiziere hatten einen schwachen Stand, da sie sich selbst meinten, wenn sie vom Stab und seiner Rückverlegung redeten. Auch sie wollten nicht mit der Sprache heraus. Am finstersten blickte Filimonow, der auch sonst keine Meinung außer der eigenen duldete.

»Gestatten Sie eine Frage, Aleksandr Wasiljitsch. Neidenburg ist jetzt nicht weniger Front als Nadrau, wohin

Sie zu fahren beabsichtigen. Der Gegner steht unmittelbar vor Neidenburg. In diesem Falle müßte der gesamte Stab nach Janowo zurückverlegt werden. Martos wird ausgezeichnet mit der Lage fertig, welchen Sinn kann es haben, zu ihm zu fahren?«

Und ein Oberst meinte:

»Exzellenz! Sie tragen die Verantwortung für *sämtliche* Armeekorps, nicht bloß für jene, die momentan unter Druck stehen. Wenn Sie sich nach vorne begeben, können Sie Ihren Pflichten als Oberbefehlshaber der *gesamten* Armee nicht mehr voll gerecht werden. Wenn Sie die Verbindung zum Frontstab aufgeben, verlieren Sie auch die Verbindung zu den Korps.«

Wie gut sie sich darauf verstehen, jeden klaren und einfachen Sachverhalt verwirrend darzustellen und jedes Ausweichen mit Gründen zu untermauern. Zum erstenmal in dieser Woche war Samsonow nüchternen Geistes, reiner Seele und starken mutigen Willens – und schon warfen sie ihre Schlingen nach ihm aus, um ihn zu entmachten. Zu spät! Er konnte nicht anders:

»Ich danke Ihnen, meine Herren. In zehn Minuten reiten wir nach Nadrau. Das Automobil wird General Knox nach Janowo bringen.«

Dabei wollte General Knox unbedingt mit dem Oberbefehlshaber nach vorn fahren! General Knox hatte geturnt, gefrühstückt und erschien nun, sportlich, feldmarschmäßig, um nach vorn zu fahren. Er war damit einverstanden, seinen Reisesack in die Etappe schaffen zu lassen. Aber Samsonow zeigte auf das Automobil. »Schlechte Nachrichten?« fragte Knox erstaunt. Samsonow nahm ihn beiseite und erklärte ihm selbst, ohne Dolmetscher, in mühsam zusammengesuchten englischen Sätzen:

»Die Lage der Armee ist kritisch. Ich kann nicht voraussehen, was die nächsten Stunden bringen werden. Mein Platz ist bei der Truppe, Sie sollten zurückfahren, solange es noch nicht zu spät ist.«

Acht Kosaken traten ihre Pferde an die acht Offiziere ab. Anderthalb Hundertschaften begleiteten sie als Eskorte, denn vorn konnte es unruhig werden.

Um fünf nach sieben setzten sich die Reiter in langsamem Trab in Bewegung, die Hufe klapperten auf den glatten Steinchen des Neidenburger Pflasters. Sie ritten auf die nördliche Ausfahrt zu und blickten im heiteren Sonnenlicht nach der alten Ordensburg zurück.

Erst dann, um sieben Uhr fünfzehn, ging auf Wunsch des Oberbefehlshabers das letzte Telegramm vor der Stilllegung des Fernschreibers an den Frontstab ab:

»Verlege Stab zum xv. Korps nach Nadrau, um Offensive der Korps zu führen. Telegraph wird stillgelegt, werde vorübergehend keine Verbindung mit Ihnen haben. Samsonow.«

Nicht das Schicksal sucht den Kopf.
Der Kopf sucht sich selbst sein Schicksal.

· 32 ·

(14. August)

Tag für Tag führten die Deutschen den Krieg mit einer zentral gelenkten Armee, eine noch so kurze Unterbrechung der Verbindung mit dem an der Peripherie stehenden Korps von Mackensens wurde als außergewöhnliche Panne angesehen: sofort wurden Flieger ausgeschickt, sofort wurden andere Zwischenglieder gesucht, um die Telephonkette wieder zu schließen. Die Armeeoperation der Russen löste sich mit jedem Tag mehr in Operationen einzelner Korps auf: jeder Korpskommandeur verlor das Gefühl für die Armee als Ganzes und führte (oder führte nicht) seinen eigenen Krieg. Und bei Soldau war die Auflösung noch weiter vorgeschritten: die Stadt wurde nicht einmal mehr von dem Korps verteidigt, sondern von jenen Einheiten, die von sich aus darauf verzichtet hatten zurückzugehen.

Und dennoch hatten die Deutschen den Russen vierundzwanzig Stunden Pause gewährt. Obwohl General von François noch am Vormittag das von den Russen überraschend aufgegebene Usdau besetzt hatte und ihm der Weg nach Neidenburg offenstand, fühlte er sich in operativer Hinsicht nicht frei genug, um sich mit einer leichten Sicherung gegen Soldau zu begnügen, sondern rechnete mit einem Gegenstoß und ließ seine Truppen bis zum Abend sich eingraben. Er fand sich bestätigt in dem Armeebefehl für den morgigen Tag: Verzicht auf den Vormarsch auf Neidenburg. Abdrängen der Russen bis hinter Soldau.

Hindenburg war besonders um seine Südflanke besorgt, weil er am 14. abends nach der Rückkehr von dem Scholtzschen Korps, wo es auch wenig Erfreuliches gab, im Armeestab die Nachricht vorfand, das Korps von François' sei völlig zerschlagen, die Reste sammelten sich bei einer Bahnstation, 25 Kilometer von Usdau entfernt. Hindenburg rief sofort den Bahnhofskommandanten an, der die Nachricht bestätigte. (Erst nachts stellte sich heraus, daß es sich dabei um ein einzelnes Grenadierbataillon handelte, das beim Angriff des Petrowskij-Regiments in panischem Entsetzen geflohen war und unterwegs eine Trainkolonne mitgerissen hatte, die ebenfalls in Panik bis zum Armeestab zurückrollte.)

Das verstärkte Korps von Scholtz', nur um eine halbe Division schwächer als alle zentralen Korps Samsonows zusammen und an Batterien sogar stärker, hatte den ganzen Tag über die Mühlener Linie gegen den heftig andrängenden Martos verteidigt. Zuerst nahm man an, Martos wolle sie über Hohenstein einkreisen, später, er hätte Mühlen bereits besetzt, worauf der Gegenangriff abgebrochen und eine Division im Eilmarsch auf Mühlen geworfen wurde – die Soldaten befehlsgemäß ohne Tornister, um schneller vorwärts zu kommen, eine Maßnahme, die sich als überflüssig erwies.

Im Laufe des Tages wurde auch die Einnahme Allensteins durch die Russen gemeldet, daraufhin mußte das Korps von Belows, das die eine Zangenhälfte bildete, scharf auf Allenstein abbiegen, desgleichen das Korps von Mackensens, das zur Umfassung auf dem von Blagowjestschenskij gebahnten Wege ausholte, einem Korridor, der doppelt so breit war wie nötig.

Das Oberkommando der preußischen Armee war von der Blindheit der Vorsicht geschlagen: schon gähnte südlich des Scholtzschen Korps ein Loch, schon löste sich dort die Front auf, nur von einem Viertel des nicht komplettierten XXIII. Korps und von einer hin und her trabenden Kavalleriebrigade als Sicherung gehalten, aber Hindenburg vermutete hier zwei russische Korps und sah keine Möglichkeit einer Umfassung. An diesem Tag der Mißerfolge konnte ein Befehl zu einem tiefen Umgehen der Flanken der russischen Armee nicht erteilt werden, geschweige denn für ein klassisches Cannae. In dem Befehl von der Nacht zum 15. August wurde der Umfassungsbefehl noch weiter eingeschränkt: er bezog sich nur noch auf das Korps von Martos, das der eigentliche Stein des Anstoßes war.

Die Deutschen brachten es einfach nicht fertig, den Generalen des pompösen Russischen Reiches eine derartige Verknöcherung, eine derartige Unfähigkeit in der Führung von mehreren hunderttausend Menschen zuzutrauen! Es mußte dem seltsamen Vormarsch der Samsonowschen Korps nach dem Prinzip der gespreizten Hand doch irgendein Plan zugrunde liegen! Irgendein Plan mußte auch die rätselhafte Unbeweglichkeit Rennenkampfs bestimmen, der wie ein drohender Schmiedehammer über dem Nacken der zögernden preußischen Armee hing. Auch heute noch hätte Rennenkampf Zeit gehabt, in die Armeeoperationen einzugreifen und die Absichten der Deutschen zu vereiteln. Aber die Russen ließen den von den Deutschen versäumten Tag ungenützt verstreichen.

Um Martos einzukreisen, sollte von drei Seiten auf Hohenstein angesetzt werden, während die frischeste Division des Scholtzschen Korps bei Tagesanbruch um den Mühlen-See vorzustoßen und Dorf und Höhe Waplitz zu besetzen hatte.

Dieser Befehl lief nach elf Uhr abends bei der Division ein. Zuvor hatte sie sich in Erwartung eines Angriffs mehrere Stunden lang eingegraben, auf ihre Tagesration Brot gewartet, die mit Verspätung ausgeteilt wurde, und jetzt waren die Soldaten dabei, sich schlafen zu legen. Der Divisionskommandeur entschloß sich, nicht bis Tagesanbruch zu warten, sondern baldigst aufzubrechen und in der Dunkelheit anzugreifen, um die Überraschungschance auszunutzen. Die Division trat noch vor Mitternacht gefechtsbereit an. Hügeliges Gelände und sandige Wege, die selbst bei Tage leicht zu verfehlen sind, erschwerten das Zurechtfinden. Die Sammelplätze mußten tastend gesucht werden. Die Vorhut kam nach rechts von dem zugewiesenen Wege ab, die Spitze des Gros – nach links, das Gros hielt sich in der Mitte. Die Dragoner ritten – ohne Wissen ihrer Division und von den Russen unbemerkt – gegen Waplitz vor und hielten vor den Quartieren des Poltawa-Infanterieregiments. Dort wurden sie schließlich von russischen Patrouillen erkannt, mit rasendem Infanteriefeuer überschüttet und räumten in schnellster Gangart den Ort. Noch in der Dunkelheit nahm die russische Feldwache vor Waplitz die Spitze der Vorhut unter Beschuß, zog sich dann aber zurück. Im Morgengrauen setzte ein deutsches Infanterieregiment im undurchdringlichen milchigen Nebel zum Angriff an und geriet in heftiges Schützen- und Maschinengewehrfeuer der Russen, das in den frühen Morgenstunden immer besonders scharf und wütend ist.

Da setzte auf beiden Seiten Artilleriefeuer ein.

33

Zum Glück, aber mehr noch zum Unglück, lag es in Martos' Charakter, sich leicht zu erregen und nur langsam zu beruhigen. Die vergangenen Tage hatten ihn sehr mitgenommen, und der letzte ganz besonders: durch den wechselvollen Verlauf des ganztägigen Gefechts; durch die Auseinandersetzungen mit Postowskij; durch das Chaos in Hohenstein, das durch Klujews Brigade, die eigentlich Hilfe bringen sollte, entfesselt wurde; durch die anhaltende Anstrengung, den Absichten der Deutschen zuvorzukommen.

Trotzdem wurde er gewöhnlich abends von Müdigkeit überwältigt, um in der Nacht wieder aufzuwachen und nicht mehr einzuschlafen. Aber heute war er so aus dem Gleichgewicht, daß er schon abends nicht einschlafen konnte. Der Mond war untergegangen, und es war völlig dunkel, als er aus dem Bauernhaus trat und sich rauchend auf eine Bank setzte, wie man in der Gegend von Poltawa an dunklen Abenden vor den Häusern zu sitzen pflegt. Aber dort sind die Abende auch im September noch mild, während es hier ziemlich frisch war. Martos hatte sich den Mantel über die Schultern geworfen, die Mütze aber nicht aufgesetzt, er saß da und ließ sich den Kopf kühlen, massierte ihn von den Schläfen nach hinten, um die stechenden punktartigen Schmerzen zu vertreiben. Er hatte auch seine Tablette genommen. Wenn er noch eine Stunde so sitzen und sich beruhigen könnte – dann würde er umfallen und einschlafen.

Gegen Mitternacht verstummte die Kanonade, das Wetterleuchten des Mündungsfeuers hörte auf. Hin und wieder blinkte ein schwaches lautloses Licht auf und verlosch. Der

Sternenhimmel versprach auch für morgen einen schönen Tag. Angesichts der Zerrissenheit ihrer Armee war das nur günstig.

In diesen Tagen hatte Martos im Grunde genommen nur Siege zu verzeichnen: er hatte dem Gegner kein Gefechtsfeld überlassen, hatte ihn überall und pausenlos angegriffen und bedrängt, obwohl er über die eindeutig schwächere Artillerie verfügte und der Munitionsnachschub nicht immer funktionierte, von Verpflegung und Furage ganz zu schweigen. Doch Martos war es nicht beschieden zu erleben, daß seine ununterbrochenen Siege in einem großen Sieg gipfelten. Alle seine Siege erwiesen sich als vergeblich.

Aber Martos kämpfte unbeirrt weiter, wie ein erfahrener Schauspieler weiterspielt, wenn er einmal auf der Bühne steht, obwohl er sieht, daß seine Mitspieler aus dem Text gekommen sind und wirres Zeug reden, daß die Heldin ihre Perücke verliert, daß eine Kulisse umfällt, daß es im ganzen Haus zieht, das Publikum laut sein Mißfallen äußert und den Ausgängen zustrebt. Er spielte und kämpfte mit der Leichtigkeit der Verzweiflung: an ihm sollte es nicht liegen, wenn die Aufführung ein Fiasko würde, vielleicht könnte er sie sogar noch retten.

Ja, links wurde immer noch geschossen. Hinter Waplitz.

Dort kamen sie nicht zur Ruhe.

Morgen war der fünfzehnte, eine für sein ganzes Leben bedeutsame Zahl, genau wie das Doppelte, die Dreißig. Viele schicksalhafte oder nur einfach auffällige, negative und positive Ereignisse in seinem Leben fielen auf diese Daten. Als er eine Division kommandierte, war es die 15., und jetzt hat er das xv. Korps, dazu gehört das 30. Regiment, natürlich aus Poltawa, der Heimat von Martos. Morgen mußte er ganz besonders aufpassen.

Sie schossen immer noch, es hörte einfach nicht auf. Ja, das ist zwischen Waplitz und Wittmannsdorf. Dort liegt eine tiefe Schlucht. Eine Stelle, die wichtig werden könnte.

Wieviele Gefallene in diesen Tagen! Und wie todmüde sind alle, die nicht gefallen sind und nicht verwundet wurden! Und welche Verluste unter den Offizieren! Martos hatte sie alle gekannt. Er hatte sie seit Jahren gekannt, und in einer Woche waren sie alle nicht mehr da. Sie lassen sich nicht so schnell ersetzen. Wie können richtige Truppenoffiziere ersetzt werden, wenn sie nicht auf Front und Reserve verteilt sind, sondern alle gleich in den ersten Tagen an die Front kommen? So kann man zwei oder drei Monate Krieg führen. Aber wenn er länger dauern sollte?

Sie schossen immer noch. Für ein ungeübtes Ohr klang das nicht aufregend: die können dort einfach keine Ruhe finden und träumen sich etwas zusammen. Aber das Ohr von Martos hörte schärfer: das ist kein Zufall. So hört es sich an, wenn im Dunkeln Truppen verschoben werden. Wahrscheinlich schießen wir, aber die Deutschen bereiten etwas vor.

Er stellte sich die Lage von Scholtz' vor, indem er die Ereignisse des vergangenen Tages noch einmal überdachte. Ja, die Richtung war günstig. Und der Zeitpunkt war auch günstig.

Gerade stellte der Organismus des Generals sich aufs Schlafen ein. Aber da leuchtete das Warnlämpchen in ihm auf. Er ging ins Haus zurück und weckte die Schläfrigen und Faulen, telephonierte und schickte Ordonnanzen aus.

Er befahl, die Korpsreserve antreten, zur Schlucht marschieren und diese quer abriegeln zu lassen. Er selbst würde bald nachkommen. Er befahl der Korpsartillerie, auf die neue Richtung sich einzuschießen, zwei Batterien sollten die Stellung wechseln. Die beiden links stehenden stark mitgenommenen Regimenter Mingins ließ er über die Lage unterrichten und gab dem Kommandeur des Poltawa-Regiments den Befehl, sich auf einen zu erwartenden Nachtangriff einzustellen.

Jetzt waren auch die Offiziere des Stabs auf den Beinen,

aus tiefstem Herzen ihren lästigen General mit seiner Wespentaille (»natürlich nicht ohne Korsett«) verwünschend. Noch mehr fluchten die Regimenter und Batterien, die im Dunkeln antreten und marschieren mußten. Den erschöpften, schlaftrunkenen Menschen konnten diese nächtlichen Befehle nur als sinnlose Quälerei erscheinen.

Martos rauchte wieder, ging federnd in den erleuchteten Zimmern auf und ab, ignorierte die feindselige Stimmung und ließ sich über die eingeleiteten Maßnahmen rapportieren. Natürlich, vielleicht waren es seine mißtrauischen Ohren und die Unübersichtlichkeit des Geländes bei Waplitz – aber schließlich war das Korps nicht deshalb zehn Tage marschiert und hatte fünf Tage gekämpft, um jetzt eine Niederlage zu verschlafen. Und es sah ganz so aus, als wünschte der General sich eher einen deutschen Angriff als einen friedlichen Sonnenaufgang.

Plötzlich, direkt in Waplitz, lebhaftes Feuer aus Hunderten von Gewehren. Martos stürzte auf den Dachboden hinauf und sah von dort das purpurrote kurze Aufblitzen bei Waplitz, das jedoch allmählich nachließ.

Also doch! Er hatte sich nicht geirrt! Er ließ sich ein Pferd geben und ritt im Galopp der Reserve nach, zur Schlucht.

Die Kompanie, in der Sascha Lenartowitsch Zugführer war, war als eine der ersten in Neidenburg eingezogen, schießend und in Gefechtsordnung, aber zu einem Gefecht war es nicht gekommen. Anschließend waren sie beim Kommandanturdienst eingesetzt und hatten bei Orlau nicht mitgekämpft, sondern nur die Leichen begraben. Erst am 14. nachmittags holten sie ihr Tschernigow-Regiment ein, das gerade der Reserve zugeteilt worden war. Aber von allen Seiten dröhnte es bis zum Abend, der Strom der Verwundeten, zu Fuß oder auf Wagen, riß nicht ab, und es war klar, daß auch sie am nächsten Tag dem Fleischwolf nicht entgehen würden. Aber um eine Kompanie oder einen

Zug durch den Fleischwolf zu drehen, um einen einzelnen Menschen zu verstümmeln – dafür brauchte man keinen ganzen Krieg oder Feldzug, keinen Monat, keine Woche, nicht einmal einen Tag, dafür reichte auch eine Viertelstunde.

In der kalten Nacht zum 15. schlief Lenartowitschs Zug in einem Heuschober, und wenn sie sich ins Heu verkrochen, war es sogar heiß. Die Soldaten schliefen anscheinend fest, behaglich, ohne sich mit Gedanken an den morgigen Tag zu quälen. Theoretisch hätte eine solche demokratische Form der Übernachtung auch Sascha gefallen müssen, aber seit er sich tagelang weder gewaschen noch ausgezogen und dauernd mit schnell verwesenden Leichen zu tun hatte, begann er den Schmutz und die Unbequemlichkeit zu hassen, seine Haut juckte und wurde überempfindlich. Er wälzte sich in dem heißen Heu von einer Seite auf die andere und ging wiederholt ins Freie, um sich abzukühlen.

Aber der eigentliche Grund seiner Schlaflosigkeit war nicht einmal die Nähe des möglichen Todes, sondern dessen Vergeblichkeit. Sascha wäre jeden Augenblick bereit gewesen, für eine strahlende große Idee zu sterben. Nicht erst von seiner Jugend, nein, von seiner Kindheit an klopfte sein Herz in der Erwartung, daß im nächsten Augenblick, jetzt, gleich, das einzig wichtige, glückbringende ETWAS eintreten, aufleuchten, Licht spenden und das Leben verwandeln würde, in unserer Heimat und auf der ganzen Erde. Sascha war schon kein Kind mehr, als es zu leuchten und sich zu erhellen begann und man glaubte, das Langersehnte sei erschienen – aber das Licht erlosch und wurde niedergetreten. So war es: gegen eiserne Ketten wäre Sascha nicht nur mit bloßen Händen, sondern mit der Stirn angegangen. Der Juckreiz, unter dem er jetzt litt, rührte weniger von den schmutzigen Kleidern her als von dem nagenden Schmerz: er war NICHT DORT, wohin er gehörte, und mußte jetzt sinnlos und wie selbstverständlich NICHT FÜR DAS EIGENTLICHE sterben. Es konnte nichts Schlimmeres geben: sein Leben mit vierundzwanzig Jahren für die Monarchie opfern zu müssen! Nachdem er das Glück gehabt hatte, so früh die Wahrheit zu erkennen und den richtigen Weg zu finden, und in seinem weiteren Leben nicht mehr unsicher suchen und wie Hamlet würde zweifeln müssen, sondern der SACHE dienen könnte – mußte er jetzt in diesem fremden Blutbad untergehen, als kümmerliche Schachfigur eines Dershimorda* . . .

Wie unglücklich hatte es sich gefügt, daß Sascha weder ins Gefängnis gekommen noch verbannt worden war – dort wäre er unter seinesgleichen gewesen, dort ist das Ziel klar, dort hätte er sich gewiß für die künftige Revolution erhalten können! Alle wahren Revolutionäre sind dort, sofern sie nicht im Exil leben. Er war schon dreimal festgenommen worden: nach einer Studentenversammlung, nach einem Meeting und wegen Verteilung von Flugblättern. Aber jedesmal hatte man ihn, weil er noch so jung war, anstandslos freigelassen und ihm dadurch die Chance genommen zu reifen! Natürlich war noch nicht alles verloren. Wenn es gelänge, heil durch die nächsten Tage zu kommen, in denen gehackt und geknetet, gehackt und geknetet würde, dann müßte er einen sicheren Weg suchen, der Armee den Rücken zu kehren, am besten über ein Strafverfahren, aber nicht vor dem Kriegsgericht, sondern wegen Agitation.

Die Agitation hätte seinem Armeedasein einen Sinn geben können, und er hatte es damit versucht, aber ganz ohne Erfolg. Den Soldaten seines Zuges, einem wie dem anderen, mangelte nicht nur jedes Verständnis für proletarische Ideologie, nicht nur ein, wenn auch bloß keimhafter, Ansatz zum Klassenbewußtsein – selbst die handfesten ökonomischen Losungen, die jedem direkten Vorteil versprachen, ließen sich in ihre sturen Köpfe nicht einhämmern. Sie brachten Sascha mit ihrer stumpfen Ergebenheit in hellste Verzweiflung!

Wie kompliziert ist das Maschenwerk der Geschichte! Statt direkt auf die Revolution zuzustreben, schlägt sie den

Umweg über diesen Krieg ein – und jeder einzelne ist dabei machtlos, alle sind machtlos.

Gegen Abend wurde es ruhiger, aber als Sascha endlich einzuschlafen begann, wurde sein Schlaf von Schüssen wie mit Nägeln durchlöchert. Dann hörte man rufen, Getrampel, jemand kam, jemand wurde gesucht – wenn es sie doch nur nichts anginge, wenn er nur nicht aufstehen müßte, sich ins Heu schmiegen, auch unter pfeifenden Kugeln liegen bleiben könnte! – und schon kam ihre Kompanie an die Reihe: »Das Gewehr – über!!«

Dieser verdammte Kommiß! Irgendein Idiot hat einen Einfall, alles dummes Zeug, aber er muß gehorchen. Er muß aus dem warmen liebgewordenen Heu kriechen, sich ins Freie tasten, in die Nässe, in die Dunkelheit und dann womöglich in den Kugelregen hinaus, und er muß es nicht nur selbst, er muß die Soldaten in forschem Ton anreden, vor ihnen heucheln, als sei es für ihn wichtig, seinen Zug in voller Ausrüstung antreten zu sehen und das widerwärtige sklavische »Nein, zu Befehl« und »Jawohl, zu Befehl« vom Unteroffizier und von den Soldaten sich anhören zu müssen.

Und dann – »Kompanie, rechts um! Marsch! Marsch!« – verließen sie ihren warmen Heuschober und tappten durch absolute Finsternis, stolpernd, gegeneinander rennend, fast wie Kinder sich an den Händen haltend.

Es hieß, sie sollten dem Poltawa-Regiment zur Hilfe kommen. Zum Teufel mit solcher Hilfe, man sollte erst gar nicht anfangen, dann brauchte man auch keine Hilfe.

Sie tasteten sich über den Bahndamm, stolperten über die Gleise, rannten gegen die Weichen, gegen eine Mauer – das war die Bahnstation Waplitz, die jetzt stillag, sie hatten sie am Tage gesehen. Sie tappten über ein unebenes Gelände, dann einen abschüssigen Hang hinab und kamen schließlich auf eine glatte Chaussee, wo ihnen befohlen wurde, Viererreihen zu bilden. Auch Sascha wiederholte den Befehl und stellte seine Leute auf. Hier auf der Chaussee hatte sich ihr ganzes Bataillon versammelt, andere Einheiten kamen dazu – und die Kolonne zog weiter in die Dunkelheit hinein, aber wenigstens auf glatter Straße.

Sie kamen über eine Brücke. Dann wurde von Mann zu Mann durchgegeben: »Achtung links, Steilhang!« In der Dunkelheit konnte man nichts erkennen.

Und plötzlich vorne starkes, anhaltendes, verzweifeltes, hallendes Gewehrfeuer! Es war so heftig, daß man sich auch bei Tage erschrocken hätte, und nun erst nachts! Galt das ihnen? Nein, das galt nicht ihnen, denn keiner stürzte, man hörte keine Kugeln pfeifen und sah kein Mündungsfeuer, aber es war ganz nah, unmittelbar neben ihnen, gleich geraten sie hinein!

Seltsamerweise begannen seine Kniescheiben zu zittern, nur die Kniescheiben, sie hüpften richtig, machten sich selbständig, wie es ihm noch nie passiert war. Bei Tage wäre es ihm peinlich gewesen, aber im Dunkeln konnte er es ja nicht einmal selber sehen.

Dann hörte man das laute Kommando, Ketten zu bilden, die einen links, die anderen rechts. Sie torkelten die steile Straßenböschung hinab, wateten blind durch einen Sumpf, das kalte Wasser drang in die Stiefel, danach ging es wieder über Stock und Stein, ein Stück weit über eine Art Gemüsefeld – und als das Kommando zum Hinlegen kam, war die Kanonade vorne verstummt. Und wieder hörte man das Kommando, sich auf der Chaussee zu sammeln und die Kompanien aufzustellen. Und sie stolperten wieder zurück, durch den Graben, wateten durch denselben Sumpf, kletterten wieder die Straßenböschung hinauf.

Die Kniescheiben hüpften immer noch, da war nichts zu machen. Ganz von selbst.

Und dann wurde wieder lange gerufen, geordnet, aufgestellt. Und sie marschierten weiter. Trotz der Dunkelheit konnte man erkennen, daß die Chaussee jetzt durch einen Wald führte. Dann war der Wald wieder zu Ende. Wegen dieses Waldes hatten sie auch das Mündungsfeuer vorhin nicht sehen können.

Alle anderen Bataillone marschierten auf der Chaussee weiter, aber sie mußten wieder die Böschung hinunter und dann auf einem Mühlenwehr über einen kleinen Fluß. Am anderen Ufer kletterten sie einen endlosen Abhang hinauf, dann ging es über offenes Feld, auf hartem festen Boden.

Das Feuer hatte nachgelassen, und wieder dachte Sascha, daß man sie sinnlos durch eine Gegend jagte, wo man sich nur die Beine brechen konnte. Die Kniescheiben kamen allmählich zur Ruhe. Es war ja auch nicht Angst, er hatte gar keine Angst. Er hatte nur gefühlt, daß es hier NICHT UM DAS EIGENTLICHE geht und hier NICHT DER EIGENTLICHE PLATZ für ihn ist und daß es sich unter keinen Umständen lohnte, hier sein Leben zu verlieren.

Es schien heller zu werden, aber die Sicht wurde dadurch nicht im mindesten besser, selbst hier auf der Anhöhe wurde das nächtliche Dunkel von undurchdringlichem Nebel abgelöst.

Sie mußten weiter, entweder durch wegloses Gelände oder über einen schlechten Feldweg, Pflanzen blieben an ihren Stiefeln hängen, aber das schlimmste waren die Mulden, Löcher, Gruben, Hügel und Steine; die Soldaten sagten, die Teufel hätten hier »Ring und Spitze« gespielt und dabei das Unterste zuoberst gekehrt.

Und jetzt setzte wieder Feuer ein, dicht neben ihnen, vielleicht eine Werst weiter rechts, aus mehreren Hundert Gewehren und einigen Maschinengewehren! Aber sie blieben noch immer verschont: das Gefecht fand rechts unter ihnen statt, sie mußten bis dorthin auf der Höhe marschieren, schneller, noch schneller! Und dann – Stoß und Knall, Stoß und Knall, begleitet von verschwommen-feurigem Aufflackern – das war Artillerie! Unsere Artillerie! Die Granaten flogen über die Köpfe hinweg und schlugen dort ein! Noch mal, und noch! Die Schrapnells glitzerten gedämpft im milchigen Nebel. Die deutsche Artillerie erwiderte unser Feuer, ihre Einschläge lagen nicht weit von hier, etwas rechts.

Ohne im mindesten den Sieg zu wünschen oder sich für ihn einzusetzen, stellte Lenartowitsch mit Genugtuung fest, daß unsere Artillerie die wirksamere war. Das widersprach zwar seinem Grundsatz »je schlechter, desto besser«, vergrößerte jedoch die Möglichkeit, nicht von einem Granatsplitter durchbohrt zu werden. In solchem Donnern UNSERER Artillerie lag eine unheimliche, aber unbezweifelbare Schönheit.

Es wurde immer heller, aber auch milchiger, drei Schritte weiter sah man nur noch Nebel, und auch das Mündungsfeuer war immer schlechter zu sehen. Und durch diese Milch, über dieses beinbrecherische Gelände jagte man sie jetzt im Laufschritt, das Gewehr schußbereit, sie würden sonst zu spät kommen! Sie rannten einen Abhang hinauf, außer Atem, und gleich wieder hinunter, wieder hinauf und wieder hinunter. Sicherer wäre es gewesen, gebückt zu laufen, aber bei diesem Tempo knickten die Beine ein. Sie liefen aufrecht. Über ihren Köpfen platzten einige Schrapnellgranaten, aber offenbar viel zu hoch, die Kugeln prasselten herab wie harmlose Erbsen.

Dann kam das Kommando, Ketten zu bilden und im Stehen zu schießen. Sie schossen, ohne zu sehen, auf wen und wohin, ohne überhaupt etwas sehen zu können. Und liefen weiter. Niemand stürzte, verwundet oder tot. Sie liefen offenbar in einem Bogen. Der Hang wurde immer steiler. Das Herz hämmerte in der Brust, der Atem flog, mit letzter Kraft liefen sie durch den feuchten milchigen Dunst.

Inzwischen war es Tag geworden, jetzt müßte auch die Sonne aufgehen, aber in dem dichten Nebel, der sich über die ganze Welt gelegt hatte, war sie nicht einmal als trübe Scheibe zu sehen.

Sobald es wieder abwärts ging, wurden sie, selbst unsichtbar, von dem unsichtbaren Gegner mit Feuer empfangen. Seine Abschüsse blitzten schwach auf, aber die Kugeln pfiffen ganz nahe vorbei, eine traf einen Stein und schlug helle Funken.

Die schlaflose Nacht, das verhaßte Herumirren, die nassen Füße, ja selbst die Brust, die nicht mehr richtig durchatmen konnte – alles war vergessen, jetzt ging es um Minuten – schaffen wir's oder schaffen wir's nicht? Kommen wir noch rechtzeitig oder nicht? Entweder wir – oder die Deutschen! Alle Soldaten begriffen das und machten mit, auch Sascha machte mit. Alle hatten volle Patronentaschen, schossen gern, sogar leidenschaftlich, und obwohl das eigene Gewehrfeuer unerträglich in den Ohren dröhnte und sie im eigenen Pulverrauch kaum noch atmen konnten, blitzten unzählige Funken in der Nebelmilch auf. Man mußte aufpassen, um nicht auf die eigenen Leute zu schießen. Sascha korrigierte die Schußrichtung, wo er nur konnte. Und merkte plötzlich, daß er selbst mit seinem Revolver schoß, obwohl das völlig sinnlos war. Sie setzten über einen Graben, kletterten über einen Zaun, und jetzt sprangen sie über Gefallene hinweg – über Deutsche, keine Russen! Grauen erfüllte sie und der Stolz: Wir kommen vorwärts! Wir sind, allem zum Trotz, eine Macht!

Jetzt kämpften sie schon in einem Dorf, gingen hinter den Häusern in Deckung, spähten, kreisten ein. Die Soldaten stürmten mit vorgehaltenem Bajonett, sie waren nicht aufzuhalten, auch Sascha schoß mit einer eigentümlichen Lust und verwundete tatsächlich einen Deutschen, der gleich darauf gefangengenommen wurde.

Unterdessen erglühte links von ihnen eine gelbe Kugel, und endlich brach durch den Nebel: die Sonne! Noch schwebte die ganze Welt im Nebel, aber die Dinge begannen sich abzusondern und abzuzeichnen. Jetzt sah man dicke Tautropfen auf den Gewehrschlössern und Bajonetten, die bei manchen blutig waren. Auf ihrer Anhöhe verzog sich der Nebel in Fetzen, die Gesichter waren bereits zu erkennen: atemlos, froh und böse. Und Lenartowitsch hatte dieselben Empfindungen. Das Gras war mit blauen, roten und orangegelben funkelnden Glasperlen besetzt, und die Sieger wärmten sich in der Sonne des neuen Tages.

Das Ende entwickelte sich ganz mühelos. Es war keine Prahlerei und kein Gerücht: die Wache aus ihrem eigenen Bataillon führte rund dreihundert Gefangene durch das Dorf, darunter ein Dutzend Offiziere, sie blinzelten finster gegen die Sonne, manche ohne Mützen, andere hatten den Karabiner verloren. Bei uns hatte es, wie sich herausstellte, im ganzen Bataillon drei Gefallene und etwa zehn Verwundete gegeben, in ihrem Zug einen einzigen, und auch der blieb bei der Einheit, stolzierte auf und ab und erzählte.

Unterdessen trat eine effektvolle Theaterdekoration hervor, nahm an Höhe, Tiefe und perspektivischer Schärfe zu, alle Dinge, Lebendiges und Totes, bis auf den Grund der Schlucht, bekamen scharfe Konturen, Sonnenflecken und Talschatten lagen nebeneinander, und schließlich erschienen die Farben der Felder und das Grün – und von ihrer Wittmannsdorfer Höhe, von dem Hang aus, konnte man deutlich sehen, wie eine Kolonne Gefangener in Pikkelhauben durch die Schlucht abgeführt wurde, und noch tiefer die Gefallenen, die unsere Kartätschen niedergemäht hatten.

Lenartowitsch beobachtete das alles von einer Bank aus, die vor einem Garten stand, ohne sich beeilen, ohne rennen zu müssen, ohne Angst – er ruhte sich aus. Ein seltsames Triumphgefühl erfüllte ihn und wich nicht, nach einem Sieg, der nicht verbal war, den er nicht in der Diskussion errungen hatte, sondern mit seinem Körper, mit seinen Armen und Beinen. Er saß da wie ein Feldherr, zu dessen Füßen die Gefangenen im Triumphzug mitgeführt werden. Die Soldaten durften nicht rasten, es wurde befohlen, sich am Dorfrand einzugraben, Lenartowitsch mußte zwar den Befehl weitergeben, aber er brauchte nicht mitzuschanzen, konnte auf der Bank sitzen und die eroberte Theaterlandschaft betrachten, das dunkelblaue Tal, und inmitten einer stillgewordenen Welt, in der ringsum nicht mehr geschossen wurde, sich immer von neuem seiner Freude hingeben und seine unerwarteten Gefühle analysieren.

Jetzt fühlte er sich unbeschwert! Jetzt überflutete ihn die Hoffnung: er wird überleben, er wird diesen Krieg überleben! Er wollte leben! Er hing so sehr am Leben! An einem solchen Morgen zum Beispiel einfach sitzen und schauen! Oder im Schatten herumgehen. Oder mit dem Fahrrad diese baumbestandene Straße entlangsausen, daß der Wind nur so um die Ohren pfeift. Oder eine Aprikose in den Mund stecken, eine orangefarbene, schmelzende Aprikose aus dem Süden. Und all die noch ungelesenen Bücher! Und all das noch nicht Getane, ja noch nicht einmal Begonnene! Und – durch den ganzen Berg von Büchern, Skripten und sogar der LITERATUR (der lebensnotwendigen, der illegalen), von Jahren, Monaten und Stunden, die er in der Öffentlichen Bibliothek verbracht hatte, brach, wuchs und ragte wie ein Obelisk bis in den Himmel das brennende Bedauern – und die Frauen?! Wie hatte er zugunsten seiner ÜBERZEUGUNGEN, zugunsten seines WIRKENS jahrelang an den Frauen vorübergehen können? Sind sie denn nicht das Wichtigste, das, was uns das Leben lebenswert macht?

Das war ein unwürdiger, ein niederträchtiger Gedanke, aber so war es, so und nicht anders. Vor einer halben Stunde hätte er im Bruchteil einer Sekunde alles verlieren können: die angesammelten Kenntnisse, die Überzeugungen, das kreisende Blut. Aber das Wissen um die Liebe der Frauen blieb auf der Erde zurück als ewige Verheißung, als Unverlierbares. Es war gegen Kugeln gefeit, wie es schien – und hätte das Sterben leichter gemacht.

Und jetzt erfüllte es ihn mit freudiger Sicherheit – es wird für ihn Wirklichkeit werden. Die letzten Tage hatte Sascha wie mit einer offenen brennenden Wunde gelebt, die sich immer wieder bestürzend bemerkbar machte. Als er auf den Treppenstufen vor dem Lazarett angeregt mit dem Arzt diskutiert hatte, war eine Krankenschwester aus der Tür getreten – hochgewachsen, mit großen Brüsten –, sie hatten kein einziges Wort gewechselt und werden sich nie wieder begegnen – sie fuhr wie mit einem rauhen Handtuch über seine offene Wunde und verschwand. Und jede unbedeutende, halbvergessene Erinnerung aus den letzten Jahren tauchte in diesen Tagen wieder auf, bedrängte ihn und ätzte die Wunde.

Da war erst ganz vor kurzem, bei seinem letzten Besuch in Petersburg, Jélja gewesen, eine Studienfreundin von Weronika. Er hatte sie nur wenige Male gesehen – als sie seine Schwester besuchte, bei einer nächtlichen Bootsfahrt, die sie alle zusammen unternommen hatten, und bei einem Studentenabend. Allein, zu zweit, hatten sie keinen einzigen Abend verbracht. Bei der Bootsfahrt war er unwirsch und kurz angebunden, er fand diese ewige Begeisterung für die weißen Nächte abgeschmackt, während Jelja, schweigsam und schlank, ganz vorne saß, wie jene weiblichen Figuren, mit denen die Skandinavier den Bug ihrer Schiffe schmücken. Aber an jenem Abend ging Sascha aus sich heraus – er konnte witzig sein, schlagfertig, unwiderstehlich –, alle hörten ihm zu, auch Jelja hörte aufmerksam zu, aber auf eine in ihrem Kreis ungewöhnliche Weise: alle anderen Mädchen bekannten Farbe, hatten ihre eigene Meinung und vertraten sie auch, nur Jelja saß da, blickte mit ihren dunklen Augen vor sich hin und schwieg zu allem, was erzählt, was diskutiert wurde, ließ sich nicht anmerken, ob sie dafür oder dagegen war und forderte nur neue Argumente heraus. Die Lippen in ihrem kleinen schmalen Gesicht waren noch kindlich weich, aber unvergeßlich – einmal, im Vorbeigehen, hatten sie sich geküßt, zum Scherz, und auch jetzt noch fühlte Sascha diese kindlich weichen Lippen.

Aber damals in Petersburg hatte er seinen Gefühlen nicht Raum gegeben, keine Gelegenheit gesucht, mit ihr allein zu sein: die Petersburger Tage waren randvoll, und er hatte nicht an einen Krieg gedacht, sondern an das baldige Ende seiner Militärzeit. Und auch ihre Ansichten, die in ihrem Kreis nicht üblich waren, standen trennend zwischen ihnen.

Aber gleich in den ersten Kriegstagen tauchte ihr Bild wie geläutert vor ihm auf: Jelja! Jélenjka! Jólotschka! Jetzt quälte ihn die nicht ausgekostete süße Pein und das Bewußtsein der eigenen Dummheit im Juni in Petersburg. Wie konnte er damals nur das Wichtigste an ihr verkennen und seinem Zauber widerstehen? Zu ihr gehörte – das Schwanken. Unentschiedenes Schwanken, der größte Fehler, den ein Mann haben kann, erschien bei ihr als höchster Ausdruck des Weiblichen. Schwankend hochgezogene Brauen. Schwankende Bewegung des Kopfes. Der schwankende Hals. Das Schwanken der Schultern. Und vor allem das Schwanken ihres kleinen schmalen, wie gedrechselten Figürchens, wenn sie ihre Schritte beschleunigte und auf eine komische Weise zu laufen anfing.

Wie eine tückisch leichte Dünung das Schiff, sobald sie es erreicht, tanzen und schlingern läßt, so trugen jetzt Jelenjkas schwingende Bewegungen Sascha und – was noch wichtiger war – sein ganzes künftiges, bedeutendes, großes Leben verzaubert mit sich fort. Jetzt wußte er: er sollte mit seinen eigenen Händen – er konnte sich nicht mehr entziehen – dieses Schwanken aufhalten! In seinen Armen sollte es Ruhe finden, und nur dann würde er selber zur Ruhe kommen.

Damals war er nicht einmal auf die Idee gekommen, sie um eine Photographie zu bitten. Jetzt rief er nach Jelja in seinen Briefen, aber die Briefe krochen wie die Schildkröten durch die Zensur, und sie hatte nur mit zwei scherzhaften Zeilen unter Weronikas Brief geantwortet.

Jetzt – jetzt mußte er dieses verdammte VATERLAND verteidigen.

34

Der russische Kommandant von Neidenburg, Oberst Dovatour, erfuhr ganz zufällig, durch einen Telegraphisten, daß der Armeestab die Stadt verlassen hatte, die letzten Stabsoffiziere im Begriff waren abzufahren, der Apparat abmontiert war. Er hatte keine Anweisungen erhalten. Über all den strategischen Überlegungen hatte man ihn einfach vergessen. Er stürzte zu den Offizieren, die noch da waren, aber sie zuckten mit den Achseln, sie mußten sich beeilen, die letzten Kisten auf die nach Janowo abgehenden Fuhrwerke zu verladen.

Kurz darauf brachte ein Fähnrich aus dem 6. Donkosakenregiment eine Meldung des Kommandeurs der zusammengesetzten Kavalleriebrigade an den Oberbefehlshaber, aber der Kommandant konnte ihm weder sagen, wohin er weiterreiten sollte, noch durfte er die Meldung in Empfang nehmen. Er hatte nachts, im Vorbeigehen, zufällig gehört, daß diese Brigade General Kondratowitsch unterstellt werden sollte, aber wo dieser Kondratowitsch sich aufhielt und wo sein Stab zu finden war, konnte keiner sagen. Schon traf ein zweiter Kurier ein: er war die Nacht über von Mlawa hergeritten, brachte die Post aus Warschau und, was er besonders erwähnte, einen Brief an General Samsonow von seiner Frau. Diesen beiden Kurieren, für die er nicht zuständig war, konnte der Kommandant genauso wenig raten, wie die Stabsoffiziere, die für ihn nicht zuständig waren, ihm hatten raten können.

Erst gestern abend waren die letzten Brände gelöscht, die Straßen tadellos aufgeräumt worden, und endlich, am sechsten Tag nach der Besetzung, hätte die Stadt wieder ihr normales Gesicht zeigen, die Geschäfte wieder geöffnet werden können – aber kaum war der Stab fort, füllten sich die Straßen wie auf ein Zeichen mit von Norden nach Süden ziehenden Trains und Infanterie, die nicht einmal in Formationen anrückte, sondern in kleinen Gruppen, versprengt, auch einzelne Soldaten – und alle fragten nach dem Weg »nach Rußland«.

Und die Straßen in Neidenburg waren so eng, daß zwei Fuhrwerke einander kaum ausweichen konnten; hielten die ersten Wagen einer Trainkolonne auf dem Rathausplatz, war sofort die ganze Stadt verstopft; die unteren Dienstgrade, in Abwesenheit von Offizieren, brüllten sich gegenseitig an, die Fuhrwerke keilten sich ineinander, das Geschirr riß, die Soldaten begannen sich zu prügeln und wurden gegen einen hinzutretenden höflichen Offizier ausfällig. Und hinter den Fenstern – schadenfrohe und aufmerksam beobachtende Deutsche. Zur Aufrechterhaltung der Ordnung in der Stadt war der Kommandant auf eine nicht komplettierte Kompanie angewiesen, die auch den Wachtdienst zu bestreiten hatte, und auf die liebenswürdige Unterstützung des würdevollen deutschen Bürgermeisters.

So gering auch die Kräfte waren, die dem Kommandanten zur Verfügung standen – er sperrte die beiden nördlichen Stadteinfahrten und befahl, alle Einheiten um die Stadt herum zu schicken. Damit wäre ein Problem gelöst gewesen, aber nach einem kurzen Besuch im Divisionslazarett und im Hospital änderte der Kommandant seine Anweisung: ankommende Trains sollten vor der Stadteinfahrt kontrolliert, minder wichtige Frachten auf der Stelle abgeladen und die Fuhrwerke für Verwundetentransporte bereitgestellt werden. Er suchte persönlich beide Sperren auf, um den Zug auf möglichen Waffengebrauch vorzubereiten.

Im Hospital hielten die Ärzte Rat. Bereits wenige Stunden nach dem Aufbruch des Armeestabs sprach man von der Räumung der Stadt. Der Krieg hatte gerade erst begonnen, und es ließ sich noch nicht absehen, wie strikt die Genfer Konvention über die Verwundeten aus dem Jahre 1864 eingehalten werden würde: daß Lazarette als neutral gelten, nicht beschossen werden dürfen und verpflichtet sind, Verwundete beider Seiten aufzunehmen; daß das Personal unantastbar ist, nicht gefangengenommen werden und jederzeit bleiben oder gehen darf; daß auch Verwundete nach ihrer Wiederherstellung in ihre Heimat entlassen werden dürfen, gegen das Ehrenwort, keine Waffe mehr in die Hand zu nehmen; daß auch ein Privathaus, in dem ein Verwundeter aufgenommen wurde, unter dem Schutz der Genfer Konvention steht.

Es schien kein Grund dafür vorzuliegen, daß die Kriegssitten ein halbes Jahrhundert nach der Unterzeichnung der Konvention roher geworden wären, aber die Zeitungen behaupteten es von den Deutschen, und die Ärzte ihrerseits hatten die Erfahrung gemacht, daß bei der hohen Quote an Verwundeten und dem allgemeinen Bettenmangel eine vollkommene Gleichstellung der eigenen und fremden Verwundeten ausgeschlossen war. Demnach konnte man jetzt, als man sich auf die Evakuierung des Hospitals vorbereitete, nicht voraussagen, was die Zurückbleibenden erwartete. Man teilte ein, wer von den Ärzten fahren und wer bleiben sollte. Man teilte auch die Schwestern ein. Unter allen Umständen sollten die älteren Rotkreuzschwestern mit langjähriger Erfahrung in Krankenpflege bleiben. Die jungen Freiwilligen, die im Schwung der Mobilmachung sich an die Front durchgeschmuggelt hatten, kamen in die Etappe. Sie unterschieden sich zwar durch ihre Lernfähigkeit, hatten aber alle keinerlei Kenntnisse und kicherten nur herum, eine von ihnen hatte zum Spaß im Korridor den Provisor mit dem Fahrrad umgefahren. Fedonin hatte den Stabsarzt gebeten, Tanja Bjelobrágina, die offenbar niemals fröhlich war, unbedingt hier zu lassen: obwohl auch ihr eine gründliche Ausbildung fehlte, setzte sie sich mit großem Eifer ein und übernahm außer ihrem eigentlichen Dienst die Betreuung der Gesichts- und Halsverletzten. Sie würde auch nicht darauf bestehen, zurückgeschickt zu werden.

Die ganze Arbeit im Hospital klappte nicht mehr so recht: da hier bereits mehrere Hundert Verwundete lagen, konnte man in Erwartung des Evakuierungsbefehls nicht mehr operieren und beschränkte sich aufs Verbinden. Man stellte Evakuierungslisten auf. Aber nach welchem Prinzip sollte ausgewählt werden? Selbst hier im Hospital gab es kein sicheres Mittel gegen Wundbrand – und wie wird es unterwegs werden, unter erschwerten Bedingungen? . . .

Man bemühte sich, die Verwundeten zunächst zu schonen, aber sie merkten, daß bei den Arztvisiten etwas sich geändert hat, und wurden unruhig. Jeder, der bei Bewußtsein war und sich wenigstens etwas bewegen konnte, bat darum, mitgenommen zu werden. Ob es so war, weil sie hier zusammenlagen und sich gegenseitig beobachteten – alle sahen es als unehrenhaft an, wie zur Erholung hierzubleiben, während die Landsleute weiter kämpften.

Ein Sanitäter meldete, ein Oberst bestände energisch darauf, einen Arzt zu sprechen.

»Walerjan Akimytsch, würden Sie vielleicht zu ihm hinuntergehen?«

Fedonin ging rasch auf den Ausgang zu. Auf dem dreieckigen Platz waren schon die leeren Fuhrwerke vorgefahren, er war fast verstopft. Auf der steinernen Außentreppe stand ein Oberst mit einer offenen Kartentasche in der Hand und fragte einen verwundeten gehfähigen Unteroffizier aus. Er war abgehetzt, seine Uniform verknautscht, die Jacke über der Schulter zerrissen, diese Schulter stand höher als die andere. Jetzt drehte er sich rasch nach Fedonin um.

»Sie sind Arzt? Guten Tag, Oberst Worotynzew aus dem Großen Hauptquartier.« Er drückte Fedonin kurz die Hand. »Sagen Sie, haben Sie im Haus Verwundete, die frisch aus der vordersten Stellung kommen und bei Bewußtsein sind? Darf ich einige Fragen an sie stellen? Sind Offiziere dabei?«

Man konnte wirklich nicht behaupten, die Ärzte machten es sich bequem, aber mit dem Tempo dieses stämmigen und zugleich sehr beweglichen Obersten kam man nicht mit. Fedonin stellte sich rasch auf ihn ein:

»Ja. Von heute nacht. Und von heute früh. Ein Leutnant aus dem XIII. Korps. Schwere Kontusion, aber es geht ihm schon besser, und er ist jetzt bei vollem Bewußtsein.«

»Aus dem XIII. Korps? Das ist interessant!« Der Oberst stutzte, überlegte, wurde noch rascher. Schon hielt er Fedonin mit seiner kräftigen Hand am Ellbogen und ging mit ihm ins Haus. »Sie gehören doch zum XV., wie kommt denn jemand aus dem XIII. hierher?«

Sie mußten die Treppe hinauf, über den Korridor und durch zwei Krankensäle – es war nicht weit, und Fedonin fragte ebenfalls eilig zurück:

»Sagen Sie, was geschieht mit dieser Stadt?«

Der Oberst sah Fedonin mit seinen schnellen klaren Augen an, merkte erst jetzt, daß er nicht bloß einen Träger von Informationen vor sich hatte, sah nach links, dann nach rechts, und sagte leise:

»Wenn es uns gelingt, die Verteidigung auf die Beine zu stellen, könnten wir uns halten.«

»AUF DIE BEINE ZU STELLEN?« Fedonin hatte ihn sofort verstanden. »Ja, ist denn keine ...? Und der Armeestab? ...«

Der Oberst schnalzte nur mit der Zunge.

»Hier weiter westlich ...«

Aber schon standen sie vor einem Krankensaal – der Oberst, trotz aller Selbstbeherrschung, taumelte zurück, als hätte er einen Schlag bekommen, verzog finster das Gesicht – dort begann der dicke Gestank nach Arznei, Blut und Eiter.

Im ersten Krankensaal, direkt am Durchgang, empfing ein Sterbender die letzte Ölung, der Geistliche hatte sein

Gesicht mit dem Epitrachelion bedeckt:

»Herr, ich glaube und bekenne ...« – wie oft mochte er in diesen letzten Tagen mit seiner etwas dumpfen Stimme, in dem eingeübten singenden Tonfall diese Worte wiederholt haben, und dennoch klangen sie unmittelbar und teilnahmsvoll.

Im zweiten Krankensaal am Fenster fanden sie den Leutnant, Tanja Bjelobragina saß gerade an seinem Bett, sie stand auf, als sie näher kamen, stellte sich an die Wand zwischen zwei Fenster, die Arme auf dem Rücken, und versank in tiefes, dunkles Schauen.

Der Leutnant, einen Verband über der Stirn, blickte schon jungenhaft wach und aufmerksam um sich und nahm sich vor dem Besuch, dem er größte Bereitwilligkeit entgegenbrachte, noch mehr zusammen.

Fedonin fühlte Wangen und Puls.

»Es geht Ihnen viel besser, nicht wahr?«

»Ja, o ja«, beteuerte der sommersprossige Leutnant mit fröhlicher Stimme und rutschte in seinem Bett höher, weil er nicht wußte, wie er sonst seinen Eifer beweisen sollte.

»Es fällt Ihnen nicht schwer, zu sprechen und zu antworten?«

Tanja errötete.

»Wir haben nur wenig gesprochen, es stellte sich heraus, daß wir Landsleute sind.«

Keiner wäre auf die Idee gekommen, sie könnte viel reden.

»Zu welchem Regiment gehören Sie?« Der Oberst saß bereits auf dem Bett und entfaltete eine Karte. »Gehören Sie denn zum XV. Korps? Wann sind Sie dazugestoßen? ... Wo wurden Sie verwundet? Welche Einheiten standen neben Ihnen?«

Der Leutnant lehnte in den Kissen, schaute den Oberst mit einem klaren, bewundernden Blick an und antwortete wie beim Examen im Lieblingsfach, stolz, nicht nur alle Pflichtfragen beantworten zu können, sondern auch auf die

Zusatzfragen keine Antwort schuldig bleiben zu müssen. In ihm leuchtete das unsichtbare Licht jener knabenhaften Opferbereitschaft, die sich noch vor der Erfahrung mit einer Frau und ohne sie entzündet. In seinen Ohren rauschte es, der Kopf war schwer, das Sprechen fiel ihm nicht leicht, aber er nahm sich zusammen und bemühte sich, so klar wie möglich zu antworten. Er zeigte auf der Karte exakt, wie sie gestern abend von Hohenstein nach Westen marschiert waren, auf ein nahes Gefecht zu (und im stillen: welche Mühe hat es gekostet, sie zu sammeln, zusammenzurufen, zusammenzuholen, vollzählig aus der Stadt zu führen), wie sie wieder zurückkommandiert wurden (wie oft schon! nie kamen sie bis zum Gefechtsfeld) und durch unwegsames Gelände im Bogen wieder nach Hohenstein marschiert waren (abends brach eine Panik aus, man schoß auf die eigenen Leute, aber das gehörte nicht zur Sache), in Hohenstein (wieder nicht ohne Mühe) am Stadtrand sich in Gefechtsordnung hatten aufstellen müssen und dort . . . (Was dann geschah, konnte er nur der Mutter erzählen, aber nicht diesem Obersten: ein Einschlag, so nah, daß man keine anderen Worte mehr hat als: das ist der Tod! und ein Kreuz schlägt – Mama, leb wohl! –, den nächsten Einschlag hört man nicht mehr . . .)

»Aber was haben Sie an der Schulter?« erkundigte sich Fedonin.

Jetzt erinnerte sich auch Worotynzew:

»Würden Sie sich das mal ansehen? Mich hat gestern offenbar ein Splitter erwischt.«

»Können Sie den Arm ohne Schmerzen bewegen?« fragte der Chirurg.

»Eigentlich nicht.«

»Kommen Sie nachher zu mir. Hier, auf diesem Stockwerk. Die Schwester wird Sie begleiten.« Und zu Tanja: »Der Stabsarzt ist damit einverstanden, daß Sie hierbleiben. Sind Sie auch damit einverstanden? Sie können hier lange hängenbleiben.«

Der stille traurige Blick der Schwester blieb unverändert, leuchtete nicht einmal interessiert auf. Sie nickte:

»Wer soll denn sonst bleiben? Natürlich.«

Jetzt wartete sie auf diesen Obersten, um ihn zum Arzt zu begleiten. Wenn er seinen Kopf bewegte, hatte man den Eindruck, seine Entschlossenheit säße in seinem kurzen, aber vollen halbrunden Bart. Der Schnurrbart dagegen fiel überhaupt nicht auf: er stand nicht, er hing nicht, er war auch nicht gezwirbelt, er saß nur deshalb auf der Oberlippe, weil zu einem Offizier unbedingt ein Schnurrbart gehört.

Und der Leutnant – der hat weder Bart noch Schnurrbart, und sein Mund hat noch nichts Charakteristisches, er hat nichts außer seiner Jugend und schönen Gefühlen, er ist so sauber und höflich, wie man nur in einem Frauenhaushalt erzogen werden kann. Und vom Leben versteht er noch überhaupt nichts. Tanja war nur ein Jahr älter, aber sie kam sich um zehn Jahre erfahrener vor.

... Gefangenschaft? ... Tanja war zu allem bereit. Nichts mehr konnte sie berühren – weder Gefangenschaft noch Verwundung oder Tod. Am besten wäre es, sie stürbe, so bald wie möglich. Sie hatte sich an die Front gemeldet in der Hoffnung, bald zu sterben, ohne die Sünde begehen zu müssen, Hand an sich zu legen. Es konnte ihr doch nichts Schlimmeres mehr zustoßen als das, was bereits geschehen war. Lieber in den Abgrund springen als im Unglück leben.

Unten, in den engen Sträßchen, war großes Gedränge und Durcheinander. Soldaten kamen und gingen, in zusammengewürfelten Gruppen oder auch einzeln, aber man sah keine Marschkolonnen. Einige hielten im Schatten, wischten sich den Schweiß ab, warfen Überflüssiges aus ihren Säcken fort, Spaten, Äxte, Patronenkästen, und zogen ebenso rasch wieder weiter. Niemand hielt sie auf. Zwei Kosaken dagegen schnallten irgend etwas an ihren Sätteln fest.

... Sie waren gemeinsam spazierengegangen. Sie hatten gemeinsam gelesen und sich dabei an den Händen gehalten. Und in Gesprächen gingen sie Schritt für Schritt jenen Weg, von dem jeder Zoll unersetzlich, unentbehrlich ist und für das ganze Leben bleibt. Das wuchs wie eine Pflanze, bei der alles seine Zeit hat: Blätter, Blüte, Fruchtknoten. Hätte Tanja es nicht beschleunigen können? Aber das kommt einer Frau nicht zu, sie tat das nicht. Und *jene Andere* – weder besser, noch schöner, noch gütiger oder treuer – sie überfiel ihn, krallte sich fest und riß ihn an sich. Und es gibt kein Gericht, das für eine solche Schlechtigkeit zuständig ist. Und die Männer? Die zeigen höchstens im Krieg Charakter, sonst niemals, bei keiner Gelegenheit.

Solche Offiziere kann man in zwei Jahren erziehen – und wie gründlich werden sie nachher in zwanzig Jahren verdorben. Diese hingebungsvolle Bereitschaft, dieser Schmerz um eine Armeeoperation auf der Knabenstirn!

»Herr Oberst!« Der Leutnant hielt ihn am Ärmel fest, sah ihn voll Hoffnung an und bemühte sich, die Schwierigkeit beim Sprechen zu überwinden. »Ich habe gehört, es käme zu einer Teilevakuierung. Ich – ich kann unmöglich bleiben, das wäre eine Schmach! Ich kann mein Leben nicht mit Gefangenschaft beginnen!!« Seine Augen glänzten und wurden feucht. »Bitte, setzen Sie sich dafür ein, daß ich unbedingt mitkomme!«

»Gut!« Der Oberst drückte ihm fest die Hand. Und rasch: »Schwester!«

Tanja wandte sich sofort vom Fenster ab, ließ dem Fenster alles, was sie gedacht hatte, und zeigte hier nur die Aufmerksamkeit und den Eifer in ihrem Gesicht, das – wie oft bei russischen Mädchen – nichts Verwöhntes oder Kapriziöses hatte.

Welch ein dunkles Feuer im Blick, welche Festigkeit im Ausdruck – und nicht nur für heute – sie wird sich in der Zukunft verwirklichen! Oder macht das dieses Kopftuch, das Stirn, Hals und Ohren verdeckt?

»Schwester, ich werde es dem Arzt ans Herz legen, und Sie müssen mit darauf achten, daß Leutnant Charitonow nicht bleibt.« Und er drohte ihr, obwohl ihr Gesicht alles andere als leichtsinnig war und sie sicher keiner Drohung bedurfte, mit dem Finger, selbst überrascht, und sein Mund lächelte: »Passen Sie auf, ich werde Sie überall finden! Wo kommen Sie her?«

»Aus Nowotscherkassk.«

»Dort finde ich Sie auch!« Er nickte und ging rasch zwischen den Betten auf die Tür zu.

Auf jedem Bett – eine in sich abgeschlossene Welt, der einzige Kampf in einem jeden einzigen Leib: werde ich leben oder nicht? Werde ich meinen Arm behalten oder nicht? Und der ganze Krieg mit seinen Armee- und Korpsoperationen verliert seine Bedeutung und verblaßt. Ein nicht mehr junges, aber waches Bäuerlein, vielleicht ein Unteroffizier der Reserve, die bei uns als Gemeine verschlissen werden, beobachtet seine Umgebung mit klugem und mißtrauischem Blick unter dem Laken hervor. Ein anderer rollt seinen Kopf auf dem Kissen hin und her und stößt heisere Schreie aus.

Nur fort aus diesem betäubend dichten Geruch des Krankensaales, endlich durchatmen! Die Schwester ging mit.

Als sie zurückkam, nicht gleich an jenes Fenster, sah der Leutnant wieder blaß und matt aus, er war sehr geschwächt, hatte aber noch ein Lächeln für Tanja:

»Und Sie werden bleiben, Schwester? Wollen Sie nicht einen Brief nach Hause schreiben, ich werde ihn mitnehmen und weiterbefördern. Wen haben Sie zu Hause?«

In Tanjas Gesicht zog sich alles zusammen, wie mit Eiweiß bestrichen. Sie neigte den strengen Kopf nach rechts, dann nach links. Sie wird nicht schreiben. Niemandem.

Niemand.

Und wenn der Krieg vorbei ist – irgendwohin, nur nicht nach Nowotscherkassk.

Worotynzew hätte schon heute früh in Neidenburg sein und Samsonow noch antreffen können, aber er hatte einen Umweg gemacht, um festzustellen, wer eigentlich in diesem Frontabschnitt stand – und hatte niemanden gefunden. Dann ritt er dem flüchtigen Kondratowitsch nach – und hatte auch ihn nicht gefunden. Und so kam es, daß er Samsonow nicht mehr antraf.

Die Front hatte links eine Fistel, sie schmerzte, als wäre sie an der eigenen Hüfte, aber niemand schickte Truppen dorthin, und es waren auch keine Truppen vorhanden, abgesehen vom Regiment Kexholm, das anstelle des Estland- und Reval-Regiments eingesetzt und General Sirelius unterstellt war, aber auch der zog in der Ferne seine Kreise und war noch nie in die Nähe der Front gekommen.

Samsonows Aufbruch verblüffte ihn: warum hatte er nicht den Befehl erteilt, Neidenburg von Nordwesten zu sichern? Warum hatte er die Front nicht zusammengezogen, sondern war an der überdehnten Front entlang davongefahren?

Die Überbleibsel des Estländischen und Revaler Regiments und ihre Trains ließen sich in Neidenburg beinahe schon hemmungslos gehen, aber damit konnte Worotynzew sich jetzt nicht befassen. Er ließ Arsenij mit den Pferden zurück und klärte in anderthalb Stunden, indem er einen Straßenzug nach dem anderen ablief, das Schicksal des Armeestabs; überredete den Kosakenfähnrich, ihn über den Inhalt der Meldung der Reiterbrigade zu informieren, einstweilen abzuwarten und nicht weiterzureiten; skizzierte – an Hand verschiedener Aussagen, vor allem nach Auskünften Verwundeter – eine ziemlich genaue Lagebeschreibung der Armeemitte; von Charitonow hörte er, wie es um Hohenstein stand, aber das Schicksal des übrigen XIII. Korps blieb ein dunkles stummes Rätsel und die Hoffnung auf den hilfreichen Vorstoß von Blagowjestschenskij und Rennenkampf weiterhin ungewiß. Er hätte selbst auf dem schnellsten Wege sich dorthin begeben, aber das nahe Loch links gähnte und rief ihn. Und als er das Hospital verließ, zeichnete sich bei Worotynzew so etwas wie ein Plan ab.

Selbst der gestrige Rückzug auf Soldau brauchte noch nicht die endgültige Katastrophe zu bedeuten, wenn man ihn in den kommenden Stunden korrigieren könnte.

Er wollte den Kosakenfähnrich an dem auffälligen Bismarckfelsen wiedertreffen.

Zu Bismarcks Zeit gab es das Dreikaiserbündnis, und Osteuropa hatte ein halbes Jahrhundert Ruhe. Der russisch-deutsche Frieden war bekömmlicher als alle diese Manifestationen an der Seite der Pariser Zirkuskünstler.

Die Pferde waren an einen Baum gebunden. Und im Schatten des Felsens, hinter dem Blumenbeet, saß Arsenij. Er erhob sich rasch, richtete sich aber nicht ganz auf und sprach gedämpft, eindringlich, inständig:

»Euer Hochwohlgeb ... Sie müssen essen!«

Er hatte etwas im Kochgeschirr.

»Du hast mich schon gestern mit deinem Zwieback beinahe durcheinander gebracht ... Hast du die Pferde gefüttert?«

»Was denn sonst?« Arsenij war gekränkt. Dann verzog er seinen ohnehin schon großen Mund: »Ich habe sie auf dem Friedhof grasen lassen, das Gras dort ist gut, das beste!«

Hinter dem Felsen waren zwei Steine zu einem Bänkchen übereinandergelegt, und der Löffel lag griffbereit.

»Und du?«

»Nach Ihnen«, lehnte Arsenij mit angelernter Höflichkeit ab.

»Nein, wenn schon – dann zusammen.«

»Gut, dann eben zusammen«, Blagodarjow war einverstanden, plumpste vor dem Kochgeschirr auf die Knie und begann zu löffeln.

Worotynzew löffelte ebenfalls, gierig und zerstreut zugleich, ohne darauf zu achten, was eigentlich im Kochgeschirr war. Er aß mit der linken Hand und schrieb mit der rechten, die harte Ledertasche als Unterlage benutzend, auf dem hochgezogenen Knie, eilig, um den Kosakenfähnrich nicht warten zu lassen:

»Exzellenz,

auf dem linken, zurückgedrängten, doch keineswegs zerschlagenen Flügel (das Gefecht war gewonnen, und der Rückzug erfolgte wegen eines törichten Mißverständnisses) steht ein DRITTEL Ihrer Armee. Aber dort gibt es im Augenblick DREI Korpskommandeure (Artamonow-Masalskij-Duschkewitsch) und keinen bestimmenden Willen. Wenn es Ihnen möglich wäre, selbst dorthin zu kommen (das 6. Donkosakenregiment würde Sie völlig ungefährdet in zwei bis drei Stunden eskortieren), könnten Sie durch einen energischen Angriff die gesamte Lage der Armee günstig beeinflussen: Sie würden die Kräfte des Generals von François binden und ihn zurückschlagen, der gerade im Begriff ist, Sie ABZUSCHNEIDEN.

Krymow und ich bitten Sie dringend, sich zu diesem Schritt zu entschließen. Oberst Krymow hat jetzt den Stabschef des I. Korps abgelöst.

Ich bleibe im Westen von Neidenburg, hier gibt es fast keine Sicherung, sondern ein *Loch*.

Oberst Worotynzew.«

Er hätte noch etwas vorschlagen müssen: einen Rückzugsbefehl an die zentralen Korps. Aber er konnte nicht wagen, so direkt zu sein, Samsonow mußte selbst daraufkommen.

Inzwischen war auch der Kosakenfähnrich herangeritten. Worotynzew schärfte ihm ein: die Meldung verbrennen oder verschlucken, auf keinen Fall dem Gegner in die Hände fallen lassen.

Der Kurier aus Warschau wurde nicht mehr gesehen. Es war dem Oberbefehlshaber nicht beschieden, den Brief seiner Frau zu empfangen.

35

Schon viele Tage hatte Samsonow nicht diese Klarheit und Sicherheit des Handelns gekannt. Er ritt an der Spitze seines verdrossenen Stabes zügig und heiter aus der Stadt Neidenburg, ein Gefühl der Frische in seiner Brust, trotz des kurzen Schlafs. Dieses Gefühl der Frische wurde durch den feuchten Augustmorgen gesteigert, durch den Siegeszug der Sonne gegen den flockigen Nebel und den Schleier, der bei Tagesanbruch über den Himmel gezogen war.

Wie herrlich ist es, frühmorgens aufzustehen! Wie herrlich kann man morgens handeln und denken. Wie hoffnungsvoll bietet sich in der Kühle des Morgens der Schlachtverlauf dar! Wie viele solcher wunderbaren Morgen können noch vor einem Mann von fünfundfünfzig Jahren liegen!

Die Route hatte er nicht selbst gewählt, und jetzt mußte er einen Bogen nach Osten machen, über Grünfließ und an einem Ausläufer des Grünfließer Forsts vorbei: der Chef der Kosakeneskorte und die Offiziere des Stabs versicherten, der direkte Weg nach Nadrau sei nicht sicher genug, man müsse dort mit deutschen Patrouillen rechnen, man könne aus dem Hinterhalt beschossen werden. Aber auch auf dieser Route tauchten auf halbem Wege rechts in Staubwolken gehüllte Reiter auf, die immer näherkamen. Die Kosaken machten sich gefechtsbereit und schickten eine Patrouille vor.

Es war, wie sich herausstellte, ein Zug Dragoner vom VI. Korps, die ein Stück Papier mit einer Meldung an den Oberbefehlshaber über ein halbes Hundert Werst durch aufgegebenes, halbleeres, fremdes Land eskortierten. Hätte der Stab nicht diesen Umweg gemacht – die Meldung hätte ihn gar nicht erreicht.

Jetzt war es 8 Uhr 30, Blagowjestschenskijs Meldung war um ein Uhr nachts, vierundzwanzig Stunden nach der letzten, abgegangen, wie eine ganz gewöhnliche pünktliche Tagesmeldung, so, als wäre in der Zwischenzeit nichts Wichtiges vorgefallen. Ist er nun auf dem Weg zu Klujew? Hat er die Sicherung der zentralen Korps übernommen? Und feste Stellung bezogen?

». . . AUF ORTELSBURG ZURÜCKGEGANGEN. . .«

Ohne abzusitzen – die Landkarte her! Gestern war Blagowjestschenskij aus unerfindlichen Gründen auf Mensguth zurückgegangen, und das sah alarmierend aus. Und heute – wäre er nur heute in Mensguth geblieben! Aber er rollte weitere zwanzig Werst zurück, auf dem wohlbekannten Wege nach Rußland, so schnell wie möglich . . .

Der Fähnrich konnte, wie es schien, kaum erwarten, noch mehr über diesen Rückzugsmarsch zu erzählen, aber der Oberbefehlshaber ging nicht darauf ein. Er schonte sich selbst, seine nach außen sichere, stabile Erscheinung – um seiner Umgebung willen.

Und während der sieben Stunden, als die Dragoner unterwegs waren – vielleicht hatte Blagowjestschenskij inzwischen auch Ortelsburg geräumt? . . . Vielleicht steht er bereits hinter der russischen Grenze?

Und was konnte man ihm jetzt noch befehlen? . . . Unter allen Umständen Ortelsburg zu halten? . . . UM JEDEN PREIS . . . um jeden . . . Von der Standfestigkeit Ihres Korps hängt es ab . . .

Und der Fähnrich und sein Dragonerzug ritten mit diesem Stück Papier zurück, um es nachmittags zuzustellen.

Und das Schreiben Blagowjestschenskijs ging von einem Stabsoffizier zum anderen. Eigentlich müßte man Klujew verständigen. Doch wie? Aber Klujew wird doch zu Martos stoßen. Und wir sind ebenfalls auf dem Weg zu Martos. Allerdings: der Lebende Leichnam müßte davon erfahren, vielleicht würde er dann ein bißchen seine Hände rühren. Und hier und dort nachhelfen. Also sofort durch Kurier nach Janowo und von dort telegraphisch weiter. Auf der großen, gegen den Pferdekopf gelehnten Kartentasche schrieb er mit schwungvoller Schrift:

»... Das VI. Korps südlich von Ortelsburg zurückgegangen, nach Augenzeugenbericht eines Offiziers in ungeordnetem Zustand. Das Korps hatte starke Verluste, körperliche und moralische Leistungsfähigkeit geschwächt. Bin auf dem Weg nach Nadrau, wo ich eine Entscheidung bezüglich der angreifenden Korps treffen werde ...«

Er hatte geschrieben, daß er »eine Entscheidung treffen werde«, wie wenn sie noch nicht getroffen wäre! Eines hatte sich geändert – es war denkbar, daß auch anderes sich ändern würde. Aber wie ungern Samsonow das täte! Die Schultern der Armee sackten immer mehr zusammen, nachdem beide Arme amputiert waren, aber wie trug der morgendliche Schwung, der Samsonow einen schneidigen Soldaten bleiben ließ! »... Entscheidung treffen werde ...« – und dennoch ritt er in gleicher Richtung vorwärts.

Auch seine Offiziere, sichtlich ungehalten, setzten sich in Bewegung. (Postowskij, ein großer Spezialist im Abfassen von Aktenstücken, tröstete sich damit, daß auch nur wenige im Bereich feindlichen Artilleriefeuers verbrachte Stunden mit bedeutender Wirkung in der Personalakte vermerkt werden könnten ...)

Von einer Anhöhe öffnete sich ein weiter Blick auf den Maransen-See, der sich immer weiter und weiter in die Länge streckte. Die Sonne kam von der Seite, das Wasser glitzerte nicht, es war ruhig und dunkel. An den Ufern stand tiefer Wald. Auf den Hügeln verstreut lagen tote Gehöfte mit roten Ziegeldächern.

Und er sagte, von seinen Sorgen erlöst, mit erleichterter Seele die Welt ohne uns aufnehmend:

»Ein schönes Land, meine Herren! Daß es hier solche Höhen, solche Aussichten gibt!«

Ein Verwundetentransport erreichte aus entgegengesetzter Richtung die Anhöhe. Viele Verletzte hatten Bajonettwunden. Einige stöhnten, andere redeten ziemlich munter, zumal in Gegenwart von drei Generalen: nachts wäre es vor dem Dorf zu einem Bajonettkampf gekommen, etwa zehn Werst von hier. Und alle meinten übereinstimmend: Das Gefecht war erfolgreich, wir haben gesiegt.

Und auch jetzt noch grollte es links, in der Nähe.

Wahrlich, der Herr und die Muttergottes beschirmen uns. Wir wollen uns beeilen, meine Herren, wir wissen noch nicht genug!

»Nadrau« – diesen Namen trug General Martos' Gefechtsstand nach einem kleinen Dorf, lag aber westlich davon, auf einem Hügel, im Halbkreis von Wald umgeben, ein ausgezeichneter Platz mit weiter Sicht. Die vorderste Linie war weitergerückt, das feindliche Feuer reichte nicht mehr bis hierher, einige Offiziere standen auf dem Hügel in der schon heißen Sonne und reichten das Fernglas herum.

Und unten auf der Landstraße kroch eine Kolonne, sie überquerte den Eisenbahndamm – nein, die Kolonne *wurde abgeführt,* es waren Gefangene, ja! mindestens tausend Mann!

Der schmalschultrige mittelgroße Martos saß auf einem Stuhl und sah ebenfalls durchs Fernglas. Von der Vorverlegung des Armeestabs wußten sie noch nichts. Sie drehten sich um und konnten im Gegenlicht die Reiter nicht gleich erkennen.

Mit jugendlicher Leichtigkeit sprang der ruhende Heerführer auf und nahm das Stöckchen, das er im Gehen immer zu schwingen pflegte, aus der rechten Hand in die linke. Er nahm vor dem massiven Oberbefehlshaber, der noch nicht abgesessen war, Haltung an, salutierend und gegen die Sonne blinzelnd.

»Exzellenz! Der Gegner, in der Stärke einer Division, hat heute nacht versucht, uns über die auf das Dorf Waplitz zulaufende Schlucht anzugreifen. Seine Absichten wurden entdeckt und vereitelt, die Gefechtsleitung hatte versagt: am Friedhof Waplitz vernichtete der Gegner seine Truppen durch eigene Artillerie, deren Schußweite nach der Karte und nicht durch direkte Beobachtung festgelegt war. Die angreifende Division wurde zerschlagen und zurückgeworfen, wir halten die wichtige Wittmannsdorfer Höhe. Wir haben zweitausendzweihundert Gefangene gemacht, davon etwa hundert Offiziere, und zwölf Geschütze erobert. Obwohl stark geschwächt, griffen die Regimenter Kaluga und Libau den Gegner im Rücken an und trugen dadurch wesentlich zum Sieg bei.«

(Er wollte keinen fremden Erfolg für sich beanspruchen, er ließ die Nachbarn an dem seinigen teilhaben.)

Alles war zu sehen: dort wurden die Gefangenen abgeführt, und die kleine Gruppe der Offiziere wurde hierhergebracht, auf den Hügel.

Diesen großen Augenblick hatte der Oberbefehlshaber vorausgefühlt! Ihm entgegen war er heute früh von Neidenburg aufgebrochen! Er war nicht umsonst gekommen!

Die Meldung des Korpskommandierenden hatte Samsonow im Sattel entgegengenommen, dann saß er ab, schwerfällig, aber sehr sicher, warf jemandem die Zügel zu, umarmte von oben – ohne sich erst die Beine zu vertreten – den schlanken beweglichen Martos mit seinen kräftigen Armen und küßte ihn:

»Sie sind der einzige! Sie sind der einzige, der uns rettet, mein Lieber!«

Er ließ ihn los und sah ihn an, wünschte ihm ein Viertel des Königreichs*. Stellte sich jene Auszeichnung vor, die diese schmale Brust zieren könnte – gäbe es nicht die Warteliste für Ordensverleihungen . . .

Dann wäre es jetzt vielleicht doch möglich, die Korps energisch in den Rücken der Deutschen stoßen zu lassen? Jetzt zum Flankenangriff anzusetzen, der bereits gestern im Armeebefehl vorgesehen war? Ist nicht der Sieger der erste, aus dessen Mund man dies hören möchte?

»Ich würde gern Ihre Meinung hören, Nikolaj Nikolaitsch.«

Martos hielt seinen mutigen schmalen Kopf gerade, seine Augen blitzten auf. Er brauchte keine Zeit zum Überlegen, er brauchte seine Stirn nicht in gedankentiefe Falten zu legen. Schlank und beweglich wie ein junger Leutnant, mit von Natur hohen Schultern und keck gezwirbeltem Schnurrbart, antwortete er schneidig:

»Wenn Sie befehlen – unverzüglich zurückgehen.«

Er wußte nichts vom Rückzug Artamonows und Blagowjestschenskijs, aber er spürte instinktiv, daß hier nicht mehr der richtige Platz für sein Korps war, daß er zurückmußte, so schnell wie möglich! Es war ihm so wie den Schnecken oder Vögeln, die den Sturm vorausfühlen, am Luftdruck oder durch astrale Ströme – es zog ihn von hier fort.

Der Oberbefehlshaber begriff nichts: wie? was? warum?

Auch Postowskij, der mit Hilfe eines Kosaken vorsichtig abgesessen und nähergetreten war, meinte, sobald er bemerkte, daß der Oberbefehlshaber anderer Ansicht war:

»Ihre Stimmung ist ja ausgesprochen panisch! Die Nerven gehen mit Ihnen durch! Gleich wird links das Regiment Kexholm anrücken. Rechts haben Sie eine Brigade des XIII. Korps bekommen! Und auch das XIII. kann jeden Augenblick ...« Postowskij drehte sich sogar um, als erwarte er, das anmarschierende Korps zu entdecken, aber dort war nur Wald, »hier anrücken. Und dann ist da noch Rennenkampfs Kavallerie. Wer wird uns einen Rückzug erlauben?«

Wenn General Martos etwas unbekannt war, dann war es Unentschlossenheit. Er gab seine Begründung energisch, wie gestanzt: »Das Korps kämpft seit fünf Tagen von insgesamt sechs, davon drei Tage ohne Pause. Die fähigsten Offiziere und einige Tausend Soldaten sind gefallen. Das Korps ist erschöpft und nicht mehr gefechtstüchtig. Ich habe keine Kavallerie und tappe im Dunkeln. Die Munition ist bald zu Ende. Nachschub gibt es nicht. Unsere pausenlosen Angriffe bringen der Armee keine Vorteile, sie erschweren nur ihre Lage. Wir müssen zurück – unverzüglich.«

Die Wucht seiner Argumente fegte den wohlüberlegten Plan von heute morgen weg, nicht einmal das kleinste Detail blieb übrig. Und mit der freudigen Attacke, die der Oberbefehlshaber anführen oder befehligen wollte, war es vorbei. Hier war ohne ihn gewonnen, erwogen, vorgeschlagen, verloren worden.

Samsonow blinzelte mit schweren Lidern, als kämpfte er gegen den Schlaf. Nahm die Mütze von dem leicht verdrückten Grauschwarz der Haare. Wischte sich die Stirn.

Noch nie war seine Stirn so groß und schutzlos gewesen: eine weiße Zielscheibe über dem schutzlosen Gesicht.

36

In der Hetze und Eile war Worotynzew ein Fehler unterlaufen: nachdem er den Tag mit der Suche nach Kondratowitsch begonnen hatte, hätte er auf seiner Spur bleiben, diesen durchtriebenen General stellen, ihm ins Gewissen reden und mit dem Großen Hauptquartier drohen müssen – dann wäre es gelungen, westlich von Neidenburg alles in Stellung zu bringen, was vom XIII. Korps kampffähig geblieben war.

General Kondratowitsch – er hatte das GLÜCK, daß sein ganzes Korps auseinandergerissen worden war und er lange unter dem Vorwand, es wieder zu sammeln, auf der Bahn zwischen Warschau und Wilna pendeln konnte – General Kondratowitsch war an diesem Morgen hier aufgetaucht, sein Geist konnte es ja wohl nicht gewesen sein: er war zum erstenmal in der Nähe der vordersten Linie aufgekreuzt, an einer Stelle eine Stunde vor Worotynzew, an einer anderen nur eine halbe. Aber Worotynzew hatte die Geduld verloren, ihm nachzulaufen, und während er bei Verwundeten Informationen sammelte, erschien Kondratowitsch in Neidenburg und befahl, da es hier keinen ranghöheren Offizier gab, daß der Kommandeur des Regiments Estland mit sechs Kompanien und einem Maschinengewehrkommando zu seiner, General Kondratowitschs, Begleitung und Sicherheit auf der Chaussee nach Osten zurückzugehen habe. Offenbar ging er davon aus, daß die eine stark mitgenommene Division seines nicht komplettierten Korps ohnehin Martos unterstellt sei, das Regiment Kexholm Stellung bezogen hätte und sich auch ohne ihn halten, die übrigen Garderegimenter gar nicht erst kommen würden, und daß er als Korpskommandeur hier nichts mehr ausrichten, dafür aber sicherheitshalber hinter die russische Grenze sich zurückziehen und von dort aus den Ablauf der Ereignisse beobachten könne.

Das alles erfuhr Worotynzew, als sein Brief an Samsonow schon unterwegs war.

Noch heute früh war Neidenburg Residenz des Armeestabs gewesen, Zentrum und Knotenpunkt von Verbindungen und Wegen – und bis Mittag war in der Stadt kein einziger General mehr, niemand mit einem höheren Rang als Worotynzew; es gab keine Verbindung mit dem Korps und dem Frontstab, und alle Verlassenen mußten nach bestem Wissen und Gewissen selbst ihre Entscheidungen treffen.

Dafür blieb Worotynzew der Zustand des reinen Tuns, der übermächtigen Leichtigkeit, Freiheit vom eigenen Körper, von eigenen Wünschen und Gedanken – er war nichts als ein gefügiges Instrument, mit dem das noch zu Rettende gerettet werden konnte. Die Spalte, das Loch im linken Flügel der Armee fühlte er wie ein Stechen in der eigenen Brust und dachte nur das eine: Dieses Loch muß für diese Stunden zugestopft werden, solange der Oberbefehlshaber zum I. Korps unterwegs ist.

In dem überfüllten unruhigen Neidenburg fand er Oberstleutnant Dúnin, einen Bataillonskommandeur des Regiments Estland: seine vier Kompanien, die stark mitgenommen waren, ruhten sich seit gestern hier aus, der Oberstleutnant war noch unentschlossen, was weiter zu tun sei. Mit einem anderen Oberstleutnant an der Spitze stießen fünf andere Kompanien desselben Regiments dazu, kaum eine der Kompanien war stärker als ein Zug. Nachts hatten sie noch in ihrer Stellung gelegen, morgens wurden sie vom Regiment Kexholm abgelöst.

Diese beiden Offiziere und die Hälfte der vorhandenen Kompanieführer informierte Worotynzew mit wenigen Sätzen über die Lage der Stadt und die Lage der Armee, über den Abzug der anderen Kompanien ihres Regiments mit dem Regimentskommandeur an der Spitze Richtung

Rußland, und darüber, was von den Zurückgebliebenen erwartet würde. Er sprach und betrachtete dabei die Gesichter, jedes mit individuellen Zügen, und auf allen doch etwas Wesentliches gemeinsam, das, wozu sie geprägt worden waren: durch die Armeetradition; durch den langen Garnisonsdienst in einer von der Gesellschaft abgekapselten Welt; durch die Entfremdung von dieser Gesellschaft, die Verachtung, welche sie ihnen entgegenbrachte, und die Verhöhnung seitens fortschrittlich gesinnter Schriftsteller; durch das oberste Gebot, jeglichen Gedankens an Politik und sonstige BRISANTE GEGENSTÄNDE sich zu enthalten, und den abstumpfenden und beschnittenen Intellekt; durch ständigen Geldmangel; doch hinter all dem stand, in geläuterter und konzentrierter Form, die Energie und der Mut der Nation. Dies war *ihre* Stunde, dafür hatten sie gelebt, und Worotynzew war ihrer Antwort sicher.

Was sein muß, muß sein. Beide Oberstleutnante waren bereit, Worotynzews Kommando zu akzeptieren, bemerkten aber, daß ihre Soldaten nicht mehr einsatzfähig seien, besonders durch die Einwirkung der schweren deutschen Artillerie, der sie ausgesetzt waren, ohne sich auch nur eingraben zu können. Daraufhin bat Worotynzew darum, sie wenigstens vor der westlichen Stadtausfahrt zur Usdauer Chaussee antreten zu lassen.

Während die Kompanien gesammelt und wieder zur Stadt herausgeführt wurden, wobei die niedergeschlagenen mürrischen Soldaten zurückschielten, traf sich Worotynzew mit dem Stadtkommandanten Dovatour, einem rundlichen (kleines Bäuchlein), sehr höflichen und hilfsbereiten Mann, und besprach mit ihm alle Einzelheiten über Munitionsnachschub sowie die dazu benötigten Fuhrwerke und verabredete mit ihm einen Punkt westlich der Stadt, wohin er einen Melder schicken sollte, sobald die Stadt von den Trains und den abziehenden Truppen frei wäre.

Man ließ die Soldaten in Linie zu sechs Gliedern antreten, im Schatten, die Flügel lagen so nah beieinander, daß man ohne zu brüllen von allen gehört werden konnte. In diesen Minuten betrachtete Worotynzew, der, die Hände auf dem Rücken verschränkt, breitbeinig vor der Formation stand, sein unverhofftes Détachement, mit dem hochaufgeschossenen schwarzhaarigen Soldaten am rechten Flügel.

Während der achtundvierzig Stunden, in denen ihr Regiment zermahlen wurde, waren die Überlebenden gealtert: an ihnen zeigte sich die würdevolle Gemessenheit des zum Tode Verurteilten, keiner riß sich darum, einen Befehl auszuführen und dabei – Bauch rein, Brust raus! – sich selbst zu übertreffen. Kein einziges sorgloses, kein einziges gewollt forsches Gesicht: dort, wo der Tod sie berührt hatte, begannen alle Soldatenpflichten abzubröckeln. Aber sie waren noch nicht so weit abgebröckelt, daß auch jegliches Kommandowort seine Macht über sie verloren hätte. Noch würde ein einfacher Befehl genügen, damit sie in Stellung gehen – um sofort auseinanderzulaufen, wo es doch darauf ankommt, sie zu halten.

Und was konnte er ihnen sagen? Ihre Ohren waren noch taub; sie hatten noch nicht begriffen, daß sie dem Tode entronnen waren – und mußten schon wieder zurück? Und noch dazu hinter einem fremden Obersten, der plötzlich verschwinden wird, dem es nicht darum geht, mit ihnen zu sterben, sondern nur, sie in den Tod zu treiben.

Nur nicht »Ehre«: etwas Unverständliches, was nur für die Herren gilt. Nur nicht »Verpflichtung gegenüber den Verbündeten«: dabei kann man sich die Zunge brechen. Sollten sie ihr Leben für »Väterchen Zar« opfern? Das würden sie verstehen, vielleicht würde das eine Resonanz wecken, für den *Zaren* an sich, den Namenlosen, Ewigen, dessen Antlitz nicht zu erkennen ist. Aber für Worotynzew selbst gab es jenen namenlosen ewigen Zaren nicht, und *diesen* Zaren, den heutigen, verachtete er und schämte sich seiner – es würde falsch klingen, sie in seinem Namen zu beschwören.

Also dann – Gott? Der Name Gottes würde sie anrühren. Aber für Worotynzew klänge es lästerlich und unerträglich falsch, sie jetzt in Gottes Namen zu beschwören – als ginge es dem Allmächtigen darum, die deutsche Stadt Neidenburg vor den Deutschen zu schützen. Und jeder Soldat mußte bald dahinterkommen, daß Gott sich nicht festlegen läßt, für uns und gegen die Deutschen zu sein; warum sollte man sie für dumm halten?

Und so blieb nur Rußland, das Vaterland. Für Worotynzew war das – Wahrheit, sein eigenes Schlüsselwort. Aber er sah ein, daß die *anderen* es nicht verstehen konnten, ihr Vaterland reichte nicht weiter als bis zu den Grenzen des Amtsbezirks, und deshalb hätte seine Stimme unsicher, unglaubwürdig, lächerlich pathetisch geklungen – und alles wäre noch schlimmer geworden. Also auch das VATERLAND konnte er nicht in die Waagschale werfen.

Die Rede wollte nicht werden.

Aber als er in die schweren, müden, düsteren Gesichter blickte, da stand er plötzlich selbst dort: unter den verschwitzten Mantelrollen, unter den verschwitzten Blusen, unter den Riemen, die die Schulter wundscheuern, in den Stiefeln, in denen die ungewaschenen Füße brennen. Er hörte »Augen gerade aus!«, gab das Kommando »Rührt euch« und begann zu reden, weder klangvoll noch flüssig oder abgehackt, sondern mit derselben Müdigkeit und Unzugänglichkeit, die sie erfüllte, als hätte auch er selbst noch keinen endgültigen Entschluß gefaßt:

»Estländer! Gestern und vorgestern habt ihr viel abbekommen. Einige von euch konnten rasten, die anderen noch nicht. Aber denkt daran, daß die übrigen, die Hälfte eures Regiments, dort GEBLIEBEN sind. Im Krieg geht es niemals gerecht zu, so ist der Krieg. Aber wir dürfen nicht daran denken, selbst heil davonzukommen, sondern dürfen unseren Nachbarn nicht im Stich lassen.«

Das wäre das Einfachste: sie *einfach* über die tatsächliche Lage und die Kampfaufgabe zu unterrichten, wie es die

Dienstvorschrift unteren Dienstgraden gegenüber nicht vorsieht, was aber das einzig Richtige wäre. Man braucht ja nicht gleich zu sagen: »Unsere zentralen Korps sind verloren! Die Generale haben es vermasselt, unsere Generale sind dumm und feige, jetzt müßt ihr, die Bauern, den Karren aus dem Dreck ziehen!« Und er sprach weiter, wieder unter der Mantelrolle, unter dem Gewehrriemen:

»Brüder!« Er breitete die Arme aus und stand wie angewurzelt. Und die Formation sah und spürte seine breiten Schultern und seine Festigkeit. »Es bringt uns nichts ein, wenn wir uns auf Kosten anderer retten. Wir haben bis zur russischen Grenze nicht mehr weit, wir könnten hier raus – aber die Nachbarregimenter sind dann verloren. Und später würden die Deutschen uns doch noch schnappen, auch uns geht es dann ans Leben ... Ihr seid am Ende, ich sehe das, aber hier, in der Nähe, hat die Front ein LOCH, dort ist niemand! Bis die Verwundeten abtransportiert, bis die Trosse aus der Stadt sind, muß das Loch zugestopft werden! Bis zum Abend! Und es ist keiner da, außer euch!«

Er hatte nicht kommandiert, nicht gedroht, er hatte einfach erklärt. Und die Gesichter – finster, störrisch – hellten sich in plötzlichem Verständnis und Mitgefühl auf, zu einem Lächeln, das fast mitleidig war wie beim Anblick eines verletzten Vögelchens, und sie antworteten – eigentlich wollten sie gar nicht! und die Beine taten es nicht mehr wie früher, verflucht sei die Rückkehr! – nicht mit Worten, nicht mit Gegenrufen, sie waren ja angetreten, sondern mit einem unartikulierten warmen Brummen, mit wohlwollendem Raunen.

Als er das Aufleuchten dieses großmütigen Lächelns sah und das brummende Raunen hörte, ließ der Oberst die Arme sinken, nahm die Haltung »Stillgestanden« an, war wieder im Besitz seiner Kraft und rief mit jetzt heller Stimme im Kommandoton:

»Freiwillige vor! NUR Freiwillige vor! ERSTES Glied! Wer mitgeht, DREI Schritt vor!«

Und – das ganze Glied trat drei Schritte vor!

Und – noch sicherer, bereits siegesgewiß:

»Zweites Glied! Wer mitgeht – DREI Schritt vor!«

Und – das zweite trat auch vor.

Und – das dritte auch.

Und – alle sechs ausnahmslos traten vor. Sie legten drei Schritte ihres Kalvarienweges zurück, mit dunklen Gesichtern, aber sie traten vor.

Und obwohl er einsah, daß kein Grund zum Jubeln war, daß es unangebracht und unangemessen wäre, brüllte Worotynzew:

»Fabelhaft, Regiment Estland! Noch ist Mütterchen Rußland nicht arm!«

Jetzt war »Mütterchen« angebracht ...

Der Meerrettich liebt die Reihe nicht,
tanzt doch an ihr auf und ab.

37

Doch die Zeit war knapp, er rannte zu seinen Reitern zurück, den drei versprengten Kosaken aus dem 6. Donkosakenregiment und Arsenij. Die Kosaken machten sich ausgezeichnet zusammen – der eine hatte einen langen Schopf, der andere eine immer verschlafene Visage, der dritte eine stets ungekämmte Mähne, alle drei saßen auf ihren Pferden wie Tiger. Aber ...

»Aber du blamierst mich, Arsenij, wirklich. Du hast doch gesagt, du könntest reiten?«

»Kann ich auch. Aber nur so, ohne Sattel. Bei uns in Kamjenka reiten alle so. Ein Sattel – das ist nur was für feine Leute.«

Gestern hatte er sich mit großem Eifer im Sattel versucht, sich das Sitzfleisch wundgerieben, daraufhin heute den Sattel weggeworfen und sich direkt auf den Pferderücken gesetzt. Auf Worotynzews Vorhaltungen hin ließ er sich etwas ganz Besonderes einfallen: band ein Daunenkissen auf den Pferderücken, verknotete die Stricke unter dem Bauch und saß jetzt darauf mit dem Ausdruck höchster Zufriedenheit, ließ die Beine baumeln und parierte ungerührt den grölenden Kosaken.

»Ist es immer noch nicht recht, Euer Hochwohlgeboren?« Er dokumentierte seine Bereitschaft, sich von seinem Kissen sofort zu trennen, ohne die geringsten Anstalten zu treffen, dieser Hundesohn. »So reite ich jetzt glatt bis in die Türkei!« Er versuchte abzulenken, in tiefem Baß und mit geblähten Backen.

»In der Türkei kommt es ja auch nicht darauf an ...«

Sie nahmen das Gewehr nach Kavalleristenart quer über den Rücken und jagten davon.

Eine Sorge zog die andere nach. Eben noch war Worotynzew besorgt, ob es ihm gelingen würde, die Soldaten zu überreden, in diese Hölle zurückzukehren. Und jetzt sorgte er sich wieder: er hatte ihnen zugesichert – bis zum Abend, wenn es aber länger ginge, wer sollte sie ablösen? Und wird er sie bis zum Abend in der Stellung halten können? Und falls sie sich hielten – wäre dieses Opfer sinnvoll, hatte er sie auch nicht belogen? Denn alles andere, die gesamte Armee, hing ja nicht von ihm ab, das kam, wie es kommen mußte. Für seine bescheidene Person genügte die Überlegung: wo und wie sollte man diese fünf zusammengezogenen, trotzdem schwachen Kompanien aufstellen? Wie kann man mit dieser Handvoll Leute in dem Abschnitt vom Regiment Kexholm bis zur Chaussee nach Usdau auskommen? Die Kräfte würden bestimmt nicht für jede Werst reichen, aber nur eine lückenlose Front hatte einen Sinn.

Einige Werst trabten sie einen Feldweg entlang – nicht nach Westen, sondern weiter rechts, in der Richtung, in der Worotynzew das Loch ahnte. Ja, es stimmte, dort war ein Loch, eine Leere, kein Mensch, weder Russen noch Deutsche, keine Zivilbevölkerung, kein streunender Hund, kein Pferd, keine Leichen, kein Geflügel. So ist es im Zentrum eines Zyklons: ringsum kracht es, stürmt und ist dunkel, und hier – himmelblaue Stille.

Hier und nicht weiter vorn mußten die Estländer aufgestellt werden. Worotynzew ließ einen Kosaken als Markierung zurück und wollte mit den anderen unbedingt bis zur Flanke des Nachbarn vorstoßen, Kontakt herstellen und dann erst zurückreiten.

Die von keiner Wolke verhüllte Sonne stand hoch am Himmel und strahlte ihre höchste Wärme aus, die offene verlassene tote Fläche fing an zu glühen, und es schien, als könne man hier niemandem begegnen.

Weiter vorn erhob sich ein kleiner Hügel, von niedrigen Kiefern bestanden, Worotynzew wollte von dort Umschau halten. Die starken Pferde nahmen die Steigung mühelos, sie waren zwischen den Kiefern nicht auszumachen und auf dem weichen Weg nicht zu hören; als sie fast oben waren, hörten sie überrascht ein seltsames Knurren, das jedoch sogleich verstummte. Sie sprengten auf den Scheitel des Hügels und –

Deutsche?! Ein Automobil! direkt vor ihnen! auf zehn Schritt! Offenbar war auch das Automobil gerade erst hier angekommen und dann verstummt.

Vier Deutsche saßen im Automobil und waren nicht minder erstaunt als die vier russischen Reiter.

Zunächst waren alle wie erstarrt.

Die Kosaken zückten mit pfeifendem Geräusch ihre Säbel.

Der Offizier hinter dem General riß seinen Revolver heraus und hielt ihn hoch. Auf dem anderen Rücksitz wurde mit einiger Verzögerung ein Maschinengewehr in Stellung gebracht.

Blagodarjow streifte mühelos das Gewehr von der Schulter und lud nach.

Nur um Haaresbreite – und ein Schießen und Hauen wäre losgegangen, bei dem keiner lebend davongekommen wäre. Aber die Kosaken warteten den Befehl ab. Und die Deutschen erst recht.

Doch der zierliche General griff nicht nach seinem Revolver und gab auch keinen Befehl. Er drehte den Kopf hin und her und musterte sie scharf und erstaunt, als wären sie eine Kuriosität, die man leicht verscheuchen könnte.

Worotynzew bemerkte es und hielt deshalb nur die Hand am Säbelgriff. (Das Gewehr von der Schulter zu nehmen hätte zu lange gedauert, er war es nicht gewohnt.)

So still war es zwischen dem verstummten Automobil und den nicht wiehernden Pferden, daß auf dem warmen Hügel in der harzigen Luft nur das Schnaufen der Pferde und das Summen einer Bremse oder Fliege zu hören war.

Und nachdem sie ohne einen Schuß diesen Augenblick

der Stille, der Wärme und des einsamen Summens durchlebt hatten, standen sie alle acht über dem Tod.

Der General (»das ist der von gestern, Euer Hochwohlgebo . . .«) drehte immer noch den Kopf hin und her und beobachtete sie sehr neugierig, als käme er gar nicht auf den Gedanken, daß man auf ihn schießen oder mit dem Säbel ausholen könnte. Seine enganliegenden Ohren wirkten so, als wäre er erschrocken, aber in Wirklichkeit war er es nicht im mindesten. Er hatte einen humorvollen Zug im Gesicht – vielleicht lag es an dem bürstenartigen Schnurrbart? Nein, er hatte einfach Sinn für Humor. Und er bewies ihn unverzüglich, indem er launig vorwurfsvoll sagte:

»Herr Oberst, ich hätte Sie gefangennehmen sollen.*«

Der launige Ton eines keineswegs ernstgemeinten Vorwurfs steckte auch Worotynzew an, ehe er sich über die Bedeutung dieser Begegnung im klaren war, was daraus zu machen wäre und wie er sich verhalten sollte. Er ging nur auf diesen Ton ein und antwortete noch launiger, seine ebenmäßigen Zähne blitzten:

»Nein, Exzellenz, das bin ich, der Sie gefangennehmen soll!*«

Der Maschinengewehrlauf senkte sich. Und der Revolver. Und die Säbel.

Der General argumentierte:

»Sie sind ja auf unserem Boden.*«

Worotynzew stellte sich auf die neue Nuance ein und brachte ein nicht minder gewichtiges Gegenargument:

»Diese Gegend ist in unserer Hand.*«

Das war maßlose Großtuerei, aber wenn es einem an den Kragen geht, ist das der beste Trumpf: vielleicht standen gleich hinter dem Hügel unsere Infanterieketten. Etwas ernster fuhr er fort: »Und ich wage einen Ratschlag, Herr General, lieber entfernen Sie sich.*«

Er war es wirklich, Arsenij hatte es ihm zugeflüstert, derselbe, der gestern so sportlich aus dem Auto gesprungen war, bravo, dabei ist er kaum jünger als Samsonow.

Aber der General wollte und konnte a
nicht eingehen:

»Bitte, Ihren Namen, Oberst.*«

Nun, das ist kein Geheimnis, bitte sehr:

»Oberst Worotynzew.*«

Ob er darauf Rücksicht nahm, daß ein Oberst ein
General nicht nach dem Namen fragen konnte, oder ob er überhaupt Gefallen an diesem Gespräch fand, jedenfalls stellte sich der General liebenswürdigerweise seinerseits vor, mit demselben Funken Humor im Blick:

»Und ich bin General von François.*«

Oho! Der Kommandierende General des deutschen 1. Korps! Und der war beinahe in unserer Hand, man hätte ihn gefangennehmen können!

Es war allerdings fraglich, wer hier wen in der Hand hatte.

Und vor allem: man schießt und sticht mit Selbstverständlichkeit, solange man sich nicht vorgestellt hat. Aber auf einen Bekannten loszugehen, ist irgendwie unmenschlich.

»Aha! Ich erkenne Sie«, rief Worotynzew ungezwungen und launig. »War das gestern Ihr Automobil, das wir abgeschossen haben? Was suchten Sie denn in Usdau?*«

Der General schüttelte den Kopf und lachte schallend.

»Es wurde gemeldet, meine Truppen seien schon drin.*«

Er kniff die Augen zusammen und musterte Worotynzew anerkennend von unten. Das war eine Laune des Krieges, die man auskosten sollte.

Die Kosaken würdigten sie, indem sie grinsend, dem angeschlagenen Ton entsprechend, ihre Säbel mit beruhigendem Zischen in die Scheiden stießen – der schielende Kasján Tschertíchin mit seinem langen Schopf und der verschmitzte Wuschelkopf Artjúcha Sérga.

Der Revolver des deutschen Offiziers war inzwischen verschwunden. Das Maschinengewehr hinter dem Rücken des Chauffeurs kaum noch zu sehen. Auch Blagodarjow hatte sein Gewehr über die Schulter geworfen und schon wiederholt geflüstert:

»Euer Hochwohlgeb ..., der *Löwe*, sehen Sie? Die haben unseren Löwen geklaut!«

Worotynzew, der nur den General und das Maschinengewehr im Auge behalten hatte, war bis jetzt nicht aufgefallen, daß auf dem Kühler des Automobils derselbe Löwe befestigt war, jenes Spielzeug, das sie in ihrem Schützengraben bei Usdau aufgemuntert hatte, irgendwann, vor langer, langer Zeit ... Erstaunlich, daß der Löwe noch immer heil war.

Auch den Deutschen war etwas aufgefallen, ebenso wie ihnen der Löwe, und sie flüsterten amüsiert.

»Wer sind Sie aber, ein Russe?*« forschte von François weiter. Er hätte offenbar die Unterhaltung gern fortgesetzt. Von seiner Unwiderstehlichkeit überzeugt, war er sichtlich bestrebt, auch seinen Gegner zu bezaubern.

»Ein Russe, ja*«, Worotynzew lächelte, da er diese europäische Frage in gewisser Weise zu verstehen glaubte.

Und entschloß sich endgültig: jeder geht seiner Wege, so ist es am besten. Der andere ist jetzt bestimmt davon überzeugt, daß wir hier in der Nähe stehen. So schnell wie möglich die Estländer aufstellen. Und er legte bedauernd die Hand an die Mütze:

»Pardon, Exzellenz, tut mir leid, aber ich muß mich beeilen!*« Noch einen Blick in seine Augen. Und einen flüchtigen auf den Mann am Maschinengewehr. Ob sie uns von hinten niederschießen werden? Ausgeschlossen! »Leben Sie wohl, Exzellenz!*«

Und der General antwortete, immer noch freundlich spöttisch, sogar bedauernd, und winkte mit drei Fingern wie mit einem kleinen Flügel:

»Adieu, adieu!«

Dieses Winken hatten auch die Kosaken verstanden, rissen hinter Worotynzew ihre Pferde herum und jagten in Karriere den Hügel hinab, grölend und zufrieden.

Da lachten die Deutschen schallend auf. Worotynzew hörte es noch, begriff – und ärgerte sich zum erstenmal über Arsenij:

»Sie lachen über dein Kissen! Du blamierst die ganze russische Armee!«

Blagodarjow saß auf seinem Pferd ruhig wie ein Recke, er machte ein finsteres und beleidigtes Gesicht.

Noch immer hätte der deutsche Maschinengewehrschütze sie alle niedermähen können.

Aber nach dieser liebenswürdigen Unterhaltung war das unmöglich. Und wäre auch eines in die Geschichte eingehenden Feldherrn nicht würdig gewesen.

38

Einem Feldherrn ersten Ranges genügte es nicht, einfach zu siegen: er muß auch noch mit Geschmack und Eleganz Krieg führen können. Für die Geschichte wird keine seiner Gesten, kein einziges Detail seiner Kommandoführung gleichgültig sein. Entweder werden sie als Schnitzwerk und Garnierung dazu beitragen, sein Bild ins Vollkommene zu steigern, oder ihn als einen simplen Glückspilz erscheinen lassen, nichts weiter.

Am Abend des 14. August konnte General von François den Tagesbefehl für den 15. noch nicht erstellen: es zog ihn nach Neidenburg, aber von Soldau her drohte ein Gegenstoß, und auch das Armeeoberkommando drängte ihn nach Soldau. In einer solchen Situation quält ein Armeeführer ohne Format sich und seinen Stab die ganze Nacht, wartet auf die Erleuchtung, bis schließlich mitten in der Nacht die Federn zu knirschen beginnen und die Weisungen ausgestellt werden. Aber Hermann von François verfügte lakonisch: »Die Divisionen stellen sich innerhalb ihrer Abschnitte zum Angriff bereit. Zeitpunkt und Art des Angriffs werden morgen auf Höhe 202 bei Usdau bekanntgegeben. Die Herren Offiziere werden gebeten, zur Entgegennahme der Befehle sich rechtzeitig an Ort und Stelle einzufinden«**, und legte sich in einem der erhalten gebliebenen Häuser Usdaus zur Ruhe, unter einem rosarot bezogenen Federbett. Dies war eine jener Gesten: die Divisionskommandeure und die Kommandeure der untergeordneten Einheiten durften nicht einmal für möglich halten, daß der Angriff morgen nicht stattfinden könnte oder der Korpskommandeur nicht wüßte, was er morgen tun würde.

Eine andere in diesem Sinn bedeutsame Geste war auch

die Wahl des Platzes, wo sich die Kommandeure versammeln sollten: von François hätte sich auf jeden Fall nicht für die Höhe 202 entschieden, sondern für den Mühlenhügel bei Usdau, wären seine Truppen nicht so weit vorgerückt. Der Mühlenhügel war hier der schönste und auffallendste Punkt, besonders solange die Windmühle noch unversehrt war, bis gestern, als von François auf Grund eines Mißverständnisses auf dem Wege hierher war und schon durch diesen mißlungenen Versuch mit glücklichem Ausgang sich mit ihm verbunden fühlte. Gestern hatte er die Hälfte seiner Artillerie nach einem konzentrierten System, das zum erstenmal in diesem Krieg angewandt wurde, zum Umpflügen dieses Hügels und zur Vernichtung des hier eingegrabenen Regiments eingesetzt. Gestern nachmittag konnte General von François tote und halbtote Russen dicht übereinandergehäuft in den Schützengräben und am Hang liegen sehen, das erste artilleristische Resultat solchen Ausmaßes, das er im Kriege erlebte. Und als er diesen Hügel mit den schwelenden Trümmern der Mühle (erst die Nachtfeuchtigkeit und der Nebel brachten sie zum Erlöschen) erstiegen hatte, wußte er, daß jeder seiner Schritte der Geschichte gehörte. Hier begann die Chaussee, die ihm zu dem historischen Sprung nach Neidenburg dienen sollte, hier war von François der kleine gelbe Fleck unter der aufgeschütteten Erde der Brustwehr aufgefallen, und seine Chauffeure zogen freudestrahlend einen hübschen Spielzeuglöwen aus der Erde, der den mörderischen Artilleriebeschuß heil überstanden hatte. Einer kam auf die Idee, diesen Löwen auf dem Kühler eines der Automobile zu befestigen und ihm für die Einnahme von Usdau den Unteroffiziersrang zu verleihen, der erste Schritt auf dem langen Siegeszug, der in dem Marschallstab gipfelt.

Aber die Kommandeure mußten näher zur Frontlinie versammelt werden. Außerdem lag dichter Nebel sogar über den Höhen und löschte die Details aus. Noch vor der festgesetzten Stunde ging von François, die Arme über der Brust verschränkt, auf und ab. Seine einsame Größe wurde noch dadurch unterstrichen, daß er schon seit zehn Tagen seinen Stabschef ignorierte und ihn nicht mehr bei der Arbeit duldete.

Von François hatte am Morgen beschlossen, mit der Hälfte seiner drei Divisionen einen Angriff auf Soldau einzuleiten, wie von ihm verlangt worden war, und die andere Hälfte zur eigenen Verfügung für den im stillen geplanten Sprung auf Neidenburg bereitzustellen. (Am Anfang der Chaussee sollte eine Vorausabteilung, bestehend aus Kraftradfahrern, Radfahrern, einem Ulanenregiment und einer berittenen Batterie placiert werden.) Die Sorglosigkeit und Untätigkeit der Russen bei Soldau ließ ihn mit Sicherheit annehmen, daß von dort keine Gefahr drohte und die Russen vollauf mit Ausweichen hinter den Fluß beschäftigt waren.

Wenn ein großer Augenblick Wirklichkeit wird und an deine Tür klopft, ist sein erstes Anklopfen nicht lauter als der Schlag deines Herzens – nur ein erwähltes Ohr vermag es zu vernehmen. Obwohl er sich in seiner Beurteilung der Lage bei Soldau nur auf Vermutungen stützte, obwohl bei von Scholtz, auf der anderen Seite, seit heute nacht unerwartetes Artilleriefeuer zu hören war, das auch am Morgen noch anhielt – General von François hatte die Gewißheit, das unhörbare Signal des Schicksals vernommen zu haben. Und er warf auf eigene Gefahr die Vorausabteilung auf Neidenburg, aber nicht direkt, sondern von Süden her umfassend, mit der Absicht, die russischen Trains abzufangen, die vermutlich nach Süden abziehen würden. Und die direkte Chaussee behielt er den Hauptkräften vor, die er dort in Kürze ansetzen wollte.

Im Raum von Soldau entwickelten sich die Dinge vielversprechend: das russische Sperrfeuer war schwach, die Russen zogen sich ohne Gegenangriff aus der Stadt zurück. Aber die Kanonade bei von Scholtz hielt beunruhigenderweise an, und kurz nach neun fuhr ein Automobil mit einem dringenden Armeebefehl vor, der im letzten Augenblick die Pläne von François' durchkreuzte und ihn von seiner Eigenmächtigkeit zurückhielt:

»Die Division ... wurde vom Feind beim Dorf Waplitz zurückgeworfen und befindet sich weiter auf dem Rückzug. Ihr Korps muß seine konzentrierte Reserve sofort zur Hilfeleistung in Marsch setzen. DIESE BEWEGUNG HAT ALS ANGRIFF ZU GESCHEHEN. Der Abmarsch hat sofort zu beginnen. Die Lage duldet keinen Aufschub. Der Abmarsch ist zu melden.«**

Nein, Ludendorff und Hindenburg waren keine geborenen Feldherren! Sie vermochten das Anklopfen des Schicksals nicht zu vernehmen. Die geringste Bewegung des Gegners rief bei ihnen Angst hervor; wenn es irgendwo tropfenweise zu rinnen begann, glaubten sie, dem Faß sei der Boden ausgeschlagen. Wie feige und geistlos war dieser Befehl, der sein Korps in einen frontalen Gegenangriff schickte – »als Angriff« auf fünfzehn Kilometer Entfernung! –, während das schönste Umfassungsmanöver herangereift war und sich von selbst anbot!

Aber da von François sogar beim Kaiser persönlich als anmaßend galt, konnte er nicht umhin zu gehorchen.

Doch feiger Mittelmäßigkeit sich unterordnen – das brachte er ebensowenig über sich.

Im Krieg ist der Kompromiß selten Weisheit, meist Verhängnis. Aber diesmal war ein Kompromiß der einzige Ausweg: von François setzte eine seiner Reservedivisionen in der vorgeschriebenen Richtung in Marsch. Er selbst blieb mit einer starken Brigade an der Startlinie nach Neidenburg. Und sobald Soldau genommen war – das geschah gegen Mittag –, schwenkte die Division aus dem Abschnitt Soldau sofort auf Neidenburg um und füllte die Reserve des Korpskommandeurs wieder auf.

Von François hatte schon immer gewußt, daß die Befehle Ludendorffs nur eine kurze Lebensdauer haben: gegen ein Uhr mittags erschien ein neuer Verbindungsoffizier mit einem neuen Befehl: Die Marschrichtung der zur Hilfeleistung heranrückenden Division muß nach Osten verschoben werden und flacher verlaufen.

Nein, Ludendorff war kein Feldherr! Man kann doch mit damenhaft launischer Unbeständigkeit keine Armeen führen! Er wußte selbst nicht, was er eigentlich wollte, es kam ihm nur darauf an, ohne viel zu riskieren, in jeder Lage sein Prestige zu wahren.

Jetzt bedauerte von François, daß er auf den zweiten Befehl überhaupt eingegangen war, es hätte sich alles von selbst erübrigt.

»... Alles kommt auf Ihr 1. Armeekorps an.«**

In der Tat: auf das Korps von François' kam es an, von der ersten bis zur letzten Stunde!

Daraufhin setzte er die bereitstehende Brigade mit dem Jägerregiment zu Pferde auf der Chaussee Usdau–Neidenburg an. Die Stadt sollte genommen und in Richtung Osten passiert werden! Die Zangenhälfte sollte so tief wie möglich (Patrouillen und Sicherungen als punktierte Linie im Rücken) über dieselbe Chaussee auf Willenberg eingeführt werden! Feldküchen sollten den Einheiten folgen und sie verpflegen. (Der Feldherr denkt auch an die Verpflegung seiner Soldaten.)

Da von François im Augenblick auf telephonische Verbindung mit dem Armeeoberkommando keinen großen Wert legte, fuhr er mit zwei Automobilen los, um persönlich den Aufmarsch der Einheiten zu überwachen und zu leiten.

Auf einem einsamen, mit niedrigen Kiefern bestandenen Hügel hatte er eine unterhaltsame Begegnung mit einer russischen Patrouille.

Während die Division, die auf dem Anmarsch zu von Scholtz war, schon in ein Gefecht mit einem russischen Garde-Regiment verwickelt war, erhielt von François gegen drei Uhr nachmittags den dritten Befehl: diese Division sollte nicht zur Hilfe abgestellt werden, die erste

Weisung wurde damit aufgehoben! Danach bestand die Aufgabe des 1. Korps von François' nach Ansicht des Armee-Oberkommandos darin, »dem Gegner den Weg nach Süden zu verlegen, heute noch Neidenburg zu erreichen und die Verfolgung morgen zur frühesten Stunde fortzusetzen«**.

Diese Strategen! Wenn man auf eure Eingebungen warten wollte! Schade, er hätte sich vormittags nicht zersplittern sollen, dann hätte man noch mehr russische Trains erbeuten können. Ein Kompromiß ist im Krieg immer ein Fehler.

Und so verging unmerklich im Wechsel der Befehle, Vermutungen, Enttäuschungen und Freuden der ganze lange Sommertag! Gegen fünf Uhr nachmittags zog das Jägerregiment zu Pferde ohne Kampfhandlungen in Neidenburg ein und fand dort keine russischen Kampfeinheiten vor, sondern nur Trains und Etappendienststellen. Nur ein dünner Streifen Infanterie, nördlich der Chaussee aufgestellt, leistete Widerstand (General von François persönlich wurde aus einem Kartoffelfeld von ihr beschossen). Der General wunderte sich: die Russen hatten offensichtlich nicht die mindeste Vorstellung von ihrer Situation, wenn sie keinerlei Anstalten trafen, die Schlüsselstadt Neidenburg zu verteidigen! Und was erwarteten sie dann von dem ganzen Krieg? Wie konnten sie es gewagt haben, in diesen Krieg einzutreten?!

Russische Trains – das war das größte Hindernis beim Vormarsch des 1. Korps. Die heute früh eingesetzte Vorausabteilung riegelte die Straßen südlich von Neidenburg ab, unter den Trophäen befand sich sogar eine Feldkasse mit drei Millionen Rubeln. Ganz unentwirrbar von russischen Trains verstopft war die Stadt selbst: als vor Anbruch der Dämmerung von François mit seinem Stab in die Stadt einfuhr, blieben die Automobile sofort stecken. Er mußte bis zum Hotel auf dem Marktplatz zu Fuß gehen.

Eine Abteilung Feldgendarmerie und ein Grenadier-Bataillon (das gestern fünfundzwanzig Kilometer weit von Usdau zurückgerollt war und dessen Major sich nach Kräften bemühte, die Scharte wieder auszuwetzen) durchsuchten die Häuser, Speicher, Keller, holten die dort versteckten Russen heraus und führten sie ab. Das Ganze lief beinahe ohne einen Schuß ab.

Vor dem Hotel wurde der General von dem russischen Kommandanten und dem deutschen Bürgermeister erwartet. Der Kommandant meldete seinen Auftrag als erfüllt, über den Zustand der Lazarette, der deutschen Versorgungslager und die Unterbringung der Kriegsgefangenen. Der Bürgermeister äußerte sich sehr anerkennend über den Einsatz des Kommandanten zur Aufrechterhaltung der Ordnung in der Stadt, für Sicherheit, Leben und Eigentum der deutschen Bevölkerung. Der General dankte dem Kommandanten und ersuchte ihn, ein Zimmer zu wählen und dort sich aufzuhalten, gleichfalls als Kriegsgefangener. Dann bat er ihn, noch einmal seinen Namen zu nennen.

»Dovatour«, wiederholte der kleine, rundliche, schwarzhaarige Oberst.

Die rotbraunen Brauen des Generals antworteten mit einer Bewegung.

»Und der Vorname?«

»Iwan«, antwortete der Oberst lächelnd.

Die Brauen Hermann von François' hoben sich noch höher, und auf seinen Lippen erschien ein nachdenkliches Lächeln.

Zwei vertriebene Nachkommen des aristokratischen Frankreich aus zwei unglückseligen Emigrationswellen, der bourbonischen und der hugenottischen, standen sich einen Augenblick lang am Rande Europas gegenüber; der eine erstattete Meldung, der andere dankte und ließ ihn gefangennehmen.

Für General von François hatte man im Hotel bereits ein Zimmer gerichtet. Es dunkelte. Die Stadt dröhnte von

Stimmen, Kommandorufen, knarrenden Wagen, wiehernden Pferden – und in diesem Chaos ging sie in die Nacht ein.

Hermann, Hermann, merk es dir,
Auf den Wilhelm pfeifen wir,
Und den Franz, den Dummrian,
Reißen wir bis zum Nabel an!

39

Hinter dem Gefechtsstand von Martos war auf der Anhöhe ein schöner Buchen- und Kiefernwald, und hinter dem Wald lagen zwei Höfe. Sie wurden von Samsonows fliegendem Stab und der eskortierenden Kosakenhundertschaft einstweilen bezogen.

Kein Rückzug? Aber was dann? Die Offiziere liefen herum und murrten: Ohne jeden Sinn und Zweck sind sie hierhergetrieben worden, wo es weder Telephon noch eine Funkverbindung, ja nicht einmal Melder gab, unmittelbar hinter die vorderste Linie. In nächster Nähe stießen die Stößel deutscher Granaten, ächzten unsere Geschütze und hämmerten die Maschinengewehre. Die Mühlener Linie, die gestern und vorgestern von den Deutschen gehalten wurde, drohte jetzt auf die andere Seite zu kippen, eine Division von Martos mit ungeschützten Flanken wurde dort von Stunde zu Stunde enger in die Zange genommen. Und das Regiment Poltawa würde sich schwerlich bis zum Abend in den am Morgen gewonnenen Stellungen bei Waplitz halten können. Der Oberbefehlshaber hatte einen Rückzug abgelehnt – aber er hatte keinen Ausweg aus dieser bedrängenden Situation gezeigt. Der Rückzug geriet von selbst in Fluß, so wie hartes Metall in Fluß gerät, ohne nach etwas anderem zu fragen als nach dem Schmelzpunkt.

Ohne die Möglichkeit, mit dem Oberbefehlshaber zu streiten, aber vernünftigerweise auch ohne zu warten, bis in seinem langsamen Kopf alles überlegt und umdisponiert wäre, widmeten sich die Offiziere seines Stabes hingebungsvoll der Aufstellung eines ausgeklügelten PLANS für diesen Rückzug (wobei das Wort RÜCKZUG vermieden werden sollte, damit es später – nach Postowskijs weiser Voraussicht – nicht wie ein Makel an ihnen haften bliebe). Auf einem in die Erde gerammten kleinen Tisch unter einem Apfelbaum lag die Karte, Filimonow zeigte mit gewandter Hand, die anderen Offiziere summten wie die Fliegen.

Um in der Folge jedem Vorwurf zu entgehen, mußte dieser komplizierte Plan DES GLEITENDEN SCHILDES eine Spitzenleistung operativer Kunstfertigkeit darstellen: so wie der endlose Treibriemen über die Scheiben gleitet, so mußte eine Schutzwand nach Westen gebildet werden, indem die Einheiten von hinten der Reihe nach vorrückten und sich in diese Wand fortlaufend eingliederten. Im Schutze dieser Wand sollten zuerst die Trainkolonnen abziehen, dann das XIII. Korps (das ist ja noch gar nicht da, wie fatal). Das XV. Korps würde zunächst die Front noch halten (sein siebter Kampftag), desgleichen die Fragmente des XXIII. Korps, und später – mit dem Poltawa- und Tschernigow-Regiment als Nachhut – ebenfalls nach links gleiten (wie schwerfällig, wie sperrig und groß erscheint ein Korps auf dem Rückzug! . . .). Sobald das XV. Korps auf seinem Rückmarsch Orlau erreichen würde, die Stätte seines ersten Sieges, würde es wieder Stellung beziehen und der Rest des XXIII. in seinem Rücken vorbeigleiten. Inzwischen müßte das XIII. Korps, nachdem es morgen den ganzen Tag zurückmarschiert wäre (vierzig Werst in vierundzwanzig Stunden), sich seinerseits noch weiter links aufstellen – und dadurch den anderen Gelegenheit geben, sich hinter die russische Grenze zurückzuziehen.

Abseits, unter einer Tanne, auf einer breiten grobgezimmerten Bauernbank ohne Lehne saß der Oberbefehlshaber, vor aller Augen und doch wie in einem abgeschlossenen Raum. Der goldene Säbel und die Kartentasche lagen neben ihm auf der Bank, die Mütze hatte er abgenommen und fuhr sich von Zeit zu Zeit mit dem Taschentuch über die hohe nackte Stirn, obwohl ihm im windigen Schatten, wo die Augustkühle sich hielt, gewiß nicht heiß war. Zur Verzweiflung des Stabes saß Samsonow bereits seit einigen

Stunden in dieser Haltung – mit starrem Nacken, sparsamen und knappen Bewegungen, leerem Blick und wie immer freundlichen, aber einsilbigen Antworten. Vielleicht sann er über einem Ausweg für alle. Vielleicht hatte er schon vergessen, daß ihm eine ganze Armee unterstellt war. Wenn er sich mit seinen Pranken links und rechts auf die Bank stützte, konnte er gut und gern eine halbe Stunde reglos vor sich hin auf die Erde starren. Er schlief nicht, er ruhte nicht, er wartete nicht auf neue Nachrichten – er dachte und quälte sich, ein nicht zu bewältigender Gedanke lastete auf seinem hingehaltenen Scheitel wie ein Felsblock, deshalb mußte er immer den Schweiß abwischen.

Worauf mochte er warten? Erwartete er, in der Richtung, wohin sein Gesicht gewandt war, die in dichte Staubwolken gehüllten Kolonnen Klujews zu erblicken? Vielleicht sogar die Lanzen von Rennenkampfs Kavallerie? Oder sah er gar nicht und wollte auch nicht sehen, sondern lauschte dem, was in ihm vorging – dem dumpfen Verschieben der Schichten eines Weltgebäudes oder schon deren hallendem Zerbrechen?

Auf dieser Seite ging ihr Hügel in ein Torfmoor über, und dahinter, nur eine Werst von hier entfernt, gut sichtbar, stieg von links nach rechts die Straße von Hohenstein nach Nadrau den gegenüberliegenden Hang hinan. An diesem Tage war die Straße meistens leer gewesen, abgesehen von den Sanitätsfuhrwerken, denn sie endete in Nadrau und hatte für das xv. Korps keine große Bedeutung. Aber mitten am Nachmittag kamen aus Richtung Hohenstein Trainfuhrwerke, Munitionskisten, Protzen, aber keine einzige Kanone, alles in dichtem Durcheinander, und dazwischen versprengte Infanterie. Samsonows Stab hatte die Sonne im Rücken, und es war deutlich zu erkennen, daß dort nicht bloß keine Formation vorbeizog, sondern daß diese Soldaten ihre Gewehre bereits weggeworfen hatten oder gerade dabeiwaren, sie wegzuwerfen, und auch ihre Ausrüstung, soweit es ging.

Und Samsonow, der in seiner beschatteten Unbeweglichkeit scheinbar nichts wahrnahm, bemerkte diesen Flüchtlingsstrom als einer der ersten. Er erhob sich rasch, stand auf seinen kräftigen Beinen und befahl den Offizieren seines Stabs hinzureiten, ihnen in den Weg zu treten, sie aufzuhalten und die Ordnung wieder herzustellen!

Ob sie mit dem Oberbefehlshaber einverstanden waren oder nicht, ob Oberst oder Hauptmann, ob mit Kosakenbegleitung oder nur mit dem funkelnagelneuen Stabsrevolver in der Hand – alle liefen den grasüberwachsenen Pfad den Hügel hinab, an den Drahtzäunen einer Viehweide entlang, auf dem gemauerten Damm über den Sumpf und wieder den Hang hinauf. Von hier aus konnte man sehen, wie sie mit den Revolvern drohten und mit den Armen fuchtelten, wie auf der Straße die Verwirrung sich staute, wie hinten noch Ausrüstung weggeworfen wurde, während vorne die Soldaten gezwungen wurden, sie wieder aufzuheben. Melder sprengten hin und her, und Samsonow erfuhr, daß es sich um das Narwa- und Koporskij-Regiment handle, die in chaotischem Zustand aus Hohenstein geflohen wären und dort eine Artillerieabteilung in Stellung ohne Sicherung gelassen hätten, daß auch das Maschinengewehrkommando einfach davongelaufen wäre und daß der Regimentskommandeur des Koporskij-Regiments sich würdelos verhalten hätte, daß die Fliehenden wie von Sinnen seien und alles hoffnungslos schien, bis durch das Eingreifen der Stabsoffiziere ...

... der Melder jagte zurück mit dem Befehl des Oberbefehlshabers, die Fliehenden auf der Straße nach Einheiten zu ordnen, die Offiziere nach den näheren Umständen der Flucht zu befragen, einige Einheiten möglichst nach Hohenstein zurückzuschicken, von jedem Regiment ein Bataillon mit der Regimentsfahne antreten zu lassen. Samsonow wurde lebhafter, ging auf und ab, sah durchs Fernglas, der Blick seiner leicht zusammengekniffenen Augen über der dunkelbärtigen unteren Gesichtshälfte wirkte fest und sicher, versprach überlegene Führung und eine weise Lösung: noch war nichts und für keinen verloren, der Oberbefehlshaber wird alle retten! Endlich die Aufgabe, die ihm gefehlt hatte und derentwegen vielleicht er heute morgen aufgebrochen und hierhergeritten war! Von Tag zu Tag drängte es ihn zwingender in die vorderste Linie – und jetzt rollte die Front ihm entgegen, bis auf eine überschaubare Werst.

Schon war das Pferd gesattelt und wartete auf den Oberbefehlshaber, aber es dauerte lange, bis das Durcheinander geordnet war, es dauerte lange, bis zwei Bataillone zusammengesucht werden und vor Nadrau antreten konnten, inzwischen waren Hunderte von Schrapnells über der Front von Martos explodiert, Truppen verschoben worden, aus gewiß unerfreulichem Anlaß, inzwischen war die Nachmittagssonne Spätnachmittagssonne geworden – da endlich konnte der Oberbefehlshaber zu den angetretenen schuldigen Bataillonen reiten. Er saß leicht auf und ritt los.

Da standen diese beiden Bataillone und warteten auf das Gericht, das der General halten würde, die aufgerollte Regimentsfahne jeweils am rechten Flügel. Der Oberbefehlshaber ritt mit seiner mächtigen Figur, mit göttlicher Überlegenheit auf sie zu, um sie zu einer militärischen Wundertat zu begeistern. Der große massive Kopf saß fest auf dem massiven Rumpf. Seine tönende, mühelos tragende Stimme, die eine gewisse Ähnlichkeit mit dem Geläut russischer Kirchenglocken hatte, erreichte die ganze Formation und auch die nächste Umgebung:

»Soldaten des Narwa-Regiments des Generalfeldmarschalls Golizyn! Soldaten des Koporskij-Regiments des Generals Konownízyn! *Schämt euch!* Ihr habt auf eure Fahnen den Eid abgelegt! Schaut sie an! Denkt an die großen Schlachten, nach denen die Fahnenstangen mit Adlern gekrönt wurden. Mit Georgskreuzen!«

Einen ärgeren Vorwurf konnte es nicht geben. Er konnte sie doch nicht beschimpfen und verfluchen, sie waren edelmütige russische Menschen, und er sprach ihren Edelmut an.

Aber die mächtige Stimme des Oberbefehlshabers verschwebte über den Köpfen und mit ihr die Kraft seiner Überzeugtheit. Eben noch hatte er ganz genau gewußt, was er sagen, wie er das Wunder der Umkehr dieser Bataillone, ihrer Regimenter und der gesamten zentralen Korps beschwören wollte – aber plötzlich war etwas in seinem Gedächtnis gerissen, und er hatte vergessen, was er sagen wollte, und in dieser Verwirrung tauchte die Erinnerung an eine andere Situation auf, die er erlebt hatte, die sich jetzt zu wiederholen schien: eine Front von fliehenden Soldaten, die kaum zum Stehen gebracht werden konnten, nur sahen damals ihre Blusen, Gewehre, Kochgeschirre noch schlimmer aus und die Gesichter abgehetzter und verzerrter. Und damals ... Was war eigentlich damals gewesen?

Das Wort des Feldherrn muß zünden, es bestimmt die Geschichte des Krieges. In einem schweren Augenblick spricht der Feldherr seine Truppen persönlich an, begeistert sie zu ...

»Findet euren Soldatenmut wieder! Haltet euren Fahnen die Treue, den ruhmreichen Namen, die ...«

Nein, das WORT war verloren, es stellte sich nicht ein. Höchstens noch: *wie* konnten sie so etwas tun? Wie konnten sie so ehrlos ...

Das Wort eines Feldherrn trägt das besondere Merkmal, nur zu befohlenen Handlungen aufzurufen, die Einwände der Angesprochenen auszuschließen und auf Gegeninformationen nicht angewiesen zu sein. Samsonow fragte zwar nach dem »Wie«, nicht aber »*wie schlecht*« es jedem der hier vor ihm stehenden Offiziere und Soldaten ergangen wäre.

Dabei hätte Stabskapitän Grocholez, der sogar hier, bei diesem schmachvollen Anlaß, mit seinem hochgezwirbelten Schnurrbart schneidig wirkte, manches erklären und mit seiner scharfen Stimme, ab und zu schnaubend, Rede und Antwort stehen können: wie sie die ganze Nacht über die Abwehrstellung jenseits von Hohenstein gar nicht übel gehalten haben, morgens auf einen Befehl von Martos auch noch bei einem Angriff eingesetzt wurden und die Umfassungsbewegung des Gegners um die Flügel des xv. Korps zum Stehen brachten; dann aber unter Beschuß von mehr als einem Dutzend Batterien geraten waren, eine solche Feuerdichte hat der Oberbefehlshaber vielleicht noch nie erlebt; sie hatten nur drei Batterien und nicht genügend Munition; wie sie in die Stadt zurückwichen und sich verteidigten – aber das xiii. Korps, dessen Unterstützung zugesichert war, blieb aus, der Gegner umfaßte die Stadt konzentrisch von drei Seiten, Südwesten bis Osten, die deutsche Kavallerie setzte zu einer Umfassungsbewegung an, sie hielten sich immer noch, bis im Nordosten die langersehnten Staubwolken erschienen, aber es war nicht Klujew, sondern der Feind – und dann erst begannen sie zu laufen ...

Auch Koseko, der in der letzten Reihe blinzelte, hätte seinen Kummer dem Oberbefehlshaber vertrauensvoll mitteilen können: wie gar nichts anderes übrigblieb, als aus Hohenstein zu fliehen; wie furchtbar es dort zugegangen war, wie entsetzlich es ist, wenn man sich selbst blutüberströmt, zerfetzt oder mit einem Bajonett im Auge vorstellt, oder durch Vermißtwerden, und sei es nur Gefangenschaft, sein Frauchen, das Sonnenscheinchen, zu erschrecken; wie sie sich in diesen Tagen an Leichen übergesehen haben, selbst wenn es deutsche waren; so viele Opfer? Und wozu? Ist das zu rechtfertigen?

Und der Soldat Wjuschkow, der mit einem Auge am Kopf seines Vordermanns vorbeischielen konnte: Ihr seid dazu da, uns zu belehren, aber wir haben einen Kopf auf den Schultern, um selber nachzudenken.

Und Nabjorkin mit seinen kurzen Beinen: Aber die Deutschen haben uns arg zugesetzt, Exzellenz!

Und Kramtschatkin im ersten Glied, genau vor dem General, stand stramm, daß die Nähte krachten, hielt den Kopf unbeweglich, als sei der aus Stein, verschlang den

General mit freudig hervorquellenden Augen: er zeigte, was er hatte, mehr war aus ihm nicht herauszuholen.

Diesen wackeren Krieger, der treu und zu allem bereit an den Lippen des Generals hing, konnte er nicht übersehen, seine Treue gab dem General Kraft.

»Ich ENTHEBE den Kommandeur des Koporskij-Regiments seines Kommandos! Ein neuer Regimentskommandeur wird die Koporzer in den Kampf führen – dieser Oberst! Ich kenne ihn aus dem Japanischen Krieg, er ist ein tapferer Soldat! Folgt ihm mit der gleichen Tapferkeit und denkt an die Würde . . .«

Der großgewachsene General auf dem großen Pferd – er wirkte gut, er wirkte wie ein Denkmal. Und er wies mit der Hand in Richtung Hohenstein. Auf ein Zeichen stimmte der Vorsänger mit frischer Stimme ein Marschlied an. Die Bataillone machten kehrt und stolperten denselben Weg zurück, auf dem sie hierher geflohen waren. Und der Oberbefehlshaber machte ebenfalls kehrt und ritt zum Stab zurück.

Aber . . . etwas hatte in seiner Rede gefehlt. Er war mit seiner Rede unzufrieden. Er glaubte zu wissen, daß er schon bessere gehalten hätte. Das Hauptziel dieses Tages war nicht erreicht worden.

Und plötzlich sackte Samsonow zusammen und saß nur noch schlaff im Sattel.

Und als er, auf dem Hügel angekommen, Martos sah, der aus dem Wald herausritt, den immer noch geschmeidigen, aber inzwischen müde gewordenen Martos, war er plötzlich zu der Zustimmung gereift, die er heute morgen nicht geben konnte. Was hatte er vor zehn Minuten mit erhobenem Feldherrnarm den Bataillonen befohlen? Doch nicht Rückzug, nein! Aber jetzt, im lichtgrauen Schatten des Waldes, der sich vor der untergehenden Sonne erhob, begegnete er Martos' erschöpften geröteten Augen – und war sofort einverstanden. Noch hatte er von Martos nicht gehört, wie dessen Regimenter von selbst zurückfluteten, wie ein Gefechtsstand nach dem anderen von selbst zu wandern begann, wie die Telephone von selbst verstummten, welche tüchtigen Offiziere in der eben vergangenen Stunde noch gefallen waren – er war einverstanden. Er hatte eine Rede an Bataillone gehalten, die auf der Flucht waren – und war jetzt mit ihnen einverstanden. Der größte Entschluß seines Lebens wurde innerhalb einer Minute gefaßt und sogar, wie es schien, ohne seelische Anstrengung. Aber wann und wie hatte das alles angefangen und begonnen, sich langsam zu wenden? Alle Bewegungen und Dislokationen hatten zwei Wochen lang auf der Karte einen überzeugenden, folgerichtigen Sinn gehabt. Wann hatte sich dieser Sinn verkehrt? Wann war aus Norden Süden geworden, aus Osten Westen, wann hatte der ganze Himmel auf den Gipfeln der Kiefern sich gedreht? Wann hatte Samsonow die Schlacht verloren und wie? Wann und wie? Er hatte es nicht bemerkt.

Und schon wurde ihm der wohldurchdachte und wohlgestaltete Plan des GLEITENDEN SCHILDES vorgelegt – und auch diesem Plan lag eine kreisende Bewegung zugrunde, die das Kreisen des Himmels spiegelte.

Und auf der Suche nach einer Stütze in diesem Kreisen legte Samsonow vertrauensvoll seine schweren Pranken auf die spitzen Schultern seines jetzt am meisten geliebten Korpskommandeurs, den er in den ersten Tagen nicht zu schätzen gewußt hatte.

»Nikolaj Nikolaitsch! Nach diesem Plan wird Ihr Korps morgen bei Neidenburg Stellung beziehen. Dort wird sich alles entscheiden. Kondratowitsch muß auch dort sein. Und auch das Regiment Kexholm. Geben Sie hier die nötigen Anweisungen und reiten Sie voraus, zur Aufklärung und um geeignete Stellungen für die entschlossenste Verteidigung der Stadt zu wählen.«

Das war der höchste Vertrauensbeweis: wieder hatte Martos den schwersten Brocken zu tragen.

Aber Martos konnte nicht verstehen: wurde er seines

Postens enthoben? Nahm man ihm das Korps? Wie hatte er das verdient? Bloß weil jemand das Recht hatte, einzusetzen und abzusetzen? Wußte der Oberbefehlshaber überhaupt, was er tat?!

»Beeilen Sie sich, mein Lieber. Morgen wird sich dort alles entscheiden. Und wir werden auch zurückreiten.«

Neidenburg, das er heute früh wie eine schwere Last hinter sich gelassen hatte, erschien ihm jetzt als der Schlüssel zur Freiheit.

Mit einer gütigen Gebärde gab Samsonow Martos einen Abschiedskuß mit auf den Weg. Und zerbrach ihn.

Und das, was in diesen Tagen in Martos gebrodelt hatte, versiegte plötzlich. Aus einem Stahlstab wurde ein Schilfrohr. Es wurde ihm befohlen – und er verließ sein Korps und ritt, wohin ihm befohlen war.

Inzwischen dämmerte es. Der Tagesbefehl wurde an die Korps geschickt (an das I. durch einen Hauptmann: unverzüglich auf Neidenburg zu marschieren; an das VI., ja, das VI. sollte sich unbedingt ... unbedingt ...). Der Stab war bereit zum Aufbruch. Die Offiziere wollten Samsonow überreden, nach Janowo zu gehen. Samsonow bestand auf Neidenburg.

Die Stadt, heute morgen noch ihm unerträglich, zog ihn jetzt an, mochte er auch vor ihren Mauern fallen.

Dann redeten die Offiziere seines Stabes auf ihn ein, der Umweg von heute morgen sei nicht mehr sicher genug, man müsse jetzt einen größeren Bogen machen.

Jetzt klatschte der Gegner mit seinen Schrapnells unmittelbar über den Köpfen des Stabs, in der Dämmerung war ihr Aufflackern schon deutlich zu sehen. Und in Nadrau, das sie nicht umgehen konnten, hatte er zwei Häuser in Brand geschossen. In Nadrau hämmerten die Maschinengewehre – wer war das? Freund oder Feind? – das entfesselte Chaos dieses unglückseligen Tages dauerte an. Im Feuerschein sah man rennende Menschen. Oder waren es Fliehende?

Nach und nach verebbte das Schießen. Der Widerschein der Feuer, die keiner löschte, breitete sich über den Himmel aus. Die Hunde, die tagsüber nicht zu sehen waren, begannen zu heulen.

Der Tag Mariä Himmelfahrt ging zu Ende, und Samsonow, entgegen dem mißverstandenen Traum, war noch am Leben, er war nicht gestorben.

Der General Samsonow war am Leben, nicht aber seine Armee.

40

Wer vermag in einem vierjährigen Krieg, der dem Volksgeist zum größten Schaden gereichte, die entscheidende Schlacht zu nennen? Es waren unzählige, ruhmlose in größerer Zahl als rühmliche, die unsere Kraft und den Glauben an uns selbst aufzehrten, unwiederbringlich und nutzlos die Mutigsten und Kraftvollsten von uns dahinrafften und die zweite Garnitur übrigließen. Trotzdem kann man behaupten, daß die ERSTE Niederlage den Ton angegeben hatte für den gesamten Kriegsablauf in Rußland: wie man ins erste Gefecht gezogen war, ehe die Kräfte gesammelt waren, so kam man auch später niemals dazu, sie rechtzeitig zu sammeln; wie man zu Beginn sich daran gewöhnt hatte, ungenügend ausgebildete Soldaten gleich nach dem Ausladen, ohne Atempause an die Front zu werfen, so blieb es auch in der Folge, mit ihnen sollten Löcher, in die es hineinregnete, gestopft und Verlorenes wiedergewonnen werden, ohne Sinn und Verstand, ohne vor Opfern zurückzuschrecken; gleich anfangs wurde unser Geist erschüttert und konnte nie das frühere Selbstvertrauen wiedergewinnen; gleich anfangs machten Gegner wie Verbündete saure Miene zu unseren Kriegskünsten, und so kämpften wir bis zum Zusammenbruch im Zeichen ihrer Verachtung; und gleich anfangs kam auch uns der Zweifel: Haben wir denn die *richtigen* Generale? Wie steht es um ihre Fähigkeiten?

Ohne uns den leisesten Anflug von Phantasie zu gestatten, zumal es möglich ist, exakte Tatsachen zusammenzutragen und in Erfahrung zu bringen, uns mehr an den Historikern orientierend als an den Romanciers, müssen wir mit den Achseln zucken und ein für allemal versichern: so schwarz hätten wir es nicht auszumalen gewagt, vielmehr der Glaubwürdigkeit wegen Licht und Schatten gleichmäßig verteilt. Doch von der ersten Schlacht an wurden die russischen Generalsabzeichen ein Merkmal der Untauglichkeit, je höher hinauf, desto katastrophaler, und es gibt kaum einen, auf dem der Autor einen anerkennenden Blick verweilen lassen möchte. (In diesem Punkt könnten wir uns mit Tolstojs Überzeugung trösten, daß nicht Generale die Truppen führen, nicht Kapitäne die Schiffe und Kompanien, nicht Präsidenten und Leaders Staaten und Parteien regieren, wenn nicht das xx. Jahrhundert uns allzuoft vor Augen geführt hätte, daß eben doch *sie* es tun.)

Welchem Romancier würde man glauben, daß der Korpskommandeur General Klujew, der mit dem zentralen Korps am tiefsten nach Preußen eingedrungen war, NIEMALS ZUVOR an einem KRIEG TEILGENOMMEN hatte? Es liegt kein Grund zu der Annahme vor, Klujew sei dumm gewesen, es fehlte ihm nicht an Welterfahrung und Geschick – warum auch: er hatte es verstanden, den sinnlosen verspäteten Gewaltmarsch einer seiner Divisionen auf Orlau so darzustellen, daß in dem Bericht an den Höchstkommandierenden und sogar an den Zaren nicht Martos als der Sieger von Orlau erschien, sondern er selbst: *er* sei es gewesen, der die Flanke des Gegners durch Umfassung bedroht und ihn zum Rückzug gezwungen hätte; und in seinen Memoiren feilte, bog und legte er alles so zurecht, daß schließlich jeder und alle schuldig waren, nur nicht er selbst. Wir haben auch keinen konkreten Hinweis, daß Klujew ein böser Mensch gewesen ist, und aus der Erfahrung zahlreicher entsprechender späterer Fälle zweifeln wir nicht, daß sich stichhaltige entlastende Zeugnisse finden ließen, die ihn als einen guten Familienvater und Kinderfreund (vor allem der eigenen), als einen angenehmen unterhaltenden Tischgenossen und vielleicht sogar als Spaßvogel ausweisen. Doch kann jemand, der die Führung Tausender von Menschen übernommen hat, wenn er sie schlecht geführt hat, sich hinter keiner Tugend verschanzen und sich nicht rechtfertigen. Wir können Mitleid haben mit einem neueingekleideten Soldaten, der als Anfänger im ersten Kugelhagel und unter den ersten explodierenden Granaten eines erbitterten Kampfes steht, aber mit einem Anfänger von General, mag es ihm noch so übel ergangen sein, haben wir kein Mitleid und kein Verständnis.

Nachstehend die Taten von General Klujew: am 14. August, den er fast ganz mit seinem Korps in Allenstein verbringt, der am weitesten vorgeschobenen Spitze der Armee Samsonows, unternimmt er keinen Versuch, durch Geländeaufklärung festzustellen, ob er den Gegner rechts, links oder vor sich hat und wie stark dessen Kräfte sind, sondern fragt beim Armeestab an und erbittet entsprechende Informationen aus Neidenburg. Am Morgen des 15., beim Verlassen des reichen nutzlosen Allenstein, meldet er seinen Abmarsch zu Martos in einem unverschlüsselten Funkspruch, der gleichzeitig die Deutschen über Marschroute, Ziele und Tempo unterrichtet. Klujew verfügt noch über sechs Bataillone, mit denen er sehr großzügig umgeht. Zur Sicherung Allensteins »bis zum Eintreffen Blagowjestschenskijs« läßt er zweitausend Mann zurück (die alle draufgehen) – je ein Bataillon aus dem Regiment Dorogobush und Moshajsk. Als dann die Korpskolonne auf der Hohensteiner Chaussee nach Südwesten marschiert, läßt er das restliche Dorogobush-Regiment im Stich, als todgeweihte Nachhut, sobald er mit Verwunderung feststellt, daß er verfolgt wird. (Das geschah auf Grund seines eigenen Funkspruchs, der von den Deutschen um acht Uhr früh abgefangen wurde. Die Deutschen beeilten sich, in Klujews Rücken eine Verfolgung anzusetzen, da sie sich noch immer nicht daran gewöhnt hatten, daß Russen zu spät kommen und Klujew erst gegen Abend dort eintreffen würde, wo er schon mittags sein wollte.) Als er von den Grieslienener Höhen aus Hohenstein sieht, die Stadt und den Knotenpunkt, die er für Martos halten soll und wo bereits zwei seiner eigenen Regimenter hart kämpfen – bleibt Klujew stehen und *wartet.* Wartet er, bis die ganze Kolonne heran ist? Fehlt ihm die Gewißheit, *wer* sich dort in Hohenstein, vier Werst weiter, befindet? (Und die Soldaten des Narwa- und Koporskij-Regiments unten im Kessel der Stadt halten das eigene Korps auf den Höhen für anrückende Deutsche.) Inzwischen wird die Verfolgungseinheit (eine deutsche Einheit) zwischen ihm und Hohenstein entwickelt – und Klujew läßt das geschehen. Wartet er entschiedenere Verhältnisse ab? Oder einen neuen Befehl?

Er gibt einen einzigen Befehl: er schickt das Newa-Regiment, das an der Spitze marschiert, nach rechts, in ein ganztägiges überflüssiges Gefecht im Kämmerei-Wald. Und der ungefällige Perwuschin führt sein Regiment dorthin, ohne Artillerie, nur mit einer Maschinengewehrkompanie. Er führt seine Soldaten in einen jener speziellen Waldkämpfe, bei dem die Sicht nach vorne und seitwärts höchstens zwanzig Schritt beträgt und man nicht erkennen kann, aus welcher Richtung die Kugeln kommen, wo die Schüsse besonders laut und unheimlich hallen, die Kugeln krachend die Bäume zerspleißen, wie Sprenggeschosse wirken und die rikochettierenden wie neue Schüsse, wo die Soldaten über die Köpfe der Vordermänner schießen müssen und von eigenen Kugeln getroffen werden, selbst die tapfersten unter ihnen die Nerven verlieren und alles drunter und drüber geht. In einem solchen Gefecht drängt das Newa-Regiment die auf Divisionsstärke vermehrten Truppen zurück (zersprengt den Divisionsstab, bis auf den General und acht Soldaten von der Stabswache), schlägt sich einige Werst durch Dickicht und kommt in der Dämmerung am westlichen Waldrand hervor, als Sieger. Aber dieser Sieg war überflüssig, und dieser Wald war auch überflüssig.

Noch am Morgen konnte der Aufmarsch des XIII. Korps als ein Vektor der Offensive aufgefaßt werden. Als aber das Korps auf den Grieslienener Höhen einen halben Tag ohne einen einzigen Schuß abzugeben und ohne Einsatzbefehl auf der Stelle trat, zerfiel es unmerklich, von Sekunde zu Sekunde, zu einem Schrotthaufen. Entweder sollte das Korps Martos (der einen berittenen Offizier geschickt und gedrängt hatte) zur Hilfe marschieren, oder wenigstens zur eigenen Rettung sofort über die noch freien Landengen zwischen den Seen nach Süden abbiegen – nur bewegen mußte es sich endlich. Aber Klujew blieb den ganzen Tag Mariä Himmelfahrt unschlüssig stehen – und wurde von der hereinbrechenden Nacht an derselben Stelle überrascht.

Während er so auf der Stelle trat, hatte das Narwa- und Koporskij-Regiment Hohenstein den Deutschen überlassen und war nach Süden abgezogen. Während er so auf der Stelle trat, wurden die beiden in Allenstein als Nachhut zurückgelassenen Bataillone von der deutschen Kavallerie überrollt, niedergemetzelt und zusammengeschossen (die Zivilbevölkerung schoß aus den Fenstern, und aus dem Irrenhaus, »Bitte nicht betreten und die Kranken nicht stören«, hämmerte ein Maschinengewehr). Die seit heute morgen in weiser Voraussicht auf Nebenstraßen zurückrollenden Trains waren inzwischen von den Deutschen erbeutet, und die Bedeckung war niedergemacht worden. Um die Sicherheit des untätig herumstehenden Korps zu gewährleisten, hielt das Newa-Regiment im Waldkampf unter dem Dreschflegel aus. Aber noch wirkungsvoller war Klujews Sicherheit – nicht zur Rettung, nicht zum Rückmarsch, sondern zum untätigen Herumstehen – durch das zehn Werst hinter seinem Rücken zurückgelassene Regiment Dorogobush gewährleistet.

Diesem Regiment fiel die Aufgabe zu, mit drei nicht komplettierten Bataillonen gleich nach dem Verlassen Allensteins die Nachthutkämpfe zu führen. Der Korpsstab hatte dem Regimentskommandeur Oberst Kabanow weder Abschnitt noch Frist angewiesen, sondern nur das eine: die Nachhut muß kämpfen, bis sie abgelöst wird. Oberst Kabanow hatte wahrscheinlich ein überaus nüchternes Urteil über Generalleutnant Klujew, seine Anweisungen und Pläne, das aber heute auf die soldatische Pflicht Kabanows keinerlei Einfluß haben durfte. Er hatte nur eines zu tun: er mußte beurteilen, wo und wie der nachdrängende Gegner am sichersten und längsten aufzuhalten war. Und dann ihn aufhalten.

Wir, die wir im Alltag uns immer von Erwägungen der Selbsterhaltung leiten lassen, gehen an dem Rätsel des Berufssoldaten und anderer Männer der Pflicht vorüber (als ob nicht auch aus uns durch harte Erziehung solche Menschen werden könnten): wie vermögen sie in der Todesbereitschaft zu leben und in den Tod zu gehen, in den in ihren Plänen nicht vorgesehenen, vorzeitigen Tod? Wie ist das möglich: ein menschliches Wesen, das sich gegen den Tod nicht sträubt? Immer und in jeder Armee trifft man solche bewundernswerten Offiziere, in denen die höchste Standhaftigkeit des männlichen Geistes sich verdichtet.

Aber in diesen Augenblicken am Tag Mariä Himmelfahrt ging es Kabanow wahrscheinlich nicht mehr um diese Fragen und diesen Entschluß (für den Berufsoffizier gehört der Tod zum Beruf, früher oder später). Wahrscheinlich hätte Kabanow sein eigenes Leben sofort aufgegeben, wenn er dadurch den Feind hätte aufhalten können. Aber er brauchte dafür das seiner Soldaten, und er hatte nicht einmal genug, denn der Gegner hatte zur Verfolgung eine ganze Division angesetzt. Und wenn Kabanow gefragt hätte, dann nur so: Soll das ihm anvertraute, ihm ans Herz gewachsene Regiment geopfert werden, damit das Gros des Korps gerettet wird? Oder soll er alles daransetzen, dieses Regiment zu retten? Das Schwere lag darin, daß der Regimentskommandeur für sein Regiment die Rolle des Schicksals übernehmen mußte: *er* mußte das Todesurteil des Regiments fällen. Artillerie hatte man Kabanow nicht gelassen. Die Munitionskisten waren verschwunden, sie waren irgendwo unterwegs hängengeblieben. Die Patronen waren so knapp, daß von vier Maschinengewehren nur ein einziges eingesetzt werden konnte. Auch die Gewehrmunition konnte nicht lange reichen. Im Jahre Vierzehn des zwanzigsten Jahrhunderts traten die Dorogobusher gegen die deutsche Artillerie mit dem russischen Bajonett an. Das Regiment stand wahrscheinlich vor der Vernichtung, und dieses jeden Soldaten treffende Todesurteil lastete auf dem Gewissen des Regimentskommandeurs, ohne jedoch die Klarheit seiner Entscheidungen zu beeinträchtigen, wo eine Verteidigungslinie verlaufen, wo ein Hinterhalt für Bajonettattacken gelegt werden muß, wie sie sich möglichst teuer verkaufen und möglichst viel Zeit gewinnen können.

Die Linie fand Kabanow bei Darethen, wo die Anhöhen günstig verliefen und der eine Flügel an einen großen, der andere an eine Kette kleiner Seen stieß. Dort hatten die Soldaten Stellung bezogen und sie den ganzen sonnigen Nachmittag gehalten, bis in den hellen Abend hinein. Dort gingen ihnen die Patronen aus, dort gingen sie dreimal mit Bajonett zum Gegenangriff vor, dort ist, im Alter von dreiundfünfzig Jahren, Oberst Kabanow gefallen und in den Kompanien von zwanzig Soldaten kaum einer am Leben geblieben.

Dies war ein noch größeres Wunder als die Standhaftigkeit der Offiziere: daß diese Soldaten, zur Hälfte Reservisten, die vor einem Monat in Bastschuhen zur Einberufungsstelle gekommen waren und noch im Bann ihres Dorfes standen, des eigenen Ackers, der eigenen Pläne, der eigenen Familie, hingegen von der ganzen europäischen Politik und diesem Krieg nichts wußten und verstanden, ebensowenig von dieser Armeeschlacht und von den Aufgaben des Korps, dessen Nummer sie nicht einmal kannten – daß sie nicht auseinanderliefen, nicht durch List sich zu retten suchten und aus dem Staube machten, sondern von einer unbekannten Macht über jene Grenze getragen wurden, an der die Eigenliebe und die Liebe zur Familie und der Selbsterhaltungstrieb aufhören – und jenseits dieser Grenze, nicht mehr sich selbst, sondern nur einer erbarmungslosen Pflicht gehörend, dreimal mit den lautlosen Bajonetten gegen Artilleriefeuer vorgingen. Versetzte man dieses Regiment statt des Narwa-Regiments in das menschenleere reiche Hohenstein, würden seine Soldaten dort ebenso auf Beute aus sein und in Saus und Braus leben (erst vor einer Woche hatten sie in Willenberg mit Alkohol sich und alles Verfügbare vollaufen lassen). Führte man die Soldaten des Narwa-Regiments in die gnadenlose Stellung des Regiments Dorogobush (und gäbe man ihnen, ohne sich an Tolstoj zu halten, einen Kabanow und dessen Bataillonskommandeure) – auch sie wären zu jener Höhe gelangt, wo uns einfache Bauern als Helden erscheinen.

Die Grenze war gezogen: die anderen, Menschen wie wir, gehen zurück, sie werden hier herauskommen und heimkehren, und wir – weder ihre Schuldner noch Verwandte oder Brüder – wir werden hier sterben, damit sie weiterleben.

Was werden diese Todgeweihten an jenem Tag gedacht haben, angesichts des blauen fremden Himmels, der fremden Seen und der fremden Wälder? Das alles ist dort geblieben, in den russischen Massengräbern, die unter den Deutschen bis zum Zweiten Krieg erhalten waren.

Wie hatte er ausgesehen, der Oberst Kabanow? Keine Photographie von ihm wurde veröffentlicht, sei es, weil seine Tat unbekannt blieb, sei es, weil keine aufzutreiben war, von den unteren Dienstgraden erst recht nicht, die in Zeitungen und Journalen abzubilden als unangebracht angesehen wurde, nicht üblich und eigentlich überhaupt unmöglich war, schon ihrer großen Zahl wegen, die nur dort gebraucht wird, wo eine Stellung bis in den Tod gehalten werden muß. Kurzerhand wurden sie von der Presse zu »GRAUEN HELDEN« gestempelt – und man war quitt. Es gibt von ihnen keine Photos, was bitter traurig ist, da die Zusammensetzung unserer Nation sich geändert hat, die Gesichter sich geändert haben und jene gutmütigen Bärte, freundlichen Augen, jener bedächtige, selbstlose Ausdruck von keinem Objektiv je wieder aufgenommen werden können.

Niemand hatte ihnen sagen lassen, daß das Regiment seine Aufgabe erfüllt hätte und zurückgehen könnte. Das Regiment Dorogobush wurde aufgerieben, nur wenige konnten entkommen. Zehn Soldaten trugen ihren gefallenen Oberst und die Regimentsfahne fort. Man weiß verbürgt, daß die von Allenstein nachstoßenden Deutschen bis tief in die Nacht hinein, bis zur erlaubten Nachtruhe aufgehalten wurden.

Klujew wäre wohl noch länger stehengeblieben, aber kurz vor Mitternacht erreichte ihn ein von berittenen Kurieren beförderter Armeebefehl:

»Zur wirksamen Konzentration sowie reibungslosen Versorgung der Armeetruppen hat sich das XIII. Korps im Verlauf der Nacht in den Raum von ... über die Landenge zwischen den Seen ...« (genannt war jene Landenge, die gestern nicht ausgenutzt worden und heute überhaupt nicht mehr erreichbar war).

Gott sei Dank wurden die Kampfaufgaben des gestrigen und der vorangegangenen Tage überhaupt nicht erwähnt. Daran ließ sich die Hand Postowskijs erkennen, überaus anständig: als wäre man mitten im glücklichsten Frieden und als gäbe es für das XIII. Korps nichts Bequemeres, als zwecks reibungsloser Versorgung im Laufe der Nacht zwanzig Werst und sieben Seen zu überspringen, um in einem winzigen Dorf von zehn Häusern alles Erforderliche vorzufinden.

Es war an der Zeit, sich versorgen zu lassen: während des ganzen Tages, seit dem Abmarsch aus Allenstein, hatte das Korps nichts gegessen.

Man mußte sich retten! Jetzt mußte man sich retten,

und dieser Befehl gab das Recht, sich zu retten, das begriff Klujew sehr wohl.

Auf allen gerade sich bietenden Wegen, über andere Landengen, manchmal hautnah am Gegner vorbei, drängte das Korps lautlos zurück.

Es war kein Korps mehr, sondern nur noch drei Regimenter: alle anderen waren verbraucht. Das Kaschira-Regiment ließ Klujew mit sechzehn Geschützen bei Hohenstein als Nachhut zurück, ein weiteres der Vernichtung preisgegebenes Regiment. Das Newa-Regiment mußte den siegreich gewonnenen Abschnitt aufgeben und sich nachts durch den Wald zurückschlagen, der am Tage erobert worden war. Und die Sappeurkompanie wurde vom Korpsstab einfach *vergessen.* Ihr war beschieden, beim Aufwachen zu sehen, daß sie ganz allein stand, ohne Marschbefehl, ringsum vom Feind eingeschlossen – und dann überhaupt nicht mehr viel zu sehen.

· 41 ·

(15. August)

Der Generalquartiermeister des Höchstkommandierenden J. Danilow, seinem Posten nach der dritte, seiner Führungsaufgabe nach der erste Mann des russischen Heeres, hatte sich die ganzen letzten Tage intensiv mit wichtigen Fragen beschäftigt: er arbeitete das Projekt einer unverzüglichen Umwandlung des eroberten Ostpreußen in ein selbständiges Generalgouvernement aus, die nach baldmöglichster Einstellung der Kampfhandlungen in diesem Gebiet und der Vorverlegung der freiwerdenden Armee Rennenkampfs hinter die Weichsel mit dem Marschziel Berlin erfolgen sollte. Zu diesem Zweck wies er die Nordwestfront an, diese Vorverlegung bereits jetzt mit der Verschiebung eines Korps von Rennenkampf auf Warschau einzuleiten.

Der Stabschef der Nordwestfront Oranowskij konnte sich dem nicht widersetzen, denn jeder Einwand von unten nach oben untergräbt immer die Position und Beförderungsaussicht des Widersprechenden, und hatte bereits diesem Korps die Weisung erteilt, den Rückmarsch zur Eisenbahnlinie anzutreten. (Rennenkampf, dem bei der Auslegung des nächtlichen Befehls, in dem auch der Marsch zu Samsonow befohlen wurde, ein Fehler unterlaufen war, ließ dieses Korps tiefer nach Preußen hineinmarschieren und mußte wegen dieser dienstlichen Verfehlung ernste Vorwürfe einstecken.) Ebensowenig konnte Oranowskij ausdrücklich von der alarmierenden Stimmung, die sich allmählich im Nordweststab verbreitete, Meldung nach oben erstatten. Gemeldet wurde, daß das I. Korps in UNZUREICHENDER ORDNUNG geringfügig bei Soldau abgedrängt worden wäre, und das plötzliche Auftauchen der Korps von François' und von Belows vor der Front der Zweiten Armee, die »vor der Front Rennenkampfs verschwunden wären« – aber das Große Hauptquartier fand darin nicht den mindesten Anlaß zur Besorgnis, und in der Nacht vom 15. auf den 16. August verlangte Danilow in einem langen Telephongespräch mit Oranowskij, daß seinem neuesten Plan entsprechend die Garderegimenter aus dem Raum Warschau schnellstens an die österreichische Front geworfen werden sollten, und meinte beiläufig, Samsonow müßte mit seinen fünf Korps gut auskommen.

Die Unruhe dieses Tages hätten Shilinskij und Oranowskij gern an Samsonow weitergegeben, aber zu ihrem Ärger, teilweise auch zu ihrer Erleichterung (jetzt ist er selbst an allem schuld), hatte Samsonow die Fernsprechverbindung abgebrochen. Und damit war für sie der Fall erledigt. Mit dem Korps Blagowjestschenskijs und dem ehemaligen Artamonows direkte Verbindung aufzunehmen und sie zum Entsatz des Kerns der Zweiten Armee anzutreiben – das wäre für den Frontstab zu mühsam, seiner nicht würdig und auch nicht seine unmittelbare Dienstpflicht gewesen.

Unterdessen lebte das Korps Blagowjestschenskijs sein eigenes Leben, als wäre es nicht die Flanke einer Armee und für sie verantwortlich. Eigenmächtig, unaufhaltsam rollte es fast bis zur russischen Grenze zurück, war jetzt keinem mehr im Wege, ging keinen mehr etwas an und war einstweilen aus dem Krieg ausgeschieden. General Blagowjestschenskij, der dem Schicksal Artamonows glücklich entgangen war (dank geschickter Federführung und Verzögerungstaktik beim Abfassen der Meldungen), obwohl er schon vierundzwanzig Stunden vor jenem des Kommandos hätte enthoben werden können, brauchte nach ausgestandenen Ängsten am 13. August, als er, ohne Warnung durch das Oberkommando, auf die Deutschen gestoßen war, nach der Angst, bei Bischofsburg gefangengenommen zu werden oder bei Mensguth den Tod zu finden, nach einigen alptraumhaften Rückzugsmanövern am 14. und in der Morgendämmerung des 15. August, als eine Welle des Entsetzens das gesamte Korps gepackt und fortgerissen hatte – er brauchte jetzt eine gewisse Zeit, um seine Nerven zu beruhigen, denn er war immerhin über sechzig; eine gewisse Zeit, ohne aufreibende Befehle zu erhalten und ohne sich bei der Erstellung eigener aufreiben zu müssen. Jetzt konnte Blagowjestschenskij, Gott sei Dank, von keinem mehr verfolgt, von Telephon und Telegraph abgeschnitten, sich selbst und seinem Korps etwas Zeit und Ruhe gönnen. Deshalb hatte er den Befehl gegeben, den Straßen- und Bahnknotenpunkt Ortelsburg nicht zu halten, sondern die brennende Stadt zu umgehen, ohne Kampf aufzugeben und sich weiter zurückzuziehen, weg von den Straßen, möglichst in menschenleere Gegenden.

Wie sehr wünschte Blagowjestschenskij, daß seine mit der Meldung zu Samsonow geschickten Dragoner nicht zurückkehrten! Nicht ihren Tod wünschte er, aber sie sollten etwa beim Armeestab festgehalten oder einer anderen Einheit zugeteilt werden. Seinetwegen könnten sie auch mit einem Befehl zurückkommen, aber nicht heute, sondern morgen oder übermorgen, damit er sich nach den ausgestandenen Schrecken ausschlafen und in der Abgeschiedenheit seinen Geist wieder sammeln könnte. Aber alle Hoffnung war eitel – die unermüdlichen Dragoner ritten fünfzig Werst durch fremdes Land zurück und überbrachten Blagowjestschenskij am 15. August mittags die eigenhändigen schwungvollen Zeilen des Oberbefehlshabers: »Sie müssen sich um jeden Preis im Raum Ortelsburg halten. Von der Standhaftigkeit Ihres Korps hängt es ab . . .«

Nein, so etwas! Sie waren ja schon 20 Werst über Ortelsburg hinaus! . . . Blagowjestschenskij las den unausführbaren Befehl mit tiefer Bitterkeit, las ihn zum zweiten-, las ihn zum drittenmal. Er rief seinen Stab zusammen, und es wurde lange und gründlich beraten, aus welchen Gründen dieser unangenehme Befehl völlig unausführbar war.

Und Blagowjestschenskij kam zu dem Entschluß, den Befehl des Oberbefehlshabers zum Wohl des ihm anvertrauten Korps (und zur Erleichterung vieler seiner Untergebenen) zu korrigieren: das Korps nicht nur heute ruhen zu lassen, sondern morgen auch, einen RASTTAG einzulegen. Der einzige, der sich dabei mühen mußte, war Blagowjestschenskij, denn jetzt galt es, in schicklicher Form eine überzeugende Meldung abzufassen, weshalb Ortelsburg unvermeidlich aufgegeben werden mußte: ». . . Beim Anmarsch auf Ortelsburg wurde festgestellt, daß die Stadt von den Bewohnern in Brand gesteckt worden war und in Flammen stand. Es handelte sich natürlich um eine Falle. Da ich es nicht für vertretbar hielt, auf den Anhöhen zu bleiben, ließ ich das Korps nach Süden abbiegen.« Und dann der Zusatz: »Die Truppen sind erschöpft. Ich kann ihre Bitte um einen Rasttag befürworten.« Und eine weitere einsichtsvolle Maßnahme: die Meldung nicht sofort (mit berittenen Kurieren bis zu einer russischen Stadt und von dort telegraphisch) abgehen zu lassen, sondern erst bis morgen zu warten, wenn der Rasttag bereits angebrochen ist.

Und das russische 1. Korps, wo Artamonow des Kommandos enthoben, jedoch immer noch dominierend und nicht zu übergehen war, wo Masalskij mit aller Schonung ihm gegenüber das Kommando für vierundzwanzig Stunden übernommen hatte und Duschkewitsch jetzt erst im Begriff stand, das ihm unterstellte Korps einzuholen und zu übernehmen – dieses Korps, das keinen Willen über sich spürte und durch sein Zurückgehen deprimiert war, geriet ebenfalls, ohne verfolgt zu werden, in den Sog des ungefährdeten Rückzugs, der es hinter die russische Grenze, bis nach Mlawa trug. Die russische Grenze, weder eine Befestigungslinie noch eine Stellungslinie, sondern nur eine imaginäre Linie auf der Erde, schien dennoch Sicherheit vor den Deutschen und Ruhe zu bieten. Im Korps war bekannt, daß Neidenburg bereits in deutscher Hand war. Aber das Dutzend anwesender Generale hatte keinen strikten Befehl zum entschiedenen Vorgehen – und war eines entschiedenen Vorgehens auch nicht fähig.

So war am 15. August von russischer Seite aus alles für den Triumph des Gegners getan, für die Revanche von Tannenberg. Und nur die als Opfer ausersehenen zentralen Korps wollten sich nicht zufrieden geben. Das Regiment Kexholm, das erst nachmittags die vorderste Linie erreicht hatte, büßte bis zum Abend die größere Hälfte seines Bestandes ein. Das Gefecht bei Waplitz setzte den Plan der »engen« Umfassung bei Hohenstein außer Kraft. Sämtliche Gefechte dieses Tages im Zentrum wurden entweder von Russen gewonnen oder von den Deutschen nicht gewonnen. Aber im Karussell der Kampfhandlungen wandelte sich das Gesicht des Krieges, und alles von den tapferen Regimentern Eroberte wurde sofort von unfähigen Korps und Armeen verloren. Mit jedem Gefecht, das die Russen im Zentrum taktisch gewannen, verloren sie immer mehr den gesamten Tag und rannten immer tiefer ins Verderben.

Auf deutscher Seite jedoch war das noch nicht klar erkannt worden. Die verlustreichen Angriffe der Scholtzschen Division waren von fatalen Mißerfolgen begleitet, manches traf nicht ein, was sonst selbstverständlich ist. Wiederholt wurden die eigenen ausgeschwenkten Schwadrone von der eigenen Infanterie für russische Kavallerie gehalten, unter schweren Beschuß genommen und sogar zerstreut. Die eigene Artillerie belegte eigene Infanterie mit Feuer. Oder sie gerieten unter russischen Flankenbeschuß und wurden zurückgeworfen. Oder sie kämpften einen ganzen Tag ohne Geländegewinn. Eine ganze Division samt Stab wurde im Kämmerei-Wald vom Newa-Regiment erfolgreich bedrängt. Sogar Hindenburg und Ludendorff persönlich gerieten mit ihrem Automobil in eine aufflackernde Panik, die durch eine Kolonne russischer Gefangener verursacht wurde: Sanitätskompanien und Artillerie hatten mit dem Schrei: »Die Russen kommen!« wild die Flucht ergriffen. Und die Korpskommandeure von Below und von Mackensen konnten sich den ganzen Tag nicht einigen, wer auf Hohenstein und wer nach Süden marschieren sollte, Mackensen, als der im Dienstrang Ältere, verlangte, daß von Below die Straße für sein Korps freimache. Ein Flugzeug wurde zum Armeeoberkommando geschickt, um die Lage zu klären. Zunächst blieb Mackensen stehen und legte eine Marschrast ein. Gegen vier Uhr nachmittags gelang es Hindenburg, Fernsprechverbindung mit Mackensen aufzunehmen und ihm zu befehlen, den Marsch nach Süden fortzusetzen, um die Russen abzufangen. Aber bereits eine Stunde nach diesem Telephonanruf mußte auf den Plan einer Einkreisung verzichtet und sowohl von Below als auch von Mackensen gegen Rennenkampf eingesetzt werden: nach eingegangenen (nicht zutreffenden) Meldungen habe Rennenkampf mit drei Korps und seiner Kavallerie den Vormarsch nach Westen wieder aufgenommen. Die deutschen Korps standen verstreut und mit ungesichertem Rücken gegen die neue drohende Gefahr. (»Rennenkampf hätte sich nur nähern müssen, und wir wären verloren gewesen«, sagt Ludendorff.)

In Wirklichkeit schrieb der Hauptbefehl Shilinskijs für diesen Tag Rennenkampf vor, die Belagerung und Beobachtung der Festung Königsberg (wo sich eine Handvoll Greise und bedingt Tauglicher befand) einzuleiten. Aber in der Nacht zum 15. konnten sich Shilinskij und Oranowskij angesichts der undurchschaubaren Lage an der Front Samsonows sowie des Auftauchens neuer deutscher Korps vor dieser Front einer gewissen Unruhe nicht erwehren und wiesen Rennenkampf durch Funkspruch an, die linke Flanke zu Samsonows Unterstützung vorzuschieben und auch die Kavallerie zu gemeinschaftlichem Vorgehen vorzuschicken. Um die Nachtruhe General Rennenkampfs zu schonen, wurde ihm dieses Telegramm erst um sechs Uhr morgens vorgelegt. Er gab die Befehle aus, aber die Hauptkräfte der Reiterei (Chan Hussein Nachitschewánskij) brachten es fertig, erst gegen Abend des 15. in Bewegung zu geraten; General Roméiko-Gurkó stand näher am Schlachtfeld, aber auch er griff nicht ein.

Unterdessen wurde im Stab der preußischen Armee eine Neufassung des Befehls für den 16. August erstellt. *Dieser* Befehl wird von Ludendorff in seinen Memoiren nicht erwähnt, obwohl Golowin den Befehl für ein Meisterstück der Kriegswissenschaft hält: mit denkbar geringem Aufwand wurden die Korps von Mackensens und von Belows zu einer neuen Front gegen Rennenkampf verschoben, während die Korps von François' und von Scholtz', die auf Verfolgung und Einkreisung Samsonows angesetzt blieben, gleichzeitig das Netz für den heranmarschierenden Rennenkampf auslegten.

Und am Abend dieses Tages, desselben Tages, an dem das deutsche Große Hauptquartier zwei Korps von der Marne abzog und als Verstärkung nach Preußen warf, meldete das preußische Oberkommando, den Traum von einem Cannae aufgebend, an die Oberste Heeresleitung: »Die Schlacht ist gewonnen. VERFOLGUNG wird morgen fortgesetzt. Eine EINKESSELUNG der nördlichen Korps wird wohl nicht mehr gelingen.«**

Die Auffassung Hindenburgs und Ludendorffs garantierte einen sicheren Sieg eines Durchschnittsmenschen. Ihr fehlte nur der Glanz der Intuition.

Intuitionen blitzten dem eigenwilligen von François auf, dem vermutlich der Ratschlag Tolstojs unbekannt war: »ES IST SINNLOS, SICH MENSCHEN IN DEN WEG ZU STELLEN, DIE IHRE GANZE ENERGIE AUF DIE FLUCHT RICHTEN.« Noch schärfer als befohlen trieb von François seine Ulanen, Radfahrer und gepanzerten Automobile über Neidenburg hinaus nach Osten, auf Willenberg!

Und auch der widerspenstige von Mackensen, den die ständige Änderung der Armeebefehle rasend gemacht und die Entscheidung seines Streites mit von Below gekränkt hatte, unterbrach die Verbindung vorgeblich noch *vor* dem letzten Befehl und setzte sein Korps in einem rücksichtslosen Gewaltmarsch, für keine Änderungen und Rückmarschbefehle mehr erreichbar, nach Süden an, ebenfalls auf Willenberg!

Nicht zu vergessen die reibungslos funktionierenden deutschen Intendanturen, die bei allem Hin und Her eine ausreichende Versorgung der deutschen Truppen gewährleisteten.

42

Moskau zum Abschied zu durchwandern – das ist nicht zu schaffen, nicht einmal mit jungen Beinen, nicht einmal die wichtigsten Plätze. An jeder Kreuzung – drei, vier Wege, hinter jeder übergangenen Straße der Verzicht auf eine ganze Flucht von Einblicken. Gleich am Morgen waren sie in der Kanzlei der Aleksandr-Offiziersschule, wohin sie heute am Spätnachmittag noch einmal bestellt wurden, dann zum letztenmal in der Universität – damit war ihre Pflicht erfüllt, alles, was jetzt kam, war Abschiednehmen, zweckfrei, nur fürs Herz. Dabei waren sie keine gebürtigen Moskauer, bloß Zugezogene, aber es machte ihnen zu schaffen und trieb sie um – Moskau, man mochte nicht weg von hier, der Abschied fiel schwer. Es ist hier üblich, auf den weiten Flächen vor der Erlöserkathedrale von Moskau sich zu verabschieden und Moskau zu begrüßen. Und von dort sieht man allein am Kai zwanzig oder dreißig konische Spitzen – Dachhauben, Glockentürme, die Kremltürme. Und die Beine laufen von selber den Kai entlang, der Kai ist hundert Schritt breit, von den Häusern aus und an der Uferbrüstung sieht man Verschiedenes. Die Brücken locken nach rechts, dort ist die Tretjakow-Galerie*, aber dafür reicht die Zeit nicht, wir können höchstens mit der Hand das Ornament an der Mauer berühren, beklopfen, streicheln. Und dann durch den Kreml! Das ist ein einzigartiger Spaziergang, unvergleichlich, meistens hatte man zu tun und lief daran vorbei – aber jetzt, heute! . . . Der Kreml ist eine Stadt in der Stadt, und auch Kitajgorod ist eine Stadt in der Stadt, und auch die Warwarka, Iljinka, Nikolskaja, gedrängt voll von Häusern mit Schnitzwerk und Stuck, an jeder Ecke eine Kirche, alle sind heute, am

Tag Mariä Himmelfahrt, überfüllt, und auch noch zwei Klöster in jeder Straße, und alle Straßen rufen und locken mit einem Bojarengemach oder mit dem lebhaften gedrängten Treiben der Läden. Weißt du, vielleicht ist es ein Glück, daß Moskau nicht nach einem Plan gebaut wurde! Jeder baute, so gut er konnte, kein Plätzchen gleicht dem anderen, das ist Moskaus schönste Eigenart. Wir müßten noch über die Boulevards schlendern, wir müßten noch zu den Teichen, wir müßten noch am Künstlertheater vorbei und uns davor verneigen, unterwegs auf dem Ochotnyj-Markt uns den Bauch vollschlagen und anschließend durch die Gassen des Arbat, durch alle – aber wann eigentlich? Hör mal, wir müssen doch wieder in die Snamenka, um unsere Papiere und unsere Einweisung abzuholen. Und wie sollte man nicht von Puschkin auf der Strastnaja Abschied nehmen? Mit der Straßenbahn – nein, wir nicht, wir wollen uns auf unsere Weise von unserer studentischen Vergangenheit verabschieden. Bereits Vergangenheit? Werden wir nicht wiederkommen? Doch, wir werden wiederkommen! (Irgend jemand wird nicht wiederkommen, aber doch nicht wir!) Werden wir das Studium abschließen? Unbedingt, was denn sonst! . . .

Die liebgewordenen Steine blieben zurück. Leicht wurden Gehweg und Pflaster unter den Sohlen der Abschiednehmenden, als trete der Fuß nicht mit vollem Gewicht auf.* Sanja und Kotja, die erst vor so kurzer Zeit als schüchterne Burschen aus dem Süden auf den ersten Moskauer Bahnhofsplatz hinausgetreten waren und in diesen zwei Jahren Moskau kennengelernt und liebgewonnen hatten, fühlten sich plötzlich irgendwie über die Stadt hinausgewachsen – und in dieser Überlegenheit liebten sie die Stadt heute großherzig.

Eine besondere Nuance fiel ihnen bei ihrem heutigen Rundgang durch Moskau auf: die Stadt ließ sich anscheinend vom Krieg nicht berühren, ließ ihn nicht zu ihrem Schicksal werden. Wüßte man nicht, daß Krieg ist, sähe man nicht aus der Nähe die hier und da angebrachten Bekanntmachungen und eine aus der Badeanstalt marschierende Abteilung eines Reserveregiments, man käme wahrscheinlich gar nicht auf den Gedanken, daß Rußland seit vier Wochen im Krieg steht: die Menschen und Equipagen auf den Straßen Moskaus waren nicht weniger geworden, die Gesichter und die Kleider nicht düsterer, das Geschäftsleben ging mit fröhlichem Lärm und prangenden Schaufenstern seinen Gang, allenfalls konnte man jetzt auf den Straßen mehr Uniformen begegnen sowie Fahnen und Bildern des Zaren, die von seinem letzten prunkvollen Besuch in Moskau hängengeblieben waren. Auch diese Beobachtung teilten Kotja und Sanja einander mit, bis auf die sich leise regende Schlußfolgerung, den darin keimenden Zweifel, der bei beiden im Innern seine Spur hinterließ und den jeder für sich behielt: hatten sie sich nicht übereilt mit dem vorschnellen Entschluß, sich aus diesem randvollen, ungetrübten Leben auszuschließen? Es wäre natürlich gewesen, aus einem schluchzenden, trauernden und zornigen Moskau ins Feld zu ziehen – aber aus einem so lebendigen und fröhlichen, war das nicht übereilt? Aber solange dieser Zweifel unsicher und stumm in der tiefsten Brust sich regte, gab es ihn noch gar nicht. Würde man ihn laut aussprechen, dann würde man ihn wachsen lassen und dem anderen, der in seinem Edelmut nie daran gedacht hatte, weh tun. Kotja durfte es auf keinen Fall aussprechen, denn es hätte für Sanja wie ein Vorwurf geklungen: warum war er zu ihm nach Rostow gekommen? Warum hatte er gefragt, ob sie sich nicht freiwillig zur Armee melden sollten? Diese Frage hatte Sanja als erster gestellt. Allerdings griff Kotja sie sofort auf: Richtig! Wir werden uns melden! Bevor Sanja kam, hatte er, ehrlich gestanden, nicht daran gedacht, aber jetzt war es wie eine Erleuchtung: Richtig, natürlich sollte man sich melden, wir werden uns melden, Mama wird entschieden dagegen sein, aber wir werden uns trotzdem melden! (Sie war so sehr dagegen, daß es zwölf Stunden ununterbrochen Reden und Weinen und Seelenqual gab und Kotja seine starke tüchtige Mama gebrochen und teilnahmslos zurücklassen mußte.) Noch heute früh in der Kanzlei der Offiziersschule hätten sie zurücktreten können (aber voreinander war das unmöglich), jetzt war es zu spät, zu spät.

Und noch unbeschwerter als sonst teilten sich die Freunde ihre Gedanken mit – all die anderen – und lachten.

Beim zweitenmal wurde ihnen, wie sie gewünscht hatten, in der Kanzlei die Überweisung an die Sergej-Artillerieschule ausgehändigt und gesagt, um welche Zeit sie morgen zu erscheinen, was sie mitzubringen und nicht mitzubringen hätten – und als sie mit angenehm prickelnden Beinen über den Arbatplatz zum Nikitskij Boulevard gingen, überschnitten sich schon die Stimmen der Abendglokken.

Zwischen den Inseln, der zoologischen Handlung Blank, dem Dorado aller Jungen, und der Boris-und-Gleb-Kirche, wand sich verblüffenderweise über eine Fahrbahn, die für zwei sich umarmende Betrunkene gerade breit genug war, ein Straßenbahnwägelchen durch, um in die Wosdwishenka einzubiegen, und stimmte mit seinem zuvorkommenden Klingeln in das über allem schwebende Glockengeläut ein, das Hufegeklapper der Droschkenpferde, das Stampfen der Lastpferde und das Donnern der Räder auf dem Kopfsteinpflaster, die Schreie der Zeitungsverkäufer, die Lockrufe der Straßenhändler, in das gesamte homogene Dröhnen des Arbat. »He, aus dem Weg!« schrie hier ein Droschkenkutscher hochmütig einen Fußgänger an, »Hü, los!« – dort schlug man mit der Peitsche auf ein Pferd ein, weil der Wagen mit einem Rad am Prellstein hängengeblieben war.

Gegen Abend waren die jungen Leute empfänglicher geworden für die vorüberziehenden überwältigenden Gerüche – Konditorei, Garküche, frischgebackenes Brot – und nahmen sich vor, irgendwo in einem Gasthaus zu essen und dann weiter durch die Stadt zu ziehen.

Auf dem Nikitskij Boulevard erblickten sie vor sich einen hochgewachsenen schmalen Mann mit schon ergrautem Haar, der in derselben Richtung ging und einige Bücher unter dem Arm trug, nicht eingepackt, einfach so, lose. Sie erkannten ihn sofort, diesen Rücken hatten sie bereits viele Stunden beobachtet: es war ihr Bekannter aus der Rumjanzew-Bibliothek. Und Kostja stieß Isaakij in die Seite und verkündete:

»Siehst du, der ASTROLOG!*«

Sanja hielt ihn ärgerlich zurück; Kotja konnte seine Stimme nicht beherrschen und nicht leise sprechen, der Astrolog hätte es hören und sich umdrehen können, und das wäre sehr peinlich gewesen. Eigentlich waren sie nicht miteinander bekannt, sie hatten sich nie vorgestellt, nie miteinander gesprochen, aber einmal, als sie im Lesesaal laut flüsterten, hatte er vorwurfsvoll zu ihnen herübergeblickt, und sie verstummten; ein anderes Mal, im Korridor, als er wie jetzt etwa zehn Bücher unter dem Arm trug, fielen sie hin, die beiden hatten es zufällig gesehen, sprangen herbei und sammelten die Bücher auf; und obwohl sie auch darauf keine Bekanntschaft geschlossen hatten, schienen sie sich nun doch ein wenig zu kennen: sie begrüßten sich zwar nicht in aller Form, aber mit leichtem Neigen des Kopfes und halbem Lächeln. Außerdem hatten sie ihn oft an seinem Tisch beobachtet. Irgendwie fiel der Astrolog selbst unter den würdigen und hochgelehrten Benutzern der Bibliothek des Rumjanzew-Museums auf: lag es an der Schmalheit seines Kopfes und seiner ganzen Figur, die so wirkte, als hätte man ihn von beiden Seiten zusammengedrückt; lag es an seinen dunkelglänzenden Augen in den tiefen Höhlen, die sein Gesicht immer sehr ernst machten; oder vielleicht an seiner eigentümlichen Art nachzudenken: er stützte seine langen Arme mit den Ellbogen auf den Tisch, so daß sie ein Gewölbe bildeten, verschränkte die Finger, strich mit der Bartspitze leicht darüber hin und blickte dabei über die Köpfe hinweg hartnäckig auf die oberen Bücherregale und unter die Empore. In einem solchen Augenblick hatte er von Kostja den Namen ASTROLOG bekommen, aber sie hatten keine Ahnung, was er wirklich tat, denn sie konnten ihn nicht gut als erste ansprechen. Jetzt aber –

»Wollen wir ihn ansprechen?« sagten beide gleichzeitig.

Die Freiheit des Abschiednehmens trug sie über Moskau empor. Jetzt gab es nichts mehr zu verlieren, nur zu gewinnen! Sie holten ihn ein, beide von der gleichen Seite, der eine mußte an dem anderen vorbeigucken, und sagten, indem sie durch die Intonation das Unhöfliche einer Anrede ohne Namen zu mildern suchten:

»Guten Tag! . . .«

»Guten Tag!«

Der alte Mann fuhr nicht zusammen. Er richtete seine tiefliegenden Augen auf die jungen Leute, sah sie an, nicht eigentlich von oben, er wirkte vielmehr nur groß durch seine Schmalheit, und erkannte sie:

»Aha, die jungen Leute! Sehr erfreut.« Er rückte zuerst die Bücher unter dem linken Arm zurecht und streckte ihnen dann seine Rechte entgegen. Das Handgelenk ragte schmal aus dem Ärmel hervor, aber die Handfläche war breit wie bei einem Handwerker. »Warsonófjew.«

Auch sie nannten ihre Namen. Standen vor ihm in ihren hellen Leinenkitteln mit schmalem Gürtel, die Studentenmützen in der Hand, Kostja schwenkte seine in der Luft und verkündete:

»Aus! Der letzte Tag! Morgen gehen wir zur Armee. Freiwillig!«

Das war keine Prahlerei, er war immer so: ein Singen war in seinem Inneren, es sang auch aus ihm heraus, sein breites Gesicht mit den hohen Backenknochen strahlte triumphierend, und die Arme streckten sich von selber, um die Fülle des Lebens auszudrücken.

Bei Páwel Iwanowitsch Warsonofjew bewegte sich leicht die kräftige Bürste seines ergrauenden rundgeschnittenen Bartes und der ebenfalls ergrauende kräftige schräggestutzte Schnurrbart. Es war offenbar ein Lächeln, die Lippen waren fast nicht zu sehen.

»So ist das?« Er blickte aufmerksam den einen und den anderen an. »Hm.« Auch seine Stimme kam wie aus einer tiefen Höhle, hallend. Er sah sie immer noch an. »Und Sie haben keine Angst, daß Ihre Kameraden Sie als PATRIOTEN bezeichnen werden?«

»Sicher ...« Sanja suchte nach einer Rechtfertigung. »Sicher werden sie das tun. Aber im gewissen Sinne trifft es auch zu ...«

»Und warum sollte man kein Patriot sein?« fragte Kotja drohend, laut und kampflustig. »Wir haben nicht angefangen. Es waren die anderen! Sie haben Serbien überfallen!«

Der alte Mann musterte sie mit gesenkter Stirn.

»So sieht es aus. Aber noch vor einigen Wochen bedeutete bei uns das Wort ›Patriot‹ fast das gleiche wie ›Schwarzhundertschaftler‹. Deshalb fragte ich.«

»Und wie denken *Sie* darüber?« fiel Kotja über ihn her. »Handeln wir richtig oder nicht?«

Das war eine gute Gelegenheit! Jetzt konnte er, ohne den Freund zu kränken, sich selbst noch einmal prüfen. Diesem Alten war eine vernünftige Meinung durchaus zuzutrauen.

Warsonofjew hob eine Braue:

»Die Richtigkeit oder Unrichtigkeit läßt sich nur aus Ihren Überzeugungen beurteilen.« Und mit einem Funken in den dunklen aufmerksamen Augen: »Sie sind wahrscheinlich Sozialisten?«

Sanja schüttelte verlegen den Kopf.

Kotja schnalzte bedauernd und laut mit der Zunge.

»Wie? Etwa nicht? ... Dann aber Anarchisten, hoffe ich?«

Nein, das bestätigende Nicken blieb aus.

Sie merkten indessen, daß der alte Mann lächelte. Das heißt, ein Lächeln war auf seinem schrecklich ernsten Gesicht eigentlich unvorstellbar, außerdem war die leichte Bewegung der Lippen hinter Bart und Schnurrbart kaum zu erkennen, aber seine Augen begannen jetzt zu glänzen.

»Ich zum Beispiel bin Hegelianer!« erklärte Kotja dem Alten fest und entschieden. Er äußerte sich immer sehr entschieden, mit vorgeschobenem Kinn und kräftigem Unterkiefer.

»Reiner Hegelianer?« wunderte sich der alte Mann. »Aber das ist ja eine Seltenheit.«

»Eben. Ein reiner!« Kotja bestätigte es ebenso fest und stolz. »Und der«, Kotja zeigte mit dem Finger auf Sanjas Brust, »der ist ein Tolstojaner.«

Nachdem sie eine Weile stehengeblieben waren, gingen sie jetzt zu dritt auf das Nikitskij-Tor zu.

»Ein Tol-sto-janer?« staunte der Alte und maß den zurückhaltenden, unsicher wirkenden Isaakij mit einem Seitenblick. »Väterchen! Aber wieso zieht er dann in den Krieg?«

Aber er merkte, wie Sanja litt, wie schmerzlich ihm zumute war: der wußte es ja selbst, er hatte sich verstrickt, er fand keine Antwort, er konnte nur mit einem Blick bitten, ihn nicht ganz zu vernichten, und das weizenfarbige Haar aus der Stirn streichen.

»Das ist noch nicht alles!« tönte Kotja, der sich in Gegenwart dieses prächtigen alten Mannes immer freier fühlte. »Er hat zwei Jahre lang kein Fleisch gegessen! Heute habe ich ihm auf dem Ochotnyj-Markt die ersten Pasteten mit Fleisch reingestopft! Aber denken Sie nur, was das in der Armee geben wird! Dort gibt es keine Extrawurst, dort ist einer wie der andere!«

Unter Freunden war das nicht kränkend, Sanja lächelte milde, aber er war mit sich unzufrieden.

Mit offensichtlichem Wohlgefallen betrachtete der alte Mann erst den einen, dann den anderen:

»Wissen Sie, wenn Sie sich jetzt nicht gerade auf dem Weg zu einer jungen Dame befinden, dann könnten wir vielleicht ein Bier zusammen trinken? Und Sie haben wahrscheinlich tüchtigen Hunger?«

Nein, sie waren nicht auf dem Weg zu einer jungen Dame. Sie waren einverstanden, fast ohne sich anzusehen. Am letzten Tag war eine Bekanntschaft mit diesem alten Mann sogar sehr interessant.

»Dann warten Sie bitte hier einen Augenblick, ich muß rasch in die Apotheke.«

Schon standen sie vor der Hinterwand der Nikitskij-Apotheke, die quer zum Boulevard stand. Warsonofjew ging um das Haus herum. Er ging ein wenig gebückt.

»Ach«, Kotja fiel es jetzt ein. »Wir hätten ihm die Bücher abnehmen sollen, dann hätten wir sie uns ansehen können! Und auch damals im Korridor haben wir sie uns nicht angesehen ... Hör mal, du sollst bloß nicht auf Tolstoj zu sprechen kommen, bei Tolstoj ist sowieso alles klar.«

Sanja lächelte nachgiebig.

»Wirklich, er soll sich lieber dazu äußern, was er dazu meint, daß wir als Freiwillige gehen ... Und dann wollen wir ihn auf ein historisches Thema bringen, weißt du, so ein GESAMTÜBERBLICK über Ost und West ...«

Und die Straßenbahnen klingelten, ihre Bügel raschelten. Und die Droschken rollten vorbei, gemächlich oder eilig, je nach dem Fahrgast. Und die Spaziergänger strömten über den Boulevard, als wüßten sie nichts von einem Krieg, ein kleines Mädchen mit langen Zöpfen ging mit ihren Noten zur Musikstunde, ein schmuddeliger Kellner in verfleckter weißer Jacke eilte mit einem Satz Schüsseln über den Boulevard, auf dem Weg zu einem Kunden. An der Ecke der Nikitskaja stand vor einem halbrunden Gebäude mit der lustigen Reklame »Zigaretten Onkel Kostja« ein schlanker weiß-schwarzer Polizist und hütete die um ihn herrschende absolute Ruhe. Die Straßenbahnen führten verschiedene andere Reklamen auf ihren Dächern. Und auch die lange Reihe der Geschäftsschilder, die sie bis hierher begleitet hatten, mit den Namen der Kaufleute, als seien es Namen unsterblicher Schöpfer, in verschnörkelten, geschwungenen, geraden Buchstaben, plattiert oder als Relief, bekräftigte die Realität und Ewigkeit dieser Stadt, die indessen völlig irreal war, weil die beiden morgen nicht mehr hier sein würden. Nur der Kinematograph »Union« gab zu verstehen, daß er *weiß:* »SCHUTZ UND HILFE SLAWISCHEN BRÜDERN, sensationelle Kinoillustration des gegenwärtig größten historischen ...« Aber sonst überall verschloß sich die Stadt in ihrer unempfindlichen Riesenhaftigkeit dem Besonderen und Hohen dieses Tages, stand und floß, blieb und veränderte sich, ohne zu wissen, daß es der letzte Tag war und eine Grenze mutig überschritten wurde. Die Stadt fiel ab, blieb mit ihrer Last zurück – aber es schmerzte sie nicht in der Brust, denn das Beste dieser Stadt, das ihr Eigenes geworden war, nahmen sie mit sich fort.

Sie nannten es »Vorsicht, ich niese!«: dann pflegte Sanja den Kopf ein wenig zur Seite zu neigen, die Augen zusammenzukneifen und, wie jetzt, seinem Freund beide Hände auf die Schultern zu legen:

»Hör mal ... Aber wie ist das alles ... Wie ist das ...« Er schaute sich um, suchte nach einem Wort, um das alles zu benennen, aber das Wort stellte sich nicht ein. Aber sie verstanden es auch so, niemand verstand sich so gut wie sie! »Und nach dem Krieg werden wir wiederkommen – genau an diese Stelle, ja?«

»Ja, ja!« Konstantin war davon überzeugt, packte ihn jetzt auch unter die Arme und stemmte ihn sogar ein wenig hoch, an Kraft konnte er es mit Iwan Poddubnyj* aufnehmen.

Eine Leichtigkeit, eine Leichtigkeit trug sie über all das Farbige, Klingelnde, Klappernde fort. Unbändig-freudige Kraft riß sie in die Zukunft. Und sie stellten fest: mitten in dem bereits hereingebrochenen, sich vollziehenden Unheil wurden sie unversehrt getragen, von der drohenden Schönheit des Unheils erfüllt!

Warsonofjew trat aus der Apotheke und zeigte mit der Hand auf die »Union«. Nein, er ging nicht gebückt, vielmehr hielt er den unbedeckten Kopf mit dem silbrighellen Bürstenschnitt leicht nach vorne geneigt, als lausche oder spähe er.

»Hier unter der ›Union‹ ist eine sehr ordentliche Bierstube mit einem guten Stammpublikum.«

Der alte Mann war gar nicht so abgeklärt, er wußte ganz gut Bescheid.

Das erste hinter der Tür – Gerüche! Warme, freudige Gerüche, würzig, bierdurchtränkt. Drei ineinandergehende Räume, eigentlich einfache Zimmer, der eine auf die Nikitskaja, der andere auf einen abgeschlossenen Hof, dort wollten sie sitzen. Kotja stieß Sanja an: bei Bier und Wobla* saß ein bekannter Professor der Naturwissenschaftlichen Fakultät mit seinen Studenten. Hier und da einige Offiziere und, vielleicht, Rechtsanwälte. Nirgends war eine Frau zu sehen, ein Revier, das männlicher Muße vorbehalten war. Aus den vielen leeren Flaschen, die der Verrechnung halber nicht weggeräumt wurden, konnte man schließen, daß hier lange gesessen und bis zum Punkt geredet wurde. Man konnte auch lesen, Zeitungen und Zeitschriften lagen aus. Kotja griff im Vorbeigehen nach der »Niwa«, Sanja nach dem »Russkoje slowo«*. Sie wählten einen Tisch am Fenster mit Blick auf einen unübersehbaren Turm aus Bierkästen.

»Bis jetzt ist alles gutgegangen«, Sanja blätterte die Zeitung durch. »Vormarsch in Österreich und in Preußen, überall mit Erfolg.«

»Hören Sie, hören Sie doch!« rief Kotja laut. »Ein Truppenbefehl des englischen Kriegsministers Lord Kitchener: ›. . . behandeln Sie die Frauen höflich, aber vermeiden Sie Intimitäten!‹ Toll! Die haben Sorgen! Toll!«

Er lachte schallend, es war wirklich sehr komisch. Hier lachten und lärmten viele, in diesem Lokal ging es nicht gerade leise zu. Inzwischen hatten sie großen Hunger, die

Gerüche ließen ihnen das Wasser im Munde zusammenlaufen, sie hatten auch Durst, es hatte sich alles glänzend gefügt.

»Also, meine lieben jungen Leute, was sollen wir bestellen, Seljanka*, Klopse oder Spiegeleier?« fragte der alte Mann zuvorkommend. »Oder möchten sie etwas ohne Fleisch?« wandte er sich teilnehmend-besorgt an Sanja.

»Eine Seljanka! Für uns beide! Jetzt mußt du durch! Jetzt geht es sowieso ins Feld, jetzt kommt es nicht mehr darauf an, Sanja! Jetzt, vor Pawel Iwanytsch ist deine Fastenzeit zu Ende!«

Gerade wurde eine Seljanka vorbeigetragen, ein aromatisches Dampfwölkchen, ein komplizierter warmer verlokkender Geruch. Sanja sah Pawel Iwanowitsch schuldbewußt an, um Verständnis für die Qual der Entscheidung bittend. Aber wenn man schon Fleischpasteten gegessen hat und in den Krieg zieht – dann wäre es Heuchelei, über eine Seljanka zu philosophieren.

Warsonofjew bestellte zweimal Seljanka.

»Und für Sie, Pawel Iwanytsch?«

Warsonofjew hielt seinen langen weißen Finger hoch wie eine Kerze:

»In Ihrem Alter hat man Freude am Essen, in meinem – an der Mäßigkeit.«

»Wie alt sind Sie denn, Pawel Iwanytsch?«

»Sagen wir, fünfzig.«

Dem ergrauten Haar, dem eingefallenen Gesicht nach hatten sie mehr erwartet, aber auch fünfzig war nicht wenig, dagegen ließ sich nichts einwenden. Das Bestellen, Einschenken, ein Schluck Bier und einige eingelegte Erbsen hinterher bereiteten ihm offenkundiges Vergnügen. Und er tröstete Sanja, der doch zuerst den Kohl auf seinem Teller heraussuchte:

»Was ist im Leben das Schwerste? Eine reine Linie zu vertreten, etwa so, wie Ihr Freund es mit Hegel hält. Und eine gemischte ist immer leicht, allen verträglich, auch für Zahnlose – wie diese Seljanka.«

Warsonofjew erfuhr, daß beide seit drei Jahren an der Historisch-Philosophischen Fakultät studierten, Kotja hauptsächlich Geschichte, Sanja hauptsächlich Philologie. Und dann drang er mit ehrfürchtigem Interesse in Kotja:

»Darf ich Sie fragen, was bei Hegel Ihr Lieblingsgedanke ist? Ganz einfach, was fällt Ihnen als Erstes ein?«

Kotjas Gesicht mit den hohen Backenknochen und dem weiten Bogen von Schläfe zu Schläfe ging leicht in breites Lachen über, aber ebenso in Nachdenklichkeit. Vieles war wunderbar: die Selbstbewegung der Idee, die anfängliche Setzung des Prinzips in seinem unentfalteten Widerspruch. Aber das Beste:

»Die Entwicklung durch den SPRUNG!«

Der SPRUNG hatte etwas Faszinierendes.

Warsonofjew verschränkte mit Behagen seine Finger.

»Aber als Hegelianer müßten Sie die Idee des Staates vertreten.«

»Ich ... ich vertrete sie auch«, gab Kotja nach einigem Zögern zu.

»Aber der Staat duldet keinen schroffen Bruch mit der Vergangenheit. Der Staat braucht Kontinuität. Unterbrechung und Sprung wirken in ihm zerstörend.«

Sie aßen. Sie tranken das gut gekühlte starke Bier. Warsonofjew knabberte Salzstangen. Man sah dabei seine weißen, gesunden, ebenmäßigen Zähne.

»Und würden Sie uns die Frage gestatten«, trompetete Kotja, »was Sie eigentlich machen, Pawel Iwanytsch? Wir haben immer herumgerätselt ...«

»Ja, wie soll man das sagen ... Ich lese Bücher und schreibe Bücher ... Ich lese dicke und schreibe dünne.«

»Was Sie da sagen, ist nicht ganz klar.«

»Aber was ganz klar ist, das ist auch uninteressant.«

Das war Kotjas Art, den direkten Weg einzuschlagen, ohne sich viel um Höflichkeit zu kümmern, Sanja hatte oft darunter zu leiden. Jetzt wollte er das Gespräch vom Ausfragen weglenken:

»Ist das wirklich so?«

»Wissen Sie, je bedeutsamer eine Seite des Lebens für uns ist, desto dunkler ist sie. Volle Klarheit herrscht nur im Banalen. Die höchste Poesie ist im Rätsel. Ist Ihnen nie aufgefallen, zu welch feinstem Spitzengewebe der Gedanke im Rätsel sich verdichtet?«

»Zwei Spitzen, zwei Ringe, in der Mitte ein Nagel!*« deklamierte Kotja im energischen Rhythmus eines Abzählverschens und lachte schallend. Übrigens fiel sein lautes Wesen in dem allgemeinen Lärm nicht auf, und von der Ringmauer dieses Lärms umgeben, verstanden sie sich so gut, als wäre es um sie her still gewesen.

»Es gibt bessere«, Warsonofjew nahm einen Schluck und schenkte behaglich nach. »Gen Abend springt Häschen weiß übers freie Feld, auf der Platte liegt es gen Mitternacht.«

Die Worte des Rätsels sprach er mit einer tiefen, von innen kommenden singenden Stimme, anders als sonst und so ganz anders als die dröhnenden Fleischfresser-Bierstimmen um sie herum.

»Und was ist das?« fragte Kotja ungeduldig.

Und die gleiche Stimme tat zwischen Schnurrbart und Bart verhalten kund:

»Die Braut.«

»Aber warum denn auf der Platte?«

»Direkt auf dem Bett – das wäre kein Rätsel mehr. Poetische Transformation. Auf der Platte – das bedeutet, sie muß sich hingeben, hilflos, einfach hingestreckt.«

War Sanja leicht errötet? Nein, er dachte nach.

Sie aßen, tranken. Einmal kam Warsonofjew auf die Lehre Tolstojs zu sprechen, die Kotja nicht ausstehen konnte, weshalb er sich schützend vor seinen Freund stellte:

»Er ist überhaupt kein Tolstojaner im eigentlichen Sinne! Lassen Sie ihn nur in Frieden! Überhaupt nicht! In der Staniza wird er zum Beispiel NARODNIK genannt.«

Warsonofjew blies durch den Schnurrbart:

»Da bin ich ja in eine interessante Gesellschaft geraten – alle Richtungen sind vertreten!«

Und bestellte noch zwei Bier.

»Aber die Worte verbrauchen sich und verbergen oft den Sinn. Was heißt das eigentlich heute – Narodnik?«

Sanja konzentrierte sich und vergaß alles, was auf dem Tisch vor ihm stand. Bei aller gesunden Frische und Steppenbräune, die sogar hier, in dem schwachen Licht, das durch die kleinen Fenster in die Stube drang, nicht zu übersehen war, hatte sein Gesicht überhaupt nichts von Steppe – es war weich, unter dem sonnengebleichten Haar vollzog sich in den blauen Augen, die nichts Hartes hatten, eine immerwährende Arbeit, die Lust zum vielen Sprechen nicht aufkommen ließ, und wenn er sprach, war er stets bereit, seinem Gesprächspartner Platz zu machen.

»Ja-a ... der Narodnik liebt das Volk. Er glaubt an seine innere Kraft. Setzt seine ewigen Interessen über die eigenen kurzlebigen und geringen. Und lebt nicht für sich, sondern für das Volk, für sein Glück.«

»Für sein Glück?«

»Ja, für sein Glück.«

Unter dem sicheren Schutz der breit ausladenden Brauengewölbe leuchteten Warsonofjews Augen Sanja an:

»Aber das Glück der Mehrheit des Volkes besteht darin, satt und gekleidet zu sein, im Wohlstand und der vollständigen Befriedigung aller Bedürfnisse, nicht wahr? Und dürfte nicht ein ganzes Jahrhundert verstreichen, bis alle satt und gekleidet sind? Bis man sich den ewigen Problemen zuwenden wird – Armut, Sklaverei, mangelnde Bildung, mangelhaft funktionierende staatliche Institutionen stehen dem im Wege –, wird man bis dahin nicht, um das alles zu verändern und zu verbessern, drei Generationen Narodniki nötig haben?«

»D-doch, das ist möglich.«

Ohne zu blinzeln, ja ohne überhaupt blinzeln zu müssen, hielt Warsonofjew das einmal Erblickte mit seinem steten Blick fest:

»Und alle diese Narodniki, die immer gleich das ganze Volk retten möchten, verzichten bis dahin auf ihre eigene Rettung? Sie müssen es ja. Und sie müssen auch alle diejenigen, die sich *nicht* für das Volk opfern wollen, für nichtswürdig halten, alle, die sich beispielsweise mit der Kunst um der Kunst willen befassen oder nach dem abstrakten Sinn des Lebens suchen oder, noch schlimmer, in der Religion ihre Seele retten, entwickeln wollen und so weiter?«

Sanja hörte sehr aufmerksam zu, er quälte sich sogar.

Er hob die Hand, streckte den Finger aus, um etwas dazwischenzufragen, was er sonst hätte vergessen können:

»Aber bei dem Opfergang für das Volk – rettet sich da die Seele nicht? Auch sich selbst?«

Warsonofjew blies durch den Schnurrbart.

»Und wenn dieses Opfer unangebracht wäre? Sagen Sie übrigens – hat das Volk nicht auch PFLICHTEN? Oder nur RECHTE? Es sitzt da und wartet, bis ihm von uns zuerst das Glück und dann die ewigen Probleme serviert werden. Aber vielleicht ist das Volk überhaupt noch *nicht reif?* Dann könnten Sattheit, Bildung und Wechsel der Institutionen auch wirkungslos bleiben?«

Sanja wischte sich über die Stirn, wandte kein Auge von Warsonofjew, als wollte er ihm alles von den Augen ablesen und begreifen:

»Nicht reif – in welcher Beziehung? Meinen Sie die sittliche Reife? Aber – wer dann?«

»Ja, wer dann? . . . Vielleicht hat es das bei uns bis zu den Mongolen gegeben – sittliche Reife, aber wir klammern uns immer noch an diesen Glauben. Und seit das Volk von des Teufels Kochlöffel umgerührt wird, seit Iwan, seit Peters, seit Pugatschjóws* Zeiten jedenfalls müssen unsere Schenkwirte und das Jahr Neunzehnhundertfünf mitgerechnet werden – was ist aus seinem unsichtbaren Antlitz geworden? Was trägt es jetzt in seinem innersten Herzen? Sehen Sie sich unseren Kellner an – eine ziemlich unangenehme Physiognomie. Und über uns im ›Union‹ spielt im dunklen Saal ein Klavierspieler – was geht wohl in dessen Seele vor? Was für eine Fratze wird sich uns dort zeigen? Und warum muß man sich die ganze Zeit für ihn opfern?«

»Klavierspieler und Kellner«, erklärte Kotja, »sind nicht das Volk im eigentlichen Sinn.«

»Aber wer denn?« Warsonofjew wandte ihm den grauhellen, schmalen Kopf mit dem leuchtenden Bürstenschnitt zu. »Wieso muß es unbedingt der Bauer sein? Millionen Bauern sind abgewandert – wo sind sie jetzt?«

»Aber dann müßte man das Volk streng wissenschaftlich definieren!«

»Wir alle sind für die Wissenschaft, aber keiner hat das Volk definieren können. Jedenfalls ist das Volk nicht bloß das einfache Volk. Und auch die Intelligenz kann nicht getrennt vom Volk betrachtet werden.«

»Die Intelligenz müßte ebenfalls definiert werden!« drängte Kotja, der seiner Kraft nie Grenzen setzen konnte.

»Auch das kann keiner. Die Geistlichen beispielsweise werden bei uns nicht zur Intelligenz gerechnet, nicht wahr?« Er nahm Kotjas kurzes Schnauben für Zustimmung. »Und keiner, der RÜCKSCHRITTLICHE Ansichten vertritt, gehört bei uns zur Intelligenz, selbst wenn er ein großer Philosoph wäre. Aber Studenten – die sind ohne Zweifel Intelligenzler, auch wenn sie schlechte Noten haben, Repetenten sind und mit Spickzetteln ...«

Er konnte nicht mehr ernst bleiben, er lachte offen, Bart und Schnurrbart schoben sich auseinander. Am Schnurrbart hing Bierschaum. Er winkte dem unangenehmen Kellner:

»Bitte noch zwei Bier.«

Die ernste Spannung am Tisch ließ nach, verebbte, aber bei Sanja hielt sie noch an: Es blieb etwas ungelöst in diesem kurzen Gespräch, zog sich zurück und riß ganz ab. Es war nicht das Nachdenken über das Gespräch, sondern die Trauer, die es hinterließ.

»Übrigens, wenn Sie erlauben: ich wüßte gerne, wer Ihre Eltern sind, aus welcher Schicht?«

Kotja errötete dunkel und verstummte, als hätte er sich verschluckt. Und sagte widerwillig, nach einem Schweigen:

»Mein Vater ist tot.«

Und schenkte Bier nach.

Sanja kannte Kotjas verletzliche Stelle: er schämte sich, weil seine Mutter Marktfrau war, und verschwieg es, so gut es ging. Er riß sich gewaltsam von dem Nicht-zu-Ende-Gedachten los und stellte sich vor seinen Freund:

»Sein Großvater ist Fischer, vom Don. Und meine Eltern sind Bauern. Ich bin der erste meiner Familie, der studiert.«

Zufrieden verschränkte Warsonofjew die Finger und spreizte sie wieder:

»Da haben Sie das beste Beispiel: Sie kommen vom Land und sind Studenten der Moskauer Universität. Sie sind das Volk und Sie sind die Intelligenz. Sie sind Narodniki und Sie melden sich freiwillig für den Krieg.«

Ja, das ist eine schwere und schmeichelhafte Wahl – wohin man eigentlich gehört.

Kotja riß eine Wobla auf, als wäre es seine eigene Brust.

»Aber mir wird jetzt langsam klar, daß Sie kein Freund der Volksherrschaft sind.«

Warsonofjew sah ihn von der Seite an.

»Wie kommen Sie darauf?«

»Ist denn, Ihrer Meinung nach, die Volksherrschaft nicht die höchste Regierungsform?«

»Die höchste ist sie nicht«, kam es leise, aber bestimmt.

»Und welche Form schlagen Sie vor?« Kotja fand seinen lebensfreudigen, fast kindlichen Übermut wieder.

»*Vorschlagen?* Das würde ich nie wagen.« Seine dunkelglänzenden tiefliegenden Augen wanderten vom einen zum anderen. »Wer kann sich vermessen zu behaupten, er sei imstande, ideale Zustände AUSZUDENKEN? Doch nur derjenige, der überzeugt ist, *vor uns*, vor unserer, der neuen Generation, hätte es nichts Bedeutendes gegeben, alles Bedeutende würde erst mit uns anfangen, und nur wir und unsere Götter wären im Besitz der letzten Wahrheit, und alle Andersdenkenden – Idioten und Gauner.« Es sah so aus, als wollte er ärgerlich werden, aber dann beherrschte er sich wieder: »Aber wir sollten das nicht bloß unseren russischen Knaben* zum Vorwurf machen, es ist in der Welt ein allgemeines Gesetz: Überheblichkeit ist ein Zeichen geringer geistiger Entwicklung. Wer geistig wenig entwickelt ist – der ist überheblich, wer geistig hoch entwickelt ist – der wird demütig.«

Nein, Sanja konnte dem Gespräch schlecht folgen: er hörte das Neue und dachte dabei das Zuletztgesagte zu Ende. Wieviele Fragen hatten sie angepackt, fallengelassen, um weiterzueilen. Aber jetzt gab er alles andere entmutigt auf und wollte nur das Letzte festhalten:

»Ist eine ideale soziale Ordnung überhaupt möglich?«

Warsonofjew sah Isaakij liebevoll an, ja, sein nach innen gekehrter unbeweglicher Blick konnte ausgesprochen liebevoll sein, ebenso seine Stimme. Leise, mit Pausen, sagte er:

»Für das Wort ORDNUNG läßt sich eine ursprüngliche und bessere Verwendung finden – DIE INNERE ORDNUNG. Und für den Menschen kann es nichts Wichtigeres geben als die INNERE Ordnung, nicht einmal das Wohl der übernächsten Generationen.«

Das war es, genau das, was sich vorhin zurückgezogen hatte! Sanja versuchte es festzuhalten: man mußte sich für Eines entscheiden! Innere Ordnung – das war doch Tolstoj? Und das Wohl des Volkes steht dem gegenüber . . .

Über seine Stirn zogen sich Querfalten. Und Warsonofjew:

»Das ist es ja, wozu wir bestellt sind – die Ordnung in unserem Inneren zu vervollkommnen.«

»Wieso bestellt?« unterbrach Kotja.

»Das ist ein Rätsel!« Warsonofjew hob seinen Finger. »Deshalb sollten Sie, wenn Sie das Volk und sein Wohl anbeten und ihm alles opfern, Ihre eigene Seele nicht mit Füßen treten. Vielleicht ist es einem von Ihnen beschieden, von der verborgenen Ordnung der Welt etwas zu erlauschen.«

Er sprach, sah die beiden an: war er auch nicht zu weit gegangen? Dämpfte sich wieder. Nahm einen Schluck Bier. Wischte sich, wie schon viele Male, den Schaum aus dem Schnurrbart.

Für die Jugend klingt das verlockend, ihre Augen funkeln förmlich vor Fragen: Und was ist das? Ist das wirklich wahr? Das, was ich in mir spüre, ist doch nicht ohne Bedeutung?

Aber die beiden gaben nicht auf:

»Und die soziale Ordnung?«

»Soziale?« Warsonofjew nahm mit sichtlich nachlassendem Interesse einige Erbsen. »Irgendeine wird schon besser sein als die schlechteren. Vielleicht sogar ein Gipfel der Vollkommenheit. Nur werden wir, meine Freunde, diese beste aller Ordnungen nicht unserer eigenmächtigen Erfindung verdanken. Auch nicht einer WISSENSCHAFTLICHEN – auf die Wissenschaft schwören wir ja – Konstruktion. Bilden Sie sich nichts darauf ein, daß man sich etwas ausdenken und nach diesem Rezept das geliebte Volk mißhandeln kann. Die Geschichte«, er wiegte seinen schmalen hohen Kopf, »wird nicht von der Vernunft regiert.«

Das war es! Das war es wieder! Sanja sog es auf, Sanja legte die Hände zusammen und hielt sie hin, als wollte er etwas damit auffangen:

»Und ... wovon wird die Geschichte regiert?«

Vom Guten? Von der Liebe? – hätte Pawel Iwanowitsch so etwas gesagt, dann könnte man es mit dem von anderen und an anderen Stellen Gesagten kombinieren – es ist so wohltuend und einfach, wenn die Dinge zur Deckung gebracht werden können!

Aber nein, Warsonofjew machte es ihm nicht leicht. Er sagte es wieder anders, wie geprägt:

»Die Geschichte ist IRRATIONAL, meine jungen Leute. Sie ist ein eigenes organisches, für uns vielleicht undurchschaubares Gewebe.«

Das sagte er ohne Hoffnung. Bis dahin aufrecht sitzend, ließ er sich jetzt hängen und lehnte sich nach hinten. Er blickte keinen von ihnen an, sondern nur auf den Tisch oder durch das trübgrüne verzerrende Flaschenglas. Er wollte weder Kotja noch Sanja überreden, sprach aber jetzt klangvoller und ließ keinen Satz zusammenhanglos stehen – hielt er am Ende irgendwo Vorlesungen?

»Die Geschichte wächst wie ein lebendiger Baum. Und die Vernunft ist für sie eine Axt, mit Vernunft werden Sie ihr Wachstum nicht fördern können. Oder, wenn Sie so wollen, die Geschichte ist ein Fluß, der seinen eigenen Gesetzen in Strömungen, Schleifen und Strudeln folgt. Aber da kommen die Neunmalklugen und erklären, er sei ein fauliger Teich und müßte in ein anderes, besseres Bett umgeleitet werden, es käme nur auf die richtige Stelle für den neuen Graben an. Aber ein Fluß, das Strömen, läßt sich nicht unterbrechen, zerreißen, nicht für einen Zoll – dann gibt es ihn nicht mehr. Und uns ruft man auf, ihn auf tausend Sashenj zu unterbrechen. Der Zusammenhang von Generationen, Institutionen, Traditionen, Sitten – das macht das Strömen aus.«

»Demnach darf man überhaupt nichts vorschlagen«, seufzte Kotja. Er war müde.

Sanja legte behutsam seine Hand auf den Ärmel Warsonofjews:

»Und wo kann man die Gesetze der Strömung finden?«

»Das ist ein Rätsel. Vielleicht bleiben sie uns immer verborgen«, Warsonofjew lächelte nicht, auch er seufzte. »Jedenfalls nicht an der Oberfläche, ein gefundenes Fressen für jeden Schlaukopf.« Er hob wieder seinen Finger wie eine Kerze: »Die Gesetze der besten menschlichen Ordnung können nur in der Weltordnung begründet sein. In der Idee des Weltganzen. Und in der Bestimmung des Menschen.«

Er verstummte und verharrte in seiner Bibliothekshaltung: die Arme auf den Tisch gestützt, wie ein Spitzbogen, mit dem sauber zu einem runden Schäufelchen geschnittenen Bart über die verschränkten Finger hin und her fahrend.

Vielleicht brauchten die das alles gar nicht. Aber es waren keine gewöhnlichen Studenten.

Kotja schlürfte verdrossen sein Bier. Auf seiner Stirn war eine Ader zum Knötchen angeschwollen, so scharf dachte er nach.

»Ja, dann darf man überhaupt nichts tun? Nur beobachten?«

»Jeder WAHRE Weg ist sehr mühsam«, antwortete Warsonofjew, das Kinn auf die verschränkten Finger gestützt. »Und noch dazu fast unsichtbar.«

»Ist denn das richtig – ins Feld ziehen?« fiel es Kotja wieder ein.

»Ich kann nur sagen – ja!« Warsonofjew nickte bestimmt und zustimmend.

»Und wieso? Wer kann das beurteilen?« widersprach Kotja, obwohl er seine Papiere bereits in der Tasche hatte. »Wieso ist denn das nicht verborgen?«

Warsonofjew, ehrlich, wie zu seinesgleichen, streckte alle zehn Finger aus:

»Das kann ich nicht beweisen. Aber ich fühle es. Wenn die Trompete bläst, muß der Mann ein Mann sein. Und wenn es nur für sich selbst ist. Aber auch das ist nicht zu ergründen. Aus irgendeinem Grund muß es sein, daß Rußland nicht das Rückgrat gebrochen wird. Und deshalb müssen die jungen Männer ins Feld.«

Aber Sanja hatte das letzte nicht mehr gehört. Er hatte verstanden, daß der Weg oder die Brücke unsichtbar bleiben muß. Nur für wenige sichtbar. Sonst wäre die Menschheit schon längst über diese Brücke ...

»Und die Gerechtigkeit?« hakte er wieder ein, denn hier war noch etwas unausgesprochen geblieben. »Ist denn die Gerechtigkeit kein zureichendes Prinzip einer Gesellschaftsordnung?«

»Sicher!« Warsonofjew wandte ihm die leuchtenden Höhlen zu. »Aber wiederum nicht unsere eigene, wie wir sie uns für das bequeme irdische Paradies vorstellen. Sondern jene Gerechtigkeit, deren Geist vor uns, ohne uns und aus sich selbst ist. Und wir müssen ihr *entsprechen*!«

Kotja sagte mit einem Stoßseufzer:

»Sie geben immer neue Rätsel auf, Pawel Iwanytsch, und dazu noch so schwere. Wissen Sie nicht ein leichteres?«

Pawel Iwanytsch verzog amüsiert den Mund:

»Gut, also: Wenn ich aufstehen würde – ich reichte bis zum Himmel; wenn ich Arme und Beine hätte – ich finge den Dieb; wenn ich Mund und Augen hätte – ich könnte alles sagen.«

»Nein, Pawel Iwanytsch«, lachte Kotja, etwas angeheitert und durch die Zustimmung beruhigt, und klopfte dabei mit dem Fischschwanz gegen den Teller. »Wir werden versäumen, ich fühle es, Ihnen die Hauptfrage, die wichtigste, zu stellen. Und es später, im Feld, bedauern.«

Warsonofjew schien milde, zum Lächeln und Ausruhen bereit:

»Auf Hauptfragen – kreisrunde Antworten. Die HAUPTFRAGE wird überhaupt niemals jemand beantworten.«

Kurz ist des Rätsels Lösung,
aber sieben Werst Wahrheit stecken drin.

43

An seinen Vater konnte sich Terentij Tschernega kaum erinnern, er wurde von seiner Stiefmutter so nebenher großgezogen, dann kam auch ein Stiefvater ins Haus, und Terentij ging fort – viel hatte er daheim nicht gelernt. Auch von der Dorfschule mit ihren zwei Klassen und dem einen Jahr in der Kaufmännischen war nicht viel hängengeblieben. Aber wer braucht schon Lernen und Bücher, wenn er richtige Ohren und Augen hat? Wenn es darauf ankam, konnte Tschernega mit seiner raschen Auffassungsgabe ohne weiteres der Unterhaltung Gebildeter folgen, wie jetzt, zum Beispiel, den Offizieren.

Tschernega hatte gehört, wie der Brigadekommandeur Oberst Christínitsch mit dem Batteriechef Oberstleutnant Wenézkij sich über die Zustände in der Artillerie unterhielt: wie bei uns die Zugkraft vergeudet und nicht jedes Geschütz ausgenützt wird, weil wir acht haben, der Deutsche dagegen sechs oder vier pro Batterie, aber um sich von sechs Batterien zu acht Geschützen auf acht Batterien zu sechs Geschützen umzustellen – dafür gibt der Staat kein Geld, es kommt billiger, die Geschütze mitzuschleppen, ohne sie zu verwenden; wie die Batteriechefs in der Verwaltung der Batterie, in der Wartung und Pflege des Reservebestandes ersticken, keine Zeit zu Schießübungen haben, keine Zeit zum Lesen der Gefechtsanweisungen, die überdies veraltet sind, die letzte hatten sie noch gar nicht zu Gesicht bekommen, da war schon der Krieg ausgebrochen.

Dies bestärkte Tschernegas Meinung, daß es bei der Artillerie nur auf einen einzigen ankommt – auf den Feldwebel! Denn wer hält eigentlich den Laden zusammen?

Während seiner Militärdienstzeit stieg Tschernega vom Lafettenfahrer über den ersten Kanonier zum Geschützführer auf. Er wurde am ersten Kriegstag eingezogen, meldete sich am dritten bei seiner Truppe in Smolensk und lief dort Oberst Christinitsch über den Weg, der ihn mit einem Blick unter den graubuschigen Brauen streifte und darauf zu Wenezkij sagte:

»Das ist ja eine Sünde, solch einen Prachtkerl als Unteroffizier zu verschleißen. Machen Sie ihn zum Feldwebel.«

Er hatte richtig gesehen: Tschernega wußte selber, daß er ein fabelhafter Feldwebel werden würde. Und als er Wenezkij näher kennenlernte, merkte Tschernega auch, daß Christinitsch nicht jeder Batterie mit der gleichen Dringlichkeit einen Feldwebel empfehlen würde. Wenezkij kannte nur seine Visiere, Rohre und Distanzen, er war ein sanfter Herr, redete mit den Soldaten in fein gedrechselten Sätzen, seine Kommandos klangen wie Bitten – die Batterie wäre ohne feste Hand geblieben, hätte man Tschernega nicht zum Feldwebel gemacht. Gleich vom ersten fröhlichen Zuruf an saß ihm sein neuer Posten wie angegossen, und die gesamte Batterie hatte ihn sofort anerkannt. Wer war in einem solchen Krieg wie diesem der wichtigste Mann der Batterie, wenn nicht der Feldwebel? Zwei Wochen lang wurden die Geschütze nicht abgeprotzt, man ging nicht in Stellung – da war es ganz egal, ob die Herren Offiziere ihre Gefechtsanweisungen im Kopf haben oder nicht. Sonst konnten sie noch den Weg zeigen, der war aber sowieso klar, denn man war ja in der Divisionskolonne; und außerdem schrieben sie noch ihre Meldungen. Aber kein anderer hatte die Batterie geführt, Verpflegung besorgt, Nachtquartiere gesucht, Pferde gepflegt, auf die Munition achtgegeben als Tschernega – und die ganze Batterie erkannte ihn als wichtigsten Mann an, und die Pferde bewegten ihre Ohren, zum Zeichen, daß man sich verstand. (Pferde erkannten ihn immer an, gleich beim ersten Klaps auf den Hals. Wieviele Pferde waren durch seine Hände gegangen, gekauft und verkauft worden – nicht um den Gewinn, nur aus Spaß an der Sache! Auf Pferde war Tschernega noch mehr versessen als auf Weiber.)

Terentij konnte ein Sechseimerfaß mit Sauerkraut auf einer Schulter tragen, mit bloßer Hand Hufeisen und Münzen verbiegen, schwang den Schmiedehammer auf Jahrmärkten – kurz, er konnte alles, woran man früher in Rußland die müßige überschäumende Kraft messen konnte. Er selbst hatte etwas von einem Faß. An Wuchs fehlte es ihm, doch seiner Kraft war das nicht abträglich. Aber es gab kaum Gelegenheit für ihn, außer bei Feuersbrunst und Hochwasser, seine *ganze* Kraft einzusetzen. Alles, was er im Leben haben wollte, konnte er mit halbem Einsatz bekommen, denn es ging ihm alles leicht von der Hand, und er verstand sich auf manches Handwerk, ein Handwerk ist kein Tragjoch, es drückt nicht, und seine eigentliche Kraft – die hob er sich noch auf. Und auch jetzt im Krieg brauchte Tschernega seine ganze Kraft nicht, es ging auch so, er machte seine Sache halb im Schlaf, halb im Spaß: der Krieg kam ihm dazwischen, er war zweiunddreißig, im besten Alter und, wie man ja immer glaubt, an einer besonders spannenden Stelle. Jetzt galt es, heil durchzukommen.

Und als sie mitten in der Nacht geweckt wurden und das beklemmende Gefühl der Ungewißheit, der Verlassenheit, einer Falle, das seit einer Woche in den Soldaten sich verdichtete, durch einen klaren Befehl, vielmehr die Erlaubnis sich entlud: »Los, wir hauen ab!« – da lösten zwei Herzstöße Tschernegas ganze aufgehobene Kraft, und er stürzte zum Oberstleutnant:

»Euer Hochwohlgeboren, sagen Sie nur: WAS IST ZU TUN?«

Oberstleutnant Wenezkij, im Zelt bei einer Kerze, packte den knotigen Oberarm des Feldwebels:

»Über dieses Flüßchen müssen wir, Tschernega!« Eine weiße Locke hing ihm in die Stirn, als er auf der Karte, die auf seinem nun für immer hier stehenbleibenden Feldbett ausgebreitet war, rascher und deutlicher als sonst erklärte:

»Damit wir nicht über die Chaussee müssen, das wäre ein Umweg, außerdem sind dort die Deutschen, und hier gibt es über das Flüßchen eine Brücke, vielleicht ist sie zerstört, vielleicht verfault, der Weg dorthin führt durch einen Sumpf – aber wir müssen rüber! Wir würden zehn Werst sparen, dem Deutschen ausweichen und direkt auf diese Landenge kommen: Schlaga-M.«

Auf der Karte sah es nicht so schlimm aus. Grün, Schwarz, Blau, Seen, Seen und nochmals Seen, da wird man nicht trockenen Fußes durchkommen, Tschernega sog alles mit seinen runden Augen auf, so schnell, wie jetzt alles gehen mußte, fragte aber trotzdem:

»Schlaga-em, was ist denn das?«

»Schlaga – das ist ein großer Hammer, auf polnisch heißt ›szlag trafi‹ verrecke, der Schlag soll dich treffen ...«

»Wahrscheinlich heißt das Wehr so, entweder nach einer Mühle oder nach dem Dorf Mörken, am Dorf Mörken könnten wir vorbeikommen, aber wir müssen über Schlaga-M. Nur wer über Schlaga-M. kommt, wird am Leben bleiben, denn hier ...«

Wir werden hier nicht bleiben! Und Tschernega faßte den Oberstleutnant ebenfalls am Arm, aber ganz vorsichtig, um ihn nicht zu zerbrechen:

»Abgemacht, Euer Hochwohlgeboren! Schicken Sie die Offiziere auf dem Weg voraus, wir werden alle an den Geschützen anpacken!«

»Aber ... die Munition ... verstehst du, Tschernega?«

»Wie soll man das nicht verstehen!« Tschernega war schon halb aus dem Zelt. »Wir werden uns eher eigenhändig die Arme abschrauben und wegwerfen, als die Granaten liegen lassen. Wir werden sie in den Händen schaukeln wie Weiberbrüste!«

Jetzt war es da: Feuer, Hochwasser, diese Wogen stiegen noch höher, in solchen Momenten hat der Offizier keine Hände, nur der Feldwebel. Die Offiziere können nur sich räuspern und sich entschuldigen, so geht es seit zweihundert

Jahren – wenn man sie nur nicht eines Tages in den ... befördert. Wenn Tschernega die Granaten nicht mitnehmen wollte, hätten die ihm hundertmal befehlen können – es hätte gar nichts genützt. Aber Tschernega hat nur die eine Sorge, daß sie zu wenig Granaten haben, denn jede kann fünf Soldatenköpfe retten, wenn nicht gar zwanzig.

Und Tschernega ließ ein Löwengebrüll erschallen, das alle anderen Kommandorufe und Stimmen, Wiehern und Rasseln übertönte. Die Batterie kannte ihren Feldwebel und kannte ihn auch nicht, denn bis zu dieser Nacht war noch nicht richtig Krieg gewesen! Das Löwengebrüll sagte allen, daß jetzt jede Sehne sich spannen muß, daß, wenn die Pferde versagen, wir uns selbst vor die Geschütze spannen werden. (Das Löwengebrüll war trotzdem gedämpft, in der Nacht hört man besonders weit, die Deutschen brauchen nicht zu wissen, daß wir aufbrechen und wohin.)

Und wie ein Gewittersturm brauste es durch die stille milde sternklare Nacht, sobald der Mond untergegangen war. Niemand hatte es bekanntgegeben, es hatte sich von selbst herumgesprochen, und jeder hatte begriffen: irgendwo gibt es eine Brücke, über diese Brücke müssen wir so schnell wie möglich; wenn sie zerstört ist, dann ist es aus mit uns. Tschernega rannte, ohne außer Atem zu kommen, an der Kolonne auf und ab und war zur rechten Zeit überall. Sie krümmten sich und schleppten, wie gegen schrägen Regen oder unter Beschuß, ohne zu verschnaufen. Der Feldweg schlängelte und verzweigte sich, an den Gabelungen standen die Offiziere der Offizierspatrouille, zeigten weiter. Am Fluß hatte Tschernega eine Sonderaufklärung eingesetzt: dort mußte mit dem Fuß ausprobiert werden, wie tief man einsinken würde. Noch bevor sie die Brücke erreichten, mußten sie schwer arbeiten: sie blieben stecken und sanken ein, mußten umspannen und selbst mit den Pferden ziehen, jeder mußte anpacken. Und als sie die Brücke erreichten, gab es wieder schwer zu arbeiten: auf dem letzten Hof hatten sie eine Scheune abgetragen, die

Rundbalken an die Geschützrohre gebunden und konnten jetzt, in der Dunkelheit, die Balken austauschen und die Brücke ausbessern. Und tränkten die Pferde. Und hinter der Brücke ging es ziemlich lang durch eine Senke, in ständiger Angst vor dem Einsinken, noch einmal mußten sie umspannen. Und weiter – einen steilen Hang hinauf, sie mußten nicht nur wieder umspannen, sondern wieder selbst mitziehen, bis sie schließlich oben und auf hartem Boden waren. So ist der Krieg: um Mitternacht geweckt, brachten sie in der Nacht etwas fertig, was man am Tage nicht geschafft hätte. Darüber war die kurze Nacht vergangen. Das Brückchen und den ausgefahrenen dunklen Weg der nachkommenden Abteilung überlassend, zog ihre Batterie bereits bei Morgendämmerung im Schutze eines Waldstreifens lautlos auf die Chaussee zu. Niemand schoß, niemand riegelte die Straße ab, in den letzten Tagen hatte man sich müdegeschossen. Die Nacht war so ruhig gewesen, als wäre gar kein Krieg.

Die Batterie hielt dicht vor der Chaussee, aber noch im Wald. Sie waren als erste da, der Umweg war also groß, oder die Regimenter hatten sich verirrt. Inzwischen war es ziemlich hell geworden, aber noch nicht ganz Tag. Eine Werst weiter rechts auf einer Anhöhe an der Chaussee lag das Dorf Mörken. Links an der gleichen Chaussee, höchstens dreihundert Sashenj entfernt, aber am Fuß eines Hanges, in der Niederung, wartete die verdammte Schlaga-M. auf sie, und wenn die Patrouille dort nicht sofort beschossen wird, kann die Batterie schon in fünfzehn Minuten drüben sein. Der Zugführer des ersten Zuges hatte gesagt, daß nach fünf Werst noch ein zweiter solcher Flaschenhals käme. Und wenn sie auch dort glücklich durch wären, kämen sie dahin, wo sie vor nicht ganz drei Tagen gewesen waren.

Drei Tage mußten sie mit allen Geschützen, Parks und Trains herumziehen, ohne eine einzige Granate abzufeuern, in einem Bogen von vierzig Werst, um jetzt keinen anderen

Wunsch zu haben und alles dafür einzusetzen: wären wir bloß wieder zurück!

Am Waldrand setzte sich Tschernega auf einen breiten Baumstumpf und ließ Arme und Beine herunterhängen: sie taten ihm weh. Essen und schlafen wollte er nicht mehr.

Im Dorf waren jetzt Stimmen und Rädergeklapper zu hören. Jetzt kamen unsere Leute; das war die Vorhut. Gleich wälzten sich alle heran, man sollte unbedingt vor ihnen durchkommen!

Die Patrouille kam zurück: Schlaga-M. ist frei! Kein Mensch! Frei. Es ist ein Damm, etwa zwei Sashenj breit, aber frei. Zwei Sashenj? Na ja.

Und jetzt mit voller Lautstärke, zum Aufbruch: »An die Pferde! Aufgesessen!« – und die Batterie machte sich bereit, auf die Chaussee einzubiegen und hinunterzufahren zur Schlaga.

Aber plötzlich feuerten deutsche Geschütze auf das Dorf los! Ein Haus stand sofort in Flammen! Gleich darauf setzten von deutscher Seite auch Maschinengewehre ein – aber wo ist sie eigentlich, die deutsche Seite? Dort sind Freund und Feind durcheinander, dort sind mehr Russen als Deutsche, dort ist noch unser ganzes Korps unterwegs. Im noch matten Tageslicht blitzt es von allen Seiten: links vom Dorf, rechts vom Dorf und davor, beim Überfliegen. Und nur eine Richtung ist sicher und klar: Schlaga-M., die frei ist, Schlaga-M., hier unter diesem Hang, zu der sie durch den Sumpf wateten, sich die Nägel blutig rissen und die Pferde zuschanden ritten. Und wenn sie jetzt schnell auf die Chaussee und den Hang hinunter kämen, würden sie auch dem Train zuvorkommen, der jetzt unter Beschuß von Mörken herangaloppierte, die Räder dröhnten nur so, und auch der am Straßenrand entlangrennenden Infanterie.

Das waren Augenblicke der Wende, in denen der Mensch sich nicht kennt, die Einheit sich nicht kennt, keine Kommandostimme gehört, kein Kommandeur gesehen wird, jeder für sich selbst entscheidet oder nicht entscheidet, denn zum

Nachdenken bleibt keine Zeit – und plötzlich ist alles entschieden!

Die Geschütze waren herangefahren – eine bessere Stellung kann man sich nicht wünschen. Sollten sie den Hang hinunterfahren? Von dort kann man nicht mehr schießen. Tschernega sprang auf und zeigte mit einer Handbewegung, als würfe er tausend Rubel in den Wind, dem ersten Geschütz, wo es in Stellung gehen sollte. Und dann dem zweiten!

Sie hätten ihm ja nicht zu gehorchen brauchen: was hat ein Feldwebel schon zu sagen? Wir wollen auf den Offizier warten. Dort liegt ein kleiner Damm, der Damm, der nach Rußland führt! Wir sind die ganze Nacht herumgestolpert, wir haben geschwitzt, wir haben geschoben, jetzt sind wir die ersten, wir haben das Recht, nach Rußland abzuziehen!

Aber die Großzügigkeit wirkte ansteckend, teilte sich anderen mit, schon wurden die Geschütze mit geübten Griffen in Stellung gebracht, Kolomyka protzte seines bereits ab. Der Stabshauptmann kam angelaufen, er fuchtelte wild mit beiden Armen, was wollte er? War es nicht richtig? War es nicht richtig? Es ist richtig, . . . eure Mutter, das habt ihr gut gemacht!

Jetzt lief der dünne Oberstleutnant Wenezkij aus dem Wald und, Säbel und Kartentasche festhaltend, den kleinen Hügel vor dem Dorf hinauf. Die Telephonisten mit ihren Kabelrollen hinter ihm her.

Es war bereits ganz hell, nur war die Morgenröte hinter dem Wald verborgen, in ihrem Rücken. Über die offenen Anhöhen vor ihnen und hinter den Anhöhen breitete sich nach allen Seiten ein Dröhnen aus. Sie hatten es nicht geschafft, bei Nacht, wie sie vorhatten, abzuziehen, das XIII. Korps war noch nicht fort, es hatte sich verirrt.

Tschernegas Batterie mit ihren vier Geschützen ging diesseits der Chaussee in Stellung, die Protzen konnten in den Wald zurück, von da wurde die Munition angefahren, die Stellung konnte nicht günstiger sein! Über die Chaussee jagten die ersten Trainfuhrwerke, überholten, verkeilten sich ineinander. Hier ging es schon los, was würde das erst auf dem Damm geben? Sie wurden von den Geschützen angehalten, die die Chaussee überquerten, um auf der anderen Seite in Stellung zu gehen – fünf, sechs und sieben ...

Jetzt kam auch das Fußvolk, das waren Schnelläufer, die brauchten das Rennen nicht erst zu lernen!

»Wo gehört ihr hin?« brüllte sie Tschernega an, vom Geschütz her, über den Graben. »Wer seid ihr? Was wollt ihr?«

»Regiment Swenigorod!« antworteten sie.

Tschernegas Augen waren blutunterlaufen wie die eines Stiers:

»Und ihr wollt das Swenigoroder Rindfleisch in Sicherheit bringen? Und wir sollen euch den Weg freihalten? Macht, daß ihr zurückkommt, wir brauchen Sicherung!«

Die Geschützmannschaften Tschernegas auf dem kleinen Hügel rannten vor und brachten die Swenigoroder weniger mit Reden als mit Armen und Fäusten zum Stehen. Sie hielten an, machten kehrt, andere schlossen sich an, und die erste Welle rollte zurück, noch unentschlossen, zur erneuten Flucht bereit. Aber auch dort, wie bei uns, tauchte ein Offizier auf, der sie nicht zur Schlaga führte, sondern ein Stück weiter von der Chaussee weg, und sie anwies, was sie tun sollten.

Noch war die Sonne hinter dem Wald nicht aufgegangen, nur der erste rote Schein kündigte sie an, da gruben die Swenigoroder sich vorne am Hang ein, die Geschützmannschaften bauten mit einem kleinen Wall ihre Stellung aus, schichteten die Granaten hinter ihrem Hügel auf, wozu sie eigens Erde ausgehoben hatten – und so kam es zur Verteidigung von Schlaga-M., die vom Kommandeur des chaotisch zurückflutenden Korps nicht vorgesehen war.

Sie eröffneten das Feuer nicht sofort: hier in der Nähe wurde wahllos geschossen, rechts und links, aus der Mitte im Kreis, aus dem Umkreis in die Mitte. Dort begann es zu bröckeln, sie liefen zum rechten Flügel, denselben Weg, auf dem Tschernegas Batterie sich abgequält hatte, und kamen am selben Waldrand entlang hierher. Es waren zwei Bataillone des Newa-Regiments mit dem großgewachsenen strengen Oberst Perwuschin, den die ganze Division und die Artilleristen gut kannten und sogleich erkannten. Hier in der Talsenke sammelten sie sich alle, verschnauften, verbanden die Verwundeten und erzählten, daß sie seit Anbruch der Nacht aus einem weit entfernten Wald unterwegs, zwei Bataillone vor der Stadt abgesprengt worden und dort geblieben und daß ihre beiden Bataillone im Kreuzfeuer von Deutschen und Russen gleichzeitig beschossen worden wären und mit knapper Not davongekommen seien. Geschossen hätten die Swenigoroder.

Jetzt waren die Grenzen zwischen Freund und Feind klar. Die Deutschen drängten von rechts heran, hierher, gegen das Dorf und gegen die Stadt. Als die Sonne hinter den Kiefern hervorkam – da tauchten in der Senke spitze Ziegeldächer und Schornsteine auf, die Stadt Hohenstein, auf die sie gestern den ganzen Tag marschiert waren und die sie nicht erreicht hatten. Offenbar waren in der Stadt noch Einheiten von uns, aber sie saßen in einem Sack, und der wurde gerade zugebunden.

Jetzt kam das Kommando Wenezkijs: »Erstes Geschütz! Teilring . . . Libelle . . . Schrapnell . . . Zündstellung . . . laufendes! Feuer!« – und nach dem ersten Geschütz begann die ganze Batterie zu feuern.

Schrapnellgranaten hauen kräftig ein; wenn ein Bataillon marschiert, dann ist es in drei Minuten nicht mehr da.

Die Deutschen schossen zurück, die Einschüsse lagen immer näher, aber sie konnten im Gegenlicht ihre Batterie nicht ausmachen.

Das Sophienregiment war schon durch!

Jetzt kamen Batterien und Feldartillerieparks!

Das Regiment Moshajsk war durch!

Und jetzt wurden nicht mehr Minuten, nicht mehr Granaten, nicht mehr Verwundete gezählt, sondern diese vorbeiziehenden Kolonnen: wieviele kommen durch? Wieviele werden abgeschnitten? Der Richtkanonier fiel aus – Tschernega sprang als Richtkanonier ein. Das Dorf brannte bereits an vielen Ecken, Rauchschwaden ballten sich zusammen, aus dem Rauch kamen unsere Leute gefahren, gerannt, gegangen, und ein Ende war nicht abzusehen.

Zwei Bataillone des Regiments Swenigorod. Überreste vermischter, aufgeriebener Einheiten, eine Handvoll Dorogobusher und ihr eigener Kommandeur, Oberst Christinitsch, mit einer abgesprengten Halbbatterie.

Er erkannte sie! Warf die Arme hoch: das habt ihr gut gemacht! Sie winkten zurück, riefen. Er saß ab und umarmte den Stabshauptmann. Und gleich in den Graben. Hier konnte man sich nicht lange in den Armen liegen. Die Deutschen hatten sich jetzt auf die Straße eingeschossen, alle stürzten davon, außer denen, die es erwischt hatte. Die Chaussee war wie leergefegt. Abgeschnitten. Jetzt kam niemand mehr.

Darauf hatte Perwuschin gewartet: jetzt konnten auch seine Newaer zur frei gewordenen Schlaga herunter.

Auch die Swenigoroder kamen aus ihrer Deckung und rannten los.

Und Christinitsch selbst gab den Befehl: Geschütze in laufender Ordnung aufgeprotzt! Sobald die Pferde davor waren, ging es in Allüre zur Schlaga.

Und unser Wenezkij – der wird doch nicht hierbleiben? ... Es wäre sehr schade um ihn, er ist ein umgänglicher Herr. Nein, da kommen sie wie die Hasen gesprungen, mit den Telephonisten. Und das Kabel sollen die Deutschen aufwickeln.

Zwei Geschütze feuerten immer noch.

Was wir konnten, haben wir getan, Brüder, bewahrt uns ein gutes Angedenken!

Wer aber in Hohenstein geblieben ist – der ist verloren.

Aus dem Stab des Höchstkommandierenden
16. August 1914.

. . . An der ostpreußischen Front hielten am 12., 13. und 14. August die erbitterten Kämpfe im Raum von Soldau-Allenstein-Bischofsburg an, wo die aus dem Raum Gumbinnen zurückgezogenen Korps sowie frische Kräfte des Gegners konzentriert sind. Allenstein wurde von russischen Truppen besetzt. Besonders starke Verluste erlitten die deutschen Truppen bei Mühlen, wo sie sich in vollem Rückzug befinden . . .
. . . Unser energischer Vormarsch wird fortgesetzt.

44

So war es wohl: Fürst Abgar von Edessa, vom Aussatz befallen, hörte von dem Propheten in Judäa, glaubte, daß er der Herr sei, und bat ihn durch einen Boten, er möge in sein Fürstentum einkehren und seine Gastfreundschaft genießen. Und wenn das nicht möglich wäre, möge er sich von einem Maler malen lassen und ihm, Abgar, das Bildnis senden. Und als Christus zum Volk sprach, bemühte der Maler sich mit Eifer, seine Züge festzuhalten. Aber so wunderbar wandelten sie sich, daß alle Mühe des Malers vergeblich war und seine Hand kraftlos niedersank: einem Menschen ist es nicht möglich, das Antlitz Christi nachzubilden. Als Christus dessen Verzweiflung sah, da wusch er sein Antlitz und trocknete es mit einem Handtuch – und das Wasser wurde zu Farben. So entstand das Achiropoiiton, und dem Fürsten brachte dieses Handtuch Heilung. Später hing es an den Toren der Stadt und schützte sie vor feindlichen Überfällen. Und die Fürsten des alten Rußland ließen das nicht von Menschenhand geschaffene Bild ihren Heerscharen vorantragen.*

So hatte Samsonow einst der Prior des Kosakenheer-Doms zu Nowotscherkassk erzählt. Seit dem Dorfkirchlein seiner Kindheit im Gouvernement Jekaterinoslaw hatte Samsonow in vielen Kirchen bei Hunderten von Vigilen, Liturgien, Bittgottesdiensten, Seelenmessen gestanden*, jene Stunden ließen sich zu Monaten und wieder Monaten von Gebeten, Betrachtungen, seelischen Erhebungen addieren. In mancher Kirche kam die Gnade des versöhnenden weihrauch-taubenblauen Geistes über ihn, in mancher Kirche gab es vieles, woran man sich mit zurückgelegtem Kopf erfreuen konnte. Aber nirgends fühlte sich Samsonow so wohl und innerlich so frei wie in dem mächtigen steilschultrigen Dom von Nowotscherkassk, der mit dem Donkosakenheer und der Stadt eine Einheit bildete. Die ganze Stadt Nowotscherkassk entsprach dem Charakter Samsonows: schroff abfallend, unerschütterlich fest, auf der Anhöhe weit angelegt, mit drei Prospekten, die fast breiter als die in Petersburg waren, mit einem Kaufhof, der es ebenfalls mit Petersburg aufnehmen konnte, mit einem Domplatz, wo vor dem Jermák-Denkmal* bequem eine Parade von zehn Regimentern stattfinden konnte. Die zwei Jahre in Nowotscherkassk gehörten zu den glücklichsten in Samsonows Leben, und gerade an sie erinnerte er sich heute während der schlaflosen Nacht mit Wärme und Trauer – an die Gottesdienste dort im Dom, im August.

Der Tag des Achiropoiiton folgt unmittelbar auf Mariä Himmelfahrt. Die Nacht von Mariä Himmelfahrt auf Christi nicht von Menschenhand geschaffenes Bild verbrachte General Samsonow diesmal im Sattel, auf dem Rückzug. Bis auf den letzten Augenblick war der Himmelfahrtstag ausgeschöpft, er zog vorüber und versank – die Mutter Gottes hatte nicht der russischen Armee mitleidvoll ihre Hand entgegengestreckt. Und es sah nicht so aus, als ob Christus Seine Hand ihr entgegenstrecken würde.

Es schien, als hätten Christus und die Mutter Gottes sich von Rußland abgewandt.

Gegen zwei Uhr nachts, in der dichtesten Dunkelheit, erreichte die Stabsgruppe auf Umwegen, auf kaum befahrenen Sträßchen das aus sechs Häusern bestehende Dorf bei Orlau – der Name des ersten siegreichen Gefechts klang jetzt wie Hohn. Und hier, im Hin und Her, im Durcheinander, herumtastend, nur hörend, ohne etwas zu sehen, erfuhren sie von einer Hundertschaft desselben 6. Donkosakenregiments und von den Trains des Regiments Kaluga, daß im Westen von einem SCHILD, wie er im »gleitenden« Plan vorgesehen war, nicht mehr die Rede sein könne: das

Kalugaer und Libauer Regiment hätten (nachdem mehr als Menschenmögliches vollbracht war) bereits abends die Stellung aufgegeben, die sie laut Befehl den ganzen kommenden Tag hätten halten sollen, und jetzt verliefe die Front hier in der Dunkelheit ganz nah, etwa drei Werst entfernt! Und Orlau sei von Trains verstopft, die sich im Handgemenge den Weg freikämpften.

Noch zwei Korps waren oben in dem umgekippten Krug geblieben, und sein Hals ging immer mehr zu. Und Neidenburg – darin waren sich alle einig, und man konnte auch nach der Karte nichts anderes annehmen – Neidenburg war bereits in deutscher Hand.

Um so heftiger drängten die Offiziere des Stabs auf möglichst raschen Aufbruch. Um so mehr fühlten sie sich im Recht, als sie Samsonow gewarnt hatten, überhaupt nach Neidenburg zu reiten, statt gleich weiter, nach Janowo! Aber der Oberbefehlshaber hörte leider nicht mehr auf sie, er verstand sie nicht mehr, er verlor zusehends das Gefühl für seine Stellung und seine Pflichten. Statt an die gesamte Armee zu denken, fing er jetzt an, sich mit den Bataillonskommandeuren einzeln zu befassen.

Von Stunde zu Stunde wurde Samsonow sicherer und unabhängiger gegenüber den Ratgebern aus seinem Stab. Der Armeestab existierte für ihn nicht mehr, sie waren für ihn nur eine beliebige Gruppe irgendwelcher Offiziere ohne Fronterfahrung. In einem Zimmer, das die dort Übernachtenden räumen mußten, saß Samsonow beim Licht einer Petroleumlampe an einem Tisch, ohne Mütze, großköpfig, mit einer staunend wirkenden Stirn und befahl an Hand der Karte den einzeln der Reihe nach erscheinenden Offizieren, wie sie das Kaluga- und Libau-Regiment in ihre Stellungen zurückzuführen und welche Artilleriebrigaden sie dabei zu unterstützen hätten; welche Straßen an welchen Punkten durch Patrouillen kontrolliert und für die Trainkolonnen des heranrückenden XV. Korps freigemacht werden sollten. Er erklärte ausführlich, hörte alle Einwände aufmerksam an, ließ keine Verstimmung aufkommen und sagte freundlich: »mein Lieber«, »bitte«.

Das fahle Licht der Dämmerung, das pralle des Morgens füllte das Fenster und löschte den Schein der Lampe. Ohne sich im geringsten zu beeilen, saß Samsonow immer noch über der Karte und fuhr mit den Fingern die vollen Bartsträhnen nach, mit gemessen geschwungenen Bewegungen, einmal links, einmal rechts und dann wieder über das ganze ruhige Halbrund. Seine weitgeöffneten Augen schienen den Schlaf nicht zu brauchen.

Jetzt hätte er endlich seinen Stab evakuieren können! Nein, er hatte jeglichen Sinn für seine Aufgabe verloren – seine Offiziere mußten achselzuckend und fröstelnd aufsitzen, um an der vordersten Linie entlang auch noch nach Orlau zu reiten.

Der ungebahnte Waldweg, auf der Karte punktiert, war bereits ausgefahren und von einem Zug von Fuhrwerken, Karren, Munitionskisten verstopft, die Patronen und Granaten, hier so dringend benötigt, abfuhren. Blieb auch nur ein Karren stecken, mußten alle halten, eine Möglichkeit auszuweichen gab es nicht – und man konnte sich vorstellen, was die zwei eingekesselten Korps auf solchen Straßen auszustehen hatten. Der Stab und die eskortierenden Kosaken ritten im Gänsemarsch um die Fuhrwerke herum und bogen die Zweige beiseite.

Der Wald verengte sich, er war wie ein spitzer Keil. Bisher waren nur die Wipfel der Kiefern von der Sonne beleuchtet, aber als ihr Weg den linken Waldrand verließ, wurden sie nach dem Halbdunkel von der purpurnen vollen Sonne überschüttet, die gerade aus den Wipfeln eines anderen Waldes hervorgetaucht war – des zwanzig Werst breiten endlosen Grünfließer Forstes, der dunkel und dicht die zurückflutende russische Armee erwartete. Die zweihundert Sashenj bis zu diesem Wald ging es eine Wiesenniederung hinunter, die voll wogendem Nebel war, der sich nach oben als leichter Dunst verflüchtigte.

Samsonow fuhr zusammen, er schaute diesen Nebel und die Sonne an, als sehe er das alles zum erstenmal.

Diese schwebende Herrlichkeit erhellte ihm mehr, als er sogar in den letzten vierundzwanzig Stunden, die wahrhaft nicht arm an Gedanken waren, begriffen hatte.

Die Reiter tauchten in diesen Dunst und Nebel ein, ritten über ein schadhaftes Mühlenwehr den anderen Hang hinauf und kamen nach Orlau. Hier war das Gefechtsfeld gewesen, hier hatten vor kurzem Attacken und der Kampf um die Fahne des Tschernigow-Regiments stattgefunden, und wenn sie sich Zeit nehmen und suchen wollten, könnten sie abseits vom Wege viele frische Massengräber finden. Aber an dieses Gefechtsfeld schien niemand außer dem Oberbefehlshaber zu denken – drüben am Kreuzweg stauten sich noch immer die Trains. Und von Westen kamen neue nach.

Hier blieben sie den ganzen Morgen. Die Nachrichtenübermittlung war zusammengebrochen, fünf Infanteriedivisionen, fünf Feldartilleriebrigaden, Kavallerie und Pioniereinheiten waren in einer unvorhergesehenen und extremen Situation über ein fremdes Land verstreut – aber die Nachrichten, und zwar ausschließlich schlimme, trafen aus allen Ecken des Waldes durch zufällige Übermittler so prompt und so überzeugend ein, wie der tüchtigste Chef einer Nachrichtenabteilung es nicht besser hätte machen können.

So erfuhr man, daß Oberst Kabanow gefallen und das Dorogobush-Regiment aufgerieben sei. Man erfuhr, daß gestern das Koporskij-Regiment, nach Hohenstein zurückgeschickt, keine Stunde durchgehalten und wieder die Flucht ergriffen hätte, worauf der neuernannte Regimentskommandeur sich neben der in die Erde gerammten Fahne kniend erschossen hätte. Noch schlimmer war die Nachricht, daß General Martos gefallen sei, wie Kosaken aus seiner Begleitung glaubhaft versicherten.

Diese dreifache Neuigkeit wurde Samsonow gemeldet.

Dreimal setzte er die Mütze ab, um sich zu bekreuzigen. Aber die traurige Ruhe und der neue Ausdruck auf seinem Gesicht konnten auch dadurch nicht mehr gestört werden.

Samsonow schien zu lauschen. Nicht auf den Lärm um ihn herum. Nicht auf die entfernte Kanonade. An all dem vorbei.

Er ließ seinen Stab in Orlau zurück und ritt mit einer leichten Eskorte in die vorderste Stellung, zum Regiment Kaluga. Kurz davor traf er einen Bataillonskommandeur, der mit einem Stöckchen seine Soldaten, die aus ihrer Stellung davongelaufen waren, aus dem Gebüsch jagte, und begann eine Unterhaltung mit diesem Oberstleutnant, ohne weiter an sein ursprüngliches Ziel – den Ausbau der Stellungen – zu denken.

In Orlau gab sich der wütende Armeestab, der ohne den Oberbefehlshaber nicht davonfahren konnte, dem Müßiggang hin. Aber dann geschah auch etwas Erfreuliches: Plötzlich erschien – mit Meldung und zum Befehlsempfang – der Stabschef des XIII. Korps, General Pestitsch. Das Korps lebte also noch, war noch da, existierte, es war auf dem Weg nach Orlau, ohne allerdings die allgemeine Lage zu kennen und ohne Befehl. Und dann rückten auch Regimenter des XV. Korps bei Orlau an.

Der Armeestab belebte sich: man brauchte nur den Plan des gleitenden Schildes wiederherzustellen, und alles konnte noch ein gutes Ende nehmen. Sie machten sich an die Neufassung und Neuformulierung ihres Plans. Das XIII. Korps hat im Eilmarsch (es hatte sich ohnehin nicht zu viel Zeit genommen!) in Richtung auf ... zurückzugehen, mit dem Ziel ... das XV. Korps und die Einheiten des XXIII. ... haben die Front zu halten ... Es ergab sich nur die Schwierigkeit, daß jetzt Korps- und Divisionskommandeure fehlten, aber sobald man sie gefunden und richtig eingesetzt haben würde, hätte der Stab seine Pflicht getan und könnte sich auf russisches Territorium begeben. Dies brachte sie auf die Idee, das Kommando über sämtliche dezimierten Einheiten einem einzigen Kommandeur zu übertragen. Gestern war es Martos, aber Martos war gefallen. Am besten wäre Kondratowitsch dafür geeignet gewesen, aber Kondratowitsch hatte niemand gesehen. So lag es nahe, das Kommando über die gesamte Rückzugsbewegung Klujew anzuvertrauen, der zwar hinter allen anderen stand, dem aber Pestitsch persönlich den Befehl überbringen sollte. Und dann war noch fraglich, ob Samsonow einen solchen Befehl unterschreiben würde.

Unterdessen flossen in Orlau, vielmehr auf einem Feld in der Nähe, Einheiten zusammen, geschlossene und gemischte, und stauten sich, in Erwartung eines Befehls. Trains und Artillerieparks zogen weiter, die Verwundeten wurden abtransportiert, aber die Stauung blieb. Es war ein offenes Feld, die Spätvormittagssonne brannte, das Wasser war knapp, von Essen keine Rede. Eine Truppenansammlung verwandelte sich in ein preisgegebenes verlorenes Zigeunerlager.

Die Frontkanonade, die seit fünf Tagen gedröhnt hatte, ließ jetzt nach. Als wären die Deutschen besänftigt, als hätten sie verziehen und nicht mehr die Absicht, die Russen einzuholen, zu jagen.

Ein Flugzeug flog über das Zigeunerlager – und keiner schoß.

Gegen Mittag kehrte Samsonow aus der vordersten Linie zurück, ritt aber an der Wegbiegung nicht zu dem Haus, wo sein Stab auf ihn wartete, sondern geradeaus, über ein Stoppelfeld, einen Hügelhang hinauf, auf das Lager zu, mitten in die Stauung hinein.

Ungewöhnlich war diese Truppenansammlung ohne Gliederung und Führung. Ungewöhnlich war die Ankunft eines Generals, ohne »Richt' euch« und »Augen gerade aus« und das Echo aus zweihundert Kehlen. Noch ungewöhnlicher war der General selbst: die Mütze in der herunterhängenden Hand, den Kopf der prallen Sonne ausgesetzt, kein Generalsgesicht, sondern mitleidig und traurig. Es war wie beim Kirchweihfest, nur seltsamerweise ohne Glockengeläut, ohne die lustigen Kopftücher der Frauen: hier auf der Anhöhe hatten sich, wie es schien, düster dreinblickende Bauern aus den umliegenden Dörfern versammelt, und ein Gutsbesitzer oder Pope ritt unter ihnen im Schritt herum und versprach ihnen Land oder das Leben im Paradies als Lohn für die Leiden auf Erden.

Der Oberbefehlshaber brüllte die Soldaten nicht an und machte ihnen keine Vorwürfe, daß sie aus der vordersten Linie davongelaufen waren, er trieb sie nirgendwohin, verlangte nichts von ihnen. Mit gedämpfter Stimme sprach er die Nächststehenden an: »Aus welcher Einheit, Kinder?« (sie antworteten), »Wie groß sind die Verluste?« (sie antworteten), bekreuzigte sich zum Andenken der Gefallenen, »Habt Dank für euren Dienst! . . . Habt Dank für euren Dienst!«, nickte nach der einen, nach der anderen Seite. Die Soldaten wußten nicht, was sie dem General antworten sollten, ihre Antwort war ein Seufzen und ein angedeutetes »Freuen uns, dienen zu können«, das wie ein Stöhnen klang. Dann ritt der Oberbefehlshaber weiter. Und dann hörte man wieder, dumpfer: aus welcher Einheit? . . . wie groß sind die Verluste? . . . habt Dank für euren Dienst! . . .

Zur selben Zeit, als der Oberbefehlshaber den Abschiedsritt um das Lager begann, kamen über einen anderen Feldweg zwei Reiter: ein Oberst und ein Soldat mit langen Beinen, der ohne Steigbügel ritt. In einer anderen Situation hätte er diesen Soldaten dem Oberbefehlshaber vorgestellt und ihn für das Georgskreuz vorgeschlagen. Jetzt ließ er ihn am Rande des Lagers zurück und versuchte selbst, weiter vorzudringen.

Der Oberst war gekommen, weil er gehört hatte, der Oberbefehlshaber sei hier. Jetzt war er bis zu Samsonow vorgedrungen, ritt an seiner Seite, sprach ihn an, aber Samsonow, zerstreut und entrückt, bemerkte ihn nicht. Und der Oberst blieb in seiner Nähe und begleitete ihn.

Die Stimme des Oberbefehlshabers klang gütig, und alle, an denen er abschiednehmend und dankend vorüberritt, blickten ihm wohlwollend nach, es gab keinen einzigen bösen Blick. Dieser unbedeckte Kopf und das erhaben traurige Gesicht, dieses unverwechselbar russische, unverwässert russische Gesicht unter dem vollen Haar, das Schwarz des dichten Bartes, ganz gewöhnliche große Ohren und Nase; diese Schultern eines Recken, auf denen eine unsichtbare Bürde lastete, dieser langsame, majestätische, vorpetrinische* Ritt waren gegen einen Fluch gefeit.

Erst jetzt las Worotynzew (wie hatte ihm das beim erstenmal entgehen können? Das konnte nicht nur ein augenblicklicher Ausdruck sein!) im Gesicht Samsonows, daß er von Geburt an dem Untergang geweiht war: ein sieben Pud schweres Opferlamm! Er blickte ein klein wenig nach oben, ein ganz klein wenig nach oben, als wartete er darauf, daß eine schwere Keule auf seine hingehaltene vorgewölbte Stirn niedersausen würde. Sein ganzes Leben hatte er vielleicht darauf gewartet, ohne es selbst zu wissen, und in diesen Augenblicken geschah es.

In den Tagen, in denen sie sich nicht gesehen hatten, war Worotynzew bemüht gewesen, Gutes über den Oberbefehlshaber zu denken, gegen den viele Vorwürfe sich aufdrängten, aber Worotynzew suchte sie zu widerlegen und war nur in Sorge, ob seine Handlungen entschieden genug sein und nicht zu spät kommen würden. Gleich am ersten Abend hatte er gespürt, daß er in entscheidenden Augenblicken einen guten und starken Einfluß auf Samsonow haben könnte. Er hatte sogar geschwankt, ob er nicht eine Weile im Armeestab bleiben sollte, ohne Funktion und Aufgabe, ein fünftes Rad am Wagen, ein fremdes Auge, allen zur Last und zum Ärger. In den letzten Tagen zog es ihn zu Samsonow zurück, um ihn zu warnen und vor dem Straucheln zu bewahren – denn dieses Straucheln hatte Worotynzew, jetzt war es ihm klar, vom ersten Augenblick an erwartet.

In diesen viereinhalb Tagen vollzog sich die Katastrophe der Zweiten Armee. Der russischen Armee überhaupt. Wenn nicht (beim Anblick des feierlich vergebenden, allen alles erlassenden Gesichts von Samsonow), wenn nicht (bei diesem vorpetrinischen Abschiednehmen), wenn nicht überhaupt...

Jetzt war er bei Samsonow und hätte ihm sagen können, daß sie sich dort seit gestern, Schritt um Schritt zurückweichend, immer noch halten, eine Handvoll Soldaten aus dem Regiment Estland, in ebenem Gelände, mit einem einzigen Maschinengewehr und den letzten Patronen – aber wozu? Warum war der Oberbefehlshaber nicht zum 1. Korps herübergeritten? Warum war hier, unmittelbar hinter der Front, dieses Zigeunerlager? Warum versickerten die Truppen in kleinen Grüppchen, statt einen halben Tag zu halten, einen Keil zu bilden und dann durchzustoßen! Doch dies alles für Samsonow zweifellos Wichtige war ihm aus irgendeinem Grunde nicht wichtig.

»Exzellenz!«

Samsonow drehte sich nach dem abgehetzten, staubbedeckten Oberst um, mit verbundener Schulter und der dunkelroten Schramme am Unterkiefer – und nickte auch ihm wohlwollend, aber ohne deutliche Erinnerung zu. Er vergab auch ihm. Er dankte auch ihm für seinen Dienst.

»Exzellenz! Haben Sie meinen Brief aus Neidenburg erhalten, von gestern?«

Eine Wolke von Schuld – das war das einzige, was auf Samsonows Stirn erkennbar war. Vielleicht erinnerte er sich dunkel an ihn. Vielleicht war ihm nicht bewußt, was er antwortete:

»Nein, ich habe ihn nicht erhalten.«

Wie sollte es weitergehen? Wem konnte er jetzt berichten, wie es bei Usdau gewesen war? Und erst gestern bei Neidenburg?

Zu spät, es war nicht mehr nötig: Samsonow schwebte in solcher Höhe, daß schon kein irdischer Gegner mehr ihn einkreisen, schon niemand mehr ihn bedrohen konnte, alle Gefahren schon überwunden waren und er nichts mehr brauchte. Ja, das war nicht die Wolke von Schuld, sondern von unverstandener Größe, die über der Stirn des Oberbefehlshabers lag: vielleicht hatte er etwas getan, was nach außen hin der üblichen irdischen Strategie und Taktik widersprach, aber von seinem neuen Blickpunkt aus war das alles zutiefst richtig.

»Ich bin Oberst Worotynzew! Aus dem Großen Hauptquartier! Ich ...« Bei seinem Ritt, nein, vielmehr bei seinem Schweben über dem Lager, über dem gesamten Schlachtfeld, brauchte der Oberbefehlshaber sich keiner vergangenen irdischen Begegnungen und Probleme mehr zu erinnern.

Was sollte dieser Abschied? Wohin wollte Samsonow? Gestern früh war er zu den zentralen Korps aufgebrochen – wem wollte er sie heute übergeben? Warum stellte er die Truppen nicht für den Durchbruch auf? Und sein eigener Revolver – war er überhaupt geladen?

Nein. Alter und langjährige Stellung panzerten einen General der Kavallerie gegen den guten Rat eines Oberst, selbst wenn er von allem losgelöst schwebte. In der Erhobenheit war er preisgegeben.

Sie ritten nebeneinander. Und plötzlich lächelte Samsonow ganz schlicht Worotynzew zu und sagte ganz schlicht:

»Jetzt bleibt mir nur die Kuropatkinsche Existenz.«

Hatte er ihn erkannt?

Den vorgelegten Befehl unterschrieb er ohne jeden Einwand.

Er war plötzlich verfallen und erschlafft. Er konnte nicht mehr weiterreiten. Und als der Armeestab am frühen Nachmittag Orlau zu Pferd verließ, saßen die Generale Samsonow und Postowskij eng nebeneinander in einem Karren.

45

Bloß am Morgen hatte Sascha Lenartowitsch diese seltsam freudige, wild freudige, diese animalisch freudige Empfindung des SIEGES gehabt – eines Sieges über wen? ... eines Sieges wozu? Dieses tierische Gefühl hätte er sich lange nicht verziehen, wäre es in wenigen Stunden nicht von selber verflogen gewesen.

Was hatte dieser Sieg ihrem Regiment eingebracht, außer der Kolonne Gefangener und eroberten Geschützen? Nichts. Und er konnte auch nichts einbringen. Er hatte die Qualen nur verlängert und neue Opfer gefordert. Nach diesem Sieg hörten die Kämpfe nicht auf, der Tag verlief nicht leichter, sondern im Gegenteil schwerer: den ganzen Tag lagen sie unter stärkstem deutschen Beschuß, die Deutschen verschlissen ihre Leute nicht bei Gegenangriffen, sondern feuerten mit sämtlichen Geschützen. Und sie hatten größere Kaliber und mehr Munition als wir! Den ganzen Tag mußten die Sieger von heute morgen als lebendige Zielscheiben ausharren, ständig den Tod erwartend, unter Beschuß sich tiefer eingraben, um die Gräben wieder aufzugeben und zurückzugehen; die Verwundeten krochen und schleppten sich nach hinten oder wurden weggetragen.

Es wurde die ganze Zeit heftig geschossen, aber zuweilen verdichtete sich das Geschützfeuer zu einem Gewitter. Innerlich leer, mit müdem, erschlafftem Intellekt, sich selber fremd und zuwider, hatte Sascha die Hoffnung aufgegeben, den Abend noch zu erleben. Er krümmte sich in dem nicht voll ausgebauten Graben, sich selbst verachtend, als Kanonenfutter, und auch jenes Kanonenfleisch verachtend, das an ihm selbst war. Was war von den anderen zu erwarten, die unentwickelte Analphabeten waren, wenn er, ein aktiv denkender Mensch, nicht mehr weiterwußte, all dem nichts entgegenzusetzen hatte, sondern in diesem flachen Loch kauerte, den Kopf zur Sicherheit zwischen den Knien, und den ganzen Tag nur darauf wartete, ob es ihn erwischte oder nicht erwischte, passiv und sogar schon ohne Lebenswillen. Er versuchte, seine Gedanken auf etwas Kluges, Interessantes zu konzentrieren, aber nichts wollte in den Kopf, und die hohle beinerne Schachtel hing auf der Brust und wartete: trifft es oder trifft es nicht.

Aber bei der allgemeinen Wehrpflicht kann der Krieg auch gar nicht anders als sinnlos sein: die Menschen werden mit Gewalt hineingetrieben, ohne daß sie nach Sympathie und Antipathie gefragt werden, sie werden gegen andere, unbekannte und ebenso unglückliche Menschen getrieben. Ein solcher Krieg kann nicht gerechtfertigt werden. Eine ganz andere Sache ist der freiwillige Krieg, der Krieg gegen die wirklichen, ewigen, sozialen Feinde, die man als Feinde erkannt, sich gesucht hat, zu deren Vernichtung man entschlossen ist, und deshalb auch keine Angst davor hat, selbst vernichtet zu werden.

Hätte man ein Zehntel dieser Opfer, ein Zehntel dieser Ausdauer und die Hälfte dieser Granaten für die Revolution eingesetzt – welch herrliches Leben könnte man dann aufbauen!

Einen Tag unter solchem Beschuß durchgestanden – und man ist gealtert. Und wenn dieser heutige Tag durchgestanden ist – dann muß etwas geändert werden. Sascha wußte genau: etwas muß geändert werden! Noch heute nacht, sobald das Feuer eingestellt ist.

Aber was konnte geändert werden? Es stand nicht in Saschas Macht, den ganzen Krieg aufzuhalten. Dann also etwas, was seine Person betraf. Und wie konnte dies geschehen? Das Vernünftigste wäre zu emigrieren – die versäumte glückliche Chance zu emigrieren, wie es viele seiner Freunde getan hatten. Dort, in der Schweiz, in Frankreich, führen sie selbstverständlich trotz des Krieges das freie

Parteileben weiter, den Gedankenaustausch, die lebendige Arbeit. Aber von hier, aus dem preußischen Schützengraben, kann man nur über die Frontlinie EMIGRIEREN. Das heißt, sich gefangennehmen lassen.

Das geht! Man kann sich gefangennehmen lassen, das ist vernünftig. Das Wichtigste bleibt dann erhalten: dein Leben, deine Kenntnisse und sozialen Gewohnheiten. Später gibst du sie den Werktätigen zurück – dabei ist nichts Unehrenhaftes. Man kann sich gefangennehmen lassen, aber das ist nicht leicht. Unter dem deutschen Beschuß, offen – da kommst du nicht aus dem Graben, du kommst nicht weit. Nachts wirst du dich verlaufen, verirren, man schießt dich über den Haufen. Um sich gefangennehmen zu lassen, muß man den günstigen Moment abwarten, wenn Truppen sich stark vermischen. Und wenn man gefangengenommen worden ist? Kann man sicher sein, daß die Deutschen dir glauben und dich als Sozialisten anerkennen? Wird irgend so ein kaisertreuer Offizier sich überhaupt groß Gedanken darüber machen? Und überhaupt – wozu brauchen sie Sozialisten? Die schicken ja ihre eigenen in den Krieg. In die Schweiz werden sie ihn nicht lassen, sondern in ein Kriegsgefangenenlager stecken. Das Leben wäre dann immerhin gerettet. Aber wie soll man überlaufen?

Diese logischen Ketten fielen ihm schwer, der Kopf war wie geschwollen. Dieser Tag – hört er je auf? Dieses Feuer – hört es je auf? Wo nehmen die Deutschen so viele Geschütze her, solche Mengen Granaten? Wie konnten unsere hirnverbrannten Idioten sich auf diesen Krieg einlassen, angesichts solcher Ungleichheit?

Die Sonne sank, es war die Rettung, sie sank hinter dem Rücken der Deutschen – und der Tag des 15. August ging trotz allem zu Ende. Das Feuer ließ nach. Zwar nicht ganz, die Maschinengewehre hämmerten noch lange ohrenbetäubend in der Dunkelheit. Aber dann wurde es Nacht. Und Sascha lebte.

Langsam kam nächtliche Kühle auf. Die Feldküchen

fuhren an, das Essen wurde ausgeteilt. Im Zug gab es viel zu tun: der Einsatzbericht mußte aufgesetzt und das Eigentum der Gefallenen aufgenommen werden, Sascha übertrug alles dem Unteroffizier. Alle reckten sich, vertraten sich die Beine, die Stimmen wurden lauter. Sie besprachen die Ereignisse von der letzten Nacht bis zu dieser, wer gefallen war, wer verwundet und wie es gewesen war, hier und da hörte man sie lachen – dieses Volk blieb unverbesserlich! Mit dem Schlafen hatten sie es nicht eilig, sie atmeten, sie lebten, es war Nacht! Die Offiziere besuchten einander.

So verging eine und noch eine Stunde – Sascha hatte gegessen, hockte wie erstarrt auf einem Holzklotz an einem zerstörten Zaun und unternahm nichts. Der Mond am Himmel schien ziemlich hell, es war hell genug, aber Sascha ging nicht. Es war schwer, sich einen Ruck zu geben und aufzubrechen. Dabei brauchte er nur aufzustehen und wegzugehen. Das war gefährlich, aber nicht gefährlicher als der Angriff heute im Morgengrauen.

Die Macht der GERÜCHTE. Es war kein Befehl, keine Weisung eingetroffen, das Regiment stand im Dunkeln, aber irgendwie sickerte zu den Soldaten, zu den Offizieren durch: Rückzug ... wir gehen zurück ... das Regiment Krementschug hat den Befehl erhalten ... das Murom- und Nishnij-Nowgorod-Regiment machen sich ebenfalls bereit ... General Martos ist fort ... von Torcklus ist auch nicht mehr da ... bald sind wir auch dran ... bald sind wir auch dran ...

Dieses Gefühl breitete sich von oben nach unten aus: die Führer laufen davon! Sie sind fort! Woher weiß man, daß sie fort sind? Vielleicht sind sie gefallen oder in Gefangenschaft geraten? Nein, das Gerücht hielt sich wie eine hartnäckige Epidemie: die Führer laufen davon! Und wir werden das auch bald tun.

Saschas Herz klopfte: das war der richtige Augenblick! Gerade jetzt! Nein, er sollte nicht so lange warten, bis das Regiment hier einen Rückzugsbefehl erhält und ein Dorf weiter hinten in das gleiche Feuer geschickt wird, sondern selber weggehen. Ist er denn schlechter als von Torcklus? In dem ausgebrochenen Chaos würde es notfalls leicht sein, sich zu rechtfertigen.

Er kam erst gar nicht auf die Idee, jemanden mitzunehmen. An seinen Burschen hatte er fast nie irgendwelche Wünsche gehabt. Überhaupt waren die Soldaten seines Zuges verschlossen und verschüchtert, er hatte keinen Zugang zu ihnen gefunden. Selbst wenn er die Aufgewecktesten unter ihnen wie zum Spaß gefragt hatte, ob sie nicht die Offiziere zum Teufel jagen wollten, machten sie den Mund zu und schwiegen.

Lenartowitsch besaß keine Karte. Jetzt ging er unter irgendeinem Vorwand zum Stabshauptmann, sah sich im Haus bei einer Kerze dessen Karte an und prägte sich alles ein. Die Hauptstraße von Wittmansdorf ging in eine nach Osten führende Landstraße über. Nach etwa drei Werst ... Eisenbahnübergang ... noch zwei Werst ... zur Kirche abbiegen ... hier gabeln sich drei Straßen ... aufpassen, daß man nicht zur Front zurückkommt ... und dann ein Fluß ... hier ist das Dorf Orlau ... klingt irgendwie bekannt.

Lenartowitsch sah sich alles genau an und ging.

Sonst hatte er nichts mehr zu tun: der Unteroffizier wußte über alles Bescheid, was im Zug zu geschehen hatte. Das Kostbarste – sein Notizbuch mit den eingetragenen Reflexionen – trug er in der Tasche. Dieser dumme Knüppel, der Säbel, den er am liebsten unterwegs sofort wegwerfen würde. Und der Revolver, mit dem Sascha nicht besonders gut umgehen konnte.

Inzwischen war es ganz still geworden, fast friedlich: nach dem Maschinengewehrfeuer waren die einzelnen Gewehrschüsse nicht alarmierend, sondern beruhigend. Das Halbrund des Mondes neigte sich, sein Schein ließ nach. Aber die Straße lebte: Wagenräder knarrten, Hufe klapperten, Peitschen knallten, und Fahrer fluchten über ihre

Pferde. Irgendwer brach jetzt schon auf, ohne Zeit zu verlieren.

Ohne zu seinem Zug zurückzukehren, ging Lenartowitsch mit befreiten Schritten den Wagen nach. Beweglich, ohne an eine Einheit oder an Räder gebunden zu sein, konnte er mühelos den sich dahinwälzenden Strom überholen. Für den Fall, daß er angehalten würde, legte er sich einige Ausreden zurecht.

Aber niemand kontrollierte die Kolonne auf der Straße, alles strömte dahin, wie es wollte. Langsam krochen die schweren Fourgons der Sanitätskolonnen dahin. Dann donnerten die Munitionswagen, die Strangketten klirrten. Zuerst ging es im Gänsemarsch, aber aus den Seitenstraßen stießen immer neue Fuhrwerke dazu, und jetzt weiter in zwei Reihen, über die ganze Breite der Straße. Entgegenkommende wurden mit Flüchen empfangen, nicht durchgelassen, bis man sich endlich aneinander vorbeigedrängt hatte. In der Kolonne aber war man friedlich, die Troßsoldaten gingen neben ihren Wagen, unterhielten sich, man sah das Glimmen selbstgedrehter Zigaretten.

Niemand kontrollierte, die frohen Füße trugen den Fähnrich weiter. Noch konnte er zurück, noch hatte man seine Abwesenheit nicht bemerkt, aber er hatte entschieden, daß er nicht das Recht hatte, so sinnlos für fremde Interessen zu sterben. Er trat hart auf der harten Straße auf und fühlte sich in seiner Überzeugung, kein Kanonenfutter zu sein, bestätigt.

Aber alles stellte sich auf der Straße als weniger einfach heraus, als es auf der Karte ausgesehen hatte, und das hemmte den freien Fluß der Gedanken. Steigungen, Abhänge, Brücken, einen Damm – alles das hatte er auf der Karte nicht bemerkt. Die Kirche war da, aber er hatte vergessen, wann die Hauptgabelung kommen mußte. Er fand zwar eine Gabelung, aber an der weiterführenden Straße waren Bäume gepflanzt, während er einen Feldweg erwartet hatte.

Er wollte niemanden fragen. Auch war der Mond untergegangen, es wurde ganz dunkel. Jetzt überfiel ihn die Müdigkeit, jetzt machten die letzten vierundzwanzig Stunden sich bemerkbar, in denen die menschliche Kraft überfordert wurde. Sascha ging vom Weg ab und kroch in eine Strohfeime. Er hatte großen Durst, aber seine Feldflasche hatte er nicht mitgenommen, und wo sollte man jetzt Wasser finden?

Er wachte bei Morgengrauen auf – selbst im Stroh machte sich die Frische bemerkbar. Er klopfte das Stroh von der Uniform und wollte zur Straße zurückkehren, aber dort waren Kosaken, die im Schritt, in kleinen Gruppen und in Abständen vorbeiritten, und er kroch gleich in seine Feime zurück. Das war stärker als der Verstand, das war angeboren. Von Kindheit an empfand er jeden Kosaken instinktiv als Feind, eine Einheit Kosaken als geballte plumpe Kraft. Sogar in Offiziersuniform (übrigens hieß es, sie stünde ihm gut) fühlte sich Sascha vor den Kosaken als Student.

Die Kosaken ritten vorbei, dann kam ein langer Train, und Sascha konnte wieder auf die Straße. Unterwegs stieß er auf einen seltsamen Haufen, es stellte sich heraus, daß es Brot war, Armeebrot, bereits trocken und sogar verschimmelt. Beim Aufmarsch hatten sie kein Brot bekommen, und jetzt warfen sie das Brot weg! Irgend jemand hatte das Fuhrwerk für etwas anderes gebraucht.

Er hatte Hunger! Aber es hätte merkwürdig ausgesehen, wenn ein Offizier ein paar Brotlaibe unter dem Arm trüge. Er zerschnitt mit dem Säbel einen Laib, verstaute die Stücke, kaute und zog weiter.

Die Sonne ging auf. Auch heute wurde niemand kontrolliert, niemand gefragt. Dabei zeigte sich bei allen, die hier gingen oder fuhren, etwas Neues, das man nicht gleich definieren konnte: zwar hatte jeder Soldat seine Waffen und Ausrüstung, seinen Befehl und seine Einheit, zwar war das hier noch kein Flüchtlingstreck, sondern eine von Kommandeuren geführte Armee – trotzdem war es nicht mehr dieselbe Armee: sie reagierten nicht mehr so wie bisher auf die Offiziere, und auf den Gesichtern lag die Besorgnis um das *Eigene,* nicht um die gemeinsame Sache.

Ausgezeichnet! Um so sicherer konnte Sascha sich fühlen.

Es war der richtige Weg nach Orlau, er führte jetzt zu einem Mühlenwehr hinunter, aber an dieser Stelle mündete noch ein anderer Waldweg, und über diese Straßen waren hier so viele Geschütze, Munitionswagen, Fuhrwerke, Reiter und Infanteristen zusammengeraten, daß es gleich schlecht war, sie am Straßenrand zu überholen, wie zu warten, bis man unten an die Reihe kam. Abgehetzte krepierende Pferde wurden erschossen und ausgeschirrt. In der Nähe des Wehrs wurde es immer enger, die Wagen verkeilten sich. Ein Munitionswagen rammte in voller Fahrt das Vordergespann mit der Deichsel, ein Pferd wurde getötet. Die Soldaten mußten umspannen, brüllten sich gegenseitig an und wären um ein Haar mit Fäusten aufeinander losgegangen. Auch die Offiziere gerieten immer mehr in Wut, ein kleiner Stabshauptmann mit verbundener Stirn schrie grimmig einen hochgewachsenen Batteriechef an:

»Ich lasse Sie mit Bajonetten aufhalten, Sie kommen hier nicht durch!« Und der Batteriechef fuchtelte mit seinem langen Arm:

»Ihr Fußvolk wird einfach überfahren!«

Jeder war bestrebt, seine eigenen Leute vor den fremden durchzubringen. Aber da brachen auf dem Wehr zwei Bohlen – es mußte ausgebessert werden. Einige Soldaten meldeten sich freiwillig als Zimmerleute. Von oben konnte man sehen, wie die Offiziere herumstanden, zeigten und belehrten, wie und was zu tun wäre. Doch der älteste Zimmermann, ein stämmiger alter Mann mit prächtigem grauen Schnurrbart und ungegürteter Bluse über der Hose, schob Offizier und Soldat beiseite und zeigte und tat alles nach eigenem Gutdünken.

Die Sonne stand schon hoch am Himmel und brachte das Gedränge zum Schmoren. In dem Flüßchen – schmal und brusttief – wurden Pferde getränkt und wurde gebadet, erst die Soldaten, dann auch Offiziere, bis das Wasser ganz schlammig wurde.

Und auf der anderen Seite, am Hang und auf der Anhöhe, hatte jenes berühmte Gefecht stattgefunden, hier wurden zum erstenmal Tausende geopfert, die dann die Lazarette in Neidenburg füllten – ein Beispiel für die Sinnlosigkeit des Krieges: Tausende wurden geopfert, um die Deutschen ein wenig nach Norden zu drängen; und jetzt schmorten sie hier, hungrig, wütend, peitschten auf fremde Pferde ein und gingen mit Fäusten aufeinander los, weil die Deutschen uns an der gleichen Stelle nach Süden zurückdrängten.

Aber keine Not, kein Blut erschüttert die russische Geduld. Unter den anderthalb Tausend, die sich vor dem Wehr zusammenrotteten, gab es keinen, der das begriff, keinen, dem man das erklären konnte.

Lenartowitsch hatte bereits mehrmals gehört, Neidenburg sei heute nacht aufgegeben worden. Wohin wälzte sich dann dieser Strom, und worauf hoffte Lenartowitsch selbst? Er konnte es nicht sagen. Er hatte sich den Weg nur bis Orlau gemerkt und wußte nicht, wie es weiterging.

Oben am Hang, abseits von der Straße, warteten einige Lazarettkremser, bis sie an die Reihe kamen, auf einem davon lag ein freundlicher Oberstleutnant. Sie kamen ins Gespräch, der Oberstleutnant holte eine Karte hervor, sie breiteten die Karte auf seinem Körper aus und betrachteten sie. Sascha erzählte ihm irgendein Märchen, wohin und mit welchem Auftrag er unterwegs sei, um währenddessen möglichst viel zu memorieren: eine große Waldzunge ... dann eine Schneise quer durch ... das Dorf Grünfließ in Richtung Neidenburg ... Sollte er im Wald sich verstekken und auf die Deutschen warten? Aber jetzt lohnte es nicht mehr, sich gefangennehmen zu lassen, in diesem Chaos konnte man auch so durchkommen. Konnte man das wirklich? Ein riesiger Wald lag auf dem Weg der zurückgehenden Armee – und dahinter warteten mit Sicherheit die Maschinengewehre. »SIE KREISEN UNS EIN« – alle waren zu diesem Schluß gekommen und wußten das.

Da Sascha keine Lust hatte, sich auszuziehen und durch den schlammigen Fluß zu waten, verlor er am Wehr viel Zeit.

Auf einem Feld vor Orlau sammelten sich die Truppen in ungeordnetem Zustand und warteten. Sie gruben in den Gemüsegärten Rüben und Mohrrüben aus und aßen sie. Durch diesen Haufen mußte Sascha sich einen Weg bahnen, um zu jenem Wald zu kommen. Aber jetzt bewegte er sich völlig ohne Angst, weil er wußte, daß in dieser Auflösung und in diesem Durcheinander ihn niemand behelligen und ausfragen würde.

Aber er hatte sich geirrt. Das war hier zwar ein wilder Haufen, aber jemand ritt herum wie bei einer Parade, grüßte, sprach. Und Lenartowitsch erkannte den Oberbefehlshaber der Armee (er hatte ihn in Neidenburg aus der Nähe gesehen).

Ja, das war General Samsonow!

Auf einem stattlichen Pferd und selbst stattlich wie der Held aus einem Bilderbuch ritt er langsam durch dieses Zigeunerlager, als merkte er nicht, wie fatal es sich von einer Paradefront unterschied. Es gab kein Kommando »Augen gerade aus« und kein Gegenkommando »Rührt euch«, manchmal führte er die Hand an den Mützenschirm, oder er nahm die Mütze ab – nicht dienstvorschriftsmäßig, sondern menschlich – und verabschiedete sich mit dieser Bewegung. Er war nachdenklich, zerstreut, seiner Erscheinung fehlte das wichtigste Wirkungsmittel eines Kommandeurs – das Furchterregende.

Er ritt immer näher heran, aber der Fähnrich Lenartowitsch hatte es nicht eilig, ihm auszuweichen, er konnte seine Augen von diesem Schauspiel nicht abwenden – freudige Augen! Aha, so muß man mit euch umspringen! Und dann seid ihr gleich lieb! Aha, jetzt klappt die wandelnde Ikonostase zusammen – wenn man euch kräftig über den Schädel haut! Wartet nur, wartet, ihr werdet noch mehr einstecken müssen!

Er starrte ihn mit verzücktem Haß an – der Oberbefehlshaber ritt direkt auf ihn zu. Und fragte ihn, ihn ohne Zweifel, zwar ohne Anrede »Fähnrich«, aber er sah ihm in die Augen, mit seinem abwesenden, demütigen, kuhäugigen Blick:

»Und hier? Und Sie?«

Er hatte nicht aufgepaßt! Zum Nachdenken war keine Zeit, weglaufen konnte er nicht, die Nachbarn warteten auf seine Antwort – aber was sollte er antworten? Lügen? Unmöglich ... Je zackiger, desto besser:

»29. Tschernigow-Regiment, Exzellenz!« und eine Ehrenbezeugung. (Das wird er später Weronika und seinen Petersburger Freunden erzählen, wenn er überhaupt am Leben bleibt!)

Samsonow wunderte sich nicht. Er stutzte keinen Augenblick, warum das Tschernigow-Regiment hier war, das doch ganz woanders stehen sollte. Nein, er lächelte, das warme Licht der Erinnerung erhellte sein Gesicht:

»Ja, das tapfere Tschernigow-Regiment!«

(Pech gehabt! Jetzt fängt er an, mich auszufragen!)

»... Euch, den Soldaten des Tschernigow-Regiments, meinen besonderen Dank ...«

Er nickte – alles vergebend. Verstehend. Dankbar.

Und ritt weiter, im Schritt.

Sein Pferd schien auch zu nicken, mit tief gesenktem Hals.

Der breite Rücken des Oberbefehlshabers erinnerte noch stärker an den Märchenhelden, der mit hängendem Kopf traurig an der Wegkreuzung steht: »Gehst du nach rechts ... Gehst du nach links ...«

46

Wie durch ein absichtsvolles Spiel geriet das XIII. Korps bei seinem Rückzug in eine denkbar ungünstige Richtung: überall dehnten sich Seen aus und schnitten dem Korps den einzig möglichen rettenden Durchschlupf ab. Es müßte schräg nach Südosten zurückweichen, aber da war der sieben Werst lange Plautziger See, der sich abwehrend nach beiden Seiten streckte und dessen blaue Tiefe ungut schillerte: »Ich lasse nicht durch.« An der Spitze des linken Arms schwankte das zwei Meter breite Wehr Schlaga-M., und dann schnitt das feindselige preußische Gewässer mit einer Kette kleiner Seen und mit dem sechs Werst langen Flügel des großen Maransen-Sees dem Korps den Fluchtweg wieder ab. Nachdem das Korps den teuren Preis für Schlaga-M. bezahlt hatte und nach Südosten durchgebrochen war, stand es wieder vor einem aus Brücke und Damm bestehenden Schlupfloch bei Schwedrich, wo es wieder nur als dünner Faden sich durchzwängen konnte. Und als es dort durchgeschlüpft war, konnte das Korps immer noch nicht ungehindert in seiner Richtung marschieren, sondern fand sich in einem Nord-Süd-Korridor zwischen zwei Wassersperren: zwischen der Seenkette im Rücken und dem zehn Werst langen Lansker-See vor sich, nebst den vielen kleinen, die an dem versumpften Fluß Alle aufgefädelt waren. Und als diese zweite Sperre überwunden war, stieß das Korps zum drittenmal gegen abwehrend ausgebreitete Wasserarme – es waren die sechs Werst langen gespreizten Flügel des sich verzweigenden vielschwänzigen Omulef-Sees. Von hier aus konnte die erforderliche Richtung unter keinen Umständen mehr eingehalten werden, das Korps rutschte, in sein Schicksal ergeben, nach Süden, einer Kollision mit dem XV. Korps entgegen, und weiter, in das Gebiet, dessen Straßen bereits vom Gegner abgeschnitten sein würden. Und als der Omulef-See glücklich umgangen war und das Korps in den endlosen Grünfließer Forst eindrang, durfte es die einzige gute direkte Straße Grünfließ-Kaltenborn lediglich überqueren und mußte sich die ganze Zeit auf verschlungenen Waldwegen durcharbeiten.

Ausgerechnet dieses geplagte XIII. Korps, das ohnehin die meisten Tagemärsche hinter sich hatte, mußte von Allenstein innerhalb von 40 Stunden 70 Werst zurücklegen, ohne einen Zwieback, auf nicht gefütterten, lange nicht ausgeschirrten Pferden.

Aber auch nur einem Pferd bleibt die Einsicht in diese besondere Form des Kampfes versagt – Flucht. Um die unteren Dienstgrade zu einem ANGRIFF zu bewegen, müssen die höheren nach Losungen und Gründen suchen, Belohnungen und Strafen erfinden, womöglich selbst an der Spitze marschieren. Aber die FLUCHT als Aufgabe wird sofort und widerspruchslos von oben bis unten erfaßt, und der Gemeine ist von ihr nicht weniger selbstverständlich durchdrungen als der Korpskommandeur. Mit seinem ganzen Wesen geht jeder darauf ein, der aus dem tiefsten Schlaf Geweckte, der drei Tage Hungernde, der barfuß Laufende, der Entkräftete, Waffenlose, Kranke, Verwundete, Stumpfsinnige – teilnahmslos bleibt nur der, den man nie mehr wecken kann. Bei Nacht und Wetter setzen sich alle für diese eine Idee ein und sind zum Opfer bereit, ohne nach dem Lohn zu fragen.

Noch in der vorletzten Nacht konnte das XIII. Korps nicht zur Unterstützung des XV. vorrücken, weil es übermüdet war und der Verpflegungsnachschub stockte. Und in der letzten maulte keiner mehr wegen der zurückgebliebenen Küchen, fragte nicht nach Rasttagen – außerordentlich schnell zwängte das Korps seinen aufgedunsenen Leib durch die fremden Wälder und Landengen.

Ausgenommen die Nachhuten.

In der russischen Armee des Jahres Vierzehn retteten sich die Nachhuten nicht, indem sie kapitulierten. Die Nachhuten starben.

Im Hohensteiner Kessel wurde das Regiment Kaschira und zwei abgesprengte Bataillone des Newa-Regiments von dem herangerückten Korps von Belows in eine Rundzange genommen, und die zwei russischen Batterien verstummten unter dem Druck von sechzehn schweren und siebzig leichten deutschen Geschützen. Aber auch ohne Artillerie kämpfte das Kaschira-Regiment bis zwei Uhr mittags, ging am Bahnhof sogar zu einem Gegenangriff vor, und in den Häusern hielten sich einzelne Soldaten bis zum Abend. Oberst Kachowskój, der neben der Fahne gefallen war, hatte, wie befohlen, Zeit gewonnen.

An der Landenge bei Schwedrich grub das bis jetzt fast unversehrte Sophien-Regiment sich ein, hielt die Stellung unter schwersten Verlusten bis drei Uhr nachmittags und tilgte dadurch auch seine zweijährige Schuld: seit 1912 haftete ihm ein Makel an und es durfte nicht an den Paraden teilnehmen, weil bei der Hundertjahrfeier der Schlacht von Borodino* auf dem Kampffeld ein Soldat des Regiments mit einer Bittschrift zum Zaren gestürzt war. Jetzt schmolzen drei seiner Kompanien zu einer zusammen, und die hatte jeweils weniger als hundert Mann. Aber dafür waren die Verfolger aufgehalten worden.

An allen gefährlichen vorgeschobenen Punkten konnte das XIII. Korps zurückgehen.

Aber auch die Tapferkeit seiner Nachhuten konnte dem Korps nicht mehr helfen: es konnte auch weiterhin seine Front nicht entfalten, dabei ging es schon auf den Abend des 16. August zu. Nachts sollte es im Rücken des XV. Korps vorbeigleiten, aber das XV. Korps selbst bewegte sich auf dieselben Straßen zu. Überdies war das Korps auch kein Korps mehr, seine Regimenter waren keine Regimenter mehr, höchstens noch einige Kompanien. Sie verfügten allerdings noch über einige Hundert Geschütze und die Feldartilleriepark-Brigade, mit Granaten, und gegen Mittag meldete sich bei General Klujew das 40. Donkosakenregiment, unversehrt, frisch, direkt aus Rußland, in bester Verfassung – jene Korpskavallerie, die sie bei allen Kämpfen so bitter entbehrt hatten ...

General Klujew war von dieser neuen Belastung nicht unbedingt begeistert und wußte nicht, was er mit den Kosaken anfangen sollte. Noch weniger begeistert war er von dem durch Pestitsch zugestellten Befehl, das Kommando über alle drei Korps zu übernehmen. Gerissene Burschen! Alle haben sich aus dem Staube gemacht, und Klujew sollte hier in diesem Sack zugrunde gehen. Und wie sollte man diese fremden Korps zusammensuchen, wenn man nicht einmal mehr über das eigene richtig Bescheid wußte?

Das brachte ihm nur den einen Vorteil: bisher war Klujew der Meinung gewesen, Martos hätte man für den Rückmarsch die bequemeren westlichen Straßen und ihm selbst die schlecht befahrbaren Waldwege zugewiesen. Und jetzt konnte er selbst verfügen.

Und ohne durch Patrouillen zu erkunden, wie die Straßen beschaffen und ob sie frei waren, ließ Klujew am Abend das Korps vom Omulef-See nicht nach links, wie es ihm befohlen war, sondern nach rechts abbiegen. Und stieß in den Rücken des xv. Korps.

Das xv. Korps hatte in den vergangenen Tagen dem Gegner so sehr zugesetzt, daß es sich jetzt einen ziemlich ungehinderten Rückmarsch gesichert hatte: nur die deutsche Artillerie schoß hinter ihm her, im übrigen besetzten die Deutschen nur jene Orte, die das Korps schon verlassen hatte. Aber das Korps ging ohne Stab zurück (viele Kommandeure waren gefallen oder vermißt), außerdem einen halben Tag früher, als der Plan des »gleitenden Schildes« vorsah, und hob ihn dadurch auf. Bis zum Anbruch der Dunkelheit wurde dieser »Schild« nur von den Fragmenten des xxiii. Korps – mit welchem Blut noch? – gehalten, während das xv. Korps immer tiefer in den schon lange vor der Dämmerung schwarzen und finsteren endlosen Grünfließer Forst eindrang, da die Straßen bei Neidenburg abgeschnitten waren.

Und hier, in der schon undurchdringlichen Schwärze einer Waldnacht, stießen auf einer verhängnisvollen Kreuzung die beiden Korps im rechten Winkel zusammen; hier, wo auch bei Tag nicht vier Wagen aneinander vorbeikommen konnten, mußten nachts zwei sich *überschneidende* Korps hindurch! Wenn bis zur Stunde die russische Zweite Armee in gewisser Weise immer noch existiert hatte – von dieser Kreuzung an existierte sie nicht mehr.

Wie laut dort gebrüllt und geflucht wurde mit sich überschlagender Stimme, wie oft an den Zügeln gerissen, die Deichseln gepackt, zur Seite gezerrt, auf Pferdemäuler geschlagen, an den Rand gedrückt, in die knackenden Äste gestoßen wurde – das können nur jene wissen, die selber an der Front waren. An der Spitze der Kolonnen befanden sich natürlich keine älteren Offiziere, sondern nur jüngere, die erst einige Zeit brauchten, um in der Dunkelheit einander zu finden und zu beschließen, auf der Kreuzung wie eingerammt stehenzubleiben, jeden Soldaten an der Schulter zu packen, zu fragen, aus welcher Einheit er sei, und das XIII. Korps nach Osten, auf Kaltenborn, das XV. und das XXIII. nach Süden zu dirigieren. Die beiden Korps mit eigenen Händen abzutasten und sie auseinanderzuleiten, statt sie überkreuz strömen zu lassen.

Zum schwarzen Höllenspalt wurde diese Waldkreuzung, wo tagsüber die friedliche Sonne über friedlichen Kiefern schien. Nachdem er seinen Hals auf dieser Kreuzung ziemlich strapaziert hatte, aber immer noch nicht heiser war, und sich vergewissert hatte, daß alle seine Räder eingebogen waren, konnte Tschernega schließlich zufrieden sein, ohne bemerkt zu haben, daß gerade an dieser Kreuzung vor fünf Tagen die Infanteristen des hilfsbereiten sommersprossigen Leutnants Charitonow beim Schieben mit angepackt hatten. Und in dieser schlundartigen schwarzen

Straße, auf der sie jetzt weiterzogen, erkannte er den bei Tageshitze angenehm kühlen Waldweg nicht wieder, über den sie schon einmal nach Omulefofen und wieder zurück marschiert waren.

Die auf zwei Wegen auseinandergeleiteten Massen strömten auf gut Glück durch den Wald, beinahe nur tastend, immer wieder haltend. Die Soldaten hatten seit zwei Tagen nichts mehr gegessen; die Feldflaschen waren leer, die Kehlen ausgetrocknet, sie wären bereit gewesen, Schlamm in den Mund zu stecken; der Glaube an ihre Generale, an die Vernünftigkeit dessen, was ihnen zugemutet wurde, war geschwunden; sie verrieten bereits die Nummern ihrer Kompanien nicht mehr, damit man sie nicht mehr sammeln konnte; oder sie gingen ein Stück weit vom Weg ab, legten sich auf die Erde und schliefen sofort ein.

Und nur die Kavallerie, deren Beweglichkeit und Schnelligkeit in den letzten Tagen keine Verwendung finden konnte, nutzte jetzt ihre Möglichkeiten aus. Ein Reiter schloß sich dem anderen an, und besonders ein Donkosake dem anderen; jeder, der das gemerkt, davon erfahren hatte und rechtzeitig dazu kam – alle sammelten sich zu einer Reiterkolonne. Sie wurden erfaßt von jener nicht wieder rückgängig zu machenden Verschiebung innerhalb der Einheiten und innerhalb der Seelen, die die unaufhaltsame Zerstörung einer Armee bedeutet. Und die Kavallerie setzte in der Richtung an, wo sie einen Ausweg vermutete: dorthin, wo der Sack am spätesten zugebunden werden konnte. An der verhängnisvollen Kreuzung, wo alles durcheinandergeraten war, waren sie noch bei Tage vorübergeritten. In den Dörfern, wo bei Anbruch des Tages und den ganzen Tag hindurch russische Infanterie sich wird schlagen müssen, waren sie den Deutschen zuvorgekommen. Und die zwanzig Werst Waldstraßen, die morgen dem Fußvolk endloser als der Weg in den Himmel vorkommen sollten, bewältigten die Pferde mühelos. Unterwegs fischten die Donkosaken den legendären von Torcklus auf, den seine eigene Division nicht hatte finden können, und die Dragoner – den Armeestab. Willenberg war bereits in deutscher Hand, sie bogen noch einmal ab, schlugen sich durch den Wald, ließen in Chorshele am Flußübergang eine Nachhut zurück und ritten weiter.

Damit hatten sie gar nicht so wenig geleistet: Batterien, hierher! Fußvolk, hierher! Schlagt euch durch, wir warten, wir halten hier!

Aber die kamen nicht, weder zu Fuß noch auf Rädern.

Am Morgen des 16. existierte eine Zweite Armee, gegen Abend ein ungegliederter, nicht geführter Haufen. Am Morgen des 16. waren die Donkosaken ein Teil des Russischen Heeres, gegen Abend war ihnen aufgegangen, daß ihnen das eigene Kosakenhemd am nächsten war.

Mit Mütterchen Rußland gerät man sehr bald unter die Räder! Am Don hat man sein eigenes Schicksal, die Kosaken suchen sich ihren eigenen Weg!

Und kein Vorwurf kann ihnen daraus gemacht werden, denn nicht sie hatten damit angefangen.

So manifestiert sich durch die Entladung der Magnetspule im Schulunterricht das unvergleichliche himmlische Gewitter.

47

Eine Empfindung der Reinheit durchströmte weich den ruhenden Körper. Er wußte nicht, wie er eingeschlafen, wie er erwacht war, und er war auch noch nicht wach. Seine Kraft reichte nur, die Lider zu öffnen und dicht vor den Augen dieses Gras zu sehen – so unberührt, so gleichmäßig, seidig –, das seinen Körper mit dieser Empfindung der Reinheit füllte. Vielleicht nahm er wahr, daß er auf der Seite lag, vielleicht auch noch die Ecke einer Waldlichtung, aber alles das nicht deutlich, denn seine ganze gelöste unausgerichtete Aufmerksamkeit gehörte dem Gras.

Das Gras seiner Kindheit. Genau solches Gras, wie gesät, nur mit Feldmalven dazwischen, bedeckte den verödeten Hof auf ihrem Gut in Sastrushje, und genau solches Gras wuchs auf der breiten Dorfstraße: dicht und kräftig, aber kurz und zum Mähen nicht geeignet. In Sastrushje gab es nur wenige Bauernhöfe, das Vieh wurde nie auf die Straße getrieben, und gefahren wurde so selten, daß es keinen Fahrweg in der Mitte gab, nicht einmal eingefahrene Spuren im Gras, sondern eine geschlossene Grasdecke, auf der er mit den Dorfkindern spielte.

Seine Kraft reichte nur, mit den Fingern der unten liegenden Hand das Gras zu berühren. Ja, das war solches Gras.

Weiter reichte die Kraft nicht. Zu seiner Rettung, zu seiner Schonung blieb ihm verwehrt, sich daran zu erinnern, welcher Tag heute war, wo er eigentlich lag, wie er hierher gekommen war und weshalb es rings so still war? Aber die aus dem Gras aufsteigenden Erinnerungen glitten leicht dahin.

Die Kapelle. Eine kleine Kapelle aus Stein an derselben Straße, hinter ihrem kleinen Zaun. Eigentlich nicht einmal eine Kapelle, denn auch nur ein einziger Mensch, der eintrat, konnte sich nicht voll aufrichten. Eigentlich war es eher ein überdachter bäuerlicher Altar.

Die Gottesdienste. Sie wurden vor der Kapelle und auch auf dem freien Feld gehalten, wenn aus der fünf Werst entfernten Pfarrkirche eine Prozession zu ihnen zog, zu Mariä Himmelfahrt, ihrem Kirchweihfest, das vielleicht deshalb auf diesen Tag fiel, weil in Kostroma um diese Zeit die Ernte schon eingebracht war.

Mariä Himmelfahrt? Wann war das eigentlich? War es schon vorbei, kommt der Tag noch? Es blieb seiner Erinnerung verschlossen. Sorglich war alles verdrängt, was zum Erwachen, zum Da-Sein führen konnte.

Der ehrwürdige Geistliche kam niemals im Tarantas angefahren, sondern kam zu Fuß, das weiße Haupt unbedeckt. Zwei Ikonen wurden getragen, jeweils von zwei Frauen. Aber die freiwilligen Teilnehmer an der Prozession waren hauptsächlich Halbwüchsige. Die zwei oder drei älteren trugen mit angestrengt-wichtigen Mienen die Kirchenfahnen, um sie herum – wie verstreute Erbsen – großköpfige kahlgeschorene Buben in hellen und dunklen Kitteln mit einem Gürtelchen, die kleinen Mützen in der Hand, ohne zu lachen, ohne Unsinn zu machen. Die Mädchen waren in ganz langen Röcken und jede, bis auf die Kleinsten, im Kopftuch: der Kopf der Frau soll nie unbedeckt sein. Sie kamen in Bastschuhen und barfuß, aber immer sauber gekleidet, mit den (verpflichtend!) schlichten vertrauensvollen Gesichtern, mit dem reinen Glauben, und die Rührung löste alle mutwillige Schärfe auf. Und zwei einsame Kirchenfahnen brachten das Fest in die ganze offen daliegende Gegend.

Jede Erinnerung an den Ort, wo du aufgewachsen bist, hat etwas Schmerzliches. Mag er für die anderen unbedeutend und gar nicht auffallend sein – für dich bleibt es der schönste der Erde. Die unwiederholbar sehnsüchtigen Windungen des Feldweges um die Zaunpfosten. Die windschiefe Remise. Die Sonnenuhr in der Mitte des Hofes. Der unebene verwahrloste, nicht eingezäunte Tennisplatz. Die nicht überdachte Laube aus Birkenstämmchen.

Als der heruntergewirtschaftete Besitz des Großvaters zwischen zehn Kinder aufgeteilt wurde, hatte sein Vater auf alles andere verzichtet und nur Sastrushje sich erbeten – für das Herz, für einsame Spaziergänge und Betrachtungen über das mißlungene Leben, denn irgendwelche Appertinentien gehörten nicht mehr dazu, der kleine Acker reichte gerade für den Unterhalt eines Verwalters (der zugleich Pferdeknecht war), die Herrschaften bekamen nur zu Weihnachten und Ostern zwei oder drei Puten und eine Scheibe zerlassene Butter.

Das strenge zweistöckige Steinhaus aus der Zeit des Vor-Empire hatte Jegór* Worotynzew erbaut, Leutnant bei den Chevaliers-gardes; die Belehnungsurkunde der Kaiserin Elisawéta, ein Meisterstück der Kalligraphie, wurde in der Moskauer Wohnung Worotynzews aufbewahrt.

Und von dieser Urkunde, von diesem Chevalier-garde, nahm der Weg des neuen Georgij in die Armee seinen Anfang, nach zwei Generationen mit bürgerlichen Berufen. (Worotynzew vermutete sogar noch mehr: er glaubte, daß sie eine Seitenlinie des erloschenen Bojarengeschlechts Worotynzew an der Ugra seien, dessen Stammvater, der ruhmreiche Feldherr Michajlo Worotynzew, von Iwan Grósnyj, der in ihm einen Thronprätendenten argwöhnte, auf dem Scheiterhaufen verbrannt wurde. Aber die Zwischenglieder fehlten, es war nicht zu beweisen.)

Jetzt waren die Augen ganz offen und sahen die ganze Lichtung, das grüne und kupferfarbene Meer der Kiefern mit den wenigen eingesprengten Eichen, das Spätnachmittagslicht – da gingen auch die Ohren auf, und er hörte das Grollen der Artillerie, gar nicht weit entfernt und auch nicht schwach. Und die ruhige Gelöstheit wich sofort, die Seele dröhnte von neuem wie ein leerer Kessel, das Sengen und Hämmern setzte mit einem Schlag wieder ein:

Samsonow nahm Abschied von der Armee! Das war heute gewesen, wenige Werst von hier. Alles war verloren, es gab keine Rettung mehr.

Und seine Estländer waren nicht mehr da, die er überzeugt, an die Front zurückgeführt und vielleicht umsonst geopfert hatte?

Und sein Pferd war auch nicht mehr da. Beide Pferde waren nicht mehr da, denn sie waren ja zu zweit gewesen. Arsenij? ...

Worotynzew stemmte den schmerzenden Körper auf den Ellbogen, sah nach rechts, nach links – Arsenij war nicht da. Er sah nach hinten, mit verrenktem Hals, schmerzender Schulter und schmerzendem Unterkiefer, drehte sich um – da lag er. Er lag auf dem Rücken, den Kopf auf einem Rundholz, streckte die Beine weit von sich. Falls er schlief, dann mit halboffenen Augen. Nein, er schlief nicht, er sah vor sich hin, aber das Gesicht war ruhig wie bei einem Schlafenden.

Jetzt war Worotynzew nur für ihn verantwortlich. Es hatte ihn gedrängt, Einfluß zu gewinnen, der ganzen Armee zu helfen. Und jetzt blieb ihm nur dieser eine Soldat.

»Haben wir geschlafen?« vergewisserte er sich besorgt.

Nicht sofort, nicht vorschriftsmäßig grinste Arsenij gemütlich:

»A-ha!«

»Wie ist denn das möglich? Wir durften doch nicht schlafen!« Worotynzew wunderte sich, dabei hatte er immer noch nicht die Kraft aufzuspringen, wälzte sich nur auf die andere Seite, zu Arsenij. Zog die Uhr hervor, starrte sie an, konnte aber immer noch nicht richtig zu sich kommen.

Der Körper hat seinen Rhythmus, sein eigenes zulässiges Tempo. Wie schnell auch immer die Regimenter und Divisionen strudelten, die in den Sog der Niederlage geraten waren und in den Abgrund hinabgezogen wurden – das Klümpchen Körper konnte in diesem Wirbel zu einer eigenständigen Gegenbewegung nicht ansetzen, solange in ihm etwas bestimmtes Früheres nicht abgeschlossen, im reglosen Schlaf und beim müßigen Herumliegen und Betrachten der nahen Halme nicht abgefallen war. Eine bestimmte Frist der Reglosigkeit und Eigenbezogenheit mußte dem Körper zugestanden werden, um von der früheren Geschwindigkeit mit ihrem Ziel auf eine neue mit einem anderen Ziel sich umzustellen.

Aber wie konnte er bloß schlafen? Fast volle vier Stunden! Sie wollten nur fünf Minuten liegenbleiben ... Die Armee geht der Vernichtung entgegen, jemand könnte noch gerettet, etwas könnte noch getan werden – und er hatte geschlafen!

»Warum hast du mich nicht geweckt? Du hast doch gewußt, daß wir nicht schlafen dürfen!«

Arsenij schnalzte mit der Zunge, seufzte, gähnte:

»Aber ich habe doch auch geschlafen, Euer ... Euer ... Ich – ich habe ja drei Nächte nicht geschlafen. Und Sie fünf. Wohin sollen wir auch gehen?«

Nun, der Schlaf ist gut, da hat er recht, der Körper liegt da, schmiegt sich an die Erde, ist dankbar und kann sich immer noch nicht erheben. Aber der Soldat weiß nicht, daß der Oberst nicht vor Müdigkeit umgefallen ist. Fünf Tage und fünf Nächte ist er seit Ostrolenka geritten, hat argumentiert, aufgerufen – und ist hier zusammengebrochen. Aus Verzweiflung. Verzweiflung hatte er früher nie gekannt, und er konnte sie sich jetzt nicht verzeihen. Er hatte hier herumgelegen, war sentimental gewesen, hatte in Erinnerungen geschwelgt, aber man schwelgt nicht in Erinnerungen, wenn man guten Mutes ist.

Das überwältigte Bewußtsein kehrte zurück, aber Woronzow konnte das Ausmaß der Katastrophe – unübersehbar und unaufhaltsam – immer noch nicht voll erfassen. Weder das Ganze noch ein größerer Teil war jetzt noch zu retten. Doch wenigstens etwas? Es mußte doch etwas geschehen? Ja! Jetzt fiel es ihm wieder ein: die Karte war auch weg. Das Pferd und die Karte. Jetzt war er blind.

Worotynzew stöhnte dumpf, schlug sich mit der Faust gegen die Stirn. Die Trägheit des Körpers überwindend, der dankbar, so dankbar für die Ruhepause war, zog er die Knie an. Wenn er nur eine Karte hätte! Nur eine Karte! . . .

Worotynzew drehte sich noch mehr zu Arsenij um. Durch die Aufmerksamkeit des Oberst sah der sich veranlaßt, ebenfalls sich aufzurichten, er tat es ungern und stützte sich mit den Armen hinten auf, ohne die langen Beine zu bewegen. Seine Mütze lag auf der Erde, das Haar war zerzaust, der Blick verdrossen, als hätte er einen Kater. Er blinzelte.

»Wohin habe ich dich bloß verschleppt!« Worotynzew glaubte ihn zu verstehen. »Wärst du dort geblieben, wärst du nicht in den Kessel gekommen.«

»Vielleicht wäre ich dort schon ohne Kopf«, Arsenij nickte begütigend. »Was vergossen ist und ausgetrunken, kann man nicht mehr teilen.«

Und wieder staunte Worotynzew über die würdige Sicherheit dieses Soldaten: er verstand es, ohne respektlos zu werden, seine Eigenheit zu behaupten. Ohne Herablassung, wie zu seinesgleichen, sagte er leise zu ihm:

»Wir werden durchkommen, mach dir keine Sorgen.«

»Glaub' ich!« Arsenij schob seine dicken Lippen vor. »Der Wald ist gerade richtig für uns!«

»Aber er reicht nicht bis zur Chaussee. Und an der Chaussee sind die Deutschen.«

»Nun, dann werden wir hier überherbsten. Bis der Weg wieder frei ist.«

»Überherbsten? Wie meinst du das?«

»Wir machen uns eine Hütte und bleiben hier, bis zum Winter. Wurzeln und Beeren gibt es genug.«

»Drei Monate lang?«

Blagodarjow kniff bedeutsam die Augen zu, als schaute er in die Ferne:

»Andere Leute haben so gelebt. Jahrelang.«

»Was für andere Leute?«

»Einsiedler zum Beispiel.«

»Aber wir beide sind keine Einsiedler. Wir werden verrecken.«

Blagodarjow, immer noch hinten sich aufstützend, warf seinem Oberst einen wissenden Seitenblick zu:

»Wenn es sein muß, kann man alles.«

»Wir sind doch keine Mönche, wir sind Soldaten. Wir wollen uns durchschlagen. Und zwar so bald wie möglich, solange unsere Kräfte noch reichen. Knurrt dir nicht der Magen?«

»Der hat schon ausgeknurrt«, Arsenij machte Kaubewegungen.

Dieser totenähnliche Schlaf hatte ihnen neue Kräfte verliehen. Jetzt ging es nicht mehr darum, Bataillone zu sammeln, sondern selbst durchzukommen. Er, Worotynzew, mußte unbedingt bis zum Großen Hauptquartier durchkommen, um Wahrheit zu suchen und Wahrheit zu sagen. Dann wird diese ganze Fahrt einen Sinn bekommen! Das ist seine Pflicht, von der ganzen eingekreisten Armee kann nur er sie erfüllen. Und Bataillone sammeln – dafür sind die anderen Offiziere da.

Und wieder gingen ihm die Ohren auf. Worotynzew hörte jetzt die Stille. Das Artilleriefeuer war verstummt. Ab und zu ein Gewehrschuß in der Ferne. Ab und zu eine kurze Salve.

Das konnte bedeuten: alles war zu Ende.

Er stützte sich auf, um aufzuspringen. Aber das war der falsche Arm, er fühlte einen stechenden Schmerz in der Schulter. Und so horchte er bloß, ebenso wie Arsenij: aber der schien auf etwas anderes zu horchen und spähte, inzwischen ganz wach, zwischen die Bäume.

Ein Knacken, Schritte kamen näher.

Ein Mann. Er ging unsicher.

»Ein Russe«, bestimmte Arsenij.

Ein einzelner Mann – das konnte nur ein Russe sein.

Aber sie blieben trotzdem liegen.

Er kam näher. Er setzte mit Mühe einen Fuß vor den anderen. Ein Offizier. Ganz schlank. Nicht nur jung, sogar blutjung. Verwundet? Der Säbel war zu schwer für ihn. Kannte er ihn?

»Leutnant!« Worotynzew erkannte ihn, rief, erhob sich. »Sie sind doch aus Rostow?«

Nach dem Schrecken brach der bartlose kindliche Leutnant in Freude aus:

»O-o! Herr Oberst!«

»Hat man Sie denn nicht evakuiert? Sind Sie zu Fuß aus dem Lazarett fort?« Aber er wartete die Antwort nicht ab. »Haben Sie vielleicht eine Karte dabei?«

Der Leutnant trug kein Portepée, aber sehr eindrucksvolle Schulterriemen, die unter den Achselstücken durchliefen und auf jeder Seite am Koppel festgeschnallt waren. Und die, bei seiner Schlankheit besonders auffallende, größte Offizierstasche, die dazu noch gestopft voll war.

»Natürlich!« Der blasse Leutnant strahlte noch mehr und schnallte sofort seine Tasche auf. Und sehr diensteifrig: »Eine sehr exakte Karte. Ich habe sie in Hohenstein gefunden. Und im Lazarett aufgezogen.«

Aber das Sprechen fiel ihm schwer. Und das Stehen fiel ihm auch schwer. War ihm übel? Hätte er sich gern hingelegt?

»Das haben Sie großartig gemacht! Ganz großartig!« Worotynzew klopfte ihm auf den Rücken. »Wo sind Sie verwundet? Ach ja, eine Kontusion. Es war doch am Kopf? Ist es inzwischen besser geworden? Wissen Sie, legen Sie den Mantel auf die Erde und strecken Sie sich solange aus. Sie sind blaß! Ich sage doch: legen Sie sich hin!«

Inzwischen faltete er die Karte auseinander, breitete sie auf dem Gras aus – achtel, viertel, halb – und stürzte sich auf sie wie ein Falke auf sein Opfer. Daß er vor einer halben Stunde geschlafen hatte, daß er überhaupt fähig gewesen war, sich zu entspannen und zu liegen – jetzt war das unvorstellbar.

»Arsenij, gib mir ein paar Ästchen, um die Ecken zu beschweren. Und Sie zeigen mir jetzt, wie Sie hierhergekommen sind.«

Worotynzew kniete vor der Karte. Charitonow lag auf dem Bauch, er hatte sich den zusammengerollten Mantel unter die Brust geschoben, um den Kopf höher halten zu können. Manchmal mußte er Atem schöpfen, manchmal die Augen schließen, aber er bemühte sich, ohne Pausen zu sprechen, deutlich und energisch. Er erzählte und zeigte sofort auf der Karte mit dem Finger – auf seine Nägel verwandte er keine besondere Mühe, sie waren ganz kurz geschnitten –, wie er gestern abend in Neidenburg aufgebrochen war, und daß die Chaussee bereits abgeriegelt war. Wie er wiederholt vergeblich zur Chaussee zurückgekehrt war und wo er übernachtet hatte. Und heute, als er nach dem Dorf Grünfließ wollte, waren dort ...

»Was sagen Sie, die Deutschen sind auch schon in Grünfließ? Seit wann?«

»Ich meine, seit etwa drei Stunden ...«

Während sie hier schliefen ...

... wie er sein Regiment beim XV. Korps zu finden hoffte ...

»Und wo sind wir jetzt, Ihrer Meinung nach?«

»Hier, ganz genau. Ein Stück weiter rechts ein Kahlschlag, dann der Waldrand, von dort muß man Orlau sehen können.«

»Das ist ganz richtig! Wir kommen von dort, das ist alles richtig. Aber Ihr Regiment brauchen Sie vorläufig nicht zu suchen.«

Die Karte war da, der sichere Ausgangspunkt war da, für den Rest hatte man das Auge und den Kopf. Die Gedanken sammelten sich rasch um das Nötige, wie die Geschützmannschaft ums Geschütz, wie die Kompanie beim »Ans Gewehr!« Jetzt werden alle Russen zu dem Maul des großen Sackes hinströmen, in der Hoffnung, es sei noch nicht zugegangen. Alle werden darauf aus sein, möglichst *weit* von der westlichen deutschen Sperrmauer durchzubrechen, und wir werden versuchen, es möglichst *nahe* zu tun. Die Deutschen werden sich hier nicht lange aufhalten, sie müssen weiter, um den Ring zusammenzuziehen und zu schließen. Außerdem gibt es hier keine Fahrstraßen, was für eine kleine Gruppe sehr günstig ist. Und die Schneisen liegen alle nach Südosten, genau wie wir es brauchen. Wir müssen nur einmal einen Umweg von rund drei Werst machen, um das unbewaldete Grünfließer Dreieck herum. Und auch weiter geht es immer durch Wald. Ein Eisenbahndamm, im tiefsten Wald, dort wird bestimmt kein Mensch sein. Und dann wieder über Schneisen. Und hier ist die einzige Stelle, beim Dorf Modlken*, wo der Wald dicht an die Chaussee stößt, direkt an die Chaussee, zweimal je eine halbe Werst breit. Hier müssen wir rüber! Sie ist auch deshalb günstig, weil das die kürzeste Strecke ist. Je kürzer die Strecke, desto besser können wir mit den Kräften haushalten, desto rascher sind wir draußen. Im Wald zu bleiben und zu warten, bis die Straße frei würde, wäre eine falsche Rechnung, die Deutschen könnten noch Stacheldraht ziehen. Nein, wir müssen uns möglichst beeilen! Aber heute nacht schaffen wir es nicht mehr. Also morgen nacht. Und in diesen vierundzwanzig Stunden müssen wir die Chaussee erreichen. Damit waren Route, Zeitplan, Ort und Verlauf klar.

Auf der ausgebreiteten Karte lag vor Worotynzew das Grün des Grünfließer Forstes – riesig, aber dennoch in ein Vierteltausend numerierter Rechtecke unterteilt, abgezählt, begangen, den geflüchteten Förstern untertan – warum nicht auch ihm, Worotynzew?

Nur einen Teil seiner Überlegungen sprach er vor Charitonow aus. Mit seiner Kontusion würde der Leutnant der schwache Punkt des Unternehmens sein. Aber sein soldatischer Elan war so unerschüttert, er nahm den Plan des älteren Offiziers so strahlend und befreit auf, wobei er von dem Gras, von der Erde Kräfte zu gewinnen schien, daß kein Zweifel bestehen konnte: er wird nicht zusammenklappen.

Blagodarjow stand gelassen – Standbein, Spielbein – barfuß neben ihnen im Gras. Er betrachtete das unter ihm sich ausbreitende Preußen gleichsam wie aus einem Flugzeug. Jetzt konnten sie es übersehen, jetzt gehörte es ihnen.

Vor wenigen Stunden war Worotynzew an dieser Stelle in stumpfer Verzweiflung und Kraftlosigkeit zusammengebrochen. Vor einer Stunde hatte er noch keine Kraft gehabt, auch nur zu überlegen, was zu tun sei. Und jetzt blitzte auf und ordnete sich ein zuversichtlicher Plan – und jetzt kam es Worotynzew undenkbar vor, auch nur eine Minute zu säumen, das Federwerk in ihm setzte sich in Bewegung: schneller! noch schneller!

»Arsenij, faß mal an den beiden Ecken an.«

Sie drehten die Karte und richteten sie nach dem Kompaß aus. Und ihre kleine verlorene Lichtung ordnete sich in das strenge System des Waldes ein. Und die Querschneise zeigte, wo ihr Weg beginnen sollte.

»Wie ist es, Kinder?« Worotynzew konnte nicht länger warten. »Wollen wir aufbrechen?« Und mit einem besorgten Blick fragte er den Leutnant: »Fällt es Ihnen schwer? Wollen Sie lieber noch liegenbleiben?«

Ja, er wäre gern noch liegengeblieben, aber:

»Ich bin bereit, ich bin bereit, Herr Oberst!«

Arsenij schnalzte laut und begann seine Stiefel anzuziehen. Worotynzew faltete vorsichtig die Karte zusammen, wobei er überlegte, welche Blätter sie zunächst benötigen würden, um sie so zu legen, daß die alten abgegriffenen Faltstellen geschont wurden.

Im Westen lag der Waldrand am nächsten, aber auch dort konnte die hinter der Waldestiefe versunkene Sonne nicht durchdringen. Die geschuppten bronzenen Stämme waren dunkel, nur ihre Nadelwipfel, von zehn Sashenj aufwärts, trugen noch einen goldenen Schimmer.

»So!« kommandierte Worotynzew entschlossen, mit

einem Blick auf den Säbel, der an dem kranken Leutnant hing. »Den müssen Sie hier liegenlassen!«

»Wie bitte?«

»Los, los!« Worotynzew zeigte unbefangen auf den Säbel. »Ich befehle es Ihnen! Ich nehme die Verantwortung auf mich! Ich werde meinen Säbel auch bald wegwerfen.«

Er warf ihn jedoch nicht weg.

»Soll ich ihn denn . . . zerbrechen, Herr Oberst?«

»Wenn Sie Kraft genug haben, können Sie ihn zerbrechen. Arsenij, du gehst als letzter. Nimm den Mantel vom Leutnant.« Auf Charitonows Protest hob er drohend den Finger.

Sie gingen im Gänsemarsch. Jetzt nur mit Tasche, Revolver und seinem »Umlaufriemen« ausgerüstet, marschierte der magere Junge sehr aufmerksam, hochaufgerichtet, den Kopf geradeaus, zwischen dem stämmigen leichtfüßigen Oberst und dem gemessen und weitausholend schreitenden Soldaten. Außer den beiden Mänteln, beiden Gewehren, einem Tornister, dem Kochgeschirr und der Feldflasche trug Blagodarjow eine noch unangebrochene Patronenkiste, und ein Pionierspaten schlug gegen seinen Schenkel – und das machte ihm alles nichts aus.

Sie gingen an den vorgesehenen drei Waldquadraten vorbei und bogen dann ab. Gingen noch ein halbes Quadrat weiter. Frühzeitige Dunkelheit breitete sich schon im Walde aus, aber Arsenij bemerkte abseits von der Schneise, etwa zehn Bäume weiter, einen Mann, der auf einem Baumstumpf saß.

»Ho-ho-ho!« Es hallte wie ein leeres Faß. »Da sitzt einer!«

So mußte es wohl überall im Wald sein, hinter jedem Busch konnte jemand auftauchen.

Jetzt sahen es auch die Offiziere. Der andere blieb sitzen. Er schoß nicht. Er lief nicht fort. Er versteckte sich nicht. Aber er stürzte seinen Landsleuten auch nicht entgegen.

Erhob sich. Ging langsam auf sie zu.

Auf der Schneise war es noch hell genug, um zu erkennen, daß er von oben bis unten mit Erde verschmiert war, auch das Gesicht war dreckig, aber es war ein stolzes und strenges Gesicht. Ein Fähnrich. Ebenfalls ohne Säbel. Als er an den Achselstücken den Oberst erkannte, schwankte er einen Augenblick, ob er Haltung annehmen sollte. Er tat es nicht. Nun, sie waren ja im Wald. Er runzelte die Brauen. Sagte langsam, als müßte er überlegen oder als hätte er Stechen in der Brust:

»Fähnrich Lenartowitsch. Regiment Tschernigow.«

Inzwischen hatte Worotynzew unter dem aufgeknöpften Mantel an seiner Brust das Universitätsabzeichen erkannt. Und nach seiner Gewohnheit, jeden Soldaten und Offizier daraufhin abzuschätzen, wie er in seinem eigenen Regiment einzusetzen wäre, versuchte er, auch diesen abzuschätzen. Und dachte dabei flüchtig zu dem gerade Gehörten: Regiment Tschernigow? Ausgeschlossen, daß es sich hier in der Nähe befand. Natürlich war bei diesem Durcheinander alles möglich.

»Sie sind verwundet?«

»Nein.« Es klang mürrisch und unabhängig, aber trotzdem fuhr er fort: »Aber fast getötet worden.«

»Das verstehe ich nicht. Was soll das heißen?« fragte Worotynzew scharf.

Wer ist nicht alles »fast getötet worden«, damit kann man nach dem Krieg den Frauen imponieren.

Lenartowitsch zeigte über seine Schulter zurück:

»Ich hatte die Absicht, in dieses Dorf zu gehen. Aber dort waren schon die Deutschen. Sie haben mich auf einem Kartoffelacker unter Maschinengewehrfeuer genommen, ich weiß nicht mehr, wie ich dort rausgekrochen bin.«

»Und wo haben Sie Ihren Zug?« Worotynzew hatte es eilig. Am grauen Himmel war der Mond im ersten Viertel zu sehen, in diesem Wald war nicht viel Helligkeit von ihm zu erwarten. Und sie durften in der Nacht keine Zeit verlieren. Ein Streifen zerrissener olivenfarbener Wolken zog am Himmel auf, aber er kündigte kein schlechtes Wetter an. Er hatte die Antwort dieses Fähnrichs überhört, vielleicht hätte er seiner Erklärung auch nicht geglaubt, aber schließlich – Größeres verwirrte sich und geriet ins Stürzen als das Schicksal dieses Fähnrichs. In einem eigenen Regiment hätte er sich so jemanden nicht gewünscht, obwohl er sah, daß auch dieser Student trotz seiner Verachtung der Armee zu einem vorzüglichen Soldaten hätte erzogen werden können. Gut gewachsen, der Kopf saß gut auf den Schultern.

Er fragte schnell:

»Bleiben Sie hier? Oder wollen Sie mit? Wir werden durchbrechen.«

Ein kurzes Zögern, dann beteiligter als vorher und absolut entschlossen:

»Wenn Sie erlauben.«

Hart und scharf:

»Ich mache Sie darauf aufmerksam, daß alle Aufgaben und Pflichten bei uns ohne Rücksicht auf den Rang wahrgenommen werden. Es gibt Gesunde und es gibt Verwundete, das ist der einzige Unterschied.«

»Einverstanden. Einverstanden!« Lenartowitsch stimmte lebhaft zu.

Er war doch ein Demokrat und litt besonders unter der Einteilung in »Höhere« und »Niedere«.

»Marsch!« Worotynzew nickte seinen Leuten zu.

Und sie marschierten weiter.

Lenartowitsch war ehrlich froh, daß er offensichtlich in die richtigen Hände geraten war. Nachdem er die grobkörnige Erde an den Kartoffelknollen in den Mund bekommen hatte, nachdem er mit Erde überschüttet worden war, die unter den nahe aufschlagenden Kugeln aufspritzte, nachdem er bereits mit seinem Leben abgeschlossen hatte – dem noch nicht sich erfüllt habenden, kaum begonnenen, vielgeliebten Leben, nachdem er wie ein Wurm rückwärts durch die endlosen Furchen gekrochen war, ohne den Kopf auch nur einmal von der Erde zu heben, war er bis jetzt fast besinnungslos durch den Wald gestreift, taub, die Hände zerkratzt, zitternd, ein Finger verrenkt, er spuckte immer noch Erde, und auch Nase und Ohren waren voll Erde.

Sich gefangennehmen zu lassen – das war noch riskanter als der Kampf bis zum Letzten. So war er, der Krieg: man konnte nicht mehr aussteigen, ihn nicht mehr hinter sich lassen. Und wenn man hier keinen Verdacht gegen ihn schöpfte, ihm keinen Vorwurf machte, wenn man ihm hier versprach, ihn aus dem Kessel herauszubringen – dann mußte er marschieren, schießen, kämpfen. Wenn man ihn hatte töten wollen, fast getötet hatte, dann hatte er das Recht, Gleiches mit Gleichem zu vergelten, anders würde es zu weit führen.

Er sah, daß der Soldat eine Feldflasche trug, seine Kehle war rauh und zum Bersten trocken, aber er konnte sich nicht entschließen, um einen Schluck Wasser zu bitten.

48

Er wurde geführt und wurde gefahren. Seinen Körper bewegte nicht er selbst von Stelle zu Stelle. Er dachte nur nach. Die Schichten waren endgültig eingestürzt, der Staub hatte sich gesetzt, alles war frei und klar – die undeutlichen, unbestimmten Verschiebungen waren zu Ende. Und in voller Klarheit erschien vor ihm die Welt von heute und die aller vergangenen Jahre.

Der beengende Schleier war von seinem Verstand abgefallen und von seinem Herzen der Stein: seit jener Stunde, als er bei Orlau unter die Soldaten geritten war, ihnen gedankt und Abschied von ihnen genommen hatte, seit jener Stunde war ihm der Stein vom Herzen gefallen, und seine Seele hatte ihren Frieden gefunden. Obwohl diese wenigen Soldaten auf dem Hügel bei Orlau ihm nicht für Rußland und die ganze Armee vergeben konnten, hatte seine Seele nach eben *dieser* Vergebung gedürstet. Das weltliche Gericht kümmerte ihn nicht: über einen Hochgestellten wird nicht lange zu Gericht gesessen – er bekommt einen Verweis, wird für einige Zeit in die Reserve geschickt, versetzt, Schande beißt nicht in die Augen*. Und selbst wenn vielleicht eine Untersuchungskommission eingesetzt würde, es wäre vergebens, denn niemand mehr wird sich zurechtfinden, das Ganze entwirren können, dafür war es zu spät. Gott hat es so gefügt, und nicht uns und nicht jetzt ist es beschieden, es zu begreifen.

Nicht mehr als hoher Reiter, sondern auf einem über Wurzeln und Erdhöcker holpernden Karren, Schulter an Schulter mit Postowskij, aber ohne mit ihm zu reden, ja ihn sogar vergessend, hing Samsonow seinen Gedanken nach.

An den Frontstab, an Shilinskij dachte er nicht, er brauchte die Kränkungen und Beleidigungen, die seine Seele noch vor kurzem so geätzt hatten, nicht zurückzurufen. Er suchte nicht nach Beweisen, daß an allem Geschehenen Shilinskij größere Schuld trug als er. Kühl und klar, ohne sich zu grämen, wußte er in seinem Innern, daß Shilinskij es fertigbringen würde, sich auch jetzt herauszuwinden und ungeschoren davonzukommen. Seltsam, daß der Vorwurf der Feigheit aus dem Mund dieses unbedeutenden Menschen noch vor kurzem Samsonow verletzt und seine Entscheidung über ganze Korps beeinflußt hatte.

Vielleicht dachte er: wie schwer es doch für den Zaren ist, würdige Helfer zu wählen. Weil schlechte, eigennützige Menschen emsiger sind als die guten und treuen, befleißigen sie sich ganz besonders, den Herrscher von ihrer vermeintlichen Ergebenheit, ihrer vermeintlichen Tüchtigkeit zu überzeugen. Keiner bekommt so viele Lügner und Betrüger zu Gesicht wie der Zar – und wie sollte er, auch nur ein Mensch, den gottgleichen Scharfblick aufbringen, fremde Finsternis zu durchschauen? Und so wird er zum Opfer der falschen Wahl, und die Eigennützigen zernagen den kräftigen russischen Stamm.

Seine Gedanken hätten einem hohen Reiter angestanden, aber er wurde in einem Karren geschüttelt und gerüttelt.

Die ruhigen allgemeinen Betrachtungen Samsonows flossen dahin, ohne jede Berührung mit den Zielen der Stabsgruppe, die darin bestanden, einen Spalt in dem Kessel zu finden und durchzuschlüpfen. Und als sein Gedankenfluß unterbrochen wurde, konnte er nicht sofort begreifen, was ihm gemeldet wurde: die Straße nach Janowo, auf der sie sich befanden, ist unterbrochen, auf der Chaussee vor ihnen stehen die Deutschen, die die Ausfahrt aus dem Wald unter Beschuß nehmen. Die Offiziere machten den Vorschlag, statt der südlichen Richtung die östliche einzuschlagen, einen größeren Umweg mit dem Ziel Willenberg zu machen, Willenberg ist bestimmt in unserer Hand, dort steht

Blagowjestschenskij. Samsonow nickte, Samsonow hatte keine Einwände.

Sie mußten zurück, verlorene Werst, verlorene Zeit, und bogen dann in eine geeignete Schneise nach Osten ab. Die Wahl der Schneise, die verlorene Zeit und Strecke nahm Samsonow ebenfalls nicht wahr. Eine schützende geistige Wand schien ihn gegen alle auftretenden Fährnisse und den Ärger des äußeren Lebens abzuschirmen. Und je schneller und unabänderlicher der Fluß der äußeren Ereignisse war, desto langsamer der innere Fluß in Samsonows Körper, desto gründlicher klärten sich seine Gedanken.

Er hatte nur Gutes gewollt – aber das, was geschehen war, war sehr schlimm, schlimmer konnte es nicht kommen. Aber wenn er mit den besten Absichten einen solchen Zusammenbruch nicht verhindern konnte – was wird in diesem Krieg erst durch das Wirken der Eigennützigen heraufbeschworen? Und wenn die Niederlagen sich wiederholen – wird es in Rußland nicht zu einem neuen Aufruhr kommen, wie nach dem Japanischen Krieg?

Es war furchtbar und schmerzlich, daß er, General Samsonow, dem Zaren und Rußland so schlecht gedient hatte.

Es ging schon auf den Abend zu, die Sonne sank. Die Offiziere seines Stabs entschlossen sich, wieder nach Süden abzubiegen und dort einen Durchschlupf zu suchen. Der Oberbefehlshaber nickte, nickte, ohne zu überlegen.

Es war eine verhexte Gegend: sie hatten den trockenen hohen Nadelwald verlassen und fuhren jetzt auf sandigen Feldwegen, auf denen die Pferde einsanken, über eine mit Buschwerk bestandene Niederung mit vielen unerwarteten Bächen und Wassergräben, die sie überqueren mußten.

Wiederholt ritt eine Kosakenpatrouille vor, aber gleich hämmerte ein Maschinengewehr, und die Patrouille kehrte zurück: abgesperrt. Auch hier war alles abgesperrt.

Aber was waren das für Kosaken in der den Stab eskortierenden Hundertschaft? Zweite und dritte Garnitur, weichlich, ängstlich, bei den ersten Schüssen saßen sie ab und schlugen sich in die Büsche. Als wäre Rußland auch an Kosaken arm geworden – der Ataman der Siebenstromland- und der Donkosaken hatte nicht einmal hundert Kosaken zur Begleitung!

Der Oberbefehlshaber hatte das Bedürfnis nachzudenken, noch über vieles heute nachzudenken. Postowskij und Filimonow hätten ihm die Führung wenigstens dieser Gruppe abnehmen können, aber beide waren zusammengefallen, der gierig rechthaberische Ausdruck war aus dem Gesicht Filimonows gewichen, er plusterte sich auf und schnaufte, als hätte er die Influenza. In der Nähe des Dorfes Saddek baten die jungen Offiziere den Oberbefehlshaber persönlich um die Erlaubnis zu einer Durchbruchsattacke mit der Kosakenhundertschaft.

Von ihrem Waldsaum bis zu den Hügeln an der Chaussee war es über eine Werst, die offene Gegend nicht gerade günstig, aber die Offiziere bestanden so dringend darauf, wenigstens einmal einen Versuch zu machen, daß Samsonow ihnen die Erlaubnis gab. Wie im Traum, ohne zu überlegen.

Oberst Wjalow versuchte die unbrauchbaren Kosaken zu der Attacke zu überreden, aber sie zögerten, wollten nicht aus dem Wäldchen heraus, meinten, die Pferde seien erschöpft. Darauf sprengte der Stabshauptmann Ducimetière mit einem »Hurra!« und gezücktem Säbel allein auf das deutsche Maschinengewehr zu, Wjalow und zwei andere Offiziere folgten ihm – und erst dann setzten sich die Kosaken in Bewegung. Aber vom ersten Augenblick an war es ein unordentlicher Haufen, sie schossen wahllos in die Luft, johlten und brüllten, weniger um den Feind einzuschüchtern, als um sich selbst Mut zu machen. Aber sobald drei Mann vom Pferd geschossen waren, fünfzig Schritt vor dem Maschinengewehr, machten sie kehrt und schwenkten in ein Seitenwäldchen ein.

Dieser schmachvolle Anblick ließ Samsonow handeln und entscheiden. Er rief alle zurück, untersagte den Offizieren einen weiteren Angriff (nicht mehr zu Pferde) und befahl, wieder nach Norden umzukehren und den Marsch nach Osten, auf Willenberg, fortzusetzen.

Wieder kamen sie in den großen Wald, wo es schon dunkelte, fanden eine steinige Straße und rollten unbehindert, rasch auf Willenberg zu. Aber drei Werst vor der Stadt, als sie in der Dämmerung aus dem Wald herausfuhren, trafen sie auf einen polnischen Bauern, den sie fragten: »Sind viele russische Soldaten in der Stadt?« Er schüttelte den Kopf: »Nein, Herr, dort sind gar keine Russen mehr, dort sind nur Deutsche, heute sind viele Deutsche gekommen.«*

Die Offiziere ließen den Kopf hängen. Sie blieben verzweifelt sitzen. Wo konnte nur das Korps Blagowjestschenskijs sein?

Auch Samsonow setzte sich auf einen dicken Baumstumpf und senkte den Kopf, bis der Bart auf der Brust lag. Wenn der Armeestab zu spät zum Durchbruch ansetzte, was würde morgen die Armee erwarten?

Die Offiziere berieten: man mußte sich nachts irgendwo durchschleichen, die Nacht war die letzte Hoffnung.

Aber Samsonow dachte: das ist Gottes Finger. Wer hatte ihm den Sinn verdunkelt, so daß er seine Armee verlassen hatte? Das ist Gottes Finger.

Und er erklärte mit Bestimmtheit:

»Ich entlasse Sie alle, meine Herren. General Postowskij, Sie übernehmen die Führung des Durchbruchs. Ich kehre zum XV. Korps zurück.«

(Das XV. Korps? Und das XIII. Korps? – gerade in diesen Minuten der Dämmerung, fünfundzwanzig Werst hinter dem Rücken des Oberbefehlshabers, fand die irreparable Vermischung und Auflösung statt.)

Aber sämtliche Offiziere des Stabs ohne Ausnahme umringten den Oberbefehlshaber, und alle ohne Ausnahme brachten verschiedene Argumente vor, indem sie ihm bewiesen, daß sein Entschluß unmöglich, fehlerhaft, absurd, unzulässig und nicht ausgereift sei. Er kommandiere die *gesamte* Armee, er habe dieselben Pflichten gegenüber den Flügelkorps ... dem Frontstab ... Er allein könne in kürzester Zeit die verbliebenen Kräfte zusammenfassen ... Rußland vor dem Eindringen des Feindes bewahren ...

Gestern noch, als sie sich gegen die Vorverlegung des Stabs von Neidenburg nach Nadrau sträubten, hatten sie noch nicht so hartnäckig zu widersprechen gewagt. Aber in diesen Stunden hatte sich manches verschoben.

Samsonow saß auf seinem natürlichen niedrigen Waldthron, hörte sie reden und schloß ab und zu die Augen. Wie fremd ihm alle im Stab waren, alle ohne Ausnahme zufällig zusammengekommen, nach Seele und Geist von fremder Art. Einzig Krymow war jemand, der zu ihm gehörte, aber Krymow war nicht da.

Die Argumente der Offiziere fügten sich lückenlos zusammen, aber er hörte keinen reinen Klang heraus. Er machte ihnen daraus keinen Vorwurf, aber er vernahm, daß sie sich nicht um ihn sorgten und nicht um die Armee, sondern nur um ihre eigene Person: keiner wollte mit ihm zurückgehen, aber ohne ihn durchzubrechen, war für sie dienstpflichtmäßig unmöglich.

Samsonows Kräfte reichten nicht mehr hin, einem Dutzend ihn bedrängender Untergebener sich zu widersetzen. Schlimmer noch: seine Kräfte reichten nicht mehr hin, jetzt allein, nur von seinem Burschen Kuptschik begleitet, in die weite Dunkelheit aufzubrechen, zurück.

Einen dritten Vorschlag, etwa ein Durchbruchsgefecht mit herbeigeholten Kampfeinheiten, machte niemand. Darauf kam keiner. Und es blieb die Frage: *auf welche Weise* hier herauskommen. »Mit dieser Bande kommen wir nicht durch« – das war die einstimmige Meinung über die Kosakenhundertschaft. Man ließ sie ziehen: sie sollten sich auf eigene Faust durchschlagen, der Stab würde zu Fuß weitergehen. Sie hielten das für vernünftig und glaubten, nachts im weglosen Gelände ohne Pferde besser vorwärtskommen zu können. Und die polnische Bevölkerung dieser Gegend stand auf der Seite der Russen.

Samsonow saß auf dem Baumstumpf, den Bart an der Brust, wie geistesabwesend. Der Feldherr, der seine Schlacht verloren hatte, war ruhiger als alle Offiziere seines Stabs.

Er wartete bloß auf das Ende dieser Unruhe, die ihn in seinen Gedanken störte. Er wartete auf die gleichmäßige Bewegung, die ihm erlaubte, ruhig zu denken.

Aber auch als die Kosaken entlassen und die Pferde abgezäumt und freigelassen waren, brachen die Offiziere des Stabs noch nicht zu ihrem nächtlichen Fußmarsch auf, sie hatten noch etwas zu tun. Beim letzten erlöschenden Licht und dem ersten Schein des Mondes konnte Samsonow undeutlich erkennen, daß dort ein Loch in die Erde gegraben wurde und die Offiziere dieses Loch mit dem Inhalt ihrer Taschen und irgendwelchen Dingen füllten. Er sah es, ohne es weiter zu beachten, er fühlte sich nicht mehr als ihr Kommandeur und nicht mehr im Recht, zu befehlen und zu verbieten. Er wartete darauf, daß sie ihn endlich weiterführten.

Aber die kleine, diensteifrig-aufdringliche Gestalt Postowskijs näherte sich und neigte sich zu ihm:

»Exzellenz! Gestatten Sie mir zu bemerken ... Unsere Zukunft ist ungewiß ... Wenn wir in die Hände des Feindes fallen, würden alle Papiere, alle Rangabzeichen ... Weshalb sollten wir ihnen einen solchen Triumph gönnen?«

Samsonow begriff nicht – welchen Triumph noch?

»Aleksandr Wasiljewitsch, alles, was wir jetzt nicht unbedingt brauchen, vergraben wir ... Und merken uns diese Stelle ... Wir wollen später wiederkommen oder jemanden schicken ... Wenn Sie Papiere haben ... Alles, was Ihren Namen verraten kann ... Und auch die Achselstücke ...«

»Achselstücke?!« Jetzt erst begriff Samsonow alles, er keuchte, er brüllte es heraus und erhob sich von seinem

Baumstumpf wie ein Bär, der aus seiner Höhle kommt. Wie ein Bär, der nicht gewohnt ist, auf den Hinterbeinen aufrecht zu stehen, und die Vordertatzen nach vorne hängen läßt, legte er seine Pranken auf Postowskijs schmale niedrige Schultern, weil er seinen Augen, dem schwachen Mondlicht zwischen den Kiefern nicht traute – ja! Auf den Schultern des Stabschefs waren keine Achselstücke mehr. Dort hing nur die abgerissene Lasche.

Und immer noch vornübergebeugt, mit hängenden Pranken, ungelenk nach dem langen Sitzen, ging er auf den nächsten Offizier zu und legte auch ihm die Pranken auf die Schultern – nichts! beim nächsten – nichts!

»Meine Herren Offiziere!« Er nahm Haltung an und sprach mit voller, grollender Stimme: »Sie brechen den Fahneneid! Wer hat Ihnen das erlaubt?!«

Sie standen jetzt alle, wie auf »Stillgestanden«.

Aber sie zeigten keine Reue und baten nicht um Verzeihung. Sie stürzten nicht zu der Grube, um die Achselstücke hervorzusuchen und wieder an den Schultern zu befestigen. Die Jüngeren sammelten sich um ihn und begannen wieder eifrig auf ihn einzureden: der Feind dürfe nicht erfahren, *wer* ihm in die Hände gefallen sei, er müsse denken, man sei ihm entwischt; die Rangabzeichen der ruhmreichsten, höchsten Generale, der toten wie der lebenden, dürften nicht von unwürdiger Hand entweiht werden; für sie gelte dasselbe wie für die Regimentsfahne, die – so man sie nicht retten kann – zerschnitten, verbrannt oder vergraben wird, damit sie nur nicht in die Hand des Feindes fällt. Es ginge ja nicht um die Waffen, sondern nur um Rangabzeichen und Papiere ...

Vielleicht hatten sie recht ... Wie schnell war das alles gegangen: noch vor einer Viertelstunde konnte er einwilligen oder auch nicht einwilligen, überhaupt mitzugehen, das war das einzige, worum sie gebeten hatten, von den Achselstücken war keine Rede gewesen – und jetzt sollte er die Achselstücke hergeben.

Vielleicht sollte er das wirklich. Aber er konnte es nicht!

Und dann Postowskijs ganz nahe, behutsame, schmeichelnde, sorgliche Finger:

»Ich werde Ihnen helfen, Aleksandr Wasiljitsch ... Einen Augenblick ... Gleich ... Den Heiligen Wladimir auch ... Jetzt ist alles ... alles ... Bitte, sehen Sie vorsichtshalber in Ihren Taschen nach ... Vielleicht ist dort etwas ...«

Ein Gefühl, als hätte man ihn nackt ausgezogen ... Ein Gefühl, als würde er degradiert, exekutiert ... Die Uhr? Das Medaillon seiner Frau? ... Das darf bleiben ... Der Säbel des Zaren? – bis in den Tod.

Aber etwas Unwiederbringliches war in diesen zwei Minuten verlorengegangen. Es waren nicht mehr die gleichen Schultern. Nicht mehr die gleiche Brust. Die Kopfhaltung war anders. Überhaupt – er war nicht mehr der Oberbefehlshaber. Deshalb gehorchten sie ihm nicht mehr. Sie gehorchten allerdings schon seit einigen Stunden nicht mehr. Wie die Wilden ihre Gottheit, so wollten sie seine Statue mitschleppen, wie ein goldenes Götzenbild, damit der Fluch nicht ihr Haupt treffe.

Sondern seines.

Aber andererseits waren mit seinen Rangabzeichen auch seine letzten Sorgen von ihm abgefallen. Kopf und Brust waren endgültig frei.

Und schon marschierten sie. Sie gingen im Gänsemarsch, Samsonow in der Mitte, hinter ihm trug Kuptschik die Satteldecke des freigelassenen Pferdes. Im schwachen Mondschein, dort, wo der Wald weniger dicht war, waren die Stämme, das Dickicht, das Reisig und der freie Weg zu erkennen, aber nur in unmittelbarer Nähe, wie auch nur die nächsten Gestalten. Vorne hatten sie einen Kompaß, tasteten sich durch, blieben stehen, um die Richtung festzustellen, und dann mußten alle halten, sie konnten nie geradeaus gehen, einmal mußten sie einen Graben umgehen, einmal eine versumpfte Stelle, dann ein Dickicht – und jedesmal mußte die Richtung von neuem kontrolliert werden.

Jetzt konnte General Samsonow wieder ungestört denken. Endlich, ohne Geschwätz, ohne Unterbrechungen, konnte er alles zu Ende denken.

Aber . . . aber es fand sich, daß nichts mehr zu bedenken war. Nein, nichts mehr. Alles war endgültig entschieden und zu Ende gedacht. Geläutert und ans Licht gehoben. Es blieb ihm nur noch das Erinnern, zur Freude.

Aber nicht die Erinnerungen an die ländliche Kinderzeit in der Gegend von Jekaterinoslaw tauchten auf. Nicht das Militärgymnasium. Nicht die Kavallerieschule. Nicht die vielen, vielen Orte, wo er gedient hatte, die Ereignisse und Dienstgefährten. Alles andere verdrängend, erschien vor Samsonow der Donkosakenheer-Dom auf seinem Hügel, gewaltig, streng, aber mit kunstvoll gesetztem Mauerwerk. Er war in Kleinrußland geboren, hatte zeitweilig in Moskau gewohnt, in Petersburg, in Warschau, in Turkestan und hinter dem Amur gelebt – trotzdem zog es ihn, der gar nicht vom Don war, nach dem breiten Hügel von Nowotscherkassk! *Hier* konnte seine Seele frei weilen! Und nicht auf der oberen Terrasse, wo hochaufgerichtet Jermak steht, sondern auf der unteren, am steilen Christi-Taufe-Weg, wo ein Granitblock sich nur wenig über dem Kopfsteinpflaster erhebt, mit einer Burka* und einer Fellmütze in Erz gegossen, die ihr Herr, Baklanow*, hier soeben abgelegt hatte, bevor er fortgegangen war.

Ins Grab, in die Gruftkirche.

So werden Soldaten begraben.

Wenn es Siege gibt, um sie in Granit zu meißeln . . .

Das Gehen fiel ihm schwer: die Beine hatten das richtige Laufen verlernt, aber am schlimmsten war die Atemnot, er wurde asthmatisch durch das bloße Gehen, ohne jedes Gepäck.

Unser Leib wird einer Prüfung unterzogen, sobald wir unsere über die anderen Menschen erhobene Stellung verlieren, die Mittel zur Fortbewegung und das Bewachtwerden, wenn plötzlich nicht mehr die hergegebenen Generalsachselstücke der Ausdruck deines Wesens sind, sondern dein versagendes Herz, die ungenügende Leistung deiner Lungen, als wären sie zu zwei Dritteln blockiert und zusammengedrückt, und die schwachen, die unzuverlässigen Füße: sie treten unsicher auf, sind steif, stolpern über Erdhügel, Moos und Reisig.

Und du freust dich nicht über den glücklich verlaufenden Marsch, nicht darüber, daß wir vielleicht durchschlüpfen könnten, sondern jedesmal darüber, daß sie vorne halten und es eine Pause gibt und du dich an einen Baumstamm lehnen und Luft holen kannst.

Samsonow hätte sich geschämt, um Rastpausen zu bitten, aber die anderen machten – vielleicht aus Rücksicht – jede Stunde halt und blieben eine Weile sitzen. Kuptschik war sofort zur Stelle und breitete flink die Satteldecke für den Oberbefehlshaber aus. Den schmerzenden Beinen tat das Ausstrecken und die Ruhe sehr wohl.

Aber sie hatten keine Zeit, lange zu sitzen: wie im Flug vergingen die wenigen Nachtstunden, ihre letzte Chance. Gegen Mitternacht senkte sich der Mond und verschwand hinter aufziehenden Wolken, die auch die Sterne verdeckten. Es wurde ganz dunkel, man konnte nichts mehr unterscheiden, nur durch das Knacken, Schnaufen oder Tasten waren sie in der Kette füreinander bemerkbar. Unterdessen wurde der Weg immer schlechter, unter den Füßen schmatzte der sumpfige Boden, undurchdringliches Gestrüpp oder dichte Tannenwäldchen versperrten den Weg. Sie fürchteten, sich nach Willenberg zu verirren. Sie fürchteten, einer deutschen Patrouille über den Weg zu laufen. Sie fürchteten, einander zu verlieren. Hielten dichter zusammen, riefen gedämpft. Pausen wurden keine mehr gemacht. Wenn sie an einen Graben kamen, griffen Kuptschik und ein Kosakenrittmeister Samsonow unter die Arme und halfen ihm hinüber. Schleppten ihn hinüber ...

Der Körper von Samsonow – der war schwer. Nur noch der Körper. Nur der Körper zog ihn in die Schwere hinab, in den Schmerz, in das Leiden, in Scham und in Schande. Die Befreiung von Schande, Schmerz und Schwere verlangte nur das eine: die Befreiung vom Körper. Es war ein freier, ein ersehnter Übergang – wie das erste volle Aufatmen einer beklommenen Brust.

Am Abend noch die Schutzgottheit des Stabs, wurde er gegen Mitternacht zu einem nicht von der Stelle zu bewegenden Mühlstein, zu einem rohen vorzeitlichen Steingötzen.

Schwierig war nur, Kuptschik zu entkommen: er blieb die ganze Zeit hinter dem Rücken seines Generals und berührte ihn am Rücken oder am Arm. Aber als sie ein dichtes Gestrüpp umgangen hatten, überlistete Samsonow seinen Kosaken: er trat zur Seite und hielt den Atem an.

Das Rascheln, Knacken, die schweren Schritte, alles zog an ihm vorbei. Entfernte sich. War nicht mehr zu hören.

Ringsum war es still. Die Stille der Welt, nichts von einer Armeeschlacht. Nur das Wehen des leichten frischen Nachtwindes. Die Gipfel der Bäume rauschten leise. Dieser Wald war nicht feindselig: er war nicht deutsch, nicht russisch, er war Gottes und gewährte jedem Lebewesen Obdach.

Samsonow blieb eine Weile stehen, gegen einen Baumstamm gelehnt, und lauschte den Geräuschen des Waldes. Das nahe Rascheln eines sich ablösenden Häutchens an der Kiefernrinde. Und das reinigende Rauschen der Wipfel unter dem Himmelsgewölbe.

Es wurde ihm immer leichter. Er hatte einen langen Armeedienst hinter sich, hatte sich Gefahren und dem Tod ausgesetzt, er war mehrmals dem Tode nahe, war auf den Tod vorbereitet gewesen und hatte nie geahnt, daß er so einfach ist und eine solche Erleichterung.

Aber der Selbstmord zählt zu den Sünden.

Der Revolver ließ sich leicht, mit einem leisen Knacken entsichern. Er legte ihn auf die Erde, in die umgekehrte

Mütze hinein. Schnallte den Säbel ab, küßte ihn. Ertastete und küßte das Medaillon seiner Frau.

Ging einige Schritte zu einem Platz, über dem der freie Himmel stand.

Der Himmel bezog sich, ein einziger kleiner Stern war zu sehen. Er verschwand, kam wieder. Samsonow kniete auf den warmen Nadeln und betete – da er nicht wußte, wo Osten war – zu diesem Stern.

Erst die gewohnten Gebete. Dann – wortlos: er kniete, schaute in den Himmel, atmete. Dann stöhnte er auf, ungehemmt, wie jegliche sterbende Kreatur des Waldes:

»Herr! Wenn du willst, vergib mir und nimm mich zu Dir. Du siehst: nichts anderes konnte ich, und ich kann nicht anders.«

· 49 ·

(16. und 17. August)

Die Chaussee Neidenburg–Willenberg schien eigens dafür angelegt, den Zusammenschluß der Vorausabteilungen des Generals von François mit von Mackensen zu beschleunigen. Diese Chaussee, die vor einigen Tagen von den russischen zentralen Korps, nichts Böses ahnend, überquert worden war, verwandelte sich jetzt hinter ihrem Rücken in eine Mauer, ein Fischwehr, einen Graben. Nach kurzer Nachtruhe setzten die Vorhuten noch vor Anbruch der Morgendämmerung des 16. ihren Eilmarsch auf Willenberg fort und rieben unterwegs versprengte Einheiten und Trosse der Russen auf. Niemand leistete ihnen Widerstand, und gegen Abend waren sie in Willenberg. Allerdings blieben auf den zurückgelegten vierzig Kilometern lediglich Feldwachen und Patrouillen als Sicherung zurück – die Einschließung blieb zunächst eine punktierte Linie. Über vierundzwanzig Stunden brauchte eine Division von François', um die Chaussee zu besetzen.

Auch von Mackensen ließ starke Vorhuten auf schlechteren Straßen herbeieilen, Tornister und teilweise auch Soldaten wurden, um schneller voranzukommen, auf Zivilfahrzeugen gefahren. Von Norden nach Süden rückte Mackensen ebenfalls auf dieselbe Chaussee zu und schob gleichzeitig Seitenabteilungen vor, auf Ortelsburg und in die Tiefe der Wälder, zur eingeschlossenen Mitte.

Bis zum Abend des 16. war die Zange zwar noch nicht ganz geschlossen, dazwischen lagen rund zehn Werst unwegsamen, undurchdringlichen Waldes, die jedoch von den Russen nicht entdeckt und auch nicht erreicht werden würden. Trotzdem war Hindenburg, als er den Befehl für den 17. August unterschrieb, über den Erfolg der Umfassung noch im Ungewissen: in dem anderen Halbkreis waren die gestern noch heftigen Kämpfe inzwischen abgeflaut. Einige Gefechte an der Landenge zwischen den Seen hatten die Verfolger zum Stehen gebracht. Und hätten die Russen am 16. von außen zum Durchbruch angesetzt, wären die Deutschen nicht in der Lage gewesen, den Ring zu halten.

Aber sie versuchten es nicht.

Durch die punktierte Einkreisungslinie gelangte eine letzte Meldung Samsonows vom Abend des 15. August nach Bjelostok, wo sie am Morgen des 16. einlief, kurz bevor Shilinskij und Oranowskij sich zum Frühstück setzten. Samsonow, dieser Querkopf und Pechvogel, meldete, er habe der ganzen Armee befohlen, auf die Linie Ortelsburg–Mlawa, das heißt fast an die russische Grenze, zurückzugehen. Dieses Schicksal hatte er verdient, es war nicht anders zu erwarten und überdies sehr günstig, daß er die Initiative ergriffen und die Schmach des Rückzugs auf sich genommen hatte, ohne vorher beim Frontstab anzufragen. An diesem angenehmen Morgen (als das Kaschira-Regiment, dem Untergang geweiht, in Hohenstein bereits eingeschlossen war) entschieden Shilinskij und Oranowskij, ihr gestriger Vormarschbefehl an Rennenkampf sei nun überholt, da Samsonow sich bereits zurückgezogen hätte. Sie telegraphierten umgehend: »Zweite Armee an die Grenze zurückgegangen. Weiteren Vormarsch der Korps zur Unterstützung einstellen.«

Aber Rennenkampf war ja auch erst gestern nachmittag in Bewegung gekommen, seine Korps hätten bis zu dem Schlachtfeld von heute hundert Werst Luftlinie zurücklegen müssen, die Kavallerie – siebzig. Deshalb gab er bereitwilligst noch gegen Mittag den Befehl, die Korps sollten heute haltmachen und morgen zurückmarschieren.

Doch eine neue Alarmmeldung erreichte Shilinskij und Oranowskij in Bjelostok. Und um zwei Uhr mittags ging an Rennenkampf ein Telegramm mit dem entgegengesetzten Befehl ab: »Angesichts des scharfen Kampfes an der Front der Zweiten Armee mit den vorgeschobenen Korps und der Kavallerie auf ALLENSTEIN vorgehen.« (Warum ausgerechnet auf Allenstein? Wie konnte man bei vollem Bewußtsein, nicht etwa träumend, ACHT DIVISIONEN in eine Richtung schicken, wo garantiert seit achtundvierzig Stunden niemandem mehr zu helfen war?)

Wie diese stündlich widerrufenen Befehle sich auf die Truppenbewegungen auswirkten, können Menschen mit militärischer Erfahrung sich leicht vorstellen.

Nachdem Shilinskij und Oranowskij über die großen Truppenkontingente fern vom Schlachtfeld verfügt hatten, verzichteten sie auf eine Verschiebung der Flügelkorps in unmittelbarer Nähe der Schlacht, zumal dies unter Umgehung des Armeeoberbefehlshabers hätte geschehen müssen und damit gegen die Dienstordnung verstieße. Außerdem hatte Blagowjestschenskij einen Rasttag eingelegt und könnte höchstens eine Kavalleriedivision in irgendeiner Richtung vorschieben.

Auf diese Weise fiel der Kavalleriedivision des Generals Tolpygo zu, mitten am Tag ausrücken zu müssen. Unterwegs streifte sie das verwünschte Ortelsburg, das gestern noch leer war (und laut Samsonows Befehl um jeden Preis gehalten werden sollte), und von wo seit heute früh geschossen wurde. Deshalb machte die Kavalleriedivision einen Bogen um die Stadt und bewegte sich in dem verlassenen Gelände in der aus unerfindlichen Gründen befohlenen Richtung weiter – bis sich wieder ein Gegner blicken ließ. Es dunkelte bereits, das Gelände war waldreich – Bedingungen, die für die Kavallerie ungünstig sind, und General Tolpygo fand, daß eine baldige Rückkehr zu seinem Korps das beste sei. Und obwohl der Rückmarsch bei Nacht nicht ungefährlich und nicht leicht war, waren sie gegen Morgen wohlbehalten zurück. Auf diesem Ausflug gab es einen komischen Zwischenfall: sie stöberten einen deutschen General, einen Divisionskommandeur auf. Er war im Automobil geflohen, unter Zurücklassung seines Mantels und einer Karte in diesem Mantel, und auf dieser Karte fanden sich Einzeichnungen, wie von Mackensen zur Umfassung der russischen zentralen Korps angesetzt hatte. DIESE KARTE WURDE NICHT WEITERGELEITET (um Scherereien zu vermeiden).

Dem I. Korps dagegen blieb eine solche Ruhe, wie Blagowjestschenskij sie genoß, versagt: so weit es sich auch zurückgezogen hatte, es wurde dennoch in der Nacht zum 16. aufgestöbert, durch einen Hauptmann mit dem Befehl Samsonows, zum Entsatz der vom Gegner eingeschlossenen zentralen Korps sofort auf Neidenburg vorzugehen!

(Wären die dort befindlichen anderthalb Korps SOFORT zum Angriff auf Neidenburg vorgegangen und angesichts ihrer vielfachen Überlegenheit wohl ungehindert gegen Mittag dort einmarschiert – dann wäre nicht nur der Umfassungsring gesprengt worden, sondern auch das Korps von François' in eine enge Zange geraten, wie bei einem Kriegsspiel, mit der akuten Gefahr einer Umfassung von außen.)

Aber auch nachdem der klare Befehl eingetroffen war, konnte das Dutzend zusammengewürfelter Generale aus verschiedenen Divisionen und Abteilungen nicht einfach und unverzüglich zu seiner Ausführung übergehen. Auch Oberst Krymow, den Duschkewitsch als Stabschef eingesetzt hatte, konnte bei den Generalen nichts ausrichten. Es war klar, daß irgend jemand den Befehl ausführen mußte – aber wer? Es fehlte ein rangältester

Vorgesetzter, und deshalb konnte jeder General darauf bestehen, daß nicht ausgerechnet seine Einheit, nicht ausgerechnet unter seinem Kommando, zum Angriff vorgeschickt würde. DEN GANZEN 16. AUGUST feilschten in Mlawa die Generale darum, welche Einheiten eingesetzt werden sollten und wer den Angriff zu führen hatte. Sie kamen zu dem Schluß, das einzige unversehrte Regiment seien die Petrograder Leibgardisten aus der aufgeteilten Gardedivision, es kämen bloß einige Bataillone, Schwadrone und Batterien dazu, deshalb müßte die Abteilung von dem Petersburger General Sirelius geführt werden, dem Kommandeur der Warschauer Garde.

Nach diesen Auseinandersetzungen und Vorbereitungen rückte Sirelius gegen sechs Uhr abends aus, aber nur mit der Vorhut – das Gros sollte nach und nach folgen. Am Abend und in der Nacht legte die Abteilung von Sirelius, von keinem bemerkt oder aufgehalten, dreißig Werst zurück und stieß auf die deutschen Feldwachen erst in der Frühe des 17., fünf Werst vor Neidenburg.

Und am Himmel über ihnen erschien ein deutsches Flugzeug.

General von François hatte bereits zwei Nächte in Neidenburg verbracht, dort zwei Abendbefehle Ludendorffs erhalten und konnte sich ein Lächeln nicht verkneifen: Ludendorff hatte immer noch keine Ahnung von den Einkreisungsbestrebungen, seine Aufmerksamkeit galt Rennenkampf. In der Nacht zum 17. kam von François nicht zum Schlafen, da auf seinen eigenen Befehl die erbeuteten russischen Geschütze auf den Marktplatz gerollt und dort aufgestellt wurden. Von François wachte auf und notierte gelungene Aussprüche für seine Memoiren. Am Morgen dieses »herrlich stolzen Tages« seines Lebens erhob er sich frisch und voll Spannung, frühstückte ausgiebig, nahm Meldungen entgegen, schickte Ludendorff ein triumphierendes Telegramm und trat auf die Treppe hinaus – als Sieger des neuen Cannae, der von ganz Deutschland und sogar von ganz Europa gefeiert werden würde –, um seine Trophäen in Augenschein zu nehmen. Da hörte man am Himmel das Brummen eines Motors: das Aufklärungsflugzeug, das den Rückzug der Russen beobachten sollte, kam zurück. Um den General nicht bis zur Landung und Zustellung warten zu lassen, warf der Flieger seine Meldung exakt auf das Pflaster vor dem Hotel ab. Von François lächelte, lobte. Der Adjutant sprang hin, brachte das Paket dem General, es wurde geöffnet: »Flugzeug . . . Leutnant ... Flugroute ... abgeworfen ... Kolonne sämtlicher Truppengattungen ... Spitze 5 km südlich von Neidenburg, Ende 1 km nördlich von Mlawa ...«

Wie bei jenem Spiel, in dem man durch einen unglücklich gefallenen Würfel aus dem obersten in das unterste, das Ausgangskästchen zurückbefördert wird, sah der strahlende Sieger sofort wie ein strebsamer Schüler drein, der noch alles zu leisten hat. Er gab die Meldung an seinen Stab weiter, wußte aber auch ohne alle Berechnungen, daß eine Kolonne von 30 Kilometern Länge nur ein Korps sein konnte. Eine Eruption von Entscheidungen! Alle Befehle erfolgten mündlich, zum Schreiben war keine Zeit. Zwei Bataillone der Reserve marschieren dem Gegner entgegen und liefern ihm ein Gefecht! Ein weiteres Bataillon hat Wachtdienst? Den Wachtdienst aufheben! Zwei Batterien im Norden der Stadt und keine einzige im Süden? Nach Süden werfen! Keine Truppen von der Chaussee abziehen, der Ring muß bleiben! Russische Gefangene in der Stadt? Nach Norden abführen. Die Landwehrbrigade bei Soldau? Im Eilmarsch hierher vorrücken! Wo ließen sich noch weitere Einheiten abziehen? Eine telephonische Meldung an den Armeestab. Die Stadt wird beschossen, die Verbindung bricht ab. Macht nichts, wir haben genug Automobile und werden die Verbindung wieder aufnehmen. Die ersten russischen Schrapnells über der Stadt. Sprenggranaten schlagen ein. Der Korpsstab hat hier nichts mehr zu suchen. Zurück? Nein, vorwärts! Vormarsch auf der Chaussee nach Willenberg!

Auf der Kühlerhaube – der gelbe Löwe. Der Sohn notiert die Gedanken des Feldherrn. In einem entgegenkommenden Automobil sitzt ein russischer General, der heute im Morgengrauen gefangengenommen wurde. Sie halten, der Russe wird herausgeführt. Er sieht erschöpft aus, die Uniform hat im Wald und unter den Kugeln gelitten, seine Augen irren umher, und die Lippen sind trocken und rissig. Aber er ist schlank und beweglich, das sieht man selten bei russischen Generalen. In seiner Hand hält er ein überflüssiges Stöckchen. Das ist ein korpskommandierender General, und es ist unschwer zu erraten, von welchem Korps: er hatte die ganze Woche von Scholtz böse zugesetzt. Aussteigen, auf ihn zugehen, die Hand drücken, einige tröstende und ermunternde Worte sprechen: ein tapferer General ist vor Gefangenschaft nie sicher.

Als Bote nach Neidenburg geschickt, irrte Martos seit vierundzwanzig Stunden am Rande des Grünfließer Forstes umher, ohne einen einzigen Mann für einen Angriff auf die Stadt, die er vor einer Woche genommen hatte. Die Kosakeneskorte lief auseinander, nahe Schrapnells zwangen Martos zu Boden, und als er nachts an der Chaussee von einem Scheinwerfer erfaßt wurde, da zerbrach er seinen Degen und übergab ihn einem deutschen Offizier.

Aber jetzt vernimmt Martos mit Verwunderung und voll Hoffnung, daß Neidenburg unter russischem Artilleriebeschuß von *Süden* liegt. Vielleicht ist es dann noch gar nicht so sicher, wer wen zuletzt einschließen wird?

Von François: »Sagen Sie, General, wie ist der Name dieses Korpskommandeurs, dem ich die Kapitulation vorschlagen möchte?«

Bis zum Morgen des 17. hatte Ludendorff sich beherrscht, aber dann ausgerechnet am Morgen des 17. meldete er dem Hauptquartier das Gelingen der großen Umfassungsoperation. Eine halbe Stunde später kam der Hilferuf des Generals von François, dann riß die Telephonverbindung ab. Sofort mußte von Scholtz drei auf Verfolgung angesetzte Divisionen zurückrufen, die je 20, 25 und 30 Kilometer zum Entsatz auf Neidenburg marschieren sollten. Und in den folgenden Stunden traf die Meldung ein, daß einige Divisionen Rennenkampfs in Preußen tiefer vorrückten! Und ein Flieger meldete, eine russische Abteilung bewegte sich auf Willenberg zu!

Der Umfassungsring krachte.

Aber General Sirelius blieb zehn Stunden stehen, vor acht Reservekompanien, die vom Wachtdienst abgezogen worden waren, da er warten wollte, bis das ganze Korps heran war. Gegen abend drückte er die Deutschen aus Neidenburg heraus, aber inzwischen war es für den Durchbruch zu den in nur einigen Werst Entfernung eingeschlossenen russischen Truppen zu spät geworden: die Deutschen setzten hundert Geschütze gegen ihn ein und zogen aus allen Richtungen Verstärkung zusammen.

Shilinskij–Oranowskij im fernen Bjelostok erfuhren von all diesen Ereignissen nicht durch Flieger, nicht durch Aufklärung, nicht aus den Meldungen der Truppenkommandeure, sondern durch den fahnenflüchtigen General Kondratowitsch, der noch am 15. ein halbes Dutzend Kompanien zu seiner persönlichen Bewachung der vordersten Linie entzogen hatte und hinter die russische Grenze nach Chorshele geflohen war, wo er den Tag des 16. August in unruhiger Erwartung der berittenen Ordonnanzen verbrachte, die ihm melden sollten, ob wir oder die

Deutschen die Oberhand behalten hätten. In der Nacht auf den 17. konnte er beruhigt feststellen, daß die Deutschen gesiegt hatten. Darauf trat er, da der Augenblick gekommen war, seine Fahnenflucht einfallsreich zu kaschieren, an den Funkapparat, meldete sich als soeben eingetroffen und lieferte dem dankbaren Frontstab jene Angaben über die zentralen Korps, die er sonst nicht erhalten konnte.

Zu ungewohnter Stunde wurden Shilinskij–Oranowskij aus den Betten geholt (vielleicht um dieselbe Zeit, als Samsonow seinen Revolver zum letztenmal in die Hand nahm), und nach einem ruhigen Tag mußten sie jetzt in der Nacht ihrer Pflicht genügen zu retten, zu entscheiden, nach Auswegen zu suchen. Am Vortag hatten sie geglaubt, daß die Verantwortung für die verlorene Operation und die Niederlage der Zweiten Armee nur Samsonow zur Last gelegt werden könne: *er* hatte den Befehl zum Rückzug gegeben. Jetzt aber sah es so aus, als habe Shilinskij sich mit dem Rückzugsbefehl verspätet und als falle ein Teil der Schuld auf ihn. Was tun? Ein Telegramm ohne Uhrzeitvermerk aufsetzen: »Der Höchstkommandierende befiehlt den Rückzug sämtlicher Korps der Zweiten Armee auf die Linie Ortelburg–Mlawa . . .« und es Samsonow nachschicken, damit man jederzeit sich darauf berufen könnte, daß die Verbindung nicht bis zu ihm reichte, daß es nicht ihre Schuld sei.

Und wieder an Rennenkampf: »Erkundungsvorstoß der Kavallerie, um die Lage von General Samsonow zu klären.« Und an Blagowjestschenskij: sich auf Willenberg konzentrieren (ohne direkt zu sagen: BESETZEN). An Kondratowitsch: alle ihm zur Verfügung stehenden Kräfte (seine persönlichen Sicherungseinheiten) bei Chorshele zusammenziehen (wo er sich ohnehin befand), Verbindung mit Blagowjestschenskij aufnehmen und DEN UMSTÄNDEN ENTSPRECHEND HANDELN. An die Flieger: den Armeestab, das XIII. und das XV. Korps irgendwo zwischen Hohenstein und Neidenburg suchen und alle diese Befehle mündlich, auf keinen Fall per Schreiben weitergeben. Und das I. Korps: NACH MÖGLICHKEIT Neidenburg besetzen!

Übrigens könnte es mit dem I. Korps Schwierigkeiten geben: seit dem 8. August liegt uns die Genehmigung des Höchstkommandierenden vor, es auch über Soldau hinaus vorzuschieben. Aber wir haben keinen Gebrauch davon gemacht. Und jetzt kommt es heraus.

50

Wären nicht die übersichtlichen Schneisen gewesen, hätte man nachts in diesem Wald nicht durchkommen können. Aber Zahl und Anordnung der Schneisen entsprachen genau der deutschen Karte, und Worotynzew, der sich ab und zu beim Licht eines Streichholzes auf der Karte oder durch Vorlaufen orientierte, brachte seine Gruppe um das unbewaldete Dreieck herum, genau zu dem einsamen Hof mitten im Wald, den er sich als Ziel vorgenommen hatte.

Ein Forsthaus war es nicht, mehr konnten sie in der Dunkelheit nicht erkennen. Überall stießen sie gegen steife, harte, übereinandergeschichtete oder auch nachgiebigweiche Gegenstände. Später, als sie eine Lampe gefunden und angezündet hatten, bemerkten sie, daß ihre Hosen, Stiefel und auch Hände blutverschmiert waren. Da waren aufgeschichtete Häute, hier wurde geschlachtet. Aber es gab auch einen Brunnen: trinken, sich waschen, trinken! Und es gab Fleisch, gedörrt und geräuchert, mehr als sie essen und mitnehmen konnten, auch etwas Brot fand sich und ein Garten mit Gemüse. Blagodarjow stieß auf einen Satz Queräxte und langer Messer mit hartem Blatt. Er suchte sich etwas aus. Auch Worotynzew steckte sich eine kleine handliche Dechsel in den Gürtel. Beim Suchen und Kramen machten sie nur soviel Licht wie unbedingt nötig, und als sie satt waren, fielen sie um und schliefen, die drei – Worotynzew hielt Wache.

Bei seinem Charakter war ohnehin an Schlaf nicht zu denken: der Durchbruchsplan, die damit verbundenen Überlegungen und Hoffnungen ließen ihm keine Ruhe, und er hätte jetzt, solange das Ende nicht abzusehen war, sich nicht entspannen und einschlafen können. Die Gedanken eilten noch weiter voraus: was und wie er im Großen Hauptquartier berichten würde, wenn er hier herauskommen sollte. Und welche Wirkung es haben würde.

Nicht gegen den Schlaf ankämpfen, sondern seine Ungeduld meistern mußte er. Worotynzew ging auf dem grasbewachsenen weiten Hof auf und ab, der im Oval von dem dichten hohen Wald umstanden war. Der Mond war schon hinter den Wald gesunken und schimmerte nur ab und zu durch seine schwarze Wand, aber über das Oval des Himmels zog ein Streifen leichter flockiger Wölkchen, sie fingen den Mondschein auf und verbreiteten eine unbestimmte sanfte Helligkeit, und gegen diese Helligkeit zeichneten sich die nächsten und höchsten Wipfel einzeln und scharf ab. Weder Form noch Größe noch Geschwindigkeit der Wolken kündigten schlechtes Wetter an – das war günstig! Gegen Mitternacht, als der Mond bereits ganz verschwunden war, bezog sich der Himmel noch mehr, dann klarte es wieder auf. Die Nacht wurde kühler, aber es fiel nur wenig Tau.

In unmittelbarer Nähe ging eine Armee ihrem Untergang entgegen, Regimenter, Divisionen wurden vernichtet – aber kein Artilleriedonner war zu hören. Von Neidenburg und aus Westen, wo jetzt die Deutschen standen, hörte man nicht einen einzigen Schuß – als hätten die Deutschen sich mit dem bereits Erreichten zufriedengegeben, als hätten sie jetzt genug und wären an der Verfolgung nicht interessiert.

Die Sterne wurden weniger. Der tiefe nachtdunkle Himmel wurde grau, und wären die Sterne nicht gewesen, könnte man meinen, er hätte sich bezogen. Es brach die Stunde an, in der es überhaupt keine FARBE gibt, nur das Grau des Himmels und das allgemeine Dunkel ringsumher. Und wenn jemand Grün noch nie gesehen hätte, könnte er es weder an den Bäumen noch am Gras sich vorstellen.

Länger durften sie nicht warten. Worotynzew ging hinein, um die anderen zu wecken. Charitonow war sofort wach, als hätte er nicht geschlafen, sondern nur auf seinen Schritt gewartet. Lenartowitsch zuckte bei der Berührung wie von einem Schlag, stand aber sofort auf. Arsenij brummte, wehrte sich im Halbschlaf, Worotynzew mußte ihn an beiden Schultern rütteln, da wachte er auf, blieb aber noch liegen und atmete tief aus.

Als sie im Gänsemarsch weitergingen, hatten sie auch das mitgenommene Fleisch und Metzgergerät zu tragen. Einen Ast, eine Gestalt oder einen Baumstamm konnte man nur gegen den Himmel erkennen. Alles andere verschmolz dicht und ungegliedert.

Obwohl er nicht lange geschlafen hatte, war Jaroslaws Kopf frischer und klarer als gestern. Von Tag zu Tag fühlte er sich besser, nur die Ohren waren wie eingedrückt, und deshalb war der Wald in seinen leisen Geräuschen verstummt und grob geworden. Schon im Lazarett hatte er bitter bedauert, daß er nicht unter diesem raschen, mit solcher Kombinationsfähigkeit begabten Oberst mit seinem beflügelten klaren Blick dienen konnte. Welche Freude und Befreiung war es für ihn, als er im Wald auf den Oberst stieß und ihm sogar mit der Karte nützlich sein konnte. Um die Armee stand es schlecht, auch um das Regiment, seinen Zug hatte er verloren, aber er selbst hätte nicht in bessere Hände kommen können, um in das einzige gebliebte Leben zurückzukehren, das er gegen nichts hätte eintauschen mögen.

Durch den immer heller werdenden, menschenleeren, wachsam scheinenden morgendlichen Wald gingen sie, nach der Karte die Kreuzungen zählend, zwei Quadrate weiter und bogen in eine neue Schneise ein, die in einen sich verbreiternden, leicht welligen Kahlschlag überging. Es wurde immer heller, bald konnte man hundert, zweihundert Sashenj weit sehen – da entdeckten sie, daß durch den Kahlschlag vor ihnen Menschen gingen. Soldaten. Nicht mit Helmen, mit Mützen. Russen. Sie gingen langsam. Und hatten viel zu tragen. Sie trugen irgend etwas Schweres auf den Schultern.

Es gab keinen anderen Weg, sie mußten an ihnen v[illegible]. Dort vorne hatte man sie auch bemerkt, zwei blieben mit ihren Gewehren zurück, und jeder ging auf einen Waldrand zu, aber Worotynzew hob seine Mütze hoch und winkte. Sie verstanden. Die vier Männer hinten holten schnell und leicht auf. Die acht vorderen stellten zwei Tragbahren auf die Erde.

Geflochtene Tragbahren aus Zweigen und Stangen, mit eingeflochtenen Holzstücken als Füßen, von Bauernhand im Wald rasch mit der Axt gezimmert – Jaroslaw hatte noch nie etwas Ähnliches gesehen und nicht geahnt, daß man so etwas machen kann.

Auf der hinteren Bahre lag ein Toter – ein großer kräftiger Körper. Das Gesicht war mit einem weißen, an den Ecken verknoteten Taschentuch bedeckt, den Achselstücken nach war der Tote ein Oberst. Auf der vorderen Bahre – ein Leutnant, mit einem dickverbundenen Knie unter dem abgeschnittenen Hosenbein. Die zehn anderen waren einfache Soldaten, kein Unteroffizier darunter, alle nicht mehr die Jüngsten, Reservisten. In der graublauen Morgendämmerung konnte man aus der Nähe auch die Gesichter erkennen – mager, mit eingefallenen Wangen, manche mit verkrusteten blutigen Schrunden, alle hatten zerrissene Uniformen. Die acht Bahrenträger hatten zudem nicht wenig zu schleppen: jeder trug sein Gewehr und die schweren Patronentaschen am Gürtel, und nicht nur eine; die beiden anderen Soldaten hatten sich noch mehr aufgepackt.

Woher kamen sie? Wer waren sie? Worotynzew und Leutnant Ofrosímow stellten sich gegenseitig vor, begrüßten einander. Die beiden Arme des Leutnants, seine ganze obere Körperhälfte waren gesund, er konnte kommandieren und schießen, nur nicht gehen. Der pechschwarze, kraushaarige rauhe Leutnant sprach mit einer heiseren Stimme, nicht sehr gewählt und auch ein wenig lustlos, als wäre er des Erzählens überdrüssig, als wären sie unterwegs schon öfters angehalten und ausgefragt worden. Der Leutnant richtete sich auf seiner Bahre halb auf und stützte sich auf den Ellbogen, aber auch so lag er nur wenig über der Erde, und Worotynzew hockte sich zu ihm nieder. Die zehn Soldaten Ofrosimows zogen sich nicht zurück und ließen die Offiziere nicht allein, wie es Vorschrift war, sondern stellten und setzten sich im engen Kreis dazu, als gleichberechtigte Partner, und der eine oder andere warf sogar ein paar Worte ein. (Und Jaroslaw dachte: das ist gut! So müßte es immer mit den Soldaten sein! Wenn man schon den Tod mit ihnen teilt, dann auch alles andere!)

Sie waren alle aus dem Regiment Dorogobush, das vorgestern als Nachhut zurückgelassen worden war. Sie hatten sich *dort* gehalten. Bis zum Anbruch der Dunkelheit. Hauptsächlich mit Bajonetten, denn die Patronen reichten nicht. Die Patronen waren viel zu knapp. (Jetzt wußten sie aus Erfahrung, daß Patronen wichtiger sind als Brot, und hatten sich mit Patronen versorgt, die andere weggeworfen hatten.) Das Regiment ist *dort* geblieben. Von einer Kompanie überlebten vielleicht ein Dutzend Mann. Nicht einmal ein Dutzend ...

Und ihren Regimentskommandeur Kabanow wollten sie nach Rußland tragen. Und in Rußland beerdigen.

Das war alles, was sie erzählten. Der verwundete mürrische Leutnant und die zehn Soldaten. Dabei gehörte dieser Leutnant zu jener Kategorie von Offizieren, die Jaroslaw nicht mochte: er war bestimmt ein Kartenspieler, fluchte entsetzlich und erzählte schmutzige Witze, die überhaupt nicht lustig waren. Aber jetzt ging es nicht darum: wie sehr mußten ihn die Soldaten lieben, wenn sie ihn keuchend, immer wieder absetzend, auf ihren Schultern trugen, was fast über ihre Kraft ging! Das waren Helden! Und was mußte das für ein Gefecht gewesen sein, mit Bajonetten gegen Maschinengewehre und Geschütze! Was konnte nicht alles an diesem Gefechtsverlauf erkannt und erspäht werden, wozu Jaroslaw nicht in der Lage war!

Das war alles, was sie erzählten. Dann blieben sie noch

einen Augenblick im Kreise sitzen und stehen. Gleich, gleich werden sie an ihre Plätze gehen und die Tragbahren aufnehmen: sie hatten verschiedene Durchbruchspläne. Gleich, gleich werden sie auseinandergehen, sie zögerten nur noch diesen einen Augenblick des Vertrauens. (Und Jaroslaw hoffte so sehr, daß sein geliebter Oberst auch diese Dorogobush-Soldaten unter seine Obhut nähme, denn wie sollten sie allein durchkommen? Und dem würde das nichts ausmachen!)

Worotynzew, der selber eine ähnliche blutüberkrustete Schramme am Kiefer hatte, wollte eigentlich nicht diesen Augenblick des Vertrauens festhalten, sondern das fassen, was ihm bis jetzt an der Operation noch nicht endgültig klar geworden war, und breitete die Karte auf den Nadeln und Zapfen aus, seine Hand und seine Gedanken waren schon auf das in der Ferne vernichtete unbekannte Regiment gerichtet:

»Wo war denn eure Stellung *dort?* Welchen Weg seid ihr gekommen? Wieviele Werst?«

Noch vor dem Leutnant antworteten ihm die Soldaten:

»Es werden schon so vierzig Werst sein ...«

»Vielleicht auch drüber ...«

(Vierzig Werst! – mit den beiden Tragbahren! Wie kann man anders, als für solchen Glauben und für solche Kraft alles einsetzen!?)

Mit der Karte konnte auch der Leutnant nicht viel anfangen, er kannte nur Darethen und die Kompaßeinstellung nach Süden, auf jene schmale Landenge zu, die sie auch beim Vormarsch passiert hatten. Alles weitere konnten die Soldaten alle zusammen nicht schlechter erklären: sie waren durch einen Mischwald gegangen, Eichen und Kiefern, alles hügelig; dann hatten sie die Eisenbahnlinie überquert; dann an einem ausgeplünderten Hof vorbei; dann zogen sie lange durch einen Wald und dann über eine bewaldete Landenge; dann kam ein Dorf mit einer Kirche und ein Fluß, den sie durchwaten mußten; und als sie weitergingen, da strömten unsere Truppen zusammen, unübersehbar viele, kreuz und quer, aber ...

Aber diese Soldaten eines vernichteten Regiments fühlten sich nicht mehr zu ihrem Korps gehörig – sie hatten sich für den Rest des Krieges freigekauft. Am Tage Mariä Himmelfahrt waren sie alle gewissermaßen Tote gewesen, und wer heute noch Beine hatte, der konnte frei seines Weges ziehen. Sie hatten mit ihrem ungepanzerten Leben den Rückzug aller anderen gedeckt und waren ihnen nichts mehr schuldig. Sie sprachen all das nicht direkt aus, möglicherweise konnten sie es nicht in Worte fassen, aber es stand hinter dem Ausgesprochenen und vor allem hinter dem Nichtausgesprochenen, das zeigte sich in jener besonderen Beteiligung, mit der sie mit dem fremden Oberst redeten, obwohl ihr Leutnant dabei war, und vor allen Dingen an jenen beiden Tragbahren, die sie ohne zu murren vierzig Werst durch fremde unwegsame Wälder getragen hatten. (Dem Meridian nach waren es dreißig, aber mit allen Kurven und Schleifen über vierzig.) Sie haben sich also ihrem ehemaligen Korps nicht angeschlossen, haben sich offensichtlich an ihm vorbeigeschlichen und ziehen jetzt nach eigenem Plan durch den Wald, aus freier Initiative, ohne von einem Unteroffizier kommandiert und angetrieben zu werden, jedenfalls nicht von Ofrosimow, denn der Verwundete könnte ihnen niemals befehlen, ihn vierzig Werst auf den Schultern zu tragen. Wie immer ihre Beziehungen bis vorgestern gewesen sein mochten – gegenseitige Vorwürfe, Verärgerung, Mißgunst –, der Tag des Todes hatte alles weggebrannt.

Sie sprachen ihr Geheimnis so ungern aus, daß sie erst am Schluß verrieten – vor wem auch sollten sie es jetzt verbergen? –, daß sie die Fahne des Dorogobush-Regiments bei sich hatten. Sie war um den Leib des Leutnants gewickelt.

Jaroslaw spürte ein Würgen im Hals. Er beneidete Ofrosimow: das war echte Nähe zum Volk! darauf hatte er gehofft, als er sich zur Armee gemeldet hatte! Aber sein

Prachtsoldat Kramtschatkin war in Wirklichkeit ein Dummkopf und konnte nicht schießen, und Wjuschkow ein Schelm und ein Dieb. Wenn Jaroslaw es nur gewagt hätte, – er hätte jetzt am liebsten dem Oberst zugeflüstert, ihn am Ärmel gezupft: »Nehmen wir sie doch mit! Das sind große Seelen!«

Aber der Oberst schien selbst darauf zu kommen. Er faltete die Karte zusammen, fragte laut:

»Wann habt ihr denn zuletzt gegessen? Wollt ihr was haben?«

Sie brummten nur, sie wollten.

»Das ist recht, dann haben wir es leichter. Geht mal alle da rüber, unter die Bäume, mit dem Leutnant, hier auf der Schneise ist es nicht günstig. Arsenij, verteil du mal das Fleisch, alles, was wir haben.«

Blagodarjow sah ihn an, verzog die Brauen, räusperte sich – ob er wohl richtig verstanden hatte? Schleppte sein großes Zigeunerbündel ebenfalls dorthin. Kniete davor nieder, knüpfte es auf, schnitt mit seinem Metzgermesser das Fleisch auf und verteilte es.

»Ihr habt ja ganz schön was abgekriegt, man sieht's euch an!«

Die Dorogobusher waren völlig ausgehungert, eine Rinderschulter reichte für dieses Frühstück kaum. Aber es war ja noch mehr da.

Worotynzew war währenddessen zu dem Toten getreten, hatte das Tuch gehoben und schaute das Gesicht an. Jaroslaw wäre auch gerne hingegangen, um das Gesicht des Helden zu sehen, das allem Lebendigen bereits entrückt, aber immer noch in einigen Zügen dasselbe war, mit dem er die Dorogobusher in den letzten Gegenangriff geführt hatte. Aber er wollte sich nicht aufdrängen, es war ihm peinlich.

Der Himmel über den Kiefern wurde immer blauer, dort, wo der Dunst der unaufgelösten Wölkchen hing, färbte er sich rosa. Wieder brach ein stiller heiterer Morgen an, der von keinem Krieg wußte. In der Nähe wurde überhaupt nicht geschossen, man hörte nur etwas dumpf aus der Ferne.

»Ich höre dich reden und denke, daß du aus dem Gouvernement Tambow bist«, sagte zu Arsenij ein älterer Soldat mit einem Bart wie ein runder Strohbesen. »Und aus welchem Kreis?«

»Landkreis Tambow«, antwortete Arsenij in seiner gleichbleibenden Bereitwilligkeit, immer noch kniend.

»Und ich auch!« staunte der Bärtige, aber sehr gemessen. Er benahm sich wie einer, der lesen und schreiben kann. »Und aus welchem Amtsbezirk? Und aus welchem Dorf?«

»Ich bin aus Kamenka!« Arsenij freute sich.

»Aus Kamenka? Von welchem Hof bist du denn?«

»Blagodarjow.«

»Welcher Blagodarjow? Ein Sohn von Jeliséj Nikíforytsch?«

»Stimmt!! Der Jüngste!« Arsenij grinste über das ganze Gesicht.

»So-so«, meinte sein älterer Landsmann beifällig und strich sich bedächtig den Bart, gar nicht wie ein Soldat. »Dann kenne ich dich. Und kennst du Grigórij Naúmowitsch?«

»Aber klar!« Arsenij war fast beleidigt. »Alle reden ihn doch mit ›Vater‹ an, das ist ein Kopf! Und wo kommst du her?«

»Ich bin aus Tugolukowo.«

»Aus Tugolukowo!« Arsenij warf die Arme hoch und blickte um sich, als ob er alle zum Staunen auffordern wollte. »Von dort kommen alle guten Pferde. Wir haben unsere auch dort gekauft.«

»Lunzów bin ich, Kornéj.«

»Ihr habt ja fünfhundert Höfe, da kenne sich einer aus.«

Alle freuten sich und lächelten, weil beide Gruppen jetzt beinahe Verwandte waren. Was ist schon dasselbe Regiment gegen denselben Amtsbezirk.

»Wir haben hier noch einen aus dem Gouvernement Tambow. Hier, Kátschkin!« Lunzow zeigte auf einen etwas verkniffenen Soldaten, der an einen jungen Eber erinnerte, mit breitem Schädel, sehr breiten Schultern, kurzen Armen, massivem Rücken und hoher Brust, aber keinem Weiberbusen, sondern einer Männerbrust, die man ohne weiteres vor einen Pflug hätte spannen können. »Der ist allerdings von weit her – aus Inokowo.«

»Wa-as!« Arsenij winkte. »Aus Inokowo! Von der Worona?*«

»Ja. Hör mal, Awerján, dieser Mann ist aus unserer Gegend.«

Katschkin blickte immer noch von unten, äußerte sich aber anerkennend:

»Der Landsmann ist gut, das Essen auch.« Er kniff seine ohnehin schon kleinen, aber lebendigen Augen zusammen: »Was ist mit deinem Messer – gib es mir!«

»Was willst du damit?«

»Den Deutschen abstechen.«

»Und ich auch!«

»Aber du hast noch mehr davon.«

Arsenij hat tatsächlich nicht nur dieses eine Messer mitgenommen, sondern gleich ein paar, auf Vorrat. Aber doch nicht, um sie an fremde Soldaten zu verteilen! Er blickte zu Worotynzew auf.

Worotynzew musterte Katschkin, seine Brust und den Rücken, um die man einen Faßreifen hätte spannen können.

»Gib es ihm.«

Er stand nicht auf, er streckte nicht den Arm aus, er reichte ihm das Messer nicht herüber – immer noch kniend, etwa acht Schritt von Katschkin entfernt, holte Arsenij aus und warf das Messer an jemandes Schulter vorbei, so daß es genau neben Katschkins Fuß eine vorspringende Kiefernwurzel ritzte und sich steil in die Erde bohrte.

Katschkin rührte sich nicht und zog den Fuß nicht zurück. Er riß das Messer aus der Erde und sagte:

»Ganz gut. Ja, du bist ein echter Tambower.«

Und dann prüfte er die Klinge, gegen das Licht, von der Spitze her.

»Ist jemand aus Kostroma?« fragte Worotynzew.

Nein. Einer war aus dem Gouvernement Woronesh, zwei aus Nowgorod.

Langsam, aufmerksam musterte der Oberst einen nach dem anderen. Ein griesgrämiger Gänserich fiel nicht ins Gewicht. Ein anderer, der freundlich und hilfsbereit wirkte, schien förmlich darum zu bitten, aufstehen, melden, antworten zu dürfen.

»Und woher kommst du?«

»Gouvernement Archangelsk, Euer Hochwohlgeboren, Kreis Pinega. Bei uns ist das Kloster Artémij des Gerechten, vielleicht haben Sie davon gehört?«

»Bleib nur sitzen.« Dann fiel sein Blick auf einen großäugigen Reservisten mit einem jener Bärte, gegen den nur eine Egge ankommt. »Und du?«

Der antwortete ruhig, wie bei einer Unterhaltung:

»Aus der Gegend von Olonez.«

Er aß bedächtig. Und bewegte auch die Augen langsam.

Worotynzew sah besorgt aus.

»Satt? Wasser gibt es auch, in einem kleinen See ein Stück weiter. Und wie ist es mit euren Füßen?« Sie antworteten, doch er achtete nicht mehr darauf. Er sagte, nicht kategorisch: »Wenn ihr wollt, könnt ihr mitkommen.«

Charitonow strahlte. Es hätte ja auch gar nicht anders sein können.

»Den Durchbruch werden wir heute nacht versuchen müssen«, Worotynzew wurde immer ernster und wandte sich bei seinen Erklärungen nicht an den Leutnant, sondern blickte in die Gesichter der Soldaten, vor allem auf den Olonezer, auf Lunzow und auf Katschkin. »Noch heute nacht. Wir müssen die Chaussee überqueren. Das wird schwierig werden. Und jenseits der Chaussee werden wir im gestreckten Galopp rennen müssen.«

Der gescheite Lenartowitsch mit seinem hocherhobenen Kopf saß auf einem Baumstumpf abseits und starrte Worotynzew erschrocken an: er war voreilig gewesen mit seiner Meinung, Worotynzew sei ein kluger Mann. Oder war er übergeschnappt? Wenn sie jenseits der Chaussee laufen müssen – wozu dann diesen Leutnant auf seiner Bahre mitschleppen? Und erst die Leiche, was für ein idiotischer Hokuspokus? So werden sie alle zusammen abgeknallt. Sollen denn die Lebenden für die Toten sterben? Wird Worotynzew wirklich sie so einfach mitnehmen?

Aber Jaroslaw begeisterte sich gerade daran, an dieser nicht berechnenden Hartnäckigkeit, die so rührend war: daß sie ihren Regimentskommandeur auch als Toten nicht auf fremder Erde verlassen wollten! Er verstand auch Worotynzews Unsicherheit: eine merkwürdige Gruppe, sie fiel aus der Armeeordnung heraus, das Verbindende war nicht Subordination, sondern Vertrauen, sie wurde nicht von Leutnant Ofrosimow kommandiert, sondern sie kommandierte sich gleichsam selbst, deshalb mußten die Soldaten gefragt werden.

Worotynzew sah in die Runde. Die Soldaten schwiegen.

Ja, natürlich, Lenartowitsch begriff, der Haken war, daß Leutnant Ofrosimow auf dem ganzen Marsch nicht gut den Befehl geben konnte, den toten Oberst liegen zu lassen, ihn selbst aber weiter zu tragen: wenn man an solcher naiven Überzeugung rütteln würde, könnte schließlich auch er selbst davon betroffen werden. Aber Worotynzew war durchaus in der Lage, die Bestattung des Obersten zu befehlen, und man müßte sich dann sehr überlegen, ob man auch den Leutnant noch mitnehmen sollte.

Auf Baumstümpfen, direkt auf der Erde oder auf ihren Mantelrollen saßen die Dorogobusher, wie es gerade kam, wie eine versammelte beratende Dorfgemeinde – wären nicht die beiden Gewehrpyramiden gewesen. Und Worotynzew – der tatkräftige, sichere, unbeugsame Oberst – stand plötzlich ganz locker da, breitbeinig, ließ die Arme hängen und sah unter seinem Mützenschirm hervor. Er blickte zu den Dorogobushern hinüber. Und schwieg.

Auch die Soldaten schwiegen. Nicht alle blickten zu dem Oberst auf, einige sahen zu Boden, andere zu den abseits stehenden Tragbahren hinüber.

Als der Oberst, nachdem er noch einmal alle angesehen hatte, den Blick auf Kornej Lunzow ruhen ließ, strich der über seinen grauen Strohbesenbart, der sich mit einer Hand gar nicht packen ließ, und fragte bedeutungsvoll:

»Wieviel Werst sind es denn noch bis Rußland, Euer Hochwohlgeboren?«

Was diese Vogelscheuchen immer mit ihrem Rußland haben! Als ob die Deutschen nicht auch dorthin kommen könnten! Sie kapieren nicht, was ein Maschinengewehr ist, kennen nur ihre Werst. Sollte der Oberst nachgeben, müßte Sascha sich selbständig machen.

Und der kleinohrige Katschkin warf einen Wurzelknochen aus einer Hand in die andere. Einmal so – und einmal so. Einmal so – und einmal so.

Worotynzew prüfte wieder die ruhigen Seeaugen des Olonezers – und die Unsicherheit war gewichen, er richtete sich auf und kommandierte vernehmlich:

»Gut, wir brechen auf! Fähnrich!« Er kniff die Augen zusammen und blickte auf Lenartowitschs stolz erhobenen Kopf. »Wir beide lösen zwei Träger ab, bei dem Gefallenen.«

Jetzt hatte er ihn festgenagelt. Das hier war ein albernes Spiel, aber seine Lage war ausweglos, und er konnte sich nicht widersetzen. Sascha schüttelte den Kopf, als traute er seinen Ohren nicht. Zuckte mit den Schultern. Erhob sich langsam. Ging zögernd auf die Tragbahre zu. Eine Trauerprozession. Diese Idioten.

»Ich auch!« Charitonow stand stramm, er war sehr unruhig, aber Worotynzew machte eine abwehrende Handbewegung.

Worotynzew und Lenartowitsch packten gleichzeitig die

Vorderstangen – und hoben die Bahre auf, indem sie, der eine besser, der andere schlechter, auf die Bewegung der beiden Hintermänner sich einstellten. Sie waren gleich groß und hielten gleichen Schritt mit den anderen, damit die Bahre nicht schaukelte. Zu viert war sie nicht sehr schwer, aber unbequem, und man stolperte oft.

Obwohl der Oberst ihn gestern unfreundlich und offensichtlich mißtrauisch aufgenommen hatte, hielt es Sascha nach dem letzten Abend und nach dieser Nacht für eine glückliche Fügung, daß er den beiden begegnet war. ER könnte vielleicht wirklich durchkommen. In diesen zermürbenden Stunden, da Bewegung und Gefahr alle Kräfte absorbierten, war es beruhigend und einschläfernd, einem erfahrenen Willen sich zu überantworten: weder zu suchen, noch sich Gedanken zu machen, sondern auf Befehl zu marschieren und zu handeln. Zudem konnte Sascha gleich nach den ersten Minuten feststellen, daß dieser Oberst mit seiner klaren Stirn einen unter Offizieren sehr seltenen Typ vertrat: er war ein, wie es schien, wirklich gebildeter und intelligenter Mensch. Andererseits, wenn er wirklich gebildet war und auch noch Befehlsgewalt hatte – wie konnte er dann dem dunklen, dumpfen Willen dieser unzivilisierten Reservisten aus den finsteren Ecken Rußlands willfahren? Mochten sie noch die Fahne als etwas Wichtiges retten wollen – diesen Staatslappen, den kein Mensch braucht und über den jeder längst lacht, sie wog wenigstens nichts und bot Ofrosimow einen günstigen Vorwand, sich selber schleppen zu lassen. Aber:

»Herr Oberst! Warum einen Toten mitschleppen? Das ist doch primitiv.«

Sie gingen als erste, hören können hätte sie nur jener dritte Kopf dicht über ihren Schultern, der, mit dem Nakken nach unten, bei jedem Schritt schaukelte.

Worotynzew antwortete nicht.

»Was hat das mit dem modernen Krieg zu tun?« Sascha wurde dreister.

Er hatte lebendige, kluge Augen, vor denen eine platte Kommißparole nicht angebracht war. Aber Worotynzew verfügte über ein Register, das auch solche Augen blinzeln ließ:

»Der moderne Krieg erwartet Sie an der Chaussee, Fähnrich. Sie sollten vorher überlegen, womit Sie schießen werden. Mit Ihrer Knallbüchse werden Sie nicht viel ausrichten.«

Vielleicht war das richtig, aber es war trotzdem ein Ausweichen. Und Sascha kam hartnäckig auf das Hauptproblem zurück:

»Jetzt zwingen Sie mich, diese Leiche zu tragen, später befehlen Sie noch, daß ich diesen Leutnant tragen soll, dem ich am Gesicht ansehen kann, daß er zur ›Schwarzen Hundertschaft‹ gehört.«

Sascha rechnete damit, daß der Oberst in Zorn geraten würde. Nein. Er antwortete wieder kurz und anscheinend mit anderem beschäftigt:

»Ich werde es befehlen. Differenzen zwischen den Parteien sind wie Schaum auf dem Wasser.«

»Differenzen zwischen den Parteien, sagen Sie? Die sind Schaum?« Sascha war verblüfft, er stolperte und wand sich unter seiner Stange. Zwei oder drei Wege der Widerlegung boten sich sofort an, aber der beste war der Angriff: »Und die Differenzen zwischen Nationen? Die sind kein Schaum? Wir führen doch deswegen Krieg! Welche Differenz ist denn überhaupt wesentlich?«

»Zwischen Anständigkeit und Unanständigkeit, Fähnrich«, antwortete Worotynzew noch knapper. Und griff mit der freien Hand nach der Kartentasche, öffnete sie und blickte beim Gehen abwechselnd auf den Boden und auf die Karte.

Es ging ihm nicht nur um das Prinzip, eigentlich überhaupt nicht um das Prinzip – es war vielmehr gar nicht so einfach, es war sogar sehr schwer, unter dieser Bahre zu gehen, es war, als läge ein Mensch mit doppeltem Gewicht darauf, die Stange schnitt in die Schulter, sie drückte Sascha zu Boden, und schon rief der Soldat hinter ihm:

»Etwas höher, Euer Wohlgeboren!«

Sascha hatte sein Leben lang sein Gehirn trainiert, das war das Wichtigste, und für den Körper keine Zeit gehabt. In den letzten Tagen war er noch mehr von Kräften gekommen. Er trug jetzt die Bahre mit zusammengebissenen Zähnen und faßte einen Baum ins Auge, wo er bitten wollte, ihn abzulösen. Und nahm sich doch immer wieder eine weitere Strecke vor.

Unterdessen öffnete sich links eine Lichtung, und die Sonne, die schon fast über den fernen Wipfeln stand, schlug ihnen entgegen. Dann kamen sie wieder auf eine Schneise, die von dichtstehenden Kiefern dämmrig war. Die Schneise führte bergan, immer höher, das Tragen wurde noch beschwerlicher, das Herz hämmerte, und der Oberst ließ auch noch von der Schneise abbiegen und noch steiler steigen, direkt durch den Wald, zwischen den Kiefern, freilich, sie standen hier nicht mehr so dicht, ohne Unterholz, das Reisig war aufgelesen, und überall dehnte sich der weiche Teppich aus Tannennadeln, der nur durch die Zapfen nicht ganz eben war. Auf dem Hang konnte Sascha unmöglich um Ablösung bitten, und so hielt er weiter durch. Und als sie oben waren, kurz vorher, befahl der Oberst von sich aus:

»Halt! Tragbahre absetzen!«

Sie befanden sich in der Tiefe des Waldes auf einer offenen Anhöhe, seitlich von der Morgensonne beschienen. Die Kiefern standen hier weit auseinander, trugen auf bronzenen, manchmal leicht gebogenen Stämmen, auf hochansetzenden ausgebreiteten Ästen große luftige großnadelige Kappen. Die frühe Sonne erwärmte schon die Stämme und würde auf ihrer ganzen Bahn diese Stelle nicht mehr verlassen. Die Eichhörnchen mußten diesen Platz lieben, und im Frühling tummelte sich allerlei Getier auf dem ersten trockenen Flecken Erde: hier taute der Schnee am schnellsten, und das Wasser floß gleich ab. In ihrem Rücken, von wo sie gekommen waren, fiel der Hügel über einen langen weiten Hang in eine ebenfalls geräumige Senke ab, hier könnte man über die sauberen Nadeln zwischen den sauberen Kiefern einfach herunterrollen.

Auf dieser Anhöhe erhob sich noch ein einzelnes Hügelchen. An seinem Fuß wurden die Tragbaren abgestellt.

Worotynzew gab keine Erklärungen, er blieb eine Weile stehen, sah sich um und gab den anderen Gelegenheit, sich ebenfalls umzusehen. Und dann sagte er zu den Dorogobushern, nicht mehr zögernd und auch nicht bittend, sondern bestimmt:

»Kinder! Wir werden Oberst Kabanow hier zur letzten Ruhe betten. Einen besseren Platz kann man nicht finden. Und die Deutschen sind keine Unchristen.«

Und er blickte jeden Soldaten an, immer wieder. Und fügte leise hinzu:

»Anders geht es nicht. Sonst kommen wir nicht raus.«

Was unten im Kahlschlag nicht ausgesprochen und angenommen werden konnte, im Grau der Morgendämmerung, bei der ersten Begegnung, das konnte hier, auf der heiteren Anhöhe, im freundlichen Morgenlicht, in dem ersten aufsteigenden warmen Harzgeruch, von dem Mann, der selbst die Bahre mitgetragen hatte, angenommen und gutgeheißen werden. Jenen düsteren Schatten auf den Gesichtern (ein Gefühl der Schuld? Waren sie schuld? Waren sie schuld, weil so viele starben und sie nicht?) – diesen Schatten hatte der Oberst vertrieben. Und es war kein Widerstand auf den Gesichtern.

Der Soldat aus Olonez nahm seine Mütze ab und wandte sich nach Osten; er betete stumm, schlug dann mit aller Hingabe ein Kreuz; verneigte sich tief und erklärte:

»Gott wird vergeben.«

Einige andere Soldaten bekreuzigten sich ebenfalls.

Worotynzew rief, ohne einen Augenblick zu säumen:

»Arsenij, wo hast du deinen Spaten? Fang an. Hier.« Er zeigte auf das Hügelchen.

Zu allem gerüstet, auf alles vorbereitet und zu allem bereit, schnallte Blagodarjow unverdrossen seinen Pionierspaten ab, als wäre er nur dieser Arbeit wegen hierhergekommen, ging auf den Hügel hinauf – dort wäre auch für alle Platz gewesen –, kniete hin, damit wenigstens die Beine etwas kürzer wurden, und stach an einer Stelle ohne Baumwurzeln in die Erde ein.

Auch bei den Dorogobushern fanden sich zwei Spaten. Katschkin, der unter ihnen als erster zum Handeln bereit war, rollte wie ein schwerer Ball heran, kniete ebenfalls hin und hieb in die Erde ein und warf sie beiseite, hieb und warf – mit wilder Kraft, ohne Atempause.

»Du packst aber richtig zu, Katschkin!« lobte Worotynzew.

Katschkin hielt inne und grinste, immer noch kniend.

»Katschkin, Euer Hochwohlgeboren, kann es ganz verschieden machen. Ich kann auch so . . .«

Und plötzlich stocherte ein dicker kranker Mann, linkisch und nach Atem ringend, mit letzter Kraft in der Erde herum und hatte jedesmal kaum eine Spitze voll auf dem Spaten.

»Und nichts kann man mir beweisen!« Seine stechenden Eberäuglein blitzten auf. Und er begann gleich wieder zu graben, daß die Erde nur so flog, als wäre hier jener selbsttätige Spaten am Werk, der im Märchen über Nacht Paläste erbaut.

Einmal so – und einmal so konnte Katschkin. Einmal so – und einmal so.

Lunzow ging mit einem anderen Soldaten in den Wald, um Zweige zu schlagen und einen Deckel zu flechten, damit aus der Bahre ein Sarg würde.

Dieser Wald war so riesig, daß der Krieg, der um ihn herum tobte, während der ganzen Woche nicht bis in diese Tiefe gedrungen war: weder als Schützengraben noch als Granattrichter, als Wagenspur oder auch nur als weggeworfene Patronenhülse. Ein friedlicher Morgen brach an, der warme Harzgeruch wurde stärker, zur Ruhe gekommene Augustvögel zwitscherten gedämpft oder flogen still von Baum zu Baum. Auch die Menschen fühlten sich völlig ungefährdet und frei: es schien ihnen, eine Umfassung gebe es nicht, und sie könnten gleich nach der Bestattung nach Hause gehen.

Das Grab war ausgehoben. Auch der Deckel für die Bahre war fertig.

Aber sie mußten den Toten doch irgendwie einsegnen? Wenigstens einen Abschnitt aus der Totenmesse lesen? Worotynzew hatte viele Totenmessen gehört, aber er konnte nichts daraus wiederholen oder den anderen etwas zeigen, das war nicht Sache eines Offiziers, sondern eines Geistlichen, er hatte nichts davon behalten.

Seinen unschlüssigen Blick fing Arsenij auf, der neben ihm stand und sich reckte. Er fing den Blick auf – und wußte sofort Bescheid, dank der ihm eigenen, durch keinerlei Bildungsgang entwickelten, ihm angeborenen Auffassungsgabe. Außerdem hatte sich in diesen drei unendlich erfüllten Tagen zwischen ihnen ein wortlos abgesprochenes Verstehen eingestellt, das unter anderen Umständen zwischen einem Oberst und einem Gemeinen unmöglich gewesen wäre, besonders bei einem gewissen Altersunterschied. Auch jetzt, mit keinem Wort dazu aufgefordert, ohne ein einziges Wort der Frage, eines Vorschlags, nahm Arsenij, der schon so viele verschiedene Gesichter gezeigt hatte, je nach Art seiner Tätigkeit, ein neues Aussehen an: er wirkte größer, würdiger, eine wer weiß wo gesehene und nachgeahmte Strenge und Gewichtigkeit lag auf seinem Gesicht und in seiner Stimme.

Er nahm die Mütze ab und warf sie hinter sich, ohne hinzusehen. Er fragte alle, ohne einen Bestimmten zu meinen, wie jemand, dem Macht gegeben ist, mit einer getragenen, nicht mit seiner gewöhnlichen Stimme:

»Wie hieß der Entschlafene?«

Aber die Soldaten wußten es nicht, für Soldaten muß das

»Hochwohlgeboren« genügen. Keiner hätte es gewußt, wenn Ofrosimow nicht dabeigewesen wäre. Von seiner Bahre aus, fast vom Boden, antwortete er dem über ihn erhobenen unteren Dienstgrad:

»Wladímir Wasiljewitsch.«

Darauf schritt Blagodarjow auf den Toten zu, bückte sich, nahm das Tuch von dessen Gesicht – vor fünf Minuten hätte er das nie gewagt. Mit hochaufgerichtetem Kopf und vorgewölbter Brust wandte er sich nach Osten, der Sonne entgegen – und intonierte mit reiner starker Stimme wie ein Diakon bis zu den höchsten Wipfeln der Kiefern hinauf:

»Lasset uns in Frieden beten zu dem Herrn!«

Das war so gebieterisch, so stark und so echt, daß eine weitere Aufforderung nicht mehr nötig war – der Olonežer, Lunzow und noch zwei oder drei Soldaten hatten es sofort verstanden und machten mit, bekreuzigten und verneigten sich nach Osten, jeder dort, wo er stand.

»Herr, erbarme Dich!«

Als Stimmführer, am kräftigsten, sang Arsenij, der aus dem Diakon zur ersten Stimme des Kirchenchores geworden war. Und dann wechselte er wieder in die saftige volltönende Diakonstimme, mit einem erstaunlichen Gefühl für Rhythmus, Intonation und Rezitativ. Worotynzew konnte es vorher nicht wiederholen, aber jetzt erkannte er mit Gewißheit:

»Um das ewige Angedenken Deines Knechts Wladimir, um seine ewige Ruhe, ewigen Frieden, seliges Angedenken, lasset uns beten zu dem Herrn!«

Und jetzt, ergriffen, stellten sich alle, auch die Offiziere, um den Toten, mit entblößtem Haupt und den Blick nach Osten:

»Herr, erbarme Dich!«

Wie vielseitig und vielumfassend ist jeder Mensch, zum Beispiel dieser junge Bauer aus einer entlegenen Ecke des Gouvernement Tambow: drei Tage zieht man zusammen mit ihm durch den Tod und verliert ihn später aus den

Augen, für immer, ohne erfahren zu haben, ohne darauf gekommen zu sein, ohne sich je darüber Gedanken zu machen (wenn nicht durch diesen Zufall), daß er im Kirchenchor singt, und nicht das erste Jahr, daß er sich im Gottesdienst auskennt, daß das in seinem Leben viel bedeutet, daß er das alles liebt – man kann es an der Genauigkeit erkennen, mit der er jeden Ton und jede Pause bringt und richtig betont:

»Auf daß er ohne die Last seiner Schuld vor den allerhöchsten Thron des Herrn der Herrlichkeit trete, lasset uns beten zu dem Herrn!«

Sie trugen auch Ofrosimow hierher und stellten ihn auf seiner Bahre mit dem Gesicht nach Osten. Er saß, bekreuzigte sich und sang. Auch Charitonow sang mit, der jetzt das geheimnisvolle Gesicht des Helden gesehen hatte, er spürte, daß ihm die Tränen kamen, aber es waren befreiende Tränen.

»Herr, erbarme Dich unser!«

Und die Stimme des Diakons tönte weiter, ohne sich durch den fremden Wald stören zu lassen:

»Auf daß der Herr seine Seele aufnehme in die Gefilde des Lichts, in die Gefilde ohne Mühsal, in die Gefilde des Friedens, wo alle Gerechten weilen!«

Das Gebet begann sich zu erfüllen: für den Leib war soeben solch ein lichter friedlicher Ort bereitet worden.

Alle standen mit dem Gesicht nach Osten und sahen jeweils den Rücken des anderen, nur der letzte, hinterste, der kein einziges Mal mitgesungen und nur mit einem schiefen mitleidigen Lächeln die Mütze gezogen hatte, wurde nicht gesehen – Sascha Lenartowitsch. Dafür stand vor aller Augen der sich tief beugende und wieder aufrichtende biegsame starke Rücken Blagodarjows, der nur deshalb nicht breit wirkte, weil er so lang war. Frei und von Herzen kommend waren die Kreuzzeichen, die sein starker langer Arm schlug, zur Arbeit wie zum nächtlichen Kampf ums Leben bereit:

»Um Barmherzigkeit und das himmlische Reich und um die Vergebung auch unserer Sünden bittend, überantworten wir ihn, uns, unsern Nächsten und unser ganzes Leben in Christi Hand!«

Höher als die Sonne, höher als der Himmel, unmittelbar vor dem Thron des Allmächtigen brachten die vierzehn Männer wie eine einzige Stimme den bewährten Sang dar, nicht mehr Bitte, sondern Opfer und Selbstverzicht:

»Dir, Herr! . . .«

51

Nachdem sie die Führungsspitze verloren hatten, nachdem die Truppengliederungen aufgelöst waren, wälzten die Russen sich über die volle Breite der Waldwege und auch über die Ränder hinaus, in der Tiefe des Waldes noch ruhig vorwärts. Aber sobald sie auf eine Schneise, eine Lichtung, auf einen Wiesen- oder Feldstreifen zwischen zwei Waldabschnitten stießen oder auf ein Dorf marschierten, trafen sie sofort auf deutsches Feuer. Eine Schießerei zog die andere nach sich: manchmal verwechselten sie Freund und Feind und beschossen die eigenen Leute.

Im Morgengrauen des 17. August stieß die Spitze der ungegliederten Kolonne, die gestern noch das XIII. Korps gewesen war, zum Waldrand vor und wurde dort, fünfhundert Schritt vor dem Dorf Kaltenborn, von Geschütz- und Maschinengewehrfeuer empfangen. Ein bestätigtes Korpskommando gab es nicht, aber Oberst Perwuschin, der bei der Vorhut war, brachte mit Unterstützung einiger Freiwilliger aus verschiedenen Einheiten einige Geschütze am Waldsaum in Stellung und ging selbst mit einer zusammengezogenen Kompanie unter der wehenden Fahne des Newa-Regiments zum Angriff auf das Dorf über. Die Deutschen flohen und ließen vier Geschütze zurück.

Aber die eroberte Waldwiese von Kaltenborn war nur eine Werst lang und eine Werst breit, dann kam wieder Wald. Und nach weiteren zwei Werst mußten sie wieder auf eine Lichtung hinaus, wieder zu einem Dorf und gerieten unter Beschuß, der diesmal genau auf Schneise und Straße eingestellt war. Michaíl Grigórjewitsch Perwuschin, dessen soldatischer Eifer im Dienst und mit dem Alter nicht nachgelassen hatte, wurde zur Seele auch des nächsten

Durchbruchs. Er war so sehr mit seinen Soldaten verschmolzen, daß er sie nie zu etwas Unmöglichem geführt hätte, wenn er sie aber führte, dann konnten sie nicht anders als ihm folgen. Die Vorhut Perwuschins bestand aus den Resten des Newa-, Koporskij- und Swenigorodskij-Regiments. Zwei nicht komplette Batterien folgten ihnen, darunter auch jene Tschernegas.

Wieder brachten sie ihre wenigen gefechtsfähigen Maschinengewehre und Geschütze in Stellung, eröffneten überraschend laufendes Feuer – und gingen wieder zum Angriff über. Wieder lief Perwuschin als Erster und empfing eine Bajonettwunde. Die unerwartete Attacke der Russen war auch hier so energisch, daß die deutsche Sicherungseinheit, ein ganzes Regiment, die Flucht ergriff, wobei sie viele Maschinengewehre und zwanzig Geschütze, zum Teil marschbereit, stehenließen.

In solchem Kriegswerk, wie unsere Ahnen es zu nennen pflegten, verging der ganze Tag der Vorhut Perwuschins. Der Weg aus der Umfassung war noch lang, eine Werst nach der anderen, eine Sicherung nach der anderen, Sperren, Stacheldrahtverhaue, die Maschinengewehre an den Schneisen und die Geschütze an den Wegen lauerten auf ihre ungeordnet zusammengedrängten Opfer. Kaum wagten die Russen sich vor, um zu spähen oder sich einzuschießen, wurden sie schon von den Deutschen mit Feuer aller Art zugedeckt.

Mit jedem Erfolg wurde die Lage der Russen schwieriger: nachlassende Leistungsfähigkeit, wachsender Hunger und Durst (alle Brunnen waren zerstört), weniger Granaten und Patronen, mehr Verwundete, stärkere Sicherungen und nur eine einzige Hoffnung – Bajonettangriff.

Es war schon längst über Mittag. Die am Morgen noch menschenreiche Kolonne schmolz zusammen. Die Menschen, dem Wahnsinn nahe, verloren die Hoffnung und den Sinn für vernünftiges Handeln.

Vor dem letzten Vorstoß befahl Oberst Perwuschin, der

bereits zum zweitenmal, wieder mit Bajonett, verwundet worden war, dem Unterfähnrich, . . .

Bild

= der die Regimentsfahne trägt, sie ist jetzt eingerollt.
Er ist ein Mensch, der sich nie von ihr trennen und mit ihr sterben würde.

= Perwuschin, die eine Wunde ist verbunden, die andere nicht, winkt mit der gesunden Hand: nimm sie ab!

Sie werden beschossen. In der Nähe schlagen Granaten ein.

= Die Fahne trägt das Georgskreuz. Es ist in die
Spitze der Fahnenstange eingelassen.

= Den Fahnenträger schmerzt es. Bis in die tiefste
Seele. Er bekreuzigt sich.
Er nimmt das Fahnentuch ab. Gibt die Fahnenstange seinem Helfer. Der bricht die Spitze ab und wirft die Stange, einen gewöhnlichen Stock, fort.

= Sie gehen mit einem Spaten, bedrückt,

= um die Fahne zu vergraben. Sie graben ein Loch, merken sich Zeichen, Bäume.
Die Wipfel der Bäume beben

von den Einschlägen. Alles dröhnt. Und bei dieser Musik

= sitzt Perwuschin auf einem Baumstumpf,
sitzt ruhig da und denkt nach.

Wir sehen aus der Nähe

= ihn, seine Bewegungen, die vorsichtig sind, wegen der Wunden.
Blut im Gesicht, am Hals, am Uniformrock.
Die Mütze hat ein Loch, von einer Kugel. Sie
sitzt im Nacken, nicht vorschriftsmäßig.
Sein verwilderter Schnurrbart hängt herab. Die vorspringenden Augen sind nicht mehr frech, nicht
mehr lustig – sind hoffnungslos.
Er spricht mit keinem, niemand geht auf ihn zu.

Augenblicke der Besinnung, vielleicht die letzten
nach vierundfünfzig Jahren Lebens.
Einschläge. Dröhnendes Feuer.
Er wendet den Kopf.
Dem Fahnenträger entgegen. Der meldet: alles in
Ordnung. Vergraben. Wie ein Stück vom eigenen
Herzen.
Und mit Mühe (wie soll er nur selbst aufstehen?!)
»Stabshauptmann Grocholez!«
Und da kommt unser Bekannter Grocholez,
ohne Mütze,
jetzt sieht man, daß er kahlköpfig ist: ganz blank.
Er ist längst nicht mehr der Jüngste, aber
seine Beweglichkeit und Einsatzfreude sind erstaunlich. Bei diesem mageren Typ findet man das öfter.
Die Schnurrbartspitzen sind immer noch hochgezwirbelt, aber jetzt vielleicht aus Verzweiflung.
Perwuschin, zu ihm:
»Wollen wir es versuchen? Stellen Sie alle auf, die das Gewehr noch halten können. Übernehmen Sie das Kommando über die Maschinengewehre.«
Grocholez. Gut, wir wollen es versuchen.
Sofort. Das wird schon gehen. Wir werden
es schon schaffen.
Perwuschin richtet sich auf. Er ist nicht
gerade klein gewachsen. Furchtgebietend.
Ein Vater! Ihm werden sie folgen.
Mit der Mütze – zweimal
den Geschützen ein Zeichen gegeben.
Es sind zwei Geschütze, schon gefechtsbereit,
aber weiter hinten, hinter den Bäumen, von
einer verstärkten Mannschaft umgeben, um
sie an den Waldrand vorzuschieben.
Jetzt sehen wir Tschernega, nackt
bis zum Gürtel. Wie aufgelegt, wie
angeklebt sind die Schlangen der Schultermuskulatur,

derselbe kugelrunde Käse mit kurzem
Schnauzbart, aber jetzt wütend:
»Los, Brüder, Hau-ruck!«
Sie rollen! Sie rollen!

Knirschen, Splittern, Stampfen. Und eine sich überschlagende Stimme. Ist das seine Stimme?

»Laufendes Feuer!«

Sie feuern! Und unsere Maschinengewehre auch, irgendwo in der Nähe. Soviel noch geblieben sind.

Von hinten, hinter ihren Rücken
= durch die letzten Bäume hindurch sehen wir:
durchs Unterholz, zwischen niedrigen Kiefern
laufen sie, unsere Leute, sie laufen.
Die Offiziere natürlich an der Spitze – und
schwingen ihre Säbel über dem Kopf –
eine hilflose Geste, dem Feind nicht gefährlich,
nur ein Zeichen für die eigenen Leute: Leute,
bleibt nicht zurück, wir ziehen alle
am gleichen Strick.

Und neben den laufenden Offizieren:
= Das ist keine Attacke – das ist ein Stolpern.

Sie brüllen heraus, was noch von dem »Hurra« geblieben ist:

»A-a-a-a . . .«
Sie schleppen ihre Gewehre mit, aber schon das
Schleppen fällt ihnen schwer – wie sollen sie da auch
noch zustechen!
Einer fällt um.
Ist er tot? Nein, er hat sich hinter einer
jungen Kiefer hingelegt: Lauft ohne mich
weiter. Mit mir ist es aus. Ich kann auch hier auf das
Ende warten.
Die Offizierssäbel zittern wie getroffene Vögel,
gleich werden sie fallen.

Das Hämmern der Maschinengewehre.
= Unsere Leute stürzen. Sie stürzen hin und lassen

ihre Gewehre fallen.
Wie kommt das! Ein Gewehr steckt mit dem Bajonett
im Boden, der Kolben federt nach, der Kolben
schwingt aus.
= Grocholez läuft, rührend, man erkennt ihn an seiner
Glatze.
Sie wird doch nicht getroffen werden? Er läuft weiter!
= Und ganz vorn, als erster – die große Gestalt
Perwuschins. Er sieht wieder drohend aus und
rennt auf uns zu!
mit seinem furchterregenden Schnurrbart,
mit einem Gewehr, das Bajonett vor!
Er stolpert
über einen tiefgespannten unsichtbaren Draht.
= Und aus einem Schützenloch, aus der Deckung
nimmt ihn ein kräftiger Deutscher
aufs Bajonett,
ihn, den drohend aussehenden Oberst!
Die dritte Bajonettwunde! So mußte es kommen!
Oberst Perwuschin stürzt zu Boden.
Mit Maschinengewehren, mit Maschinengewehren
= wird der russische Angriff ausgejätet,
niedergepeitscht,
zurückgeworfen.
= Und am Waldrand merkt der rasende
rundmuskelige Tschernega: jetzt braucht man nicht
mehr schießen, jetzt heißt's rennen.
Er springt auf das Kanonenrad und
schraubt das Fernrohr ab, die Kanoniere reißen
auf sein Zeichen hin die Verschlüsse aus den
Geschützen –
= und alle rennen ihm nach in den Wald,
tief in den Wald! Zurück . . .

52

General Klujew selbst befand sich weder bei der Vorhut des Korps, wo Perwuschin war, noch bei der Nachhut, wo das Sophienregiment auf einem hundert Schritt tiefen Waldabschnitt sich schlug, sondern beim Gros, ließ die Kolonne hin und her ziehen, ließ sie immer mehr sich verwirren, indem er vor jeder deutschen Sicherung zurückging. Die Einkreisung schien ihm unzerreißbar, und es war keiner da, der imstande gewesen wäre, ein halbes Korps für den Durchbruch aufzustellen.

Die Reste unserer Artillerie handelten nach eigenem Gutdünken: sie wechselten die Stellungen, beschossen den Gegner frontal, wenn sie sich ihm gegenüber sahen, nahmen die Geschütze bei der Flucht mit zurück oder ließen sie stehen. Zu allem Übel zog sich dort, wo der Grünfließer Forst zurückwich, eine breite sumpfige Flußniederung mit vielen Gräben über den Weg der Russen, und in diesem sumpfigen Streifen versank die Artillerie und versanken die Trains. Und obwohl die Chaussee bereits in Sicht und nur noch drei Werst entfernt war, bogen die Einheiten wieder nach Osten ab, auf das unerreichbare Willenberg zu, und suchten einen trockenen Weg. Der Strom der Zurückgehenden schmolz dahin, mit jeder Stunde bröckelten nicht Hunderte, sondern Tausende ab. Die unordentliche Menge um Klujew erreichte eine Wiese bei Saddek, geriet dort unter Schrapnellkreuzfeuer und flutete in ein Wäldchen zurück.

Und da war für den Gesamtkommandierenden der eingeschlossenen Korps der Mitte das Maß der Geduld voll. UM UNNÖTIGES BLUTVERGIESSEN ZU VERMEIDEN, befahl General Klujew, die weiße Flagge zu hissen – dabei verfügte er über zwanzig Batterien, die durch ganz Preußen mitgezogen und mitgeschleppt worden waren! (gegenüber den acht Batterien des Gegners) und über Zehntausende von Soldaten, die in den Wäldern verstreut waren (gegenüber den sechs gegnerischen Bataillonen an diesem Punkt).

Das sind goldene Worte: »um Blutvergießen zu vermeiden«. Jede menschliche Handlung kann mit einer goldenen Erklärung verbrämt werden. »Um Blutvergießen zu vermeiden« – das ist edel und human, was läßt sich dagegen einwenden? Höchstens, daß man in weiser Voraussicht, um Blutvergießen zu vermeiden, nicht General werden darf.

Aber es waren keine weißen Fahnen da! Es ist auch nach dem Etat nicht vorgesehen, welche mitzuführen, zusammen mit den Regimentsfahnen.

Es war auf einer Wiese, am Ausgang des Waldes.

Bild

= Alles, was Räder hat – Trains, Artillerieparks,
Sanitätskolonnen – drängte sich auf dieser Wiese
zusammen, ohne Ordnung und Richtung.
Auf den Karren und Fourgons – Verwundete,
Schwestern und Ärzte.
Bunt durcheinander auf den Fuhrwerken – Waffen,
Ausrüstung, aller mögliche Kram, vielleicht auch den
Deutschen gestohlen . . .
Die Infanteristen stehen und sitzen herum, ziehen
ihre Stiefel aus, verschnaufen . . .
Berittene Kosaken, dicht zusammengedrängt . . .
Versprengte Artillerie . . .
= Ein dem Untergang geweihter Haufen.
= Und hier die Gruppe um den General, zu Pferd.
Und die eskortierende Kosakenhundertschaft.
= General Klujew. Die Anstrengung, äußerlich Würde

zu bewahren. Würdig blicken, würdig die Brauen bewegen (sonst werden sie überhaupt nicht mehr gehorchen!):

»Wachtmeister! Ziehen Sie das Unterhemd aus. Befestigen Sie es an der Lanze! Reiten Sie langsam auf den Gegner zu.«

= Der Wachtmeister tut wie befohlen. Er gibt seine Lanze dem Nachbarn, zieht die Bluse, zieht das Unterhemd aus . . .

= jetzt ist er schon wieder angezogen, und sein Unterhemd als weiße Fahne an der Lanze.
Soll er reiten?

Aber da hört man ein Grollen.

= Das sind die Kosaken – sie reden.

= Der Wachtmeister sieht sie an, rührt sich nicht.
Auch Klujew dreht sich nach ihnen um.

Das Grollen wird leiser.

Klujew winkt,
und der Wachtmeister mit der weißen Fahne setzt sich in Bewegung.

Das Grollen wird lauter.

= Es kommt aus einer anderen Kosakenschar, etwas weiter weg:

»Aber wir schaffen es doch!«
»Kosaken ergeben sich nicht!! . . .
Wo gibt's denn sowas?«

Ist das nicht Artjucha Serga, der lustige Schelm, pausbackig, die Mütze sitzt nur auf einem Ohr, der dort hinter dem Rücken eines anderen frech und laut ruft:

»Wir pfeifen aufs Kneifen!«

= Klujew donnert (aber ohne Sicherheit):

»Wer hat dort das Kommando?«

= Darauf reitet ein Offizier mit glatten Hauptmanns-Achselstücken vor, schlank, federnd. Das Gesicht wie aus Bronze, schwarze Augen, respektlos! Wie der sitzt!

Stemmt den Arm in die Hüfte,
die Hand am Säbelgriff:
»Rittmeister Wedérnikow vom vierzigsten Donkosakenregiment!«
Sieht den General an: soll er noch etwas sagen?
Und sagt nichts mehr.
Neues Dröhnen, neue Rufe.
= Klujew dreht sich um, nach der einen Seite, nach der anderen,
zur Infanterie, zu jenem Gedränge.
Mancher ist erschöpft, mancher würde sich gern ergeben,
Aber der Soldat da schreit, die Hand am Hinterkopf,
die Mütze schief (wo bleibt die Disziplin? wo bleibt die Form?) –
»Was soll das? Gefangenschaft? Wir –
wir wollen nicht!«
Ein Dröhnen der Zustimmung
der Soldaten in seiner Nachbarschaft.
Und ihr Oberstleutnant kommt, durch die Menge, um die Fuhrwerke herum,
auf den berittenen General zu,
Neue Kameraeinstellung:
= hierher, ganz dicht heran, fixiert ihn von unten:
wie ein Zarenmörder, gleich reißt er die Pistole
heraus und erschießt ihn: Er wirft schon die Hand hoch –
nein, er salutiert:
»Oberstleutnant Suchatschéwskij vom
Aleksejew-Regiment! Sie haben das
Kommando auch über das XV. *Korps übernommen! Sie sind verpflichtet, uns hier herauszuführen . . . General!«*
Von unten nach oben – mit scharfem, verächtlichem Blick.
= Schon nicht mehr – Exzellenz . . . Und ihm fehlt der

Mut zu antworten.
Klujew ist übel. Er schließt die Augen, öffnet sie wieder –
Suchatschewskij steht immer noch da und weicht nicht. Als verstünde der General das nicht! Fällt es ihm etwa leicht? Aber – um Blutvergießen zu vermeiden? . . . Übrigens möchte er nicht darauf bestehen.
Ganz schwach:

»Bitte schön . . . Wer will – der soll sich retten . . . So gut er kann.«

Er holt ein Taschentuch heraus, um sich die Stirn zu wischen. Er wischt sich die Stirn und sieht:

= Das Tuch! es ist ja weiß! es ist sehr groß, ein Generals-Taschentuch!

= Er faßt das Tuch an einer Ecke – nur fort von diesen Scherereien mit den Untergebenen – schwenkt das rettende Tuch vor sich und reitet auf den Waldrand zu, um sich zu ergeben, dem Wachtmeister mit dem Unterhemd nach.

= Hinter ihm der Stab, als berittene Gruppe.
Und dann alle anderen, denen es nur darum geht,
daß alles schneller vorbei ist,
schneller vorbei ist . . .
schneller . . .

= Und neben den zusammengedrängten Lazarettwagen kommandiert ein Arzt vom Pferd herab:

»Achtung! Der Korpskommandeur hat die Übergabe erklärt! In der Nähe meiner Lazarettkolonne müssen alle ihre Waffen wegwerfen!«

= Ein verdutzter kleiner Soldat hält sein Gewehr mit beiden Händen:

»Ja, wohin denn damit?«
»Da drüben, unter die Bäume!«

Aber aus einem Fourgon klettert ein Verwundeter unter der Plane hervor, er hat nur Unterwäsche an

und ist verbunden:
»Nie im Leben! Gib her, Landsmann!«
Nimmt dem Verdutzten das Gewehr aus der Hand
und zieht los, in Unterwäsche, mit Gewehr.
= Andere bringen ihre Gewehre und werfen sie hin,
sie werfen sie hin ...
unter die letzten Bäume, auf die Erde.
= Gesichter von Soldaten ...
von Verwundeten ...
Aber – eine klare, eine kampffrohe Stimme:
»He, Kosaken!«
= Das ist Rittmeister Wedernikow, er reißt sein Pferd
zu seinem Regiment herum:
»Wir haben hier nichts mehr zu suchen!«
= Und seine Donkosaken sind vom gleichen Schlag!
Nein, die werden sich nicht ergeben!
Ein Dröhnen der Zustimmung, kriegerisch.
Auch Artjucha Serga grinst von einem Ohr bis zum
anderen. Er hat etwas Sympathisches, wann werden
wir ihn wohl wiedersehen?
= Wedernikow gibt das Kommando:
»Aufsitzen! ... Rechts um zu dritt ...
im Schritt ... Marsch!«
Er winkt und reitet vor. Und hinter ihm die Kosaken,
im Reiten sich einordnend zu dritt, zu dritt,
zu dritt ...
= Auch Oberst Suchatschewskij, er ist klein, es ist für
ihn nicht so leicht, über die Köpfe zu rufen:
»Soldaten des Aleksejew-Regiments!
Wollen wir uns ergeben? oder wollen
wir durchbrechen?«
= Die Aleksejewer rufen:
»Durchbrechen! Durchbrechen!«
Vielleicht rufen auch nicht alle, aber es ist laut.
Suchatschewskij:
»Ich zwinge keinen. Wer mitkommen will« –

er hebt den Arm:
»... In Marschordnung zu viert antreten!«
Soldaten drängen sich, treten zu viert an. Mancher
wäre vielleicht lieber geblieben, mancher hält sich
kaum noch auf den Beinen –
Aber sie wollen mit ihren Kameraden mit!
Andere Soldaten zwängen sich zu ihm durch:
»Dürfen wir mit, Regiment Krementschug,
Euer Hochwohlgeboren?«
Drohend-glücklich Suchatschewskij:
»Los, Kinder! Los, Krementschuger!«

DAS BILD ERLISCHT

General Klujew lieferte rund dreißigtausend Mann in die Gefangenschaft aus, von denen die meisten nicht verwundet waren, viele allerdings zu den Reservetruppen gehörten.

Oberstleutnant Suchatschewskij führte zweiundeinhalbtausend aus der Einkreisung heraus.

Die Abteilung des Kosakenrittmeisters Wedernikow brach in einer Kavallerieattacke durch, bei der zwei deutsche Geschütze erbeutet wurden.

53

General Blagowjestschenskij hatte bei Lew Tolstoj von Kutusow gelesen und fühlte sich mit seinen sechzig Jahren, seinem grauen Haar, seiner Körperfülle und der Abneigung gegen Bewegung genau wie Kutusow, nur daß er mit beiden Augen sehen konnte. Ebenso wie Kutusow war er umsichtig, vorsichtig und schlau. Und er begriff genau wie Kutusow bei Tolstoj, daß man unter keinen Umständen irgendwelche eigenen entschiedenen Anweisungen zu erteilen braucht; daß AUS EINEM GEFECHT, DAS GEGEN DESSEN EIGENEN WILLEN ERZWUNGEN WIRD, NICHTS ANDERES ALS VERWIRRUNG ENTSTEHEN KANN; daß DAS KRIEGSGESCHEHEN SOWIESO UNABHÄNGIG VERLÄUFT, SO WIE ES VERLAUFEN MUSS, OHNE MIT DEM ÜBEREINZUSTIMMEN, WAS MENSCHEN SICH AUSDENKEN; daß ES EINEN UNVERMEIDLICHEN LAUF DER EREIGNISSE GIBT und daß jener Feldherr der beste ist, DER DARAUF VERZICHTET, EINFLUSS AUF DIESE EREIGNISSE ZU NEHMEN. Sein ganzer langer Armeedienst hatte den General von der Richtigkeit der Ansichten Tolstojs überzeugt, man könne nichts Schlimmeres tun, als sich mit eigenen Entscheidungen vorzudrängen, denn solche Menschen hätten immer zu büßen.

Seit drei Tagen hielt sich das Korps wohlbehalten in einem stillen leeren Winkel dicht an der russischen Grenze auf. Der Korpskommandeur wohnte, vom Stab getrennt, in einem kleinen, durch seine Enge beruhigend wirkenden Bauernhaus. Nur zuweilen hörte man in der Ferne undeutlich das Rumpeln der Artillerie, und man hatte allen Grund zu der Hoffnung, daß alle wichtigen Ereignisse in Preußen ohne das Korps Blagowjestschenskijs vonstatten gehen würden.

Und das ausruhende Korps ahnte nicht, daß sein Wohlergehen nur den geschickten, meisterlichen Meldungen des Korpskommandeurs zu verdanken war. Und auch Lew Tolstoj war entgangen, daß ein Feldherr, der auf Befehle verzichtet, um so mehr auf das Abfassen der richtigen MELDUNGEN sich verstehen muß; daß er ohne solche wohldurchdachten, entschiedenen Meldungen, die ein ruhiges Stehen als scharfes Gefecht darzustellen vermögen, seine mitgenommenen Truppen nicht retten könnte; daß er ohne solche Meldungen nicht in der Lage wäre, gleich seinem eigenen Kutusow SEINE KRÄFTE NICHT DARAUF ZU RICHTEN, MENSCHEN ZU TÖTEN UND ZU VERNICHTEN, SONDERN SIE ZU RETTEN UND SIE ZU SCHONEN.

So stellte Blagowjestschenskij auch in der Meldung für den 16. sehr eindrucksvoll dar, wie die Division von Richter, zu der das zurückgehaltene Regiment endlich hinzugestoßen war, auf die Stadt Ortelsburg (vor zwei Tagen in panischem Entsetzen und grundlos aufgegeben) vorgeschoben werde, wo beträchtliche Kräfte des Gegners, nicht unter Divisionsstärke, sich hielten (zwei Kompanien und zwei Schwadrone), während die Division Komarows links GESTAFFELT sei (ein wichtiges Modewort der russischen Strategie, kein gediegenes militärisches Dokument kann darauf verzichten). Die Bewegungen der Kavalleriedivision des General Tolpygo gereichten dieser Meldung ebenfalls zur Zier, und Blagowjestschenskij konnte durchaus damit rechnen, auch noch den 17. August ohne Aufregungen zu überstehen.

Die Richtersche Division, die noch an keinem Gefecht teilgenommen hatte, entwickelte sich am 17. nach allen Regeln der Kriegskunst vor der halbleeren Stadt Ortelsburg, stellte sich auf eine Attacke ein, eröffnete das vorbereitende Artilleriefeuer und hätte diese Stadt zweifellos genommen – da lief plötzlich um elf Uhr vormittags mit sechsstündiger Verspätung der Morgenbefehl aus dem Frontstab ein: das Korps von Blagowjestschenskij solle zum Entsatz der eingeschlossenen Korps vorgehen, und zwar nicht auf Ortelsburg, also beinahe nach Norden, sondern auf Willenberg, also beinahe nach Westen. »Der Höchstkommandierende befiehlt energische Ausführung der gestellten Aufgabe und schleunigste Herstellung der Verbindung mit General Samsonow.«

Genau das hatte Blagowjestschenskij befürchtet! Gegen Schluß gerieten sie an die Peripherie des Wirbelsturms – aber auch gegen Schluß ist es für ein Ende noch nicht zu spät.

Allerdings ließ die operative Aufgabe Freiheit der Auslegung zu. Nach der Lage sah es ähnlich aus, als marschierten Truppen von Rjasanj auf Moskau und ihnen würde befohlen, nach Kaluga abzubiegen. Und als hätte keine elegantere und bequemere Lösung gefunden werden können, als sich wieder auf Rjasanj zurückzuziehen und von da aus auf Kaluga anzusetzen. Und die siegesgewisse Richtersche Division, die kurz vor dem Einmarsch in Ortelsburg war, erhielt von Blagowjestschenskij den Befehl, die Stadt aufzugeben und nicht nach links, auf Willenberg zu marschieren, sondern erst 15 Werst zurückzugehen und dann mit Schwung auf Willenberg anzusetzen.

Noch vor diesen Manövern aber schickte Blagowjestschenskij eine energische Meldung an den Frontstab:

»Auf Suche nach General Samsonow PATROUILLE nach Neidenburg, zur Herstellung einer Verbindung zum XXIII. Korps eine weitere nach Chorshele geschickt. VORLÄUFIG ohne Ergebnis. Kämpfe bei Ortelsburg und BEABSICHTIGE damit, auf die Linie ... mit dem Stab nach ... zurückzugehen (jetzt wird auch der Stab zurückgehen müssen!), um von dort in Richtung Willenberg einzugreifen.«

Es wäre naheliegend gewesen, bei dem Vormarsch auch die Kavalleriedivision Tolpygo einzusetzen, sie wenigstens dorthin zu bewegen, von wo sie heute morgen eigenmächtig zurückgekehrt war. Aber General Tolpygo brachte es fertig, ebenfalls in einer gekonnten Meldung ausführlich darzulegen, daß seine mitgenommene Division gerade erst abgesattelt hätte und nicht imstande sei, die Wiederholung einer solchen schwierigen Aufgabe einzuleiten. Blagowjestschenskij erließ einen zweiten schriftlichen Befehl. Tolpygo lehnte zum zweitenmal schriftlich ab. Erst beim drittenmal und erst unter Drohungen nahm Tolpygo den Befehl an und ließ satteln.

Jetzt, da der schwierigste Teil des Manövers gemeistert war, schien es angebracht, irgend jemanden direkt nach Willenberg zu beordern. Am besten eignete sich dazu die zusammengezogene Abteilung unter dem Kommando von Netschwolodow. Mit eben jener lasterhaften Neigung sich VORZUDRÄNGEN, die Blagowjestschenskij so sehr verurteilte, hatte Netschwolodow gestern, an einem friedlichen Rasttag, auf eben diesem Einsatz bestanden und den Bescheid erhalten, er möge sich bis zu einem einschlägigen Befehl gedulden. Solche Leute unter seinen Untergebenen konnte Blagowjestschenskij am allerwenigsten ausstehen, versuchte sie zu strafen und ihnen den Dienst zu erschweren. Netschwolodow war zu allem Übel auch noch ein SCHRIFTSTELLER,- drängte sich also auch außerhalb des Dienstes in Belange, die ihn nichts angingen. So war er denn für die gefährliche Vorhut am besten geeignet.

Am Nachmittag des 17. August sollte er mit dem Ladoga-Regiment und zwei Batterien ausrücken. Er hatte den Befehl, sich zu BEEILEN, das Gros der Division käme nach.

Nicht Schnelligkeit war die erste Eigenschaft Netschwolodows, sondern Festigkeit. Und er hatte im Leben mehr als einmal beobachtet, daß Festigkeit nicht später zum Ziel führt als unsichere Eile, die sich zwischen mehreren Wegen nicht entscheiden kann.

Sein Ziel war kein abgesondertes, kein selbstisches. Mit fünfzig Jahren immer noch Junggeselle, ohne sonderliche Mühe seinen Adoptivsohn fürs Leben erziehend, hatte er Muße und Mittel und persönliche Freiheit, um einem Ziel außerhalb seines Lebenskreises, einem überpersönlichen Ziel zu dienen. Dieses Ziel war, seit dem kindlichen Drang zum Militärgymnasium, seit dem Fahneneid des Junkers im Jahre der gemeinen Ermordung des Befreier-Zaren*, dem russischen Thron und Rußland zu dienen. Und in diesen vierzig Jahren war dieses Ziel vor seinen Augen weder verblaßt, noch geteilt, noch erschüttert worden – nur der Rhythmus hatte sich geändert, in dem er diesem Ziel diente. In seiner Jugend konnte er nicht schnell genug mit seinen zwei nackten Händen Berge abtragen, übersprang die geheiligte Ordnung der Offizierslaufbahn und schlug, gleich nach dem Verlassen der Akademie, eine Reform des Generalstabs und des Kriegsministeriums vor. Damals und an diesem Punkt wurde seine außergewöhnliche militärische Karriere gedrosselt. Damals prallte er zum erstenmal gegen die einmütige Abneigung der höheren Offiziere, Generale und Gardeoffiziere. Von ihnen allen erwartete Netschwolodow selbstverständlich Opfer zur Stärkung der russischen Armee und folglich der russischen Monarchie. Aber es stellte sich heraus, daß selbst in diesem Kreise es zwar üblich war, das Wort Monarchie im Munde zu führen, aber für unschicklich angesehen wurde, ihr aufrichtig ergeben zu sein. Je höher, desto weniger waren sie von der Flamme der Vaterlandsliebe ergriffen, desto stärker glühte in ihnen der Eigennutz, sie dienten dem Zaren nicht als dem GESALBTEN, sondern als dem VORRECHTE VERLEIHENDEN. Aber noch bevor Netschwolodow das durchschaut hatte, war er selbst bereits durchschaut: als ein diesem Milieu fremder und sogar gefährlicher Mann, der keinen persönlichen Vorteil suchte und dessen Handlungen sich deshalb für seine Umgebung verhängnisvoll auswirken konnten. Seitdem blieb Netschwolodow durch das gebremste gleichmäßige Aufsteigen im Rahmen der ANCIENNITÄT und der bloßen Befehlsausführung eingeengt, ohne die Möglichkeit zu eigenmächtigen Korrekturen. Und so konnte er dem Thron nicht durch Schnelligkeit, sondern nur durch Festigkeit und bei Gelegenheit auch durch Tapferkeit dienen.

In seinem Streben, den überquellenden inneren Drang zu verwirklichen, widmete sich Netschwolodow einer glücklosen Darstellung der russischen Geschichte für das einfache Volk. Die russische Geschichte empfand er nicht als etwas, das mit dem Armeedienst keinen Zusammenhang hatte, sondern als gemeinsame Tradition, die heute seinem Beruf als Offizier allein einen Sinn geben konnte. Für sich selbst suchte er Belebung und Erquickung in anderen Zeiten, als die Russen noch ein anderes Verhältnis zu ihren Monarchen hatten, die Leser wollte er in den früheren Zustand zurückführen, wodurch er sein unverrückbares Ziel umfassender und gründlicher zu erreichen hoffte. Aber obwohl seine Geschichte an Allerhöchster Stelle wohlwollend vermerkt und für den Gebrauch in Truppen- und Volksbüchereien empfohlen wurde, konnte der Autor nicht feststellen, daß sein Werk geradezu verschlungen wurde oder gar zu einer Sinnesänderung führte. Netschwolodows hingebungsvolle Treue zur Monarchie, die durch ihre Bedingungslosigkeit seinerzeit die Generale erschreckt hatte, wurde jetzt zum Gespött der GEBILDETEN Schicht, die überzeugt war, daß die russische Geschichte nur Gelächter und Abscheu hervorrufen könne und daß es überhaupt ungewiß sei, ob sie existiert, ob *es sie gegeben* hat? Und Netschwolodows Überzeugung, die Monarchie sei nicht die Fußschelle Rußlands, sondern halte es vielmehr vom Abgrund zurück, konnte nur als völlig absurd angesehen werden. Seine hingebungsvolle Treue zur Dynastie nahm ihm die Möglichkeit, seinen Kritikern zu widersprechen: was auch immer im Lande geschah, er brachte es nicht über sich, den Zaren und die ihm Nahestehenden zu kritisieren, er konnte sie nur verteidigen und erklären, warum das gut sei, was die Öffentlichkeit schlecht fand.

Zum Schweigen und zur Geduld verurteilt, blieb ihm wieder nur die Festigkeit. Und die Zuneigung zu seinem Ladoga-Regiment, weil es 1905, während des Aufstands in Moskau, die Stütze des Throns geblieben war. Und obwohl

Netschwolodow niemals im Ladoga-Regiment gedient hatte und der Mannschaftsbestand sich seitdem stark verändert hatte, kannte er die wenigen Altgedienten und zeichnete sie aus.

Schweigen und Geduld üben – mehr konnte Netschwolodow auch in den beiden letzten ruhigen Tagen des VI. Korps nicht tun. Seine Festigkeit bei den Nachhutkämpfen hatte niemanden angesteckt, und jetzt quälte er sich in Tatenlosigkeit, während 25 Werst weiter die Entscheidungsschlacht tobte und allen Anzeichen nach ungut verlief. Er ritt zwei, drei Werst weiter auf einen Hügel, sah durchs Fernglas und hörte das Dröhnen.

Nach achtundvierzig verlorenen Stunden bekam er den Befehl, sich ZU BEEILEN. Aber dieses Mal BEEILTE ER SICH NICHT, das Regiment rückte aus, alle Anweisungen waren schon seit zwei Tagen vorbereitet. Das von den Stäben Versäumte sollte jetzt nicht von den marschierenden Soldaten aufgeholt werden, zumal es nicht klar war, wie lange das Gros noch brauchen wird! Nur seine Kavallerie, den Kornett Shukówskij mit einem halben Zug schickte er vor.

In den zwei Tagen, in denen er nicht ausrücken durfte, war Netschwolodow krank, matt und erloschen. Seit er den Einsatzbefehl erhalten hatte, ging es ihm von Minute zu Minute besser. Er lächelte seinen Ladoga-Soldaten zu, den einzigen im Korps, die für den Kampf ausgewählt wurden, und rief den Batteriemannschaften aufmunternd zu, daß es jetzt darum ginge, den Kameraden zu helfen.

Das Bewußtsein, »den Kameraden zu helfen«, machte aus einem Regiment zwei, aus zwei Batterien vier. Nur die Munition wurde dadurch nicht mehr. Dafür war von den Waschlappen oben weniger zu merken, man hatte die Hände frei und einen freien Kopf.

Wieder ritt der hochaufgeschossene wortkarge Netschwolodow auf seinem kräftigen Hengst mit den tiefhängenden Steigbügeln an der Spitze einer zusammengezogenen

Abteilung, die diesmal eine Vorhut war; dicht hinter ihm, manchmal an seiner Seite, ritt sein Adjutant Roschko, der mit Klößen großgezogen worden war*, vor guter Laune strahlend wie ein blankgeputzter kupferner Teekessel.

Nicht weit von Willenberg mündete die Straße in einen mächtigen Kiefernwald. Die Wipfel der freistehenden acht Sashenj hohen Kiefern mit ihren glänzenden kupferfarbenen Stämmen bewegten sich leicht gegen den klaren, noch sommerlichen Himmel. Im Wald begann es früh zu dämmern.

Nach den ersten zehn Werst war das Gewehr- und Maschinengewehrfeuer immer deutlicher zu hören, Geschütze hörte man selten. Was konnte das bedeuten? Es waren unsere Truppen, die durchbrachen, und das deutsche Abwehrfeuer. Willenberg war offenbar der äußerste, der Eckpunkt der Einkreisung, und unmittelbar dahinter mußten die Russen sein. Netschwolodows Hengst wurde immer schneller, zu schnell für die Infanterie.

Im Wald blieb die Bewegung der Abteilung Netschwolodows fast bis Willenberg getarnt. Dort gab es auch keine Deutschen, sie waren so selbstsicher, so nachlässig geworden, daß sie keine Sicherungen aufgestellt hatten. Am Waldrand befahl Netschwolodow seiner Abteilung, von der Straße abzubiegen und sich hinzusetzen, er selbst ritt bis zu den letzten Bäumen vor. Hier warteten Soldaten mit den Pferden der Patrouille, der Kornett war mit den Aufklärern auf dem anderen Flußufer. Von Willenberg her leuchteten und blendeten die Lichtfluten der untergehenden Sonne. Trotzdem konnte man noch eine schmale Wiesensenke mit einem Flüßchen erkennen und eine einzige aufgeschüttete Straße, direkt, offen, auf eine Brücke zu! eine unversehrte Brücke! Den Deutschen fiel es nicht leicht, ihr Eigentum in die Luft zu jagen. Und keine Sperre auf dieser Seite! Halten sie die Russen für komplette Dummköpfe? Jenseits der Brücke, in den ersten weit auseinanderliegenden Häusern der Stadt hatten der Kornett und die Aufklärer bereits Stellung genommen und das Feuer eröffnet. Netschwolodow schickte umgehend ein Kommando mit zwei Maschinengewehren über die Brücke zu ihnen.

Ein Stück weiter standen die Häuser enger zusammen, dann kam der Bahnhof und unmittelbar dahinter die Stadt. Die Stadt war rechts nicht zu umgehen: eine sumpfige Wiese. Auch links war sie nicht zu umgehen: dort war ein zweites, in das erste einmündende Flüßchen. Aber in einer Stunde könnte das ganze Regiment, ohne einen Feuerüberfall befürchten zu müssen, offen in Marschkolonne über die Brücke ziehen und drüben sich zum Angriff auf die Stadt formieren.

Die beiden Batterien sollten auf Netschwolodows Befehl am Waldrand in Stellung gehen, rechts und links von der Straße.

An diesem Stadtrand von Willenberg wurde geschossen. Jenseits der Stadt wurde ebenfalls geschossen. Ja, die Lage der Deutschen in diesem Städtchen war äußerst unsicher. Sie war ungünstiger, als wenn sie sich in einer Zange befunden hätten: während sie in lockerer Aufstellung ihre Treibjagd nach Westen veranstalteten, ahnten sie nicht, daß von Osten her Treiber gegen sie selbst vorgingen.

In der Vorfreude auf den ersehnten, sicher schnell zu erringenden, einfachen Sieg hämmerte das Herz in der Brust des Generals, und sein ruhiges dunkles Gesicht hellte sich auf. Er rief die Bataillons- und Batteriechefs zusammen und überlegte mit ihnen, wie sie über die Brücke marschieren und was sie danach im einzelnen tun sollten.

Da kam von Kornett Shukowskij ein Dragoner mit einer Meldung gelaufen. Der Kornett meldete, daß bis zu ihm, an *diesen* Stadtrand, zwei Versprengte aus dem 6. Dragonerregiment sich durchgeschlagen hätten, vier Soldaten aus dem Poltawa-Infanterieregiment und ein Kosake aus der Eskorte des Oberbefehlshabers. Der Begleitkosake versicherte, daß General Samsonow bei einem Schußwechsel gefallen sei.

Ohne jetzt weiter an Samsonow zu denken – das konnte auch ein Gerücht sein –, griff Netschwolodow das Wichtigste heraus: schon kommen einzelne Soldaten durch Willenberg, wie durch ein Sieb! Jetzt brauchte man nur noch den Arm auszustrecken! Jetzt war der Augenblick gekommen, das durchlöcherte Faß mit dem Sturmbock zu rammen! Und zwar so schnell wie möglich, denn dort mußte alles in Auflösung begriffen sein und untergehen, wenn die Soldaten des zum *äußersten* Flügel gehörenden Poltawa-Regiments sich bis *hierher* durchgeschlagen hatten.

Er ließ in den Kompanien durchsagen, daß unsere Truppen schon durchsickern, daß sie ganz nahe, daß sie schon da drüben sind! Er selbst setzte eine Meldung an den Korpsstab auf: er ginge zum Angriff auf die Stadt über, ersuche um Unterstützung vom Gros, um Munitionsnachschub und um mindestens eine weitere Batterie.

Die Sonne war untergegangen, aber es hätte zu lange gedauert, bis zum Dunkelwerden zu warten. Man konnte sehen, wie die beiden Häuser brannten, in denen der Kornett sich verschanzt hatte. Erstes Bataillon, ihm nach, über die Brücke! Zweites Bataillon – nach einer Pause hinterher.

Das erste kam rasch und ungehindert hinüber, wurde nicht beschossen, aber beobachtet, das zweite wurde von einer im Wäldchen hinter dem linken kleinen Fluß stehenden Batterie unter Feuer genommen. Unsere Batterie schoß zurück. Eine zweite deutsche Batterie griff ein. Unterdessen lief das zweite Bataillon kompanieweise über die Brücke.

Es dämmerte. Das Feuer in der Stadt wurde leuchtender.

Netschwolodow erreichte Kornett Shukowskij, sah selbst die Poltawaer und den Begleitkosaken, der einen ausgesprochen schmierig-verlogenen Eindruck machte. Er entwickelte ein Bataillon vor dem Stationsgebäude, von wo die Deutschen am hartnäckigsten schossen, und wartete auf den Rest des Ladoga-Regiments. Das dritte und vierte Bataillon mußten bei Dunkelheit leichter über die Brücke kommen.

Die Dämmerung wurde zur Nacht. Die Artillerie verstummte. Die Brände leuchteten purpurn. Eine andere Lichtquelle gab es nicht, nur da und dort ein schwaches Licht, die Stromversorgung war gestört. Links in der Höhe nahm die Helligkeit des aufs zweite Viertel zugehenden Mondes zu. Gerade soviel Licht, um beim Angriff sich nicht zu verlaufen und den Nachbarn erkennen zu können. Aber nicht genug, um aus einiger Entfernung selbst ausgemacht zu werden. Alle Umstände fügten sich glücklich. In einer Stunde werden die Bataillone in Angriffsstellung gehen, sich zum Angriff bereit machen, die ersten beiden, geduckt, ohne einen Schuß abzugeben, auf die Stadt marschieren, das dritte im Bogen auf das Sägewerk zu, das vierte wird als Reserve bereitgehalten. Bis es soweit war, schritt Netschwolodow in Begleitung von Roschko und einigen Offizieren, alle geduckt wie die Wölfe, die Strecke ab, links bis zum Flüßchen und rechts über die ansteigende trockene harte Weide.

Jenseits der Stadt wurde immer noch geschossen, wenn auch weniger. Drei oder vier Werst lagen zwischen ihnen und den anderen russischen Truppen, aber sie hier hatten die Empfindung: »WIR« und »ZUSAMMEN«. Und die drüben: abgeschnitten, in der Falle, verloren, in der Gewißheit, daß niemand mehr auf der Welt für sie da war.

Schon konnte Netschwolodow aufgerichtet, in all seiner prachtvollen Größe durch die milchige Mondnacht gehen und mit seinen langen Armen die Untergebenen dirigieren.

Er war vom Erfolg überzeugt. Für den nächtlichen Überfall reichten seine Kräfte, inzwischen würde das Gros heransein, und gegen Morgen wäre der Ring gesprengt. Wenn es gelingen würde, sich einen Tag lang hier zu halten – es würde im ganzen Kessel bekannt werden, und alle unsere Truppen würden hier durchbrechen können.

Freudige Spannung bemächtigte sich Netschwolodows, an solche Freude konnte er sich in Wochen des Krieges, in Jahren des Friedens nicht erinnern.

Noch fünfzehn Minuten bis zum Beginn des Angriffs.

Er ging zur Straße zurück.

Er wurde gerade gesucht, eine Ordonnanz aus dem Divisionsstab war inzwischen eingetroffen. Netschwolodow holte wieder dasselbe nie versagende längliche Taschenlämpchen aus der Manteltasche und leuchtete damit, von einem Telegraphenmast gegen die Stadt gedeckt, auf das Papier:

»An den Kommandeur der Vorhut, Generalmajor Netschwolodow.

Da NENNENSWERTE GEGNERISCHE KRÄFTE NICHT VORHANDEN SIND, wird das Gros nicht ausrücken. Beginnen Sie das Gefecht um Willenberg nicht, wir werden Sie nicht unterstützen, zumal der Rückzug des gesamten Korps auf russisches Territorium bevorsteht. Warten Sie auf den nächsten Befehl.

Oberst Serbinowitsch.«

Roschko schrie auf: sein General stöhnte, als hätte ihm jemand ein Messer zwischen die Rippen gestoßen, taumelte gegen den Mast und biß in das spleißige trockene Holz.

54

Auf der Anhöhe, wo sie den Kommandeur der Dorogobusher bestattet hatten, hätten sie fast ihren Plan geändert: vom inzwischen befriedeten Neidenburg hörte man plötzlich Artilleriefeuer, und es war leicht zu erkennen, daß von AUSSEN geschossen wurde, daß Neidenburg unter dem Feuer russischer Artillerie lag und daß die Deutschen nicht zurückschießen konnten. Und Worotynzew war schon nah daran, nach Neidenburg abzubiegen, aber da ließ das Schießen nach, bis auf schwaches Gewehrfeuer.

Obwohl der Plan bereits festlag, forderte den ganzen Tag über Viertelstunde um Viertelstunde Worotynzews Auge und Ohr, einen Blick auf die Karte, die Gegend, auf seine Soldaten, ihre Füße, verlangte von ihm Entscheidungen und Kommandos. In diesem Zug von Soldatengedanken konnte es, wie es schien, keine Lücke für andere geben.

Jedoch schienen in seinem Kopf zwei Gänge nebeneinander zu liegen, durch eine Glaswand getrennt: man konnte sich gegenseitig beobachten, ohne sich gegenseitig durch Lärm zu stören. Durch den einen Gang sprangen ungehindert Gedanken zur Lage: wie sich am besten durchschlagen, vierzehn Mann und ein Verwundeter; durch den anderen schwebten die gemächlichen, ohne Hast, die von selbst auftauchten, unabhängig voneinander und sogar beziehungslos: an das Vergangene, an das Unverhoffte, an das nicht richtig Gelebte. Die ersten drängten danach, ihn ins Leben zurückzubringen. Die zweiten hielten Rückschau, falls es zum Sterben kommen sollte.

Und wieder an die Estländer. Sie verließen ihn nicht, sie rückten nicht von ihm ab, forderten ihr Recht. (So war es am ersten Tag – wie wird es erst später werden?) Es war alles noch so frisch und doch schon endgültig: wer gefangen war – der blieb gefangen, wem es beschieden war, sich durchzuschlagen, der würde auf eigene Faust sich durchschlagen, und wer gefallen war – der war eben gefallen. Alles Erinnern konnte nichts mehr ändern. Außerdem hatte Worotynzew sie nicht getäuscht. Aber mit eben diesem Vorwurf zogen sie durch den zweiten tonlosen Gang, an der Spitze der schwarzhaarige Soldat mit dem schiefen Gesicht, vom rechten Flügel. Er hatte sie nicht getäuscht – wird er aber diesen Vorwurf je loswerden können? Er hatte sie nicht getäuscht, er hatte ihnen aufrichtig alles gesagt, daraufhin hielten sie zwanzig Stunden lang einen wichtigen entscheidenden Frontabschnitt und hätten dadurch der ganzen Armee helfen können, wenn die anderen richtig gehandelt hätten. Aber die anderen hatten es zunichte gemacht.

Folglich hatte er sie getäuscht.

Wie sollte man sich dann richtig verhalten? Nicht streben, nicht denken, nicht mit aller Kraft sich einsetzen? Aber dann lieber überhaupt nicht dienen. Nicht leben. Alles, was man gefunden, was man aufgebaut hat, wird von oben blind torkelnd zertrampelt, zerstört.

Wenn aber alles zerstört wird, was ist dann richtig – handeln? Oder nicht handeln?

Der zweite Gang störte den ersten nicht im geringsten, nahm ihm nichts, es war ein eigener Raum.

Ein eigener Raum – für Erinnerung und für Mitleid.

Alina. Unerwartet, zusammenhanglos – Alina.

Plötzlich fiel ihm ein, wie sie es verstanden hatte, in Petersburg von seinem übervollen Tisch jedes Stäubchen wegzuwischen, ohne auch nur einen Bleistift zu verrücken. Wie sie mehrere Stunden schweigen konnte und lautlos hinter der Tür vorbeigehen, wenn er gerade Ruhe brauchte. Wie sie, die so gern Besuche machte und unter Menschen war, auf alles verzichten konnte und nie irgendwelche Wünsche äußerte, nur um ihm diese Mühe zu ersparen. Nur Gutes, nichts als Gutes tauchte plötzlich auf: sie hatte nicht nur gefordert – sie hatte zuerst zu opfern verstanden.

Und er – er war froh gewesen, von ihr wegfahren zu können? Wie kam es, daß er es als Erleichterung empfunden hatte, sie nicht mehr zu sehen?

Ein Mißverständnis? Er war zu lange auf einem Fleck sitzen geblieben. Wenn er jetzt aus dem Krieg zurückkommt, dann wird alles wiederkehren. Die gleiche Fülle wie nach dem letzten Krieg.

Dies alles schwebte vorbei und galt nur für den Fall seines Todes. Aber er ...

»Ich riskiere ja gar nichts, ich habe die Garantie weiterzuleben«, Worotynzew lächelte Charitonow zu, während sie nebeneinander auf dem Bauch lagen, auf einem und demselben Mantel.

»Wirklich? Wieso?« Der sommersprossige Junge glaubte sofort und freute sich.

»Ein alter Chinese hat es mir in der Mandschurei prophezeit.«

»Und was noch?« Jaroslaw blickte den Oberst bewundernd an und schien seine Worte aufzusaugen.

»Er prophezeite, daß ich nicht sterben würde, damals nicht, und auch in keinem der folgenden Kriege fallen würde. Aber trotzdem soll ich einen Soldatentod sterben, mit neunundsechzig Jahren. Ist das nicht eine glückliche Prophezeiung für einen Berufssoldaten?«

»Fabelhaft! Warten Sie, in welchem Jahr wird das denn sein?«

»Es läßt sich kaum aussprechen: Neunzehnhundertfünfundvierzig.«

Wirklich, kaum auszusprechen, wie aus einem Roman von Wells!

Sie lagen in einem dichten Wäldchen aus jungen grünschopfigen Kiefern, wo im Winter die Hasen gern in der Sonne spielen – Worotynzew hatte es deshalb gewählt, weil man in fünf Schritt Entfernung vorbeigehen konnte, ohne die Liegenden zu bemerken. Bis zur Chaussee blieben nur anderthalb Kilometer, man hörte bereits das eigentümliche Geräusch der Automobile und Motorräder, von rechts nach links, von links nach rechts. Hätten die Deutschen Kräfte gehabt, sie hätten das Gelände von Patrouillen durchkämmen lassen. Aber diese Kräfte hatten sie offenbar nicht, und bis zum Anbruch der Dunkelheit konnte man ruhig hier liegenbleiben. Man durfte unter keinen Umständen zu früh vorgehen: vor ihnen lag nur ein schmales Walddreieck, in dessen Spitze auch andere russische Gruppen sich angesammelt haben konnten, und auch die Deutschen aus dem benachbarten Modlken könnten dort am ehesten auftauchen. Worotynzew hatte nach drei Seiten je zwei Soldaten als Posten liegen, die anderen lagerten in der Mitte. Sie waren in den heißen Frühnachmittagsstunden hierhergekommen, die Luft war glühend und reglos, die Sonne sengte, entkräftete, dörrte jeden aus, alle hatten Durst, aber nicht jeder besaß eine Feldflasche. Trotzdem wollte keiner zurückgehen, der Weg hierher war nicht einfach gewesen, sie mußten auch den Bahnkörper überqueren, den die Deutschen von Draisinen aus bequem mit Feuer hätten belegen können, aber die Kräfte der Deutschen reichten offenbar nicht aus, bei Neidenburg blieb es den ganzen Tag unruhig, immer wieder flackerte Artilleriefeuer auf, allerdings ohne sich zu nähern. Heute war der richtige Tag für einen Durchbruch, morgen würde es zu spät sein.

Der Zusammenbruch der Armee brannte ihm auf der Seele. Der Verlauf des Gefechts bei Neidenburg, das Schicksal des I. Korps, die Ungewißheit, wer dort anrükken, wo Krymow jetzt sein mochte, beunruhigte ihn mehr als der Durchbruch seiner Abteilung. Während er die Karte stundenlang offen vor sich liegen hatte, zwang er sich, nicht in die Weite zu starren, sondern noch bei Licht jede Kurve des Waldrandes sich einzuprägen, damit er später in der Dunkelheit alle Entfernungen im Kopf hätte, denn meistens übersieht man etwas, wird unsicher und muß dann die Karte mit einem Streichholz unter dem Mantel studieren.

Seinen unanfechtbaren Plan legte Worotynzew nicht wie üblich in einer Lagebesprechung der Herren Offiziere vor, sondern, da sie halbe Partisanen waren, jenen, die ihn auszuführen hatten: Blagodarjow und Katschkin; den zwei besten Schützen unter den Dorogobushern, die jene selbst ausgesucht hatten – dem kräftigen bedächtigen Jäger aus der Gegend von Wjatka und dem jungen Jewgráfow aus Rjasanj, der Verkäufer in einem Tuchladen war; und Leutnant Charitonow, der, wie sich herausstellte, in der Offiziersschule einer der besten Schützen gewesen war und jetzt für sich das fernste Ziel erbat. Diese fünf krochen über den Sand und scharten sich um Worotynzew unter den tiefansetzenden Ästen der Kiefern, sechs Köpfe zusammen, sechs Paar Beine auseinander. So, daß auch Leutnant Ofrosimow auf seiner Tragbahre in Hörweite blieb. Er hatte Fieber bekommen, die Wunde schmerzte immer mehr, er konnte nichts helfen, aber er konnte etwas Erleichterndes sagen, und Worotynzew gab ihm Gelegenheit dazu.

Sie sollten in der Dunkelheit die Bewegung beginnen, bei Mondschein. Zuerst geduckt, später in der Gefahrenzone nur kriechend. Die erste Gruppe bildeten Blagodarjow und Katschkin, mit Messern. Sie sollten sich beim Kriechen Zeit nehmen, kein Ästchen durfte knacken: sie hatten eine halbe Nacht Zeit, die Chaussee wollten sie erst gegen Morgen überqueren, am Abend waren die Deutschen besonders wachsam. Wenn sie hundert Sashenj glücklich hinter sich hatten, müßte der letzte zurück und die zweite Gruppe holen – die Schützen. Die Schützen wiederum sollten nach hundert Sashenj durch einen Verbindungsmann die dritte Gruppe holen lassen – alle übrigen, samt der Bahre. Sollte die erste Gruppe auf einen deutschen Posten oder eine Sperre stoßen, mußten die Deutschen mit den Messern lautlos niedergemacht werden.

»Klar?« Worotynzew sah aus der Nähe den dicklippigen Blagodarjow und den rasierten Kugelkopf Katschkins prüfend an.

»Mein Gott«, Arsenij seufzte schwer, wie ein Blasebalg in der Schmiede. »Wenn sie uns nun doch nicht nach Hause lassen!«

Katschkin verzog seine borstige schwarze Backe:

»Ich schlachte das Vieh fürs halbe Dorf.«

Die Schützen würden zu viert sein, mit Worotynzew. Der Leutnant sollte Blagodarjows Gewehr nehmen. Das ist gut. Patronen – drei Taschen pro Mann. Im Wald wird man kaum schießen müssen, aber vom Waldrand und entlang der Chaussee. Und dann vielleicht von der anderen Seite der Straße, um die Weiterlaufenden im Rücken zu decken.

Er erklärte, wie sie auf verschiedene Ziele schießen sollten, in Salven oder einzeln. Und da bestätigte ihm Leutnant Ofrosimow, daß er seine Pflicht richtig verstand. Ebenfalls unrasiert, schwarz, mit verzerrtem Gesicht und unstetem Blick, auf den Ellbogen sich stützend, richtete er sich auf der ihm längst verhaßten Bahre ein wenig auf und sagte:

»Herr Oberst, darf ich etwas sagen? Ich bitte ... mich nicht unbedingt mitzunehmen ... nur ... je nach den Umständen. Die Fahne wollen wir sofort abwickeln, jemand anders soll sie nehmen. Setzen Sie mich an einer günstigen Stelle ab und lassen Sie mir möglichst viel Patronen.«

»Angenommen«, antwortete Worotynzew, ohne zu zögern. »Ich danke, Leutnant. Jewgrafow, du wirst die Fahne übernehmen.«

Der flinke Jewgrafow hatte sich neben Katschkin als erster von den Dorogobushern gefaßt und war sofort bereit zu handeln:

»Jawohl, Euer Hochwohlgeboren! Kann ich sie abwikkeln?«

Er wollte schon aufspringen.

»Bleib liegen.«

Es war so gekommen, daß von den Offizieren nur Lenartowitsch nicht zum Kriegsrat hinzugezogen wurde. Direkt beleidigt war er nicht, aber er rückte doch näher, zu Ofrosimow, hörte aufmerksam zu und fragte jetzt:

»Herr Oberst, können Sie mir sagen, was geschieht, wenn es unmöglich ist, über die Chaussee zu kommen?«

»Was heißt ›unmöglich‹?« Worotynzew blickte ihn streng und mit Bedauern an: aus diesem Jungen ließe sich etwas machen, aber dazu fehlte die Zeit. »Stehen die Deutschen etwa Schulter an Schulter? Kann dort zum Beispiel ein Fuchs nicht durchschlüpfen? Dann können wir's auch. Und haben Sie überlegt, wie den Deutschen auf der Chaussee zumute ist? Sie stehen dort in einem dünnen Streifen, ist es für sie nicht noch unheimlicher, warten zu müssen, an welcher Stelle jemand aus dem Wald ausbricht?«

»In der Armee gibt es kein UNMÖGLICH!« belehrte ihn auch Ofrosimow. »In der Armee ist alles möglich.«

Lenartowitsch antwortete nichts, aber er dachte: das ist es ja eben, ihr habt euch daran gewöhnt, daß für euch alles möglich ist. Eben deshalb müssen alle Armeen auf der Welt abgeschafft werden.

Der Kriegsrat war beendet, die Fahne Jewgrafow übergeben, die Patronen verteilt. Worotynzew drängte Lenartowitsch seine kleine Axt auf:

»Sie haben ja nichts in der Hand, wie wollen Sie durchkommen?« Und als er dessen Argwohn bemerkte, er könne sich über ihn lustig machen: »Nehmen Sie, nehmen Sie! Die erste Waffe war die Axt!«

Lange noch instruierte der Oberst die Messerkämpfer und Schützen über den Weg, der vor ihnen lag, darüber, was und nach wievielen Schritten kommen würde. Er verlangte, daß sie alles wiederholten und in dem Sand aufzeichneten, wie sie es verstanden hatten.

Und dann blieb nur übrig liegenzubleiben, den Kopf auf den Armen, mit dem Gesicht im Sand, in unruhiger

Erwartung. Alle sehnten jetzt die Nacht herbei, denn diese letzten Stunden gehörten ihnen ohnehin nicht. Vom Krieg, vom Gefecht sprach keiner mehr. Die älteren Dorogobusher redeten von Viehfutter, von Kühen, den hiesigen schwarzgescheckten und von ihren eigenen. Dann redete keiner mehr, alle verstummten.

Die Sonne sank, wurde milder, schien aber immer noch in ihr Wäldchen, und auch der leuchtende Purpur der Abendröte hinter dem Hochwald reichte bis hierher. In der Abendröte zogen Wölkchen auf, zunächst rosa, dann immer dunkler, schließlich taubenblaulila, vielleicht kündigten sie das Ende des seit zwei Wochen anhaltenden klaren schönen Wetters an, des Zeugen von Aufmarsch und Untergang der russischen Armee?

Sascha glaubte, daß noch nie so vieles sich in ihm zusammengedrängt hätte: werde ich morgen früh noch leben? Ist dies das letzte Abendrot meines Lebens? In welcher Welt werde ich mich morgen wiederfinden? Werde ich im Sand liegen, die Arme weit auseinander? Oder in die Gefangenschaft abgeführt werden? Oder auf ein Stück Papier gierig schreiben: »Meine Lieben! Ich bin durchgekommen! Ich bin gesund!« Und: »Weronja, gib Jolotschka einen Kuß von mir!« Von hier aus geschrieben wirkt es nicht aufdringlich und nicht geschmacklos. Sondern leidenschaftlich.

Er drehte die ihm aufgedrängte Axt in der Hand. Sie war klein und leicht, aber so scharf geschliffen – man konnte sich vorstellen, wie leicht sie in einen Schädel dringt. Aber mit der Axt auf einen Menschen einschlagen? Dazu könnte Sascha sich nicht entschließen. Nein, das war widerlich, das war – Mord. Aber grundsätzlich betrachtet: ist eine Kugel denn besser? Gestern wollte man Sascha töten, beinahe hätte man ihn getötet. Aber wenn es keinen Ausweg gibt und wenn heute nacht einige Deutsche von Katschkin und Blagodarjow lautlos mit den Messern erstochen oder von diesem Milchkalb von Leutnant abgeschossen werden – dann kann man es nicht bedauern. Aber er selbst, mit dieser Axt, von Angesicht zu Angesicht, nein, das möchte er doch nicht.

Das Blatt hatte sich unerbittlich gewendet. Auf der Chaussee dröhnten und hasteten die Deutschen. Auch unter ihnen waren bestimmt Sozialdemokraten, die man gewaltsam in dieses Gemetzel getrieben hatte. Unter anderen Bedingungen hätte Sascha sich gefreut, ihnen die Hand zu drücken und sie auf einem Meeting zu begrüßen. Aber heute setzte er seine ganze Lebenshoffnung wie auf einen leiblichen Vater auf diesen Oberst, einen Diener des Throns.

Langsam dämmerte es. Der ganze Wald war dunkel, aber auf ihrer jungen Schonung lag das immer heller werdende Licht des Mondes, der eben seine erste Hälfte überschritten hatte. Über den ganzen Himmel streckten sich die dunklen Ärmel der langgestreckten Wolken nach ihm und drohten ihn zuzudecken.

Worotynzew gab das Kommando: Vorwärts, und achtgeben, daß die Wipfel nicht schaukeln.

Sie rückten in den Hochwald vor. Hier war es wesentlich dunkler, aber der Mond schien auch hier herein. Die Messerkämpfer gingen. Die Schützen hielten sich bereit. Aber plötzlich wurde es erschreckend hell: grelles, phosphoreszierendes Licht! Sie schraken zusammen, drehten sich nach der Schonung um – das war ein Scheinwerfer! Irgendwo in der Nähe, gleich an der Chaussee vor dem Dorf! Er strahlte nicht hierher, sondern die Chaussee entlang, von rechts nach links. Der Strahl war nicht hierher gerichtet, nur das Streulicht von dem engen Ausgangspunkt des Strahls drang hier ein.

Ein schöner Durchbruch! ... So ist es mit einem Plan im Krieg.

»Aus ...« entfuhr es Sascha. »Und warum muß er ausgerechnet neben uns stehen! Und nicht etwas weiter weg!«

»Das ist ja gerade günstig, daß er so nahe steht«, überlegte Worotynzew. »Hoffen Sie lieber, daß bloß kein zweiter dazukommt. Diesen einen hier in der Nähe werden wir zusammenschießen, er ist ein erreichbares Ziel.«

Auch die Schützen gingen.

Der Mond war verschwunden. Der Strahl blieb unbeweglich, sein seitliches Flimmern unterstrich nur die schwarzen Konturen. Jetzt war alles nur Geräusch. Von der Chaussee war ab und zu eine Maschinengewehrgarbe zu hören – zur Abschreckung, vielleicht hatten sich auch irgendwo Russen bemerkbar gemacht. Dann näherte sich ein Geräusch. Jedesmal konnte es ein Fremder sein, aber es war einer von den Schützen: es ging ein Stück weiter. Sie trugen Ofrosimows Bahre zwischen sich, traten vorsichtig auf, als trügen sie einen Schlafenden, mußten deshalb die Bahre lange halten, die Arme schmerzten. Der Waldboden schien eben zu sein, aber jetzt stießen sie auf Haufen von Kiefernzapfen (die Deutschen räumten im Wald auf wie im Haus), auf Gräben oder Löcher. Zweimal schon waren sie ein Stück vorgegangen, dann hatten sie lange, sehr lange gewartet und schon geglaubt, alles sei verloren. Nachher stellte sich heraus, die Vorderen hatten den Kompaß verloren und ihn in der Dunkelheit suchen müssen. Ofrosimow fluchte leise im Dunkeln, um nicht zu stöhnen, Sascha bat ihn, damit aufzuhören. Das war sehr unvorsichtig gewesen: plötzlich hörten sie an der Seite Stimmen, ganz nah, die zweifellos nicht von ihrer Gruppe kamen, aber wer war es dann? Die Sprache war nicht zu erkennen. Sie hielten den Atem an, packten das Bajonett. Es ging vorbei. Dann glaubten sie, einen Hund in der Nähe knurren zu hören – nein, es war kein Hund, auch das ging vorbei. Auf diese Weise hatten sie eine Werst zurückgelegt, vielleicht auch noch mehr: wenn jetzt auf der Chaussee etwas vorbeidröhnte oder mit dem Maschinengewehr geschossen wurde, dann war es in unmittelbarer Nähe. Und es war heller geworden, weil sie immer mehr in den Seitensektor des glücklicherweise immer noch unbeweglichen Scheinwerfers gerieten. So vergingen vermutlich an die drei

Stunden. Nichts hatte sich zu ihren Gunsten geändert, möglicherweise liefen sie in eine Falle, aus der es kein Vor und Zurück mehr gab, die Deutschen brauchten nur den Scheinwerfer zu drehen und in Kette gegen sie vorzugehen. Sascha konnte nicht sagen, daß er sich fürchtete, es war ihm bloß elend, und er war verzweifelt. Er hielt den Axtstiel fest umklammert, um, wenn es sein mußte, einem Menschen den Schädel einzuschlagen.

Unsere Leute schossen ganz in der Nähe, rechts – plötzlich! Aus vier Gewehren, nicht in Salven, sondern rasch hintereinander, wie um die Wette! Und nach etwa zehn Schüssen – erlosch der Scheinwerfer! Er war erloschen! Und auch die ganze Welt erlosch mit einem Mal! Völliges Dunkel! Und unsere Schützen stellten das Feuer ein!

Was jetzt? Wohin jetzt?!

Da hämmerte ein Maschinengewehr los, noch ein Maschinengewehr, auf der Chaussee, aufs Geradewohl, ins Gelände hinein.

Krachend brach vor ihnen etwas durch die Dunkelheit – wer? was? – und wie ein Eber rannte Katschkin auf sie zu:

»Wo ist der Leutnant? Weg mit der Bahre! Ich nehme ihn auf den Buckel! Mir nach, ihr Trottel!«

55

Am 17. morgens wurde Neidenburg plötzlich von Süden beschossen – die russischen Verwundeten wurden lebhafter, stemmten sich in ihren Betten hoch, um aus den Fenstern sehen zu können, und die Schwestern liefen hinaus und freuten sich an den Wölkchen der russischen Schrapnells und den Fontänen der Sprenggranaten, als könnten sie Russen keinen Tod bringen. Der deutsche Arzt und die Feldschere lächelten, da sie an den Abzug ihrer Truppen nicht glaubten; den ganzen Tag wurde ringsumher geschossen, aber zu einem Gefecht kam es nicht, es gab auch keine deutschen Truppen, und die russischen rückten nicht in die Stadt ein. Erst am Abend zogen die deutschen Wachen vor dem Hospital ab und ließen einige Krankensäle mit deutschen Verwundeten zurück. Die neuen Besatzer hatten es nicht eilig zu erscheinen, sich nach dem Lazarett zu erkundigen und die eigenen Verwundeten in die Etappe abzutransportieren.

Erst in der Dunkelheit rollten russische Fuhrwerke durch die Stadt und zogen Berittene und Infanterieeinheiten ein. Einige Gebäude, noch bei Tag in Brand geschossen, waren jetzt, nach Anbruch der Dunkelheit, die einzige unheimliche Beleuchtung der nächtlichen Stadt. Aus einem Fenster in Tanjas Krankensaal hatte man einen Blick über die ganze Stadt, über die Brände, und Tanja stand davor, beide Fensterflügel waren zurückgeschlagen, sie schaute, schaute und antwortete gelegentlich auf Fragen der Verwundeten. Gegen den purpurroten Feuerschein traten deutlich die Merkmale der fremdartigen Häuser hervor: die üppigen Verzierungen über den Fassaden, spitzenartiges und gezacktes Mauerwerk und die Ornamente der Balkone.

In ihrem Zustand empfand Tanja dieses ganze Schießen, die Brände, das Kommen und Gehen der Truppen nicht als unheimlich, sondern erleichternd. In der dumpfen Luft der Lazarettsäle, im Qualm der Einschläge und Brände fühlte sie sich wohler, die gewöhnliche menschliche Ängstlichkeit kannte sie nicht. Im Gegenteil, all das schaffte ihrem Herzen Erleichterung und linderte ihren Schmerz. Sie merkte wie durch einen Schleier, daß etwas Entsetzliches geschah, aber es schaffte Erleichterung ihrem Herzen, sie gewann dadurch immer mehr Kraft und konnte ununterbrochen, fast ohne zu essen oder zu schlafen, alles ausführen, was man ihr auftrug.

Verläßliche Nachrichten erhielt das Hospital nicht, dafür gab es Gerüchte im Überfluß. Sogar unter den Deutschen hatten sie immer wieder neue Verwundete aus verschiedenen Einheiten bekommen, von denen zu hören war, daß alle höheren Kommandeure gefallen, daß alle russischen Einheiten durcheinandergeraten seien, daß die Deutschen von allen Seiten schießen, den Russen die Wege abschneiden und sie gefangennehmen würden. In Tanjas Saal lag gerade ein Sotnik* mit dichtem Schopf, der zur Eskorte des Generals Martos gehört hatte (er bekam das Eckbett des Leutnants aus Rostow, der im letzten Augenblick zu Fuß aufgebrochen war). Er war nicht schwer verwundet, aber sehr erregt und beunruhigte alle mit seinen verworrenen, lauten Erzählungen vom Untergang des xv. Korps und seines Generals. Er erzählte mit solch glühendem Eifer, ohne sich unterbrechen zu lassen, als mache es ihm Vergnügen, daß alles so schlecht stand und alle gefallen waren. Die Erzählungen dieses Kosaken sprachen sich im Hospital herum, und auch die Ärzte kamen, um ihn zu hören.

Bei anbrechender Nacht erwartete man Fuhrwerke für die Evakuierung, erwartete Vorgesetzte, und tatsächlich fuhr um Mitternacht im trüb-roten Schein der fernen Brände auf dem Platz vor dem Hospital ein Automobil vor, dem ein Stabsarzt und ein General nebst Adjutant entstiegen. Zwei Minuten später waren sie bereits in Tanjas Krankensaal. Und traten auf den Sotnik zu. Und Tanja brachte die Petroleumlampe vom Tisch zu ihnen in die Ecke.

Der struppige Sotnik mit seinem kohlrabenschwarzen Schopf schien geradezu glücklich in seinem Bett vor dem General, als hätte er nur auf ihn gewartet, als wären seine Berichte nur für diesen General bestimmt gewesen. Und der General, mit milchweißer gepflegter Haut, gepflegtem Schnurrbart, großstädtisch und nicht im geringsten zur Herablassung bereit, schien ebenfalls diesen Sotnik gesucht zu haben: er fragte ihn nicht eilig und im Vorbeigehen aus, sondern ließ sich auf das unsaubere Bett nieder, richtete seine eindrucksvollen Augen auf ihn und befahl dem Adjutanten, alles zu notieren, angefangen mit Namen, Dienstrang und Einheit.

Tanja hielt mit fester Hand die hohe gelb-grüne Glaslampe über die Notizen des Adjutanten, mitten zwischen den Köpfen des Kosakenhauptmanns und des Generals, beobachtete aufmerksam und durchschaute sie nach und nach.

Der Hauptmann wiederholte seine ganze Geschichte bestimmt zum zwanzigsten Mal, wobei er sie mit neuen Details versah, die den früheren vielleicht nicht einmal widersprachen. Wie das gesamte geschlagene Korps in seinen Stellungen geblieben war, während der Oberbefehlshaber Samsonow General Martos abgeschickt hatte, um Neidenburg zu besetzen. Wie sie gestern in aller Herrgottsfrühe hierher aufgebrochen waren, aber von Dragonern erfahren hatten, daß die Stadt bereits in deutscher Hand sei. Wie sie geritten waren, um Stellungen zu wählen, und unter Kartätschenbeschuß aus dreihundert Sashenj Entfernung geraten waren – und wie der Chef des Korpsstabs und der Divisionskommandeur von Torcklus und viele Kosaken gefallen waren, während sie, treu zu Martos haltend, sich mit ihm in den Wald zurückgezogen hatten. Wie der Adjutant des General Martos verschwunden war, samt der Tasche, der Tasche mit dem Essen, den Zigaretten, Kompaß, Karten, und wie der General Hunger gehabt und nicht gewußt hatte, wohin. Ihre Pferde hatte man unter ihnen weggeschossen, sie waren zu Fuß umhergeirrt, aber wo sie sich auch aus dem Wald gewagt hatten – überall waren Deutsche gewesen. Ihn selbst, den Sotnik, hatte Martos in die Stadt geschickt, er sollte sich durchschlagen und hier von dem allgemeinen Untergang erzählen; er hatte ihn zum Abschied umarmt und sich auf der Stelle vor seinen Augen erschossen, da er diese Schmach nicht ertragen konnte.

Der General nickte mit seinem weißhäutigen, wie ein riesiges Hühnerei länglich runden Kopf und fragte:

»Sie bestätigen also, daß General Martos sich in Ihrer Gegenwart erschossen hat?«

»Bei Gott, Exzellenz!«

Der Adjutant notierte.

Mit Strenge, betrübt, aber ohne Verwunderung nickte der Gardegeneral, er hatte nichts anderes erwartet, hatte das vorausgesehen. Störend und unerwartet war für ihn nur das Gesicht der Schwester, unangenehm durch den dunklen, brennenden, forschenden Blick, an der Lampe vorbei – das Lampenlicht spiegelte sich in den Augen – unentwegt auf ihn gerichtet. Er zuckte unter diesem Blick einige Male mit dem Hals und bemühte sich, die Schwester nicht mehr anzusehen.

Und Tanja – Tanja war wie erwacht. Zum erstenmal nach all diesen Wochen seit dem Verrat ihres Bräutigams nahm sie mit solch ungeteilter Aufmerksamkeit, sich selber völlig vergessend, ein Ereignis der äußeren Welt wahr, das sich ein Arschin vor der von ihr gehaltenen hellen nichtrußenden Lampe mit dem makellos sauberen Glas abspielte. Tanja konnte ihn in nichts überführen, sie konnte nichts beweisen, aber mit ihrem durchdringend-enthüllenden Blick sog sie auf: der Sotnik ist so wortreich, so erregt und redet mit solcher Leidenschaft auf alle ein, weil er eine Sünde zu verbergen hat, vielleicht hat er General Martos in der Gefahr im Stich gelassen und ist davongelaufen; und dieser bedeutende, geschniegelte General ist deshalb so leichtgläubig, geht keinem Widerspruch nach und stellt dem Sotnik keine Gegenfragen, weil er es gerade so *braucht*, weil es ihm gerade so recht ist.

Wie die Jungfrau des Lichts trat sie mit ihrer Lampe in das dreiköpfige dunkle Dreieck und leuchtete es furchtlos aus.

Bis jetzt hatte sie den Krieg als Äußerung einer unausweichlichen unbezähmbaren elementaren Kraft betrachtet, die die Soldaten ergreift, verwundet und tötet, ohne daß es dem Menschen möglich wäre, sie je zu beherrschen. Sogar gegenüber den Leiden der Verwundeten, die sie zu lindern suchte, konnte sie ihren eigenen inneren Schmerz nie für geringer halten als deren Wunden: deren Leiden rührte von einer elementaren Kraft her, gegen die kein Vorwurf möglich war, ihres dagegen – von Ungerechtigkeit, Gemeinheit und Verrat.

Aber jetzt kam Tanja aus diesem dunklen protokollierenden Dreieck ein offenkundig böser Wille entgegen, klar trat ihr vor das Bewußtsein, daß dieser Wille das Schicksal ihres Hospitals bestimmte, aller Verwundeten von heute und auch von morgen – und zum erstenmal verdrängte das fremde allgemeine Leid das Gefühl eigener Erniedrigung und des Betrogenseins, ließ es zurückweichen und schrumpfen, bis es plötzlich nicht mehr der größte Schmerz der Welt, sondern durchaus klein war.

Und sie hielt herausfordernd und hartnäckig das Licht der Wahrheit, als sie merkte, daß es den Augen des Generals weh tat und unangenehm war.

Der redselige Kosak erkühnte sich bis zur Dreistigkeit und redete auf den General ein:

»Die Deutschen haben Sie nicht umsonst in diese Stadt hereingelassen, Exzellenz! Das ist eine Falle. Hier sind

Truppen freigeworden, unübersehbar viele, und alle kreisen Sie jetzt ein. Sie müssen aufpassen, daß die Falle nicht zuschnappt!«

Ja, ja, so war es, genau das befürchtete General Sirelius! Er hatte sich ohnehin gewundert, daß die Deutschen ihm diesen Schlüsselpunkt so leicht überlassen hatten. Sie sind stärker als wir, warum haben sie dann diese Stadt geräumt? Die vorgeschobene Stellung seiner Division wurde immer gefährlicher. Wann die von Mlawa aus anrückende Verstärkung heran sein würde, war völlig ungewiß, diese Falle jedoch könnte von einer Stunde auf die andere zuschnappen, besonders im Morgengrauen. Bis zu den eingekesselten russischen Einheiten war es möglicherweise gar nicht mehr weit, vielleicht zehn Werst, aber er konnte doch nicht nachts dorthin marschieren, in die Ungewißheit, mitten in die Ansammlung der Deutschen hinein. Und kann überhaupt noch von russischen Truppen die Rede sein, wenn Augenzeugen bestätigen, daß Generale gefallen und die Einheiten aufgerieben sind, sie sind sowieso verloren, und es wäre nicht ratsam, dieser Niederlage noch ein weiteres Opfer zu bringen – die Garde des General Sirelius. Außerdem war keiner befugt gewesen, seine Abteilung vorzuschicken: Sirelius gehörte zum XXIII. Korps und war als angesehener Gardegeneral durchaus nicht verpflichtet, den Armeegeneralen aus dem Kommando des I. Korps sich unterzuordnen. Die Aussagen dieses Sotnik und Augenzeugen waren ein willkommener Anlaß zur Überprüfung des Befehls.

Um dem forschen, sogar haßerfüllten Blick der stattlichen, dunkeläugigen Schwester auszuweichen, wandte Sirelius den Hals wie ein Gänserich, erhob sich und ging an ihrer hellen Lampe vorbei, gefolgt von seinem Adjutanten.

Bald darauf schnaufte das Automobil und verließ den Platz. Was der General gedacht, was er beschlossen hatte – niemand hatte es erfahren. Aber alle im Saal, die bei

Bewußtsein waren und zuhören konnten, hatten verstanden. Sie werden nicht evakuiert. Sie werden in Gefangenschaft bleiben.

Tanja stürzte davon, um Walerjan Akimytsch zu suchen, aber der hatte den Erzählungen des Sotnik schon vorher nicht geglaubt, und was konnte er auch tun? Sollte sie zum Chefarzt laufen? Aber der hatte nur ihnen etwas zu befehlen, vor einem General war er ein kleiner Mann. Und was hatte sie in der Hand, außer dem Zeugnis ihres Herzens?

Sie wollte sich einsetzen wie nie zuvor – aber sie wußte nicht, was sie tun sollte. Und sie schämte sich, weil sie seit so vielen Wochen den eigenen Kummer über den Kummer all derer gestellt hatte, die sie umgaben.

Bis zum Morgen fiel kein einziger Schuß. Die Brände ließen nach, keiner löschte. Artilleriegespanne rollten zurück, in entgegengesetzter Richtung wie gestern. Auf einer anderen Straße zog die Infanterie ab. In der Morgendämmerung war es ruhig und menschenleer. Sehr früh, noch vor Sonnenaufgang, wagten sich die Einwohner hervor – auch ihnen hinter ihren Fenstern war nichts entgangen. Und jetzt liefen sie schon auf den Straßen herum, zuerst leise und stumm. Aber bald lärmten sie fröhlich, riefen, gratulierten sich gegenseitig und begrüßten mit ihren Hüten die ersten in die Stadt einmarschierenden deutschen Soldaten.

Die Verwundeten lagen und vergruben den Kopf in den Händen. Und die Schwestern gingen weinend umher.

Die deutschen Wachen kamen und bezogen Posten in jedem Gang.

Und da erst, nicht schon vorher, stürzte aus dem Saal der Wundhöhlenverletzten eine ältere stupsnasige geschäftige Schwester und flüsterte atemlos:

»Tanjúscha! Vorhin ist ein neuer Verwundeter gekommen. Er liegt bei mir ... Er hat sich kaum herschleppen können und wird nicht mehr lange machen ... Er hat die

Fahne des Libauer Regiments um die Brust. Was sollen wir machen?«

Tanjas Augen blitzten auf, ohne zu überlegen, sogar freudig sagte sie:

»Wir gehen! Ich wickele sie um!«

»Aber im Gang stehen überall Deutsche«, gackerte die stupsnasige Schwester, »wir müssen es im Krankensaal machen, so schnell wie möglich.«

»Dann eben im Krankensaal!« sagte Tanja bestimmt und ging an der anderen vorbei.

»Aber wie willst du das vor denen machen! Die Fahne gehört doch unter das Unterhemd, du mußt alles ausziehen!«

»Dann werde ich eben alles ausziehen!« Tanja war bereits im Krankensaal.

Sie hatte es immer vermieden, auch vor Frauen, sich auszuziehen, weil sie sich ihrer selbst bei ihrem Wuchs zu großen Brüste schämte, die sie einfach für zu voll hielt und über die sie als Halbwüchsige wie über eine Mißbildung geweint hatte.

»Mit Nadeln feststecken?«

»Nein, festnähen! Wo ist sie? Eine von euch wickelt mit und heftet alles zusammen, die andere bleibt an der Tür, damit kein Deutscher reinkommt!«

Selbst wenn Sirelius in jener Nacht nicht davongelaufen wäre, die Stadt hätte er nicht halten können. Infolge der federnden Bereitschaft der Deutschen hatte von François gegen Morgen drei Divisionen vor der Stadt, und zwei waren im Anmarsch. Obwohl von François persönlich, wie ein Tänzer auf dem Seil, auf einem Chausseestreifen im Dorf Modlken saß ohne einen Halt, während die Russen gruppenweise von Norden kamen, dicht vor dem Dorf seinen Scheinwerfer mit Gewehren zusammenschossen und es auch möglich war, daß sie unmittelbar beim Stab durchbrachen, wies er die fünf Divisionen an, konzentrisch auf Neidenburg vorzugehen.

Entsprechend der teigigen Nachgiebigkeit der russischen Kommandoführung erhielten die russischen Flügelkorps ausgerechnet am Abend des 17., als Netschwolodow und Sirelius ihre größten Erfolge zu verzeichnen hatten, als noch zahlreiche gefechtstüchtige russische Gruppen (bei Willenberg rund 15 000 Mann) zu nächtlichen und morgendlichen Durchbruchsversuchen ansetzten, von Shilinskij-Oranowskij den Befehl, nicht zum Entsatz der Eingekesselten vorzugehen, sondern den RÜCKZUG anzutreten.

Und welch einen Rückzug! Blagowjestschenskij: 20 Werst zurück, wenn der Gegner nicht drängt, und sogar bis Ostrolenka (weitere 35), wenn der »Gegner drängt«. Duschkewitsch: 30 Werst zurück und sogar bis Nowogeorgiewsk (weitere 60). Wie vernünftig hatte doch Kondratowitsch gehandelt, der von sich aus vorsorglich auf diese Linie zurückgegangen war!

Und als die Nacht vorüber war, hatte die Angst noch größere Augen. Nachdem Postowskij am 18. August den von Dragonern aufgelesenen Armeestab eigenmächtig 40 Werst hinter seinem früheren Standort Ostrolenka etabliert hatte, befand der Frontstab im nachhinein: »Verlegung des Armeestabs gebilligt.« Das hatte auch seine Vorteile: jetzt war die normale Telephon- und Funkverbindung mit dem Armeestab wiederhergestellt. Und jetzt lief in dem Stab der Zweiten Armee die schriftliche GENEHMIGUNG des FRONTSTABS ein, das 1. Korps des Generals Artamonow AUCH ÜBER SOLDAU HINAUS VORZUSCHIEBEN!

Und wie steht es mit Rennenkampf? »General Samsonow erlitt schwerste Niederlage, und der Gegner kann sich jetzt ungehindert gegen Sie wenden.« Gerade war die Kavallerie Rennenkampfs nach langem Zögern zum entschiedenen Handeln übergegangen: das Reiterkorps des Chan von Nachitschewan bedrohte Allenstein! Die Kavalleriedivision des Generals Gurko drohte den schwächsten, östlichen Bogen des Rings zu durchbrechen! Allzu gewagt, sehr gefährlich: »Vorgeschobene Kavallerie an die Armee heranziehen . . .« (Alles, um das Wort ZURÜCK zu vermeiden.) Und die gesamte Erste Armee mußte den Rückzug antreten.

(Rennenkampf wird auch hier zögern, diesmal vielleicht aus Stolz, und eine Woche später muß seine Armee, um der gleichen Einkreisung zu entkommen, den Marathonlauf antreten – ein Rennen ohne Kampf.*)

Und ferner: als würdiger Nachfolger des gefallenen Samsonow wurde der Korpskommandeur Scheidemann ernannt.

Der spätere Bolschewik.

18. August.
Dementi der Hauptverwaltung des Generalstabs

Der deutsche und österreichische Generalstab halten bei ihrer Berichterstattung über die Lage auf dem Kriegsschauplatz weiterhin an ihrer bisherigen Taktik fest: laut den telegraphischen Meldungen der Agentur Wolf soll die deutsche Armee »einen vollständigen Sieg über russische Truppen in Ostpreußen erzwungen und sie über die Grenze zurückgeworfen haben . . .«
Der Wahrheitsgehalt und der Wert solcher Berichterstattung bedürfen keines Kommentars.

Feuer trägst du unter dem Rockschoß
nicht weit!

56

Bild

Ein Pferdekopf,
der Kopf eines nicht rassigen, braunen, russischen
Pferdchens. Ein hilfloser, gutmütiger Kopf.
Es kann eine Verzweiflung darin liegen, die an die
menschliche heranreicht: was ist mit mir? Wohin bin
ich geraten? Wieviele Tote habe ich gesehen! – und
jetzt bin ich selbst am Tode.
Das Kummet hat man ihm nicht abgenommen. Und
nicht einmal gelockert.
Es ist erschöpft und kann kaum noch stehen. Es wurde
nicht gefüttert, nicht abgeschirrt, nur gepeitscht – los,
weiter! Rette uns! Es hat sich selbst losgerissen, jetzt
schleifen die zerfetzten Strangriemen nach.
Es bewegt die Ohren, watet ohne Hoffnung weiter,
irgendwohin, das Bein versinkt im
schmatzenden Sumpf.
Es reißt das Bein heraus, arbeitet sich mühsam aus
dem Loch aufs Feste
und schleppt sich weiter, tritt auf die Strangriemen,
die über die Erde schleifen,
mit tiefhängendem Kopf, aber es sucht nicht nach
Gras, hier gibt es kein Gras . . .
Es macht einen ängstlichen Bogen
um Pferdeleichen. Die vier Beine nach oben, wie
Pfähle, und die Bäuche aufgedunsen.
Hoch aufgedunsen! Das Pferd wird größer, wenn es
gestorben ist!
Und der Mensch – kleiner. Er liegt mit dem Gesicht

auf der Erde, gekrümmt, klein, es ist kaum zu glauben,
daß er dieses ganze Dröhnen, Schießen, die Bewegung
dieser Massen ausgelöst hat,
die fortgeworfen, aufgetürmt herumliegen. Ein
Fuhrwerk im Graben, auf der Seite,
das oberste Rad ist jetzt ein Lenkrad ...
Ein Fourgon, wie vor Entsetzen auf den Rücken gekippt, die Deichsel ragt nach oben ...
ein tollgewordener Bauernwagen steht auf den
Hinterrädern ...
verknäultes, zerrissenes, verlorenes Pferdegeschirr,
eine Peitsche,
Gewehre, abgebrochene Bajonette und abgeschlagene
Kolben ...
Sanitätstaschen ...
Offizierskoffer ...
Mützen ... Koppel ... Stiefel ... Säbel ... pralle
Offizierskartentaschen ...
Tornister ...
manchmal noch an Leichen ...
Fässer – ganze, zerschossene, leere ...
Säcke – volle, halbvolle, zugebundene und aufgebundene ...
Ein deutsches Fahrrad, das nicht bis nach Rußland
gekommen ist ...
weggeworfene Zeitungen ... »Russkoje slowo« ...
Akten aus der Schreibstube flattern im Wind ...
die Leichen dieser Zweibeiner, die uns vorspannen,
antreiben, peitschen ...
Und wieder unsere Leichen, Pferdeleichen.
Wenn bei einem toten Pferd der Bauch aufgeplatzt
ist, dann

Großaufnahme

kreisen Fliegen, Bremsen und Mücken über
verwesenden Eingeweiden und
summen gierig.

Höher, noch höher
kreisen Vögel, stürzen auf Aas herunter und
schreien erregt, vielstimmig.
= Unser Pferd wird es nie vergessen.
Aber es ist
Breitwand statt des gewöhnlichen Bildes
hier nicht allein! Oh, wie viele Pferde irren hier
über das Schlachtfeld,
über diese versumpfte, verfluchte Niederung,
zwischen Weggeworfenem, Verlassenem, Umgestürztem, zwischen Leichen und abermals Leichen.
= Die Pferde streunen zu zehn, zu Hunderten,
bilden Herden,
oder bleiben zu zweit, zu dritt,
verloren, erschöpft, knochig, die leben noch, denen
es gelungen ist, sich von dem toten Fuhrwerk
loszureißen,
manche sind noch im Geschirr wie unser Pferd,
oder sie schleifen die Gabeldeichseln mit, da kommen zwei, sie schleppen zwischen sich die herausgebrochene Deichsel . . .
und es gibt auch verwundete Pferde,
nicht dekorierte, ungenannte Helden dieser Schlacht,
die hundert, zweihundert Werst weit
diese Artillerie gezogen hatten, die jetzt
tot ist und im Sumpf versinkt . . .
den gesamten Munitionsvorrat, die Munitionswagen
an ihren Ketten, die soll mal jemand vom Fleck
bewegen! . . .
= Und wer sich nicht losgerissen hat, den trifft ein
anderes Los: kreuzweise übereinander liegen zwei
volle Gespanne, dreimal die beiden Vorderpferde
einer Feldkanone . . .
So liegen sie, trampeln und treten auch noch tot
aufeinander herum,
vielleicht sind auch nicht alle tot, aber niemand,

der ihnen helfen, der sie retten könnte.
= Oder hier, tote Zugpferde, die hat es erwischt,
als sie die Batterie aus der Stellung ziehen sollten. Die
Batterie feuerte bis zum letzten Augenblick: Ge-
schütze zertrümmert, Geschützbedienung tot,
und ein Oberst, baumlang, der kommandierte wohl
an Stelle des Zugführers . . .
Der Abschnitt vor der Batterie ist mit den Leichen
von Deutschen übersät.
= Die Pferde werden eingefangen. Wir werden gejagt,
gepackt . . .
Und wir, die Pferde, reißen uns los . . .
Und sie fangen uns wieder ein, fesseln uns . . .
Das sind deutsche Soldaten,
sie haben den Befehl, die Pferde einzufangen (und
sind nicht zu beneiden),
sonst würden Tausende von Beutepferden verloren-
gehen.
= Aber nicht nur Pferde. Dort, am Waldrand,
wird eine Kolonne aufgestellt,
eine Kolonne russischer Gefangenen,
auch Verwundete darunter, die nicht verbunden sind.
Und in der Tiefe des Waldes,
in der Tiefe,
liegen noch viele Erschöpfte oder Schlafende
oder Verwundete,
die Deutschen gehen in Ketten durch den Wald,
stöbern sie auf, fangen sie ein
wie die Tiere,
zwingen sie aufzustehen,
und die Schwerverletzten werden mit
einem Schuß
erlöst.
= Die Kolonne Gefangener setzt sich in Bewegung,
fast ohne Bewachung.
Die Gesichter der Gefangenen. Ein furchtbares Los –

jeder, der es erlebt hat, weiß es.
Die Gesichter der Gefangenen. Gefangenschaft – das ist nicht die Rettung vor dem Tod, Gefangenschaft ist der erste Schritt auf einem Leidensweg.
Sie schwanken schon jetzt und stolpern,
besonders schwer ist es für die Beinverletzten.
Da kann nur ein treuer Kamerad – wenn du dich an seine Schultern hängst –
dich führen, halb tragen.
= Andere Gefangene haben es noch schwerer: sie dürfen nicht einfach so gehen, sie müssen sich vor die
eigenen, russischen Geschütze spannen, statt der
Pferde, und die Beute ziehen, schieben,
auf die Chaussee, zu den Siegern, die in gepanzerten Automobilen,
schwerbewaffnet auf Krafträdern fahren
und hinter Maschinengewehren sitzen, bereit zu schießen.
= Hier stehen schon viele Geschütze, in einer Reihe:
Feldkanonen, Haubitzen, Maschinengewehre . . .
= Und hier ziehen Arbeitspferde einen großen Bauernwagen –
einen Erntewagen, auf dem auch Heu eingefahren wird. Auf diesem Erntewagen
immer näher, Großaufnahme
russische Generale!
Nur Generale – neun.
Sie sitzen brav auf einer ausgebreiteten Decke,
die Beine untergeschlagen,
alle Köpfe zur Seite, sie blicken alle nach dieser Seite ganz ergeben,
in ihr Schicksal ergeben. Manche sind düster,
manche sehr gelassen: für sie ist der Krieg zu Ende,
sie sind ihre Sorgen los.
= Die Fuhre wird angehalten, von einem
deutschen General, der vor seinem Automobil steht,

kleingewachsen, scharfe Augen, nervös, vielleicht vor Siegesfreude,
General von François, mit Siegerblick.
Er hat kein Mitleid mit den Generalen, sondern –
verachtet ihre Jämmerlichkeit. Eine Handbewegung:
Steigen Sie um! Sie brauchen nicht auf einem Erntewagen zu fahren. Unsere Automobile reichen für alle
Generale, dort stehen vier.
= Die Generale treten mit ihren eingeschlafenen
Beinen vorsichtig auf, steigen vom Fuhrwerk herunter,
steigen verlegen, aber auch geschmeichelt
in die deutschen Automobile.
= Und die Kolonne führt man
in einen Pferch für Menschen, eingefaßt
mit provisorisch gespanntem Stacheldraht,
an provisorischen Stangen, mitten im Feld,
fast nur symbolisch.
Hier verteilen sich die Gefangenen auf der nackten Erde –
liegen, sitzen, halten den Kopf mit beiden Händen,
stehen, gehen,
erschöpft, abgerissen, mit verbundenen Wunden, mit
nicht verbundenen Wunden, mit Blutergüssen,
offenen Wunden,
und manche – warum bloß? – nur in Unterwäsche.
Manche sind barfuß
und alle natürlich hungrig.
Sie sehen uns über den Draht an, verloren, traurig.
= Eine neue Errungenschaft! Wie kann man so viele
Menschen auf freiem Feld verwahren, und zwar so,
daß sie nicht davonlaufen können?
Wohin mit ihnen?
= Eine neue Errungenschaft! Kon-zen-tra-tions-la-ger!
= Schicksal für Jahrzehnte!
= Signum des zwanzigsten Jahrhunderts!

Aus dem Stab des Höchstkommandierenden
19. August 1914.

Mit Unterstützung von Truppen, die dank des weitverzweigten Eisenbahnnetzes von der gesamten Front zusammengezogen werden konnten, griffen überlegene deutsche Kräfte nach stärkstem Beschuß durch schwere Artillerie unsere zwei Korps an und fügten ihnen schwere Verluste zu. Nach vorliegenden Meldungen haben sich unsere Truppen heldenhaft geschlagen: die Generale Samsonow, Martos, Pestitsch und einige Stabsdienstgrade sind gefallen. Für unsere Antwort auf dieses betrübliche Ereignis werden mit größter Energie und Beharrlichkeit alle erforderlichen Maßnahmen getroffen. Der Höchstkommandierende ist des festen Glaubens, daß Gott uns beistehen wird, sie erfolgreich durchzuführen.

57

Manche Kinder sind die Fortsetzung ihrer Eltern, andere schlagen ganz aus der Art. Die einen übernehmen unsere Gewohnheiten und Ansichten, wie man es sich nicht schöner wünschen kann. Die anderen, von ihren ersten Schritten an richtig geführt, wie man glaubte, und auch nicht störrisch, wachsen mit der Unansprechbarkeit eines Baumstamms nicht nach unserer, sondern nach ihrer eigenen Façon auf.

Das eine wie das andere mußte Agnéssa Martýnowna erfahren, die als Witwe zusammen mit ihrer Schwester Adálija einen Sohn und eine Tochter erzogen hatte.

Sascha wurde so, wie es sich in einer Familie gehört, wo das Bild des hingerichteten Onkels Aleksandr als Heiligtum verehrt wird: die Interessen und Mißstände der Gesellschaft faszinierten und erfüllten ihn völlig, und außerhalb ihrer konnte er sich weder ein Leben noch eine Karriere vorstellen. An jeden Menschen, jedes Ereignis, jedes Buch legte Sascha ein und denselben Maßstab an: dienen sie der Befreiung des Volkes oder der Festigung der Regierung.

Freilich, von einer Frau kann man eine solche Konsequenz nicht immer erwarten. Zu *ihrer* Zeit immerhin, in der Jugend von Agnessa und Adalija waren solche Mädchen gar nicht selten, für die der Dienst an der Gesellschaft und – wenn es sein mußte – das Opfer für das Volk unendlich mehr bedeutete als das private Frauenlos. Weronika jedoch hatte sich anders entwickelt.

Von Jahr zu Jahr fragen die Blicke der Erwachsenen, wie das Kind sich wohl entfalten wird. Von Jahr zu Jahr tritt der künftige Mensch deutlicher in ihm hervor. (Wie viel Zeit ist nötig, um es großzuziehen, wie wenig, um ihn im Krieg zu töten!) Sogar an der schon neunjährigen Weronika, mit ihrem hellen Haar, dem Mittelscheitel und zwei Zöpfchen, hellen Brauen, klaren Augen, mit ihren ruhigen dicken kleinen Lippen, war nicht zu erkennen, wie sie sich in vier und noch einmal in vier Jahren verändern würde: das Haar nachgedunkelt, die Augen dunkel und schelmisch, dieselben Lippen zeigen einen neuen Zug und ein vielsagendes Lächeln – der Siegeszug der Schönheit bemächtigt sich ihres Gesichts, kein Siegeszug, vielmehr ein Überfall, denn die Schönheit brach über sie herein und blieb für lange.

Auffallende Schönheit bedeutet für die Frau die gleiche Gefahr wie scharfer Verstand für den Mann: beides kann Ursache einer ungünstigen charakterlichen Entwicklung werden. Die Gefahren, die die Schönheit mit sich bringt, sind bekannt: Selbstverliebtheit, Verantwortungslosigkeit, »alles für mich«. Sobald die Erzieher diese gefährliche Flamme auf dem Gesicht eines Mädchens entdecken, dürfen sie nicht zögern. Agnessa Martynowna und Adalija Martynowna hatten sich alle Mühe gegeben, die Bedeutung der Schönheit vor Weronika herabzusetzen und dagegen die Bedeutung des Charakters hervorzuheben, und stellten ihr als Vorbild jene heldenmütigen Volkstümlerinnen mit dem offenen Blick und der ernsten Rede vor Augen, die nur das Opfer und die Tat kannten und ihre eigene störende Schönheit (wenn sie schön waren) unter den mißfarbenen groben Kleidern und Kopftüchern der einfachen Frauen verbargen.

Das hatte sich Weronika tief eingeprägt und sie in gewisser Weise gerettet. In den bedenkenlosesten Jahren, als die elementare Kraft sich in dem Mädchen in unbewußter Koketterie äußerte, als die Ver-ehr-er sie umschwärmten, wurden sie alle von einer solchen Reinheit angeweht, daß weder ihre Hände, noch ihre Reden, noch ihre Blicke taten, wie sie wollten, alles blieb Freundschaft und Gespräch, selbst während der bis zur Morgenröte durchwachten Petersburger Sommernächte. Es hatte sich Weronika eingeprägt, daß man in den Menschen das Gute sehen und wecken solle – und sie sah und weckte es.

Dabei trat, nach der Analyse von Mutter und Tante, noch etwas anderes Angeborenes hervor: das Temperament. Weronika mit ihrem unergründlichen Blick, dem aufgetürmten Haar über der eigensinnigen Stirn, wäre verglüht, wenn sie nicht von einer natürlichen Gelassenheit gewesen wäre und ruhig, bedächtig auf das äußere Leben reagiert hätte.

Ihr Temperament rettete sie vor den gefährlichen Wegen der Schönheit und schien die pädagogischen Bemühungen der Erwachsenen zu unterstützen, aber eben dieses Temperament verhinderte auch deren Erfolg. Weronika war aufrichtig von dem Leid um sie her bewegt – aber daraus entsprang weder der Wille zu kämpfen noch Haß auf die Unterdrücker. In ihrem verschwommenen unbegrenzten Mitgefühl fehlte die kategorische Schranke zwischen Opfern der sozialen Unterdrückung und Opfern natürlicher angeborener Mißbildungen, des eigenen Charakters, fehlgeleiteter Gefühle oder sogar von Zahnschmerzen.

Vor kurzem zum Beispiel unterhielten sie sich zu Hause über das Verhalten sozialistischer Abgeordneter bei der tragikomischen Eintagssitzung der Duma. Diese Abgeordneten waren durchaus nicht schüchtern und ließen sich nichts vormachen. Chaustów versprach: die sozialistischen Kräfte aller Länder werden diesen Krieg in das letzte Aufflackern der kapitalistischen Ordnung überzuführen wissen. Und Kerénskij* nutzte die Gelegenheit, in einer mutigen und raffinierten Rede die Regierung mit Vorwürfen zu überschütten: daß die Demokratie geknebelt, nicht einmal jetzt eine Amnestie für politische Kämpfer erlassen, daß kein Versöhnungswille gegenüber den geknechteten Völkern des Imperiums wirksam wird und daß die Werktätigen die gesamte Last der Kriegsausgaben zu tragen haben.

Er hatte das alles couragiert zur Sprache gebracht, ohne sich von dem patriotischen Gebrüll um ihn herum beirren zu lassen, auch die »nicht wiedergutzumachende Kriegsschuld« nicht vergessen und als Abschluß eine brillante Anspielung auf die Revolution gemacht: Arbeiter und Bauern, befreit das Land, NACHDEM ihr es verteidigt habt! Der Zeitung war in ihrer Berichterstattung ein niederträchtiger *Fehler* unterlaufen: Arbeiter und Bauern, befreit das Land und verteidigt es! Als ob das Land von den Deutschen befreit werden sollte! Nur bei *uns* können Gedanken so dreist und ungestraft entstellt werden!

Und Weronika? Weronika saß während des Gesprächs dabei und blätterte ruhig in dem letzten Heft des »Apollon«*. »Weronja!« rief Adalija schmerzlich aus. »Ist denn das möglich, daß dieser Hohn dich nicht erschüttert?« Weronika sah mitfühlend drein: »Ich finde das sehr traurig, Tantchen. Aber was kann ich tun?« ... »TRAURIG?« Nicht traurig sollte sie das machen, sondern erschüttern und zum Handeln zwingen.

In jenen Tagen sandte der Senat der Petersburger Universität ein »alleruntertänigstes Telegramm«: »Seien Sie versichert, Majestät, ... daß *Ihre* Universität vor Eifer brennt, ihre Kräfte dem Dienst an Ihnen und dem Vaterland zu weihen.« Hätten sie nicht diese Speichelleckerei unterlassen können? »Weronja! Wie denkst du denn darüber? Warum äußerst du dich nicht?« »Mama, das sind doch nicht die Studenten, sondern die Professoren. Unser Studienjahrgang hat nichts geschickt.« »Und wenn sie es getan hätten? Hättest du protestiert? Und deine Freundinnen – hätten die protestiert?«

Und auch jene mitschwingende politische Freude, die von den jetzt durchsickernden Nachrichten über die Niederlage unserer Truppen ausgelöst wurde (die Freude war dadurch getrübt, daß Sascha und viele andere wertvolle Menschen dort waren), blieb für Weronika nicht nachvollziehbar: sie sah lediglich das Einfache und Vordergründige, daß es jetzt Tote und Vermißte gab, Witwen und Waisen – und nichts darüber hinaus!

Früher hatte Sascha einen sehr guten Einfluß auf sie ausgeübt, einen stärkeren als Mutter und Tante: um fünf Jahre, um das halbe Gymnasium und später um die ganze Universität älter als die Schwester, entschieden in seinem Urteil und nie einen Einwand unwiderlegt, unausgelöscht lassend, dominierte er über Weronika intellektuell und in der Fähigkeit sittlicher Beurteilung so entschieden, daß sie ihm ihre Abirrungen berichtete und sich ihrer schämte, sich reinzuwaschen, zumindestens sie zu verbergen und ihres Bruders würdig zu sein suchte. Aber im letzten Jahr hatte die unersättliche Maschine der Armee Sascha völlig geschluckt, während es gerade das wichtigste Jahr für die Schwester war, das erste Studienjahr. Zu Hause und allein war Weronika staatsbürgerlichen Beeinflussungen immer noch zugänglicher als vor ihren Freunden.

Vermutlich hätte eine Umgebung wie früher, wie sie vor zehn oder zwanzig Jahren in Studentenkreisen anzutreffen war, das Mitfühlen und Hassen in richtige Beziehung und Richtung gebracht. Aber in der postrevolutionären Pression wurde die Studentenschaft (so etwas ist nur in unserem vielgeduldigen Sklavenland möglich!) nicht gestählt, nicht für den Kampf geformt, sondern verfiel der allgemeinen Müdigkeit, dem Zweifel, den Einflüsterungen undurchsichtiger Propheten und wurde von verschiedenen suspekten apathischen oder mystischen neuen Typen unterlaufen, die dem Begriff »russischer Student«, »russische Studentin« einfach widersprachen. Und wenn es einige Jahre so weitergehen sollte, würde die große Tradition eines halben Jahrhunderts zerbröckeln und zusammenstürzen, jene heilige Freiheitsliebe, aus der die früheren Studentengenerationen lebten.

Gleich im ersten Studienjahr an den Bestushew-Kursen schloß Weronika eine unmögliche Freundschaft, eine unzertrennliche, mit Jelja. Es war sehr schade, daß die erste

Studienfreundin, die Weronika ins Haus brachte, ein Mädchen aus einer völlig anderen Welt war, sie spielte mit ihrem Schal, mit ihrer zerbrechlichen Taille, und steckte voll von symbolistischem Unsinn. Bei jeder Gelegenheit, passend oder unpassend, deklamierte sie diese Modedichter, dieses nebulöse Gestammel:

Wer den Turm baut, der wird stürzen,
Unaufhaltsam sein schrecklicher Flug,
Auf dem Grunde des Weltenschachts
Wird er fluchen dem eigenen Trug.

Sie spielte mit ihrer Stimme, aber am meisten mit Augen und Wimpern – ihre Augen fielen sofort durch ihre eigenartige Schönheit auf, durch ein bedeutungsvolles Aufblitzen, als sehe sie in ihrer Umgebung etwas ganz anderes als die übrigen Menschen. Den Kopf bewegte Jelja langsam und erstaunt, trug das Haar aufgelöst, schulterlang, wie eine erfahrene Schöne. Im Haar zuweilen ein Band, über den Schultern immer ein Schal, der jeden Augenblick an ihrer schmalen Figur hinunterglitt, einer Figur fast ohne Hüften, was jetzt ebenfalls als modern galt und durch ihre geradegeschnittenen schmalen glatten Kleider unterstrichen wurde.

»Jelja« – mit diesem Namen distanzierte sie sich von ihrem eigentlichen, in Kaufmannskreisen gebräuchlichen »Jelikonída«. Und Werónja nannte sie Likónja, des Gleichklangs mit ihrem eigenen Namen wegen. Sie harmonierten auch in manchen anderen Dingen, sogar in ihrem Äußeren: das gleiche dichte dunkle Haar, bei Likonja ganz schwarz, die gleiche Langsamkeit, der gleiche aufmerksame prüfende Blick, nur war bei Weronika alles fester, gediegener, ruhiger.

Aber was konnte in dem Kopf dieses Mädchens stecken, der sich so bedeutungsvoll und rätselhaft gebärdete? Es war ganz klar, daß sie nicht unter der lichten Herrschaft der Vernunft stand. Am Teetisch, bei jeder sich bietenden Gelegenheit versuchten die alternden Schwestern durch Fragen oder Diskussionen herauszubekommen: was war denn da drin in diesem kleinen Kopf, unter diesem reichen prachtvollen Haar?

Aber Likonja ging auf diese Fragen nicht ein, und Weronja war in ihrer Gegenwart noch stummer und dümmer, diese Mädchen ließen sich nicht von der Stelle bewegen. Sie hörten sich alles an, alles, Weronja mit sanfter Unnachgiebigkeit, Likonja mit zerstreutem Erstaunen, rührten die Konfitüre auf den Tellerchen und schielten nach der Uhr. Ihnen fielen keine Einwände ein, sie mußten immer fort, aber nicht in die Arbeiter-Abendschule natürlich, nicht um anderen Bildung zu vermitteln, sondern um selber zu goutieren und zu konsumieren: in eine Kunstausstellung oder in einen Vortrag über den Sinn des Lebens (als ob der einer Erklärung bedurft hätte!), oder in eine Diskussion über die PROBLEME DES GESCHLECHTS, oder, das war das Neueste – in den Kinematographen.

Wenn sie aber zu Hause blieben, dann war es manchmal noch kränkender. Im selben Eßzimmer, gleich neben dem dunkel gerahmten Bild von Onkel Aleksandr mit dem ahnungsvollen Blick des dem Tode Geweihten, setzte sich Weronja mit untergeschlagenem Bein auf das Sofa, und die zierliche Likonja blieb an der Wand stehen, stützte sich mit den Fingern ab, die in den Schal eingeschlagen waren, schaukelte mit dem Kopf und dem ganzen Körper und erging sich mit staunendem Blick und fragendem kleinen Kindermund in geliehenen Worten, frevelhaften Gedichten:

Wer zerstört, der wird einmal zertrümmert
Und begraben von berstenden Stufen,
Vom alles sehenden Gott verlassen,
Wird nach seinem Tod er bittend rufen.

58

Vielleicht war es das Beispiel der Engländer, vielleicht war es etwas Eigenes, vielleicht von außerhalb, vielleicht hier in der Hauptstadt geboren: An solchen Tagen müßig herumzusitzen sei eine Schande, alle müßten etwas TUN. Aber was eigentlich zu tun sei, wußte keiner. Und am 19. August, lange vor Vorlesungsbeginn, da sonst die Korridore der Hochschule leer waren, standen oder gingen Studentinnen in Gruppen herum, in Sommerkleidern, denn der Tag war sommerlich und sonnig.

Eine konkrete Aufgabe war nirgends zu entdecken: irgendwelche Ankündigungen oder Aufforderungen der Leitung lagen den Studentinnen nicht vor. Sie unterhielten sich über den für morgen angesetzten FLAGGENTAG, eine Spendenaktion, zu der überall aufgerufen wurde und zu der viele Studentinnen sich gemeldet hatten; andere waren unschlüssig, ob das richtig sei, und wieder andere meinten, es sei lächerlich wenig, so eine eintägige Sammelaktion, während viele junge Frauen alles aufgäben und Schwestern würden. Natürlich war es unklug, eine Universitätsausbildung abzubrechen und Krankenschwester zu werden – aber der Eingriff des Krieges in das alltägliche Leben war so überwältigend und einschneidend, daß auch die Möglichkeit, Schwester zu werden, von einigen ernsthaft erwogen und von niemandem offen belacht wurde. Nichts mehr von dem wurde heute belacht, was vor einem Monat nicht auszusprechen gewesen wäre und falsch geklungen hätte: eine entschlossene, stattliche Studentin, die wie ein Mann gestikulierte, sprach laut, als gäbe sie eine Erklärung ab:

»Ja, sehr nötig! Wir haben den Krieg nötig *gebraucht!* Weniger wegen der Serben als zu unserer eigenen Rettung!

Wir haben den Glauben verloren, wir sind vergreist, tiefer als wir, bis zum ›Blauen Journal‹ und zum Tango, kann man nicht sinken! Wir brauchen den Ansporn einer HELDENTAT, um uns zu erneuern! Wir brauchen einen Sieg, um frische Luft reinzulassen, nachdem wir fast erstickt sind!«

Es wurde nicht gezischt, und keiner von ihnen rief: »Schande!« Nur eine zierliche, lebhafte Studentin in Grau erwiderte scharf und spitz:

»Wir ersticken? Das stimmt! Durch innere Mißstände! Wir brauchen keinen Krieg, sondern einen langen Frieden!«

Aber alle um sie herum schienen der Stattlichen zuzustimmen, die mit lebhaftem Ausdruck auf ihrem großflächigen ausgeprägten Gesicht weiterhin auf ihrer Meinung beharrte:

»Ein langer Friede fördert Feigheit und Egoismus!«

Es kamen noch weitere Einwände, aber alle waren sie nicht stichhaltig:

»Es geht nicht um Patriotismus! Jetzt bietet sich die Gelegenheit, mit dem Volk zu verschmelzen, mit ihm eins zu werden, eine Gelegenheit, die Jahrzehnte lang herbeigesehnt wurde . . .«

Die Studentinnen, die jetzt im zweiten Studienjahr waren, fühlten sich immer noch als die Jüngsten und sagten wenig. Aber Weronika trat trotzdem in den Kreis vor und fragte sehr ruhig, wie im Selbstgespräch:

»Wozu eigentlich dieser Krieg? Und wenn wir uns nun nicht eingemischt hätten?«

Eine in der Nähe stehende Studentin mit trockenem Gesicht und straffgekämmtem Haar, nicht mehr die Jüngste, wesentlich älter als sie alle, hatte sie gehört und schrie sie beinahe an:

»Man muß in nationalen Maßstäben denken! Der Zusammenstoß war unvermeidlich! Wenn wir Frankreich seinem Schicksal überlassen hätten, hätte Deutschland es bereits zerschlagen und sich gegen uns gewendet, dann ständen auch wir den Deutschen mutterseelenallein gegenüber!«

Weronika überlegte.

Sie diskutierten auch über Petersburg oder Petrograd, die Stadt war am Vortag umbenannt worden. Und auch hier fand keine von ihnen, dies sei primitiver Chauvinismus und lächerlich. Vielmehr meinten sie, der HEILIGE, das »Sankt«, wäre dabei verlorengegangen, man habe den Apostel gegen den Kaiser eingetauscht, ohne es zu bemerken, man hätte sich lieber für Swjatopetrograd entscheiden sollen. Und andere erinnerten daran, daß die Stadt ursprünglich den holländischen Namen Pieterburg getragen habe und erst von den Deutschen Petersburg genannt worden sei, die hätten es uns aufgedrängt, das sei ein Symbol unserer ewigen Hörigkeit, und es sei zu begrüßen, daß wir diesen Namen endlich über Bord geworfen haben.

Eine von ihnen sagte, das Vorlesungsverzeichnis sei bereits ausgehängt. So früh? Aber offenbar machte sich auch bei der Verwaltung das Drängen der Zeit bemerkbar. Die Mädchen aus dem zweiten Kurs, darunter Weronja und Likonja, Warja aus Pjatigorsk mit der Habichtsnase und Warja aus Welikije Luki mit dem strohgelben Kopf, gingen, um sich das Verzeichnis anzusehen. Sie unterhielten sich darüber.

Das hervorstechendste Ereignis war, daß die Geschichte des Mittelalters von Professor Andosérskaja gelesen werden sollte – einer Frau, die Professor war! Natürlich hatte sie ihren Doktor nicht bei uns, sondern in Frankreich erworben, aber auch bei uns schien sich etwas zu ändern, denn kürzlich wurde ihr der Magistergrad zuerkannt. Im Vorlesungsverzeichnis stand noch »Doz.«, aber in Universitätskreisen und unter den Studentinnen hatte es sich schon herumgesprochen: »Prof.«! Außer der Vorlesung über das Mittelalter für das zweite Studienjahr wird sie für die älteren ein Seminar abhalten: Studium von Quellentexten.

Das war alles sehr interessant. Ihr Grüppchen zog zum Fenster hinüber, und sie begannen sich zu erzählen, was sie über die Andoserskaja gehört hatten. Ihre offenkundige Emanzipation mußte als allgemeiner Erfolg aller Unterdrückten begrüßt werden. Andoserskaja hatte geholfen, Mittel für die Mensa, für ein Studentinnenheim und für Stipendien aufzutreiben. Aber in ihrem Seminar hatte sie die Studentinnen im letzten Frühjahr hinter Papstbullen aus dem XI. Jahrhundert, im Originaltext, verbannt. Ihre Publikationen waren dementsprechend: über die kirchliche Gesellschaft des Mittelalters, über die Pilgerzüge ins Heilige Land ... Es war fast bestürzend. Die Mädchen hätten heute gar zu gern einen Blick auf ihren Professor geworfen, um sich eine Meinung zu bilden. Es hatte geklappt. Sie erfuhren in dem Büro, die Andoserskaja befände sich im Moment beim Dekan. Sie warteten.

Sie kam bald heraus, sehr zierlich, und wirkte nur deshalb größer als Likonja, weil ihre Haare hochgesteckt waren. Sie war durchaus nicht nachlässig gekleidet. Allerdings fehlten ihrem Kleid von angenehmem leicht changierenden Grau jederlei Verzierungen, und der Schnitt war nicht dazu angetan, die Figur zu unterstreichen.

Sie ging sehr bescheiden vorüber, trug ein kleines Bändchen wie ein Gebetbuch in der Hand, in einem sehr alten Einband, aber mit einem lustigen rosa Lesezeichen. Sie war sehr jung, nicht nur für eine Professorin, sondern auch für einen Professor, höchstens Anfang dreißig.

Um so leichter war es, sie zu umringen und gleich mehrstimmig anzufangen: »Verzeihen Sie, bitte ...«, »Sie werden doch ...«, »Wie sollen wir Sie anreden?«

»Olda Oréstowna.« »Olga?« »Nein. Olda.« »Skandinavisch?« »Ja, vielleicht, eine Laune meines Vaters.« – Andoserskaja lächelte und blieb bereitwillig stehen.

(Übrigens blieben die berühmtesten Professoren bereitwillig stehen, wenn sie von Studenten und Studentinnen angesprochen wurden. Wer kennt nicht das erste Gesetz der russischen Hochschule: Stellung und Ruf eines Professors hängen von der studentischen Meinung ab und nicht vom

Gefallen oder Mißfallen der Obrigkeit. Ein Professor, der das Mißfallen der Obrigkeit erregt hatte, konnte noch lange unterrichten und auf Händen getragen werden, selbst seine Entlassung tat seiner Glorie keinen Abbruch. Aber wehe dem Professor, den die Studenten als reaktionär ansehen: allgemeine Verachtung, Boykott seiner Veranstaltungen und Bücher und ein ruhmloser Abgang waren sein unausweichliches Los.)

»Haben Sie sich vielleicht deshalb auf das westeuropäische Mittelalter spezialisiert ...« (Und dann eine andere, klügere:) »Das ist ein Witz! Wo kann denn eine Frau einen akademischen Grad erwerben, wenn nicht im Westen? Und dort interessiert man sich nicht für Rußland.« (Inzwischen kamen ihr gewisse Zweifel:) »Natürlich, eine Frau sollte sich um einen Lehrstuhl bemühen, aber ...« (Warja-Welikije Luki:) »Aber war das nicht ein unangemessener Preis? Der Schritt zurück, in das finstere Mittelalter? ...« (Weronika fragte:) »Wieso? Und Karéjew?* Und Grews?*«

Aus dem leichten zielbewußten Gang, mit dem Olda Orestowna soeben an ihnen vorbeiglitt, blieb sie gern und sicher auf ihren hohen Absätzen hier auf dem Parkett stehen, das Pseudogebetbuch hinderte sie nicht daran, mit der linken Hand die Gesten der rechten zu unterstützen, und auf dem Gesicht stand die Bereitschaft, sofort ein Seminar oder ein Streitgespräch anzufangen:

»Ein Preis ist das nicht. Wenn man das Mittelalter weglassen wollte, würde die Geschichte des Abendlandes auseinanderbrechen, und von dem Fragment der neueren Geschichte könnten Sie genauso wenig verstehen.«

Sie sah dabei in das ruhige dunkeläugige Gesicht Weronikas.

(Warja-Welikije Luki:) »Aber praktisch beginnt die Geschichte des Abendlandes und alles, was wir daraus lernen müssen, mit der Großen Französischen Revolution ...«

(Warja-Pjatigorsk:) »Mit der Aufklärung.«

»Dann eben mit der Aufklärung. Aber was hat das mit

den Pilgerzügen nach Jerusalem zu tun? Oder mit Paläographie?«

Olda Orestowna schien das alles bekannt, sie hörte mit hochgezogenen Mundwinkeln zu:

»Das ist der Fehlschluß eines voreiligen Denkens, den ersten besten Ast für den Baum zu halten. Die westliche Aufklärung ist nur ein AST der abendländischen Kultur und durchaus nicht der fruchtbarste, vielleicht. Er setzt am Stamm an, nicht an der Wurzel.«

»Was ist denn wichtiger?«

»Nun, dann ist das geistige Leben des Mittelalters wichtiger, wenn Sie so wollen. Ein so intensives geistiges Leben, mit einer solchen Priorität des Geistigen gegenüber der materiellen Existenz kannte die Menschheit weder vorher noch später.«

(Meint sie den Hexenwahn? ... Katholizismus ... Inquisition? ...)

(Beide Warjas gleichzeitig:) »Aber entschuldigen Sie! Wie können wir es verantworten, unsere Kräfte heute dem westlichen Mittelalter zu widmen? Was trägt das zur Befreiung des Volkes bei? Und zum allgemeinen Fortschritt? Wie kann man HEUTE in Rußland päpstliche Bullen studieren? Und noch dazu auf Latein?«

Olda Orestowna fuhr in einem leichten glissando über den Schnitt ihres Pseudogebetbuches, eine lateinische Rarität. Sie lächelte ohne jede Verlegenheit:

»Meine Lieben, Geschichte ist nicht Politik, wo ein Schwätzer das nachplappert oder widerlegt, was ein anderer Schwätzer von sich gegeben hat. Der Stoff der Geschichte sind NICHT DIE ANSICHTEN, sondern DIE QUELLEN. Die Folgerungen ergeben sich von selbst, zuweilen auch gegen uns. Die freie Erkenntnis muß unabhängig sein von ...«

Aber das war doch nun ganz unmöglich! Das ging zu weit! Jetzt fühlten sich nicht nur die beiden Warjas angesprochen:

»Aber wenn diese Folgerungen den Bedürfnissen der heutigen Gesellschaft widersprechen!«

»Aber um heute handeln zu können, brauchen wir nur eine Analyse der sozialen Verhältnisse und der heutigen wirtschaftlichen Bedingungen.«

Wozu brauchen wir noch das Mittelalter?

Kleiner als die sie umgebenden Gesprächspartnerinnen, von außen mitten in der Gruppe nicht zu sehen, neigte die Andoserskaja den Kopf zur Seite und lächelte sehr bestimmt und vieldeutig:

»So wäre es, wenn das Leben der Persönlichkeit tatsächlich durch die empirische Umwelt bestimmt wäre. Das wäre auch das Einfachste: die Schuld läge immer bei der Umwelt, man brauchte lediglich die Umwelt zu verändern. Aber außer der Umwelt gibt es noch eine geistige Tradition, Hunderte von Traditionen! Und außerdem gibt es das geistige Leben des EINZELNEN Menschen, und darum, selbst im Widerspruch zur Umgebung, die PERSÖNLICHE Verantwortung dieses einzelnen für das, was er tut und was die anderen in seiner Gegenwart tun.«

Weronika trat aus ihrer Versunkenheit vor, wie aus einer Wand:

»Die anderen auch?«

Olda Orestowna sah sie wiederum aufmerksam an:

»Ja, die anderen auch. Sie können doch helfen, etwas verhindern, oder die Hände in Unschuld waschen.«

Da sie aber spürte, daß die anfängliche Sympathie nachließ, lächelte sie, entließ sie (oder sich) mit einer leichten Neigung des Kopfes und ging, klein, schmal, aufrecht, von hinten gesehen fast wie eine Studentin, bis auf die verhaltene Eleganz, die schon nicht mehr intelligenzlerisch war.

Die Studentinnen redeten durcheinander, die beiden Warjas waren empört: Geht etwa das geistige Leben des Mittelalters nicht aus seinen wirtschaftlichen und gesellschaftlichen Bedingungen hervor? Wenn sie es wagt, so etwas in einer Vorlesung zu behaupten! ... Die anderen

Mädchen widersprachen: es war inzwischen langweilig, alles aus den wirtschaftlichen Bedingungen abzuleiten.

Warja-Pjatigorsk sagte mit würgendem Schmerz in der Kehle:

»Ach, was gibt es nicht alles für Verwandlungen! Ich habe einen Freund, ich hab' euch von ihm erzählt ... Vor einer Woche traf ich ihn auf dem Bahnhof ...«

Weronika, angeregt und bestätigt, verteidigte die Professorin:

»Wieso? Persönliche Verantwortung eines einzelnen, ist das nicht gut? Immer nur Umwelt und Umwelt – was bleibt dann von uns übrig, was ist dann jede von uns – eine Null?«

»Wir sind die Moleküle der Umwelt«, belehrte sie Warja-Welikije Luki. »Und das genügt!«

Likonja sah zur Seite, aus dem Fenster, und war im Begriff zu gehen. Aber auch sie wurde um ihre Meinung gefragt. Sie hob die Brauen, neigte den Hals und hob die Schultern, beides gleichzeitig:

»Sie hat mir sehr gut gefallen. Besonders ihre Stimme. Als ob sie eine Arie singt. So kompliziert, daß man die Melodie nicht gleich versteht.«

Die Freundinnen lachten:

»Aber – den Sinn!«

Likonja runzelte ihre kleine Stirn, aber ihre kindlichweichen Lippen lächelten:

»Der Sinn? ... Ich habe nicht aufgepaßt ...«

Nicht im Dorf sollst du suchen,
in dir selbst sollst du suchen.

59

Aglaida Fedosejewna Charitonowa war eine charakterfeste Frau, die Macht gewohnt war und der Macht auch wohl anstand. Es kam höchst selten in ihrem Leben vor, daß sie nachgab wie damals bei Tomtschak. Ihr verstorbener Mann, ein herzensguter Mensch, hatte sich vor ihr vom ersten Blick bis zum letzten Atemzug gefürchtet. Bei allen Fragen, die sich bei seiner Tätigkeit als Gymnasialinspektor ergaben, suchte er ihren Rat, außerhalb des Dienstes gehorchte er ihr widerspruchslos, und die Kinder wußten, daß im Ernstfall nur die Mutter erlauben oder verbieten konnte. Bei den städtischen Behörden war die Charitonowa hoch angesehen, und trotz LINKSLIBERALER Richtung ihres Gymnasiums hätte es keiner gewagt, ihr Anweisungen zu erteilen oder Vorhaltungen zu machen. (Übrigens fiel der ganzen gebildeten Schicht in Rostow als pflichtgemäße Reaktion auf die benachbarte Hauptstadt des Donkosakenheeres keine andere als die Rolle der Linksliberalen zu.) Im Gymnasium der Charitonowa wurde der Geschichtsunterricht von der Frau eines Revolutionärs erteilt, der entweder verbannt oder verurteilt oder geflohen war oder hier in der Stadt, in Rostow, konspirativ arbeitete, und die Behandlung des Unterrichtsstoffes in Geschichte hatte deutlich revolutionäre Tendenz. Mit gleichgerichteten Sympathien wurde der Unterricht in der russischen Literatur erteilt. Natürlich konnte man den Religionsunterricht nicht ausfallen lassen, aber der Geistliche, der herangezogen wurde, war kein Dunkelmann, kein Fanatiker, überdies war über die Hälfte der Schülerinnen vom Unterricht befreit, als Personen jüdischen Glaubens.

Natürlich mußten die Schülerinnen bei Feiern das »Gott

schütze den Zaren« singen, aber sie brauchten sich dafür nicht zu enthusiasmieren. Indessen ließ Aglaida Fedosejewna es nicht zu, daß die ironische Geringschätzung staatlicher Autorität auch auf ihre eigene innerhalb des Gymnasiums übergriff. Ihre Autorität im Gymnasium verwirklichte sich unbeugsam und unerschütterlich. Nicht nur alle Schülerinnen bebten vor ihr, sondern auch die zu den Schulbällen eingeladenen Gymnasiasten oder Schüler der Seefahrtsschule stiegen die Treppe beklommenen Herzens hinauf, voller Furcht, die auf dem oberen Absatz wie ein Standbild wartende Schulleiterin, die jeden durch das Pincenez eingehend musterte, könnte beim geringsten Verstoß gegen die Korrektheit der Kleidung sie unverzüglich zurückschicken. Die Sitten des Charitonow-Gymnasiums waren über jedes Lob erhaben, zumal es wegen des hohen Schulgeldes (ohne genügende Mittel kann eine Schule kein hohes Niveau erreichen) nur von Kindern wohlhabender Eltern besucht wurde, höchstens zwei Mädchen pro Klasse hatten Freiplätze.

Gestrenge Herrscherin eines solchen Gymnasiums, war Aglaida Fedosejewna am wenigsten auf einen Aufruhr in ihrer eigenen kleinen, leicht zu lenkenden Familie gefaßt. Und es war auch nicht ihr Mann, der rebellierte, sondern, nach dessen Tod, der älteste Sohn, der auf den Namen Wjatscheslàw getauft und nach dem Willen der Mutter Jaroslaw gerufen wurde. Obwohl man hätte denken können, er sei von Kindesbeinen an von aufgeklärtem Geist durchdrungen, strebte er schon seit der fünften Klasse des Gymnasiums zum Kadettenkorps. Keine Abweichung in der Lebensführung ihres Sohnes hätte eine so dominierende, sichere Mutter einfach hingenommen. Aber *diese* Abweichung empfand sie als besonders kränkend: hinter der jungenhaft albernen Schwärmerei zeichnete sich der graue Schatten des VERRATS ab. Den Ältesten zog es ausgerechnet in die dunkel-stumpfsinnige Offizierskaste, die weder vom Geist der freien Kritik noch vom Geist der Wissens berührt war. Unvermutet hatte sich in Jaroslaw die ihm anerzogene gesunde Liebe zum Volk verkehrt: er strebte nicht dahin, dem Volk zur Befreiung zu verhelfen, sondern dessen angeblich heiliger Kraft und Bodenständigkeit teilhaft zu werden. Jaroslaw hatte ein weiches Gemüt, aber diese Verwirrung erwies sich als hartnäckig. Drei Jahre lang hatte die Mutter gekämpft und sich seinem Willen widersetzt, aber nach Abschluß des Gymnasiums reichten mütterliche Autorität, Logik, Zorn nicht mehr aus – Jaroslaw fuhr nach Moskau und trat in die Aleksandr-Offiziersschule ein.

Der Kampf um den Sohn hätte noch weitergeführt werden können, das freie Denken brach manchmal auch in die Offizierskaste ein: Kropotkin war Absolvent des Pagenkorps! Tschernyschéwskij* unterrichtete bei den Kadetten! Aber da versetzte die Tochter Shenja der Mutter den zweiten Schlag, und zwar noch im selben Jahr.

Bei aller Sympathie für die Freiheit sozialer Beziehungen und für die Gleichberechtigung (sogar für den Primat) der Frau, hielt Aglaida Fedosejewna beharrlich daran fest, daß ein Mädchen früher als neun Monate vor der Geburt des Kindes getraut sein sollte. Shenja aber verstieß gegen diese Regel. Und als sie hinterher heiraten wollte, wartete sie den mütterlichen Segen nicht ab. Und dann setzte die Geburt des Kindes ihrem Studium der Pädagogik ein Ende. Und schließlich wurde ihr Mann, Dmítrij Filomantínskij, Sohn eines Diakons und selbst Student im Examenssemester, nicht als jener männliche, starke Partner befunden, wie ihn Aglaida Fedosejewna für ihre lebhafte, rassige, energische Tochter erhofft hatte. Und sie erkannte diese Ehe unwiderruflich nicht an, erklärte sie als nicht gültig vollzogen, ihre Enkelin als nicht geboren, alle drei wurden in Acht und Bann getan, sie verbot ihnen, nach Rostow zu kommen. Irgendwo unterm Dach in der Kosichinskij-Gasse wiegte Shenja ihre Ljálka, während der Schwiegersohn seine Diplomarbeit schrieb und sich auf die letzten Examina vorbereitete.

Ksenija hatte sie letztes Jahr dort oft besucht, sie fühlte mit der verbannten Shenja, und es war Ksenija, die sich für sie einsetzte, in Briefen und bei den Besuchen in Rostow. Es war ihr gelungen, Aglaida Fedosejewna umzustimmen! Im letzten Frühling durften die Ausgestoßenen ihr vor die Augen treten.

Die Schulleiterin konnte zürnen, aber sie konnte auch gerecht sein.

Sie mußte zugeben, daß Shenjas Fehler gutgemacht worden oder gar keine Fehler gewesen waren. Obwohl der Schwiegersohn in der Tat schmächtig und unansehnlich war, war Ljalka gut geraten, ein sehr gesundes Kind, ganz nach der Mutter. Hatte sie zunächst durch ihre Geburt die Familie um ein Haar zerstört, strahlte Ljalka nun als deren neuer Mittelpunkt, als klingender, fröhlicher Mittelpunkt, eine Funktion, in der sie ihren ONKEL, den elfjährigen Jurik, ablöste. Nachdem die Großmutter sie einmal gesehen hatte, wollte sie sich nicht mehr von ihr trennen. Es stellte sich heraus, daß der Schwiegersohn intelligent und tüchtig war. Er war nicht nur einfacher Ingenieur, sondern Wärmetechniker, und auf den jungen Fachmann wartete hier Arbeit genug: Wärme, Kälte, in Rostow, in Aleksandro-Gruschewsk, man bot ihm sogar das Labor des Polytechnischen Instituts an. Er geriet nicht in Hitze, hatte nichts von einem Gockel, so war es besser als mit dem dummen Jarik: die gekreuzten Hammer und Schraubenschlüssel wurden zum neuen Zeichen des Jahrhunderts, statt der früheren gekreuzten Schwerter und Fahnen. Der Schwiegersohn wußte das und hielt sich bescheiden, aber so sicher, wie man es von außen nicht vermuten konnte. Bei Tisch wurde er zwar von der Erscheinung seiner Schwiegermutter, nicht aber von ihrem Sarkasmus in den Schatten gestellt: er parierte, wie man zugeben mußte, witzig, aber nicht boshaft. Die erfolgreiche Arbeit, seine Frau, sein Kind versetzten ihn in einen anhaltenden großmütig-glücklichen Zustand. In einem noch glücklicheren Zustand schwamm und schwebte Shenja. Das Glück flutete durch die ganze Wohnung Charitonows wie ein rosafarbener Nebel, und keiner, der ihn atmete, konnte der Ansteckung entgehen. Auch Aglaida Fedosejewna, die dreimal täglich aus dem Schulkorridor in ihre Privatwohnung hinüberging, blieb trotz aller Hartnäckigkeit von der Wirkung dieses rosigen Nebels nicht verschont. Ljalka krähte, die Tochter sang, der Schwiegersohn lachte vergnügt vor sich hin, Jurik unterhielt sich bei Tisch immer verständiger – die alte Narbe, der Tod des Mannes, und die neue, die Eigenmächtigkeit des großen Sohnes, begannen zu verheilen.

So hatte Ksenija die Familie Charitonow im Juli erlebt, als sie noch vor Kriegsausbruch von Moskau in den Süden fuhr. Sie hatte sich schon immer bei diesen Menschen wohlgefühlt, aber niemals so sehr, so zum Weinen glücklich wie jetzt. Aus Shenjas Briefen, die sie auf der Ökonomie erhielt, sprach die gleiche verwirrte Freude, die sich nicht zu fassen weiß, die Zäsur des Krieges war darin kaum wahrzunehmen. Und mit dem Vorgeschmack des alles umhüllenden Nebels dieser Freude stieg Ksenija jetzt, auf dem Rückweg, in Rostow aus, nahm eine Droschke und zählte die sechs ihr nachgetragenen Gepäckstücke.

Ja, damals war sie wie ein leichter Vogel in die Ökonomie geflattert, jetzt schleppte sie einen großen Kummer mit, aber wohin denn sonst, wenn nicht zu Charitonows, wo sollte man sonst Hilfe suchen, Schutz und Rat? Wie eine schwarze Steinplatte drückte sie der finstere Wille des Vaters zu Boden: an das Ballettstudio war nicht zu denken: Schluß mit dem Lernen, du heiratest! Bis Weihnachten hatte sie es mit Orjas Hilfe noch hinausschieben können, es war ja sowieso Krieg. Dort, zu Hause, glaubte sie, es gäbe keinen Ausweg: wie sollte sie auch gegen den Vater ankommen?! Aber schon als sie heute morgen im Waggon aufwachte und dann hinter Batajsk aus dem Fenster die riesige freie fröhliche Stadt Rostow auf dem langen Hügelkamm über dem Fluß gestaffelt sah, wo Ksenijas erste Freiheiten,

Freuden und Interessen gekeimt waren und sich entfalteten, da begann die Steinplatte der väterlichen Drohungen zu zerbröckeln, und der langnasige laute Vater war von nun an nicht mehr der furchterregende unanfechtbare einzige Richter über ihr Leben.

Bei der Rückkehr nach Rostow hatte sie immer Herzklopfen! Besonders in der Frühe wie jetzt, wenn die Steigung der Sadowaja zum Dolomanowskij frisch, sauber und in das dunkle Grün der Bäume gehüllt ist, der Droschkenkutscher sein Pferd übereifrig auch noch bergauf antreibt, um nicht hinter der Trambahn zurückzubleiben! Und die Trambahn ist anders als in Moskau, die Wagen sind schwerfälliger, und sie haben auch nicht Bügel, sondern Röllchen, und hier gibt es auch die luftigen Sommerwagen, ohne Seitenwände. Und hinten, auf der »Wurst«, fahren die Jungens mit, bis zur nächsten Kreuzung, wo ein Polizist steht, das ist in Rostow so Sitte. Und dann diese eigentümlichen transportablen gebogenen kleinen Brücken, mit Gitter und Geländer, die nach den südlichen Wolkenbrüchen über die Bäche auf der Straße gelegt und bei trockenem Wetter auf die Bürgersteige geschoben werden. Nach der Nikolskaja beginnt die Bolschaja Sadowaja und zieht sich wie ein drei Werst langer gerader Pfeil bis zur Grenze von Nachitschewan. Hier im zweiten Stock sind die Fenster der Archangorodskijs und ihr Eckbalkon mit den Leinenmarkisen vor dem Salon, vielleicht ist es Sója Lwówna, die dort die Blumen umstellt, aber hinter dem dichten Laub ist nichts zu erkennen, zu den Archangorodskijs will sie morgen. Hier, auf der Sonnenseite der Sadowaja, der in modischem *Schwarz* rauhverputzte zweistöckige Laden mit gestreiften fransenbesetzten Markisen über jedem der spiegelnden Schaufenster. Der Kutscher will in den Taganrogskij-Prospekt einbiegen – nein, bitte weiter, bis zum Sobornyj. (Über den Taganrogskij kommt man auf den Alten Markt, in den dichten Geruch der Fischstände, die bis an die Fahrbahn reichen – zu der Fülle riesiger Brachsen,

Karpfen und Zander, besonders jetzt, in den frühen Morgenstunden, wenn der nächtliche Fang noch nicht verkauft ist, noch lebt, silbrigschimmernd sich bewegt und quer über die Holztische klatscht.) Das Eckhaus am Taganrogskij, im »Stil modern«, selbst in Moskau würde es seinesgleichen suchen, die oberen Stockwerke fast ohne Wände, nur Glas ... »Grand Hotel« ... Der Kaufmannsgarten ... »San Remo« ... Rostow ist gar nicht klein, aber sehr gemütlich ... Theaterplakate. Und was gibt es da? Bei Maschokin eine Benefizvorstellung ... Zirkus Truzzi ... Französisches Miniatur-Theater ... Im »Soleil« – ein ergreifendes Drama ... Lichtspiel-Komödie mit Max Linder ... In den nächsten Tagen wird sie hier bummeln, alles ansehen. Hinter dem Stadtgarten biegen sie in den Sobornyj ein, hier ist das Pflaster nicht so eben. Das ist die Realschule von Jurik. Das Postamt. Durch diese Gasse der Blick auf den Alten Dom, ein schweres häßliches Monstrum, und davor, etwas näher, auf dem sauberen Platz das Denkmal Aleksandrs des Zweiten inmitten einer achteckigen Umzäunung. Die verführerische, lustige Moskauer Straße, ein Geschäft neben dem anderen, und wieder Markisen, Markisen über den Schaufenstern, auf der Moskowskaja in Rostow kleidet man sich nicht schlechter ein als in Moskau! Und jetzt schräg gegenüber, am Rand des Marktplatzes, das ist das Gymnasium Charitonow ... Nein, hier ist der Haupteingang, bitte halten Sie an der anderen Seite, ich will zur Schulleiterin.

Die liebe Treppe! Und jede liebe Tür! Gleich an der Schwelle – geistige Freiheit, Leichtigkeit der Beziehungen, die zu dieser Familie gehören. Da – Shenja, Shénitschka! Laß dich umarmen! Sie kommt geflogen wie ein Wind, als sei sie jünger als Ksenija. Ein lebendiges, entschlossenes helles Gesicht. Wie schön, wir hatten mit dir noch nicht gerechnet. Warum kommst du so früh? Hat es Krach gegeben? ... Du mußt dich von deinem Vater frei machen! Mach es so wie ich! Die kommen schon zur Vernunft! ...

Aber weißt du, Ljalka ist ein Wunder! Sie ist hochmusikalisch, das kann ich dir sagen! Sie improvisiert die ganze Zeit Rezitative, fast wie Gesang! ... Komm, komm, du mußt das hören! ... Nein, jetzt spricht sie ganz einfach, sie spricht ja schon, unaufhörlich, allerdings bin ich die einzige, die alles versteht ... Sie versteckt sich unter der Decke, so, und »Such mich!« ... Und wie zart ihre Haut ist, faß mal an, hier, ist das nicht unglaublich?

Die biegsame lustige Shenja, glückliches volles Lachen, sie kann ihr Glück nicht mit beiden Armen umfassen, es quillt nur so über, sie verschenkt es mit leichter Hand weiter. Sie hatten hier nie zusammen gelebt: Shenja war gerade zum Studium weggegangen, als Ksenija ihr Zimmer bezogen hatte. Fünf Jahre Altersunterschied, eine Moskauer Studentin und eine Wilde aus der Steppe. Shenja war auch skeptisch gewesen: wird dieses Mädchen sich etwas auf ihren Reichtum einbilden? Das hätte Shenja nicht geduldet, sie hätte ihr die Meinung gesagt! Aber Ksenija war nicht eingebildet, sie war fleißig und lernwillig, später war sie die Botin der Kosichinskij-Gasse, der Unterschied des Alters war verwischt, aber jetzt war ein neuer da: zwischen der Mutter und dem Mädchen ... (Wird es auch bei mir so sein? Ja! Ja! Sonst – was für einen Sinn hätte sonst alles?) Erfüllung ist gut, Erwartung ist auch gut. Es gibt noch etwas Besseres – wenn es ein Sohn ist. (Dmitrij Iwanytsch ist ein sehr lieber Mensch, aber ich, ich werde jemandem ganz *besonderem* begegnen!)

Wenn sie die Drohungen des Vaters vergessen oder sich darüber hinwegsetzen könnte (aber das wäre schrecklich, das wäre sehr schrecklich!), dann könnte man so glücklich leben! Alles ist herrlich!

Noch eine Leidenschaft – Photographie! Sie besitzen eine Kodak, und Dmitrij knipst viel. Sie entwickeln zusammen beim roten Licht, und Shenja rahmt dann alles ein, an sämtlichen Wänden hängen quadratische, runde, ovale, rautenförmige Bilder, mit Hintergrund oder vor künstlichem Weiß – Ljalka im Mützchen, Ljalka ganz nackt, Ljalka in der Wanne, Ljalka mit der Puppe, Mama und Ljalka, Papa und Ljalka, Großmutter und Ljalka, Shenja und Dmitrij am Strand, das ist das Asowsche Meer, ein wunderbarer Strand, nah und billig, wir werden jedes Jahr hinfahren!

Aber nicht alles ist so schön, jetzt müssen wir zu Aglaida Fedosejewna. Es ist nicht so schön, weil Jaroslaw ... Wa-a-s?! Nein, er nicht, aber zwei Korps sind vernichtet, genau in dieser Gegend ... Geh, geh zur Mama.

Nicht zur Mama – zur Leiterin des Gymnasiums. Bis an dein Lebensende wird sie für dich die Leiterin des Gymnasiums bleiben. Ksenija ist schüchtern, fährt sich übers Haar, es ist immer ein bißchen unheimlich, und man wagt nicht zu widersprechen.

Aglaida Fedosejewna saß kerzengerade in einem Doppelsessel mit Schonbezug hinter einem kleinen runden Tischchen mit Schonbezug und legte eine Patience, »Das Kreuz besiegt den Mond«. Als Ksenija eintrat, wandte sie leicht ihren majestätischen Kopf und bot ihr die bereits ziemlich faltige, sogar schlaffe Wange zum Kuß. (Der töchterliche Kuß wurde Ksenija erst nach Verlassen des Gymnasiums gestattet.) Als Ksenija sich zu ihr hinunterbückte, sah sie aus der Nähe, daß das Grau an den Schläfen und in der Haarrolle über der Stirn dichter geworden war, früher war es nicht aufgefallen.

Und die Patience!? Patience legte Aglaida Fedosejewna sonst nur an den wohligen müßigen Abenden, niemals vormittags: den Vormittag verbrachte Aglaida Fedosejewna auf den Beinen, in tätiger Bewegung. Aber jetzt versank sie im Sessel, stützte sich mit den Ellbogen auf das Tischchen, die Bewegung reizte sie nicht.

Mit der gewohnten Aufmerksamkeit dem Gesprächspartner gegenüber, als gäbe es keine eigenen Neuigkeiten und könnte gar keine geben, mit der gewohnten trockenen Zurückhaltung, ohne der Stimme zu erlauben, weich und schlicht zu klingen, stellte Aglaida Fedosejewna Ksenija, die sich auch an das Tischchen gesetzt hatte, die fundamentalen Fragen: Wie hat sie den Sommer verbracht? Sind zu Hause alle gesund? Warum kommt sie so früh zurück? Wann will sie nach Moskau weiterfahren? – sah aber nicht sie an, sondern die neun Kartenhäufchen des Mondes und die vier des Kreuzes, überlegte, nahm ab und zu eine Karte auf und legte sie um.

Das war eine günstige Gelegenheit, ihr Herz auszuschütten, zu bitten, sie vor der Willkür des Vaters zu schützen! Ksenija begann. Was für ein verrückter Unsinn! Man kommt so schwer in die Landwirtschaftskurse der Golizyna, sie nehmen ja fast nur Mädchen mit einer Medaille, und sie sollte von sich aus aufgeben, einfach aufhören?

Die Schulleiterin runzelte angestrengt die Stirn: ja, sie versteht, ja, Ksenija hat recht, ja, man wird Sachar Ferapontowitsch einen Brief schreiben müssen . . .

Aber hinter dem Pincenez lagen dunkle Halbkreise unter den Augen. Um die Lippen – eine unzufriedene Falte, wie wenn eine ganze Klasse zur Rede gestellt werden sollte. Und unter der Vase lag ein Briefumschlag, mit einigen Zeilen in Jaroslaws Handschrift. Ksenija wurde rot vor Verlegenheit und rief:

»Aglaida Fedosejewna! Von wann ist Jariks Brief? Ich habe auch einen bekommen! Und einen so fröhlichen, ich werde Ihnen gleich . . .«

Die Schulleiterin hob brüsk den Kopf. Und eine Braue.

»Von wann?«

»Vom fünften August. Poststempel Ostrolenka, XIII. Korps . . .«

Diese verfluchte Dreizehn.

Aglaida Fedosejewna wandte sich wieder ihrer Patience zu.

Vom fünften August hatte sie auch einen Brief. Aber heute war der neunzehnte. Und heute erschien die Nachricht aus dem »Stab des Höchstkommandierenden«.

Sie legte eine Karte um.

Sah Ksenija an. Braungebrannt, und die Haare noch heller. Das eben noch fröhliche Gesicht den Tränen nahe.

Sie und Jarik waren tatsächlich wie Geschwister. Jarik verstand sich mit ihr sogar besser als mit Shenja.

»Bring es her!« Sie zeigte auf ein gerahmtes Bild.

Auf dem anderen Tisch stand, gerahmt und mit einer angeklebten Stütze, eine Photographie von Jaroslaw. Bereits in Leutnantsuniform, nach der Entlassung aus der Kriegsschule!

Ksenija nahm sie. Gemeinsam schauten sie das Bild an.

Mein Gott! Diese riesige Mütze, dieser hohe Kragen machen ihn noch mehr zum kleinen Jungen als der häusliche Kittel! ... Und wie straff er diese vertikalen Riemen gespannt hat, wie zufrieden er ist! Und an dem breiten Gürtel der wahnsinnig schwere Revolver ...

Aglaida Fedosejewna entspannte den obligat geraden Rücken und die obligat geraden Schultern und sprach zu Ksenija wie zu einer Tochter:

»Du siehst doch selbst ... Das überschreitet doch die Grenzen des Starrsinns. Er wäre jetzt Student im dritten Jahr, keiner hätte etwas von ihm gewollt ... Die Zeitungen schreiben doch absichtlich so, daß man nichts versteht. Wo ist dieses Korps? Wo ist dieses Regiment Narwa? Immerhin Poststempel Ostrolenka, also ist es die Südgruppe, Samsonow ... er ist dort ...«

Und auf der Herz-Sieben – ein ganz einfacher Tropfen.

Und plötzlich – zum erstenmal! – schlangen sich junge heiße Arme um den ermüdeten alternden Hals – es war doch ihre Mutter! Noch mehr als die leibliche Mutter!

»Aglaida Fedosejewna, liebe! Er lebt, ganz bestimmt! Ich weiß es genau, mein Herz sagt es mir! Und der Ton seines Briefes! Er ist froh! Solche sterben nicht früh! Er hat ein glückliches Schicksal! Sie werden sehen! Bald werden wir einen Brief bekommen!«

Die Schulleiterin wischte den Tropfen von der Herz-Sieben.

Schicksal? ... Das war ja eigentlich das, was sie wissen wollte: Schicksal, Leben, Brief – ob noch einer kommen würde? Aber zu den geheimen Kräften, die über all das verfügen: Schicksal, Leben, Brief, wußte Aglaida Fedosejewna keinen Weg.

Höchstens durch die Patience ...

Sie nahm wieder ihre formvollendete Haltung an. Runzelte die Brauen, errichtete wieder die Schranke. Aber die Stimme war noch dumpf und unsicher:

»Du hast Júka noch nicht gesehen? Geh, sieh dir Juka an. Als die Freiwilligen die Sadowaja entlangzogen – er ging auf dem Bürgersteig mit, er blieb nicht zurück. Aus den Stanizen hier kamen Kosaken geritten, mit Kirchenfahnen, eine Art Demonstration – er war auch dabei. Man hatte Schüler hingeschickt, mit Fahnen, die sollten ›Herr, errette uns‹ singen, aber ihn hatte niemand hingeschickt.«

Er wurde zu Hause Juka genannt, weil er als Kind das »r« nicht aussprechen konnte, wenn er sich vorstellte: »Jurka«.

Das frühere Bubenzimmer war jetzt das Arbeitszimmer von Dmitrij Iwanowitsch, für Jurik war eine Ecke des großen Raumes durch Schränke abgeteilt. Aber er war nicht dort, sondern lag bäuchlings auf dem Balkon über der stillen Gasse und schmierte mit schwarzen Stiften irgendwelche krummen Linien in Marxs Atlas, auf das glatte Papier, über das Grün der Karte. Er überlegte.

»Nun?« rief ihm Ksenija fröhlich zu und hockte sich zu ihm auf den Boden, wobei ihr Rock die Luft aufwirbelte. »Guten Tag, Juk!« Sie legte ihm die Hand auf den Scheitel und fuhr mit den Fingern durch sein Haar, es war nicht allzu kurz geschnitten, an verschiedenen Stellen ringelten sich spitze Haarschwänzchen nach verschiedenen Seiten. Aus Höflichkeit drehte sich Jurik auf die Seite, um sie ansehen zu können, ließ aber die Bleistifte nicht los, und sein Gesichtsausdruck blieb zerstreut.

»Aber was machst du denn da! Warum verschmierst du so einen schönen Atlas?«

»Er gehört mir. Und ich werde später alles wegradieren.« Jurka wollte und konnte nicht aus seinen Gedanken erwachen.

»Und was bedeuten diese Linien?« fragte Ksenija einschmeichelnd fröhlich, immer noch in der Hocke, wobei ihr Rock den halben Balkon bedeckte.

Jurik musterte sie ernst mit seinen grünlichen Augen. Ja, sie hatte weder Jaroslaw noch ihn jemals verpetzt, sie konnten sich auf sie verlassen.

»Aber das soll keiner von unserer Familie wissen«, er rümpfte die Nase, dann nahm sein längliches strenges braungebranntes Gesicht wieder den gleichen ernsthaften Ausdruck an. »Das sind Frontlinien. Wenn einer siegt, radiere ich sie aus und verschiebe sie.«

Er hatte gerade radiert, als sie kam: der eine Flügel gab nach, die Mitte hielt sich gut.

»Aber das ist doch Südrußland, wie stellst du dir das vor! Bei dir sind die Deutschen schon in Charkow! Und in Lugansk?!« Sie wollte den Jungen nicht kränken, konnte aber das Lachen nicht unterdrücken. »Du solltest eine andere Karte nehmen, hier wird es nie Krieg geben, Jurik!«

Juk sah sie von der Seite an, mitleidig und überlegen:

»Mach dir keine Gedanken. Rostow geben wir niemals auf.«

Er rollte wieder auf den Bauch und begann die Front von Taganrog nordwärts zu verschieben.

› 60 ‹

(Beim Überfliegen der Zeitungen)

WIR MÜSSEN SIEGEN!

Unruhen in der deutschen Armee ...

Das seit Gumbinnen geschwächte Deutschland ... Verlegung beträchtlicher Kavallerieverbände aus Belgien nach dem Osten ...

Deutsche Versprechungen an die Türken ... Ein Viertel der Kontribution ...

SCHÄNDUNG ORTHODOXER IKONEN DURCH DIE DEUTSCHEN ... In Brüssel werden Verwundete von den Deutschen niedergemetzelt ... Die Österreicher morden friedliche Serben ohne Rücksicht auf Geschlecht und Alter ...

... Schlaflose Nächte Kaiser Wilhelms. Von blutrünstigen Phantasien verfolgt ...

... Knut Hamsuns prophetische Worte: »Die Slawen sind das Volk der Zukunft, nach den Germanen die Eroberer der Welt.«

DER KRIEG HINDERT UNS NICHT ZU ARBEITEN! Wie bisher verkaufen wir unsere Schnellstrickmaschinen »Victoria« ...

VERDOPPELN SIE IHR EINKOMMEN! Erwerben Sie die photographische Kamera Mandel ...

Heute PFERDERENNEN

Durch ganz Rußland flog die Kunde von der Heldentat des Kosma Krjutschkow ... wir, eine Gruppe von Schülern ... unser Scherflein ... legen 5 Rubel bei ...

Wachet und enthaltet euch geistiger Getränke! ... Allgemeine Mobilmachung ... gewaltige Woge der Volksbegeisterung. Abgesehen von den tieferen Ursachen, die in den unsichtbaren Schatzkammern des erhabenen russischen Geistes verborgen liegen ... Schließung der WEINHANDLUNGEN ...

Die deutschen Schulen in Petersburg ... Grausame Strenge in der Behandlung der Schüler ...

Kriminalität in Petersburg um 70 Prozent gesunken.

Die Messe in Nishnij Nowgorod ... Die Händler mit Feh sind beunruhigt ...

... ein Verwundeter erzählt, die russischen Truppen hätten tagelang keinen einzigen Deutschen zu Gesicht bekommen. Oft marschiert ein Ziehharmonikaspieler der Abteilung voraus und spielt, während die Soldaten singen ... Man vergißt überhaupt, daß man im Felde ist ...

... wir, die wir nicht zu den Fahnen des Zaren gerufen wurden, müssen für uns und für die im Felde Stehenden arbeiten ... Pflügt und sät, das ganze Dorf, den Acker der Eingezogenen, erntet das Korn für die, die ihre Pferde abgeben mußten. Wenn ihr Fragen habt, wendet euch an den Vorsteher der Landgemeinde ...

Der bekannte russische in Paris lebende Sozialist BURZEW rief alle politischen Parteien Rußlands auf, den Hader zu vergessen, sich um die Regierung zu scharen und für die russische Nation einzutreten ...

... vom Wort zur Tat. Die Stärke der Deutschen liegt in der verblüffenden Geschlossenheit, Organisation und Leistungsfähigkeit. Der Augenblick ist gekommen, da jeder von uns arbeiten muß ...

Die russische Armee hat die Städte Soldau, Neidenburg, Willenberg, Ortelsburg besetzt und befindet sich weiter im Vormarsch, um den geschlagenen deutschen Truppen den Rückzug abzuschneiden ... Den deutschen Korps droht die Einkreisung.

Heute PFERDERENNEN

Schluß mit dem SKLAVENDASEIN EINES ANGESTELLTEN! Dafür eigenes Wirtschaftsunternehmen mit Jahreseinkünften zwischen 2 und 6 Tausend Rubel. Die Übersetzung des bekannten Werks von Fürst Kropotkin ...

Spezialhosenträger, garantieren eindrucksvolle militärische Haltung ...

WIR MÜSSEN SIEGEN!

WIRD DEUTSCHLAND VERHUNGERN ODER AUF DEM SCHLACHTFELD UNTERGEHEN? – Betrachtungen eines Ökonomisten.

GREUELTATEN DER DEUTSCHEN. Die grausamsten Folterungen und Schrecken der Inquisition verblassen vor ... Ein verwundeter Offizier, der am Gefecht bei (...) teilgenommen hat, erzählte dem Korrespondenten der »Börsennachrichten« von einem Verfahren, das die Deutschen häufig anwenden. Leichtverwundeten russischen Soldaten werden bei Gefangennahme die Sehnen beider Hände durchschnitten. Durch diesen Eingriff verschaffen sich die Deutschen die Gewißheit, daß der Verwundete keine Waffe mehr führen wird ...

ANGRIFFSVERSUCHE DER DEUTSCHEN IN OSTPREUSSEN ... Verschiebung deutscher Truppen von der französischen Grenze ...

Die Türkei macht keinen Hehl mehr aus ihrer feindlichen Haltung Rußland gegenüber ..., was, wie wir hoffen, für die Türkei nicht ohne Folgen bleiben wird ... Die Griechen werden kaum der Verlockung widerstehen, ihre alte Rechnung zu begleichen ... Die Araber, die auf England hören, die Armenier im Kaukasus werden mehr fordern, als ihnen gegeben worden ist ... Es ist schwer zu sagen, was vom Osmanischen Reich bleiben wird, wenn es wagt ...

CHOLERAEPIDEMIE IM TÜRKISCHEN HEER ... Flüchtlinge aus Adrianopol berichten ...

... die unerhörten Greueltaten der Kaiserdeutschen ... tiefe Empörung unter den deutschen Kolonisten ... Um sich nachdrücklich von den germanischen Barbaren zu distanzieren, haben zahlreiche Kolonisten, vor allem aus dem Gouvernement Cherson, den Entschluß gefaßt, die Änderung ihrer Familien- und sogar ihrer Vornamen in russische zu beantragen ...

Lettische Krieger! Gemeinsam mit der heldenhaften russischen Armee nähert ihr euch dem alten Sitz des Schwertbruderordens*, Marienburg. Von hier aus hielt die Räuberbande der Schwertbrüder unsere Heimat in ehernem Griff ... hier wurden lettische Mädchen als Geiseln festgehalten ... Die lettischen Bräute erwarten, daß ihr alle als Helden zurückkehrt.

ROLLSTÜHLE FÜR INVALIDEN ...

Für MUSIKLIEBHABER! Sammlung schwieriger Stücke in leichter Bearbeitung ...

SCHWÄCHE jeder Art erfolgreich behandelt durch das Stimulans ...

KUGELSICHERE PANZERHEMDEN

WIR MÜSSEN SIEGEN!!

KRIEG UND SCHNAPS ... Gegenwärtig erlebt die Bevölkerung so viel persönliches Leid und so viel nationale Freude, daß kein nennenswertes psychologisches Bedürfnis nach Schnaps besteht ...

PETITION DER LASTKUTSCHER ... ohne Branntwein ist die übliche Grobheit gemildert ... die Arbeit geht schneller, sinnvoller vonstatten ... diese glücklichen Tage wenigstens bis Kriegsende zu verlängern ... Und auch die Polizei, von der Aufgabe befreit, Betrunkene auf den Straßen aufzulesen, ist nunmehr in der Lage, Diebe wirksamer zu verfolgen ...

AUSGABE DER RATIONEN an die Familien der Reservisten. Jedes Familienmitglied des Eingezogenen ... erhält pro Monat: 68 Pfund Mehl, 10 Pfund Grütze, 1 Pfund Sonnenblumenöl ...

... Aus Gründen der Wahrung von Kriegsgeheimnissen sieht sich der Höchstkommandierende veranlaßt, bei der Berichterstattung über den Verlauf der Kampfhandlungen äußerste Zurückhaltung zu üben. Während das deutsche Oberkommando in seinen Meldungen Siege beschreibt, die es überhaupt nicht gegeben hat, ver-

schweigt unser Generalstab manchen tatsächlich errungenen Sieg ... Nur im Süden ist es den Deutschen gelungen, die zur Umfassung ansetzenden Kolonnen des General Samsonow zunächst aufzuhalten, wobei der Oberbefehlshaber sowie die Generale Pestitsch und Martos gefallen sind, der Stab unter Artilleriebeschuß stark gelitten hat und die russischen Regimenter schwere Verluste zu verzeichnen haben.
Dieser bedauerliche Zwischenfall hat jedoch unsere strategische Gesamtlage keineswegs ungünstig beeinflußt ... Der unablässige Zustrom neuer Kräfte aus Rußland hat das Kräfteverhältnis zu unseren Gunsten verändert ... Um Samsonow aufhalten zu können, mußten die Deutschen zwei Korps aus Belgien abziehen.
Der energische Vormarsch des General Samsonow ist somit als Blutopfer zu betrachten, das auf dem Altar der Waffenbruderschaft dargebracht wurde ...

Dem Gedenken an A. W. Samsonow

Mit Adlerblick verfolgtest Du
Den Angriff und den Kampf.
Kaum sichtbar schwebte über Dir
Des Feindes Flugzeug ...

... Nach Erzählungen von Personen, die den Verstorbenen gut kannten, konnte er sich seltener Liebe seitens seiner Vorgesetzten erfreuen. Im höchsten Maße ausgeglichen und von vorzüglichen Umgangsformen, war er immer bereit, die Situation rasch zu erfassen und zu beurteilen ...

... General der Kavallerie P. K. Rennenkampf wurde in Würdigung seiner Verdienste Allerhöchst mit dem Orden des Heiligen Wladimir Zweiter Klasse mit Schwertern ausgezeichnet.

Niemand hat mit einem Triumphzug auf Berlin oder Wien gerechnet, denn die wütenden Feinde friedliebender Völker haben alles auf eine Karte gesetzt, und der Krieg gegen sie kann nicht anders als erbittert sein. Kürzlich haben unsere Truppen bei Gumbinnen drei deutsche Korps zerschlagen, heute erfahren wir, daß der Gegner sich mit gewaltiger Übermacht auf zwei unserer Korps geworfen und uns starke Verluste zugefügt hat. Unter den Gefallenen ist auch General Samsonow. Selbstverständlich wird keiner bei dieser Nachricht den Mut sinken lassen oder den Tod der Helden mit auch nur einem Schimmer von Verzweiflung beantworten. Ihr Blut wird unseren Mut noch fester schweißen ...

Uns hat ein Unglück ereilt, und diese Nachricht ruft zweifellos tiefe Trauer hervor ... Aber gleichzeitig entsteht und wächst neben der Trauer ein anderes Gefühl, das Gefühl der Freude. Wir freuen uns über die unverblümte Offenheit dieser Meldung ... Wer sich nicht scheut, die Wahrheit auszusprechen, wie bitter sie auch sein mag, der ist stark. Nur die Schwachen lügen!

Wir antworten wieder, wie immer
Für Rußland mit Millionen von Köpfen
Und bieten wieder, wie immer dem Feind unsere Brust,
Um ihn mit unserer Brust hinauszudrängen.

Solang der aufgeblasene Zwerg aus Schwaben
Nicht seine Waffen strecken wird,
Kämpft jeder so, wie er's vermag:
Mit seinem Bajonett der Krieger, mit seiner Feder
[der Poet!

Bei der Hauptverwaltung des Generalstabs geht eine große Zahl von Telegrammen mit bezahlter Rückantwort ein, die um Befreiung einberufener Kriegsdienstpflichtiger,

Zurückstellung oder um Gewährung anderer Vergünstigungen ersuchen ... gibt durch die Presse bekannt, daß für alle zum Armeedienst Einberufenen die allgemeingültige gesetzliche Regelung zur Klärung der Rechtsverhältnisse vorliegt, weshalb Gesuche von Verwandten nicht bearbeitet werden können.

MANIFEST DES PRÄSIDENTEN UND DER REGIERUNG DER FRANZÖSISCHEN REPUBLIK
Franzosen! ... Dank dem tapferen Einsatz unserer Truppen ... unter dem Druck überlegener feindlicher Kräfte ... Um bestmöglichen Einsatz für das Wohl des Volkes zu gewährleisten, werden Regierungs- und Verwaltungsinstitutionen vorübergehend aus der Stadt Paris verlegt ...

DIE LAGE IN OSTPREUSSEN. Wie wir aus gutunterrichteter Quelle erfahren, ist die Lage in Ostpreußen nicht bedrohlich. Die schweren Verluste unserer beiden Korps erklären sich durch die große Reichweite der deutschen schweren Artillerie sowie durch die Ausdehnung des Kampffeldes. Auf den allgemeinen Verlauf der Kriegshandlungen in Ostpreußen hat dieses Ereignis keinen wesentlichen Einfluß.

ERFOLG DER FRANZOSEN! Die französische Armee hat Paris erreicht und ist zum Angriff übergegangen ... Die französische Regierung hat ihren Sitz nach Bordeaux verlegt ...

UNSER GROSSER SIEG ÜBER ÖSTERREICH ... Erfolg auf der 300 Werst breiten Front!

21. August, der erste Flaggentag. Gleich am frühen Morgen des grauen herbstlichen Tages waren die Straßen Moskaus von einer ganzen Armee Spendensammler be-

völkert, die kleine Flaggen der verbündeten Mächte zugunsten der Kriegsopfer verkauften ... In den Restaurants ... In den Klubs ...

DENKEN SIE JETZT SCHON AN DAS MUSEUM DES ZWEITEN VATERLÄNDISCHEN KRIEGES!

Unser Vormarsch in Ostpreußen hält an. Der ständige Zustrom frischer Kräfte aus Rußland versetzt uns in die Lage, mit der Offensive fortzufahren ... Dies wird die deutsche Westfront noch weiter schwächen ...

KRIEG BIS ZUM ENDE ... Die Verpflichtung, keinen Separatfrieden mit Deutschland zu schließen, stellt einen Akt gegenseitiger Absicherung gegen Friedseligkeit dar. Die Geschichte kennt zahlreiche Beispiele, wo in einer Anwandlung von Großmut auf alles Errungene verzichtet wurde, das um den Preis ... Weltweite moralische Bedeutung ... Diplomatischer Schwur über blutigen Schwertern ... Ritterliche Treue der drei Regierungen ...

61

Schon seit einigen Wochen wurde Ilja Isakowitsch von befreundeten Ingenieuren aus Charkow, Petersburg und sogar aus der Maschinenfabrik Kolomna, die er in Südostrußland nebenamtlich vertrat, darauf hingewiesen, daß er auf keinen Fall versäumen dürfe, in Rostow Obodowskij zu treffen, einzuladen und kennenzulernen, den hervorragenden Ingenieur, der in russischen Fachkreisen bislang nur durch seine in deutscher Sprache erschienenen Bücher bekannt war: über allgemeine Volkswirtschaft, über den Bau von Häfen, über Konzentrationsmöglichkeiten der Produktion, über die Perspektiven der Handelsbeziehungen zwischen Rußland und Europa, über Preisschwankungen, und das alles neben seinen hauptberuflichen Arbeiten über das Bergbauwesen, die nur für Bergbaufachleute interessant waren. Es waren auch Anekdoten über ihn im Umlauf, etwa, er wäre in Mailand gewesen, ohne einen Pfennig in der Tasche durch die Straßen gestreift und dabei auf den Einfall gekommen, den Mailänder Straßenbahnverkehr zu rationalisieren, habe das Schema zu Papier gebracht und für viel Geld an den Magistrat verkauft. Gestern noch war Obodowskij Emigrant, vorgestern – Staatsverbrecher und verfolgter Revolutionär, aber jetzt fiel er unter die Amnestie zur Dreihundertfeier des Hauses Romanow, in einem Verfahren wurde »die Anklage fallengelassen, der Angeklagte nicht mehr gerichtlich belangt« – und jetzt befand er sich seit fast drei Monaten auf einem nichtöffentlichen Triumphzug durch die wichtigsten Knotenpunkte des Ingenieurwesens in Rußland, wo er wegen seiner glänzenden Begabung wie auch wegen seiner Vergangenheit besonders warm empfangen wurde. Ausgerechnet im Donjezbecken, dem Hauptziel Obodowskijs, wurde er vom Krieg überrascht, aber er führte sein dortiges Monatsprogramm zu Ende und war jetzt nach Rostow/Don gekommen, unter anderem mit der Absicht, Archangorodskij kennenzulernen. Sie hatten telephonisch verabredet, am 20. August den Vormittag zusammen zu verbringen und anschließend bei Ilja Isakowitsch zu Mittag zu essen. Sie trafen sich morgens in dessen Büro (zugleich Südwestniederlassung der Mühlenbaufirma Erlanger & Co.), blätterten dort in Zeichnungen und Prospekten und fuhren dann die beiden Lieblingsschöpfungen Archangorodskijs besichtigen: den neuen Städtischen Getreidespeicher und die Paramonowsche Mühle mit ihrem Millionen-Jahresumsatz.

Gleich vom ersten Augenblick an waren sie sich gegenseitig sympathisch, trotz aller Unterschiede. Ilja Isakowitsch war rund zehn Jahre älter, korpulent, mittelgroß, nicht sehr gesprächig, er gestikulierte wenig, seine Kleidung (vom besten Schneider in Rostow, einem Armenier), sein sorgfältig gebürstetes dunkles Haar, Brauen, Schnurrbart, waren äußerst gepflegt. Der neununddreißigjährige großgewachsene blonde Obodowskij war völlig wahllos angezogen und fuchtelte beim Gehen so stark mit den Armen, daß er manchmal das Gleichgewicht verlor, er wirkte verdutzt, als wäre er bei einer wichtigen Angelegenheit von einer anderen, nicht minder wichtigen überrascht worden. Er platzte vor gestauter Energie. Bald kam er selbst darauf zu sprechen:

»Wissen Sie, auf dieser Reise komme ich mir vor wie ein Samowar mit vielen Hähnen. Und ich empfinde jeden als Wohltäter, der einen oder zwei aufdreht und etwas ablaufen läßt. Wenn ich noch länger im Ausland geblieben wäre, wäre ich vor lauter Material explodiert. Auf dieser Reise werde ich mir ein wenig Luft machen und mich dann in das dickste Leben stürzen und es kneten, wie Gorkij sagt. Mir hängt es zum Hals heraus, im Ausland lehrreiche Sachen zu schreiben, die man hier in Rußland nicht einmal lesen kann. Ich habe das Ausland satt! Ich will russisches Leben anpacken mit eigenen Händen. Vier Stunden Schlaf – das genügt mir. Jetzt, auf dieser Reise, schlafe ich auch nicht mehr ...«

Er hatte ein freies Lächeln, das nichts zurückhielt. Wenn er sprach, gerieten alle Gesichtszüge in Bewegung, die Stirn lebte in vielen sich verändernden Falten. Der leichte gleichmäßige Bürstenschnitt belastete den Kopf nicht.

Er antwortete wirklich sehr gern und sehr interessant, und erzählte auch von sich aus, vom schnellen, unersättlichen Denken mitgerissen, das unermüdlich fremde, ihn nichts angehende Nebenwege erforschte und an jeder Wendung feststellte, wie es damit im Westen sei, wovon wir noch nichts wußten.

Einem Unbeteiligten wäre ihr Tag langweilig vorgekommen, aber für sie war er von Kaskaden von Ideen, Informationen und Prognosen erfüllt. Während der Fahrten mit dem Pferdewagen, auf den Wegen, die sie über Treppen, Höfe und durch Werkräume zurücklegten, unterhielten sie sich, im Wechsel mit der Beurteilung von Anlagen und Vorgängen, die sich ihren Augen darboten. Es bedeutet für uns immer eine Befriedigung, die eigene Arbeit einem verständigen Menschen vorzuführen, und macht ihn uns sympathisch. Obodowskij entging nichts Wichtiges, weder die Aufstellung schweizerischer Walzmaschinen noch das Waschen des Getreides, und er lobte jedesmal mit Worten, die dem Verdienst genau angemessen waren, ohne zu übertreiben. Aber darüber hinaus beherrschte er jenen besonderen Griff, mit dem jeder Arbeitsvorgang und jedes Problem in die gesamte russische Volkswirtschaft eingeordnet wurde, ebenso wie in den möglichen morgigen (wenn nicht der Krieg wäre – heutigen) Handel mit dem Westen.

Lebenslauf, Lebenserfahrung und Fachgebiet hatten nichts Gemeinsames, berührten sich nicht einmal, aber die beiden eigene Gesinnung des Ingenieurs hob sie wie ein starker Flügel, trug und machte sie verwandt.

Sie fanden auch Zeit, sich einfach zu unterhalten. Von seinem Gast genötigt, erzählte Archangorodskij, daß er zum ersten Abschlußjahrgang für Mühleningenieure des Charkower Technologischen Instituts gehört hatte, sie waren insgesamt fünf gewesen, und jedem hatte der Weg zu einem leitenden vorteilhaften Posten offengestanden. Archangorodskij schlug jedoch den Weg nach oben nicht ein, sondern ging, sehr zum Ärger seines Vaters, eines kleinen Maklers, als Hilfsarbeiter in eine Mühle, war nach einem Jahr Müllergeselle, nach weiteren zwei Müllermeister, und glaubte heute, nur auf diese Weise konnte ihm klarwerden, was das Wesen einer Mühle ausmacht und was alles dazu gehört.

Sie schauten sich die Stadt an, vor allem wünschte der Gast jene Stelle der steil zum Don abfallenden Taganroger Straße zu besichtigen, wo die Rostower Stadtverwaltung eine Fahrtreppe geplant hatte, um die Passanten vom Quai heraufzubefördern. In Moskau, erzählte Obodowskij, hatte der Krieg den Bau eines Métropolitain verhindert: ein Elektrizitätswerk für die Züge sei bereits im Bau gewesen, im Jahre Fünfzehn hätte die erste Strecke vom Bolschoj Theater zum Chodynkafeld in Betrieb genommen werden sollen. Überhaupt sei in den letzten Jahren in Moskau irrsinnig viel gebaut worden, vieles davon sei bereits fertig.

Mit unverändert ruhigem prüfenden Blick beobachtete Ilja Isakowitsch den nervösen Obodowskij. So ernst, ausgeglichen, geradlinig und beständig das Leben von Ilja Isakowitsch verlief, so sehr bestand das Leben Obodowskijs aus Kurven, Aufschwüngen und Stürzen, sogar sein Atem ging stoßweise, als wollte er für zehn Lungen Luft holen, und obwohl er auf den Krieg schimpfte, schien ihm das Leben im Frieden zu arm an Ereignissen, so daß er gezwungen war, sie zu verdichten.

Er sprach nicht mehr über seine ferne anarchistische Vergangenheit, die ihm zwei Prozesse, Gefängnis, Verbannung, Emigration eingebracht hatte. Er sprach von den letzten

Eindrücken im Ausland: er war in Amerika gewesen; hatte in Deutschland das Hüttenwesen kennengelernt; in Österreich sich mit Arbeiterversicherung beschäftigt und ein Buch darüber geschrieben (für Rußland, jetzt liegt es seit einigen Monaten in Charkow und wird nicht gedruckt: zuerst reichten die Typen nicht aus, dann war das Vorwort abhanden gekommen). Aber am meisten begeistert war er von seiner derzeitigen Reise: die russischen Gruben und Zechen hatten auch damals dem Absolventen des Bergbauinstituts offengestanden – aber damals ging es ihm darum, die Revolution zu machen, und in die sibirischen Erzgruben wäre er beinahe als Zuchthäusler geraten – später, in der Emigration, hatte er nur das eine im Sinn, wie er in das Donjezbecken kommen und dort Hand anlegen könnte. Und jetzt sprach er begeistert davon, was man hier alles in zehn oder zwanzig Jahren erreichen könnte, nach einem einzigen Gesamtplan, jeder Schritt der künftigen Entwicklung angepaßt – Vergasung der Kohle unter Tage, zum Beispiel . . .

»Überhaupt – die Windstille ist vorbei! Die russische Windstille ist vorbei! Und mit Wind kann man auch gegen den Strom schwimmen!« rief Obodowskij begeistert.

Überall empfingen ihn Bergbauingenieure, Altersgenossen, die ebenfalls um 1902 die Hochschule verlassen hatten, mit einer Wärme, die herzbewegend war, boten ihm Ingenieurstellen an, Beraterposten, Lehraufträge und sogar – die Stelle des Direktors des gesamten Departements für Bergbauwesen.

»Wir haben doch *keine* fähigen Leute!« Obodowskij war entsetzt und lachte zugleich. »Sobald sich ein Vernünftiger zeigt, schon greifen sie alle nach ihm und umwerben ihn. Dieses riesige Land, diese Menge von Bonzen, Beamten, diese vielen Taugenichtse – und keiner arbeitet!«

»Und was haben Sie sich ausgesucht?«

»Ich habe sogar die glänzendsten Angebote abgelehnt. Vorläufig will ich am Bergbauinstitut Vorlesungen halten und sonst noch Verschiedenes tun, in Petersburg.«

Man weiß wirklich nicht, was das Wichtigste ist: Studenten, Versicherung, Arbeitsamt, Häfen, Handel, Konzerne – Rußland braucht das alles, man müßte überall anpacken. Allgemein gesprochen stehen wir vor *zwei* gleichberechtigten Aufgaben, die beide in Angriff genommen werden müssen: Entwicklung der Produktionsmittel und Entwicklung der öffentlichen Initiative!

»Ja, wenn nur der Krieg nicht gekommen wäre.«

»Wenn sie wenigstens imstande wären, ihn zu führen ... Eine ausgeleierte rostige Feder, fremde Menschen, fremde Hände, Narren! Sie machen alles kaputt, was sie anfassen, aber sie fassen auch alles an. Sie begreifen nicht einmal ihre eigenen Handlungen, sie begreifen nicht das JAHRHUNDERT, in dem sie leben. Ein SOLCHES Land betrachten sie wie ihr Erbgut: wenn sie wollen – schließen sie Frieden, wenn sie es anders wollen – führen sie Krieg, so wie mit der Türkei im vorigen Jahrhundert, und sind der Meinung, es würde ewig so weitergehen. Es gibt doch bestimmt keinen Großfürsten, der das Wort PRODUKTIONSMITTEL auch nur vom Hörensagen kennt! Für den Hof wird es ja immer reichen, man kann sich ja alles kommen lassen! Für die sind Jubiläumsfeiern viel wichtiger: erst wird Susanin* wiedergekäut, dann feiert man in Kostroma, dann wird eine Medaille geprägt ..:«

»Immerhin«, warf Archangorodskij verschmitzt ein, »immerhin, wäre nicht dieses Jubiläum gewesen, wäre ihr Samowar irgendwo an der Ruhr in die Luft geflogen.«

»Stimmt, stimmt!« Obodowskij lachte. »Nein, wirklich, wir brauchen zehn Jahre ruhiger Entwicklung – und man wird unsere Industrie und unser Dorf nicht wiedererkennen. Und was für einen Handelsvertrag hätten wir mit Deutschland schließen können, es ist einfach erstaunlich, welche Vorteile das haben würde, ich werde es Ihnen gleich ausführlich ...«

Sie standen bereits vor Archangorodskijs Haus, Ilja Isakowitsch läutete, sie wurden aus dem zweiten Stock gesehen, und die Haustür öffnete sich automatisch, das war so eingerichtet, ohne Portier. Ihre Wohnung, im zweiten Stock, war sehr groß, alle Zimmer waren über einen dunklen Gang zu erreichen. Ilja Isakowitsch brachte den Gast zehn Minuten vor der festgesetzten Mittagszeit nach Hause, verlegen und voller Befürchtungen, seine Frau Soja Lwowna würde mit den Vorbereitungen nicht fertig sein und ihn in eine peinliche Lage bringen. Sie hatten eine Köchin, die, wenn man sie daran nicht hinderte, das Essen pünktlich auf den Tisch stellte. Aber das Essen wäre nicht raffiniert genug, Zusammensetzung und Grundzutaten eines jeden Gerichts wären noch zu identifizieren. Und Soja Lwowna, MADAME VULKAN, ließ es sich nicht nehmen, einem solch berühmten Gast zu Ehren sich selbst zu übertreffen, bei solchen Gelegenheiten explodierte ihr kulinarischer Eifer, der aus dem Molochowez* gespeist wurde.

Dort, wo es vom Korridor zur Küche ging, verkündete Soja Lwowna, flüsternd und atemlos, glühend vom Herdfeuer, daß das Essen sich um eine halbe Stunde verspäten würde. Dem geduldigen Ilja Isakowitsch blieb nichts anderes übrig, als aus dem Eßzimmer auf einem Tablett die Karaffe mit Wodka, Brot, Butter und Salm in sein Arbeitszimmer hinüberzutragen.

»Ach ja, wie steht es mit dem Verein der Ingenieure?« empfing ihn dort der unermüdliche Obodowskij. »Hier, bei Ihnen?«

»Er vegetiert so dahin.«

»An vielen Orten sind es feste lebendige Gruppen. Ich meine, daß der Verein der Ingenieure zu einer der führenden Kräfte in Rußland werden könnte. Wichtiger und fruchtbarer als jede politische Partei.«

»Und mitregieren?«

»Direkt zu regieren brauchen wir nicht, die Macht als solche brauchen wir nicht, darin halte ich es bis auf den heutigen Tag mit Pjotr Alekséjewitsch ...«

»Wer ist das?«

»Kropotkin.«

»Sie kennen ihn?«

»Ja, gut sogar, wir waren im Ausland zusammen ... Die Klugen und Tatkräftigen regieren nicht, sondern sie bauen auf und verwandeln, Macht ist nur eine tote Kröte. Nur wenn die Machthaber sich der Entwicklung des Landes in den Weg stellen sollten – nun, dann müßte man vielleicht die Macht ergreifen.«

Das erste Glas erwärmte sie, das zweite noch mehr, die Perspektiven wurden immer weiter und umfassender, aus der Tiefe des dunkelblauen Samtsofas protestierte Obodowskij mit erhobenem Arm, mit der ihm eigenen Spontaneität:

»Ja, und warum heißen Ihre Niederlassungen ›Südost-Niederlassungen‹, das möchte ich gern wissen. Sind Sie denn der Südosten Rußlands? Sie sind doch SüdWESTEN!«

»Südwesten ist Kleinrußland. Auch unsere Eisenbahn heißt Südostbahn.«

»Aber wo stehen Sie dann? Von wo sehen Sie das alles? Sie sehen ja Rußland gar nicht! Rußland, Väterchen, muß man von ganz, ganz weit sehen, von mir aus vom Mond! Und dann werden Sie den Nördlichen Kaukasus im äußersten Südwesten des Rumpfes erblicken. Aber was in Rußland groß, reich, hoffnungsträchtig ist – das ist der NORDOSTEN! Nicht die Meerengen zum Mittelmeer, das ist einfach Schwachsinn, sondern eben der Nordosten! Von Petschora bis Kamtschatka, der ganze Norden Sibiriens. Ach, was kann man da nicht alles machen! Straßen, im Ring und in der Diagonale, Eisenbahnlinien und Autostraßen, Trockenlegung und Erwärmung der Tundra! Was kann man da nicht alles aus der Erde herausholen, wieviel kann man da nicht anbauen, züchten, bauen, wie viele Menschen kann man da nicht ansiedeln!«

»Ach ja«, Ilja Isakowitsch erinnerte sich. »Wollten Sie nicht eine Sibirische Republik gründen? Völlig separat?«

»Doch nicht separat«, Obodowskij wehrte belustigt ab. »Sondern um von dort aus Rußland zu befreien.«

Archangorodskij seufzte.

»Aber man kommt ans Frieren. Mich zieht es nicht dahin. Hier ist es doch besser.«

»Aber es muß uns hinziehen, Ilja Isakowitsch! Vielleicht nicht Ihre Generation, aber die Jüngeren! Die ganze Weltentwicklung geht dahin, daß es für uns bald undenkbar sein wird, solche riesigen Flächen ungenutzt zu lassen; die Menschheit wird es uns nicht erlauben, sonst geht's uns wie dem Hund auf Tannennadeln. Entweder muß man es benutzen oder den anderen überlassen. Die eigentliche Eroberung Sibiriens ist nicht das Werk von Jermak, sie steht noch bevor. Der Schwerpunkt Rußlands wird sich nach Nordosten verlagern, das ist eine Prophezeiung, an der kein Weg vorbeiführt. Übrigens ist auch Dostojewskij am Ende seines Lebens daraufgekommen und hat sein Konstantinopel aufgegeben, im letzten Aufsatz im ›Tagebuch eines Schriftstellers‹. Rümpfen Sie nicht die Nase, wir haben keinen anderen Ausweg! Kennen Sie die Rechnung, die Mendelejew aufgestellt hat? Um die Mitte des zwanzigsten Jahrhunderts wird die Bevölkerung Rußlands über dreihundert Millionen zählen, und ein Franzose hat uns für das Jahr 1950 genau dreihundertfünfzig Millionen prophezeit!«

Der kleine akkurate vorsichtige Archangorodskij saß in dem runden, drehbaren harten Ledersessel, seine Hände ruhten auf dem hervortretenden Bäuchlein.

»Das alles gilt nur für den Fall, Swjatosláw Jakínfowitsch, daß wir uns nicht gegenseitig die Bäuche aufschlitzen.«

62

Daß das höchste Familienglück nicht an der Seite einer schönen Frau zu finden ist, daß das Leben mit einer schönen, noch dazu temperamentvollen Frau höchst unbequem ist, das alles war Ilja Isakowitsch bekannt, er hatte es oft von vernünftigen Leuten sagen hören, trotzdem konnte er der Versuchung nicht widerstehen, die goldhaarige Soja zu heiraten, mit ihren Launen, ihrem »Alles oder Nichts« (entweder ein Kragen bis an die Ohren oder ein freizügiges Dekolleté, ihr Bild auf einer Photographie wird einfach zugeschmiert, wenn es ihr nicht gefällt), mit ihrer verhinderten Bühnenlaufbahn (die Familie erhob Einspruch), mit ihrem nichtabgeschlossenen Warschauer Konservatorium, den Schiller-Abenden mit verteilten Rollen, den Musiksoireen, mit ihrer Leidenschaft für Vasen und Broschen und ihrer Verachtung für Nadel und Staubtuch. Allerdings, sie konnte Schmuck sehr gut tragen – ins Haar geflochten, um den Hals, auf der Brust oder an den Händen, aber Ilja Isakowitsch hatte sie vor der Heirat gewarnt und auch später mehrmals wiederholt: »Ich bin Ingenieur und kein Kaufmann.« (Er hätte auch als Mühlenbauer nebenher sich noch anders betätigen können, Grundstücke und Häuser aufkaufen, aber der Ingenieur wäre dann zurückgetreten.) Dafür gewährte der Lebensstil der Frau ihrem Mann höchste Abwechslung und Erholung nach des Tages Mühen, obwohl dem Gast in dieser Wohnung mit den vielen Draperien, Vorhängen und Atlasbezügen manchmal etwas fehlte: Licht von den Fenstern und Lampen? Wärme von den Heizkörpern? Waren die Ecken nicht sorgfältig genug ausgefegt? Oder lag es an den Krümeln auf der Anrichte?

Das Essen war, wenn auch mit Verspätung, schließlich fertig geworden. Weißer und reicher als gewöhnlich war der Tisch in dem etwas dunklen, aber sehr geräumigen Eßzimmer gedeckt, wo auch vierzig Menschen Platz gehabt hätten, gerade legte das schöne stattliche Dienstmädchen noch irgend etwas aus dem riesigen alten Büfett zu den sieben Gedecken hinzu. (In ihrer Vorliebe für alles Schöne hielt Soja Lwowna nur schöne Dienstmädchen, obwohl sie von Eifersucht geplagt wurde.)

Soja Lwowna hatte die Schürze abgenommen, ging durch die Zimmer und rief zu Tisch. Aber außer dem Ehrengast war nur die eigene Familie da, oder so gut wie die eigene Familie, der Sohn war nicht zu Hause, dafür aber die Tochter Sonja und deren Schulfreundin Ksenija, dann Naúm Galpérin, ein Sohn des bekannten Rostower Sozialdemokraten, den die Archangorodskijs 1905 bei sich versteckt hatten und seither zu ihren guten Bekannten zählten, und schließlich MADEMOISELLE, Sonjas Gouvernante aus ihrer frühsten Kindheit, die ganz zur Familie gehörte.

Naum und Sonja konnten sich nicht ähnlich sein und waren sich auch nicht ähnlich, aber sie hatten doch etwas gemeinsam: die Fülle des dichten schwarzen Haares (bei Naum nicht sehr sorgfältig gekämmt), die dunklen funkelnden Augen und den lebendigen Kampfwillen in Diskussionen. Sie hatten sich schon vorher vorgenommen, eine prinzipielle und erzieherische Aussprache mit dem Vater herbeizuführen, anläßlich seiner Teilnahme an der schändlichen, sogenannten patriotischen Demonstration der Rostower Juden. Diese Demonstration hatte schon Ende Juli stattgefunden und ihren Anfang in der Hauptsynagoge genommen, wo Ilja Isakowitsch sich nur an Feiertagen, aus Tradition, auf seinem Ehrenplatz an der Ostseite blicken ließ, er war nicht gläubig und hätte bei dieser Demonstration ohne weiteres fehlen können, aber – er war hingegangen. Die Synagoge war mit russischen Nationalfahnen und dem Bild des Zaren geschmückt, es begann mit einem Gottesdienst mit der Fürbitte um den Sieg der russischen Waffen in Gegenwart von Militärs, dann sprach der Rabbiner, dann der Polizeipräsident, dann sang man »Gott schütze den Zaren«, dann zogen etwa zwanzigtausend Juden mit Fahnen und Spruchbändern »Es lebe das einige große Rußland« und einer Abteilung Freiwilliger durch die Straßen, dann wurden auch noch am Denkmal Aleksandr des Zweiten Reden gehalten, dann schickten sie eine Adresse an das Stadtoberhaupt und ein alleruntertänigstes Telegramm an den Zaren, die Gesinnungslosigkeit läßt sich kaum steigern! Aber bald danach verreiste Sonja, dann verreiste der Vater, jetzt war es soweit, und gestern wurde noch dadurch Öl ins Feuer gegossen, daß in zwei Kinematographen eine Chronik dieser Demonstration gezeigt wurde, und das war so süßlich, verlogen und unerträglich, daß sie jetzt darauf brannte, den Vater zur Rede zu stellen!

Verspätet erfuhren die jungen Leute, daß ein Gast bei Tisch sei, früher ein bekannter Anarchist, jetzt Renegat. Zuerst schwankten sie, ob sie ihren Angriff nicht aufschieben sollten, aber sie kamen zu dem Schluß, daß es so beinahe besser sei: wenn dieser Anarchist auch nur noch einen Tropfen revolutionären Gewissens haben würde, müßte er sie unterstützen, wenn er aber Verräter durch und durch ist – um so heftiger und interessanter würde der Kampf. So setzten sie sich also zu Tisch und lauerten auf die erste Gelegenheit zum Angriff, möglichst noch vor der Suppe.

Von den Vorspeisen hatte man, infolge der Verspätung, inzwischen genug, und Soja Lwowna ließ (wegen der Länge des Korridors war das Eßzimmer mit der Küche durch Telephon verbunden) die Suppe auftragen, die keine Suppe, sondern eher ein Borstsch war, vielleicht mit roten Rüben, dazu in pikanter Kombination Quarkpastetchen aus Mürbeteig. Die Dame des Hauses saß am Kopfende, der Gast an ihrer Seite, machte ihr ein Kompliment über ihren Einfallsreichtum und erzählte dann, woher er käme und wohin er fahre, welchen Aufgaben er sich gegenüber sähe – war das etwa nicht Anlaß genug? Ein ausgezeichneter Anlaß! Der zottige Naum heftete seinen durchdringenden, drohenden Blick auf den ehemaligen Anarchisten und fragte gespannt:

»Und WELCHE Produktion wollen Sie in Gang bringen? Kapitalistische?«

Ilja Isakowitsch verdüsterte sich, er merkte, daß die jungen Leute einen Skandal beabsichtigten, und wollte das sofort unterbinden.

Obodowskij merkte es ebenfalls. Er hatte heute nachmittag noch gut ein Dutzend verschiedener Dinge vor und hätte gern in Ruhe zu Mittag gegessen. Die Samowarhähne seines Redeschwalls öffneten sich nur vor Gleichgesinnten, um ein gemeinsames Anliegen vorzutreiben. Mit der andersdenkenden unverständigen Jugend sich herumzustreiten, fand er überholt und langweilig. Aber er war Gast, er mußte sich deshalb überwinden, was ihm übrigens bei der Leichtigkeit, mit der er sprach, nicht einmal schwerfiel, und antwortete bereitwillig, ausführlich, freundschaftlich:

»Ich erkenne diese Frage wieder, sie ist gut zwanzig Jahre alt! Wir haben sie uns als Studenten bei unseren abendlichen Zusammenkünften Ende der neunziger Jahre gestellt. Damals schon zeichnete sich die Spaltung unter den Studenten ab: Revolutionäre und Ingenieure. Auch ich habe damals gedacht, daß Aufbauen nicht zu vertreten ist. Ich mußte erst in den Westen kommen und dort staunend entdecken, wie wohlgesittet dort die Anarchisten leben, wie tüchtig sie arbeiten. Wer sich selbst bei der ARBEIT eingesetzt hat, wer selbst mit eigenen Händen GEARBEITET hat, der weiß, daß es weder eine kapitalistische noch eine sozialistische Produktion gibt, sondern nur EINE EINZIGE: jene, die zu dem Wohlstand der Nation beiträgt, der gemeinsamen materiellen Grundlage, ohne die kein Volk bestehen kann.«

Doch der sanfte Redefluß konnte Naums schwarze brennende Augen nicht verkleistern:

»Aber von diesem ›nationalen Reichtum‹ bekommt das Volk im Kapitalismus nichts zu sehen und wird auch weiterhin nichts davon zu sehen bekommen! Er fließt vor seinen Händen vorbei – immer zu den Ausbeutern!«

Obodowskij lächelte:

»Wer ist denn das – der AUSBEUTER?«

Naum zuckte mit den Schultern:

»Ich glaube, das versteht sich wohl von selbst. *Sie* sollten sich schämen, eine solche Frage zu stellen.«

»Wer selbst in diesem Prozeß drinsteckt, der braucht sich nicht zu schämen, junger Mann. Schämen sollten sich die anderen, die aus der Entfernung sich ein Urteil erlauben und die Hände in den Schoß legen. Vorhin haben wir einen Getreidespeicher angesehen und eine moderne Großmühle, wo vor kurzem nur Unkraut wuchs. Ich werde Ihnen nicht klarmachen können, wieviel Intelligenz, Wissen, Planung, Erfahrung und Organisation darin stecken. Wissen Sie, wieviel das alles zusammen kostet? NEUNZIG PROZENT des künftigen Gewinns. Und die Leistung der Arbeiter, die gemauert und die Maschinen abgeladen haben – zehn Prozent, was übrigens auch durch Kräne geschehen könnte. Ihre zehn Prozent haben die Arbeiter erhalten. Aber dann kommen junge Leute daher, Geisteswissenschaftler . . . Sie sind doch Geisteswissenschaftler?«

»Ist das so wichtig? Eigentlich – ja.«

»Dann kommen die Geisteswissenschaftler daher und setzen den Arbeitern auseinander, daß sie zu wenig bekommen hätten, während dieser kümmerliche Ingenieur da, mit der Brille, der nicht ein einziges Stück Blech selbst angepackt hat – wer weiß, wofür der bezahlt wird, das ist BESTECHUNG! Und die wenig entwickelten Köpfe und Gemüter sind leicht zu überzeugen und erregen sich: die eigene Leistung wissen sie zu schätzen, die fremde Leistung sehen sie nicht.«

»Und Paramonow – wieso verdient der auch dabei?« rief Sonja.

»Das ist nicht ganz unverdient, glauben Sie mir. Ich sagte ja: Organisation. Man braucht Organisation. Und wo sie überhandnimmt, muß sie durch vernünftige öffentliche Maßnahmen in andere Kanäle geleitet werden. Aber nicht durch Bomben, so wie wir das getan haben.«

Offener konnte man sein Renegaten- und Kapitulantentum nicht bekennen. Naum verzog verächtlich den Mund und wechselte einen Blick mit Sonja.

»Sie haben also den revolutionären Methoden für immer abgeschworen?«

Vor Spannung und Verachtung hatten Naum und Sonja ihr Essen vergessen. Unterdessen trug das stattliche Mädchen den zweiten Gang auf, und die Hausfrau nötigte dem Gast das Eingeständnis ab, schlechterdings nicht erkennen zu können, WAS das war und WORAUS zubereitet? Sie und Obodowskij waren Altersgenossen, sie war auch ohne Lob schön, aber wenn sie gelobt wurde, strahlte sie noch mehr, und Obodowskij hätte offensichtlich eine Unterhaltung mit ihr vorgezogen, aber die vier brennenden Augen auf der anderen Tischseite ließen nicht von ihm ab. Und er fügte hinzu, für sie:

»Ich würde das anders nennen. Früher beschäftigte mich am meisten, wie alles ZU VERTEILEN sei, was ohne mein Zutun entstanden war. Jetzt beschäftigt mich am meisten, wie etwas ZU SCHAFFEN ist. Die besten Köpfe und Hände des Landes müssen dafür eingesetzt werden, für die Verteilung die schwächeren. Wenn viel geschaffen wird, wird auch bei fehlerhafter Verteilung keiner leer ausgehen.«

Naum und Sonja saßen nebeneinander an der Längsseite des Tisches, den beiden Ingenieuren direkt gegenüber. Sie sahen sich an und prusteten:

»Schaffen! ... Das zaristische System wird Sie zum Schaffen überhaupt nicht kommen lassen!« Sie wollten sich nicht länger dabei aufhalten, sondern zu der Hauptfrage übergehen. Aber jetzt stellte Obodowskij seinerseits eine Frage:

»Verzeihung, welcher Richtung gehören Sie an?«

Naum mußte antworten, aber bescheiden und leise, denn so etwas hängt man nicht an die große Glocke:

»Ich bin Sozialrevolutionär.«

Er war nicht den Weg seines Vaters, eines Menschewiken, gegangen, den er allzu friedfertig und süßsauer fand.

Ilja Isakowitsch pflegte sogar die wichtigsten Sachen, die er als wichtig betonen wollte, niemals laut zu sagen. Wenn er seine Kinder zur Ordnung ermahnte, klopfte er leise mit dem Nagel gegen den Tisch, das war immer gut zu hören. Jetzt blickte er Naum freundlich an, unter den gleichen dichten schwarzen Brauen hervor:

»Und darf man vielleicht fragen, von welchen Mitteln eure Partei lebt? Ich denke an die geheimen Zusammenkünfte, konspirative Wohnungen, Tarnung, Bomben, Umzüge, Flucht, Literatur – wer bezahlt das?«

Naum schüttelte brüsk den Kopf.

»Ich glaube, es ist nicht üblich, danach zu fragen ... Und ich glaube, das ist der Öffentlichkeit bekannt.«

»Das ist es ja eben«, Ilja Isakowitsch polierte seinen Nagel an der Tischdecke. «Ihr seid Tausende. Und arbeitet alle schon lange nicht mehr. Und danach zu fragen, ist nicht üblich. Und ihr seid keine Ausbeuter. Und lebt vom Nationalprodukt. In der Revolution, meint ihr, wird sich das alles bezahlt machen.«

»Papa!!« rief die Tochter, ihre Stimme klang empört. »Du brauchst nichts für die Revolution zu tun« (sie tat übrigens auch nichts), »aber so davon zu reden – das ist beleidigend, würdelos!«

Sie saß dem Vater, Naum saß Obodowskij schräg gegenüber. Die entrüsteten Blicke der Jungen schossen überkreuz.

Inzwischen wurde über das Telephon der Fisch angefordert, der in Stücken in großen Muscheln überbacken war, der Gast staunte von neuem, Soja Lwowna erklärte ihm etwas und spielte mit dem Finger, an dem ein Ring steckte, eine Platin-Diamantraute. POLITIK verursachte ihr Atembeschwerden, wenn sie etwas haßte, dann war es Politik!

Gegenüber der Hausfrau, an der anderen Breitseite des Tisches, fühlte auch Mademoiselle sich von der Politik angeödet, sogar noch hoffnungsloser, denn sie hatte überhaupt niemanden, mit dem sie ein Wort sprechen konnte, außer dem Dienstmädchen, wenn sie sich bedankte. Vor fünfzehn Jahren, als der Präsident des Obergerichtshofs von Rostow sie in einem lustigen Pariser Café kennengelernt und nach Rußland mitgenommen hatte, konnte sie überhaupt kein Russisch, setzte bei ihren ersten russischen Schülerinnen keine Französischkenntnisse voraus und wiegte sie mit Liedchen in den Schlaf, die davon erzählten, wie jemand zu jemandem ins Bett stieg. Seither hatte sie die hiesige Sprache und die hiesigen Sitten so weit kennengelernt, um diese endlose Debatten über Politik sowohl zu verstehen als auch zu verabscheuen. In dieser Zeit war das Album ihrer Verehrer verstaubt, sie war zur Tugend gelangt, im letzten Jahr besuchte sie einen einsamen Straßenhändler im Hof und gab ihm Französischstunden, Soja Lwowna war von der bevorstehenden Heirat bereits unterrichtet, aber jetzt mußte der Straßenhändler ins Feld.

Nicht weit von Mademoiselle, neben der zornentbrannten Sonja, saß sehr bescheiden Ksenija, mit ihren funkelnden Augen. Im Gymnasium waren Sonja und sie der Stolz der Klasse gewesen: sie saßen immer zusammen in der ersten Bank, meldeten sich zusammen und übertrafen sich gegenseitig mit ihren Noten. Aber dort war es ganz klar, was man zu antworten hatte. Alles, was man jetzt und später wissen mußte, wurde vorher mitgeteilt oder im Schulbuch durchgelesen, war unumstößlich. Aber jetzt hatte Ksenija keine Lust, etwas zu sagen, außerdem fürchtete sie, mit einer Dummheit hereinzuplatzen. Alle klugen Menschen hier um den Tisch sagten etwas anderes, und das einzig Richtige konnte sie aus ihren Worten nicht herausfinden. Aber das Steppenmädchen Ksenija war in der Familie Charitonow längst dazu erzogen worden, in solchen Fällen nicht durch Gähnen und Vorsichhinstarren zu erkennen zu geben, daß die Unterhaltung ihr langweilig und unverständlich sei, sondern geschickt das eigene Interesse und Verständnis zum Ausdruck zu bringen, und zwar mit dem geringsten Aufwand: eine Wendung des Kopfes zum Sprechenden; gelegentliches billigendes Kopfnicken; interessiertes Lächeln; eine erstaunt gehobene Braue. Ksenija führte dies alles jetzt gewissenhaft aus, ohne zuzuhören, und achtete außerdem noch darauf, die verschiedenen Arten von Löffeln, Gabeln und Messern richtig zu handhaben. Und dachte dabei das Eigene.

Ihr Leben war von etwas so Wichtigem erfüllt, daß es sich nicht in Worte fassen ließ. Jede Stunde und jeder Schritt brachten sie unsichtbar, unaufhaltsam jenem höchsten Glück näher, um dessentwillen allein die Menschen auf die Welt kommen. Und dieses zu erwartende Glück konnte weder vom Krieg, noch von der Revolution, noch von den Revolutionären, noch von den Ingenieuren abhängen – es mußte einfach unausbleiblich eintreten.

Ilja Isakowitsch schien nicht zu diskutieren, sondern nur über seinem Teller nachzudenken:

»Ihr habt es so eilig mit der Revolution. Natürlich, es ist leichter herumzuschreien und interessanter, Revolution zu machen, als Rußland aufzubauen, das ist dreckige Arbeit ... Wenn ihr älter wäret, wenn ihr das Jahr Fünf erlebt hättet, dann hättet ihr gesehen, wie es damals zugegangen ist ...«

Nein, so leicht sollte sich der Vater heute nicht aus der Affäre ziehen können, jetzt sollte er ihre Meinung hören:

»Schäm dich, Papa! Die gesamte Intelligenz ist für die Revolution!«

Der Vater, ebenso bedächtig und leise:

»Und wir, gehören wir denn nicht zur Intelligenz? Wir, die Ingenieure, die das Wichtigste machen und bauen – gehören wir denn nicht zur Intelligenz? Aber ein vernünftiger Mensch kann nicht für die Revolution sein, denn Revolution ist permanente und irrsinnige Zerstörung. Jede Revolution erneuert nicht das Land, sondern verheert es zunächst, und zwar für lange. Und je blutiger und anhaltender sie ist, je höher der Preis ist, den das Land dafür zahlt, desto näher kommt sie dem Prädikat: die GROSSE.«

»Aber so kann man doch auch nicht weiterleben!« Sonja litt offenkundig. »Mit dieser stinkenden Monarchie kann man doch auch nicht leben, und die tritt doch nicht freiwillig ab! Geh mal, erklär *ihr* doch, daß Revolutionen das Land verheeren, damit *sie* freiwillig abtritt!«

Mit einer runden aber festen Bewegung rieb Ilja Isakowitsch mit seinem Nagel immer noch die gleiche Stelle auf dem Tischtuch:

»Glaubt ja nicht, daß ihr es ohne Monarchie gleich so gut haben werdet. Es kann ganz anders kommen! ... Glaubt ja nicht, eine Republik sei nichts als Honigschlekken. Hundert ehrgeizige Advokaten werden zusammenkommen – denn wer hat das beste Mundwerk? – und um die Wette schwatzen. Das Volk wird sich sowieso niemals selbst regieren.«

Das Mädchen, das vor allen mit »Sie« angeredet wurde, reichte den Nachtisch, Blätterteigkörbchen. Soja Lwowna erzählte Obodowskij, wie sie letztes Jahr mit den Kindern und Mademoiselle durch Südeuropa gereist war.

»Das wird es! Das wird es!« riefen die beiden jungen Menschen mit großer Sicherheit, und zwei Fäuste schlugen auf den Tisch. Und blickten mit der letzten schwarz-feurigen Hoffnung den ehemaligen Anarchisten an: konnte man wirklich so tief und unwiderruflich fallen?

Nein, er hatte einen Einwand, er wollte offenbar dem Hausherrn etwas entgegnen, aber er unterhielt sich mit der Hausfrau.

Ilja Isakowitsch redete jetzt eindringlicher, begann sich aufzuregen, es machte sich durch kleine Bewegungen seiner Brauen und seines Schnurrbartes bemerkbar.

»›Der Sturm soll heftiger werden!‹*, nicht wahr? Das ist eine Verantwortungslosigkeit! Ich habe im Süden Rußlands zweihundert Mühlen gebaut, mit Dampfantrieb und elektrisch, aber wenn der Sturm heftiger wird – wieviele werden dann noch mahlen? . . . Und was werden wir dann zu beißen haben, auch an diesem Tisch, zum Beispiel?«

Ja, er hat selbst Zeit und Ort für den Schlag bestimmt! Nur mit Mühe die Tränen der Kränkung, die Tränen der Scham zurückhaltend, rief Sonja mit versagender Stimme:

»Deswegen hast du wohl zusammen mit dem Rabbiner deine Ergebenheit MANIFESTIERT, der Monarchie und dem Stadtoberhaupt? Nicht wahr? Wie konntest du nur? Wie hast du das fertiggebracht?«

Ilja Isakowitsch strich über die von der Serviette bedeckte Brust. Er gestattete seiner Stimme weder sich zu erheben noch sich zu überschlagen.

»Die Wege der Geschichte sind komplizierter, als es für eure Zwecke praktisch ist. Das Land, in dem du lebst, ist in Not. Was ist dann richtig? Sagen: das geschieht dir recht, hol dich der Teufel! Oder: auch ich will dir helfen, ich gehöre zu dir? Wenn man in *diesem* Land lebt, dann muß man sich entscheiden, ein für allemal, und daran festhalten: gehöre ich diesem Land wirklich mit meiner Seele zu? Oder nicht? Wenn nicht, dann kann ich es zerstören, verlassen, das spielt dann keine Rolle . . . Wenn *ja*, dann muß ich mich in den geduldigen Prozeß der Geschichte einfügen: arbeiten, überzeugen und allmählich von der Stelle bewegen . . .«

Jetzt hörte auch Soja Lwowna zu. Sie hatte diese Frage auf ihre Weise gelöst: am Passahfest aßen sie Matzen, und gleich darauf, zum christlichen Osterfest, buken sie Kulitsch und färbten Eier. Eine weite Seele muß alles gelten lassen, alles verstehen.

Naum hätte gern scharf geantwortet, aber aus Achtung und Dankbarkeit gegen die Familie konnte er sich dazu nicht entschließen. Dafür schrie Sonja alles heraus, was sich in ihr angesammelt hatte:

»Wenn man in diesem Land *lebt*! Du darfst in Rostow leben, weil du hier Ehrenbürger bist, wer sich aber keine Hochschulbildung erkämpft hat, der muß innerhalb der jüdischen Siedlungsgebiete verkommen! Du hast deine Tochter Sofja, deinen Sohn Wladimir genannt und glaubst, du würdest jetzt als Russe angesehen? Eine lächerliche, erniedrigende und sklavische Lage! Aber man sollte seine untertänigste Knechtschaft wenigstens nicht noch betonen! Du bist Stadtverordneter? WELCHEM Rußland willst du in seiner ›Not‹ helfen? WELCHES Rußland willst du aufbauen? ... Hier, lies mal: zu den Schwesternlehrgängen werden nur Personen christlichen Glaubens zugelassen! Als ob jüdische Mädchen den Verwundeten Gift ins Essen tun würden! Und im Städtischen Hospital gibt es seit neuestem ein ›P.A. Stolypin-Bett‹, ein ›Stadtoberhaupt Generalmajor Sworykin-Bett‹! Das ist doch idiotisch! Wo ist da die Grenze des Lächerlichen? Das riesige Rostow, mit seiner ganzen Gebildetheit, mit deinen Mühlen und Stadtverordneten wurde mit einem Federstrich dem Ataman jener Kosaken unterstellt, die uns mit den Peitschen ... Und ihr singt vor dem Zarendenkmal ›Gott schütze den Zaren‹?«

Ilja Isakowitsch biß sich sogar auf die Lippen, die Serviette rutschte aus dem engen Kragen:

»Und trotzdem ... Und trotzdem ... Man muß darüberstehen ... Und man muß in Rußland nicht bloß den ›Bund des russischen Volkes‹ sehen, sondern ...«

Die Luft ging ihm aus, oder er bekam Bruststiche, aber Obodowskij warf schnell in die Pause ein:

»... sondern den ›Verein russischer Ingenieure‹.«

Er sah dabei die beiden jungen Menschen mit seinen lebendigen Augen an.

»Ja!« Archangorodskij griff es auf und stützte sich auf

den Tisch: »Verein russischer Ingenieure – ist das vielleicht weniger wichtig?«

»Die Schwarze Hundertschaft!« schrie Sonja und stocherte in ihrem Blätterteigkörbchen, »das ist wichtig! Du hast dich vor der Schwarzen Hundertschaft verbeugt und nicht vor dem Vaterland! Ich schäme mich!«

Es war ihr doch gelungen, ihn aus der Fassung zu bringen! Ilja Isakowitsch setzte beide Hände mit den Kanten nebeneinander auf den Tisch und sagte mit zitternder Stimme:

»Auf dieser Seite – die Schwarze Hundertschaft! Auf der anderen – die Rote Hundertschaft! Und dazwischen ...« er schob die Handkanten kielförmig zusammen, »dazwischen ist ein Dutzend Leute, die arbeiten wollen – aber es geht nicht!« Er schob die Hände wieder auseinander und schlug dann die Handflächen zusammen: »Kaputtgemacht werden sie! Zermalmt!«

63

Großfürst Nikolaj Nikolajewitsch war unter Aleksandr III. in Ungnade, er gehörte nicht einmal zur Suite. Unter Nikolaj II. wurde er unter dem Schwarm der Großfürsten ausgezeichnet, wie er auch von Natur sich an Leib und Seele vor ihnen auszeichnete, aber seine Position war nicht sicher. Zuweilen konnte er auf den Zaren einen starken Einfluß ausüben und ihn seinem Willen unterwerfen; man sagte, daß Nikolaj Nikolajewitsch das Manifest vom 17. Oktober und die Einberufung der Duma dem Zaren durch die Drohung abgerungen habe, sich im kaiserlichen Arbeitszimmer zu erschießen; er wich der öffentlichen Meinung nicht aus, fürchtete sich nicht vor den Strömungen in der Öffentlichkeit, er nahm sie zur Kenntnis. Zuweilen verlor er, im hoffnungslosen stummen Ringen mit der Kaiserin, Ämter, Einfluß, Stützen und verschwand im Schatten. So wurde 1908 der Reichsverteidigungsrat aus purer Eifersucht aufgelöst: um Nikolaj Nikolajewitsch, den Präsidenten dieses Rates, auszuschalten und ihm damit die Möglichkeit zu nehmen, zusammen mit General Palizyn die Reorganisation der russischen Armee nach dem Japanischen Krieg durchzuführen. Seitdem blieb Nikolaj Nikolajewitsch auch bei der Ausarbeitung von Kriegsplänen ausgeschaltet, ohne jede Wirkungsmöglichkeit im Heer, ein gewöhnlicher General und Kommandierender des Petersburger Militärbezirks. Angesichts des nahenden Krieges wurde dem Zaren eingeredet, er allein sei in der Lage und habe die Pflicht, das russische Heer zu führen. Nach seinem Bilde, nach Maßstäben, die für den Blick des Militärs seltsam scheinen mußten, wählte der Zar seine nächsten Helfer. Zum Stabschef des Höchstkommandierenden wurde Januschkewitsch ernannt, ein bekannter Verwaltungsspezialist, der zwar Professor an der Kriegsakademie war, aber das Fach Militärverwaltungswesen vertrat; er verfügte über gute Kenntnis in Organisation, Verwaltungs- und Rechnungswesen, hatte aber keinerlei Vorstellung von Truppenführung. Dieser Mangel hätte durch einen energischen Generalquartiermeister ausgeglichen werden können, aber zum Generalquartiermeister bestimmte der Zar den schwerfälligen, beschränkten, zähen J. Danilow.

Und der Krieg begann, aber dem Zaren fehlte etwas: war es persönliche Entschlossenheit? unbegrenzte Verfügungsgewalt? die Zustimmung der Öffentlichkeit? Und entgegen der Vereinbarung und gegen den Widerstand des Hofes konnte er nicht umhin, Nikolaj Nikolajewitsch zum Höchstkommandierenden zu ernennen. Und nur um eine einzige KLEINIGKEIT bat der Zar in seiner gewohnten fahrigen, unsachlichen Art: den Stab des Höchstkommandierenden so zu belassen, wie er, dem Kaiser genehm, ernannt war.

Den Willen des Gesalbten betrachtete Nikolaj Nikolajewitsch als heilig und seinen jungen Neffen als seinen Herrscher, so war er erzogen, anders konnte die Monarchie als Prinzip nicht existieren.

Nikolaj Nikolajewitsch, der einen untrüglichen Blick für die Würdigen und Tätigen hatte, goutierte im voraus (seine Ernennung zum Höchstkommandierenden herbeisehnend, vorausahnend und sich ausmalend), wie er zum Erstaunen Rußlands und zur Verblüffung des Hofes General Palizyn zu seinem Stabschef ernennen würde und zum Generalquartiermeister den bescheidenen unscheinbaren Aleksejew, dessen frappierend klares militärisches Denken er als erster bei einer Manöverauswertung entdeckt hatte. Aber jetzt mußte er der BITTE des Herrschers nachgeben, die Arbeit mit unerwünschten, unfähigen Mitarbeitern beginnen, dieses Große Hauptquartier, das erste Hindernis für die Entfaltung seines Willens, akzeptieren und einen KRIEGSPLAN übernehmen, der nicht von ihm konzipiert, ihm fremd und sogar unbekannt war.

Aber er wurde überrascht, ermutigt und erhoben durch ein wunderbares himmlisches Zeichen. Als der Großfürst mit dem Großen Hauptquartier in Baranowitschi eingetroffen war, wurde ihm ein Zeichen zuteil, daß sein Wirken als Höchstkommandierender glücklich sein und folglich Rußland siegen würde. Dieses Zeichen geschah ihm durch ein außergewöhnliches, fast unwahrscheinliches und daher mystisches Zusammentreffen: die kleine Kirche in der Eisenbahnersiedlung von Baranowitschi, die von Petersburg aus zum Standort des Großen Hauptquartiers bestimmt worden war, war dem Heiligen Nikolaj geweiht, aber nicht dem Bischof von Myra, dessen Kirchen in Rußland sehr häufig sind, das wäre nicht weiter erstaunlich gewesen, sondern Nikolaj Kotschán*, dem Narren in Christo und Nowgoroder Wundertäter, dessen Tag der 27. Juli (fast wären sie an diesem Tag hier angekommen!), der Namenstag des Höchstkommandierenden war, dem himmlischen Fürsprecher des Höchstkommandierenden. Eine solche Kirche ist in ganz Rußland kaum zu finden. Dieses Zusammentreffen konnte kein Zufall sein! Es war eine mystische Fügung.

Um dieses himmlische Zeichen bis auf den Grund deuten zu können, mußte der Großfürst an diesem schicksalsgünstigen Ort verweilen, er durfte sich nicht für längere Zeit entfernen; nicht durch die Fronten ziehen, durch Divisionen und Regimenter, sondern mußte HIER bleiben, wo alle Linien sich schnitten, HIER war der Ort, von wo es ihnen bestimmt war zu siegen.

Der feste Standort ermöglichte einen regelmäßigen und bequemen Tageslauf, einen maßvollen Wechsel von Pflicht und Muße. Die zwei Sonderzüge des Großen Hauptquartiers standen am Waldrand, der Zug des Höchstkommandierenden fast im Wald. Das kleine Haus des Generalquartiermeisters, wo alle Operations- und strategischen Besprechungen und Auswertungen stattfanden, war so gewählt, daß es dem Waggon des Höchstkommandierenden direkt gegenüber lag, zwanzig Schritt entfernt. Der Großfürst schlief in seinem Wagen. Wenn nachts irgendwelche Telegramme oder Nachrichten eintrafen, wurde der Höchstkommandierende nicht belästigt, sondern sie wurden ihm gebracht, wenn er aufgestanden war, immer um neun Uhr morgens, sich gewaschen und gebetet hatte, er sah sie beim Morgentee durch. Nach dem Morgentee erschien der Stabschef mit seinen Meldungen. Zwei Stunden für Überlegungen und Erwägungen von Operationsfragen, anschließend, gegen Mittag, das Frühstück. Dann ruhte der Großfürst und fuhr darauf in seinem Automobil spazieren (höchstens fündundzwanzig Werst pro Stunde, um einen Unfall zu vermeiden), bis zum zweiten Tee, auf den keine ernsthaften Beschäftigungen mehr folgten, sondern verschiedenes Zweitrangige, die Suite, private Gespräche. Vor dem Essen zog sich der Großfürst in seinen Waggon zurück, um den täglichen Brief an seine Frau nach Kiew zu schreiben, in dem er über alle Ereignisse des Tages ausführlich berichtete: er konnte ohne seelische Berührung mit einem nahestehenden Menschen nicht leben, und gerade sie hätte er eingebüßt, wenn er von Einheit zu Einheit gefahren wäre; der feste Standort des Höchstkommandierenden garantierte den regelmäßigen Empfang der Briefe seiner Frau. Um halb acht abends, wie in Petersburg, fand das gemeinsame Essen im Speisewagen statt, immer mit Wodka und verschiedenen Weinen, noch später gab es den dritten, nicht obligaten Tee.

Zum Abendgottesdienst und an den Feiertagen zur Liturgie ging der Höchstkommandierende in seine Kirche (der Chor bestand aus ausgewählten Sängern der Hofkapelle und der Kasan-Kathedrale*). Wenn er allein war, wandte er sich Gott zu: er setzte sich nie zur Mahlzeit, ohne vorher gebetet zu haben, und vor dem Schlafengehen betete er lange, kniend, sich bis zur Erde verneigend. Er vertiefte sich in die Gebete, denn er war von ihrer wirksamen Hilfe überzeugt.

Aber die Siege blieben aus. Sogar an der österreichischen Front verlief die Entwicklung ungünstig. In Preußen kam es, nach Gumbinnen, nicht zu dem zweiten, endgültigen Erfolg: der Gegner wurde weder ins Meer noch hinter die Weichsel geworfen. Zuerst hatte Samsonow noch Städte besetzt, dann hörte das auf. Dann kam die Nachricht von der Absetzung Artamonows (viel zu leichtfertig und übereilt: wenn man Korpskommandeure so absetzt, kommt man im Krieg nicht weit). Dann verstummte überhaupt alles. Am 16. kam Shilinskij nach Baranowitschi und beklagte sich, daß Samsonow eigenmächtig die Verbindung unterbrochen hätte und jetzt nichts mehr zu erfahren sei. Und auch der Oberst Worotynzew, der dorthin geschickt worden war, kehrte aus irgendeinem Grunde nicht zurück. Solch anhaltendes Schweigen verheißt nie Gutes. Auch am 17. erfuhren sie nichts Neues – den ganzen Tag lief keine einzige Meldung ein. In der Nacht auf den 18. wurde der Großfürst geweckt, denn ein merkwürdiges, erregtes, vages Telegramm war eingelaufen: nach dem üblichen Code verschlüsselt, aber durch den Ziviltelegraphen übermittelt, unter Umgehung des Frontstabes: »Nach fünftägigen Kämpfen im Raum Neidenburg – Hohenstein – Bischofsburg Zweite Armee zum größten Teil vernichtet. Oberbefehlshaber hat sich erschossen. Reste der Armee fliehen über russische Grenze.« Unterschrift – Chef der Nachrichtenabteilung der Armee, das war alles. Warum nicht ein Ranghöherer? Warum nicht der Stabschef? Eine Mystifikation? Der Irrtum eines erschreckten Offiziers? Warum schwiegen Shilinskij und Oranowskij? Müßten sie eigentlich nicht mehr wissen?

Aber alles, was Shilinskij und Oranowskij am 18. meldeten, war, daß Samsonow an allem schuld sei, und beschränkte sich auf die abenteuerliche Geschichte, wie es dem Armeestab gelungen war, der Einkreisung zu entkommen.

»Meldungen über die Lage der einzelnen Korps der Zweiten Armee liegen nicht vor. Es kann angenommen werden, daß das I. Korps im Raum von Neidenburg in ein Gefecht verwickelt ist... Versprengte Soldaten des XV. Korps treffen in ungeordneten Verbänden in Ostrolenka ein.« Zu wenig, um etwas zu begreifen. Genug, um die Ruhe zu verlieren.

Dennoch redeten Danilow und Januschkewitsch gemeinsam auf den Großfürsten ein, nichts endgültig Schlimmes sei eingetreten, die Lage könne sich noch zum Guten wenden. Aber das Herz des Höchstkommandierenden krampfte sich zusammen: wenn von der Lage der nächststehenden etwas nur ANGENOMMEN WERDEN KANN, wie ist es dann mit den entfernter stehenden Korps? Er fühlte, daß jetzt die Katastrophe beginnt, daß mit Menschenkraft nichts mehr auszurichten ist und nur der Himmel zu retten vermag. Und er ging wie immer zum Abendgottesdienst und lag in seinem Waggon dann lange – sogar kniend wirkte er sehr groß – auf seinen schmalen harten Knien vor dem brennenden Ewigen Licht und betete.

Eigentlich lag eine formelle, verbindliche schriftliche Meldung Shilinskijs über den Untergang der Armee nicht vor – also bestand auch kein Grund, die Meldung formell und schriftlich an den Zaren weiterzuleiten. Aber an diesem Tag vollzog der Großfürst seinen üblichen Tageslauf nur noch mechanisch: pappelgerade und groß, ohne den Kopf sinken zu lassen, ohne den Rücken zu krümmen, ging er durch das Gelände des Großen Hauptquartiers und spazierte im Gärtchen, das entlang des Sonderzuges angelegt worden war. Der frische kämpferische Ausdruck, der ihn sonst so jugendlich wirken ließ, war aus seinem Gesicht gewichen, und jetzt war deutlich zu erkennen, daß er beinahe schon ein Greis war. Mit höflicher Zurückhaltung unterhielt er sich mit den Angehörigen seiner Suite, mit den Offizieren des Stabs, aber über die Kriegsoperationen wurde außerhalb des kleinen Hauses des Generalquartiermeisters entsprechend der im Großen Hauptquartier gepflogenen Geheimhaltung nicht gesprochen. Besonders wichtig war es, gegenüber den Vertretern der Verbündeten – ein Franzose, ein Engländer, ein Belgier, ein Serbe und ein Montenegriner, die in dem gleichen Zug lebten und bei den Mahlzeiten neben den Russen saßen – das Gesicht zu wahren, damit sie jenes für Rußland Schlimme nicht erführen, das sie keineswegs wissen mußten, solange dies nicht für nötig erachtet wurde. Und obwohl man sich unheilverkündende Gerüchte zuflüsterte und die Gesichter immer besorgter wurden, folgten alle dem Beispiel des Großfürsten, das äußere Leben im Großen Hauptquartier ging seinen gewohnten Gang, und der Adjutant des Großfürsten, der Gardekavallerist Graf Mengden, pfiff weiterhin schrill seine Tauben herbei, ließ sie wieder fliegen und dressierte seinen Dachs.

Aber am 19. mußte die Katastrophe nicht nur dem Zaren gemeldet, sondern mußten auch der Presse gewisse Zugeständnisse gemacht werden, denn inzwischen war einiges in die Zeitungen durchgesickert. Der Großfürst versank in eine dunkle Niedergeschlagenheit, da es unmöglich war vorauszusagen, wie der in seinen Zuneigungen sehr unbeständige Zar auf die Ereignisse reagieren würde. Er pflegte nie sofort zu antworten, zwei, drei Tage mußte man warten. Die junge Kaiserin, alle Anhänger Rasputins und auch Suchomlinow würden versuchen, den Mißerfolg unter allen Umständen gegen den Großfürsten auszuspielen, vielleicht sogar seine Absetzung zu erwirken, ohne ihm Gelegenheit zu geben, künftig alles wiedergutzumachen. Von Petersburg aus fließen die Entfernungen ineinander – Neidenburg, Bjelostok, Baranowitschi, und es ist nicht schwer, dem Höchstkommandierenden alles in die Schuhe zu schieben.

Aber noch deprimierender als das Warten auf die Antwort des Monarchen war für den Großfürsten die quälende verwirrte Ungewißheit über jenes Ereignis, für das er gestraft werden könnte. Dunkel und unverständlich blieb, was, wie und wie schlimm das Vorgefallene war. Shilinskij hatte einen günstigen Stand bei Hof, und von ihm konnte der Großfürst nicht gut die gleiche prompte und vollständige Antwort verlangen wie von einem anderen Untergebenen. Vielleicht wußte er etwas und verschwieg es, und die Verantwortung trug der Höchstkommandierende.

In der Nacht auf den 20. forderte das Große Hauptquartier von dem Stab der Nordwestfront wiederum Einzelheiten, aber Oranowskij antwortete, daß er selbst nichts erfahren und nichts begreifen könne.

Die ganzen letzten Tage, bis gestern, war es trotz kalter Nächte tagsüber gleichmäßig, sogar lästig warm gewesen. Aber am Morgen des 20. konnte die Sonne sich nicht durchsetzen, sie schien matt und trübe. Von Stunde zu Stunde verdichtete sich der unsichtbare Schleier über dem Himmel. Es zogen keine Wolken auf, und der Wind ging nur leicht, wenn auch kühl, aber plötzlich war es im Westen grau. Und gegen Mittag war der Himmel dicht verhangen.

Der Großfürst war selbst in seiner bedrückten Stimmung bemüht, die gewohnte Ordnung zu wahren. Zur festgesetzten Stunde kleidete er sich für die Promenade um, heute zu Pferd, und verließ seinen Waggon. Da sah er den Chef der Militärischen Verbindungen, einen bedächtigen gutmütigen Mann, der Zigarrenbauchbinden sammelte. Es fiel ihm ein, daß er eine neue Sorte hatte, sprach ihn an und kehrte in den Waggon zurück, um die Bauchbinden zu holen.

Und als er zum zweitenmal aus dem Waggon trat, sah er, daß aus dem Wald jemand mit großen Schritten direkt auf ihn zukam – es war der Oberst Worotynzew! Ja, es war Worotynzew! Träumte er vielleicht? Der lebt, ist gesund? Den brauchte er jetzt, mehr als alle anderen!

Worotynzew ging rasch und sah sich dabei um, als wollte er jemanden überholen, um als erster da zu sein. Aber es war niemand da, außer dem General, der sich über die Zigarrenbauchbinden freute, dem Adjutanten neben ihm und, etwas abseits, dem General für besondere Aufträge. Worotynzew trug nur seinen Rock, sonst nichts, als wäre er die ganze Zeit über hier im Stab gewesen. Er hatte den nicht zu verlernenden Schritt eines Truppenoffiziers, aber jetzt ging er etwas schleppend, fast hinkend. Eine Schulter war bedeutend höher als die andere, am Kiefer eine verkrustete Schramme, die Wangen schlecht rasiert.

»Worotynzew!« rief der Großfürst, ohne zu warten, bis er ihn erreicht und Meldung erstattet hatte. »Sie sind zurück!? Warum hat man mir das nicht gemeldet?«

Worotynzew salutierte, nicht mit der im Stab üblichen Eleganz, sondern irgendwie lässiger, als sei seine Hand schwerer als gewöhnlich.

»Euer Hoheit! Ich bin gerade erst gekommen, etwa vor zehn Minuten . . .«

(Er war nicht GERADE ERST gekommen, sondern hatte einige Stunden im Wald gewartet. Dort hatte er auch Blagodarjow mit Mantel und Tasche zurückgelassen. Er kannte den Tageslauf im Großen Hauptquartier und hatte es absichtlich so eingerichtet, daß er sowohl Januschkewitsch als auch Danilow nicht über den Weg lief und direkt zum Großfürsten vordringen konnte.)

»Sie sind verwundet?« fragte der Großfürst mit einer raschen Bewegung seiner ausdrucksvollen Brauen, da er den Verband an der Schulter unter dem Rock erriet.

»Ja, nicht der Rede wert.«

Er sah den Höchstkommandierenden unverwandt mit einem begierigen Blick an.

Das ausgesprochen lange Gesicht Nikolaj Nikolajewitschs hatte sich wieder verjüngt, wenn auch durch Erregung und Sorge.

»Nun, wie sieht es dort aus? Was ist geschehen?«

Worotynzew stand stramm, mit zurückgeworfenem Kopf, aber er ließ seine Augen vom Adjutanten zu dem von der anderen Seite sich nähernden General wandern. Gleich sind sie alle da, wenn er bis dahin nur alles sagen könnte.

»Euer Hoheit! Ich bitte, mich vertraulich anhören zu wollen.«

»Ja, natürlich!« Der Großfürst nickte entschlossen und drehte sich sofort scharf um. Diese Bewegungen, so charakteristisch, paßten so gut zu ihm! Und schon stieg er mit seinen überlangen dünnen Beinen in Reitstiefeln die Stufen zum Waggon hinauf und befahl seinem Adjutanten, schon oben, niemanden vorzulassen.

Der Waggon war innen umgebaut worden. Sie betraten ein Arbeitszimmer, von Wand zu Wand, mit einem Teppich, der den ganzen Fußboden bedeckte, einem Schreibtisch, einer großen Ikone des Erlösers, dem Bild des Zaren und mit den von ihm verliehenen Waffen überkreuz an der Wand.

Der Oberste Befehlshaber aller Streitkräfte des großen Rußland, streng, klug und einsichtig, saß Worotynzew Aug in Auge gegenüber, am selben Tisch, ohne störende Ratgeber, begierig, seine einmaligen Neuigkeiten zu hören! Während seiner ganzen militärischen Laufbahn hatte Worotynzew eine solche Konstellation noch nicht erlebt – und wird sie auch künftig nicht noch einmal erleben! Dieser Augenblick war zu außerordentlich für eine Wiederholung: ein vernünftiger Truppenoffizier konnte den Gang der ganzen Kriegsmaschine beeinflussen! Offenbar führte sein ganzer bisheriger Dienst auf diesen Gipfel zu. Seine Gedanken waren gesammelt, gezielt und gespannt, er hatte zwei Nächte lang und einen Teil des gestrigen Tages wie ein Toter geschlafen, der Körper schmerzte noch, brannte, aber der Kopf war ganz klar. Der glückliche Auftakt des Gesprächs verdreifachte noch sein Auffassungsvermögen.

Und er begann seinen Vortrag, fließend, frei, ohne die geringste Verlegenheit vor seinem kaiserlichen Gesprächspartner (wie auch sonst niemals und vor niemandem). Komprimiert, straff berichtete er, wie ungenügend die Vorbereitung der Armeeoperation gewesen war; wie sie angetrieben und aufgesplittert wurde; wie man sie Samsonow dargestellt hatte und wie sie tatsächlich verlaufen war; was die Deutschen (wie jetzt zu sehen war) währenddessen unternommen hatten; welche fundamentalen Möglichkeiten verpaßt wurden und welche eingetreten waren. Während der Tage im Kessel und später, unter den Durchgekommenen, hatte Worotynzew gefragt und gesammelt, soviel er konnte – und alles füllte jenes klare Schema aus, mit dem er vor neun Tagen noch so unbeschwert in das Arbeitszimmer Samsonows getreten war. Aber noch etwas Größeres, etwas Höheres als diese Einsicht brachte Worotynzew mit in den Waggon, in das Arbeitszimmer – er brachte jenen versengenden Atem der Schlacht mit, den er bei dem wechselhaften Verlauf des Gefechts bei Usdau und bei der hoffnungslosen Verteidigung Neidenburgs mit den Kompanien der Estländer eingesogen hatte. Er brachte jene Leidenschaft mit, die sich nicht allein an Überzeugung und Rechthaben entzündet, sondern an eigenem Erleiden. Er sprach aus einer Perspektive, die sich nur dem eröffnen konnte, der die jungenhafte Freude Jaroslaws beim Anblick der ersten Russen gesehen hatte:

»Und ihr? Ihr seid nicht eingekesselt hier? Und weiter hinten, hinter euch, dort sind auch Russen?« oder Arsenij, der tief ausatmete wie ein Schmiedeblasebalg:

»Und dahinten kommt jetzt Rußland? Und wir, wir haben schon gedacht, daß wir nicht soweit kommen« –

wie ein leerer Sack sich auf den Boden fallen ließ und das überflüssig gewordene Schlachtermesser in die Erde stieß.

Alles, was der Höchstkommandierende selbst durch einen Wink aus der Ferne, ohne es selbst zu sehen und zu spüren, ausgelöst hatte – das alles kam durch Worotynzew wie eine gußeiserne Kugel auf ihn zurückgerollt, blieb vor ihm liegen und reichte ihm bis zur Brust.

Jetzt wäre Worotynzew in der Lage gewesen, jedes Regiment einzeln nach Bataillonen aufzuzählen, welches Los sie getroffen hatte, die hingeopferten Nachhuten und die durchgebrochenen Gruppen, die er kannte. Die gesamte Artillerie war verloren, und mindestens siebzigtausend Mann waren im Kessel geblieben, aber es war erstaunlich, daß zehn- bis fünfzehntausend Mann durchgekommen waren, ohne durch ihre Generale geführt zu werden.

Und der Höchstkommandierende weiß das alles nicht? Der Stab der Nordwestfront hat ihm nichts davon gemeldet?

Das hagere, rassige, lange Gesicht des Höchstkommandierenden wurde scharf wie auf der Jagd. Er hatte fast kein einziges Mal unterbrochen, stellte keine Fragen (Worotynzew trug sehr flüssig vor, ohne Pausen), griff einige Male nach seinem Füllfederhalter, schrieb aber nichts auf. Er kaute an seiner Zigarre, rauchte erregt, als hindere sie, die noch so lang war, ihn daran, in das Innere der Wahrheit zu dringen. Man hätte nicht sagen können, daß er lediglich teilnahmsvoll zuhörte – er versetzte sich in das Erzählte und verwandelte sich in einen unglücklichen Teilnehmer dieser unglücklichen Schlacht.

Und in Worotynzew wuchs die Hoffnung, daß er nicht umsonst, nicht nur zum Palawern in diese Hölle sich begeben habe, nicht umsonst dort rastlos hin und her gejagt sei, daß jetzt sich alles bezahlt machen, daß ihm jetzt gelingen würde, die schwere Hand des Großfürsten zu heben und gegen all diese Holzköpfe zu schmettern. Worotynzew war auch schon früher frei von falschem Respekt gewesen und war es jetzt um so mehr. Über Korpskommandeure äußerte er sich wie über unfähige Zugführer, deren Absetzung durchaus in seiner Macht stand.

Aber als er über Artamonow sprach, über den er am tiefsten entrüstet war, spürte er plötzlich in den Augen des Höchstkommandierenden Widerstand und Kühle. Und bei aller Unähnlichkeit erinnerte er sich plötzlich der Mauer in Artamonows Augen.

Ja, die Geschichte mit dem Befehl ist unbegreiflich. Aber vielleicht liegt der Fehler eines rangniederen Offiziers vor.

Der Großfürst hatte die Schwäche, sich an seine Untergebenen zu gewöhnen. Im Gegensatz zum Zaren, der heute mit verlegenem Lächeln jeden Favoriten von gestern verbannte, schützte der Großfürst jene, die er einmal liebgewonnen hatte, und war stolz auf seine ritterliche Treue.

Sogar wenn es ein Tölpel war.

Der Anschaulichkeit, der plastischen Deutlichkeit wegen, zählte Worotynzew alle die ruhmreichen Regimenter auf, die bei Usdau verraten und ins Verderben gestürzt wurden, darunter das Jenisej-Regiment, vor dem der Großfürst kürzlich bei der Parade in Peterhof marschiert war!... Und hörte:

»Natürlich. Das muß strengstens untersucht werden. Aber er ist ein tapferer General und ein gläubiger Mensch.«

Wo war das lebendige Interesse geblieben? Und die Bereitschaft mitzudenken? Alles zerging in Dunst und Rauch, wurde zu würdiger großfürstlicher Erhabenheit.

Und Worotynzew verstummte. Wenn der Rückzugsbefehl von Usdau eine Bagatelle ist, wenn Soldaten, die nach stundenlangem feindlichen Feuer selbst zum Angriff übergegangen waren, zurückbefohlen werden, wenn ein voll gefechtstüchtiges Korps um 40 Werst zurückverlegt, wenn eine Armee preisgegeben wird – wenn das alles kein Verrat war, wenn dafür die Generalsachselstücke nicht heruntergerissen werden und der Kopf nicht rollt – wozu wurde dann diese Armee überhaupt aufgestellt? Wozu dieser Krieg begonnen?

Der Waggon des Höchstkommandierenden hätte sich bei den Erzählungen Worotynzews aufbäumen müssen! Der ganze Zug hätte erschüttert werden und entgleisen müssen! Aber er stand da, unbeweglich, und der unausgetrunkene Tee im Glas schwappte nicht über.

Die Hand des Höchstkommandierenden hob sich nicht zu Gericht und Belehrung. Und der Anlauf Worotynzews ging ins Leere. Er hatte Anlauf genommen, um etwas

Schweres, Großes mit Schwung von der Stelle zu rücken, und sein ganzer Körper hatte geglaubt, gleich dagegen zu stoßen, aber das Schwere war auch glatt, und die vorgestreckten Arme glitten an der gerundeten Oberfläche ab.

Er hatte sich unterfangen, etwas von der Stelle zu rükken, was nicht von der Stelle zu rücken war.

Er hatte viel und schnell gesprochen, sein Atem hatte ausgereicht. Aber jetzt mußte er tief Luft holen.

Aber auch der Höchstkommandierende saß da, niedergeschlagen, mit hängenden Schultern, und hatte die soldatische Haltung verloren.

»Ich danke Ihnen, Oberst. Ihr Bericht wird nicht vergessen werden. Morgen wird General Shilinskij eintreffen, wir werden in der Operativen Abteilung eine Besprechung abhalten. Und Sie werden dabeisein. Und berichten.«

Die Hoffnung richtete sich wieder auf. Worotynzw sah aus der Nähe, über den Tisch hinweg einen hageren traurigen alten Mann mit langem Gesicht, beinahe wie ein Pferdekopf. Vielleicht wird morgen sich alles klären, in Gang bringen lassen? Es geht schließlich nicht um Artamonow. Es geht um die empfangene Lektion.

Der Großfürst gab mit einer Bewegung zu verstehen, daß die Audienz beendet sei. Worotynzew erhob sich und bat darum, sich entfernen zu dürfen. Er hatte hier zwei Stunden verbracht, ohne es zu merken.

Ein schmerzlicher Zug lag wie eine Narbe um den großen Mund von Nikolaj Nikolajewitsch. Und Worotynzew durfte seinen Vortrag für nicht vergeblich halten.

Da wurde geklopft. Der Adjutant Derfelden trat rasch mit einem verschlossenen Telegramm ein. Er überreichte es mit einer tiefen Verbeugung aus seiner Gardekavalleristen-Höhe:

»Vom Zaren!«

Und ging rückwärts zur Tür.

Der Höchstkommandierende erhob sich, las im Stehen.

Die Klarheit des Geistes hatte Worotynzew verlassen,

er wußte nicht mehr, daß es ihm nicht zukam, beim Lesen eines kaiserlichen Telegramms anwesend zu sein. Er war verwirrt, er glaubte, irgend etwas sei unausgesprochen geblieben.

In dem gedämpften Tageslicht (draußen bedeckte es sich immer mehr) konnte er sehen, wie das Rittergesicht des Großfürsten heller, ruhiger und jünger wurde, wie der Leidenszug, den sein Bericht hervorgerufen hatte, sich glättete und völlig verschwand.

Der Höchstkommandierende streckte seinen überlangen Arm nach Derfelden aus:

»Rittmeister! Holen Sie den Protopresbyter, er ist eben vorbeigegangen.«

Der Körper, die Haltung dieses starken sehnigen alten Mannes waren noch federnd. Er stand feierlich vor dem Bild des Zaren, der mit der Vollmacht des Himmels über Rußland regierte.

Worotynzew war einen Kopf kleiner als der Großfürst. Er salutierte noch einmal mit der Bitte, sich entfernen zu dürfen. Aber der andere antwortete feierlich:

»Nein, Oberst! Wenn Sie schon hiersind, dann haben Sie nach Ihrem düsteren Vortrag als erster auch den Balsam verdient. Hören Sie, welcher Beistand uns zuteil wird! Wie gnädig der Zar auf meine Meldung von der Katastrophe antwortet!«

Und er las mit befreiter Stimme, wobei er jedes Wort des Textes mehr würdigte, als wenn er ihn selbst verfaßt hätte:

»Lieber Nikolascha! Mit Dir zusammen trauere ich tief um die gefallenen heldenhaften russischen Soldaten. Aber wir müssen uns dem göttlichen Ratschluß fügen. Wer aber beharret bis ans Ende, der wird selig.* Dein Nika.«

»Wer aber beharret bis ans Ende, der wird selig!« wiederholte immer wieder der Großfürst, der schlank und stramm, wie zum Rapport dastand und in diesen Sätzen noch Neues erlauschte und entdeckte.

Es klopfte, und der Presbyter trat ein, ein Mann mit schmalem, klugem und weichem Gesicht.

»Hören Sie, Vater Georgij! Hören Sie, wie gut der Zar ist und welch eine Freude er uns beschert! ›Lieber Nikolascha! Mit Dir zusammen trauere ich tief um die gefallenen heldenhaften russischen Soldaten. Aber wir müssen uns dem göttlichen Ratschluß fügen. Wer aber beharret bis ans Ende, der wird selig. Dein Nika.‹«

Der Protopresbyter nahm das Gelesene mit dem gebührenden Ausdruck auf und bekreuzigte sich vor der Ikone.

»Und dann noch etwas: es wird uns mitgeteilt, daß auf Anweisung des Zaren die Ikone ›Die Mutter Gottes erscheint dem ehrwürdigen Sergij‹ aus dem Troizko-Sergijewskij-Kloster unverzüglich in das Große Hauptquartier überführt werden soll. Welche Freude!«

»Das ist eine frohe Botschaft, Euer Hoheit!« bestätigte der Protopresbyter mit einer würdevollen Verbeugung. »Diese ungewöhnliche Ikone ist auf einer Tafel des Totenschreins des ehrwürdigen Sergius gemalt. Schon das dritte Jahrhundert begleitet sie unsere Heere auf ihren Feldzügen. Sie war mit dem Zaren Aleksej Michajlowitsch auf seinem Feldzug gegen Litauen. Und mit Peter dem Großen bei Poltawa. Und mit Aleksandr dem Gesegneten auf seinem europäischen Feldzug. Und auch . . . im Hauptquartier des Oberbefehlshabers im Japanischen Krieg.«

»Welche Freude! Ein Zeichen der Gnade Gottes!« Der tiefbewegte Höchstkommandierende ging mit langen Schritten, je zwei und zwei, in seinem Arbeitszimmer auf und ab. »Diese Ikone wird uns den Beistand der Mutter Gottes bringen.«

Von Gebeten wirst du im Backtrog
keinen Teig anrühren.

DOKUMENTE 5

20. August. An Kaiser Nikolaj II.

»Ich bin glücklich, Euer Majestät mit der Nachricht des Sieges erfreuen zu können, den die Armee des General Russkij bei Lwow nach siebentägigem ununterbrochenem Gefecht errungen hat! Die Österreicher befinden sich auf völlig chaotischem Rückzug. Lassen leichte und schwere Geschütze, Artillerieparks und Trains zurück. Der Gegner hat riesige Verluste erlitten. Wir haben viele Gefangene gemacht.

Der Höchstkommandierende,
General-Adjutant Nikolaj.«

DOKUMENTE 6

Deutsches Flugblatt,
von einem Flugzeug abgeworfen.

RUSSISCHE SOLDATEN!
VOR EUCH WIRD ALLES VERHEIMLICHT!
DIE ZWEITE RUSSISCHE ARMEE IST ZERSCHLAGEN!

300 GESCHÜTZE, DER GESAMTE TRAIN, 93 000 SOLDATEN GEFANGENGENOMMEN ... *Die Kriegsgefangenen sind mit der Behandlung sehr zufrieden und wünschen nicht, nach Rußland zurückzukehren. Es geht ihnen bei uns sehr gut!*

BELGIEN IST ZERSCHLAGEN!
UNSERE TRUPPEN STEHEN VOR PARIS . . .

64

So plötzlich war man mitten im Herbst: kaum zu glauben, daß erst vorgestern noch glühender Sommer war und der Mantel eine Last für die Schultern. Und jetzt war der Mantel gerade richtig. Durch den sauberen Kiefernwald fegte ungehindert der Herbstwind, vom wechselnd bewölkten Himmel sprühte immer wieder feiner Regen. Es war gut, daß sie bei diesem Wetter nicht durch Sümpfe waten mußten.

Beide – Worotynzew und Swétschin – hatten den Mantelkragen hochgeschlagen, die Hände tief in die Taschen vergraben und gingen, fast wie Zivilisten, ohne Säbel, zwischen den Kiefern spazieren, zwischen den Stämmen, die wie hohe Gerten waren, ohne Äste, nur die Wipfel vom Wind bewegt.

»Nein«, Worotynzew konnte sich nicht beruhigen, obwohl inzwischen volle vierundzwanzig Stunden vergangen waren, »einmal sich aussprechen, aber alles aussprechen können, was man denkt – es ist eine Lust! Eine heilige Pflicht! Einmal sich richtig Luft machen – und dann meinetwegen sterben!«

Swetschin hatte einen sehr ausgeprägten Kopf: Ohren, Nase, Mund, die leuchtenden Augen, alles zur Leidenschaft geschaffen, aber er war bitter, gleichmütig und nicht zu überzeugen:

»Aber hast du je gesehen, daß bei uns jemand von unten jemanden da oben durch eine begeisterte Rede überzeugt hätte? In einzelnen Fällen kann ein vernünftiges Argument, eine vernünftige Eingabe etwas nutzen – aber im Großen? Alles auf einmal durchschütteln und alle ansprechen? Das ist hier ein Pfuhl und nicht einmal Wasser, sondern Teer. Nicht einmal Wellen wird es geben. Aber du bist erledigt.«

»Ich? Wer aber beharret bis ans Ende, der wird selig! ... Sie können mir ja nichts Schlimmeres tun, als mich zu einem Regiment abkommandieren. Und ein Regiment habe ich nicht schlecht geführt.«

Swetschin war zwei Jahre jünger, aber seinen Reden hätte man es nicht angemerkt:

»Ja. Wenn nicht jeder deiner Schritte von einem Oberstörer bewacht würde. Man wird dir unsinnige Befehle erteilen, und du wirst sie ausführen und mit Soldaten bezahlen müssen. Und wirst per Telegramm den Oberst Swetschin anflehen: hilf, Bruder! tu was für mich! Nein, Jegórij, etwas bewirken können nur die Arbeiter, nicht der Rebell. Unmerklich, langsam – aber etwas bewirken sie doch. Ich kann zum Beispiel täglich wenigstens zwei dämliche Befehle zurechtbiegen, einem tapferen Regimentskommandeur zu seinem Recht verhelfen, ein Pionierbataillon vor dem sinnlosen Tod bewahren und habe diesen Tag nicht umsonst gelebt. Und wenn du danebensitzt und auch zwei Befehle korrigierst, dann sind es schon vier! Es ist zwecklos, sich mit den Machthabenden zu streiten, sie müssen mit Akkuratesse dirigiert werden. Nirgends kannst du Rußland nützlicher sein als hier. Wenn man dich hier rausschmeißt, wird ein anderer kommen, ein schlechterer. Wozu das alles?«

In der Operativen Abteilung, in der Generalquartiermeisterei und überhaupt im Großen Hauptquartier war Swetschin für Worotynzew der einzige Mensch, mit dem er offen reden konnte, genauso wie Swetschin mit ihm. Ein eingeschränktes Vertrauen ist kein Vertrauen – wenn man vertraut, dann ohne Zwischenwände. Gestern gegen Abend, nach seinem Bericht beim Höchstkommandierenden, hatte Worotynzew auch bei Januschkewitsch und Danilow Rapport erstattet, ganz oberflächlich: sie wollten eigentlich nichts Genaues hören, am liebsten überhaupt nichts. Aber mit Swetschin redete er bis in die Nacht hinein. Swetschin hatte auch noch Verschiedenes ergänzen können, aus der Sicht des Hauptquartiers. Und seit heute früh, bis einige Minuten vor der Besprechung, redeten sie wieder über dasselbe.

»Wahrscheinlich hast du recht, Andréitsch«, antwortete Worotynzew mit einem unnachgiebigen Lächeln auf seinem abgemagerten, verschärft lebhaften Gesicht. »Aber wenn du das alles selbst erlebt hättest, dann ... dann würdest du, mit deiner ganzen Verständigkeit und meiner noch dazu ... Nein, dieser Zustand tritt nur einmal oder zweimal ein. Ich will überhaupt nichts anderes, als nur die Wahrheit auf den Tisch knallen! Wenn der Großfürst gestern anders reagiert hätte ...«

»Der Großfürst erwartet, das mußt du endlich begreifen, ein Telegramm über die Einnahme von Lwow. Sie *alle* erwarten dieses Telegramm«, fuhr Swetschin mit unerschütterlicher Besonnenheit und ohne zu lächeln fort, wodurch seine leuchtenden Augen unheimlich wirkten. »Um mit diesem Telegramm das Telegramm über Samsonow zuzudecken. Und in ganz Rußland werden Glocken läuten, um unsere Blödheit zu feiern, da wir die österreichische Armee in der Zange hatten und wieder laufen ließen, dafür aber eine leere Stadt eroberten.«

Aber nichts, keine österreichische Front, nichts außer dem Kessel bei Neidenburg konnte Worotynzew sich vorstellen und begreifen. Er geriet immer mehr in Feuer:

»Du könntest mich überzeugen, und ich würde meinen Mund halten, wenn das eine rein militärische Frage wäre. Das stimmt, das hätte man an anderen Punkten, bei anderen Unternehmungen ausgleichen können. Aber das ist jetzt keine militärische Frage mehr. Verstehst du? Das ist schon eine MORALISCHE Frage! Das eigene Volk mangelhaft vorbereitet zur Schlachtbank zu führen – das liegt jenseits aller Strategie. Wer aber beharret bis ans Ende! ... Sie sind bereit zu BEHARREN, während WIR leiden! Bis ans

Ende! Und zwar ohne an der vordersten Linie sich sehen zu lassen! Sie sind bereit, trotz drei oder vier oder auch fünf solcher Kessel zu beharren, und wollen dann durch Gottes Gnade selig werden!«

»Trotzdem wirst du nichts ausrichten«, es klang so, als würde der unbelehrbare Swetschin durch die Zähne pfeifen. »Alles wird so bleiben wie es ist, nur du wirst dir den Schädel einrennen. Rußland soll unbedingt von Dummköpfen regiert werden. Anders ist es in Rußland nicht möglich. Es ist schon so, wie ich dir sage. Halte dich still, arbeite sachte.«

»Aber ich kann nicht stillhalten! Ich kann ja selbst hier nicht mehr länger sitzen bleiben! Hier, der Pfeil in der Brust, das brennt und schmerzt. Soll ich ihn etwa nicht herausziehen? Wie kann ich denn so arbeiten?«

»Ich fürchte für dich. Bei der Besprechung mußt du mich ab und zu ansehen.«

Sie gingen schon zurück, näherten sich dem Waldrand, der Siedlung und den Sonderzügen. Es war bereits fünf vor zehn, auch die anderen Offiziere gingen auf das Häuschen des Generalquartiermeisters zu.

Und hier, über den Pfad ganz am Waldrand, in weitem Bogen um die hohen Chefs, hastete der Schreiber, ein geschäftiger Enterich, und hinter ihm, ein Schritt auf zwei des Schreibers, ging aufrecht, in einer nicht militärischen, nicht anerzogenen sondern angeborenen Haltung Arsenij Blagodarjow. Sobald seine Schultern von den Lasten befreit waren, ging er wieder mit vorgewölbter Brust, schwenkte im Gehen unbefangen die Arme, wandte unbefangen seinen Kopf nach links und nach rechts, ohne sich durch das Große Hauptquartier und die Nähe der Großfürsten beeindrucken zu lassen.

Die Spannung, die Gereiztheit Worotynzews waren wie verflogen. Mit einer Handbewegung hielt er den Schreiber an.

Der besorgt dreinschauende, gewitzte Schreiber, der

beim Salutieren die Hand nicht bis zur Schläfe führte und den Arm nur leicht anwinkelte (hier im Hauptquartier wußten sie genau Bescheid, wer wieviel wert war), meldete sofort, ohne die Frage abzuwarten:

»Wir machen jetzt alles fertig, Euer Hochwohlgeboren, den Marschbefehl und die Marschverpflegung.«

»Aha«, Worotynzew entließ ihn und sah Arsenij liebevoll an.

Die beiden Obersten, seinen und den fremden, begrüßte Blagodarjow mit vorschriftsmäßig eingewinkeltem Arm, vorschriftsmäßiger Kopfhaltung, aber ohne sie mit den Augen zu verschlingen, ohne Übereifer, sondern wie im Spiel.

»Jetzt geht es also zur ›Antillerie‹, Arsenij?«

»Dann eben zur Artillerie«, Arsenij ging lächelnd darauf ein.

»Ist das etwa kein Grenadier?« fragte Worotynzew Swetschin und stieß Arsenij bewundernd mit gespreizten Fingern kräftig gegen die Brust. »Du wirst in eine Artilleriebrigade kommen, ich habe das schon geregelt.«

»Na, gut«, meinte Blagodarjow und fuhr mit der Zunge im Mund herum. Plötzlich fiel ihm ein, daß es sich jetzt nicht mehr so gehörte, sie waren ja nicht mehr *dort.* – »Bedanke mich vielmals!« Er salutierte, lächelte wieder und ließ seine große Unterlippe hängen.

Nicht in dem Kessel ist er so geworden, er war schon so, als Worotynzew ihn bei Usdau traf, er verhielt sich schon damals nicht nur SEINEM Oberst, sondern jedem Offizier gegenüber so: er beherrschte fehlerlos alle militärischen Ausdrucksformen, man spürte genau, daß er diese Grenze nie überschreiten würde, sein Ton indessen setzte sich darüber hinweg, machte den Dienst zum Spiel. Ohne etwas gelernt zu haben, verhielt sich Arsenij so, als verfügte er über mehr als all die Kriegswissenschaft.

»Aber paß auf, vielleicht bekomme ich ein Regiment, kommst du dann zu mir ins Regiment?«

»Fuß-volk?« Arsenij ließ die Lippe noch tiefer hängen.

»Fußvolk.«

Blagodarjow tat so, als überlegte er.

»Ne-e-e«, sagte er gedehnt, »trotzdem will ich nicht.« Riß sich dann ebenso gespielt sofort zusammen: »Ganz wie Sie befehlen!«

Worotynzew lachte, wie man über Kinder lacht. Legte ihm beide Hände auf die Schultern, das war ziemlich hoch, auf die Schulterklappen, die nicht mehr verknautscht, sondern geglättet und mit einer Pappunterlage versehen waren.

»Ich werde dir nie mehr etwas befehlen, Arsenij. Bist du böse, daß ich dich aus dem Wyborger Regiment mitgenommen habe? In den Kessel?«

»Nee«, sagte Arsenij leise und einfach, wie zu jemandem aus dem eigenen Dorf. Und zog die Nase hoch.

Erst mußten sie aus dem Kessel raus, da hatten sie keine Zeit. Dann mußten sie ausschlafen. Und jetzt mußte jeder zu seinem Dienst sich beeilen, und auch die Achselstücke waren für ein Gespräch zu verschieden. Und jetzt war etwas vorbei.

Und Worotynzews Hals war wie zugeschnürt, er mußte schlucken.

Und Arsenij mit seiner breiten Kartoffelnase fuhr mit der Zunge im Mund herum, als wäre die Zunge zu groß.

»Ja, weißt du ... ein Berg kommt nicht zum anderen Berg, wohl aber die Menschen ... Vielleicht werden wir uns mal ... Mach's gut ... Dien dich zum Oberst hoch ...«

Beide mußten lachen.

»... Und komm gesund nach Hause.«

»Und Sie ebenfalls!«

Worotynzew nahm die Mütze ab. Darauf riß Arsenij seine Mütze auch herunter. Es wehte ein kalter Wind. Es nieselte.

Sie küßten sich. Auf den Mund.

Arsenij hatte sehr kräftige Pranken.

Worotynzew eilte Swetschin nach.

Und Blagodarjow – dem unzufriedenen Enterich, dem Schreiber.

Im Häuschen des Generalquartiermeisters gab es keine großen Räume, im größten fanden zwanzig Personen Platz, wenn sie sich drängten. Doch zur Führungsspitze des Großen Hauptquartiers gehörten keine zwanzig Personen. Jetzt aber waren soviele zusammengekommen, und die Meinung eines jeden war offenbar von Wichtigkeit.

Zwei kleinere Tische wurden im rechten Winkel zusammengestellt. An deren einem Ende nahm der Höchstkommandierende Platz, auch im Sitzen alle anderen überragend. An seiner Seite, von ihm unzertrennlich, sein Bruder, der Großfürst Pjotr Nikolajewitsch, ein aufmerksamer Zuhörer (obwohl alle wußten, daß der Krieg ihn nicht im mindesten interessierte, sondern vielmehr die Kirchenarchitektur, schon seit einigen Jahren). Neben ihnen saß ihr Vetter, Prinz Pjotr von Oldenburg (ein herzensguter Mensch). Weiter – General-Adjutant Fürst Dmitrij Golizyn (der in den letzten Jahren die Kaiserliche Jagd verwaltet hatte). Noch weiter – der General für besondere Aufträge Petrówo-Solowówo (ein äußerst liebenswürdiger Mensch, Adelsmarschall des Gouvernements Rjasanj). Der Stabschef des Höchstkommandierenden Generalleutnant Januschkewitsch, Generalquartiermeister Danilow. Der diensthabende General des Hauptquartiers. Dem Höchstkommandierenden direkt gegenüber, dort, wo die Tische zusammenstießen – der Oberbefehlshaber der Nordwestfront, General der Kavallerie Shilinskij. Der Chef der Diplomatischen Abteilung des Hauptquartiers. Der Chef der Seestreitkräfte. Und der Chef der Militärischen Verbindungen.

Wer an den Tischen keinen Platz gefunden hatte – einige Offiziere der Operativen Abteilung, der diensthabende Adjutant des Höchstkommandierenden, der Adjutant Januschkewitschs, ein kalmykischer Fürst und der Adjutant Shilinskijs – saß auf Stühlen, am Fenster, am Ofen und schrieb, falls nötig, auf den Knien.

Der Ofen war morgens geheizt worden, seine Wärme war jetzt höchst angenehm. Gegen die Fenster sprühte immer stärker der kalte Regen. Hinter dem Fenster war es hoffnungslos düster, man hätte das Licht anschalten können.

Zum Aufstehen war es zu eng, man hatte beschlossen, im Sitzen zu sprechen. Das wirkte auch sachlicher, wie ein einfacher Gedankenaustausch, für lange Reden bestand kein Anlaß.

Als erster sprach, auf Aufforderung des Großfürsten, Shilinskij. Er hob seine grauen Lider kaum, da er nicht alle Anwesenden anzusehen brauchte, sondern nur einige und nur flüchtig. Er sah entweder in seine Papiere oder auf den Großfürsten und erweiterte sein Blickfeld nur selten durch eine Wendung des Kopfes. Er ließ den Gedanken gar nicht erst aufkommen, irgend jemand hier könnte ihn als Angeklagten betrachten. Er trug vor wie immer, ohne seine Worte durch Emotionen zu forcieren. Seine Stimme knarrte belehrend, als sei er dem Höchstkommandierenden gleichgestellt, als sei er gerufen worden, um zur Analyse eines zwar unangenehmen, aber durchaus nicht einschneidenden Ereignisses gleichberechtigt vorzutragen.

Das bedauerliche Mißgeschick, das die Zweite Armee ereilt hatte, war ganz und gar auf das Verschulden des Generals Samsonow zurückzuführen. Es hatte damit begonnen, daß Samsonow die wichtigste Weisung des Frontstabs über die RICHTUNG des Vormarsches nicht befolgt hatte. (Darüber ausführlich.) Indem er eigenmächtig von der ihm vorgeschriebenen Linie abgewichen war, hatte er die Front seiner Armee übermäßig ausgedehnt, die Tagemärsche der Korps verlängert, folglich auch die Nachschubwege. Noch schlimmer: er war verantwortlich für die klaffende Lücke zwischen der Ersten und Zweiten Armee, er machte ihr gemeinsames Vorgehen unmöglich. Im Gegensatz zu dem zuverlässigen General Rennenkampf verfuhr Samsonow mit mehreren solcher Befehle eigenmächtig (ausführliche

Aufzählung dieser Befehle). Dem gesunden Menschenverstand unerklärlich erscheint der Befehl Samsonows an die zentralen Korps vom 14. auf den 15. August, den Vormarsch fortzusetzen, während ihm schon bekannt sein mußte, daß die Flügelkorps bereits zurückgegangen waren. Zu diesem groben Verstoß gegen den Armeebefehl kam noch der voreilige Entschluß Samsonows, den Fernschreiber in Neidenburg abzubauen, wodurch er dem Frontstab die Möglichkeit nahm, der Vernichtung der Armee entgegenzuwirken. Sobald der Frontstab, mit geringfügiger Verspätung, Klarheit über die bestehende Lage gewonnen hatte, gingen umgehend allen Korps Telegramme zu mit dem Befehl, sich auf die Ausgangslinie zurückzuziehen – und nur durch die Schuld des General Samsonow konnten die zentralen Korps diese Telegramme nicht erhalten.

Nicht einmal bei den anklägerischen Passagen erhob der Oberbefehlshaber der Front seine knarrende Stimme, und um so eindeutiger zeichnete sich vor den Anwesenden der schlichte Zusammenhang ab: die eindeutige grobe Schuld des gefallenen Oberbefehlshabers. Desto weniger Schaden und Last für die hier Versammelten.

Niemand widersprach, flüsterte oder hustete. Nur die Fliegen, durch die Ofenwärme belebt, flogen im Zimmer herum, wimmelten schwarz auf dem geweißten Kamin, an der Decke, und summten.

In Worotynzew brannte es, es ging ihm durch und durch. In ganz Rußland, im ganzen kriegführenden Europa war ihm jetzt niemand so verhaßt wie der LEBENDE LEICHNAM. Er haßte seine Stimme, sein erdfarbenes Gesicht, das ein künstlicher Schnurrbart zierte, der über die Wangen hinausragte und wirkungsvoll aufwärts gebogen war. Nicht nur wegen der heutigen Worte haßte er diesen Totengräber, sondern schon von seiner Zeit als Chef des Generalstabs an fügten sich seine Gemeinheiten Glied um Glied zu einer Kette um den Hals der russischen Armee, zu ihrem Verderben. Jetzt redete er wohlüberlegt, ohne eine Widerlegung, eine andere Deutung, Bestrafung oder gar Absetzung gewärtigen zu müssen; ihm würde natürlich sofort ein anderer, noch angenehmerer Posten präsentiert werden! Er hatte ja die wichtigste Pflicht erfüllt – dem verbündeten Frankreich, General Joffre gegenüber. Schlimmstenfalls würde er nach Paris fahren, von Damen sich mit Blumen feiern lassen und beim Präsidenten frühstücken.

Aber auch seine Zuhörer ließ General Shilinskij nicht ohne Hoffnung. Im Gegensatz zu dem zaudernden Samsonow hegte er kühne Pläne. Und zwar: die kombinierten Operationen der Ersten und Zweiten Armee um die Masurischen Seen sofort ZU WIEDERHOLEN! Rennenkampf steht in Absicht darauf ausgezeichnet, tief in Preußen, man müßte nur die Zweite Armee auffüllen, einige Korps komplettieren und Scheidemann in der Richtung ansetzen, die bereits vor Beginn der Kriegshandlungen vorgesehen war.

Obwohl alles Wichtige bereits erschöpfend behandelt schien, mußte jetzt selbstverständlich General Danilow zu Wort kommen, als der, wie alle Anwesenden wußten, bedeutendste Stratege der russischen Armee. Und, seiner Position entsprechend, mußte er sich nicht nur einfach äußern, sondern einen tiefsinnigen Gedanken zum Ausdruck bringen, zu verstehen geben, daß der Fluß sorgender Überlegungen hinter seiner Stirn unaufhörlich ströme (Die Stirn war stumpfsinnig! Der Strom zähflüssig! Die Gedanken kümmerlich!), und so, mit dem dreifachen Selbstvertrauen stupider Gehirne, begann der Generalquartiermeister besonders unwiderlegbar zu reden.

Jawohl, man könne dem, was der Oberbefehlshaber der Front hier soeben entwickelt habe, unbedingt beipflichten. (Noch einmal ausführlich, Punkt für Punkt.) Mit einigen wichtigen Ergänzungen. Hätten die Korps der Zweiten Armee die deutsche Grenze schon am 6. August überschritten, wie der mit Verzögerung ausgeführte Befehl an Samsonow vorsah, hätte er den Gegner an den Masurischen Seen an der Flanke gefaßt, wie ihm befohlen war, statt zu warten, bis der Gegner vor der Zweiten Armee seine Front deployiert, wäre uns der Erfolg über den überraschten Gegner sicher gewesen, und wir könnten heute einen bedeutenden Sieg feiern. Nicht zu übersehen auch die Übermüdung der Korps der Zweiten Armee, wobei General Samsonow vorgeworfen werden müsse, die üblichen, von der Felddienstordnung für die Infanterie vorgesehenen Rasttage nicht eingehalten zu haben. Man könne noch eine ganze Reihe weniger gravierender Vorwürfe erheben.

Aber noch bedeutsamer als das Gesagte war jene in sich stockig gewordene Bedeutsamkeit, mit der der Generalquartiermeister verstummte. So provinziell-bürokratisch, so einfältig, so rechteckig-unlebendig war sein Gesicht, so unsicher die Augen, so angeklebt die formlosen kleinen Ohren, nur der spindelförmige Schnurrbart fiel auf (vielleicht war er nur an dieses Gesicht angeklebt, wo er so fremd wirkte?) – und dann diese Geste! Der Generalquartiermeister schien vor einem tiefen Geheimnis zu verstummen, das er hier, vor dieser allzu großen Konferenz nicht aussprechen durfte. Er nahm ein Opfer auf sich, indem er dieses Geheimnis und die ganze komplizierte Kriegskunst seinen einsamen Schultern aufbürdete, um später alles fachmännisch zu durchleuchten. Denn er war das Schloß und der Schlüssel der gesamten Strategie: die Offiziere unter ihm verfügten weder über seine Einsichten noch über sein Talent, und über ihm standen der hilflose, unverständige Januschkewitsch und der temperamentvolle, aber zur Arbeit nicht fähige Großfürst.

Dann kam die Reihe selbstverständlich an den Chef des Stabes des Höchstkommandierenden. Ach, wie gerne hätte er auf seine Rede verzichtet, der dunkeläugige Januschkewitsch mit seinem buschigen Schnurrbart in dem aufgedunsenen Gesicht, seinem einschmeichelnden Wesen und der großen Zärtlichkeit zu Papieren und Aktenordnern! Vom weichherzigen Zaren in einer schwachen Minute auf diesen Posten gehoben, fühlte sich der umgängliche Januschkewitsch in Strategie und Operativer Kunst genauso beklommen wie Rotkäppchen im dunklen Wald. Aber es war so schön, auf einen so hohen Posten gestellt zu sein, daß ihm wieder das Herz klopfte, aber vor Freude, und außerdem, wie hätte er den blauäugigen, ebenfalls genierlichen Herrscher betrüben und ihm gestehen dürfen, daß er von allem nichts verstehe? Wenn Januschkewitsch im Wagen fuhr oder über die Parkettflächen der Petersburger Paläste schritt, jedesmal betrachtete er sich von der Seite und wiederholte erschauernd und entzückt: Chef des Russischen Generalstabs Generalleutnant Januschkewitsch. Der Kriegsminister hatte ihm dazu verholfen, und vor ihm allein deutete Januschkewitsch gewisse Zweifel an, worauf Suchomlinow, ewig forsch, ewig optimistisch, meinte: »Sie werden es schon schaffen, Väterchen, Sie werden es schon schaffen!« Gleich vom ersten Tag an war Januschkewitsch der Gefangene Danilows, der hier der einzige war, der etwas von der Sache verstand und Januschkewitsch unaufhörlich vorwurfsvoll merken ließ, daß nicht er, Danilow, Chef des Stabes geworden sei. Eines nur hatte Januschkewitsch richtig verstanden, daß es in der russischen Armee noch bessere Strategen gab als Danilow, aber Danilow war auch ein Protegé Suchomlinows, und es war wahrscheinlich vorteilhafter – nachdem er im stillen seine Autorität anerkannt und ihm das Versprechen gegeben hatte, ihn für die gleichen Orden und Ränge vorzuschlagen, die er selbst erhalten würde – ihn auf seinem Posten zu belassen. Wie zwei aneinandergebundene Boote konnten sie nur zusammen diesen Krieg durchschwimmen: Januschkewitsch war für die Organisation zuständig und Danilow für die Strategie.

Aber welche Qualen mußte er jeden Morgen ausstehen, weil strategische Gespräche sich nicht vermeiden ließen und er eine sachkundige Miene aufsetzen mußte. Aber welche Mühe bedeutete es jetzt, aufzustehen und sich so zu geben, daß es keinem in den Sinn kommt, wie sehr du dich fürchtest auszurutschen, wie elend dir zumute und wie unbegreiflich dir alles ist! Und welche Einwände kann er gegenüber General Shilinskij vorbringen, der ihm jetzt zwar untersteht, aber doch sein Vorgänger im Generalstab war, während er selbst als Generalleutnant ein Parvenu ist, der Fristen und Stufen der Anciennität übersprungen hat.

In abgerundeten Sätzen und zuvorkommendem Ton wiederholte Januschkewitsch immer wieder das bereits Gesagte, ohne etwas hinzuzufügen, ohne etwas auszulassen, nur in anderer Reihenfolge.

Und immer deutlicher erkannte die Konferenz, wie schwer die Schuld des verstorbenen Oberbefehlshabers war, der seine Zweite Armee ins Verderben geführt hatte. Aber zur allgemeinen Erleichterung hatte er sich selbst den Tod gegeben. Den anderen Generalen wären solche Fehler niemals unterlaufen. Deshalb schwand aus der Konferenz eigentlich jede Spannung. Alles war endgültig ausgeschöpft und geklärt.

Auf einem Blatt Papier, das auf seiner Kartentasche lag, hatte Worotynzew längst mit nervösem Stift alle ihre Winkelzüge festgehalten und auch die nötigen Gegenschläge. Und darüber standen in strenger gleichmäßiger Schrift, mit der schwarzen Tinte seines japanischen Füllfederhalters, die wichtigsten Thesen, die er heute nacht notiert hatte. Zu Januschkewitsch machte er sich keine Notizen mehr, er hörte fast nicht mehr zu, schloß die Augen, um sie alle nicht zu sehen – und sah vor sich das schutzlose offene Gesicht Samsonows, nicht in jenem unbekannten Walddickicht, wo er jetzt lag, auch nicht in Orlau, wo er sich von den Truppen verabschiedet hatte, sondern noch in Ostrolenka, noch im Vollbesitz seiner Rechte, noch mit der Möglichkeit, die Schlacht nicht zu verlieren, aber bereits mit einem Gesicht, das von Hilflosigkeit überschwemmt war. Worotynzew stellte sich den durchs Gehölz brechenden Eber vor, seine Hauer, Katschkin mit Ofrosimow über der Schulter. Und das Aufatmen Blagodarjows, als hätte er hundert Desjatinen umgepflügt und stieße jetzt die Pflugschar seines Messers zum letztenmal in die Erde.

Und Worotynzew riß es vom Stuhl – aufstehen und reden, ohne um Erlaubnis zu fragen. Aber Swetschin, der neben ihm saß, drückte vorsichtig seinen Ellbogen. Und der Höchstkommandierende sah ihn nicht an.

Mit übergeschlagenen dünnen Kavalleristenbeinen, wie immer kerzengerade, unnahbar, die Schnurrbartspitzen leicht hochgezwirbelt, blickte der Großfürst (wenn er überhaupt jemanden anblickte) über den ganzen Tisch hinweg auf das gelblich-graue Gesicht Shilinskijs mit den dümmlich hochgezogenen Brauen. Erst vor kurzem hatte er selbst, als Antwort auf die Beschwerden Shilinskijs, ihn bevollmächtigt, Samsonow nötigenfalls abzusetzen. Aber gestern und heute wurde immer deutlicher, daß Shilinskij der Hauptschuldige an der Katastrophe war und der wirksamste Machtbeweis des Höchstkommandierenden und die beste Lektion für die anderen Generale darin bestände, jetzt ihn ABZUSETZEN! Aber trotz allem, es wäre eine Unbesonnenheit: Shilinskij hält seinen jetzigen Posten für viel zu unbedeutend und wird sich freuen, von hier wegzukommen. Er wird sofort nach Petersburg eilen, sich flüsternd bei der Kaiserin-Mutter beklagen und auch bei der Kaiserin, er wird mit Suchomlinow tuscheln und Rasputin zulächeln. Und im Brodeln und Wimmeln der Parteien am Hofe wird alles gegen Nikolaj Nikolajewitsch ausgelegt werden: nimmt der Krieg einen unglücklichen Verlauf – dann wird er unbegabt sein, ungeeignet für den Posten des Höchstkommandierenden; wird der Krieg gewonnen – dann wird er ehrgeizig genannt, eine Gefahr für das Zarenhaus, ein »Nikolaj der Dritte«.

Gott allein weiß, wie leid es ihm um die Blüte des Offizierskorps ist, um die überforderten Soldaten, die in diesem Kessel ihren Kalvarienweg gingen. Aber sogar 70 000 Eingeschlossene sind noch nicht Rußland, Rußland – das sind 170 Millionen. Und um *ganz* Rußland zu retten, genügt es nicht, eine oder zwei Schlachten an der Front zu gewinnen, sondern die entscheidende Schlacht am Hof um das Herz des geliebten Herrschers: der schmierige Suchomlinow muß abgesetzt, der schmutzige Rasputin vom Hof entfernt, am besten gehängt, und die Kaiserin in ein Kloster geschickt werden, so wäre es richtig. (Das ist unmöglich, der Zar würde nie seine Zustimmung geben, und gegen seinen Willen darf man nichts tun, aber für Rußland! ... und wenigstens davon träumen ...) Zieht man das alles in Betracht, so sollte man vermeiden, die Gegenpartei um den erbosten Shilinskij zu stärken. Aus Liebe zum Großen Rußland mußte der Großfürst heute die Liebe zum kleinen Rußland unterdrücken, zu dieser ohnehin verlorenen Armee Samsonows.

Aber Shilinskij die Meinung zu sagen, ihm Schrecken einzujagen, Worotynzew auf ihn zu hetzen – das wäre richtig! Worotynzew hatte der Großfürst die ganze Zeit über nicht vergessen und sah aus dem Augenwinkel, wie schwer es dem Oberst fiel, auf seinem Stuhl ruhig zu bleiben.

Draußen wurde es immer trüber. Der Regen klatschte gegen die Fensterscheiben, im Zimmer wurde es dunkler, man knipste das Licht an. Die Wände waren gekalkt, das Licht war daher sehr grell, und das kleinste Detail am anderen trat scharf hervor.

Jetzt sprach der Chef der Abteilung für Diplomatische Angelegenheiten im Hauptquartier. Der Chef der Diplomatischen Abteilung bittet die Herren Generale, die auf höchster Ebene bestehenden Beziehungen, Erwägungen und Verpflichtungen des Stabes nicht außer acht zu lassen. Die französische Öffentlichkeit ist überzeugt, daß Rußland einen größeren Beitrag leisten könnte. Die französische Regierung wirft uns vor, daß wir nicht alle verfügbaren Kräfte eingesetzt hätten, daß unser Aufmarsch in Ostpreußen eine schwächliche Maßnahme sei, daß nach den

Informationen des französischen Aufklärungsdienstes, die unseren Informationen allerdings widersprechen, die Deutschen zwei Korps nicht von der Westfront an unsere, sondern von UNSERER nach Westen geworfen hätten, das verbündete Frankreich kann uns mit Recht an den zugesicherten energischen Vormarsch erinnern auf . . . Berlin.

Nur diesen Ton, diesen letzten Ton – wie einen gewissen anderen, der, so er jemandem peinlicherweise in Gesellschaft entfährt, laut Etikette zu überhören ist – überhörten die Fürsten und Generale und schauten zum Fenster, auf die Wand, auf ihre Papiere.

Im übrigen fand nur dieser eine Ton »Berlin« nicht das richtige Echo. Die Triftigkeit der diplomatischen Überlegungen, der Wille des Herrschers waren eindeutig: der französische Verbündete muß um jeden Preis und so rasch wie möglich gerettet werden! Natürlich schmerzt es tief in der Seele ob unserer Verluste, aber es ist sehr wichtig, den Verbündeten nicht zu enttäuschen.

Der Chef der Militärischen Verbindungen meldete, daß die deutsche Front mit allem Nachdruck verstärkt werde, daß laufend Truppen aus den asiatischen Randgebieten herangezogen würden. Schon jetzt seien an der Front zwei kaukasische Korps eingetroffen, vielleicht würden sie schon ausgeladen, ein turkestanisches, zwei sibirische und weitere drei sibirische seien in Kürze zu erwarten. Folglich seien für unsere MORALISCH so notwendige Offensive die materiellen Voraussetzungen bereits geschaffen.

Daher bittet Shilinskij die anwesenden Herren, die Wiederholung der Operation rund um die Masurischen Seen zu sanktionieren.

Nicht nur aufspringen und alles verlieren, Dienst, Armee, die Achselstücke, sondern die Haut vom Kopf reißen, denn sie brennt! Lüge! Lüge! Aber dieser Lüge muß eine Grenze gesetzt werden! Er riß den Ellbogen aus Swetschins Griff, sprang wütend auf, ohne das erste Wort für seinen Zorn zu wissen – und hörte die feste Stimme des Großfürsten:

»Ich möchte noch Oberst Worotynzew bitten, von seinen persönlichen Eindrücken zu berichten. Er hat sich bei der Zweiten Armee aufgehalten.«

Die Explosion fand nicht statt, der zischende Dampf der Wut wurde durchsichtig. Und die Fessel der Vorsicht legte sich um das klopfende Herz, die Fußfessel des Sprichworts: »Herr über seinen Zorn – Herr über alles.«

»Unsere Analyse ist um so notwendiger, Euer Kaiserliche Hoheit, als Rennenkampfs Armee bis zur Stunde noch bedroht ist und sogar *schlimmer* enden kann als die Armee Samsonows.«

(Die Stimme ist zu hoch – langsam, Dampf ablassen!)

Als wäre eine Fensterscheibe herausgeflogen, als wäre ein nasser kalter Windstoß durchs Zimmer gefegt – sie fröstelten, sie bewegten sich alle, auch der Großfürst.

Aber Worotynzew fuhr fort, von Satz zu Satz ruhiger, als hielte er eine Rede, die wohlvorbereitet und in ihren Proportionen wohlausgewogen war:

»Meine Herren! Aus der Zweiten Armee ist niemand zu unserer Besprechung eingeladen worden, und es gibt auch kaum jemanden mehr, den man einladen könnte. Aber ich war in diesen Tagen dort, und es sei mir gestattet, das auszusprechen, was diejenigen gesagt hätten, die heute tot oder gefangen sind. Mit jener Offenheit, die dem Soldaten anerzogen und dem Toten verziehen wird . . .«

(Daß nur die Stimme sich nicht überschlägt, nicht versagt!)

». . . Ich werde nicht von dem Heldenmut der Soldaten und Offiziere sprechen, er wurde hier nicht in Zweifel gezogen. Die Regimentskommandeure Perwuschin, Aleksejew, Kabanow, Kachowskoj sind würdig, in ein Lesebuch für die Jugend Eingang zu finden. Und wenn mehr als fünfzehntausend aus dem Kessel durchgebrochen sind, so war es das Verdienst einiger Obersten und Stabshauptleute und nicht eines der Anwesenden! . . . Wo die deutsche Artillerie nicht doppelt überlegen war und manchmal selbst dort, wurden taktische Gefechte von unseren Truppen gewonnen. Stunden um Stunden hielten sie unter stärkstem Beschuß die Verteidigungslinien, wie zum Beispiel das Regiment Wyborg bei Usdau. Trotzdem endete die Armeeschlacht für uns nicht mit einem Mißgeschick, wie hier gesagt wurde, sondern mit einer vollständigen Vernichtung!«

Mit diesem Wort füllte er das ganze Zimmer und sprengte es beinahe. Der Sprengwind peitschte die Gesichter.

Dieses Wort – VERNICHTUNG – konnte selbst der Höchstkommandierende nicht akzeptieren. *So* konnte er es dem Zaren nicht darstellen, obwohl er die Absicht hatte, VOR SEINER MAJESTÄT EIN SCHULDBEKENNTNIS ABZULEGEN. Er konnte es nicht gelten lassen, griff aber nicht ein. Er wirkte würdevoll, rassig, streng, saß unerschütterlich und stolz, war dem Thron des Monarchen so nah geboren – aber er nahm ihn nicht ein und war kein Monarch.

». . . Ich habe soeben gehört, daß alle Schuld bei General Samsonow liegen soll. Das ist sehr bequem, denn Tote können nicht widersprechen. Das ist sehr bequem, keiner von uns braucht sich dann zu korrigieren. Das ist sehr bequem, aber dann – ich bitte diese selbstsichere Prophezeiung zu entschuldigen – aber dann werden solche KATASTROPHEN sich wiederholen und wir werden den ganzen KRIEG VERLIEREN!«

Entrüstetes Flüstern. Shilinskij richtete seine trüben Augen auf den Höchstkommandierenden: dem unziemlichen Auftritt dieses Obersten sollte ein Ende gemacht werden.

Aber der Höchstkommandierende, der so scharf sein konnte, saß ruhig mit stolz zurückgeworfenem Kopf. Er zeigte, daß er die Situation beherrschte.

»Ich fühle mich übrigens verpflichtet, im Namen des verstorbenen Aleksandr Wasiljewitsch meinem Vorredner zu widersprechen. Als er aus Turkestan nach Bjelostok kam, fand er den fertig vorliegenden Plan unsinnig, diese vorgeschriebene Aufmarschrichtung in die Tiefe der Masurischen Seenplatte, in eine offenkundige Leere hinein. Seine operativen Gegenvorschläge legte er in einer Eingabe an den Höchstkommandierenden dar und reichte sie am 29. Juli bei dem Chef des Frontstabs Generalleutnant Oranowskij ein!«

(Die Stimme wird immer höher. Tiefer, tiefer!)

»... Tage vergingen, und zu Samsonows Erstaunen erfolgte keine Antwort auf seine Eingabe. Er bat mich, dieser Angelegenheit im Hauptquartier unbedingt nachzugehen, und ich habe gestern erfahren, daß der Großfürst diese Eingabe niemals in der Hand gehabt hat!«

DER LEBENDE LEICHNAM bleckte die Zähne gegen Worotynzew. Da der Höchstkommandierende schwieg, sah er sich genötigt, selbst einzugreifen:

»Mir ist von einer solchen Eingabe nichts bekannt.«

»Desto schlimmer, Exzellenz!« Worotynzew schien sich über diesen Einwand zu freuen, er wandte sich sofort Shilinskij zu. »Folglich läßt sich der wahre Sachverhalt nicht ohne eine UNTERSUCHUNG klären! Falls eine solche eingeleitet werden sollte, werde ich die Untersuchungskommission bitten, dieses Papier zu *finden*!«

Die Gesichter der Generale zeigten Empörung: alles war doch klar, von welcher UNTERSUCHUNG konnte dieser Grobian noch reden ... Alle sahen den Höchstkommandierenden an: der wahnsinnig gewordene Oberst sollte zum Schweigen gebracht werden!

Aber der Großfürst saß wie gepanzert, sein Blick war nach oben gerichtet, über Shilinskij hinweg.

Gegen seine gewohnte trockene Art antwortete Shilinskij schnell und eifrig:

»Wahrscheinlich hat General Samsonow dieses Papier wieder zurückgezogen.«

Worotynzew schien nur darauf gewartet zu haben, um zu widersprechen:

»Nein, er hat es nicht zurückgezogen, das ist sicher!« Und er fuhr fort, ohne den Blick abzuwenden, ohne jemand anderen anzusehen als Shilinskij, nur Shilinskij, der von Ostrolenka, von Neidenburg, von Orlau aus über den Wolken zu wohnen schien und jetzt eine Armlänge weit entfernt war, ein leichengrauer knochiger alter Mann mit steifem Rücken und dem Drang, oft die Toilette aufzusuchen. »Das Ausschwenken, das General Samsonow vorgeschlagen und zum Teil verwirklicht hat, war RICHTIG, denn dadurch wurde der Gegner TIEFER umfaßt, als es den Vorstellungen des Frontstabs entsprach, aber immer noch nicht tief genug! Und das übermäßige Ausdehnen der Front entstand zu einem nicht geringen Teil durch die unerklärliche Hartnäckigkeit des Frontstabs, mit der er sich an den toten Raum um die Masurischen Seen klammerte.«

»Es ging nicht um die Seen, sondern um die Verbindung zwischen den beiden Armeen!« Shilinskij unterbrach gereizter und entschiedener.

Aber Worotynzew spürte das wortlose Übereinkommen: der Höchstkommandierende wird ihn nicht unterbrechen. Und die anderen – sie werden alle zusammen nicht gegen ihn ankommen. Jetzt war es soweit, er war nicht umsonst dort gewesen. Er wurde immer kühler, überlegter, um seine Lippen erschien sogar ein spöttisches Lächeln. Einen Satz nach dem anderen, eine Schlinge nach der anderen warf er um Shilinskijs Hals.

»Das ist keine Verbindung zwischen Armeen, wenn die eine zum Vormarsch angetrieben und die andere dauernd zum Rasten angehalten wird! Das ist keine Verbindung zwischen Armeen, wenn FÜNF Kavalleriedivisionen des Generals Rennenkampf nach Gumbinnen die Verfolgung des Gegners nicht aufnehmen und in den Tagen der Katastrophe der Zweiten Armee nicht zum Entsatz eingesetzt werden. Der Frontstab hat bei den Operationen der Armeen eine Übereinstimmung absichtlich vermieden und die Erste Armee eine Woche früher aufmarschieren lassen – wozu? Oder sollte die Verbindung zwischen den Armeen darin bestehen, daß am 10. August das Korps Scheidemanns von Samsonow an Rennenkampf abgetreten werden mußte und am 14. August auf Warschau angesetzt wurde, da es offensichtlich am Tag der Entscheidungsschlacht der Zweiten Armee in Preußen überflüssig war...«

Aber woher konnte Worotynzew *dies* erfahren haben? Das waren schon Sünden des Hauptquartiers. Danilow sah Swetschin mißtrauisch und beunruhigt an:

»Das waren STRATEGISCHE Überlegungen. Für den Vormarsch auf Berlin mußte eine Neunte Armee aufgestellt werden...«

»Und die Zweite sollte den Wölfen vorgeworfen werden?« konterte Worotynzew dreist, »... um am 15. August doch noch der Zweiten Armee zur Hilfe geschickt zu werden, allerdings in einer VOM FRONTSTAB ANGEGEBENEN FALSCHEN RICHTUNG! Und am 16. wird das Korps von neuem auf Warschau angesetzt. Um am 17. mit Rennenkampf nach Norden zu marschieren. Heißt das Verbindung zwischen den Armeen? Dabei hatte der Stab der Nordwestfront ausschließlich für die Koordination der beiden Armeen Sorge zu tragen. Gegen General Samsonow wurde hier der Vorwurf erhoben, er sei nicht entschlossen genug gewesen, aber die größte Unentschlossenheit legte der Frontstab an den Tag, indem er – zur Sicherung, als rückwärtige Verbindung, zum Schutz der »Zone«, nicht über Bischofsburg, nicht über Soldau hinaus, DIE HÄLFTE DER TRUPPEN zurückhielt!«

Worotynzew zielte immer auf ein und denselben Punkt, nämlich auf den Schnurrbart von Shilinskij, der zu zittern und zu rauchen begann.

»Die Hälfte? Wieso denn die Hälfte?« fuhr jetzt Danilow auf, unterstützt von seinem stumpfsinnigen Protegé, dem Oberst WANJKA-KAIN*.

»Rechnen Sie nach, meine Herren: zwei Armeekorps, das rechte und das linke, und drei Kavalleriedivisionen – genau die Hälfte. Mit der übriggebliebenen Hälfte sollte

Samsonow laut Befehl angreifen und siegen. Und wenn der Frontstab die Flügel zurückgehalten hat, so hätte er sie im richtigen Moment zur Entlastung der zentralen Korps vorschieben müssen. Ja, Samsonow hat Fehler gemacht, aber es waren operative Fehler. Die strategischen Fehler gehen zu Lasten des Frontstabs. Samsonow war mit seinen Kräften dem Gegner nicht überlegen, aber die Nordwestfront war dem Gegner überlegen, und die Schlacht ging verloren. Wir müssen unsere Folgerungen ziehen, meine Herren, welchen Sinn hätte sonst unsere Besprechung? Welchen Sinn hätte sonst ein Stab oder das Große Hauptquartier? WIR SIND NICHT FÄHIG, EINE EINHEIT ZU FÜHREN, DIE GRÖSSER IST ALS EIN REGIMENT, das ist die Folgerung.«

»Euer Hoheit! Ich bitte, den sinnlosen Reden dieses Obersten ein Ende zu machen!« forderte Shilinskij, klopfte dabei auf den Tisch und gab damit zu erkennen, daß er keineswegs der »Leichnam« war.

Der Großfürst sah ihn mit seinen ausdrucksvollen ovalen Augen kalt an. Er sagte fest und nicht sehr laut:

»Oberst Worotynzew spricht sehr vernünftig. Ich für meinen Teil kann dabei sehr viel lernen. Ich finde, daß das Hauptquartier«, er sah Danilow an, der seine Ochsenstirn senkte, auch Januschkewitsch neigte aus Höflichkeit den Kopf, »auf diese Operation kaum Einfluß genommen und sich bedingungslos auf den Nordweststab verlassen hat.«

Er wußte, was Danilow wert war! Sogar in dessen eigenen Berichten begriff er das Wesentliche schneller als dieser Wiederkäuer selbst.

». . . Und sollte der Oberst etwas Falsches behaupten, können Sie ihn ja sofort korrigieren.«

Shilinskij erhob sich ächzend, er mußte austreten.

Die Versuchung für den Großfürsten war groß: er hatte genug Argumente in der Hand. Er brauchte sie nur zu entwickeln und eine Untersuchung einzuleiten. Shilinskij würde dann sofort zum Teufel gejagt, das Hauptquartier gesäubert.

Doch das gestrige huldvolle Telegramm des Zaren wies dem Großfürsten einen anderen Weg: den Weg der Vergebung und des Verzichts auf gegenseitige Vorwürfe. Außerdem war der Allerhöchste Befehl eingetroffen, nur noch nicht öffentlich bekannt gemacht, Oranowskij zum General zu befördern, Beförderungen haben ihren eigenen Gang, der vom Verlauf der Kampfhandlungen unabhängig und nicht rückgängig zu machen ist.

Doch Worotynzew hatte jetzt noch, ähnlich wie die Reiterei, wenn die Verteidigungszone, wenn auch verlustreich, überwunden ist, Zeit und Schwung genug. Jetzt erst begann die eigentliche Besprechung!

».... Aber ich möchte noch weiter ausholen. Was hat die Kräfte der Zweiten Armee aufgezehrt? Die Überwindung der leeren weglosen Gebiete noch auf russischem Territorium! Noch *bevor* sie zur Grenze kamen, noch *bevor* sie Feindberührung hatten, mußten die Korps FÜNF bis SECHS Tage durch Sand stapfen! Und dann mußte Munition, Ausrüstung, Verpflegung, Vorräte über diesen ganzen Raum nachgeschoben werden – *womit* eigentlich? Warum wurden nicht vor Kriegsbeginn an der Grenze Depots angelegt?«

Januschkewitsch verzog das Gesicht, es tat ihm einfach weh, diesem übriggebliebenen Golowinschen Jungtürken zuhören zu müssen. Warum nur ließ der Großfürst eine solche Folter zu?

»Weil der Gegner solche Depots hätte erbeuten können«, erklärte er bissig unter seinem buschigen Schnurrbart hervor.

»Ist es denn besser«, Worotynzew ging förmlich hoch, die Schramme auf seinem Kiefer war dunkelrot, »ist es denn besser, zwanzigtausend Gefallene und siebzigtausend Gefangene zu verlieren als ein Dutzend Depots?«

»An der Grenze wurden deshalb keine Depots angelegt, weil wir uns in diesem Abschnitt defensiv und nicht offensiv eingestellt hatten.«

Das war richtig. Aber das lief wieder auf den überstürzt abgeänderten Gesamtkriegsplan hinaus, der von demselben Shilinskij, damals Chef des Generalstabs, abgeändert worden war, mit Billigung des Kriegsministers, mit Billigung des Zaren! Auf jenen Plan, der vor einem Monat dem Großfürsten aufgezwungen wurde. In diesem Punkt durfte Worotynzew sich nicht hinreißen lassen. Jetzt mußte das Schärfste gesagt werden, denn soeben erschien Shilinskij in der Tür und schleppte sich zu seinem Platz.

»... Aber der Hauptgrund, warum die Armee Samsonows vernichtet wurde, liegt darin, daß sie, ebenso wie das ganze russische Heer, noch nicht bereit war, so früh aufzumarschieren. Allen hier Anwesenden ist bekannt, daß vom Tag der Mobilmachung an zwei Monate als Vorbereitungszeit angesetzt worden waren. Das Alleräußerste wäre ein MONAT gewesen.«

Shilinskij hatte seinen Platz erreicht, aber er setzte sich nicht – das Engagement, mit dem er angesprochen wurde, war zu heftig –, er blieb stehen, das Gesicht Worotynzew zugewandt, und stützte sich mit den Fäusten auf den Tisch. Und Worotynzew, dunkelrot im Gesicht, Brust raus wie vor einem Faustkampf, schleuderte ihm entgegen, ihm allein:

»... Es war ein verhängnisvoller Entschluß, die Kampfhandlungen am FÜNFZEHNTEN Tag nach der Mobilmachung zu eröffnen, nur zu einem Drittel gefechtsbereit, einzig und allein um das leichtfertige Versprechen an die Franzosen zu halten und ihnen einen Gefallen zu tun! Ein ignorantes Versprechen! Unsere Truppen kleckerweise und nicht komplettiert an die Front zu werfen!«

»Euer Hoheit!« rief Shilinskij dem Großfürsten zu. »Hier wird die Staatsehre Rußlands beleidigt, ein Entschluß, den Seine Majestät gebilligt haben! Laut Übereinkunft mit dem verbündeten Frankreich ...«

Noch eine letzte Minute dem Höchstkommandierenden abringend, stieß Worotynzew haßerfüllt nach:

»Nach der Übereinkunft hat Rußland ›entschiedene Hilfe‹, nicht aber Selbstmord zugesichert! Den Selbstmord für Rußland haben *Sie* gewählt, Exzellenz!«

(Januschkewitsch hatte man vergessen, Januschkewitsch zog ängstlich den Kopf ein. Er hatte ja von der Nordwestfront eine weitere Terminvorverlegung um vier Tage verlangt . . .)

»Und auch der Kriegsminister!« schrie Shilinskij, aber mit einer morschen, keineswegs furchteinflößenden Stimme. »Und auch Seine Majestät haben es gebilligt! Ein Offizier wie Sie hat im Hauptquartier nichts zu suchen! Und auch nicht in der russischen Armee! Euer Kaiserliche Hoheit!«

Der schlanke Großfürst mit seinen seitwärts neben dem Tisch übereinandergeschlagenen Beinen wirkte wie ein Monument. Und er sagte zu Worotynzew mit Trauer, aber wie aus Stein:

»Ja, Oberst. Sie haben die Grenzen des Erlaubten überschritten. Dazu haben Sie das Wort nicht erhalten.«

Man nahm ihm das letzte Wort. Vielleicht das letzte seiner ganzen Offizierslaufbahn. Und es schmerzte ihn, auch nur auf einen einzigen Laut verzichten zu müssen. *Wissen* – und es nicht sagen dürfen? . . . Für ihn war schon alles verloren, er brauchte sich vor nichts mehr zu fürchten, sich nicht mehr um Verbote zu kümmern, er hatte nur die Dorogobusher vor Augen, die ihren toten Oberst trugen, nur den verwundeten Leutnant, nur den Stabshauptmann Sémjetschkin, frisch und lustig wie ein junger Hahn, der mit zwei Kompanien Swenigoroder dem Kessel entkommen war – und konnte so dem Großfürsten mit klingender Stimme antworten:

»Euer Kaiserliche Hoheit! Ich bin ein Offizier dieser Armee wie Sie oder wie General Shilinskij. Und wir alle, Offiziere der russischen Armee, sind für die russische Geschichte verantwortlich. Und wir werden nicht ungestraft Feldzug um Feldzug verlieren. Und die Franzosen werden die ersten sein, die uns morgen verachten!«

Plötzlich flammte der Großfürst in einem seiner seltenen Zornausbrüche auf und unterbrach ihn:

»Oberst! Verlassen Sie unsere Besprechung!«

Aber Worotynzew spürte schon die Erleichterung, die Befreiung, der glühende Pfeil war aus seiner Brust herausgerissen.

Wenn auch mit lebendigem Fleisch.

Kein Ton mehr. Hände an die Hosennaht. Kehrtgemacht, die Hacken zusammengeschlagen. Und – zur Tür.

Aber durch die Tür stürzte ein freudestrahlender Adjutant, ihm entgegen.

»Euer Kaiserliche Hoheit! Ein Telegramm von der Südwestfront!«

Das war es! Darauf hatten sie gewartet! Der Großfürst öffnete es im Stehen. Auch die anderen hatten sich erhoben.

»Meine Herren! Die Mutter Gottes hat unser Rußland nicht verlassen! Die Stadt Lwow ist in unserer Hand! Ein kolossaler Sieg. Man muß die Meldung an die Presse weitergeben.«

Nicht mit uns hat die Unwahrheit begonnen,
nicht mit uns wird sie enden.

1969–1970

Das Schriftbild in diesem Buch entspricht den Anweisungen des Autors.

Die Schreibweise der geographischen Namen und die Rangbezeichnungen folgen den zeitgenössischen Dokumenten. Die mit ** gekennzeichneten Passagen sind mehr oder weniger wörtliche Zitate aus deutschen militärhistorischen Quellenwerken:
›Die russische Armee‹.
Bearbeitet vom Großen Generalstab. Berlin 1912.
›Der Weltkrieg 1914 bis 1918‹.
Bearbeitet im Reichsarchiv. Die militärischen Operationen zu Lande. Berlin 1925.
›Schlachten des Weltkrieges. Tannenberg‹.
Bearbeitet im Reichsarchiv. Oldenburg u. Berlin 1927.

4 *10.–21. August alten Stils* – In Rußland rechnete man noch bis Oktober 1923 mit dem Julianischen Kalender, so daß man hinter dem Gregorianischen Kalender seit 1. 3. 1900 um 13 Tage zurück war.

5 *Knoten* – im Original, entgegen der üblichen Schreibweise, groß.

11 *Staniza* – Kosakendorf.

14 *Narodnik* – (*narod,* das Volk), ein Terminus aus den siebziger Jahren des 19. Jahrhunderts, der die Bestrebung charakterisiert, theoretische und praktische Integration der Intelligenzija und des Volkes (d. h. der Bauern) zu verwirklichen.

15 *Kazap* – verächtliche Bezeichnung der Großrussen durch die Ukrainer.

16 *Narsan* – Mineralquelle im Kaukasus und Mineralwasser.

21 *Lawrow,* Pjotr Lawrowitsch (1823–1900), russischer Soziologe und Publizist, Autor der »Historischen Briefe« (1868-69), die großen Einfluß auf Geschichtsauffassung und Ideologie der Narodniki ausübten.
Michajlowskij, Nikolaj Konstantinowitsch (1842–1904), rus-

sischer Soziologe und Publizist, Literaturkritiker, Ideologe der liberalen Narodniki.

Schwarze Hundertschaft – Formierung rechtsradikaler Kräfte, die seit 1905 als Antwort auf die revolutionäre Bewegung mit geheimer Billigung des Hofes und z. T. materieller und personeller Unterstützung durch die Polizei, mit den Mitteln des Terrors und chauvinistischer, antisemitischer Hetze das zaristische Regime verteidigten. Auf ihr Konto gehen ungezählte blutige Pogrome und Attentate. Politisch war die Schwarze Hundertschaft auch in der Duma aktiv.

25 *Tatschanka* – gefederter offener leichter Zweispänner. Im Krieg zwei- und vierspännig als Maschinengewehrwagen eingesetzt.

32 *Prozentsatz* – die zum Studium an einer Universität zugelassene Zahl jüdischer Studenten.

33 *Plechanow,* Georgij Walentinowitsch (1856–1918), russischer Revolutionär. In der Auseinandersetzung unter den russischen Revolutionären bekämpfte Plechanow bis 1917 die Vertreter des Narodnitschestwo, die aus der Dorfgemeinschaft eine revolutionäre Keimzelle entwickeln wollten. Er forderte die Bildung einer bewußten Arbeiterpartei.

Kropotkin, Fürst Peter Aleksandrowitsch (1842–1921), einer der führenden Anarchisten. 1872 knüpfte er im Ausland Beziehungen mit Vertretern der internationalen Arbeiterassoziation an. Unter dem Namen Borodin betrieb er in Rußland revolutionäre Propaganda. 1877 ließ er sich in Genf nieder und gab die Zeitschrift »La Révolte« heraus.

»Wechi« – (»Meilensteine«), ein 1909 von dem liberalen P. B. Struve herausgegebener Almanach.

36 *Sashenj* – russ. Längenmaß (2,133 m).

38 *Zarskoje Selo* – Sommerresidenz des Zaren, in der Nähe von Petersburg, heute Puschkino genannt.

Desjatina – russ. Flächenmaß (1,09 ha).

39 *ukrainischer Borstsch* – kräftige Fleischbrühe mit kleingeschnittenem Gemüse, Tomaten, saurer Sahne, mit Dill und kleingehacktem Speck abgeschmeckt.

41 *Rjurik* – Die »Erzählung der vergangenen Jahre« berichtet, daß 862 die russischen Stämme die Warägerfürsten zur Herrschaft ins Land riefen. Es kamen die drei Brüder Rjurik, Sineus und Truvor. Rjurik erhielt Nowgorod, Sineus Beloosero und Truvor Isborsk. Nach dem Tod der Brüder fiel die alleinige Herrschaft an Rjurik; das Geschlecht der Rjurikiden herrschte bis Iwan dem Schrecklichen.

44 *Palkin* – berühmtes Feinschmeckerlokal in Petersburg.
50 *Petschenegen* – Turk-heidnisches Nomadenvolk, das im 8. und 9. Jahrhundert zwischen den Niederungen der Wolga und dem Jaik umherschweifte.
Duncan, Isadora (1878–1927), amerikanische Tänzerin, die den Versuch unternahm, den antiken Tanz wieder zu beleben.
53 *Andrejew*, Leonid Nikolajewitsch (1871–1919), russischer Schriftsteller, Prosaist und Dramatiker. Die sowjetische Kritik betrachtete ihn als typischen Vertreter der Dekadenz. Seine düsteren und hoffnungslosen Werke schließen sich dem russischen Symbolismus an.
Gelzer, Jekaterina Wasiljewna (geb. 1876), russische Tänzerin, seit 1894 Primaballerina des Bolschoj Balletts.
54 *Serafim von Sarow* – ein Mönch, der im ersten Jahrzehnt des 20. Jahrhunderts als Einsiedler im Kloster von Sarow lebte und als Heiliger verehrt wurde.
55 *Przybyszewski*, Stanislaw (1868–1927), polnischer Schriftsteller, von Nietzsche und Strindberg beeinflußt. Mitglied des symbolistisch orientierten »Jungen Polen«.
57 *Fürst Igor*, Fürst von Kiew (931–945). Nach dem Bericht der »Erzählung der vergangenen Jahre« Sohn der Warägerfürsten Rjurik. Mit seiner Gestalt beschäftigt sich das Epos »Das Igorlied« (übersetzt von Rilke).
Kulikowo Polje (»Schnepfenfeld«) – Nachdem sich die Großfürstentümer der Herrschaft Moskaus untergeordnet hatten, sammelten sich die Fürsten Rußlands unter der Führung des Moskauer Großfürsten Dmitrij Donskij zum Kampf gegen die Ungläubigen. Der Sieg über die Tataren 1380 auf dem Kulikowo Polje am oberen Don wurde zum Zeichen nationaler Einheit und der Befreiung Rußlands vom fremden Joch.
Der Nordische Krieg – 1700–1721: Rußland unter Peter dem Großen gegen Schweden unter Karl XII. um die Beherrschung des Zugangs zur Ostsee.
62 *Taurien* – alte Bezeichnung für die Krim.
63 *Kumys* – gegorene Stutenmilch.
65 *Arschin* – russ. Längenmaß (1/3 Sashenj, 16 Werschok: 0,711 m).
66 *Fünf* – höchste Benotung in russischen Schulen.
70 *Esprit* – Verzierung an Damenhüten aus Federn der Paradiesvögel.
Werschok – russ. Längenmaß (1/16 Arschin: 0,044 m).

71 *Tschernosjom* – (schwarze Erde), besonders fruchtbarer Boden mit hohem Humusgehalt.

72 *Kadetten* – Abkürzung für die russische konstitutionaldemokratische Partei.

79 *Duma* – beratende Versammlung, Bojarenrat bis Peter dem Großen, später (seit 1785 und wieder seit 1870) städtischer Gemeinderat; seit 1906 russisches Parlament (im Unterschied zur städtischen auch Reichs- und Staatsduma genannt). Unter dem Druck der revolutionären Ereignisse des Jahres 1905 gesteht Kaiser Nikolaj II. in einem Erlaß vom 19. August 1905 die Einrichtung einer Duma zu. Nach dem Plan des Innenministers Bulygin sollte diese Duma in indirekter Wahl nach Ständezugehörigkeit bestellt werden. (Bauern 43 %, Großgrundbesitz 34 %, städt. Bürgerschaft 23 % der zu vergebenden Sitze im Parlament.) Juden waren gänzlich von der Wahl ausgeschlossen, durch den hohen Zensus aber auch die Arbeiter und der größte Teil der städtischen Intelligenz. Die Rechte der Duma sollten auf eine beratende Funktion bei der Gesetzgebung beschränkt bleiben. Dem weiteren Anwachsen der Unruhen sollte ein Manifest (30. Oktober 1905) des Zaren begegnen, in welchem er weitere Zugeständnisse machte, ohne aber seinen Anspruch auf Selbstherrschaft aufzugeben: es wurden die bürgerlichen Grundrechte sowie das allgemeine Wahlrecht versprochen (mit Wahlgesetz vom 24. Dezember 1905 in Kraft getreten); der Duma wurde ein Aufsichtsrecht über die Verwaltung zugesichert, außerdem sollte ihre Zustimmung zu Gesetzen für deren Gültigkeit erforderlich sein; sie erhielt aber keine verfassungsgebenden Befugnisse und war auch sonst durch eine Vielzahl von Absicherungsmaßnahmen der Autokratie schon auf dem Papier zu einem Scheinparlament degradiert. Wegen ihrer progressiven Mehrheiten wurden die erste und die zweite Duma aufgelöst. Ein reaktionäres Wahlgesetz stellte schließlich eine konservative Mehrheit für die dritte und die vierte, letzte Duma sicher. Mit der von der Regierung erzwungenen Vertagung (11. März 1917) der vierten Duma hatte diese Institution ihre offizielle Rolle zu Ende gespielt. Die Februar-Revolution 1917 hatte begonnen. Aus der Duma, die sich dem Befehl zur Vertagung widersetzt hatte, wurde ein Exekutivkomitee gebildet, aus welchem wiederum die neue Provisorische Regierung unter Kerenskij hervorging.

86 *Pud* – russ. Gewichtsmaß (16,38 kg).

91 *Tschetwertj* – russ. Längenmaß (1/4 Arschin: 0,177 m).

92 *»Nowoje wremja«* – (»Neue Zeit«), russ. Tageszeitung, die von 1868 bis 1917 in Petersburg erschien. Sie vertrat zunächst die liberale Tendenz, entwickelte sich aber ab 1876 zu einem reaktionären Blatt.

94 *Saporoger Kosakenfigur* – *Saporoshje* (»Hinter den Flußschwellen«), Gegend in der Ukraine, am unteren Lauf des Dnjepr. Im 17. und 18. Jahrhundert befand sich in dieser Gegend das Zentrum des ukrainischen Kosakenheeres.

97 *Muschetschka* – Kosewort, gebildet aus *mush* (Mann) und *makuschka* (Scheitel).

98 *Suworow,* Aleksandr Wasiljewitsch (1729–1800), berühmtester russischer Heerführer. Besonders bekannt ist seine Überquerung der Alpen im Jahre 1799 während des italienischen Feldzugs. Seine Gedanken zur Kriegsführung entwickelte er in dem Buch »Die Kunst zu siegen«.

101 *Panenki* – polnisch und russisch: junge Mädchen.

102 *Ataman* – ursprünglich Stammältester der Kosaken. »Ataman sämtlicher Kosakenheere« war der Großfürst-Thronfolger. An der Spitze einzelner Heeresverwaltungen stand der »Stellvertretende Ataman«, auch einfach »Ataman« genannt.

108 *Suchomlinow,* Wladimir Aleksandrowitsch (1848–1926), 1905 Generalgouverneur von Kiew, Podolien und Wolhynien, ab 1908 Chef des Generalstabs und ab 1909 Kriegsminister; 1915 aus dem Amt entfernt, blieb jedoch Mitglied des Staatsrats. 1917 stellte ihn die Provisorische Regierung vor Gericht, er wurde zu lebenslänglicher Zwangsarbeit verurteilt. Nach der Amnestie von 1918 emigrierte Suchomlinow nach Deutschland. »Erinnerungen«, deutsche Ausgabe Berlin 1914.

117 *Tschuwjaki* – weiche Schuhe der Kosaken und Kaukasier.

142 *Kuropatkin,* Aleksej Nikolajewitsch (1848–1925), General-Adjutant der Infanterie, bekannter Militärschriftsteller. Professor für Kriegsstatistik an der Akademie des Generalstabs, 1898 Kriegsminister. Nach seinem Versagen im russisch-japanischen Krieg als Oberbefehlshaber abgesetzt, blieb Kuropatkin Mitglied des Staatsrats.

Kutusow, Michail Illarijonowitsch (1745–1813), berühmter russischer General der Kriege gegen Napoleon. 1805 wurde Kutusow zum Befehlshaber der russischen Armee ernannt, die Österreich zu Hilfe geschickt wurde. 1812 verfolgte er die Taktik, durch Rückzug Napoleon so weit ins Landesinnere zu locken, bis die Kampfkraft der französischen Armee langsam erschöpft war. Er war gegen die Teilnahme der russischen Armee am Befreiungskrieg außerhalb der russischen Grenzen. In »Krieg und Frieden« ist Kutusow der Träger des Willens des russischen Volkes.. Kutusow hatte nur ein Auge.

143 *Posharskij,* Dmitrij (1578–1642), einer der Anführer in den Befreiungskriegen gegen Polen und Schweden am Anfang des 17. Jahrhunderts. Er war Wojewode des Landsturms von Nowgorod.

147 *Jungtürken* – Nationaltürkische Reformpartei, um 1876 entstanden. Seit 1900 hatte sie Einfluß auf das türkische Offizierskorps. 1908–1918 hatte sie die Führung des Osmanischen Reiches inne. Durch Kemal Atatürk ausgeschaltet und verboten.

148 *Dekabristen* – Nach den Befreiungskriegen gegen Napoleon entstand unter den jungen russischen Offizieren eine Reformbewegung. Sie organisierte sich 1816 im »Bund der Rettung«, 1818 im »Wohlfahrtsbund«. Die Bewegung hatte ein nördliches und ein südliches Zentrum: Die nördliche Gruppe, der Fürst S. P. Trubezkoj und der Dichter K. F. Ryleew angehörte, war in ihren Zielen gemäßigt. Sie trat für eine konstitutionelle Monarchie ein. Die südliche Gruppe stand unter der Führung von Pawel Pestel, der in seiner »Russkaja Prawda« einen republikanisch-demokratischen Staat forderte. In der Ungewißheit der Thronfolge nach dem plötzlichen Tod Aleksandr I. versuchte die nördliche Gruppe im Dezember 1825 einen Aufstand (daher »Dekabristen«). Die Bemühungen der südlichen Gruppe im Januar 1826 blieben ebenso erfolglos. Nach einer strengen Untersuchung wurden fünf Führer der Bewegung zum Tode durch den Strang verurteilt, eine große Zahl der Mitglieder nach Sibirien verbannt.

Golowin, N., Generalleutnant (1875–?), bedeutender russischer Militärhistoriker und Taktiker. 1907–13 Professor an der Akademie des Generalstabs, 1908–09 an der Ecole Supérieure de Guerre, bei Foch in Paris. Bis 1917 Chef des Stabes an der Rumänischen Front. Arbeiten über die Napoleonischen Kriege und Taktik.

Ikonostase – die mit Heiligenbildern geschmückte Wand vor dem Altar der griechischen und russischen Kirchen.

161 *Kulitsch* – Osterbrot in Form eines stumpfen Kegels, bis zu einem halben Meter hoch.

163 *Stabshauptmann* – Offiziersrang in der zaristischen Armee.

170 *Lisapeden* – Velociped.

186 *Bestushew-Kurse* – Höhere weibliche Lehranstalt, 1878 gegründet. Der erste Leiter war Professor der russischen Geschichte, Bestúshew-Rjúmin. Die Absolventinnen der zwei Fakultäten (der philologisch-historischen und physikalisch-mathematischen) waren berechtigt, an Mittelschulen für Mädchen zu unterrichten.

196 *Goldene Waffen – Solotoje Orushje*, goldener Degen oder Säbel mit der Aufschrift: ›Für Tapferkeit‹. Hohe Auszeichnung für Verdienste im Krieg, die seit 1807 Offizieren vom Zaren verliehen wurde.

199 *Dragomirow*, Michail Iwanowitsch (1830–1905), General der russischen Armee, Autor zahlreicher Arbeiten über Taktik, über Ausbildung und Erziehung der Soldaten.

200 Unübersetzbares Wortspiel, das durch Übereinstimmung der Worte *prowornyj* (flink) und *wor* (Dieb) entsteht.

203 *Sir Alfred Knox*, englischer Generalmajor, 1914 Militärattaché in Petersburg. »With the Russian Army 1914–1917«, London 1921.

223 Wortspiel, das aus einer falschen Betonung des Seenamens entsteht.

229 *Im Ofen* – gemeint ist der sogenannte »russische Ofen«, der nach dem Prinzip eines Backofens funktioniert.

267 *russisches Gemüt* – im Original deutsch.

268 *Kilometer* – im Original.

271 *Vorsehung* – im Original deutsch.
das Strafgericht – im Original deutsch.

284 »Der Kuckuck und der Hahn«, Fabel von I. Krylow (1769–1844), in der sich Kuckuck und Hahn gegenseitig in den Himmel loben.

300 *Blagodarjow* – von russ. *blagodaritj*, ›danken‹.
Ofenwisch – ein weicher Quast aus Federn oder Lappen zum Ausfegen des Ofens vor dem Backen.

311 In den Bild-Kapiteln dieses Buches sind vier verschiedene Einzüge verwendet, die filmtechnischen Anweisungen entsprechen: (von links nach rechts) Ton, Kameraeinstellung, Handlung, Dialog. Das Zeichen = markiert einen plötzlichen Bildwechsel, dem Schnitt im Film vergleichbar.

318 *Senjka* – Verkleinerungsform von Arsenij.

321 *Antillerie* – Artillerie, von Arsenij falsch ausgesprochen.

325 *Butterwoche* – Fastnachtswoche.
Anspielung auf den Spruch: »Die Frau ist kein Handschuh, den man von der Hand streifen und hinter den Gürtel stekken kann«.

394 Im Original deutsch.
403 *Mariä Himmelfahrt* – russ. *Uspénije*. Das von Samsonow gehörte Wort heißt *uspisch*.
416 *Dershimorda* (Schnauzehalten) – ein Polizist in Gogols Komödie »Der Revisor«; Synonym für rohe Gewalt.
443 *Ein Viertel des Königsreichs* – Belohnungsformel aus dem Märchen.
456 Die mit * gekennzeichneten Stellen dieses Dialogs im Original deutsch.
495 *Tretjakow-Galerie* – heute Staatliche T.-G.; zentrales staatliches Museum für darstellende Kunst in Moskau. Das Museum erhielt seinen Namen nach dem Gründer, P. M. Tretjakow, der seit 1856 begonnen hatte, Bilder russischer Maler zu sammeln.
496 Vgl. A. Puschkin, »Pique dame«: »Bitter schmeckt das fremde Brot, sagt Dante, und schwer sind die Stufen vor der fremden Tür.«
499 *Astrolog* – *Swjesdotschjot* (von *swjesda*, Stern, und *tschesti*, rechnen, zählen), altes russisches Wort für Astrologe.
504 *Poddubnyj*, Iwan Maksimowitsch (1870–1949), Hafenarbeiter am Schwarzen Meer, berühmter Ringer, 1905–1907 Weltchampion im Freistilringen.
Wobla – gesalzener, luftgetrockneter Fisch (Plötze).
505 *»Niwa«* – (»Acker«), illustrierte Wochenzeitschrift, 1870–1918 in Petersburg erschienen.
»Russkoje slowo« – gemäßigte, sehr populär gewordene Zeitung (1894–1917).
506 *Seljanka* – ein Pfannengericht aus Sauerkraut, Fleisch (oder Fisch), Essiggurken und frischen oder marinierten Pilzen.
508 Antwort: die Schere.
510 *Pugatschjow*, Emeljan (1742–1775), ein Donkosake, der 1773 als Zar Peter III. einen Bauernkrieg anführte. Der Aufstand wurde von der Regierung niedergeschlagen und Pugatschjow in Moskau hingerichtet.
513 *Unsere russischen Knaben* – »die nichts anderes tun, als ewig über die ewigen Fragen diskutieren«, ein Schlüsselbegriff bei Dostojewskij, »Brüder Karamasow«, v. Buch, Kap. 3.
530 *Abgar* – Titel der syrischen Herrscher zu Edessa in Mesopotamien. Diese Legende berichtet von dem vierzehnten der dreißig Herrscher, Abgar Ukoma (Der Schwarze), der von 4 v. Chr. bis 7 n. Chr. und von 13 bis 50 n. Chr. regierte. Sie ist seit dem 5. Jahrhundert bekannt (die Legende von dem Schweißtuch der hl. Veronika seit dem 8. Jh.) und weist

auf das Urbild der östlichen Ikonographie hin. Die auf die Abgarbilder zurückgehende Darstellung Christi geben den leidenden Menschensohn »ohne Schöne« wieder.

In der russischen Kirche stehen und knien die Gläubigen.

531 *Jermak Timofejewitsch,* Kosaken-Ataman unter Iwan dem Schrecklichen. Auf Veranlassung der Kaufleute Stroganow zog er mit seinen Scharen nach Osten und eroberte 1582 das Westsibirische Chanat.

538 *Vorpetrinisch* – die Zeit vor den Reformen Peters des Großen.

554 *Borodino* – Ort im Gouvernement Moskau, an dem am 17. September 1812 die russische Armee unter der Führung Kutusows mit Napoleon zusammentraf. Obwohl die verlustreiche Schlacht keine Entscheidung zugunsten der Russen brachte und die Franzosen Moskau besetzten, wurde der Name Borodino zum Symbol der Befreiung Rußlands von fremden Eindringlingen.

561 *Jegor* – volkstümliche Form von Georgij (oder Jurij).

568 *Modlken* – im Original irrtümlich »Moldtken«.

574 In dem Sprichwort ist Schande gleich Rauch.

578 Im Original polnisch.

583 *Burka* – rundgeschnittener Filzmantel bei den Kosaken und im Kaukasus.

Baklanow, Jakow Petrowitsch (1809–1873), russischer General, tat hauptsächlich im Kaukasus Dienst.

603 *Worona* – Fluß an der östlichen Grenze des Gouvernements Tambow.

633 Die Ermordung des *Befreier-Zaren* – gemeint ist die Ermordung Aleksandrs II., der am 13. März 1881 einem Attentat zum Opfer fiel. Die Benennung ›Befreier‹ bezieht sich auf die liberalen Reformansätze im ersten Jahrzehnt der Herrschaft Aleksandrs (1855–1881), in deren Verlauf 1861 die Leibeigenschaft aufgehoben wurde.

636 *russ. galuschki* – Klöße aus Mehl oder Quark, die in der Ukraine mit saurer Sahne gegessen werden. Roschko ist (seinem Namen nach) ein Ukrainer.

653 *Sotnik* – (*sotnja,* hundert), Hauptmann des Kosakenheeres.

660 *Rennen ohne Kampf* – im Original deutsch.

671 *Kerenskij,* A. F. (1881–1970), Rechtsanwalt, Politiker der Arbeiterpartei. 1917 trat er als Justizminister in die Provisorische Regierung ein, übernahm das Kriegs- und Marineministerium, ab Juli außerdem das Amt des Ministerpräsidenten. Nach der Machtübernahme durch die Sowjets im Oktober 1917 verließ er Leningrad.

672 *»Apollon«* – Zeitschrift und Verlag des russischen Symbolismus (1909–1917 in Petersburg).

680 *Karejew,* Nikolaj Iwanowitsch (1850–1931), liberaler Historiker und Publizist. Wichtigste Schrift: »Bauern und Bauernfrage in Frankreich im letzten Viertel des XVIII. Jahrhunderts«, 1879.

Grews, Iwan Michajlowitsch (1860–1941), Historiker an der Petersburger Universität. Arbeiten über römisches Landrecht und italienisches Mittelalter.

686 *Tschernyschewskij,* Nikolaj Gawrilowitsch (1828–1889), russischer Schriftsteller, Verfechter radikal-sozialistischer Ideen. 1862 verhaftet, lebte er 1864–89 in sibirischer Verbannung. Sein Roman »Was tun?« (1867) schildert den »neuen Menschen« der Zukunft, der eine neue Ethik auf der Grundlage praktischer Vernunft verwirklicht.

700 *Schwertbrüderorden* – 1202 gegründet, 1237 dem Deutschen Orden inkorporiert, eroberte und christianisierte Livland, Kurland und Estland.

711 *Susanin,* Iwan, ein russischer Bauer, berühmt als Retter des Zaren Michail Fjodorowitsch. Er soll Polen und Litauer, die den Zaren nach seiner Erhebung auf den Thron in seinem Dorf Domnino ermorden wollten, in die Irre geführt und so dem Herrscher die Gelegenheit gegeben haben, sich vor den Feinden in einem Kloster zu verbergen.

712 *Molochowez* – E. Molochowez, »Gabe für junge Hausfrauen oder ein Weg, die Haushaltsausgaben zu verringern«, berühmtes russisches Kochbuch mit rund 2800 Rezepten, das 1912 eine Auflage von 260 000 Exemplaren erreichte.

725 *»Der Sturm soll heftiger werden«* – letzte Zeile aus Gorkijs »Lied vom Sturmvogel«.

730 *Kotschan* – ›Kohlkopf‹.

731 *Kasan* – Kathedrale in Petersburg.

742 Mark. 13; 13.

765 *Wanjka Kain* (Iwan Osipow, geb. zwischen 1714–28), legendärer Räuber und Dichter, der den Beinamen »Kain« wegen seiner Spitzeltätigkeit für die Moskauer Behörden erhielt.

Die Übersetzerin dankt Herrn Kapitänleutnant Hans-Jürg Heibei M. A. für fachkundige Beratung und Herrn Dipl.-Bi Walter Schulz für wertvolle Hinweise auf militärgeschichtli Fachliteratur.